Daisy ist die umschwärmteste Debütantin am englischen Hof, und 1891 heiratet sie den reichsten Fürsten im deutschen Kaiserreich. Doch in ihrer neuen Heimat, in der unzähligen Prachtgemächern von Schloss Fürstenstein, fühlt sich Daisy einsam und unsicher. Ständig eckt sie an, das steife Zeremoniell nimmt ihr den Atem. Doch nach und nach wirft Daisy Regeln über den Haufen und bezaubert bald den Hof und den Kaiser selbst. Mit ihrem Charme und Einfluss versucht sie, irgendwie den heraufkommenden Weltkrieg zu verhindern, wird jedoch selbst wegen ihrer englischen Herkunft als Spionin verdächtigt. Trotz aller Gefahr kämpft sie gegen das Elend der Grubenarbeiter in Schlesien und macht sich damit viele Feinde, ebenso, als sie versucht, als Krankenschwester Soldaten in einem Lazarettzug Hilfe zu bringen. Nach außen gelingt es Daisy, die strahlende, wohltätige Fürstin darzustellen. Dabei muss sie ein großes Geheimnis bewahren, was ihre eigenen Gefühle angeht. Darf sie eine Liebe leben, die alles gefährdet, wofür sie gekämpft hat?
Daisy von Pless hat es wirklich gegeben. Sabine Weigand erzählt nach Motiven ihres Lebens die Geschichte einer starken Frau zwischen Kaiserzeit und Moderne.

»Weigand führt uns in eine faszinierende Welt im Wandel.«
Augsburger Allgemeine

Sabine Weigand fuhr nach Schlesien, um das Leben der Daisy von Pless für ihren Roman »Die englische Fürstin« zu erkunden. Allen ihren insgesamt neun historischen Romanen liegen wahre Geschichten zugrunde, bei »Die Manufaktur der Düfte« zum Beispiel die Aufzeichnungen einer Seifenfabrikantenfamilie in Deutschland.
Sabine Weigand stammt aus Franken. Sie ist Historikerin, arbeitete als Ausstellungsplanerin für Museen und ist nun freie Autorin und Abgeordnete im bayerischen Landtag.
www.sabineweigand.de

Weitere Informationen finden Sie unter www.fischerverlage.de

SABINE WEIGAND

DIE ENGLISCHE FÜRSTIN

ZWISCHEN GLANZ UND REBELLION

Roman

FISCHER Taschenbuch

Aus Verantwortung für die Umwelt hat sich der S. Fischer Verlag zu einer nachhaltigen Buchproduktion verpflichtet. Der bewusste Umgang mit unseren Ressourcen, der Schutz unseres Klimas und der Natur gehören zu unseren obersten Unternehmenszielen.

Gemeinsam mit unseren Partnern und Lieferanten setzen wir uns für eine klimaneutrale Buchproduktion ein, die den Erwerb von Klimazertifikaten zur Kompensation des CO_2-Ausstoßes einschließt.

Weitere Informationen finden Sie unter: www.klimaneutralerverlag.de

MIX
Papier aus verantwortungsvollen Quellen
FSC® C083411

Erschienen bei FISCHER Taschenbuch
Frankfurt am Main, Januar 2021

Satz: Pinkuin Satz und Datentechnik, Berlin
Druck und Bindung: CPI books GmbH, Leck
Printed in Germany
ISBN 978-3-596-70305-0

ERSTES BUCH

Ruthin Castle, Sommer 1883

»Kinder, vite, vite, der Prince of Wales ist da!« Die französische Gouvernante klatschte in die Hände. »Ja, wo seid ihr denn? Ou êtes-vous?«

Mit Geheul brachen die drei Cornwallis-West-Geschwister – die zehnjährige Mary Theresa, der neunjährige George und die siebenjährige Constance – aus dem großen Barockschrank hervor und tanzten um die erschrockene Nanny herum, die sich mit ihnen im Kreis drehte. »Mon Dieu, mon Dieu, wie seht ihr nur aus?« Sie half den Kindern, ihre Matrosensachen anzuziehen, und versuchte, den Mädchen ordentliche Frisuren mit Schleifen und Bändern zu machen. Die jüngere Constance, genannt Shelagh oder Biddy, hielt brav still, während die Erstgeborene Mary Theresa, genannt Daisy, quecksilbrig auf ihrem Hocker herumrutschte. »Aua, lass mich, das ziept!«, quietschte sie, während der Kamm durch ihre dichten blonden Haare glitt. Die Französin tat einen Stoßseufzer. Seit die beiden anderen Kinderfrauen aus Geldgründen entlassen worden waren, musste sie ganz alleine mit den drei wilden Kindern zurechtkommen! »Tais-toi, Mademoiselle Daisy! Wer will sein fein, muss leiden Pein!« Daisy ließ sich widerwillig die Zöpfe hochstecken und schlüpfte in das weißblaue Rüschenkleid, an dem oben ein Knopf fehlte. Aber jetzt war es zu spät zum Annähen.

Zusammen mit ihrer Gouvernante gingen die Kinder die breite Treppe nach unten auf die Terrasse, wo ihre Mutter Patsy schon mit dem Thronfolger, Prinz Edward, beim Tee saß. Shelagh riss sich von der Hand der Nanny los, und alle drei Kinder rannten auf Edward zu. »Onkel Bertie, Onkel Bertie! Hast du uns was mitgebracht?« Sie liebten den leutseligen Prinzen mit dem struppigen Rauschebart und den schütteren Haaren, der immer Geschenke brachte und manchmal sogar mit ihnen spielte – was ihr eigener Vater niemals getan hätte.

»Na, wollen mal sehen … hm, nein, ich glaube nicht, dass da Geschenke drin sind. Muss ich wohl vergessen haben«, brummelte der Prinz und kramte in einer Ledertasche. Enttäuschte Gesichter bei den Kindern. »Oh, was ist denn das?«, grinste Edward und zog für Shelagh eine Puppe hervor, für George einen Satz Zinnsoldaten und für Daisy eine kleine Goldbrosche mit Marienkäfern.

Patsy Cornwallis-West legte dem Thronfolger die Hand auf den Arm und strahlte ihn an. »Du bist immer so gut zu den Kleinen, mein Bester«, lächelte sie.

»Weil sie so hübsch sind wie du, Pat«, erwiderte er. »Shelagh mit ihren dunklen Haaren ist dir wie aus dem Gesicht geschnitten, und Daisy hat dein Temperament. In ein paar Jahren werden die beiden richtig Furore machen.«

»Du meinst, so wie ich, als ich mit fünfzehn in London debütiert habe?« Patsy zwinkerte ihm verschwörerisch zu.

»Du warst eine Sensation, meine Liebe«, sagte er und strich leicht mit dem Zeigefinger ihre Wange entlang.

Das war Patsy tatsächlich gewesen. Sie zählte damals zum exklusiven Kreis der »professional beauties«, die aufgrund ihrer Schönheit in der Gesellschaft berühmt waren. Und sie war immer noch außergewöhnlich schön mit ihrem schwarzen Haar, dem Schwanenhals, den graugrünen Augen und den fein geschnittenen Zügen. So schön, dass der Kronprinz seine Augen kaum von ihr lassen konnte. »Sensation?« Sie lachte ihn kokett an. »Ach, mein Lieber, mit einunddreißig ist das alles vorbei. Da sitzt man dann und häkelt Spitzendeckchen, plant Rosenbeete und denkt sich Scharaden für Wohltätigkeitsgalas aus.«

Dann wurde sie wieder ernst. »Solange man es sich leisten kann«, fügte sie leise hinzu.

»Wird es gar nicht besser?«, fragte Edward.

Patsy winkte die Kinder weg, die mit ihrer Gouvernante wieder ins Haus gingen. »Willie kann einfach nicht mit Geld umgehen. Und Ruthin und Newlands sind so kostspielig im Unterhalt. Und dann erst die Dienstboten – wir mussten kürzlich wieder welche entlassen. Kein einziger Lakai ist uns geblieben, nur der Butler und meine Zofe! Stell dir vor, Bertie, wir haben in diesem Jahr zum ersten Mal keinen Sommerball gegeben, und nach Italien fahren wir auch nicht – Willie meint, wir müssen einfach sparen.« Sie deutete auf ihren Kuchenteller, der einen Sprung hatte. »Nicht einmal ein neues Teeservice darf ich kaufen! Kein neues Ballkleid für die Season! Du musst zugeben, Bertie, das ist so peinlich! Ich sage zu Willie: ›Schatz, es gibt einfach Dinge, auf die kann man nicht verzichten. Schließlich sind wir doch jemand! Wenn man von Baron Thomas de West abstammt, der nach dem Sieg von Crécy dem Schwarzen Prinzen die Krone des Königs von Frankreich überreicht hat, kann man doch nicht in Sack und Asche gehen!‹ Und weißt du, was er antwortet? ›Meine Liebe, du bist auch in Sack und Asche eine Augenweide!‹ Gütiger Himmel, was sollen nur die Leute sagen?«

»Ich werde sehen, ob sich nicht irgendwo ein schönes, lukratives Amt für Willie finden lässt«, erwiderte der Prince of Wales. »Ah, da ist er ja!«

William Cornwallis-West, ein hochgewachsener, gutaussehender Mann von fast fünfzig Jahren, gesellte sich zu ihnen. Zu dritt tranken sie weiter ihren Tee und sahen später noch den Kindern zu, die inzwischen wieder umgekleidet waren und jetzt auf ihren Ponys auf der Wiese vorbeigaloppierten. George war wie immer der Letzte, während die Mädchen sich vorne kreischend und kichernd ein Rennen lieferten. Shelagh war die Sportlichere von beiden, während Daisy die Hübschere war und in allen Bewegungen schon eine jungmädchenhafte Anmut zeigte. Sie würde eine umschwärmte Schönheit werden, das konnte jeder sehen.

»Ihr müsst eure Älteste einmal gut verheiraten«, bemerkte der Prinz, als ob er Patsys Gedanken gelesen hätte.

»Du hast recht«, sagte sie nachdenklich. »Dann wären wir alle Sorgen los.«

....

Daisy erzählt

Eine Burg aus rotem Sandstein. Kinderlachen. Verstecken im dunklen Kellerverlies, Wettrennen, Fangen, Räuberüberfall. Zwei Mädchen und ein Junge klettern auf Bäume im Park, spielen Zirkus mit zahmen Eichhörnchen. Verkleiden sich, stibitzen heimlich Süßes aus der Küche, erschrecken die Dienstmädchen. Auf dem sorgsam gepflegten Rasen vor der Ruthiner Terrasse jagen wir drei Cornwallis-West-Geschwister übermütig hinter unseren Hunden her, das Kindermädchen atemlos und händeringend hinterdrein.

All diese Bilder gehen mir durch den Kopf, wenn ich heute an meine Kindheit denke. Es war eine so ganz andere Welt damals, voller Abenteuer, unbeschwert und ohne einen Gedanken an die Zukunft. Eine bunte Kinderwelt voller Süßigkeiten und Luftballons. Nie hätte ich damals geahnt, wohin mich das Leben einmal führen würde. In unvorstellbare Höhen und tragische Tiefen. Wenn ich in den Spiegel blickte, war da ein hübsches, blondes Ding mit halb aufgelösten Zöpfen und einem spitzbübischen Lächeln. Ein eigensinniges Mädchen, das erst noch nach den Regeln der Gesellschaft gezähmt werden musste, das schmerzhaft lernen würde, sittsam und brav zu sein – nur um viel später dann all das Erlernte wieder abzustreifen und seine eigenen Regeln aufzustellen.

Wo waren wir stehengeblieben?

Ich war ein Wildfang. Ich liebte Hunde und das Fischen, fuhr am liebsten mit meinem kleinen Boot auf einem Teich im Park herum. Meine jüngeren Geschwister steckte ich immer mit meinen verrückten Ideen an. Wir wurden dafür in dieser Zeit sprichwörtlich. König Edward, dessen Geliebte meine Mutter Mary Cornwallis-West damals immer noch war, nannte uns im Scherz seine ›Wild West Show‹, und diese Bezeichnung haftete uns an, bis wir erwachsen waren.

Die Affäre meiner Mutter mit König Edward, damals noch Prince of Wales, war allseits bekannt. Er hatte Patsy – so nannten sie alle, sogar wir Kinder – als Fünfzehnjährige kennengelernt, und er liebte sie über Jahre hinweg, bis die Liebe später in eine lebenslange Freundschaft mündete. Es gab sogar zeitweise Gerüchte, er sei der Vater von uns Cornwallis-West-Kindern, aber die hörten auf, als wir älter wurden und alle eine große Ähnlichkeit mit unserem Vater entwickelten. Was Vater dazu sagte? Nun, er hatte selber in Italien drei uneheliche Töchter, und er liebte Patsy so abgöttisch, dass er ihr immer alles verzieh. Er nannte sie Mussie, und sie ihn Wisteria Gigantia, weil er so groß war. Sie war schön wie eine Königin, und ich liebte und bewunderte sie sehr. Wenn sie sich mit uns Kindern beschäftigte, was nicht regelmäßig vorkam, war sie eine liebevolle Mutter. Aber meist widmete sie sich eher einem ihrer vielen Verehrer. Sie war leidenschaftlich und ungestüm – das machte ihr irisches Blut. Ich beobachtete sie oft heimlich beim Flirten, ohne zu wissen, worum es genau ging, aber ich sah, dass sie dabei glücklich und ganz in ihrem Element war. Natürlich wussten wir damals noch nichts von ihrer Beziehung zum Thronfolger. Für uns Kinder jedenfalls war der Prince of Wales ein guter Onkel, der immer Geschenke mitbrachte und oft sehr lustig mit uns war.

Der Familie Cornwallis-West gehörten damals zwei Landsitze: Ruthin in Nordwales und Newlands in South Hampshire an der Südküste. Die Burg Ruthin liegt im Tal des Clwyd, sie stammt noch aus dem Mittelalter, mit Burggraben, Bergfrid und Mauern. Newlands ist im Stil der englischen Gotik erbaut, mit Türmchen, Zacken, Spitzbogenfenstern und Butzenscheiben. Von da aus hatte man eine prächtige Aussicht über den Kanal und die Isle of Wight, und man sah von oben die Wasser des Solent dem Meer zuströmen. Das Schloss war über und über mit Kletterpflanzen bedeckt, was dazu führte, dass wir immer Spinnen und Käfer in den Zimmern hatten. Kreischattacken von uns Kindern waren die Folge. Patsy kreischte meist mit, zumindest wenn die Spinnen fett und haarig waren. Nur meinem Vater machten die Insekten nichts aus, er beobachtete sie sogar manchmal unter der Lupe. Der gute alte Poppets, er war schon ein wenig phlegmatisch. Aber sonst war es in Newlands herrlich.

Wir hatten viele Freiheiten auf dem Land; überhaupt waren adelige Kinder in England keinem so strengen Reglement unterworfen wie auf dem Kontinent. Wir Cornwallis-West-Kinder noch viel weniger. Normalerweise hätte für jedes von uns eine Nanny, ein Hauslehrer und eine Gouvernante da sein müssen. Aber wenn das Geld fehlt, dann spart man eben am Personal. Einmal hatten wir einen Hauslehrer, dann wieder keinen, manchmal bekamen wir von einer Italienerin Klavierunterricht, und plötzlich fiel er wieder aus. Meist hatten wir nur eine Kinderfrau, die von unserem Ungestüm völlig überfordert war. Ständig büxten wir aus und taten, was wir wollten. Wir krochen durch die alten Gewölbekeller von Ruthin, versteckten uns in den Wäldern, stahlen uns in die Küche und stibitzten Süßes, verbrachten ganze Tage in den Ställen. Keine Gouvernante konnte unseren Übermut bändigen. Weil wir kein Geld für Hauslehrer hatten, musste Georgie in die Dorfschule gehen, wir Mädchen wurden von Patsy mehr schlecht als recht unterrichtet. Shelagh und ich waren glücklich dabei.

Aber wir hatten auch traurige Zeiten. Eines Tages wachten wir auf, und unsere französische Gouvernante war fort. Niemand zog uns an, niemand kümmerte sich um uns. Wir rannten in unseren Nachthemden nach unten, wo fremde Männer dabei waren, Möbel hinauszutragen. Patsy stand händeringend daneben und tupfte sich immer wieder mit einem Taschentuch die Augen. Wir bekamen Angst. »Mutter, was ist los?«, jammerte Georgie und hing sich an ihren Rüschenrock. Sie ging mit uns in den kleinen Salon. »Wir müssen Ruthin und Newlands verpachten«, sagte sie mit belegter Stimme.

»Was ist verpachten?«, fragte Shelagh.

»Da ziehen Leute ein und bezahlen uns dafür, dass sie im Haus wohnen dürfen«, erklärte Patsy.

»Aber warum?«, schniefte Georgie.

»Weil wir kein Geld mehr haben«, sagte Patsy und tupfte sich wieder eine Träne weg. »Wisst ihr, Ruthin und Newlands und das Stadthaus sind sehr teuer zu unterhalten, und euer Vater hat keine hohen Einkünfte. Deshalb haben wir in den letzten Jahren schon die meisten Diener entlassen müssen. Wir müssen einfach sparen, und deshalb ziehen wir nach London.«

Ich war bestürzt. Aber wir hatten doch ein gutes Leben! Waren wir jetzt arm?

Wir zogen mit den wenigen Dienstboten, die wir uns noch leisten konnten, in unser Stadthaus am Eaton Place 49. Ein schmales, hohes, finsteres Haus, wo wir Kinder im vierten Stock unter dem Dach untergebracht waren. Die neue Nanny dort war ein schrecklicher Mensch, wir hatten solche Angst vor ihr. Sie schlug uns, sperrte uns ein, gab uns kein Abendessen. Wir lebten völlig abgetrennt von der Welt der Erwachsenen. Man betrachtete uns entweder als lästige Plage – wenn wir wieder einmal ohne Aufsicht im Haus herumliefen oder in die Teestunde platzten, wurden wir gescholten und weggescheucht – oder als eine Art lebendiges Spielzeug. Einmal am Tag, nach dem Lunch, wurden wir zurechtgemacht, schön gekämmt und angekleidet, und den Eltern vorgeführt. Meistens, wenn Gäste da waren. Wir durften ihnen die Hand küssen, mussten uns eine halbe Stunde ganz still verhalten und wurden dann wieder hinausgeschickt. Ansonsten überließ man uns den Dienstboten. Die wenigstens kümmerten sich um uns, steckten uns, wenn wir Hunger hatten, Bissen zu, drückten und herzten uns. Sie nannten uns bei unseren Kosenamen – ich war Dany, Shelagh war Biddy und George war Buzzie. Dass Miss Pawskie uns schikanierte, drang nie bis zu unseren Eltern vor, und wir Kinder wagten nicht, uns zu beschweren. Ich war damals schon elf und Biddy acht, wir Mädchen hielten zusammen, aber mein Bruder Buzzie litt schrecklich. Er konnte es nicht verwinden, dass er nicht mehr in Ruthin auf den Wiesen toben durfte, dass die Gouvernante ihn oft grundlos misshandelte. Er zog sich immer mehr zurück und wurde zu dem schüchternen, unglücklichen Menschen, der er bis zum Ende blieb. Shelagh tröstete sich mit Büchern und Handarbeiten, sie saß den ganzen Tag auf irgendwelchen Sofas und las oder stickte. Ich dagegen flüchtete mich fast täglich in die kleine Küche, die im Souterrain lag.

Hier war das Reich von Mrs. O'Malley, der Köchin, die ich liebte wie eine Großmutter. Sie war bei uns, seit ich denken konnte, eine dicke, gemütliche Frau mit graugesträhntem Dutt und weit ausladenden Hüften. Ihr Gesicht war immer gerötet von der Hitze des Herdes, und sie hatte die weichsten, wärmsten Hände auf der ganzen Welt. »Kleine Miss«, nannte sie mich, und verwöhnte mich mit Kuchen, Pudding, heißer Milch mit Honig, eben mit allem, was tröstete. So oft ich konnte, hockte ich mich zu ihr an den riesigen Tisch und hörte ihren Geschichten zu. Sie war Irin, und sie erzählte von Geistern und Feen, von Lepreachauns und der Banshee. Und sie las mir aus Liebesromanen vor, in denen junge Ladys nach Irrungen und Wirrungen ihr ewiges Glück bei dem Mann fanden, der sie heiratete. Ich glaube, ohne Mrs. O'Malley hätte ich die Zeit in London nicht überstanden. Dann, irgendwann, hatten wir wieder mehr Geld und konnten unser altes Leben in Ruthin und Newlands wieder aufnehmen.

Mit vierzehn war ich ein feingliedriges junges Mädchen, das bei offiziellen Anlässen Volantkleider trug und auf Fotografien träumerisch lächelnd Blumenkörbchen auf dem Schoß hielt. Mein helles Haar war vorne zu einem kurzen Pony geschnitten und hinten hochgetürmt. Gott, wie ich diese Frisur hasste. Vorher wurde mein Haar immer mit Zuckerwasser benetzt, auf Lockenwickler gedreht und so eng gebunden, dass es weh tat. Aber Patsy meinte immer nur: »Il faut souffrir pour être belle!«

Wenn keine Gäste da waren und wir Kinder uns selbst überlassen blieben, konnte ich noch das freche Gör sein, das in Schlammpfützen fiel und sich bei Akrobatenkunststückchen den Fuß verrenkte. Aber dann schritt meine Mutter ein und verbot mir das alles an meinem fünfzehnten Geburtstag, weil sie der Meinung war, ich müsse nun endlich erwachsen werden.

Von diesem Moment an änderte sich mein Leben. Es blieb mir nichts anderes übrig, als mich einzufügen in eine Welt der

Regeln und Gesetze. Eine junge Dame tut dies nicht und das nicht. Eine junge Dame lacht nicht laut. Eine junge Dame rennt nicht. Eine junge Dame hält sich in allem vornehm zurück. Sie isst nicht, bis sie satt ist, sie macht sich nicht schmutzig, sie redet nur, wenn sie gefragt wird. Sie ist stets sittsam und unterwürfig. Sie lernt Gesellschaftstänze, deklamiert Frühlingsgedichte, spielt Klavier, wenn sie darum gebeten wird. Sie trägt unbequeme Mieder, in denen sie kaum Luft bekommt, und viel zu enge Schuhe. Du liebe Güte, wie litt ich unter diesem Korsett, in das ich eingeschnürt war! Ich verstand nicht, wozu das alles gut sein sollte. Aber ob ich wollte oder nicht – in dieser Zeit wurde ich unter den kundigen Händen meiner Mutter ein folgsames, mit Argusaugen behütetes Wesen, das sich brav an die Regeln hielt, sich die Tränen verbiss, immer lächelte und niemals aufbegehrte.

Mein Gott, wie lange habe ich diese Regeln in meinem Leben befolgt! Und heute? Heute gilt das alles nicht mehr. Das willfährige Kind folgt jetzt, nach all den Jahren, seinen eigenen Grundsätzen. Der Weg dorthin war lang und steinig, aber ich weiß, er hat sich gelohnt.

Ein Jahr nach unserer Rückkehr nach Ruthin hatten wir den Sommer über Gäste, darunter den jungen Gordon Wood. Er hatte den hübschesten Schnurrbart, den man sich vorstellen kann, und konnte wunderbar Klavier spielen. Ich beobachtete ihn zuerst verstohlen, er wirkte schon sehr männlich mit seinen breiten Schultern und der dunklen, angenehmen Stimme. Immer, wenn er mich ansah, begann mein ganzer Körper zu prickeln wie Sodawasser, und gleichzeitig fühlte ich mich, als würde ich schweben. Himmel, ich war so schüchtern, ich wusste gar nicht, was ich sagen sollte, als er mich fragte, ob wir etwas Vierhändiges spielen wollten. Dann saß er neben mir am Flügel – natürlich mit angemessenem Abstand, aber doch so nah –, und wir spielten und spielten, bis die Glocke zum Abendessen rief. Er war so süß! Er fragte, ob ich am nächsten Tag mit ihm spazierengehen wolle, und natürlich hätte ich ablehnen müssen. Das war nicht schicklich. Aber er sah mich so flehentlich an, dass ich nicht nein sagen konnte.

Heimlich schlich ich mich zu ihm hinaus, und wir gingen in eine stille Ecke des Parks. Erst war es peinlich, und wir wussten nicht, was wir reden sollten. Mein Herz klopfte so laut, dass ich Angst bekam, er könne es hören. Auch er war befangen, aber dann redeten wir über Pferde und Musik und den Tanzunterricht, er machte den hochnäsigen Herzog von Westminster nach, der ebenfalls bei uns zu Gast war, wir lachten über zwei Eichhörnchen, die sich um eine Nuss stritten. Ich flocht ihm einen Kranz aus Gänseblümchen, und er schenkte mir ein kleines blaues Vogelei, das vor uns auf dem Weg lag. »So blau wie deine Augen«, sagte er, und in meinem Bauch flatterten tausend Schmetterlinge. Ich war verliebt, zum ersten Mal in meinem Leben. Wir verbrachten vier herrliche Wochen, lasen uns Gedichte vor, trafen uns heimlich im Pavillon, an versteckten Stellen tief im Park, wo er es wagte, meine Hand in seine zu nehmen. Nein, nicht was Sie denken! Er hat nie auch nur versucht, mich zu küssen. Aber wir waren unendlich verliebt, und er schenkte mir zum Abschied ein Herz von Mondsteinen mit kleinen Diamanten, das an einer dünnen goldenen Kette hing – was beinahe einer Verlobung gleichkam. Ich war glücklich. Wir schworen uns, einander täglich zu schreiben, und er bat mich, ihm treu zu bleiben. »Zur Herbstjagd sehen wir uns wieder«, versprach er, aber die Zeit bis dahin erschien mir ewig.

Wir schrieben uns tatsächlich jeden Tag. Als heimliche Postbotin diente die gute Mrs. O'Malley, die es nicht übers Herz brachte, meine Bitte abzulehnen. Sie schmuggelte meine Briefe aus dem Schloss, und Gordie adressierte seine an sie. Und dann stand plötzlich meine Mutter im Zimmer, just in dem Augenblick, als ich Gordies Kettchen aus dem Versteck nahm, um es eine Weile in der Hand zu halten.

»Was hast du da?«, fragte Patsy.

»Ich … ich … das hab ich gefunden.« Mir fiel keine bessere Ausrede ein.

Patsy hielt gebieterisch die Hand auf, und ich legte das Kettchen hinein. Sie sah es mit gerunzelter Stirn an, dann musterte sie mich lange. Ich muss so rot angelaufen sein wie eine Himbeere, denn sie holte tief Luft, und dann versetzte sie mir eine Ohrfeige. »Lüg nicht! Wer hat dir das geschenkt?«

Ich hielt mir die Wange und versuchte, nicht zu weinen. »Gordie«, sagte ich ganz leise.

»Ach, du liebe Güte!« Mutter verdrehte die Augen zum Himmel.

»Wir lieben uns«, sagte ich.

Die nächste Ohrfeige klatschte in mein Gesicht. Dann suchte Patsy in meinen Schubladen, und natürlich fand sie Gordies Briefe. Ich wäre am liebsten in einem Mauseloch verschwunden. »Sei doch nicht so böse«, bat ich.

Aber sie war mir böse. »Schlag dir den aus dem Kopf«, zischte sie. »Der hat keine tausend Pfund im Jahr! An so einen Hungerleider verschwendet man sich nicht!«

»Aber wir sind doch selber nicht reich!«, protestierte ich.

»Eben darum!«

Ich brach in Tränen aus. Unter Patsys Augen musste ich Gordies Kettchen mit dem Anhänger in ein Schächtelchen packen und an ihn adressieren. Nicht einmal einen Brief durfte ich beilegen. Dann nahm sie mir das Schächtelchen fort, und damit mein ganzes Glück.

Es tat so weh. Ich weinte und weinte. Tagelang, wochenlang. Mein Vater, der es nicht ertrug, mich leiden zu sehen, meinte schließlich: »Vielleicht wäre es das Beste, wir schickten sie für ein Jahr auf Mrs. Woolfs Finishing School nach London. Da kommt sie auf andere Gedanken.«

Patsy fand das völlig unnötig und außerdem zu teuer. »Liebeskummer vergeht«, meinte sie, »und erweiterte Bildung braucht ein Mädchen nicht. Ein wenig Französisch und Deutsch, ein paar Literaturkenntnisse, ein bisschen Geschichte und Geographie, das alles hat sie ja schon, und das ist mehr als genug.«

»Nun, wenn du meinst.« Wie immer gab Vater sofort nach. »Du hast ja recht.«

»Natürlich habe ich recht«, lächelte Patsy und tätschelte Vaters Hand. »Zu viel Wissen verdirbt ein Mädchen nur, und sie taugt dann nicht mehr zur Ehefrau.«

Ich wäre gern nach London gegangen, aber mich fragte ja keiner. Das nehme ich meiner Mutter bis heute übel. Sie hat mich ahnungslos und dumm ohne Ruder und Kompass in die Welt geschickt. Ohne richtige Erziehung, ohne gute Bildung. Auf nichts, was später kam, war ich vorbereitet.

....

London, 1891

»Daisy, ich muss mit dir reden!« Patsy Cornwallis-West klopfte auf den freien Platz neben sich auf dem Sofa. Im Kamin flackerte ein kräftiges Feuer; es war Januar, und draußen herrschte bittere Kälte.

Die schlanke, hochgewachsene Siebzehnjährige im wadenlangen blauen Musselinkleid und den weißen Strümpfen setzte sich folgsam. Patsy betrachtete ihre Tochter prüfend. Unter dem gerüschten Oberteil zeichneten sich sichtbar die Brüste ab. Dekolleté und Taille sah man nicht, weil das Kleid noch in

Mädchenart hochgeschlossen und weit geschnitten war. Aber das würde schon gehen, mit ein wenig Schnüren. Dafür waren Daisys Fesseln schlank, und ihre Haut war makellos, typisch für alle Frauen der West. Die Brauen würde man zupfen müssen, das ließ die Augen ausdrucksvoller erscheinen. Mit ein bisschen Schminke würde Daisy erwachsen genug aussehen für das, was Patsy mit ihr vorhatte.

»Was würdest du sagen, wenn wir nächste Woche nach London zur Schneiderin fahren?«, begann Patsy.

Daisy klatschte in die Hände. »Bekomme ich ein neues Kleid?« Das war im sparsamen Hause West nicht oft der Fall.

»Nicht nur eines, mein Kind. Eine ganze Ausstattung.« Patsy lächelte breit. »Dein Vater und ich haben beschlossen, dass du in dieser Season debütieren wirst.«

»Debütieren?« Daisy stieß einen lauten Jubelschrei aus. »Wann? Wie? Oh, Mutter, erzähl mir mehr!«

Patsy lächelte. »Die ›Season‹ dauert von April bis August, und in dieser Zeit ist alle Welt in London. Der Adel aus aller Herren Länder, die Politik, die reichen Amerikaner, die Familien aus dem Geldwesen, eben alle gehen auf die Feste und Feiern. Jeder, der etwas auf sich hält, gibt einen Ball oder einen Empfang. Aber das wichtigste Ereignis ist auf jeden Fall das ›Debüt‹!«

Das wusste Daisy natürlich. Debüt, das war die Einführung junger Mädchen in die Gesellschaft und ihre erstmalige Präsentation vor der Königin. Für eine junge englische Adelige das wichtigste Ereignis in ihrem Leben.

»Ich selber habe ja sehr jung debütiert«, sagte Patsy. »Ach, was habe ich getanzt, nächtelang, und alle Männer haben mich umschwärmt! Es war wie im Märchen! Drei Heiratsanträge habe ich bekommen!«

Heiratsanträge, die sie abgelehnt hatte, weil sie eine Affäre mit Kronprinz Edward begann und sich hochfahrende Hoffnungen machte. Umsonst, natürlich, denn sie war nicht standesgemäß. Sie hatte viel riskiert und am Ende verloren. Schließlich hatte Edward die Ehe mit William Cornwallis-West vermittelt – eine bessere Partie war nach der Liebschaft mit dem Prinzen nicht mehr möglich.

Daisy sollte es anders ergehen. Sie war rein und unberührt wie frisch gefallener Schnee, und sie war wunderschön, genau wie ihre Mutter damals. Patsy war wild entschlossen, dafür zu sorgen, dass ihre älteste Tochter in die richtigen Hände kam. Es durfte kein Fehler gemacht werden. Eine reiche Heirat musste es sein, eine sehr reiche. Das verhieß die Lösung vieler dringlicher Probleme.

Diese Gedanken behielt Patsy Cornwallis-West allerdings erst einmal für sich. Zunächst sollte ihre Älteste sich einfach nur freuen.

Drei Monate später siedelte die ganze Familie ins Stadthaus am Eaton Place um. Mit zwei Kutschen kam man in Belgravia an, die dritte mit dem ganzen Gepäck war schon einen Tag vorher losgeschickt worden. Daisy war in heller Aufregung. Sie bekam zum ersten Mal in ihrem Leben ein eigenes Zimmer, und als sie den Schrank voller Kleider sah, konnte sie ihr Glück kaum fassen. In einer halben Stunde würde die Schneiderin kommen und letzte Hand anlegen, und dann konnte die Season beginnen.

Während Daisy mit den Fingerspitzen über die schönen Stoffe und den zarten Tüll strich, kam Shelagh herein, Tränen in den Augen. »Ich will nicht, dass du heiratest und weggehst«, sagte sie.

Daisy umarmte ihre kleine Schwester ungestüm. »Ach Shelagh, alles ist so wundervoll! Morgen sehe ich die Königin! Ich werde auf allen Londoner Bällen tanzen! Und dann …« Sie breitete die Arme aus. Ach, es würde genau so sein, wie in den Romanen, die ihr Mrs. O'Malley immer vorgelesen hatte. Ein schöner junger Mann würde sich in sie verlieben. Natürlich würde er aus bestem Hause kommen und sagenhaft reich sein. Sie würden sich heimlich küssen, und dann würde er sie fragen, ob sie seine Frau werden wolle. »Ich platze bald, so aufgeregt bin ich«, rief Daisy und drehte sich mit ausgebreiteten Armen um die eigene Achse. »Ob ich wohl hübsch genug bin? So wie Mutter, dass sich alle nach mir umdrehen?«

»Du bist noch viel hübscher«, sagte Shelagh. »Sieh doch mal in den Spiegel! Du hast wunderschöne blonde Haare, und deine Augen sind blau wie Vergissmeinnicht! Und ich wollte, ich hätte deinen Mund! Niemand findet meine schmalen Lippen schön. Und du hast Mutters Pfirsichhaut. Du wirst die Schönste von allen sein!« Sie fasste ihre ältere Schwester an den Händen. »Ganz bestimmt lernst du den Mann deines Lebens kennen, und er verliebt sich in dich und nimmt dich mit auf sein Schloss und legt dir die ganze Welt zu Füßen!«

»Ach, das wäre so schön!« Daisy stieß einen kleinen Juchzer aus und ließ sich nach hinten aufs Bett fallen.

»Und das Gemeine ist: Ich darf nirgends mit!«, schmollte Shelagh.

Daisy setzte sich auf und gab ihr einen Kuss auf die Wange. »Warte nur, in drei Jahren tanzt du auf deinem eigenen Debüt. Und dann werde ich es sein, die dich beneidet.«

Der große Saal im Buckingham Palace war in das Licht von fünf riesigen Kronleuchtern getaucht, reflektiert von den unzähligen Spiegeln, die die Wände bedeckten. An den Längsseiten waren Stuhlreihen aufgestellt, dort saßen in ihrer festlichsten Garderobe die Mütter, Großmütter, Schwestern und Tanten der Debütantinnen und fächelten sich Luft zu.

Gewisper, Kichern, das feine Rascheln von Tüll. Vielleicht hundert junge Damen warteten draußen im Vorzimmer, alle in jungfräuliches Weiß gekleidet, Daisy mitten unter ihnen. Die meisten Mädchen waren kreidebleich, entweder vor Aufregung oder weil sie zum ersten Mal in einem Mieder eingeschnürt waren, das sie kaum atmen ließ. Auch Daisy bekam kaum Luft, der untere Rand des Mieders schnitt wie ein Messer in ihre Taille. »O Gott, ich kann das nicht!«, rief die kleine, sommersprossige Rothaarige neben ihr. »Gleich werde ich …!« Und dann erbrach sie sich mitten auf den gewienerten Holzboden. Daisy konnte gerade noch zur Seite springen, sonst wäre ihr Kleid und damit der ganze Abend ruiniert gewesen. Und dann wurde auch schon ihr Name aufgerufen. »Mary Theresa Olivia Cornwallis-West!« Sie raffte ihre langen Röcke, holte noch einmal tief Luft und betrat den Saal.

Ganz hinten sah Daisy die alte Königin auf einer Art Thron sitzen. Sie wusste, dass Victoria seit dem Tod ihres Gemahls Albert stets tiefstes Schwarz trug, dazu ein weißes Spitzenhäubchen, das ihr schwammiges Gesicht umrahmte. Klein und korpulent, das graue Haar in der Mitte gescheitelt und straff zurückgekämmt, saß die Beherrscherin Britanniens da wie eine missgelaunte, behäbige Matrone und blickte Daisy mit strenger Miene entgegen.

Himmel, dachte Daisy, und spürte, wie ihre Hände zitterten, jetzt nur keinen Fehler machen. Sie ging auf die Königin zu. Fuß vor Fuß. Nicht zu schnell und nicht zu langsam. Aufrecht bleiben, als ob man ein rohes Ei auf dem Kopf balancieren würde, so hatte sie es gelernt. Die Arme locker seitlich am Körper, ein Lächeln auf den Lippen, aber nicht zu breit. Nicht auf den Kleidersaum treten. Die Augen niederschlagen. O Gott, das Herz klopfte ihr bis zum Hals. Schließlich stand sie vor der Queen, die aus der Nähe noch strenger wirkte und ihr beinahe Angst einjagte. Jetzt der Hofknicks, hundert Mal hatte sie ihn geübt. Das linke Bein etwas zurücknehmen, das Knie in die Kniekehle des rechten Beins drücken und dann aufrecht tiefer gehen, nicht zu viel und nicht zu wenig. Daisy hielt den Atem an, und der Knicks gelang ihr gut. Die Königin lächelte dünn und streckte ihr die winzige behandschuhte Hand zum Kuss entgegen. Daisy nahm sie und hauchte einen angedeuteten Kuss darauf. Geschafft. Unendlich erleichtert drehte sie sich um und machte einen Schritt zurück. Und dann geschah das Schreckliche: Sie trat auf ihre zwei Meter lange Schleppe, taumelte, stolperte und stürzte!

Ein spitzer Schrei aus den Reihen der Zuschauerinnen: Das war Patsy, ihre Mutter! Unterdrücktes Raunen, das Rauschen von Fächern. Einen Moment, der ewig zu dauern schien, wusste Daisy nicht, was sie tun sollte. Alles drehte sich vor ihren Augen, und ihr Knie tat weh. Dann stemmte sie sich vom Boden hoch, kam auf die Beine, richtete sich auf. Ihre Wangen brannten wie Feuer. Sie atmete durch, stellte sich gerade hin, warf die Schleppe hinter sich und ging dann gemessenen Schrittes und erhobenen Hauptes durch die Reihen.

Draußen war es mit ihrer Contenance vorbei, und sie brach in bittere Tränen aus. Eine größere gesellschaftliche Blamage konnte man sich nicht vorstellen. Vor den Augen der Königin!

Dann war auch schon Patsy bei ihr. »Wie konntest du dich nur so dumm anstellen? Schämen musste ich mich für dich! Gott im Himmel!«

»Es tut mir so leid …« Daisy schluchzte immer mehr, so dass zwei der drei Straußenfedern aus ihrem Kopfputz fielen. »Die Schleppe … ich hab die Schleppe vergessen …«

»Hundert Mal hab ich's dir gesagt: beim Umdrehen einen Halbkreis laufen!« Patsys Wut begann zu verrauchen. »Na komm, Kopf hoch. Übermorgen ist der Ball bei den Chapman-Hustons, da machst du alles besser.«

Eingehakt in den Arm ihrer Mutter ließ sich Daisy hinausführen, vorbei an zwei tuschelnden Damen. Sie hörte die eine flüstern: »Die Ärmste! Das ist ein ganz schlechtes Omen.«

Daisys Herz sank. Jetzt würde ganz London über sie lachen.

Niemand wird mit mir reden wollen, dachte sie, niemand mich zum Tanz auffordern. Es wird keine Einladungen geben und keine Ausfahrten. O Gott, bestimmt finde ich keinen einzigen Verehrer. Sie wünschte sich weit weg, nach Ruthin oder Newlands oder am liebsten noch weiter. Die Season würde ganz schrecklich werden …

………… …………

Daisy erzählt

In diesem Jahr gaben der Herzog und die Herzogin von Portland den ersten Ball, und ganz entgegen meinen Befürchtungen war ich eingeladen. Ich trug das neue veilchenblaue Ballkleid mit großem Dekolleté und weiße Seidenhandschuhe bis zu den Ellbogen, dazu Blumen in den hochgesteckten Haaren. »Sei nicht so aufgeregt«, sagte meine Mutter, als wir den Saal betraten, »das macht Flecken im Gesicht.«

Ich tat mein Bestes, aber meine Knie waren ganz weich. Ich griff nach dem angebotenen Glas Champagner, aber Patsy nahm es mir sofort aus der Hand. »Kein Alkohol!«, sagte sie. »Wir wollen doch beim Tanzen nicht schwindlig werden.«

Kaum saßen wir auf unseren Plätzen, trat ein junger Mann heran, verbeugte sich vor Patsy und bat um einen Eintrag in meine Tanzkarte. Ja, damals war das noch so altmodisch, man wurde nicht selber gefragt. »Walzer oder Polka?«, fragte meine Mutter geschäftsmäßig, und er entschied sich für die Polka. Ich war grenzenlos erleichtert. Meine schlimmste Vorstellung war gewesen, dass sich kein Tänzer für mich interessieren würde, und nun hatte ich wenigstens schon einen!

Eine Viertelstunde später war die erste Seite meiner Tanzkarte voll. Patsy platzte fast vor Stolz. »Das war der Sohn des zweiten Earls von Irgendwo«, raunte sie mir zu, oder »wunderbar, der junge Viscount von Soundso«. Ich saß da uns ließ alles geschehen, und als die Musik begann, tanzte ich brav mit jedem, in der Reihenfolge, die Patsy bestimmt hatte. Es war herrlich und doch irgendwie verstörend – außer Gordie, der meine Hand gehalten hatte, hatte mich doch noch niemals ein Mann angefasst! In der Tanzstunde hatte ich nur mit der Tanzlehrerin getanzt. Und jetzt griffen die Männer an meinen Rücken! Und sie waren so nah, dass ich riechen konnte, wenn einer schwitzte! Ich tat mein Bestes, hielt mich gerade, blieb im Takt, lächelte und schwebte über die Tanzfläche. Über allem wachten Patsys prüfende Augen; und sie ermutigte nur diejenigen Herren zu einem zweiten Tanz mit mir, die aufgrund ihrer Nachforschungen als Ehepartner für mich in Betracht kamen. Anfangs hatte Loyd Tyrell, der vierte Baron Kenyon, die Nase vorn. Er tanzte wunderbar, und er machte mir einen Sack voll Komplimente! Außerdem sah er unverschämt gut aus. Ich war drauf und dran, mich in ihn zu verlieben.

Und dann, mitten am Abend, kam jemand, für den meine Mutter alle Tanzverpflichtungen über den Haufen warf. »Fürst Hans Heinrich von Pless«, stellte er sich vor und machte eine militärisch knappe Verbeugung. »Dürfte ich um den nächsten Walzer bitten?«

In diesem Augenblick wechselte zu meinem Leidwesen der Spitzenplatz in Patsys Favoritenliste.

Er war gerade erst der deutschen Botschaft als Sekretär zugeteilt worden und sprach mit einem starken deutschen Akzent. Ich verstand ihn schlecht und fühlte mich ihm gegenüber unsicher wie ein kleines Mädchen. Er war groß und schlank, hatte ein angenehmes Gesicht mit stechenden, hellen Augen, schmale Lippen und einen blonden Schnurrbart. Wegen seiner ausgeprägten Stirnglatze hielt ich ihn für fast so alt wie Onkel

Bertie. Er tanzte mit mir, als habe er einen Stock verschluckt, und dann lieferte er mich wieder bei Patsy ab. Das Ganze wiederholte sich noch drei Mal – Patsy warf einfach drei andere Tänzer aus der Liste –, und dann war auch schon Mitternacht und die Kutschen fuhren vor.

»Die Familie ist geradezu unglaublich reich!«, schwärmte Patsy, als wir zu Hause ankamen. »Sie besitzt halb Schlesien, zwei große und ein paar kleinere Schlösser, etliche Jagdsitze und ein großes Haus in Berlin. Drei Städte, zwanzig Dörfer, riesige Wälder. Es sind Kohlemagnaten, denk nur! Kohle treibt die Industrie an, das ist eine sichere Einnahmequelle für die Zukunft. Und sie gehören zum deutschen Uradel!«

»Er ist auch uralt«, wagte ich trotzig einzuwerfen. Ich mochte ihn nicht, er war zwar höflich, aber langweilig und steif, und außerdem tanzte er schlecht.

»Uralt? Ich bitte dich! Er ist dreißig! Und du gefällst ihm, das habe ich sofort gemerkt. Viermal hat er um einen Tanz gebeten!« Meine Mutter, die gerade meine Haare zum Nachtzopf flocht, ließ vor lauter Begeisterung eine Strähne fallen. »Er ist auf der Suche nach einer Frau, das habe ich von meiner Freundin Amanda erfahren. »Eigentlich«, sie kicherte, »hatte er es auf Mary von Teck abgesehen. Aber die Königin hat letzte Woche entschieden, dass die kleine Prinzessin den Duke of Clarence heiraten soll. Pech gehabt!« Patsy knotete das Zopfband fest. »Und das ist unser Glück!«

»Aber ich mag ihn nicht!«

»Jetzt lern ihn doch erst einmal ein bisschen kennen. Ich werde uns auf den wichtigsten Festen avisieren, da treffen wir ihn bestimmt. Und jetzt geh schlafen, morgen musst du wieder schön sein.« Sie drückte mir einen Gutenachtkuss auf die Stirn und ging zur Tür. »Gott, was wäre das für eine großartige Partie!«, rief sie noch. »Du bist ein Goldstück, Daisy!«

Ja, Patsy war ehrgeizig, was die Verheiratung ihrer Töchter anging. Und in jenen Zeiten tat sich eine Frau etwas darauf zugute, wenn sie ihre Tochter gleich in ihrer ersten Season weggeben konnte. Weggeben – ein scheußliches Wort. Dabei half ihr in meinem Fall auch noch mein guter Onkel Bertie, der uns auf ihre Bitten hin für den 23. Juli einlud, auf eines seiner exklusiven Gartenfeste in Marlborough House.

Zu dieser Zeit war ich schon die ungekrönte Königin der Season. Mein Sturz zu Anfang war vergessen. Ich war der umschwärmte Mittelpunkt jedes Balls, die jungen Männer rissen sich darum, ihren Namen auf meine Tanzkarte setzen zu dürfen. »Ach bitte, Mrs. Cornwallis-West, machen Sie für mich eine Ausnahme!«, hieß es. Oder: »Dürfte ich mich gleich für drei Tänze eintragen?« Anfangs hatte mich das alles noch verlegen gemacht, ich wusste gar nicht, wie ich mit so viel Aufmerksamkeit umgehen sollte. Aber bald begann ich, das Spiel zu genießen. Ich fühlte mich großartig, wenn mir viele Verehrer gleichzeitig den Hof machten. »Aber Sirs, einer nach dem anderen!«, rief ich, wenn sie sich darum drängten, mir ein Glas Bowle zu holen. Ich kokettierte, flirtete, wiegte mich beim Gehen in den Hüften. Ich erinnerte mich an Patsys Augenaufschlag, wenn sie mit männlichen Besuchern sprach, und ahmte ihn nach. Ich verbarg mein Gesicht geheimnisvoll hinter dem Fächer, nur um dann über seinen Rand hin einem Verehrer einen tiefen Blick zuzuwerfen. Und wenn er dann rot wurde, spürte ich, dass ich Macht über ihn hatte. Ich, die schüchterne Daisy, der Wildfang vom Land, die Tochter aus armem Haus – ich war diejenige, um die sich alles drehte, die von allen begehrt wurde! Es war ein neues, nie gekanntes, triumphales Gefühl.

Bald stand in den Zeitungen, ich sei die schönste, charmanteste, umschwärmteste Debütantin der letzten Jahre. Die Männer lagen mir zu Füßen. Eine Schlagzeile des »Daily Telegraph«

lautete: »Daisy Cornwallis-West hat London im Sturm genommen!« Meine Mutter war so begeistert, dass sie mir den ganzen Tag Luftküsse zuwarf.

Beim Gartenfest der Gräfin von Carnarvon war der deutsche Fürst wieder zur Stelle, und Mutter ließ kaum jemand anderen mit mir tanzen. Er führte mich über die weißen Kieselwege, versorgte mich mit Champagner und erzählte mir märchenhafte Dinge über sein Leben in Schlesien, seine Pferdezucht und die legendären Wisentjagden, die er jedes Jahr veranstaltete. Er war freundlich, und einmal wagte er es sogar, meine Hand zu nehmen, die ich ihm erschrocken wieder entzog. Ich mochte ihn immer noch nicht, und wenn er noch so reich war.

Schließlich trafen wir uns ein drittes Mal, auf einem Maskenball in Mulholland House. Wir tanzten einen Walzer, und dann, aus heiterem Himmel, machte er mir im Wintergarten einen Antrag! Ich fühlte mich schrecklich. Was sollte ich ihm antworten? Da stand er nun, dieser Mann, der in mir keine Gefühle weckte, und wartete auf ein Ja. Ich wusste, dass meine Eltern die Verbindung wollten, und dass eine Tochter die Pflicht hatte, sich ihrem Willen zu fügen. Schon wollte ich nicken, aber dann brach der Trotz in mir durch. Es war doch mein Leben, und ich wollte einen Mann, den ich liebte! Ich dachte an meinen süßen Gordie, an den Baron Kenyon, den ich wirklich gern mochte. Also erklärte ich Hans Heinrich mit stockenden Worten, dass es mir leidtue. »Ich liebe Sie nicht«, sagte ich.

»Die Liebe wird später kommen«, entgegnete er.

»Ich bin viel zu jung für Sie«, sagte ich.

»Zwölf Jahre sind doch kein großer Unterschied.« Er ließ sich nicht abbringen.

»Aber ich bin arm«, protestierte ich.

»Was zählt, ist die Abstammung«, lächelte er. »Ihre Familie führt sich väterlicherseits auf die Dynastie von König Heinrich III. Plantagenet zurück, und mütterlicherseits auf die keltischen Könige von Irland. Damit entsprechen Sie vollkommen den Ansprüchen der Fürsten von Pless.« Er wirkte unglücklich. »Daisy, darf ich Sie wenigstens bitten, noch einmal darüber nachzudenken?«

Ich gab nach und versprach es ihm, damit er ging.

»Denk nur, er hat mich gefragt, ob ich ihn heiraten will!« Shelagh und ich saßen in unseren Nachthemden auf meinem Bett und flochten uns gegenseitig Zöpfe.

Shelagh schlug die Hände vor den Mund. »O Gott, ist das aufregend! Wie ist er? Was macht er? Wie sieht er aus? Tanzt er gut?«

Ich überlegte. »Aussehen tut er eigentlich nicht so gut«, sagte ich. »Er ist ja auch schon dreißig! »Und wie er ist? Hm. Höflich, ruhig, ernst, vornehm, irgendwie deutsch. Er tanzt wie ein Besenstiel, aber das tun die meisten. Aber dafür ist er unglaublich reich, sagt Mutter. Seinem Vater gehört halb Schlesien, das liegt im Osten von Deutschland. Die Familie ist alter Adel. Und er ist der älteste Sohn und erbt einmal alles. Zur Zeit ist er Attaché an der deutschen Botschaft.«

Shelagh sah mich mit gerunzelter Stirn an. »Das klingt irgendwie langweilig«, meinte sie enttäuscht.

Ich seufzte. Sie hatte ja recht.

»Ist er denn wenigstens unsterblich in dich verliebt?«

»Natürlich, du Dummchen! Würde er mich sonst heiraten wollen?«

»Und du? Liebst du ihn?«

Ich trank einen Schluck Kakao, um nicht gleich antworten zu müssen. »Mutter sagt, ich muss ihn nicht lieben. Nur gernhaben, das reicht schon.«

»Also, mir würde das nicht reichen!« Shelagh warf ihren fertigen Zopf hinter sich. »Ich müsste verrückt nach ihm sein!

Und er dürfte keinen Augenblick von meiner Seite weichen. Zu Füßen müsste er mir liegen, mich anbeten! Und er müsste lustig sein. Und stark und mutig. Und hübsch.«

Ich schluckte. Genau das wünschte ich mir auch.

Die halbe Nacht wälzte ich mich in den Kissen. Und dann fasste ich einen Entschluss.

Am nächsten Tag ging ich zu Patsy. Natürlich war der Fürst von Pless schon auf dem Ball bei ihr vorstellig geworden. Sie umarmte mich stürmisch. »Was bist du nur für ein Glückspilz, Daisy! Eine bessere Partie hätten wir uns nicht erträumen können! Ich freue mich so für dich!«

»Mutter …«

»Wo möchtest du das Hochzeitskleid machen lassen? Für Rouff's in Paris ist keine Zeit mehr, aber es gibt ja auch gute Londoner Schneider … Ich würde sagen, etwas Mädchenhaftes mit viel Tüll, und dann echte Blumen, Orchideen oder …«

»Mutter, ich …«

»Die Feier kann natürlich nicht hier am Eaton Place stattfinden, da ist viel zu wenig Platz. Am ehesten in Frage käme das Savoy, oder vielleicht …«

»Ich will ihn nicht heiraten!«

Patsy hielt abrupt inne. »Was?«

»Ich will ihn nicht heiraten«, sagte ich, schon leiser.

»Unsinn, Schätzchen, natürlich willst du.« Patsy schüttelte leicht indigniert den Kopf. »Der Fürst von Pless ist direkt vom Himmel in deinen Schoß gefallen. Einen besseren Ehemann findest du nicht. Er ist reich und hat Manieren, und er sieht passabel aus. Außerdem liebt er dich.«

»Hat er das gesagt?«

»Aber natürlich«, flötete Patsy im Brustton der Überzeugung. »Er ist hingerissen von dir. Er wird dich auf Händen tragen, Kleines.«

»Aber ich … ich bin nicht in ihn verliebt! Und ich will auch nicht weg von hier, weg von euch allen.«

»Deutschland ist doch nicht aus der Welt!« Patsy wurde langsam ungehalten. »Und Schlesien soll sehr schön sein, das sagen alle. Daisy, denk doch, du würdest auf einem riesigen Schloss leben, zehnmal, ach was sag ich, hundertmal so groß wie Ruthin! Du müsstest niemals über Geld nachdenken, hättest alles, Kleider, Schmuck, Pferde, Kutschen, Dienerschaft. Du könntest leben wie eine Königin!«

»Ich will trotzdem nicht. Der Baron Kenyon …«

»… ist ein armer Schlucker gegen den Fürsten.«

»Aber Mutter, wenn doch …«

Patsy schnitt mir mit einer Handbewegung das Wort ab. »Papperlapapp, Daisy. Jetzt sei bitte vernünftig. Ich verstehe ja, dass du durcheinander bist. Man bekommt schließlich nicht jeden Tag so einen Antrag. Am besten, du gehst jetzt erst einmal zurück in dein Zimmer und denkst ein bisschen nach.«

Als wir dann alle beim Lunch saßen, wagte ich noch einen Vorstoß. »Bitte Mutter, ich habe die ganze Zeit nachgedacht – ich will den Fürsten trotzdem nicht heiraten«, sagte ich.

Patsy legte klirrend ihr Besteck hin. »Da hast du's«, sagte sie zu Vater, der gerade Erbsen und Kartoffelbrei auf seine Gabel häufte. »Deine Tochter ist ein bockiges, unvernünftiges Ding! Du mit deiner nachlässigen Erziehung!«

Vater fielen die Erbsen von der Gabel. »Aber Mussie! Sie ist eben noch jung.«

Ich sah Vater flehentlich an. »Vielleicht sollten wir noch ein Jahr warten«, meinte er lau.

»Unsinn! Also manchmal weiß ich nicht, was in deinem Kopf vorgeht, Willie. Der Fürst ist jetzt da, nicht irgendwann anders. So eine Gelegenheit kommt nie wieder.«

»Nun ja, aber er ist Ausländer …«

Patsy schnaubte. »Mach dich nicht lächerlich, Willie! Wenn

Königin Victoria ihre älteste Tochter einem Deutschen geben kann, dann können wir das auch!«

»Du hast ja recht, Darling.« Vater lächelte mich bemüht an. »Daisy wird schon einsichtig werden, nicht wahr, mein Hühnchen? Deine Mutter weiß am besten, was gut für dich ist.« Er tätschelte meine Hand. »Und der Fürst ist doch ein angenehmer Mensch, ich habe ihn ja auch schon kennengelernt.«

»Er sagt, du wirst Juwelen, Schlösser und Hofdamen haben. Er wird dich dem Kaiser in Berlin präsentieren! Jedes Jahr will er mit dir nach England reisen, du brauchst also gar kein Heimweh zu haben. Er ist so hingerissen von dir, dass er dir jeden Wunsch erfüllen wird.«

Patsy redete so laut auf mich ein, als sei ich plötzlich schwerhörig geworden. Sie schilderte mir die Vorzüge einer Ehe mit dem Fürsten in allen Farben und hörte überhaupt nicht mehr auf. Mein Gott, wie glänzend und romantisch das alles klang! Wäre ich auch nur ein winziges bisschen in diesen deutschen Fürsten verliebt gewesen, ich hätte vor Glückseligkeit geschrieen, dass man es bis Schottland hätte hören können. Aber so fühlte ich mich eher wie ein hübscher Schmetterling, den man mit einer Honiggabe lockt, damit man ihn einfangen und dann tot unter Glas aufgespießt herzeigen kann.

Am Ende wusste ich gar nicht mehr, was ich wollen oder nicht wollen sollte.

Beim Empfang der Herzogin von Kent sah ich den Fürsten wieder, und ich wusste, dass er an diesem Abend eine Antwort erwartete. Wir tanzten ein paar Mal, gingen zum Büfett, sahen bei der Scharade zu. Irgendwann sah ich meine Eltern mit dem Vater des Fürsten in der Bibliothek verschwinden und die Tür verriegeln. Da wusste ich, dass mir keine Wahl blieb.

Die »Times« verkündete unsere Verlobung am 7. August 1891.

....

Aus dem Daily Graphic vom 9. Dezember 1891

LONDON. In der altehrwürdigen St. Margaret's Church in Westminster fand gestern um 2 Uhr 30 nachmittags die Vermählung der achtzehnjährigen Mary Theresa Cornwallis-West mit dem schwerreichen deutschen Adeligen Hans Heinrich XV., Graf von Hochberg, Fürst von Pless, statt. Das aus hellem Kalkstein errichtete und reich mit Blumen geschmückte Gotteshaus war bis auf den letzten Platz besetzt. Im Hauptschiff waren große Blumenamphoren mit hohen Palmen aufgestellt, aus den Nischen quollen grüne Farne. Die Kanzel und den Altarraum zierten Madonnenlilien und Orchideen. Unter dem Jubel der Londoner Bevölkerung stieg das Hochzeitspaar vor dem Portal aus der sechsspännigen Kutsche. Die Braut trug ein Kleid aus dem exklusiven Pariser House of Worth, eine Kreation aus kostbarer, schneeweißer Seide, von Maline Tuille und Brüsseler Spitze umrahmt und mit einer Kette aus Orangenblüten geziert. An das enganliegende Oberteil waren schmeichelhafte Puffärmel und am Dekolleté Rüschen angesetzt. Der Brautschleier wurde gehalten von einer mit Diamanten und Perlen besetzten Nachbildung der Krone des Heiligen Römischen Reichs Deutscher Nation, einem Geschenk des fürstlichen Schwiegervaters. Zum Schmuck gehörten weiter ein diamantenes Kreuz, Geschenk der fürstlichen Schwiegermutter, und ein riesiger Diamant an einer schweren Kette, Geschenk des Bräutigams. Die Schleppe maß viereinhalb Meter, und der Brautstrauß bestand aus echten Orangenblüten, eigens zu diesem Anlass aus Italien importiert …

Der Bischof von St. Asaph, unterstützt durch den Erzdiakon von Westminster, vermählte das junge Paar und hielt eine fulminante Predigt. Unter den acht lieblichen Brautjungfern waren die Ladys Mary und Margaret Sackville, Lady Lettice Grosvenor und Lady Margaret Hare. Sie trugen cremefarbenen Seidenmussselin über weißen, mit hellblauen Bändern verzierten Satinröcken. Die Pagen erschienen in weißsilberner höfischer Tracht …

Unter den Gästen: Der Prince und die Princess of Wales, der Herzog und die Herzogin von Connaught, Fürst und Fürstin von Sachsen-Weimar-Eisenach, der Marquis von Headford mit Gattin, Lord und Lady Stanhope, Count und Countess von Carnarvon, Sir Alfred de Rothschild, die Botschafter von Deutschland, der Türkei, Frankreich, Russland, Italien, Portugal, Dänemark, Griechenland, den Niederlanden und den Vereinigten Staaten …

……….. ………..

Paris, Dezember 1891

Daisy saß in der Fürstensuite des Ritz in Paris und blätterte in den Zeitungsausschnitten, die ihre Mutter aus London geschickt hatte. Alle englischen Blätter hatten über die Hochzeitsfeierlichkeiten berichtet, am ausführlichsten der »Daily Graphic«. Dessen Artikel war betitelt mit ›A Brilliant Scene‹. Daisy strich das Papier glatt. Das erste Schwarzweißbild zeigte sie selber im Brautkleid von schräg vorne aufgenommen. Unter dem dünnen Schleier der über einer Diamantkrone drapiert war, blickte sie melancholisch nach unten, kein Lächeln erhellte ihr Gesicht. So jung sah sie aus, und so schön. Daisy fragte sich, was wohl die Menschen denken mochten, die diese Fotografie in der Zeitung sahen. Ob sie erkannten, wie verloren und hilflos sich diese Braut im pompösen Kleid fühlte, in das man sie gesteckt hatte? Ob sie spürten, dass sie traurig war, sich alleingelassen fühlte? Dass alles nur Fassade war?

Das zweite Bild war eine Aufnahme der beiden Brautleute.

Beide blickten ernst und standen nebeneinander wie Fremde, als gehörten sie nicht zusammen. Der Fürst trug Uniform, und Daisy hatte diesmal den Schleier weggelassen.

Daisy legte die Zeitung weg. Zum Glück sieht keiner, dachte sie, dass ich während der Aufnahmen schreckliche Magenschmerzen hatte. Wie es in ihr drinnen ausgesehen hatte, das wusste nur sie selber. Jetzt, eine Woche nach der Hochzeit, spürte sie immer noch die Angst, die Unsicherheit, das Gefühl, den Dingen nicht gewachsen zu sein, die Befürchtung, einen furchtbaren Fehler gemacht zu haben. All das hatte so schwer auf ihr gelastet, viel schwerer als die Juwelen, die sie tragen durfte. Alle hatten an diesem 8. Dezember einen wunderbaren Tag, außer der Braut, dachte Daisy bitter. Die ganze Verlobungszeit hindurch hatte sie in sich hinein gehorcht, hatte auf erste Anzeichen einer beginnenden Liebe gewartet, oder wenigstens Zuneigung. Aber sie spürte einfach nichts. Ihre größte Freude war die Beschaffung einer völlig neuen Garderobe gewesen; Hans hatte das angeordnet, ihre alten Kleider schienen ihm nicht angemessen. Sie hatte ein Reisekostüm mit einem Cape aus grünem russischen Samt bekommen, ein himmelblaues Ballkleid im Monte-Carlo-Stil, etliche Abendkleider- und Theaterroben, ein weißes Hofkleid mit Schleppe, zwei Teeausstattungen, eine in Ecru, eine in Rosa, einen Sommer- und einen Wintermantel mit Zobelbesatz. Dazu die passenden Schuhe, Handschuhe, Hüte, Muffs und Stolen. Wochenlang war sie in den Londoner Schneiderateliers unterwegs gewesen. Sie hatte bis zur Wespentaille geschnürte Korsetts gekauft, wahre Folterinstrumente, in Weiß, Rosé, Hellblau und Karamell. Und Seidenwäsche! Aber selbst die schönsten Sachen hatten sie nicht aufmuntern können. Denn ihr Bräutigam war weiterhin kühl und reserviert geblieben, auf diese typisch deutsche Art. Daisy hatte einfach keinen Zugang zu ihm gefunden. Außerdem war ihr mit jedem Tag klarer geworden, dass sie nun bald ihre Heimat verlassen und fortgehen würde. Allein in ein unbekanntes Land, zu fremden Leuten. Fort von allem, was sie kannte und liebte. Sie wurde immer stiller, je näher die Hochzeit rückte.

An die Trauung erinnerte sich Daisy später nur noch wie im Nebel. Sie schwankte zwischen Verzweiflung und Resignation, Erwartung und Hoffnung. Ihr neuer Titel, ihre zukünftigen Aufgaben, die Verpflichtungen einer Ehe, das alles war so viel größer als sie selbst. Sie war doch noch ein Kind, befangen, nervös und zaghaft. Als ihr Vater sie vor dem Altar an Hans übergab, wäre sie am liebsten davongelaufen, doch dann sprach sie folgsam dem Bischof nach, ließ sich den Ring anstecken, bot ihre Lippen zum Brautkuss. Dann kam endlich der Auszug durch das Kirchenschiff, vorbei an lächelnden, wohlwollenden Gesichtern. Draußen auf der Treppe von St. Margaret verabschiedete sich Onkel Bertie von ihr mit dem Ratschlag, sie solle nur schnell Deutsch lernen und eine treue Untertanin des Kaisers werden. Auf dem Platz wartete eine riesige Menschenmenge; alle riefen in echtem Londoner Cockney das Wortspiel »God Pless you!«, als das Paar in die Kutsche einstieg. Das war das einzige Mal, dass Daisy auf ihrer Hochzeit lächelte.

Auf die Trauung folgte ein kurzer, aber glanzvoller Empfang am Portman Square im Haus der Fürstin Dolgoruki, einer nahen Freundin ihrer Mutter Patsy. Die Hochzeitsgeschenke wurden katalogisiert, sie hatte kaum Zeit, sie anzuschauen. Alles wurde verpackt, in Schrankkoffer und Truhen. Eine Stunde später musste sie sich schon wieder umziehen; Hans hatte die Überfahrt nach Frankreich für den selben Abend gebucht. In ihrer Aufregung zog Daisy den Rock ihres neuen Reiseensembles – ein französischer Schnitt – verkehrtherum an und merkte es nicht. Dann kam ein schneller Abschied, und schon saß das junge Ehepaar in der Kutsche zur Victoria Station. Sie hatten noch nicht den Portman Square umfahren, als Hans Daisys Malheur bemerkte. »Gott im Himmel«, sagte er. »Hat man dir nicht beigebracht, wie man ein Kleid anzieht?« Dabei wurden seine Lippen ganz schmal, und seine Augen verengten sich. »Du bist wirklich peinlich!«

Daisy stammelte eine Entschuldigung und brach in Tränen aus. Hans reichte ihr sein Taschentuch. »Wir sind gleich am Bahnhof«, sagte er. »Nimm dich zusammen.«

Es war ausgemacht, dass die Brautleute auf der Reise nach Paris getrennte Schlafabteile haben sollten. Daisy war so froh darüber; wenigstens das hatte ihre Mutter ihr zuliebe bedacht. Sie war in dieser Nacht so erschöpft, dass sie schon fast schlief, als ihre Zofe Missy ihr den verdrehten Rock auszog.

In Paris bezogen sie am nächsten Nachmittag ein ganzes Stockwerk im Ritz. Dazu gehörte ein gemeinsames Schlafzimmer, und der Abend rückte näher. Sie speisten im Hotel, und danach folgte Daisy Hans nach oben. Sie wusste, dass jetzt das kommen würde, was man ›eheliche Pflicht‹ nannte, aber woraus diese genau bestand, davon hatte sie nicht die geringste Ahnung. Sie ließ sich von Missy auskleiden, badete und zog ein langes, hochgeschlossenes Seidennachthemd an. Nachdem die Zofe gegangen war, legte Daisy sich ins Bett, zog die Decke bis zum Hals und harrte voller Angst der Dinge, die da kommen mochten. Gleich würde sie zum ersten Mal in ihrem Leben einen Mann ohne Kleider sehen, sozusagen im Naturzustand – das Wort »nackt« mochte sie nicht einmal denken! Ihr wurde im selben Augenblick klar, dass sie auch nicht wusste, wie eine nackte Frau aussah. Bisher hatte sie stets im Badehemd und in Anwesenheit von Zofen gebadet, und sie hatte noch nie gewagt, sich ohne Kleider im Spiegel anzusehen. O Gott! Würde sie die Erwartungen eines Mannes erfüllen können? Eine »richtige« Frau sein?

Dann trat Hans ins Zimmer, zog sich hinter dem Wandschirm aus, löschte das Licht und kam zu ihr ins Bett.

Daisy wusste einfach nicht, was sie tun sollte. Der einzige Rat, den ihre Mutter ihr gegeben hatte, war kurz und ominös gewesen: »Mach die Augen zu und denk an England.« Genau das hatte Daisy getan, als sie im Dunkeln seine Hände auf ihrer Haut gespürt hatte, überall. Auch da, wo sie sich nie im Leben selbst angefasst hätte! Himmel! Sie hatte sich immer mehr verkrampft, und schließlich hatte sie angefangen zu zittern. Da gab Hans auf. Zum Einschlafen drehte er sich einfach wortlos von ihr weg und begann zu schnarchen. Sie weinte stumm in die Kissen.

Aber das war noch nicht das Schlimmste. Das Schlimmste war das Schweigen am nächsten Morgen. Daisy fühlte sich schuldig. Wenn sie wenigstens gewusst hätte, was sie falsch gemacht hatte! Sie war erleichtert, als Hans gleich nach dem Frühstück erklärte, er würde alte Freunde in der Pariser Botschaft besuchen. Sie solle sich um acht Uhr abends bereithalten. »Wir gehen aus«, sagte er. »Zieh das blaue Theaterkleid an.« Sie freute sich auf ein bisschen Unterhaltung, eine hübsche Komödie vielleicht oder ein Musikstück.

Doch dann gingen sie gar nicht ins Theater. Nein, Hans führte seine junge Frau auf den Montmartre, in ein Etablissement, das sie erst einmal für ein Theater hielt. Aber, großer Gott, es war eines dieser Variétés von zweifelhaftem Ruf. Sie tranken Champagner mit zwei deutschen Diplomatenpaaren, und man führte eine Haremsgeschichte auf, die Daisy grässlich fand. Nach dem Stück fasste sie sich ein Herz und fragte Hans, was ein ›unique‹ sei – worauf alle in wieherndes Gelächter ausbrachen. Daisy wäre am liebsten im Boden versunken. Als Hans ihr schließlich den Begriff des Eunuchen erklärte und dabei zu ihrem Entsetzen das männliche Geschlechtsteil beim Namen nannte, wollte sie nur noch weg. »Bitte, Hans, lass uns gehen«, sagte sie. Er war einverstanden, aber anstatt sie nach Hause ins Hotel zu bringen, ging er mit ihr in eines dieser kleinen Café Chantants, für die der Montmartre so berühmt war. Daisy sah zu, wie auf einer kleinen Bühne halbnackte Frauen zweideutige Lieder sangen, sich auf schamlose Art bewegten und von Männern an den Beinen anfassen ließen. Beim Tanzen hoben sie die Röcke absichtlich so hoch, dass man ihre nackte Scham sehen konnte! Lieber Gott, erwartete Hans so etwas von ihr? Wollte er ihr zeigen, wie sie sich verhalten sollte? Daisy war so verwirrt, dass sie keine klaren Gedanken mehr fassen konnte. Sie brachte den restlichen Abend kein Wort mehr über die Lippen und konnte Hans vor lauter Verlegenheit kaum in die Augen schauen. In der Kutsche küsste er sie begehrlich und stieß ihr dabei seine Zunge in den Mund. Es schmeckte eklig, nach Zigarre und Alkohol. Am liebsten hätte sie ihn weggestoßen.

Schließlich kamen sie in ihre Suite, wo Hans begann, ihr Kleid aufzuhaken. Er schwankte dabei, fiel fast um und fand vor lauter Ungeduld die Häkchen nicht. »Hans, lass mich, du bist ja betrunken!« Daisy versuchte, sich ihm zu entwinden, aber das störte ihn nicht. Er machte einfach weiter. Der dünne Stoff riss. Gott sei Dank erschien in diesem Augenblick ihre Zofe. Hans ließ sofort von ihr ab. »Hilf mir beim Auskleiden, Missy«, sagte Daisy. Ihre Stimme zitterte. Missy ging mit ihr ins Schlafzimmer, während Hans im Salon blieb.

»Das ist halt die Leidenschaft«, meinte Missy, während sie ihrer Herrin nach dem Auskleiden das Haar kämmte. »So sind sie, die Männer.«

»Aber es ist so …« Daisy wusste gar nicht, wie sie sich ausdrücken sollte.

»Das wird schon«, tröstete die Zofe. »Mit der Zeit gewöhnt man sich dran.«

»Woher willst du das wissen? Du bist doch selber gar nicht verheiratet!«

Missy lachte. »Aber ich habe vier ältere Schwestern, Mylady.«

Nachdem ihr Nachtzopf geflochten war, ging Daisy, wieder ein wenig gefasster, zu Bett. Sie wartete. Gleich würde Hans kommen und sie wieder anfassen. Sie versuchte, gleichmäßig zu atmen, ruhig zu werden. Es war doch ihre Pflicht, ganz gleich, ob es ihr gefiel oder nicht. Und Missy hatte bestimmt recht. Sie nahm sich vor, Hans anzulächeln, wenn er jetzt hereinkam. Es würde schon irgendwie gehen. Aber er kam nicht. Irgendwann stand sie auf, tappte auf nackten Füßen zur Tür und öffnete sie leise. Im Salon lag Hans auf dem Sofa und schnarchte.

....

Aus Daisys Tagebuch

Himmel, Hans hatte grade einen Wutanfall … Ich fühle mich so schuldig, ich könnte den ganzen Tag weinen. Ich gebe mir doch so viel Mühe. Ich bin lieb zu ihm, tue alles, was er will, nur im Bett ist alles schrecklich … Ich weiß inzwischen, wie es gehen soll, ich habe Missy so lange mit Fragen bedrängt, bis sie es mir erklärt hat. Aber es geht trotzdem nicht. … Vielleicht muss ich zum Arzt, vielleicht bin ich nicht wie andere Frauen, vielleicht bin ich verschlossen dort unten. O Gott! Wenn er sich nun von mir scheiden lässt? Was tue ich nur? Ich will ihm doch eine gute Ehefrau sein! …

Morgen reisen wir endlich aus Paris ab, es geht erst nach Cannes und von dort mit dem Schiff nach Ägypten. Deshalb habe ich noch schnell einen Brief an meine Eltern abgeschickt, darin steht, dass alles in bester Ordnung sei. Ich sei glücklich und zufrieden. Hans würde mir jeden Wunsch von den Augen ablesen. Das tut er wirklich, aber der Rest sind Lügen. Nichts ist in Ordnung …

....

Joschis Geschichte

Der kleine Junge saß auf der bröckelnden Treppe des heruntergekommenen Arbeiterhauses in der Wilhelmstraße und wickelte die schmutzigen Lumpenfetzen fester um seine Füße. Draußen war es bitterkalt, nachts hatte es gefroren, und weißer Raureif überzog Dächer und Mauern und die paar Gräser, die am Randstein wuchsen. Der Bub war ein armes Wurm, blass, mit roten, verkrusteten Augen, Kopf und Körper voller Grind und Schwären. In seinem Bauch knurrte es vor Hunger. An diesem Morgen hatte es für ihn und seine Geschwister kein Stückchen Brot zum Frühstück gegeben, die Speisekammer war leer. Aber Joschi wusste, dass heute Zahltag war, und wenn er Glück hatte, konnte er seinen Vater davon abhalten, den kargen Wochenlohn in der Kneipe zu verjubeln. Er machte einen Knoten und stopfte die heraushängenden Enden der Lumpen an den Knöcheln nach innen. Dann griff er nach dem Schulbeutel und trat auf die Straße hinaus.

Wie sein Großvater vor ihm, war Joschis Vater Bergarbeiter. Tag für Tag fuhr er in die Glück-Hilf-Grube ein, schürfte zehn Stunden lang Kohle, um abends rabenschwarz und müde nach Hause zu kommen. Aber er war nie zu müde, um seinen Kindern nicht beim Zubettgehen das Bergmannslied vorzusingen: »Glück auf, Glück auf, der Steiger kommt / Er hat sein Grubenlicht schon angezündt / schon angezündt, es gibt einen Schein / und hiermit fahren wir ins Bergwerk ein / ins Bergwerk ’nein, wo Bergleut sein / graben das Silber aus Felsengestein …« Das war Joschis schönste Zeit. Er liebte seinen Vater, groß und schön wie er war mit seinem schwarzen Schnurrbart und der breiten Brust, und er wollte einmal sein wie er. Ein Bergmann, stark wie Rübezahl, der mächtige Geist des Riesengebirges.

Aber zuerst musste Joschi zur Schule gehen. Langsam trottete er den Laisebach entlang, bis zu dem kleinen Brücklein, wo er sich bis vor kurzem immer mit seinem Freund Karli getroffen hatte. Aber Karli war im Winter gestorben, an der Bleichsucht und am Knochenfraß. Das hatte der Lehrer gesagt. Und dass Kinder zum Wachsen Milch und Eier bräuchten. Ja, woher?

Als Joschi zu der Straßenecke kam, wo es links zur Schule ging, kam ihm Benno entgegen, der eine Klasse höher war. Benno hatte einen krummen Rücken, und ein Auge, das immer nach oben wegrollte, aber er war ein lustiger Kerl und wusste immer, was Sache war. »Die Tochter vom Bergwerksdirektor feiert heut Hochzeit«, sagte er. »Im ›Breslauer Hof‹.«

»Na und?«, sagte Joschi betont gelangweilt.

»Was und? Da fällt bestimmt was für uns ab, Mensch! Los, komm!« Benno zog an Joschis Ärmel.

Sie deponierten ihre Schultaschen hinter einer Regentonne und liefen zum Markt. Manchmal konnte man da eine heruntergefallene Rübe aufklauben oder einen Apfel, aber heute war wegen der Kälte nicht viel los. Als die Jungen einem Stand zu nahe kamen, rief die dicke Bäuerin: »Denkt nicht mal dran, ihr Sauburschen!«

Sie trabten weiter. Als sie beim Breslauer Hof ankamen, war Joschi schon ganz schlecht vor Hunger, sein Magen war ein einziges großes leeres Loch.

»Hier rum«, rief Benno, und dann standen sie im Hinterhof der Wirtschaft. Aus den halb geöffneten Küchenfenstern dampfte es, und es duftete nach Speisen, die Joschi bestimmt noch nie gegessen hatte. Er schnupperte, und das Wasser lief ihm im Mund zusammen. Oh, wie das roch! Nach Gans und Ente und gebratenen Zwiebeln und Rotkraut …

Benno spähte vorsichtig durch eines der Fenster. »Heiliger Strohsack, da drin ist das Himmelreich«, raunte er Joschi zu. »Aber ein Haufen Leute.«

»Komm, lass uns weitergehen«, sagte Joschi. »Das halt ich nicht aus, wie gut das riecht.«

»Wart doch mal. Bloß ein bisschen. Vielleicht bringen sie Abfall raus. Da sind manchmal prima Sachen dabei.«

Die Jungen drückten sich hinter einen Holzverschlag. Aber es kam niemand aus der Küche. Stattdessen wurde eines der Fenster ganz aufgemacht, und jemand stellte eine dampfende Schüssel mit Brühwürsten zum Abkühlen aufs Fensterbrett. Joschis Augen wurden ganz groß.

»Los, jetzt!«, zischte Benno und stieß Joschi in die Seite. Geduckt schlichen die Jungen an der Hauswand entlang bis zum Fenster. Benno schnappte sich blitzschnell die Schüssel und drückte sie an die Brust. Und dann rannten sie und rannten, durch das Hoftor hinaus, um die nächsten paar Ecken, und blieben erst wieder stehen, als sie nicht mehr konnten. Schnell schlüpften sie in einen leeren Fahrradschuppen und hockten sich drinnen auf einen Haufen Ziegelsteine. Bennos Hemd war vorne tropfnass, dort, wo er die Schüssel hingepresst hatte, um nur ja keine Wurst zu verlieren. Und dann schlangen sie die warmen Würste in sich hinein, gierig, fast ohne zu kauen, grinsten sich dabei an, schlugen sich gegenseitig auf die Schulter, rülpsten, füllten ihre Mägen bis nichts mehr hineinging. Am Ende war kein Zipfelchen Wurst mehr übrig, und Benno sog noch die Brühe aus seinem Hemd. Joschis Magen wölbte sich sichtbar nach außen. Es war ein merkwürdiges Gefühl, so satt zu sein, dass kein Bissen mehr hinunterwollte. Und warm war es plötzlich auch, trotz des viel zu dünnen, fadenscheinigen Mantels, den er trug. So fühlt sich das Glück an, dachte Joschi.

Danach trennten sich die Jungen. Für die Schule war es jetzt viel zu spät, und Joschi beschloss, zurück nach Hause zu gehen. Seine Mutter war längst auf Arbeit in der Wäscherei, also würde es kein Donnerwetter geben. Er trabte davon in Richtung der Waldenburger Vorstadt. Unterwegs wurde er immer langsamer, sein Magen fühlte sich an wie ein Stein. Was war denn das? Ihm war auf einmal schlecht, furchtbar schlecht. Er blieb stehen, stützte sich keuchend an einer Hauswand ab. Und dann würgte es ihn. Er fiel auf Hände und Knie und kotzte sich die Seele aus dem Leib, so lange, bis nichts mehr kam außer Galle. Danach heulte er wie ein Schlosshund, als er auf das ganze Erbrochene herabsah. Die schönen Würste! Jetzt war er wieder so hungrig wie zuvor.

Zu Hause riss seine Schwester Lissa die Augen auf, weil er schon wieder da war. Lissa ging noch nicht zur Schule, sie war erst vier und passte auf ihren jüngsten Bruder Ottchen auf, der gerade Laufen gelernt hatte. Ottchen war viel zu klein und zu dünn für seine anderthalb Jahre, und sein Po war ständig entzündet und voller Grind. »Weil kleine Kinder so viel scheißen müssen«, sagte der Vater immer. »Da kommt die Mutter mit Wickeln und Windelwaschen nicht mehr nach.« Aber eigentlich lag es am Durchfall. Das sagte zumindest die Nachbarin, die schon neun Kinder hatte. Durchfall hatten sie alle. Und den Stickhusten. Und krumme Glieder. »Das kommt, weil wir so arm sind«, sagte Mutter. »Und weil dein Vater zu viel säuft.«

Deshalb musste Joschi auch an diesem Abend noch einmal aus dem Haus. Denn es war Samstag, und Samstag war Lohntag. Da bekamen die Bergarbeiter nach dem Ausfahren eine Tüte mit Geld, und die meisten von ihnen liefen damit stracks in eine der unzähligen Kneipen von Waldenburg. Wie immer hatte Joschi den Auftrag, seinen Vater möglichst schnell zu finden und heimzubringen, bevor der das ganze schöne Geld für Bier und Schnaps ausgeben konnte. Er hatte noch schnell eine warme Salzkartoffel als Abendessen bekommen – was nützten einem die guten Würste, wenn man sie nicht vertrug? – und hatte sich dann auf den Weg gemacht.

In der »Steigerstube« war der Vater nicht. Auch nicht im »Grünen Eck«. Die »Sedanklause« war rappelvoll, da entdeckte Joschi einen Kumpel aus der Schicht seines Vaters. »Der steckt wohl noch im ›Kaiser Wilhelm‹«, meinte der, und Joschi trabte hoffnungsvoll dahin.

Im »Kaiser Wilhelm« ging es hoch her. Die Kneipe war so voll, dass sich die Männer auf der Straße vor dem Eingang drängten, Schnaps- und Biergläser in der Hand. Joschi kannte einige von ihnen, die in der selben Straße wohnten wie er. Ausgemergelte Gestalten in schäbigen Jacken und Hosen, fleckigen Hemden und mit Schiebermützen auf dem Kopf. Männer, deren Höhepunkte im Leben die samstäglichen Besuche in der Kneipe waren.

Joschi entdeckte seinen Vater ganz hinten, wo er sich an der Theke festhielt, irgendwelchen Leuten was erzählte und dabei wild herumgestikulierte. Oje, das sah nicht gut aus. Wenn der Vater in so einem Zustand war, ließ er sich nicht leicht loseisen. Joschi zwängte sich durch die Männer, bis er ihn erreicht hatte, und zupfte ihn am Ärmel.

»He, da isja mein Großer«, rief sein Vater viel zu laut und mit schwerer Zunge.

Hopp, schon saß Joschi auf der Theke.

»Seht ma' alle her, dassis mein Joschi! Der kanns Bergmannslied singen wie keiner! Sing dochma, Jungchen, sing!«

Joschi sang gern.

»Als schönster auf dem Erdengrund
erklingt der Gruß aus Bergmanns Mund:
Glückauf zum gut Gelingen!
Zur Arbeit wie zur Fröhlichkeit,
in guter wie in böser Zeit,
kann er nur Segen bringen:
Glückauf! Glückauf! Glückauf!

Und ob der Erden tiefe Nacht
den Knappen rings umfängt im Schacht,
er kühn sein Fäustel schwingt,
wenngleich Gefahren ihn umdrohn,
er kennt ja seinen Schutzpatron,
dem froh den Gruß er bringt:
Glückauf! Glückauf! Glückauf! «

Hell tönte die Knabenstimme durch die Kneipe; die Männer hörten auf zu reden und sangen mit. Dann prasselte Beifall. Alle klopften Joschi auf die Schulter. Sein Vater versetzte ihm einen Klaps auf die Backe und hielt ihm das Bierglas hin: »Da! Sollsauch nich leben wien Hund!«

Joschi trank einen Schluck, es war bitter und schmeckte scheußlich. »Du sollst heimkommen«, sagte er.

»Awass! Hier isses grad schön.«

Joschi sprang von der Theke. »Komm doch mit, Papa, daheim ist's auch schön.«

Der Vater wehrte ab. »Lass mich, Jungchen. Ein Mann wird doch nach der Arbeit noch ein trinkn dürfn, oder?« Er drehte sich beifallheischend zu den anderen um und verschüttete dabei sein Bier.

»Geh schon heim, Franz«, sagte einer. »Sonst kriegst du Ärger, und deine Alte haut dir den Besenstiel auf den Kopf!«

»Das soll sich die bloßma traun!« Joschis Vater taumelte, ließ sich aber dann doch nach draußen ziehen. Joschi sah eine Ecke der Lohntüte aus seiner Joppentasche ragen und zog sie heraus. Drinnen waren noch ein paar Scheine, aber längst nicht mehr alles. Ihm kamen die Tränen. Das würde wieder mal eine Woche mit Brot und Wassersuppe geben. Und der Arzt von der Armenhilfe würde auch nicht zu Ottchen kommen, denn der wollte Geld.

Zu Hause hatte die Mutter ein paar Kartoffeln im Bett warmgehalten. Es gab wie jedes Mal Streit, weil Vater betrunken war. Dann weinte Mutter, und Vater polterte herum. Joschi und Lissa weinten dann auch. Weil sie sich Wärme wünschten und Socken und Licht, und Milch und belegte Brote und keine Läuse mehr und keine Lumpen an den Füßen.

....

Ägypten, Dezember 1891

Der Nil schimmerte, als sei seine Oberfläche mit winzigen Diamanten besetzt. Ein voller Mond hing groß und silbern über den Wassern, und am nachtblauen Himmel standen Millionen von Sternen. Zumindest kam es Daisy so vor, als sie durch das Spalier von Lakaien ging und die Yacht über die schmale Gangway betrat. Und die Sterne funkelten auch in Daisy selber, in ihrem Kopf, in ihrem Bauch, ihrem ganzen Körper. Denn hier, in Luxor, war es ihr endlich gelungen, den Akt der körperlichen Liebe mit Hans zu vollziehen. Es hatte nur ein bisschen weh getan, aber sie hätte noch viel mehr in Kauf genommen als diesen kleinen Schmerz, um ihm endlich geben zu können, was er so dringend wollte. Sie selber hatte nichts empfunden, aber das war ja bei Frauen so. Und hinterher war Hans nicht mehr wiederzuerkennen. Er war lieb zu ihr, lachte, scherzte, war aufmerksam und gar nicht mehr kühl und mürrisch wie sonst. Endlich schien alles gut, Daisy und Hans waren glücklich, und so würde das Leben weitergehen.

Die Nacht war mild, und es roch nach allerlei exotischen Düften, die Daisy nicht kannte. Fremde Laute drangen an ihr Ohr, irgendwo sang eine Frau eine orientalische Melodie. Das Schiff war mit Kerzen beleuchtet und mit edlen Teppichen bedeckt, vorne an Deck stand ein herrlich gedeckter Tisch für zwei. Hinter einem Paravent spielte ein Streichquartett einen Strauß'schen Walzer. Daisy und Hans lehnten Arm in Arm an der Reling, während die Yacht fast geräuschlos ablegte und ein Stück auf den Nil hinausfuhr. Der Fürst trug einen weißen Sommeranzug aus Rohseide, in dem er schön und stattlich aussah neben seiner jungen Frau, die ihn anstrahlte und sagte: »Ach Hans, ich komme mir vor wie Kleopatra mit Marc Anton auf ihrer Luxusbarke!« Dann wurde das Essen serviert: Nilbarsch, Austern, Wachteln, Pilawreis und exotische Früchte. Daisy aß mit großem Appetit, als plötzlich wie von Zauberhand rund um das Schiff Lichter auf dem Wasser aufleuchteten. Ein kleiner, entzückter Schrei entfuhr ihr, und sie sprang auf. Boote, das waren kleine Boote mit flackernden Kerzen! Sie sah Hans fragend an, aber er lächelte nur. Dann kamen über eine Treppe aus dem Unterdeck sieben junge Männer, fast Kinder noch, nur bekleidet mit kurzen Wickelhosen. Nacheinander sprangen sie ins dunkle Wasser.

»Was soll das bedeuten?«, fragte Daisy aufgeregt.

Hans schmunzelte. »Du wirst schon sehen!«

Die Köpfe der Jungen im Wasser waren mit einem Mal verschwunden. Sie tauchten unter. Dann kam der erste wieder hoch, ein triumphierender Schrei, eine gereckte Faust – und der Taucher kletterte über eine kleine Seitenleiter wieder an Bord. Er verbeugte sich vor Daisy und hielt ihr die verschlossene Faust hin. Wieder sah Daisy Hans an, der nickte. Da streckte sie ihre Hand dem jungen Mann entgegen, und er ließ etwas Glattes, Rundes in ihre Handfläche gleiten. Eine große, kostbare Perle!

»Oh, wie schön!« Daisy freute sich wie ein kleines Kind. »Sieh nur, Hans, wie sie schimmert!«

Dann tauchte der nächste Perlensucher auf, kam an Bord und überreichte Daisy die zweite Perle. Einer nach dem anderen brachte als Geschenk eine Perle, immer wieder sprangen die Jungen in den Fluss.

»Wie hast du das gemacht?«, fragte Daisy, als schon eine große Handvoll Perlen in einer Kristallschale lag, die die junge ägyptische Dienerin bereithielt. »Oder gibt es inzwischen im Nil Perlmuscheln?«

Hans legte mit verschwörerischer Miene den Finger an seine Lippen. Er hatte jedem der Taucher ein Säckchen mit zehn Perlen zum Umbinden gegeben, das in den Falten ihrer Leinenhosen versteckt war, und er hatte Anweisung gegeben, sie sollten bei jedem Auftauchen so tun, als hätten sie, wie echte Perlentaucher, einen großen Fund gemacht.

»Du bist so süß!« Daisy fiel Hans um den Hals. »Danke, Darling!«

Hans küsste sie sanft auf den Mund. »Das ist meine Morgengabe an dich«, sagte er und gab den Tauchern einen Wink. Jetzt brachten sie jedes Mal drei Perlen, dann fünf, immer wieder. Die Kristallschale füllte sich, während Daisys Augen immer größer wurden. Es mussten hunderte Perlen sein, und noch war kein Ende. Hans griff schließlich in sämtliche Taschen seines Smokings und förderte immer mehr Perlen zutage, die er lachend mit in die Schale rieseln ließ.

Dann ein Schrei! Die beiden Liebenden fuhren herum. Einer der Taucher reckte hilfesuchend den Arm, eine Hand an seiner Kehle. Gurgeln und Luftschnappen. Dann waren die anderen bei ihm, zerrten ihn hin zur Yacht. Helfende Dienerhände streckten sich ihnen entgegen und zogen den Jungen an Bord. Man legte ihn auf die Planken, er schien bewusstlos zu sein. Eine alte Dienerin in schwarzer Gallabijah warf sich über ihn, rüttelte ihn an den Schultern und schrie hysterisch. Da schlug er die Augen auf, sein Blick kreuzte sich mit dem von Daisy, die schreckensbleich danebenstand. Er rang nach Luft, röchelte, und dann kamen aus seinem Mund Worte, die Daisy nicht verstand, stockend, leise, dann nichts mehr. Sein Kopf fiel zur Seite. Er war tot.

Unter der Besatzung brach ein großes Geschrei aus. Immer noch spielten die Musiker unverdrossen, bis Hans ihnen ein Zeichen gab. Daisy war unfähig, sich zu rühren. Da war ein halbwüchsiger Junge gestorben, weil er ihr Perlen aus dem Nil geholt hatte! »O Gott, Hans«, flüsterte sie tonlos, »das ist furchtbar!«

Hans war nicht neben ihr. Er kniete bei dem Toten und knüpfte ihm das Säckchen mit den restlichen Perlen von der Hüfte. »An Land«, rief er dabei. »Los, an Land!«

Man bedeckte die Leiche mit einem Tuch, und dann ruderten die Ägypter zurück zum Hafen. Totenstille hatte sich auf dem Schiff ausgebreitet. Daisy saß auf ihrem Stuhl und weinte. Immer noch stand die Frau, die die Kristallschale mit den Perlen hielt, neben ihr.

Endlich legte die Yacht an, und Daisy erhob sich. Die Frau legte ihr die Schale in die Hände und sah sie mit unergründlichen schwarzen Augen an. »Können Sie mich verstehen?«, fragte Daisy.

Die Frau nickte.

»Bitte, was hat der Junge gesagt, am Schluss, bevor er gestorben ist?«

War da Hass oder Trauer im Blick der Ägypterin? Verachtung? Mitleid? Sie richtete sich auf und sagte mit heiserer Stimme: »Er gesagt schlimme Wort. Bring Unglück. Schlechte Geist auf Perle. Du nix tragen.«

Daisy wankte. Ihr war plötzlich übel. »Hans«, hauchte sie, und da war er auch schon und nahm ihr die Perlenschale ab. »Komm, Darling«, sagte er. »Ich bringe dich nach Hause.«

Am nächsten Morgen, nach einer Nacht voller Albträume, erwachte Daisy schweißgebadet. Hans stand schon fertig angekleidet neben der Anrichte. »Guten Morgen, Darling«, lächelte er. »Wie fühlst du dich?«

»Furchtbar. Dieser arme Junge.« Daisy richtete sich auf. »Hans, diese Perlen …«

»Siebenhundertachtunddreißig«, sagte er. »Es sind siebenhundertachtunddreißig Eins-a-Südseeperlen, ein Zentimeter Durchmesser. Heute nachmittag holt sie der Juwelier gleich zum Fädeln.«

»Ich …«

»Eine sieben Meter lange Perlenkette, Darling. So eine hat nicht einmal die Queen.«

Daisy schluckte. »Diese Frau, sie hat gesagt, auf den Perlen liegt ein Fluch …«

Hans' Miene wurde hart. »Unsinn. Die Ägypter sind abergläubisch. Vermutlich hatte der Junge einen Herzfehler und wäre ohnehin irgendwann gestorben.«

Daisy schlug die Hände vors Gesicht. »Ich … ich kann diese Perlen nicht tragen Hans. Verstehst du das nicht? Ich müsste jedes Mal an den Tod denken. Und ich habe Angst, dass sie uns beiden kein Glück bringen.«

Jetzt wurde Hans wütend. »Reiß dich zusammen, Daisy. Du bist doch kein kleines Kind mehr, das an Märchen glaubt.«

Daisy begann zu weinen. »Ich kann einfach nicht …«

»Sei still, Daisy. Du strapazierst meine Geduld wirklich. Steh jetzt auf, lass dich ankleiden und komm frühstücken.«

»Aber ich kann die Perlen …«

Mit zwei Schritten war er bei ihr und packte sie bei den Schultern. »Diese Perlen sind drei Millionen Goldmark wert, Daisy, und jede Frau auf der Welt würde alles dafür geben. Nur du machst mir eine Szene! Wir lassen diese Kette fertigen, und du wirst sie verdammt nochmal tragen.« Er ließ sie los und ging zur Tür. »Ich erwarte dich in zwanzig Minuten im Speisesaal.«

Drei Millionen! Daisy war fassungslos. Sie wusste, dass Hans reich war, aber so reich? Langsam ging sie zu der großen Kristallschale mit den Perlen, streckte die Hand aus, um sie zu berühren, ließ sie vorsichtig durch ihre Finger gleiten. Sie fühlten sich kalt an, unnatürlich kalt. Ein Schauder lief über Daisys Rücken, schnell zog sie ihre Hand zurück. Es machte ihr Angst. Sie wollte diesen Schmuck nicht, um keinen Preis. Ach, sie musste Hans einfach überreden – schließlich konnte auch er nicht wollen, dass Unglück in ihrer beider Leben kam. Er musste das doch verstehen …

Daisy trug die Kette zum ersten Mal in Kairo bei einem Empfang in der deutschen Botschaft. Es war eine Sensation. Auf dem schlichten dunkelblauen Abendkleid schimmerten die Perlen in mehreren Reihen, die so geschlungen waren, dass die Stränge wie Kaskaden fielen. Der Gattin des deutschen Botschafters entfuhr ein kleiner Schrei, als Daisy so das Verstibül betrat: »Liebe Fürstin, Sie sehen umwerfend aus!« Die Damen scharten sich sofort um sie und bewunderten den Schmuck: »Unglaublich, diese Perlen!« – »Einfach makellos!« – »Wie viele sind es?« – »Dieser Glanz!« Eine der Diplomatengattinen raunte ihrer Begleiterin zu: »Die müssen ein Vermögen wert sein!« Die andere tuschelte zurück: »Ihr Mann soll ja unermesslich reich sein! Was für eine Liebesgabe!«

Im Nu hatte der außergewöhnliche Schmuck einen Namen: die Pless-Perlen. Den ganzen Abend über zog Daisy damit sämtliche Blicke auf sich. Natürlich hatten die meisten Gäste schon von dem tragischen Todesfall gehört, es hatte sogar in der Zeitung gestanden. Aber niemand gab etwas darauf.

Nur Daisy hatte das Gefühl, sie trüge keine kostbaren Perlen um den Hals, sondern siebenhundertachtunddreißig bleierne Gewichte, die sie hinabzogen in eine unergründliche, schwarze Tiefe.

....

Als ich Fürstenstein zum ersten Mal sah, war es gerade Frühling geworden. Wir waren mit dem Pless'schen Privatcoupé bis zum Bahnhof Freiberg gefahren und wurden dort von einer Art Staatskutsche empfangen, vierspännig und mit uniformierten Grooms auf dem Bock, hinten zwei Jäger mit Federhüten. Alle Straßen waren geschmückt, an den Häusern hingen Girlanden und Fahnen. Schulklassen und Vereine säumten die Wege und sangen Lieder. Tausende Bergleute und Bauern standen am Straßenrand bis zur Einfahrt in den Park; wenn wir vorbeifuhren, zogen sie die Mützen und jubelten.

Fürstenstein liegt herrlich. Es krönt einen tannenumwachsenen Felsen, der mehr als fünfzig Meter aufragt und beherrscht einen riesigen Landstrich mit Wäldern, Seen und Feldern, die sich in der Ferne im blauen Dunst der schlesischen Berge verlieren. Um das Schloss zu erreichen, muss man von Osten her eine große Steinbrücke passieren, die einen tief unten in der Schlucht dahinströmenden Fluss überspannt.

Von den Parktoren an fuhr uns die Kutsche auf einer schönen Lindenallee bis zum Schloss. Am Torbau hatte man über der Einfahrt eine Art Plakat angebracht, auf dem stand: »Welcome German Eagle and Albion's Rose«. Ich freute mich, dass die Leute es sogar auf Englisch geschrieben hatten, damit ich es verstehen konnte. Der Torwart, ein prunkvoll gekleideter Mann mit Federhut und Silberstab, salutierte zackig. Er stand in der Durchfahrt, als ob der Eingang zum Schloss eine heilige Tür wäre. Ich verpasste ihm sofort den Spitznamen Guy Fawkes, weil er mit seinem Spitzbart genauso aussah wie der berühmte Attentäter, der damals das Parlament in die Luft sprengen wollte.

Als ich dann das Schloss sah, traute ich meinen Augen kaum.

Spätestens seit dem verfluchten Perlengeschenk war mir immer klarer geworden, wie reich Hans wirklich war, und er hatte mir ja schon viel über seine Heimat erzählt. Aber als wir nun in den Vorhof einfuhren, bot sich ein unglaublicher Anblick. Da stand ein Märchenpalast in Rosa, so groß, dass wohl tausend Menschen darin leben konnten.

Wir stiegen vor dem arkadengekrönten Eingang aus und schritten durch ein Spalier von fürstlichen Forstbeamten in grünen Uniformen. Drinnen erwarteten uns die Angestellten und Dienstleute in ihren besten Uniformen und Livreen. Alle weiblichen Dienstboten trugen alte schlesische Kostüme in den Livreefarben Karmesinrot und Silber, dazu weiße Häubchen, Tücher, Schürzen und Strümpfe. Das prachtvolle Treppenhaus war gesäumt von einem Spalier von Lakaien in blauen Jacken, weißen Gamaschen und Handschuhen, alles mit Silber abgesetzt. Sie trugen weiß gepuderte Perücken, als seien wir noch im achtzehnten Jahrhundert. Ich wusste nicht recht, ob ich diese Kostümierung altmodisch und geschmacklos finden oder bewundern sollte, doch ehe ich darüber ins Grübeln geraten konnte, nahm Hans meinen Arm. »Komm«, sagte er, »ich zeige dir das Schloss. Du bist doch nicht etwa müde?«

»Nein, nein«, wehrte ich ab, dabei wäre ich am liebsten auf das nächste Sofa gesunken nach der langen Reise. Außerdem drückte mein Mieder, einer der Stäbe spießte sich schmerzhaft in meine Taille, aber ich wollte mir nichts anmerken lassen.

Gold auf weißem Stuck, Marmortreppenhäuser, Skulpturen in Wandnischen, an der Decke Fresken mit Allegorien der Künste und Tugenden. Überall Kristallschalen mit Blumen und Konfekt. Lüster aus geschliffenem Kristall mit Kelchblüten und Perlenbehang. Gobelins und Teppiche, drapierte, schwere Damastvorhänge. In den Sälen Eckspiegel, die aus einem Raum ein Achteck machten. Angesichts von so viel Pracht sank mir das Herz, und ich fühlte mich ganz klein. »Das hier ist der ›Krumme Saal‹!« – »Dort geht es auf die Kastanienterrasse.« – »Die Kamine stammen noch aus dem Mittelalter!« – »Hinter dem blauen Salon liegt die Bibliothek!« – »Der Ballsaal ist vor ein paar Jahren neu gestaltet worden.« – »Der Gang dort drüben führt zur Ahnengalerie.« – Der gelbe Salon, der blaue Salon. Das Musikzimmer, das Raucherzimmer, das Jagdzimmer. Hans' Schlafzimmer, mein Schlafzimmer. Der Gästetrakt. Mir wurde ganz schwindlig vor lauter Staunen und Schauen. Mosaikdekors, vergoldet und versilbert. Treppenfluchten mit Pfeilern, Rundbögen und Kapitellen. Unzählige Gemälde. Poussiernischen in den Gängen. Möbel mit Intarsienarbeiten und Goldbeschlägen. Ich war ja bescheidenen Luxus von zu Hause gewohnt, und ich hatte immerhin schon Windsor und den Westminster Palace von innen gesehen, aber dies hier übertraf alles. Es war wie in einer anderen Welt. Glanz und Herrlichkeit von Fürstenstein stellten alles in den Schatten, was ich bisher gesehen hatte. Hier sollte ich leben? In all dem Prunk? Ich konnte es nicht fassen.

»Hans, wo sind die Badezimmer?«, fragte ich irgendwann, als wir im dritten Stock angekommen waren.

Er kratzte sich am Kinn. »Tja, äh, es gibt keine.«

Ich lachte, als hätte er einen Scherz gemacht, aber dann merkte ich, dass es sein Ernst war. »Und wo soll ich dann …?«

»In deiner Ankleide steht ein Waschtisch. Und wenn du baden willst, wird für dich eine Zinkbadewanne aufgestellt, du muss nur Bescheid geben. Die Dienerschaft erledigt dann alles Nötige.«

Er sah mein ungläubiges Gesicht, in dem deutlich stand: In all diesem märchenhaften Prunk und Luxus hat niemand Wert auf ein bisschen modernen Komfort gelegt? »Ich lass dir ein Badezimmer einrichten, Darling. Mit einer marmornen Badewanne, die in den Boden eingelassen ist, wie in unserem Hotel in Alexandria, ja? Dazu Goldmosaik mit Schwänen, Delphinen, Tritonen, Venusfiguren. Was meinst du?«

Ich seufzte. »Ach Hans, ein ganz einfaches Badezimmer mit einer schönen Wanne und gefliesten Wänden würde mir schon reichen …«

An unserem ersten Abend gingen wir nach einem leichten Dinner bald zu Bett, jeder in seine Räume. Meine Zofe Missy, die ich aus England hatte mitbringen dürfen, wartete schon und half mir beim Auskleiden. Im Nachthemd betrat ich mein Schlafzimmer, in dem ein riesiges weißes Himmelbett stand. Zu meiner Überraschung waren drinnen schon zwei Kammerjungfern, die offenbar schon länger gewartet hatten. Sie knicksten, und dann machten sie sich feierlich daran, mein Bett aufzudecken. Es war eine richtige Zeremonie. Danach knicksten sie wieder und verließen das Zimmer. Ich konnte zu wenig Deutsch, um ihnen zu sagen, dass ich das mit Missys Hilfe auch selber machen könnte, aber ich nahm mir das für den nächsten Tag vor. Schnell kroch ich ins Bett und schlief auf der Stelle ein.

Am nächsten Morgen ließ ich mich von Missy hübsch frisieren und ankleiden und wollte dann frühstücken gehen. Nichts Böses ahnend, öffnete ich die Tür meines Salons und trat in den Flur hinaus. Im selben Augenblick ertönte neben mir ein lauter Ruf aus tiefer Männerkehle. Zu Tode erschrocken fuhr ich herum. Jetzt erst sah ich, dass vor der Tür zu meinen Privatgemächern zwei gepuderte Lakaien standen, und neben ihnen ein Diener mit Zweispitz auf dem Kopf und langem Stab in der Hand. Damit klopfte er jetzt dreimal auf den Boden, und dann salutierte er mit unbewegter Miene vor mir. Ich nickte verblüfft und hörte jetzt vom Ende des Ganges her einen ähnlichen Ruf. Dort standen zwei Lakaien, denen so offenbar mein Kommen angekündigt worden war. Einer der beiden begleitete mich nach unten bis zur Tür des Frühstückszimmers.

Hans war schon da, ebenfalls zwei Diener, die mir nun Tee und frischen Toast brachten. »Hast du gut geschlafen?«, fragte er.

»Tief und fest«, antwortete ich und erzählte von den beiden Dienstmädchen, die offenbar nur dazu da waren, mein Bett aufzudecken.

»Das ist ihre Aufgabe«, meinte Hans und zuckte die Schultern. »Alte Tradition. Die Fürsten von Pless richten ihr Bett nicht selber her.«

»Aber zwei!«, protestierte ich

»Natürlich kannst du auch drei haben, wenn du möchtest.«

»Ich möchte gar keine. Missy kann das machen.«

Er trank seinen Orangensaft aus. »Du wirst dich schon daran gewöhnen, wie in Fürstenstein die Dinge gehandhabt werden, Daisy. Glaube mir, hier ist alles zum Besten geregelt.« Dann stand er auf. »Ich muss zum Gestüt, Darling. Und danach in die Bergwerksverwaltung. Es gibt viel zu tun, ich war schließlich lange fort.« Er küsste mich ganz leicht auf die Stirn, und dann war er fort.

»Und was soll ich jetzt machen?«, fragte ich kleinlaut in die Stille hinein.

Ich frühstückte zu Ende und ging, wieder begleitet von Rufen und Lakaien, zurück in meine Gemächer. Dort schrieb ich ein paar Briefe, und dann beschloss ich, ein wenig durchs Schloss zu spazieren. Schließlich musste ich irgendwie lernen, mich zurechtzufinden.

Während ich durch die Gänge und Räume wanderte, fühlte ich mich unter ständiger Beobachtung. Überall waren Lakaien postiert, deren Blicke mich die ganze Zeit über verfolgten. Durch den Krummen Saal begleiteten sie mich, in die Bibliothek, in die Salons, die Treppen hinunter, wieder hinauf. Das irritierte mich so, dass ich irgendwann nicht mehr wusste, wo ich genau war. O Gott, wie fand ich denn nun wieder heim? Ich bog in diesen Gang und jenen, durchquerte irgendwelche Räume, suchte nach Anhaltspunkten und fand keine. Da waren so viele Türen! Überall traf ich auf Dienstmädchen, die geschäftig herumeilten, Geländer putzten, Konsolen und Hirschgeweihe abstaubten, Wäschestapel und Blumenvasen trugen, aber keine Einzige von ihnen sah mich an. Deshalb getraute ich mich auch nicht, eine von ihnen zu fragen. Außerdem wäre das ja blamabel gewesen! Endlich stand ich zu meiner Erleichterung plötzlich wieder in der Ahnengalerie, und von dort aus gelangte ich in meine Zimmer. »Himmel, Missy«, klagte ich und ließ mich auf den Diwan fallen, »hier finde ich mich nie zurecht!«

Gegen Abend wagte ich mich wieder hinaus. Hans wollte um sechs Uhr zurück sein, und ich hatte vor, ihn zu überraschen. Also ging ich hinüber in den Fürstentrakt – Salut, Rufe, Lakaien – und betrat den Herrensalon. Drinnen war es eiskalt, und ich wollte schon an der Klingel ziehen, als Hans' Kammerdiener Joseph aus dem nächsten Zimmer auftauchte. Ich wusste, dass er Englisch sprach und bat ihn, den Kamin anzuschüren. Er sah mich erst ziemlich entgeistert an, aber dann legte er Scheite nach und entfachte ein Feuer. Gerade als er von den Knien aufstehen wollte, kam Hans herein. Man sah ihm an, dass er schlechte Laune hatte. »Was zum Teufel …«

Joseph blieb vor dem Kamin hocken und sagte etwas auf Deutsch. Hans schüttelte wütend den Kopf und stellte eine Frage, Joseph antwortete. Und dann, vor meinen Augen, versetzte Hans seinem Diener einen Fußtritt gegen die Schulter. Joseph fiel um. Er rappelte sich auf, klopfte seine Hosen ab, murmelte eine Entschuldigung und verließ das Zimmer.

Hans drehte sich zu mir um. »Wie konntest du nur von Joseph verlangen, den Kamin anzuzünden?«

Ich war ratlos. »Aber er war gerade da, und warum auch nicht?«

»Weil das nicht seine Aufgabe ist. Wenn du Feuer willst, musst du nach den dafür bestimmten Dienstboten klingeln. Oder einen Lakaien schicken.«

»D…das wusste ich nicht.« Bei uns waren die Dienstboten immer für alles zuständig gewesen.

»Schon gut«, brummte Hans. »Du musst lernen, dass hier alles seine Ordnung hat und genau geregelt ist. Wenn ein Diener das erledigt, was eigentlich der andere tun muss, dann gibt das ein großes Durcheinander.«

»Aber ich weiß doch gar nicht, wer was zu tun hat«, wandte ich ein. »Hier ist alles so anders. Alle sind so unhöflich! Stell dir vor, die Dienstmädchen, denen ich heute auf den Gängen begegnet bin, haben mich nicht gegrüßt. Nicht mal angesehen haben sie mich!«

Hans schüttelte den Kopf. »Die Dienstboten sind angewiesen, den Kopf zu senken und zu Boden zu schauen, wenn sie uns begegnen.«

»Ach so.« Das war ja trist.

»Und damit keine Missverständnisse aufkommen: Wir sprechen auch nicht mit dem Personal. Außer wir erteilen Anweisungen.«

Keine kleinen Unterhaltungen? Keine Fragen nach den Kindern, den Eltern, wie der freie Tag verbracht wurde? »Aber sogar die Queen spricht mit ihren Bediensteten …«, wandte ich ein.

»Mag sein«, erwiderte Hans trocken. »Aber wir nicht. Das ist unfürstlich.«

Unfürstlich. Dieses Wort prägte meine ersten Monate in Fürstenstein. Tu dies nicht, tu das nicht, hieß es. Ich durfte nicht mit den Dienstboten reden, ich durfte sie aber auch nicht aus dem

Zimmer schicken. Ich durfte keinen Schritt ohne Begleitung tun. Der Abort war der einzige Raum, in dem ich alleine war. Ich durfte mein Waschwasser nicht selber eingießen, keine Kerze selber anzünden. Es gab einen Diener, der dies anreichte, und einen, der das entgegennahm, ein Mädchen zum Bereitlegen der Handschuhe, eines für den Hut, ein drittes für den Schal. Eines, das mir ein Taschentuch brachte, wenn ich nieste, und eines, das es wieder mitnahm. Ein Tischdiener goss den Wein ein, der andere legte vor. Einer brachte Kaminholz, der andere zündete an. Langsam wurde mir klar, warum man im Schloss dreihundert Diener brauchte. Ich fand diese uralten, verstaubten Vorschriften so unpraktisch und übertrieben und fühlte mich geradezu entmündigt. Es war alles so steif und unabänderlich.

Ja, ich kam mir auf Fürstenstein vor wie eine schöne Wilde in einer fremden Zivilisation. Alles, was ich kannte, waren die freien, ungezwungenen Sitten des englischen Landlebens. Hier dagegen war es wie in einem Gefängnis. Und mein Gatte war der Direktor. Er maß Nichtigkeiten eine lächerliche Bedeutung zu. Niemals hätte er jemals mit einem Diener ein freundliches Wort gewechselt oder zugelassen, dass ich es tat – in Newlands und Ruthin hatte ich jeden unserer Angestellten mit Namen gekannt, viele waren bei uns, seit ich denken konnte. Sie gehörten zur Familie. Hier waren sie einfach namenlose Wesen und sollten es auch bleiben.

Ich machte so viele Fehler, und Hans war wütend über jeden davon. Ich trug das falsche Kleid zum Schwarzen Kaffee, sagte etwas Unpassendes zur Begrüßung eines Gastes, stand zu früh von der Tafel auf oder zu spät. Zeitweise verbot Hans mir, bei Tisch zu reden; ich war zu direkt, zu fröhlich, zu spontan, ich lachte zu viel. Er sah mich manchmal an wie ein lästiges Insekt. Beim kleinsten Fauxpas wurde er böse und maßregelte mich, als ob ich ernstlich die Konstitution des preußischen Königreiches zerstören wollte. Dabei tat ich doch nichts mit Absicht. Es war schlimm. Und zu alldem kam noch das Heimweh. Ich sehnte mich so nach zu Hause, nach meiner Familie. Oft hatte ich nur den Wunsch, mich leise hinwegzustehlen mit zugeschnürter Kehle, und alleine auf die Post aus England zu warten. Dann schickte ich, obwohl es unfürstlich war, die Lakaien aus dem Zimmer. Keiner sollte mich weinen sehen.

....

Berlin, Ostern 1892

Die Berliner Saison ging von Januar bis Ostern, und Anfang April traf das Fürstenpaar dort ein. Berlin war lebhaft und geschäftig; die Stadt erinnerte Daisy an London, wenn auch der Baustil weniger prächtig war und die Spree nicht mit der Themse zu vergleichen. Sie war froh, nach der ersten Zeit in Fürstenstein wieder Großstadtluft atmen zu können, und sie war freudig gespannt darauf, was die nächsten Wochen bringen würden. Denn der Zweck ihres Aufenthalts in der Hauptstadt war ihre Einführung in die preußische Gesellschaft.

»O Gott, Hans, ich bin so aufgeregt!« Zum mindestens zehnten Mal an diesem Nachmittag lief Daisy zum großen Spiegel und prüfte, ob alles an ihr richtig war. Sie trug ein fliederfarbenes Kleid, das sie sich während ihrer Flitterwochen in Paris bei Rouff's hatte schneidern lassen, einen schimmernden Traum aus Seide und Tüll, dazu ellbogenlange Handschuhe, einen Sommerhut mit künstlichen weißen Rosen und dazu die inzwischen schon berühmten Pless'schen Perlen, auf denen Hans hartnäckig bestand.

»Du siehst entzückend aus, Darling«, sagte Hans. »Mach dir keine Sorgen, der Kaiser ist ja kein Ungeheuer!«

Oh, da hatte sie schon andere Geschichten gehört! Sie hatte das

Bild eines martialischen Mannes in Uniform und Pickelhaube vor Augen, mit schwarz gewichstem Schnurrbart. So hatte man ihn in englischen Zeitungen porträtiert. Und ihr Onkel Bertie hatte erzählt, der Kaiser sei blasiert, laut und überheblich, ohne Manieren und Charme. Er habe weder Sinn für Humor noch für Ästhetik und Schönheit. »Ganz erstaunlich, wo er doch immerhin halber Engländer ist«, hatte Onkel Bertie befunden. War doch Wilhelms Mutter niemand Geringeres als Königin Viktorias gleichnamige Tochter, die jetzige Kaiserinwitwe. Daisy dachte an das, was ihr Vater ihr einmal gesagt hatte: »Die Deutschen, und ganz besonders die Preußen, sind glücklich, beherrscht und in strenger Rangordnung gehalten zu werden. Sie lieben es, Absätze zusammenzuklappen und militärisch zu grüßen. Und bei allem geht es ums Prinzip! Lachen ist ungermanisch, und Kultur überlässt man den angeblich verweichlichten Franzosen und snobistischen Engländern. Überhaupt ist ganz Deutschland primitiv! Schnaps, Bierfilze und Sauerkraut!« Wenn er die Deutschen so furchtbar fand, warum hatte er dann zugelassen, dass sie einen heiratete? Nun, sie musste jetzt damit leben, und jetzt stand sie im Berliner Schloss in einer Reihe von adeligen Damen und wartete darauf, vor dem Kaiser ins Plié zu gehen.

Schließlich stand sie vor Wilhelm, der in seiner blauen Uniform mit den vielen Orden imposant und einschüchternd wirkte. Er sah ziemlich gelangweilt drein, und bisher hatte er keine der ihm vorgestellten Frauen mit mehr als einem geschäftsmäßigen Gruß bedacht. Daisy knickste und streckte ihm, wie man ihr eingeschärft hatte, die behandschuhte Rechte zum Kuss entgegen. Genauso, wie es die anderen vor ihr getan hatten. Da brach sich plötzlich auf dem bisher so teilnahmslosen Gesicht des Kaisers ein Lächeln Bahn, und er sagte laut und vernehmlich: »Solch ein hübsches Händchen möchte ich ohne Handschuh küssen«, nahm Daisys nackte linke Hand und drückte seine Lippen darauf.

Ein Gemurmel ging durch die anwesenden Zuschauer; die Damen machten pikierte Gesichter. Daisy fühlte sich großartig. Wie stolz musste Hans jetzt auf sie sein! Als sie ihn eine halbe Stunde später im Garten wiedersah, drückte er unauffällig ihre Hand. »Gut gemacht«, raunte er. »Du bist die Sensation des Tages. Alle reden nur über dich!«

Sie ließen sich eine Limonade servieren und spazierten ein wenig in den Sälen umher. Hans stellte ihr so viele Leute vor, dass ihr der Kopf schwirrte, und zu ihrer Verblüffung unterhielten sich alle ganz zwanglos auf Englisch mit ihr. »Wie kommt das?«, fragte sie die Gräfin von Donnersmarck, eine pummelige ältere Dame mit ehrfurchtgebietender Oberweite, und erhielt die Antwort, dass in deutschen Adelskreisen eine englische Nanny für jedes Kind Pflicht war. Die Gräfin trat mit ihr zu einer Dame, die beim Champagnerbrunnen stand, und so lernte ich die Großherzogin Augusta von Mecklenburg-Strelitz kennen. »Es freut mich ungemein«, sagte die alte Dame mit den winzigen Silberlöckchen, »dass ich eine neue, ganz reizende Engländerin in Berlin begrüßen kann. Ich bin eine geborene Cambridge, müssen Sie wissen, mein Vater war der erste Herzog von Cambridge. Wir Ladys von der Insel sollten unbedingt zusammenhalten!« Sie zwinkerte verschwörerisch, und Daisy fühlte sich sofort an ihre eigene Großmutter erinnert. »Ach, das ist schön«, seufzte sie. »Ich wäre froh, wenn ich eine Freundin hätte, die ich in manchen Dingen fragen kann. Manchmal fühle ich mich doch noch recht fremd und verstehe vieles nicht.«

Die Großherzogin lachte. »Das kenne ich gut. Als ich damals ankam, war ich völlig auf mich allein gestellt. Ich wusste nie, wie ich mich verhalten sollte, und am Schlimmsten war es bei Hof. Niemals durfte gegen die Etikette verstoßen werden! Sofern man sie überhaupt genau kannte. Es herrschte eine strikte Hierarchie: Wer durfte wo sitzen, wer durfte wen zuerst ansprechen, wem durfte man die Hand küssen, wem war welcher Raum erlaubt und welcher verboten? Dabei musste man das Alter der Person berücksichtigen, das Alter und den Grad des Adelstitels. Wer durfte sich wie kleiden, wie viel Schmuck anlegen? In welcher Reihenfolge durfte man den Saal betreten, wer am Tisch sich zuerst hinsetzen? Gleich bei meinem ersten Auftritt vor dem Kaiserpaar ging ich zum Entsetzen aller zu schnell oder zu langsam oder an der falschen Stelle, ich weiß es bis heute nicht. Ich vergesse nie, wie die verstorbene Gräfin von Castell mich damals tadelte: ›Meine Liebe, es ist genauso vulgär, sich beim Wechseln des Salons zurückfallen zu lassen, wie voranzupreschen!‹« Die alte Dame blies die Backen auf. »Dabei stand eine Regel der anderen im Wege! Zum Beispiel meine gute Freundin Anna Reuß – ist sie nicht sogar mit Ihnen verwandt? Sie kommt nie an den kaiserlichen Hof, weil die Prinzessinnen von Reuß für sich aus alter Tradition das Recht beanspruchen, dass bei Hof ihre Schleppen von Pagen getragen werden, was ihnen der Kaiser aus irgendwelchen Gründen nicht erlaubt. Die liebe Anna würde sich eher den Arm abhacken lassen, als auf ihre Schleppenträger zu verzichten! Das ist deutsche Korrektheit!«

Daisy musste lachen. »O Gott, ich warte schon darauf, dass ich mich entsetzlich blamiere. Hans, mein Mann, hat mir schon eingeschärft, nicht so viel zu reden und immer schön nach unten zu sehen. Ich bin manchmal so temperamentvoll, und er fürchtet nichts so sehr wie eine Blamage. Ah, da kommt er!«

»Darf ich Ihnen meine Gattin entführen, Durchlaucht?«, fragte Hans. »Der Kaiser hat sie zu seiner Tischdame erkoren.« Wie man gleich zu Anfang bekanntgegeben hatte, war die Kaiserin unpässlich, aber insgeheim wussten alle, dass sie den Sommerball hasste und deshalb nicht kam.

»Oh, da will ich nicht im Wege stehen«, lächelte die Großherzogin und flüsterte Daisy zu: »Welch große Ehre!«

Hans nahm Daisy am Ellbogen und führte sie hinein in den großen Saal. Hier standen runde, edel in Weiß gedeckte Tische unter riesigen Kristalllüstern; die meisten Gäste hatten schon Platz genommen, nachdem auch der Kaiser sich bereits an den vordersten Tisch gesetzt hatte.

»Ah, unser englischer Neuzugang«, rief Wilhelm, und hielt es dabei nicht für nötig, aufzustehen. Stattdessen winkte er Daisy mit einer ausladenden Bewegung zu sich heran. »Nehmen Sie Platz, englische Rose! Wie ich höre, ist mein Cousin Edward Ihr Taufpate, der alte Schwerenöter! Sucht sich immer die schönsten Frauen aus! Ist denn die charmante Lady Warwick noch aktuell?«

Daisy setzte sich und verbarg ihre Empörung. Jetzt wusste sie, was ihr Onkel Bertie mit »ohne Manieren« gemeint hatte. Natürlich war der Prince of Wales kein Kostverächter, was Frauen betraf, aber darüber redete man doch nicht, nicht zuletzt um seine Frau Alexandra zu schonen, die seine Liebschaften ertragen musste! Hans guckte auch dementsprechend pikiert, sagte aber nichts. Schließlich unterhielt man sich über unverfängliche Dinge wie Pferde, das letzte Manöver in Primkenau und den Bau der neuen kaiserlichen Yacht. »Es wird die größte und schnellste sein, die die Welt je gesehen hat«, verkündete Wilhelm. »Da können die englischen und amerikanischen Schiffskonstrukteure nicht mit!« Prahlhans, dachte Daisy. Dennoch fand sie ihren Tischherrn immerhin auf seine Art unterhaltsam, was man von den meisten anderen Herrschaften nicht sagen konnte.

Dann kam die Suppe, eine Consommé mit Eierstich. Wilhelm probierte und winkte nach dem Salz. »Ein bisschen fade, finden Sie nicht?«, fragte er Daisy und neigte sich ihr recht vertraulich zu. »Was ist Ihre Lieblingssuppe?«

»Mulligatawny«, erwiderte sie.

»Soso, indisch«, meinte er. »Es leben die Kolonien! Tja – hätte auch gern mehr davon …«

Daisy sah aus dem Augenwinkel, wie Hans ihr aufmunternd zunickte. Er war also zufrieden mit ihr, und sie fühlte sich erleichtert.

Als Hauptgang legten die Lakaien Kalbsfilet mit Pommes Dauphinoises und Erbsen vor. Daisy äugte zum Kaiser hinüber, denn niemand durfte vor ihm anfangen. Sie sah, dass er in der rechten Hand jetzt ein merkwürdiges Instrument hielt, eine Kombination aus Messer und Gabel. Der linke Arm steckte immer noch in der Tasche seiner Uniformjacke, darüber hatte sie sich schon gewundert. Jetzt begann Wilhelm, mit dem Messer-Gabel-Ding sein Filet zu bearbeiten. Er machte das zwar ganz geschickt, aber so recht gelang es ihm nicht, das erste Stück abzutrennen. Daisy sah noch eine Weile verwundert zu, dann tat sie ohne viel nachzudenken etwas, was sie als große Schwester von früher her so gewohnt war. »Darf ich helfen, Majestät?«, fragte sie unverblümt. Ohne seine Antwort abzuwarten, nahm sie ihr eigenes, noch unbenutztes Besteck und schnitt dem verdutzten Kaiser das Fleisch vor.

Hans erblasste. Die ganze Tischrunde verstummte abrupt. Eine Dame hustete in ihre Serviette. Alles wartete auf die Reaktion des Kaisers. Daisy legte das Besteck hin und wusste sofort, dass sie etwas ganz Entsetzliches getan haben musste. Mit angstgeweiteten Augen sah sie den Kaiser an, der schaute immer noch entgeistert auf seinen Teller. Schließlich, nach einer gefühlten Ewigkeit, machte er eine seltsame kleine Kopfbewegung, als sei sein Kragen zu eng, und sagte zum grenzenlosen Erstaunen aller: »Vielen Dank, meine Liebe, sehr aufmerksam!« Dann nahm er die Gabel und begann zu essen.

Hans schloss die Augen und atmete deutlich hörbar aus. Und Daisy fiel ein tonnenschwerer Stein vom Herzen.

»Warum hast du mir nicht gesagt, dass er einen verkrüppelten Arm hat?« Daisy war wütend.

»Du lieber Gott, das weiß doch jeder.«

»Ja, vielleicht ihr hier in Berlin! Ich dachte, er sei vielleicht verletzt …«

Er legte versöhnlich seine Hand auf ihre. »Es ist ja gut ausgegangen, Darling. Sogar sehr gut. Es wird sich wie ein Lauffeuer verbreiten, dass du ihm das Essen vorgeschnitten hast. Kannst du dir vorstellen, was das für ein unglaublicher Gunstbeweis ist? Das hat Wilhelm noch nie jemandem erlaubt.«

Daisy lächelte selbstzufrieden in sich hinein. »Ja, ich glaube, er mag mich.«

Sie stiegen aus der Kutsche und betraten das Hotel Bristol, in dem sie für die Saison das ganze oberste Stockwerk angemietet hatten. Auf dem Zimmer nahm ihnen Hans' Leibdiener Joseph Stola und Mantel ab. Daisy zog die Handschuhe aus. »Wie kommt das mit dem Arm?«

Hans setzte sich in ein Fauteuil und ließ sich von Joseph die Schuhe aufschnüren. »Oh, er ist nicht verkrüppelt, wie du glaubst. Die Hand und der Arm sind vollständig ausgebildet, aber es sind Hand und der Arm eines Siebenjährigen. Sie reichen gerade so bis in die Tasche, und dort hat Wilhelm sie auch gewöhnlich. Oder auf dem Säbelkorb. Das fällt meist nicht auf. Wenn er fotografiert wird, dreht er seine linke Seite immer von der Kamera weg oder versteckt den ganzen Arm in einem großen Muff. Reiten kann er mit einer Hand übrigens recht gut.« Er schlüpfte in die Pantoffeln, die ihm Joseph hinhielt, während Missy ihrer Herrin die Nadeln aus der Frisur zog und den Hut löste.

»Die Sache mit dem Arm ist schrecklich für ihn«, fuhr Hans fort. »Man sagt, es habe bei seiner Geburt Komplikationen gegeben, das Baby wurde mit einer Zange am linken Arm gepackt und gewaltsam aus dem Mutterleib gezogen. Dabei riss das Nervengeflecht an seiner Schulter. Außerdem soll er scheintot gewesen sein, und die Hebamme musste ihn angeblich mit einem nassen Handtuch schlagen, um ihn zum Atmen zu bringen. Ein paar Tage später stellte man fest, dass der Arm lahm war …«

»Gott, wie furchtbar.«

»Ja, nicht wahr? Als Wilhelm noch ganz klein war, hat man alles versucht, kalte Waschungen, Einreibungen, Elektromagnetbehandlung. Sein rechter Arm wurde festgebunden, um ihn zum Gebrauch des linken zu zwingen. Zweimal wöchentlich steckte man den Arm in den Kadaver eines frischgeschossenen Hasen.«

Daisy sah Hans entsetzt an, aber Hans fuhr ungerührt fort. »Nun, der Arm blieb trotzdem kalt, gefühllos und dunkelrot. Später versuchte man es mit starken Stromstößen. Da hatte Wilhelm schon einen Schiefhals, der den Kopf nach rechts zog. Sein rechtes Auge und die Wange waren zu groß, der Mund schief, das linke Auge halb zu. Man steckte ihn deshalb in eine metallene Streckmaschine, viele Stunden am Tag, ohne Erfolg. Schließlich mussten die Ärzte in einer Operation die Sehne zwischen Hals und Schlüsselbein durchtrennen und den Muskel, der das Kinn seitlich zieht.«

»Der arme Mensch.« Daisy legte ihren Schmuck ab und übergab ihn Missy zur Aufbewahrung. »Das muss eine schreckliche Kindheit gewesen sein.«

»Deshalb wagt ja auch niemand, ihn auf seinen Arm anzusprechen. Alle wissen es, keiner sagt was. Jeder fürchtet einen seiner legendären Wutausbrüche. Was du heute Abend getan hast, war geradezu unglaublich, mein Schatz!«

Sie seufzte. Endlich hatte sie einmal nichts Dummes angestellt, hatte Hans' Erwartungen genügt. Wie lieb und freundlich er dann sein konnte! »Ich bin so froh«, sagte sie. »Ich wünsche mir doch, dass mich hier alle aufnehmen und gern haben.«

»Das tun sie bestimmt, wenn du dich weiter bemühst.« Hans winkte Missy und Joseph hinaus, dann ging er zu ihr, nahm ihre

Hand und steuerte auf das Schlafzimmer zu. »Was meinst du«, raunte er ihr ins Ohr, »wollen wir's wieder mal versuchen?«

Sie schluckte, nickte. Es war ihre Pflicht.

....

Brief Daisys an ihre Schwester Shelagh

Berlin, Hotel Bristol, Ostern 1892

Liebstes Shelaghmädchen,
hier kommt die Fortsetzung meines Briefs von letzter Woche, den ich so schnell beenden musste, weil der Oberpräsident von Schlesien und seine Frau zum Tee kamen.

Wenn ich nach meinem Erfolg beim Sommerball geglaubt hatte, die höchsten deutschen Kreise würden mich mit offenen Armen aufnehmen, so war das ein Trugschluss. Ich gebe mir wirklich alle Mühe, aber irgendwie mache ich immer alles falsch. Die Berliner Gesellschaft hat ihr reinstes Vergnügen mit mir! Gestern beging ich den Fehler, morgens mit Missy die Wilhelmstraße entlangzugehen – in meinem grauen Kleid, einem der besten von Jay's, Du kennst es ja, weil Du das gleiche in Beige hast! Alle starrten mich an, und ich wusste nicht warum. Schließlich traf ich meine Schwiegermutter zum Tee im Adlon, und sie fragte sofort: ›Kind, hast du kein schwarzes Kleid?‹ Ich antwortete: »Nein, ist denn jemand gestorben?« Stell Dir vor, Mama Mathilde erklärte mir, dass sich in Berlin keine Dame anders zeigen darf als in Schwarz! Ist das nicht schrecklich? Und eine Dame darf sich auch nicht allein in der Kutsche herumfahren lassen. Immer muss eine Chaperone dabei sein! Wie überaus düster und rückständig! Der liebe Hans findet natürlich, das gehört sich so.

Weißt Du, bald habe ich keine Lust mehr! Egal, was ich tue, alle müssen sich unbedingt das Maul über mich zerreißen. Sie finden mich unmöglich, aber weil sie wissen, dass ich beim Kaiser in Gunst stehe, wagen sie es nicht, es laut zu sagen. Ich glaube, sie sind einfach neidisch. Das ärgert mich, und dann kommt wieder mein alter Dickkopf durch, und ich tue eigens etwas Provozierendes. Schließlich bin ich aus höchstem englischen Haus, meine Vorfahren sind mit Richard Löwenherz ins Heilige Land gezogen! Und ich stehe mit der königlichen Familie auf Du und Du!

Neulich, nachdem in den Zeitungen gestanden hatte, ich sei bei einem Ball die ›Schönste der Schönen‹ gewesen, machte ich allerdings einen wirklich dummen Fehler: Ich sagte zum Grafen von Eulenburg, es sei ja nicht schwer, in Deutschland die Schönste zu sein (womit ich eigentlich die deutsche Mode meinte, die wirklich zum Davonlaufen öde ist). O Gott! Diesen Satz kennt jetzt jede Berlinerin! Wenn der Kaiser nicht wäre – sie hätten mich vermutlich längst in Stücke gerissen. Er ist mein Beschützer. Ja, wäre ich alt, hässlich und langweilig, so würde er mich wohl dorthin tun, wohin er innerlich alle Frauen steckt: Kinderzimmer, Küche, Papierkorb. Aber er hat schon zweimal zu Hans gesagt, dass er mich erfrischend und unterhaltsam fände! Bei jeder Gelegenheit, an der wir uns in den letzten Wochen trafen, unterhielten wir uns viel; sein Englisch ist eigenartig, abgehackt und unmelodisch, obwohl seine Mutter doch Engländerin war. Sein Deutsch muss auch nicht viel besser sein – ich kann das nicht beurteilen, aber Hans sagt, er berlinert oft wie ein Gassenjunge. Und er gibt sich so martialisch, meine Schwiegermutter meint, das kommt bestimmt daher, weil er ein Krüppel ist! Er trägt nie etwas anderes als Uniform! Kürassieruniform, Husarenuniform, Jägeruniform … ich wette, er geht auch damit ins Bett. Oder sein Schlafanzug hat Epauletten, aufgenähte Orden und eine Doppelreihe Messingknöpfe …

Die Kaiserin habe ich inzwischen auch bei einer Einladung zum Tee kennengelernt. Sie trug einen großen, hässlichen Hut, der ganz mit Federn bedeckt war und aussah wie ein toter Vogel. Meine Güte, ist diese Doda eine einfältige Frau! – eigentlich heißt sie Auguste, und die Berliner nennen sie wegen ihrer ewigen Frömmelei »Kirchen-Gusti«. Man kann über nichts mit ihr reden, nicht über Kunst, Theater, Musik oder wenigstens Reisen. Kleider und Kinder sind ihr einziges Thema. Ich habe nie eine Frau in einer solchen Stellung gesehen, die absolut keinen eigenen Gedanken und keinerlei Einfall hatte. Sie ist wie eine gute, stille, sanfte Kuh, die Kälbchen hat und Gras frisst. Und so sieht sie auch aus, die Arme. Meine neue Freundin, die Großherzogin von Mecklenburg-Strelitz, erzählte mir, dass selbst der Kaiser Doda so langweilig fand, dass er sich gleich nach dem ersten Ehejahr mehrere Mätressen nahm! Da soll er über Onkel Bertie noch mal was sagen! Aber sie hat ihm bisher sechs Söhne geschenkt! Ach, Biddy, wenn ich doch auch endlich in die Hoffnung käme! Ich wünschte mir so sehr, so ein kleines, weiches, liebes Baby im Arm zu halten. Und alle warten ja darauf, vor allem Hans. Ich will ihn doch nicht enttäuschen.

Schwesterherz, ich könnte Dir noch so viele Dinge schreiben – aber in einer Stunde soll ich schon wieder zur Großen Ausfahrt angekleidet sein. Dabei grüßen sich alle vornehmen Leute aus ihren protzigen Kutschen heraus. Aber Unter den Linden ist nun einmal nicht die Londoner Rotten Row, o nein! Man nickt sich im Vorüberfahren gerade einmal zu, und dabei wird genau darauf geachtet, dass der eine sein Kinn keinen Zoll tiefer senkt als der andere. Niemand winkt lustig, keiner hält zum Plausch an. Berlin ist einfach langweilig und steif, und das sage ich auch jedem, der es wissen will! Punktum! Kleines, heirate bloß einmal nicht nach Deutschland, höchstens nach Frankreich oder wenn, dann gleich nach Amerika!

Bevor ich Schluss mache, muss ich Dir aber noch geschwind von den deutschen Vorstellungen von Hygiene erzählen. Nur so viel: Gestern saß ich bei einem Souper in Potsdam zwischen zwei vornehmen alten Herren. Der eine fragte mich, warum wir im Hotel Bristol wohnten und nicht in unserem Palais in der Wilhelmstraße.

Ich sagte, meinem Mann sei es lieber so, weil es im Palais kein Bad gäbe. ›Mein Gott‹, sagte der ältere Herr, ›muss er absolut jeden Tag ein Bad haben!‹ Ja, lach nur. Und sei froh, dass Du im lieben alten England lebst und nicht im Land der Barbaren …

Es umarmt und küsst und herzt Dich
Deine Dich ganz herzlich liebende Schwester Daisy

P. S. Gib Patsy und Poppets einen Kuss von mir, und zwick Brüderchen Georgie ordentlich in den Arm, weil er noch nicht geschrieben hat!

……….. ………..

Daisy erzählt

Nach Ende der Berliner Saison besuchten wir auf ein paar Wochen meine Schwiegereltern in Pless, und danach löste Hans das Versprechen ein, das er mir bei der Hochzeit gegeben hatte. Wir fuhren nach England. Nach den anstrengenden Tagen in der Hauptstadt fühlte ich mich in meiner Heimat endlich wieder frei von allen Zwängen. Ich konnte ich selber sein, und auch Hans war viel gelöster als in Berlin. Wir besuchten meine Familie und die Freunde, nahmen an der Regatta in Cowes teil, jagten in Leicestershire, tanzten in London. Ich war selig. Ich glaubte daran, dass ich Hans doch noch lieben könnte. Und schließlich hatten wir ja ein gemeinsames Ziel: einen Erben. Wenn erst einmal ein Kind da ist, so sagt man doch, dann wird alles gut. Dreimal in der Woche kam Hans nachts zu mir, und manchmal, wenn er danach gleich einschlief, blieb er sogar bis zum Morgen. Die »Pflicht« fand ich auch nicht mehr so schlimm, ich hatte mich langsam daran gewöhnt. Ja, ich war glücklich.

Bis zu dem Tag, an dem ich mit meiner Mutter in London zu unserem Juwelier ging, Henry Lewis in der Bond Street. Patsy wollte einen Ohrring zur Reparatur geben. Wir trafen dort die Gräfin Dolgoruki, und während Patsy und sie den neuesten Klatsch austauschten, sah ich mir Lewis' Saphirkollektion an. »Ich hoffe, das Brillantarmband hat letztes Jahr Ihren Gefallen gefunden, Your Highness«, sagte er beflissen.

Ich probierte gerade einen Ring, der zu groß war. »Brillantarmband?«

Er lächelte. »Ja, das Armband mit dem schönen Rubinherz als Anhänger und der Gravur. Forever Hans. Sehr romantisch. Wir hatten alle Hände voll zu tun, es bis zu Ihrer Hochzeit fertigzustellen, aber am Tag vorher konnte Ihr Gatte es dann abholen. Lewis fertigt immer pünktlich.«

Mir war, als hätte mich ein kalter Windstoß zu Eis erstarren lassen. Ich hatte kein Armband bekommen. Nicht zur Hochzeit, und auch später nicht. Forever Hans. Ich schwankte, hielt mich an der Vitrine fest. »Oh, ja, das Armband«, hörte ich mich sagen. »Eine sehr schöne Arbeit.« Dann drehte ich mich um und verließ das Geschäft. Meine Hände zitterten. Ich stieg in die Kutsche, die draußen wartete, und konnte keinen klaren Gedanken fassen. Ich blieb einfach nur wie versteinert sitzen, bis Patsy kam.

»Nanu, Kleines, was ist los mit dir?«

Mir war die Kehle wie zugeschnürt. Erst als wir zu Hause waren, konnte ich es ihr unter Weinkrämpfen sagen. »Er hat an unserer Hochzeit einer anderen Frau dieses Armband geschenkt«, schluchzte ich. »Er hatte eine Geliebte, als wir uns kennenlernten! Vielleicht schon ganz lange!«

»Unsinn, Daisy«, beschwichtigte meine Mutter.

»Doch«, weinte ich. »Bestimmt hätte er sie lieber geheiratet und durfte nicht, weil sie nicht standesgemäß war oder, o Gott, vielleicht verheiratet! Er hat mich gar nicht geliebt, sondern sie!

Alle habt ihr gesagt, er liebt mich! Wenn ich das gewusst hätte, hätte ich nie, nie …«

Patsy wiegte mich in ihren Armen. »Ach, Kindchen, Kindchen, sei doch nicht traurig. Vielleicht war es nur ein Abschiedsgeschenk an eine alte Liebe, die er für dich aufgegeben hat. Ganz bestimmt sogar!«

»Ich stelle ihn zur Rede«, wimmerte ich. »Gleich nächste Woche, wenn er von den Rennen in Newmarket zurückkommt.«

»Bist du wahnsinnig?« Patsy wurde ungehalten. »Hör mir jetzt zu, Daisy: Ich verstehe, dass du leidest, aber rühr das nicht auf. Glaubst du, dein Mann war vor der Ehe ein Heiliger? Da wäre Hans der Allererste, pfft!« Sie packte mich bei den Schultern. »Dein Vater hat, bevor wir geheiratet haben, über Jahre hinweg ein Verhältnis mit dieser Italienerin gehabt. Drei Töchter hat er mir ihr gezeugt. Dein Großvater musste für mehr Bastarde zahlen, als ich Finger an einer Hand habe. Der kreuzbrave Marquis von Londonderry liebt eine französische Tänzerin, die halb so alt ist wie er. Prinz Edward hat eine Mätresse nach der anderen, verheiratet oder nicht. Männer müssen sich die Hörner abstoßen, vor der Ehe, und wenn es sein muss, dann auch nebenbei. Als Ehefrau hast du vor so etwas die Augen zu verschließen. Du hast den Status und das Geld. So ist das. Also sag um Himmels willen nichts und vergiss das Ganze.«

»Ich will wissen, wer sie war«, heulte ich. »Und ob er sie noch trifft!«

»Das willst du nicht, mein Schatz«, erwiderte meine Mutter. »Ob dein Gatte mit der Queen schläft oder mit einem Garderobenständer, das kann dir völlig egal sein. Contenance, Daisy, Herrgott nochmal!«

Ich weinte mich in den Schlaf. Am nächsten Morgen brachte mir Missy das Frühstück ans Bett, Toast und pochierte Eier. Ich biss eine Ecke vom Toast ab, dann rannte ich ins Bad und übergab mich. Mir war elend. Ich stand am Fenster und schaute zu, wie der englische Regen fiel. Meine Brüste schmerzten, als würden sie geschlagen. Da wusste ich plötzlich, dass ich schwanger war. Was ich vorher mit allen Fasern meines Herzens herbeigesehnt hatte, war nun eingetreten, aber statt eines grenzenlosen Glücksgefühls spürte ich in mir nur blanke Verzweiflung.

Ich sagte, ich sei unpässlich und blieb drei Tage im Bett. Während dieser drei Tage redete Patsy auf mich ein wie auf ein kleines Kind. Du trägst jetzt eine Verantwortung, sagte sie. Dein Leben dreht sich jetzt nicht mehr nur um dich. Du wirst Mutter, und das ist das Einzige, was zählt. Und ich wusste, dass sie recht hatte. Die Schwangerschaft änderte alles. Ich war nicht mehr allein. Ich trug ein Kind. Ganz gleich, was Hans getan hatte, er war der Vater dieses Kindes. Des heißersehnten Erben, auf den wir beide gewartet hatten, der unser Glück endlich vollkommen machen sollte. Ich trocknete meine Tränen. Nein, ich würde Hans nicht zur Rede stellen, ich würde ihm keine Vorwürfe machen. Ich würde ihm die freudige Nachricht mit einem Lächeln überbringen und einfach versuchen, alles zu vergessen. Wir würden einfach ganz neu anfangen.

Hans wirbelte mich im Zimmer herum. Er lachte übers ganze Gesicht, stieß einen Jauchzer nach dem anderen aus. So hatte ich ihn noch nie erlebt. Überschäumend, temperamentvoll, voll Freude! Wir schrieben gemeinsam einen Brief an meine Schwiegereltern in Pless, einen an seinen Bruder Fritz, einen an seine Schwester. Alle Welt sollte es wissen. Er war besorgt um mich, las mir jeden Wunsch von den Augen ab. Am Morgen fütterte er mich mit trockenen Keksen, weil ich nichts anderes behielt. Er war ein ganz anderer Mensch. Ich war überzeugt davon, dass er diese Frau nicht mehr traf, oder zumindest redete ich mir das immer wieder ein. Patsy hatte schon recht gehabt, alles würde wieder gut werden. Als die Morgenübelkeit verschwunden war, führte Hans mich in Konzerte, ins Theater, auf Bälle, wir waren zum Tee im Buckingham Palace, tanzten auf der Verlobungsfeier des Kronprinzen von Rumänien mit der wunderschönen Prinzessin Mary von Edinburgh, mit der ich sofort eine enge Freundschaft schloss. Ich freute mich unbändig über das neue Leben, das in mir heranwuchs, und ich redete mir jeden Tag ein, ich würde Hans immer lieben, ganz gleich was gewesen war. Es zählte jetzt nicht mehr.

Zur Geburt wollte ich unbedingt in meinem geliebten England sein; ich wollte die Hebamme und die Ärzte verstehen können. Also mietete Hans das komfortable Quorn House in Leicestershire, dem besten County, wenn es um Fuchsjagden ging. Er wollte für sich das Angenehme mit dem Nützlichen verbinden. Wenn er von der Jagd zurückkam, saßen wir gemütlich beim Feuer, er erzählte Anekdoten über Pferde und Hunde und war so zärtlich wie nie zuvor. Natürlich blieb mir jetzt die »Pflicht« erspart – Sie wissen ja, dass die weiblichen Organe während der Schwangerschaft mit mehr Blut angefüllt sind und deshalb leicht eine Infektion kommen kann. Ich war froh darüber. Die Zukunft würde herrlich sein, ungetrübt und voller Kinderlachen. »Du wirst sehen, ich schenke dir am Ende mehr Söhne als die Kaiserin ihrem Wilhelm«, scherzte ich, und er grinste. »Oho, dazu gehören aber zwei!« Nur kurz blitzte in mir der alte Verdacht auf: Konnte es sein, dass er doch immer noch zu dieser Geliebten ging? Ich zwang mich, den Gedanken sofort wieder zu vergessen.

Am ersten Februar kam meine ganze Familie, und sie brachten eine von Mutter sorgfältig ausgesuchte Hebamme mit. Die letzten Wochen waren beschwerlich für mich, am 20. Februar holten wir den Arzt, und am 25. Februar 1893 war es dann so weit. Nach vielen schmerzhaften Stunden brachte ich mein erstes Kind zur Welt, ein winzigkleines Mädchen. Als man es mir in die Arme legte, weinte ich und weinte und weinte. Ich konnte überhaupt nicht mehr aufhören. Mein Baby war so schön! So vollkommen mit seinen winzigen Händchen und Füßchen und dem blonden Flaumhaar. Ich liebte es von der ersten Sekunde an, dieses kleine Wunder!

Hans missverstand meine Tränen und versuchte, mich zu trösten. »Das nächste Kind wird ein Junge, ganz bestimmt«, sagte er. Aber ich hörte einen Vorwurf heraus, der mich traurig machte.

Ich bestand darauf, mein Kind wenigstens in der ersten Zeit zu stillen. Ich wollte wissen, wie es ist, wenn eine Mutter nährt, wollte das Gefühl erleben, wie ein Baby an der Brust trinkt. Patsy war zwar dagegen, aber ich setzte mich durch und genoss jede Sekunde dieser engsten aller Zweisamkeiten.

Aber dann, nach zwei Tagen begann das kleine Mädchen zu weinen. Es wollte nicht mehr trinken. Patsy sagte: »Ich hab's ja gewusst«, und holte die Amme.

Doch auch bei ihr trank mein Baby nicht. Die Hebamme schaute sorgenvoll drein. Schließlich ließen wir den Arzt kommen. Er untersuchte die winzige Patientin und konnte nichts finden. Mein Baby schrie und weinte, und sein Bäuchlein war ganz hart.

Am fünften Tag, als ich sie ansah, wusste ich mit einem Mal, dass dieses Weinen ein Todesbote war. Es traf mich wie ein Schlag. Meine Tochter würde sterben. Ich betete und betete, war verzweifelt und doch innerlich seltsam gelähmt. Die menschliche Natur schützt einen vor dem Unerträglichen. Die ganze Zeit über bin ich nicht zusammengebrochen. Ich hielt mein Baby in den Armen und sah das arme kleine Gesichtchen an, fragte mich, ob mir mein eigener Tod etwas ausmachen würde, und die Antwort war Nein. Wie das winzige Ding so elend in meinen Armen lag, wünschte ich fast, dass es von seinen Qualen erlöst würde. Ich war nicht ich selbst in diesen Tagen. Heute noch habe ich das Zeichenheft, das Patsy mir gab, um mich abzulenken. Ich habe kleine Kinder mit Engelsflügeln hineingemalt, und eine Skizze zeigt ein totes Baby mit über der Brust gekreuzten Armen.

Am zehnten Tag holten wir den Pfarrer; er taufte mein Baby auf den Namen Olivia Mathilde Constance Princess of Pless, meine Schwester hielt es. Ich nahm das Ritual kaum wahr, nur am Schluss fiel mir auf, dass meine Kleine nicht mehr schrie. Sie hatte keine Kraft mehr.

Mein kleines Mädchen starb zwei Wochen nach der Geburt. Doktor Eddowes schrieb Krämpfe als Todesursache in die Sterbeurkunde. Ich dagegen dachte an eine andere Ursache. Die Perlen. Die Unglücksperlen vom Nil. Hans tat es als Aberglaube ab, aber ich konnte nicht anders, ich musste andauernd daran denken. Gab es Dinge zwischen Himmel und Erde, die wir nicht begreifen konnten? Die Einfluss auf unser Schicksal nahmen, ohne dass wir es wollten? In diesen düsteren Tagen fragte ich mich das unaufhörlich. Nicht einmal der Pfarrer konnte mich davon abbringen, dass vielleicht dunkle Mächte mir mein Kind geraubt hatten.

Schließlich wurde der winzige Leichnam in einen weißen Kindersarg gelegt, auf dem eine Totenkrone zum Zeichen der Unschuld befestigt war. So schickte man unser totes Kind ganz allein nach Fürstenstein, wo die Familiengruft war. Ich war nicht in der Lage, mitzureisen, und Hans wollte nicht. Ich legte mich in das Bett, in dem ich mein Baby geboren hatte, und wollte nie mehr aufstehen.

....

The Times, Gesellschaftsspalten, 18. März 1893

Ein schwerer Schlag für den Fürsten und die Fürstin von Pless: In der letzten Woche starb ihr erstes Kind, ein Mädchen, kurz nach der Geburt. Die Großmutter, Lady Cornwallis-West, ließ erklären, man sei tief betrübt, tröste sich in Gott und bäte die Presse um Rücksichtnahme. Die ganze Familie zog sich gestern nach Ruthin in Wales zurück, um dort in aller Abgeschiedenheit wieder Frieden zu finden. Unser aufrichtiges Mitgefühl gilt den verzweifelten Eltern.

....

Joschis Geschichte

»Ein Unglück im Schacht! Schlagwetter im Schacht!«

Joschi hörte die Rufe von der Straße, während er hinter dem Küchenschrank auf Schabenjagd herumkroch. Er hielt inne und dachte an seinen Vater, aber es gab ja so viele Schächte in Waldenburg. Vater war bestimmt putzmunter und hackte kräftig am Flöz herum. Der Junge ging zum Fenster. »Welcher Schacht?«, schrie er hinunter.

»Der Herrmann! Ogottogott!«, rief eine Nachbarin zurück und begann auch schon, Richtung Grube zu laufen.

In Joschis Kehle wurde es ganz eng. Das war der Schacht seines Vaters! Der Junge schlüpfte in die viel zu großen, mit Zeitungspapier ausgestopften Schuhe, die er von der Knappschaftshilfe bekommen hatte, und stürmte die Treppe hinunter.

»Ich will mit!«, rief seine Schwester ihm hinterher.

»Du bleibst beim Ottchen!«

Es war nicht weit bis zur Grube. Am Eingang hatte sich schon eine Menschenmenge versammelt. Das Tor war verschlossen, und drinnen sah man Männer umherhasten, hörte ihre Schreie. Das mussten welche von der Rettungsmannschaft sein.

Im ersten Stock des Verwaltungsgebäudes öffnete sich ein Fenster. Sofort setzte Stille ein.

»Leute!«, rief ein Mann, ganz offenbar der Bergwerksdirektor. »Im Herrmann-Schacht hat es eine Gasexplosion gegeben. Anscheinend wurde sie ausgelöst durch einen unvorsichtigen Sprengschuss. Die Hälfte der Männer von der Schicht ist schon oben, die haben Glück gehabt, waren weiter vorne. Ich lese euch jetzt die Namen derjenigen vor, die in Sicherheit sind …«

Es folgten Namen, von denen Joschi etliche kannte. Er hoffte, betete, den Namen Siebenbürger zu hören. Bitte, bitte, lieber Gott.

Der Name kam nicht.

»Jetzt gilt es, ruhig zu bleiben, Leute«, mahnte der Direktor. »Ein Suchtrupp ist schon unterwegs. Wir tun alles Menschenmögliche, die restlichen Männer heraufzuholen.«

»Brennt's drunten?«, rief eine Frau mit verzweifelter Stimme und bekam keine Antwort.

Wenn es im Schacht brannte, war alles zu spät. Das Feuer fraß den Sauerstoff, und wenn die Kumpels nicht verbrannten, erstickten sie. Joschi war ganz schlecht vor lauter Angst. Dann stand plötzlich seine Mutter neben ihm, bleich wie die Wand, und nahm seine kalte Hand. Hinter ihr drängelte sich Lissa, das kleine Ottchen im Leiterwägelchen neben sich.

So standen sie und warteten, voller Hoffnung. Nach zwei Stunden geriet etwas Bewegung am Schachteingang, man brachte Männer auf Tragen heraus. Joschi und die anderen spähten angestrengt durch das Torgitter, um jemanden zu erkennen, aber es war zu weit weg. Dann öffnete sich das Fenster erneut, und der Direktor verlas ein paar Namen. Siebenbürger war nicht dabei.

Die Familien der eingeschlossenen Bergleute wichen nicht. Sie lagerten einfach weiter vor dem Grubeneingang, ließen sich nieder, wo sie waren. Manche schluchzten, andere beteten. Joschi und seine Schwestern drängten sich an ihre Mutter, die ganz stumm und still dasaß. Gegen Abend ließ die Bergwerksleitung Tee und Suppe aus großen Kesseln verteilen. Mit jeder Stunde sank die Wahrscheinlichkeit, die letzten Männer aus dem Schacht zu bergen. Der Pfarrer der Marienkirche kam und spendete denen Trost, die auf Gott vertrauten.

Irgendwann kam von drinnen jemand zum Tor gerannt und rief: »Wir sind durch bis zu den Letzten!« Ein Raunen ging durch die Menge. Viele standen auf und gingen zum Gitter, spähten hinein.

Es dauerte noch eine Stunde, dann trugen Retter die erste Bahre aus der Schachtöffnung. Dann die nächste, dann noch eine und noch viele mehr. Ein Mann kam ans Tor, völlig erschöpft, das Gesicht voll Kohlestaub. Er sah die Frauen und Kinder draußen an, und dann schüttelte er einfach nur den Kopf.

Joschis Mutter schlug die Hände vors Gesicht. Aus ihrer Brust kam ein dunkler klagender Ruf, und sie fiel auf die Knie.

Franz Siebenbürger war einer von neunundzwanzig Toten des Unglücks im Herrmann-Schacht. »Jetzt bist du der Mann in der Familie«, sagte seine Mutter auf der Beerdigung zu Joschi.

»Ja, Mutter«, erwiderte Joschi ernst. Er war neun Jahre alt. Und er wusste doch nicht, wie er seinen Vater ersetzen sollte.

Eine Woche später zog ihm seine Mutter frisch gewaschene Sachen an, putzte ihm die Nase und zog ihm einen ordentlichen Scheitel. Dann nahm sie ihn bei der Hand und ging mit ihm zum Verwaltungsbau des fürstlich Pless'schen Grubenkonsortiums. Staunend lief Joschi durch die hohen Gänge in dem schönen großen Gebäude. Die Fliesen waren spiegelglatt, und er rutschte ein bisschen herum, es war wie Schlittschuhlaufen. Schließlich stand er in einem quadratischen Raum vor einem Fichtenholzschreibtisch, hinter dem ein dicker Mann mit Brille saß.

»Mein Mann ist einer von denen, die letzte Woche im Schacht geblieben sind«, sagte Joschis Mutter.

»Aufrichtiges Beileid«, schnarrte der dicke Mann mit blecherner Stimme. »Das Konsortium hat die Beerdigungskosten bereits übernommen.«

»Dafür dank ich auch schön. Aber trotzdem – ohne meinen Franz reicht uns das Geld nicht mehr zum Leben. Alles wird teurer, und die Miete ... Ich arbeite in der Wäscherei, aber da sind ja noch die drei Kinder, und bald werden's vier.«

Joschi blickte überrascht zu seiner Mutter auf. Er hatte nicht gewusst, dass sie wieder ein Geschwisterchen im Bauch trug.

»Ja, und das hier«, fuhr seine Mutter fort und schob ihn vor sich an den Schreibtisch, »das ist mein Sohn Joschi. Er ist fast zehn, und kräftiger, als er aussieht. Hätten Sie nicht eine Verwendung für ihn?«

Der Mann nahm die Brille ab und runzelte die Stirn. »Zehn, sagen Sie? Aber Sie wissen doch, das ist noch zu jung.«

»Für den Flöz ja, aber vielleicht eine andere Arbeit? Ich bitte Sie, Herr Sekretär, ich würd nicht fragen wenn's nicht dringend wär. Wir brauchen das Geld. Ich wüsst nicht, was sonst werden soll.«

Der Sekretär blies die Backen auf und stieß die Luft aus. Dann rieb er sich minutenlang Gesicht und Augen. »Also gut«, sagte er schließlich. »Für den vollen Lohn kann ich ihn noch nicht einstellen, da müsste er über zwölf sein. Aber ...« Er wandte sich an Joschi: »Junge, hast du Angst vor Pferden?«

Joschi war ganz verdattert. »Vor Pferden? Äh ...« Seine Mutter stieß ihn unbemerkt in die Seite. »Nein«, sagte er da. »Überhaupt nicht.«

»Gut, dann ist das geklärt. Du kannst nächste Woche in der Glück-Hilf-Grube anfangen, als Pferdebursche.«

»Danke, Herr Sekretär«, sagte Joschis Mutter erleichtert.

»Gehen Sie auf Zimmer sieben, da wird alles Weitere geregelt«, sagte der Mann mit der Brille. »Alles Gute.«

»Viele Buben gehen unter Tage, noch bevor sie zwölf sind«, erklärte seine Mutter auf dem Heimweg.

»Aber warum hat der Mann nach Pferden gefragt?«

»Weil drunten im Schacht Grubenpferde arbeiten. Die ziehen die Loren voller Kohle.«

Joschi verzog das Gesicht. »Ich kenn mich aber nicht aus mit Pferden. Die haben so einen großen Kopf …«

»Das lernst du schnell«, tröstete seine Mutter. »Wirst schon sehen. Und du musst nicht zehn Stunden am Tag arbeiten, sondern bloß acht. Das ist doch was.«

»Und zur Schule muss ich dann nicht mehr?«

Die Mutter schüttelte den Kopf. »Nein, das ist vorbei. Du verdienst ab jetzt richtiges Geld.«

Joschi wusste nicht recht, ob er sich freuen sollte oder nicht, aber es wäre ohnehin ganz egal gewesen. Er musste jetzt für die Familie mitsorgen.

Am nächsten Montag morgen musste Joschi schon um halb fünf Uhr aufstehen und bekam eine Tasse Muckefuck mit einem Stück Marmeladebrot ohne Butter, so wie sein Vater vor ihm. Dann drückte die Mutter ihm einen Beutel in die Hand, darin war das »Grubenvesper«: eine Kanne mit noch mehr Muckefuck und zwei zusammengelegte Schmalzbrote. So marschierte er zur Grube. Dort meldete er sich im Kontor; von dort brachte man ihn zu einer Gruppe Knappen, die, fertig gerüstet mit Licht und Hacken, auf die Abfahrt warteten. »Das ist der junge Siebenbürger«, sagte der Angestellte. »Gebt ihn beim Pferde-Erich ab.«

Den Vesperbeutel fest an sich gepresst, bestieg Joschi zusammen mit den anderen den Korb, mit dem man in die Grube hinuntergelassen wurde. Ihm war mulmig, so in der Luft zu hängen, über einem schwarzen, gähnenden Loch. Plötzlich begann die Fördermaschine zu ächzen und zu rattern, spie vibrierend eine weiße Dampfwolke in die Luft. Dann rauschte der Korb nach unten in die Finsternis. Joschi kam es vor wie die rasende Fahrt in einen Höllenschlund, und ihn packte die Angst. Er verspürte den Drang, zu pinkeln, aber das durfte er nicht. Er blickte zu den Männern auf, die ganz eng um ihn standen. Zwei Grubenlichter warfen ihren flackernden Schein auf ihre ernsten Gesichter. Die Abfahrt schien eine Ewigkeit zu dauern, dann gab es einen Ruck, und der Korb stand. Das Türchen ging auf, und die Kumpel betraten den Schacht. Einer von ihnen legte den Arm um Joschi und schob ihn aus dem Korb. Dann ging er mit ihm ein Stück den Stollen entlang. Die Luft war zum Schneiden, und es roch nach Kohle, Joschi musste sich fast zwingen einzuatmen. Er folgte dem Mann immer weiter, und dann roch es zusätzlich zur Kohle nach Mist und Heu. Da waren hölzerne Pferdeboxen, Strohstapel, Heuballen und Kisten mit Getreide. An der Stollenwand hingen zwei blakende Lampen. Der Boden war matschig und voller Pfützen, und Joschi sah Hufabdrücke. Jetzt kam hinter einer Ecke ein vierschrötiger Mann hervor. Joschi erschrak. Der Mann hatte nur ein Auge, und eine Gesichtshälfte war völlig vernarbt. »Ah, du bist der neue Junge?«, raunzte er gutmütig. Siebenbürger, ja? Kannst Erich zu mir sagen. Na, dann komm mal mit. Die anderen sind alle schon bei der Arbeit.«

Der Pferde-Erich führte Joschi zu einem hölzernen Verschlag, in dem ein stämmiger, braun-weiß gescheckter Gaul mit halb geschlossenen Augen döste. »Das ist deiner«, sagte er. »Der Anton. Der hat heut Pause, weil er gelahmt hat. Geh rein und sag ihm guten Morgen!« Joschi schluckte. Ihm kam das Tier riesig vor. »Was ist?«, fragte der Erich.

»Ich hab noch nie …«, gestand Joschi ängstlich.

Der Erich rollte mit dem einen Auge. »Dann wirst du's lernen.« Er schob Joschi in die Box, nahm seine Hand und legte sie auf das Pferdemaul. Anton hielt still, und Joschi fühlte, wie weich die Nüstern waren, so weich, dass man gar nicht mehr aufhören mochte zu streicheln. Antons behaarte Lippen spielten mit Joschis Hand, auf der Suche nach einem Leckerbissen. »Hier, gib ihm mal was.« Joschi nahm das harte Stück Brot, das Erich ihm darbot, und hielt es Anton hin. Der nahm es vorsichtig und zermahlte es mit seinen Zähnen.

»Die Pferde hier unten sind für den Transport zuständig. Sie ziehen die Loren«, erklärte der Erich. »Die Loren laufen auf Schienen, von der Förderstelle bis zur Schachtöffnung, hinwärts leer, herwärts voll Kohle. Dabei muss jedes Pferd von einem Pferdeburschen geführt werden, sonst würde es stehen bleiben.«

»Und das machen die Pferde den ganzen Tag?«

»Ne, so ab und zu mal ein Stündchen.« Der Erich grinste. »Klar den ganzen Tag, die volle Schicht. Was sonst?«

»Und wie kommen die Pferde hier runter?«

»Die werden mit einem Kran in die Grube hinuntergelassen.«

»Und abends wieder hinauf«, mutmaßte Joschi.

Der Pferde-Erich schüttelte den Kopf. »Die bleiben immer hier unten. Erst wenn sie zu alt zum Arbeiten sind, hievt man sie zum Schlachten wieder hoch.«

Joschi wurde vor Mitleid ganz traurig. Die armen Tiere! Sie führten ein Leben in Finsternis, zogen Stunde um Stunde, Tag für Tag ihre Last, sahen nie die Sonne! Er legte dem Schecken die Hand auf den Hals und strich vorsichtig über sein staubiges Fell.

»Der Anton ist ein Braver«, sagte der Erich. »Ist ein Wallach, die sind meist ruhiger als die Stuten.«

»Was ist ein Wallach?«

Der Erich lachte. »Das, was du nicht sein willst. Kastriert. Eier ab, zackzack.«

Joschi griff sich unwillkürlich an die betreffende Stelle, und sein Mitleid stieg ins Unendliche. »So«, sagte der Erich und drückte ihm eine Mistgabel in die Hand. »Jetzt fängst du zuallererst mit Putzen an. Bürste nehmen, und dann immer von oben nach unten, siehste? Der Kohlestaub muss raus aus dem Fell. Unten den Bauch nicht vergessen. Zum Schluss Schweif und Mähne. Ich komm später wieder.«

Joschi hatte Angst, aber es half ja nichts. Also trat er an den Wallach heran und begann, seinen Hals mit der Bürste zu bearbeiten. Anton hielt schön still, und Joschi wurde mutiger. Bauch, Beine, Hintern. Es war eigentlich ganz schön, und Joschi überlegte, dass es ihm selber gefallen würde, wenn jemand ihn so schön saubermachte. »Na, tut das gut?«, meinte er, und Anton schnoberte zur Antwort. Am Schluss stand Joschi noch eine ganze Weile da und streichelte Antons Nase und Maul. Anton schien es zu genießen, und als der Pferde-Erich später wiederkam, fand er die beiden in inniger Eintracht beieinanderstehen.

»Na, da haben sich wohl zwei Kumpel gefunden«, grinste er.

Joschi wurde zu einem glücklichen Pferdeburschen. Er und Anton verstanden sich bald blind. Während die anderen Jungen ihre Pferde immer am Backenriemen führen mussten, trottete Anton seinem kleinen Herrn treu und brav einfach hinterher. Joschi brauchte nichts weiter zu tun, als voranzugehen. Der Wallach folgte ihm treu tagein, tagaus mit gespitzten Ohren, und wenn die Lore zu schnell wurde, bremste er sie mit seinem Hinterteil ab, um Joschi zu schützen. Die beiden waren so unzertrennlich, dass man über sie Witze machte. »Passt auf, der Joschi fängt bald an, zu furzen und Heu zu fressen, und der Gaul spricht Deutsch«, lachten die Kumpels. Joschi kümmerte das nicht. Unverdrossen ging er vor Anton her und erzählte ihm dabei alles, was ihm in den Kopf kam. Manchmal sang er ihm auch vor, Kinderlieder oder Weihnachtslieder. Der Gaul schien ihn zu verstehen, schnaubte an den richtigen Stellen und knabberte von hinten an seinem Joppenkragen. Am liebsten hätte Joschi auch noch bei Anton auf dem Stroh geschlafen, aber das war verboten. Einmal hatten sie ihn dabei erwischt, und ihm einen Haufen Ärger gemacht. Aber Anton war doch sein bester Freund, der Einzige, der seine Geheimnisse kannte und ihn immer verstand! Ohne ihn hätte er es in dieser finsteren, stickigen Unterwelt nicht ausgehalten.

So ging es über die nächsten Jahre.

....

Überall in Europa, 1893–1896

Daisy brauchte lange, um sich zu erholen. Hans schickte sie in die Schweiz in ein Kurhotel, während er in England blieb. Nach dem Tod ihrer Kleinen wusste sie überhaupt nicht mehr, was sie denken oder fühlen sollte. Sie war durcheinander und litt unendlich. Sie fühlte sich, als habe sie versagt, als sei sie selber schuld daran, dass ihr Baby sterben musste. Erst nach zwei Monaten in der Schweiz ging es ihr besser. »Sie sind doch gerade erst zwanzig, meine Liebe. Und ein junger Mensch kann nicht ewig in seiner Trauer gefangen sein.« Das sagte ihr der Arzt und gab ihr damit wieder neuen Mut. »Heute sind Sie traurig, aber irgendwann fordert das Leben sein Recht.« So fand sie langsam zu ihrer alten Fröhlichkeit zurück, auch weil Hans trotz allem zu ihr hielt. Er schrieb ihr oft, versprach ihr, dass sie bald wieder ein Kind haben würden, und schwor ihr, dass er ihr keine Schuld gab. Und als Daisy wieder von der Kur zurückkam, tat er auf Anraten des Schweizer Arztes alles, um sie auf andere Gedanken zu bringen.

So war das Fürstenpaar in den Jahren 1894 und 95 ununterbrochen unterwegs. Daisy führte sorgfältig darüber Buch – fünfzig Stationen in zwölf Monaten! Ein Ereignis jagte das andere, in London, Berlin, Paris, Schottland, Nizza, Wien, München, Baden-Baden. Regatten, Pferderennen, Parforcejagden. Diners, Soiréen, Bälle, Theater. Ausfahrten, Benefiztombolas, Konzerte, Empfänge. Die beiden gehörten zur Jeunesse dorée Europas, und so wie alle anderen jagten sie hinter etwas her, das sie selber nicht benennen konnten. Als ob zum Jahrhundertwechsel die Welt unterginge und sie ein ganzes Leben in den verbleibenden Jahren unterbringen müssten. Daisy und Hans gaben das Geld mit vollen Händen aus, einmal verspielte sie in einer Stunde tausend Mark beim Baccara, und er lachte nur. Sie tanzte mit Grafen, Baronen, Fürsten und Königen. Es war ein Wirbel, ein verrückter Strudel des Luxuslebens, der sie erfasste und mitriss. Sie trug bereitwillig die verfluchte Perlenkette, wenn Hans es so wollte. Sie mochte nicht mehr an Unglück denken. Sie war jung und wollte alles genießen.

Nur schwanger wurde Daisy nicht wieder. Obwohl beide es wirklich versuchten. Deshalb konsultierte sie im Herbst 95 Dr. Croner in London. Er versicherte der Fürstin, dass alles in Ordnung sei. Sie sei noch so jung, sagte er, und solle sich keine Gedanken machen. Natürlich war Daisy froh, das zu hören, aber sie fühlte sich dennoch schlecht. Auf den Gedanken, dass es vielleicht auch an Hans liegen könnte, kam sie nicht. Wie auch? An diesen Dingen hatten doch immer die Frauen schuld.

Also fuhr Daisy unverrichteter Dinge wieder zurück nach Fürstenstein. Um sich abzulenken, ließ sie mit Hans' Erlaubnis einen Gärtner aus Newlands kommen, und sie pflanzten ganze Rhododendronplantagen. Sie ließ für die Rosenterrasse schmiedeeisene Gitter in London anfertigen und den Kaskadenbrunnen bauen. Sie wollte ein Stück England in ihrer neuen Heimat schaffen.

Und sie bat die Erbgroßherzogin Augusta von Mecklenburg-Strelitz um Rat und Hilfe. »Liebste Freundin«, schrieb sie, »ich möchte so gerne meinem Gatten eine perfekte Ehefrau sein und meinen gesellschaftlichen Aufgaben als Fürstin gerecht werden. Doch leider weiß ich von den deutschen Sitten und Gebräuchen zu wenig. Bald kommt die Zeit der Sommerfeste und Jagden, und ich muss die Pflichten einer Gastgeberin erfüllen. Ich fürchte mich davor, Regeln oder Traditionen zu verletzen, und mich vor den Augen aller zu blamieren. Könnten Sie mir in dieser Sache nicht zur Seite stehen?«

Die gute Großherzogin reiste an, und sie brachte Daisy innerhalb von zwei Wochen alles bei, was sie wissen musste. Sie schrieben Listen, gingen die Aufgaben einer Gastgeberin akribisch durch. Daisy lernte schnell, von der richtigen Anrede bei Einladungsbilletts bis zur formellen Verabschiedung, von der Verteilung der Gästezimmer über die Planung der einzelnen Attraktionen, die ranggemäße Tischordnung, die angemessene Garderobe bis hin zur Speisenfolge der Menüs. Am Ende arrangierte sie gemeinsam mit der Großherzogin ein Fest für den schlesischen Adel, das ein voller Erfolg wurde. So war Daisy bestens vorbereitet für einen Besuch der Kaiserin – der Gott sei Dank nur kurz war, dann folgten die Gräfin Fanny Sternberg, der Fürst Alfons Clary-Aldringen, die Kronprinzessin Mary von Rumänien und viele andere. Daisy erwies sich dabei als perfekte Gastgeberin, für die sich Hans nicht mehr schämen musste. Und sie war stolz darauf. Endlich hatte Hans keinen Grund mehr, sie zu tadeln, ganz im Gegenteil. So lange hatte sie das Gefühl gehabt, den Anforderungen als Fürstengattin nicht gerecht zu werden, aber nun gab es endlich etwas, was sie richtig machte. Sie fühlte sich zum ersten Mal sicher in ihrem neuen Leben, hatte Fuß gefasst in der fremden Welt.

Erst als Weihnachten kam – Daisys erstes Weihnachten auf Fürstenstein, sonst hatten sie immer in Pless bei den Schwiegereltern gefeiert –, bekamen Hans und sie seit langem wieder einmal Streit. Anlass war die traditionelle Weihnachtsbescherung, die es jedes Jahr für die Armen gab. Das Ganze fand in einem Wirtshaus in Waldenburg statt, und normalerweise ging von der Familie niemand hin. Doch weil Daisy es von ihrem Elternhaus in Ruthin so kannte, bestand sie darauf, dabeizusein. Und dann musste sie ein kaltes, herzloses Schauspiel erleben! Viele dieser Leute hatten einen langen Weg hinter sich, durch Schnee und Eis waren sie aus den umliegenden Dörfern gekommen. Man ließ sie in diesem ungemütlichen, kalten Saal drei Stunden warten, bevor ein Angestellter aus der Verwaltung mit einer Liste kam und ihnen ohne viele Worte die Geschenke austeilte – warme Socken und Schals, Mäntel und Schuhe und ein paar Süßigkeiten für die Kinder. Nichts war zum Essen oder Trinken bereitgestellt worden. Kein Kerzlein brannte, kein Tannenzweiglein lag auf den Tischen. Es war eine elende Vorstellung. Trotzdem dankten die Leute ihrer jungen Fürstin unterwürfig und küssten ihr demütig die Hand, bevor sie sich wieder auf den Nachhauseweg machten. Daisy war zornig und traurig zugleich. »So lieblos kannst du doch nicht mit deinen Untertanen umgehen!«, sagte sie unter Tränen. »Ich habe mich zu Tode geschämt vor diesen armen Menschen!«

Hans verstand ihre Aufregung nicht. »Das war schon immer so, Daisy, hier und in Pless. Die Leute bekommen Geschenke, was willst du mehr? Und offensichtlich waren sie ja dankbar.«

»Ja, weil sie es nicht anders kennen! Daheim in England ...«

»Oh, natürlich, daheim bei euch in England ist alles besser!« Hans wurde ärgerlich. »Mag sein, dass ihr in Ruthin und Newlands jedem einzelnen Hintersassen zu Weihnachten die Füße küsst, das ist eure Sache. Hier wird der Abstand gewahrt.«

»Man kann Abstand halten und die Menschen trotzdem freundlich behandeln.«

Sie stritten ausgiebig, und weil Hans nachtragend war und Widerspruch hasste, hielt dieser Streit bis über Weihnachten an. Die Atmosphäre war eisig. Beim Frühstück und beim Dinner – den Lunch nahmen sie stets getrennt ein – konnte Daisy es kaum aushalten. Sie saß am einen Ende der langen Tafel, er am anderen. Zwischen ihnen nichts als gähnende Leere. Hans sagte kein Wort. Das einzige Geräusch war das Ticken der großen Wanduhr. Der Diener lief zwischen den beiden hin und her, um Tee oder Wein nachzugießen, frischen Toast zu bringen oder die einzelnen Gänge zu servieren. So aßen sie meistens, wenn sie nur zu zweit waren, das war schon schlimm genug. Aber nun wurde es unerträglich. Daisy empfand es als seelische Folter. Ihr einziger Trost war die herrliche weiße Pracht, die der Dezember Fürstenstein bescherte. Sie ging mit Missy im Schnee spazieren und machte Schlittenfahrten durch den Park, während Hans missgelaunt in der Bibliothek saß und Zigarren rauchte.

Schließlich fand Hans, Daisy sei genug bestraft, und fuhr mit ihr über Silvester nach England. Sie war grenzenlos erleichtert, dass der Streit wieder beigelegt war, und freute sich wie ein kleines Kind auf London. Die ganze Stadt war damals verrückt nach einem neuen Sport: Eislaufen! In St. James gab es die große Niagara-Falls-Eishalle, die ließ sich das Fürstenpaar öfters zusammen mit Freunden für eine Stunde reservieren, und Hans brachte Daisy das Laufen auf den Kufen bei. Sie ließ sich eigens dafür ein meerblaues Kostüm schneidern, nerzgesäumt, mit einem Hut mit wollenen Puscheln, auf dem ein Mistelzweig steckte. Da stand dann später in der Pall Mall Gazette: »Daisy Princess of Pless – die Londoner Eiskönigin!« Shelagh kam meist mit, die Schwestern drehten ihre Kreise mit ausgebreiteten Armen, flogen dahin, immer sicherer wurden sie auf den schmalen Kufen. Hinterher gingen sie zu dritt aus.

Höhepunkt der Wintersaison im Januar 1896 war der Ball Poudré in Warwick Castle. Vierhundert Gäste waren eingeladen! Das Motto war »Louis XVI.« – alle Herren kamen in gepuderten Perücken, Hans sah als Musketier malerisch und tollkühn aus. Daisy hatte sich bei Worth in Paris ein Kleid anfertigen lassen und kam als Königin Marie Antoinette. Mit Hans an ihrer Seite schwebte sie glücklich wie auf Wolken, der Streit war längst wieder vergessen. Sie planten die nächsten Reisen, nahmen Einladungen an und kehrten erst im Frühling nach Schlesien zurück.

....

Auszüge aus der Gesellschaftspresse, 1896

»Bei den Scharaden in Chatsworth sah man Lady Howe als Tempelritter verkleidet mit langem schwarzen Mantel und Kreuz, Lady Sarah Wilson im schottischen Röckchen als Bonnie Prince Charlie. Prinzessin Hans von Pless war ein äußerst graziöser, wenn auch überlanger Romeo. Es wird allgemein behauptet, dass ihre unteren Extremitäten göttlich gestaltet sind … Unser Korrespondent erhielt an diesem Abend die vertrauliche Information, dass die Fürstin sich ihr berühmtes blondes Haar künstlich färbt; ursprünglich ist es kohlschwarz.«
(COUNTRY LIFE, 24. JANUAR 1896)

»Beim Maskenball auf Highclere Castle, den Lady Almina Carnarvon nach Jahren erstmals wieder veranstaltete, trat die Fürstin Daisy von Pless in Uniform auf. Vertrauenswürdige Stimmen lassen verlauten, dass sie huckepack auf einem Mann ritt, eine brennende Fackel in der Hand …«

(THE COUNTRY GENTLEMAN, 17. FEBRUAR 1896)

»In Crewe House fand dieser Tage ein Dinner der höchsten Kreise statt. Die Fürstin von Pless, diesmal ohne ihren Gatten in London, erregte dabei mit ihrem veilchenfarbenen Kleid große Aufmerksamkeit; es stammte aus dem Modehaus Charles Frederick Worth in Paris, das bekanntlich nur mit den luxuriösesten Materialen und hervorragendsten Schnitten arbeitet. Nach dem Essen, so hört man, verschwand die Fürstin im Irrgarten und wurde erst nach einer Stunde wieder entdeckt. Wen wird die lebenslustige Dame dort wohl beim Tête-à-tête getroffen haben? ›Jeder, der ins Maze geht, hat Hintergedanken‹, kommentierte Lady Emma Windermere vielsagend …«

(PENNY ILLUSTRATED PAPER, KOLUMNE WORLD OF WOMAN, 28. FEBRUAR 1896)

»Gesehen wurde kürzlich die Fürstin von Pless, wie sie mit großer Entourage im Hotel Continental abstieg. Es heißt, sie sei am Wochenende Gast des Herzogs Luitpold. Ebenso sind geladen die Prinzessin Ludwig Ferdinand von Bayern, die Prinzessin Otto von Schönburg-Waldenburg, Herzog Ludwig Wilhelm, Gräfin Montgelas und Fürstin Wittgenstein. Auf die Frage, was sie von den Bayern hielte, gab die Fürstin Pless folgende Antwort: »Ich komme stets sehr gerne nach München. Ich liebe die bayerischen Männer mit ihren nackten Knien und Wadenstrümpfen. Man ist auf den hiesigen Empfängen und Gesellschaften so gemütlich. Nach dem Dinner spielt man auf einer Hand-Harmonika, singt Volkslieder und jodelt. Es ist so ganz anders als in Berlin oder London …«

(BEILAGE ZUR ALLGEMEINEN ZEITUNG, MÜNCHEN, 5. MAI 1896)

»Ascot. In den Tribünenbereich der Royal Enclosure war wie immer geladen die Fürstin Daisy von Pless. Sie trug heuer den extravagantesten Hut des Rennens, breitkrempig und mit unzähligen weißen Straußenfedern. Der Prince of Wales beschwerte sich scherzhaft, er könne hinter ihr das Rennen nicht sehen …«
(TATLER UND AMERIKANISCHER GESELLSCHAFTSBERICHTERSTATTER, 24. JUNI 1896)

………… …………

Eintrag in Daisys Tagebuch

Ich weiß gar nicht mehr, wo mir der Kopf steht! In den letzten Monaten waren die englischen Gazetten voll von Artikeln über mich. Der Leicester Chronicle, der Daily Telegraph, das Lady's Pictorial, der Court Circular … Ich bin der Liebling der Presse, und die meiste Zeit genieße ich das in vollen Zügen! Auch wenn Hans manchmal säuerliche Miene macht, wenn wieder nur mein Name erwähnt und über mich berichtet wurde, obwohl er den ganzen Abend auch dabei war. Aber niemand findet ihn besonders aufregend, er ist nun einmal ein stiller, unauffälliger Mensch. Und welchen Hut er aufhatte, in wie viele Tanzkarten er sich eintrug (keine!) oder wo er seine Militärstiefel kaufte, interessiert natürlich die englischen Leser nicht.

Leider ist die schöne Zeit jetzt wieder vorüber; gestern sind wir auf Hans' Wunsch hin gleich nach den Rennen von Ascot nach Fürstenstein zurückfahren. Aber ich habe schon Pläne. Ich will die altmodischen Salons im Ostflügel neu gestalten. Und Hans hat versprochen, im Sommer oft mit mir im Park auszureiten. Er will mir die schöne Umgebung zeigen: Liebichau, wo die Felder und Gewächshäuser sind, in denen alle möglichen Sorten Gemüse angebaut werden, die Meierei, die Schmiede, die Obstplantagen. Und natürlich die Wälder, die Jagdgebiete und seine geliebte Pferdezucht. Denn die

Ärzte sagen, körperliche Betätigung wie Reiten sei gut für mich, fördere den Appetit und die Empfängsnisbereitschaft. Wenn Hans nicht mitkann, will er mir den Stall- und Sattelmeister Wawczynek an die Seite stellen, ich kenne ihn schon. Ich möchte alle Dörfer um Fürstenstein kennenlernen, und ich stelle mir vor, es wird wunderbar. Wenn wir durchreiten, werden die Menschen winken und uns gute Wünsche zurufen. Und ich werde sie grüßen und nach ihren Kindern fragen. Ja, ich will nach all dieser Herumreiserei Fürstenstein lieben lernen, das habe ich mir ganz fest vorgenommen.

....

Joschis Geschichte

Joschi hatte die ganze Nacht geweint. Nicht einmal, als seine kleine Schwester ihm ihren kostbarsten Besitz schenkte – ein angelutschtes Bonbon –, hatte er aufgehört. Auch seine Mutter hatte ihn nicht trösten können. »Junge«, hatte sie gesagt, »der Anton ist schon ein altes Pferd, und er kann nicht mehr arbeiten. Bestimmt hat er auch Schmerzen, und ihm tun alle Knochen weh vom Kohleziehen. Schau, morgen früh, wenn du in den Schacht kommst, kriegst du einen neuen Gaul. Den magst du dann bestimmt auch gern, wirst sehen.«

»Ich will keinen neuen Gaul«, schluchzte Joschi. »Ohne den Anton arbeite ich nicht weiter.«

Klatsch! Die Ohrfeige saß! »Bist wohl nicht ganz gescheit? Wir brauchen das Geld, das weißt du genau!«

Und nun? Nun war Anton alt und hatte seine Schuldigkeit getan. Man hatte ihn nach der letzten Schicht aus der Grube gehievt und in einem Schuppen neben einem Haufen Stroh angeleint.

»Wo kommt er denn jetzt hin?«, hatte Joschi gefragt.

»Wohin wohl? Der Metzger holt ihn morgen früh«, hatte der Schichtführer gesagt. »Bei dem landen sie alle. Gibt prima Wurst.«

Joschi war voller Entsetzen nach Hause gerannt, als würde er vom Berggeist verfolgt, und seitdem hatte er nicht mehr aufgehört, zu weinen. Und mitten in der Nacht hatte er seinen Entschluss gefasst. Er würde Anton retten. Anton durfte nicht sterben.

Als die Kirchturmuhr vier schlug, stand Joschi leise auf und schlich sich aus dem Kämmerchen, in dem er mit seinen beiden Schwestern schlief, vorbei am Lager seiner Mutter in der Küche. Er tappte die vier Treppen hinunter auf die Straße und lief zum Bergwerk. Der Schuppen stand zum Glück außerhalb der verschlossenen Werktore, und er war nicht abgesperrt. Joschi schnalzte mit der Zunge, ein leises Schnobern antwortete ihm. Der Junge tastete sich zu Anton hin und löste die Leine vom Halfter des Wallachs. »Komm, Braver«, flüsterte er, »wir gehen.«

So konnte man, als die Sonne aufging, ein merkwürdiges Pärchen am Waldrand des Fürstensteiner Parks entlangziehen sehen: ein ziemlich abgerissener Zwölfjähriger, hinter dem ohne Strick und Zügel ein massiges, struppiges Pferd hertrottete. Anton folgte seinem Jungen mit blinden Augen, so, wie er es gewohnt war. Er wäre Joschi auch bis zum Ende der Welt nachgegangen, aber der wollte ihn nur bis nach Liebichau bringen, wo sein Großonkel Jurko einen schäbigen kleinen Bauernhof mit ein paar mageren Hühnern und Gänsen besaß. »Da wirst du's gut haben«, sagte Joschi. »Und ich besuch dich auch, versprochen.«

Plötzlich brachen kläffend ein paar Hunde aus dem Wald, gefolgt von zwei Reitern und einem jungen Mann zu Fuß. Joschi und der Wallach blieben erschrocken stehen und rührten sich nicht, während sie von den Teckeln angebellt und beschnüffelt wurden. Die Reiter mussten vornehme Herren sein, das sah Joschi sofort. Einer trug eine Art Jägeruniform, der andere ein blausamtenes Reitsakko und passende Hosen, eine fellbesetzte Kappe und ein Hemd, so schneeweiß, dass es fast blendete. »Holla, wen haben wir den da?«, sagte der eine Reiter. Joschi brachte kein Wort heraus. Solche Pferde, wie die beiden Männer ritten, hatte er noch nie gesehen. Schmal, hochbeinig und elegant, mit glänzendem Fell und gestutzten Schweifen. Keine breitärschigen, gedrungenen Arbeitstiere wie Anton. Himmel, das mussten Männer vom Schloss sein! Joschis Herz sank ihm in die Hosentasche.

Der Reiter in Jägeruniform trieb sein Pferd näher an Anton heran. »Das ist doch ein Grubenpferd«, sagte er. »Hier, das Brandzeichen der fürstlichen Verwaltung.«

Die zwei Männer stiegen ab, während der dritte die Hunde um sich scharte. »Ich frag dich nochmal, Bürschlein«, sagte der Mann mit dem Schnurrbart und der Fellkappe, »wer bist du, und was machst du mit dem Gaul hier auf Fürstensteiner Grund?«

Joschi stellte sich schützend vor das Grubenpferd. »Sie wollten den Anton schlachten, weil er nicht mehr arbeiten kann«, sagte er mit trotzig vorgeschobener Unterlippe. »Da hab ich ihn mitgenommen.«

»Du hast das Pferd gestohlen?« Drohend blitzten die Augen des Mannes.

Joschi kamen die Tränen. Er nickte.

»Weißt du, wer ich bin?«

Joschi schüttelte den Kopf.

»Nun, ich bin der Besitzer dieses Pferdes, du kleiner, unverschämter Dieb!«

Ogottogott, der Fürst! Joschis Knie wurden weich. Was geschah mit Dieben? Würde er jetzt verhaftet? Eingesperrt?

In diesem Augenblick hörte Joschi hinter sich ein Knacken

und Rascheln. Alle fuhren herum – eine Wildsau mit ihren Jungen brach aus dem Unterholz. Das Pferd des Fürsten scheute, riss sich samt Zügel los und ließ den Fürsten dabei stolpern und hinfallen. Es machte ein paar wilde Galoppsprünge und kam erst nach fünfzig Metern bei einem Schlehenbusch zum Stehen, wo es nervös hin- und hertänzelte. Der Jäger half dem Fürsten besorgt auf, während Joschi zu dem panisch mit den Augen rollenden Schimmel lief. Er streckte vorsichtig die Hand aus und murmelte beruhigende Worte, strich dem Hengst über Nüstern und Hals und nahm ihn dann am Backenriemen.

Die beiden Männer sahen verblüfft zu, wie Joschi den Schimmel zurückführte, der ihm brav und ganz entspannt folgte.

»Sehen Sie das auch, Durchlaucht?«, fragte der Jäger.

Der Fürst hob die Augenbrauen. »Das ist ja interessant. Pilewell lässt sich führen.«

»Von einem wildfremden Jungen«, ergänzte der Jäger. »Wo er sich sonst nur von mir und Euer Durchlaucht anfassen lässt.« Und das nach der Begegnung mit einer Wildsau, dachte er weiter.

Joschi übergab dem Jäger die Zügel, zum Fürsten traute er sich nicht hin. »Er hat was am linken Vorderfuß«, sagte er.

Die beiden Männer wechselten den nächsten Blick. »Das hast du beim Führen gemerkt?«

Joschi nickte. »Er läuft unrund und belastet vorne nicht gleichmäßig.«

Tatsächlich hatte Pilewell eine Verletzung am Vorderhuf gehabt und war an diesem Tag zum ersten Mal wieder geritten worden. Dem Fürsten allerdings war keine Fehlbelastung mehr aufgefallen. Dieser Junge hier schien ein ganz besonderes Gespür für Pferde zu haben.

»Wie heißt du?«, fragte der Jäger, der gar kein Jäger war, sondern der Stallmeister des Fürsten.

»Siebenbürger, Josch … Josef«, sagte Joschi. »Und ich bin Grubenjunge in der Glück-Hilf-Grube.«

»Du kannst gut mit Pferden umgehen.«

Joschi warf sich in die Brust. »Pferde sind das Schönste und Beste auf der ganzen Welt. Viel besser als Menschen.«

»So!« Um die Mundwinkel des Fürsten zuckte es. »Was machen wir jetzt mir dir, Bürschlein?«

Der Stallmeister räusperte sich. »Durchlaucht, darf ich einen Vorschlag machen?«

»Bitte!«

»Seit wir die neuen Zuchtstuten aus England hierhaben, die nächsten Monat fohlen werden, gibt es mehr Arbeit im Gestüt. Da könnten wir einen zusätzlichen Stalljungen gut gebrauchen. Und so, wie es aussieht, hat dieser Bursche ein gewisses Talent für Pferde …«

Der Fürst wiegte den Kopf hin und her. »Kannst du hart arbeiten?«, fragte er Joschi. Der nickte bloß und schluckte ein paarmal vor lauter Aufregung.

»Na gut.« Hans Heinrich von Pless hob seine Gerte. »Versuchen Sie's mit ihm, Wawczynek.« Dann machte er einen Schritt nach vorne, holte aus und versetzte Joschi eine so kräftige Ohrfeige, dass der Junge hinfiel. »Damit du dir's merkst, Bursche!«, sagte er. »Man stiehlt nichts, was dem Fürsten gehört! Versuch so etwas niemals wieder!«

»Oh, nein, nie!«, stammelte Joschi.

Die beiden Männer stiegen wieder auf ihre Jagdpferde, und der Stallmeister beugte sich noch einmal zu Joschi herunter. »Unser Hundeführer dort bringt deinen Gaul jetzt zurück nach Waldenburg, und du gehst heim! Und morgen früh punkt halb acht Uhr meldest du dich im Marstall. Wollen mal sehen, ob wir einen ordentlichen Stallknecht aus dir machen können.«

Damit ritten die beiden davon. Joschi stand wie angewurzelt da und starrte ihnen noch lange nach.

………… …………

Nach dem Höhepunkt der Season von 1897, einem High Tea mit dem König im Egypt House und einer kleinen Regatta auf der Britannia mit den beiden Prinzen kehrten Hans und ich nach Schlesien zurück. Shelagh war diesmal auch mit von der Partie, Hans hatte darauf bestanden. Ich war glücklich darüber, meine kleine Schwester bei mir zu haben, mit ihrer unbekümmerten Fröhlichkeit brachte sie den oft in sich gekehrten Hans zum Lachen, und wenn sie bei Tisch mit dabeisaß, gab es immer ein lockeres Geplauder. Durch ihre heitere, harmlose Art wirkte sie wie ein Katalysator zwischen uns beiden. Der Verlust unserer kleinen Tochter und die vielen gemeinsamen Unternehmungen hatten uns letzten Endes nicht viel näher zusammengebracht. Immer noch war da eine Fremdheit, eine Gezwungenheit, die sich verschlimmerte, sobald wir alleine waren. Und immer noch mündeten die kleinsten Meinungsverschiedenheiten in Streit, ob es um ein Dinner in Breslau ging, ein Kleid, das Hans nicht gefiel oder die Neubespannung eines Billardtisches. Hans schien viel gelöster, wenn Shelagh da war, und ich hatte die beste Gesellschaft, die ich mir wünschen konnte. Denn oft hatte Hans ja nicht viel Zeit für mich; er verbrachte seine Tage im Gestüt, wurde manchmal wochenlang nach Pless oder Berlin gerufen und musste allen möglichen Verpflichtungen nachkommen.

Ich dagegen hatte nichts weiter zu tun, als schwanger zu werden. Das klingt so einfach, sagen Sie? Ja, aber das war es nicht. Ich litt jeden Tag unter meiner Unfruchtbarkeit. Ich nahm Stärkungsmittel, führte sorgsam Kalender, schluckte ein Eisenpräparat gegen meine Blutarmut – alles umsonst. Shelagh versuchte mich aufzuheitern, so gut sie konnte. Wir ritten täglich aus, das war unsere größte Freude. Shelagh liebte das Reiten noch mehr als ich, und so ließen wir uns jeden Morgen nach dem Frühstück

Miracle und Antigone satteln, zwei von Hans' schönsten Stuten, und ritten zusammen mit Wawczynek übers Land. Eigentlich wären wir viel lieber alleine gewesen, aber auch zu zweit war es nicht möglich, es hätte nicht der Etikette entsprochen. Wir ritten herrliche Waldwege durch den Park, hinunter in den Schwarzengraben, hinauf zur Alten Burg und auch manchmal weiter durchs Land, wo die Bauern auf den Feldern bei der Arbeit innehielten und voll Ehrfurcht ihre Hüte zogen.

Einmal, das muss im Juli 97 gewesen sein, fuhren Shelagh und ich nach Berlin, wo ich sie dem Kaiser vorstellte. Shelagh mochte ihn nicht. »Er ist ein aufgeblasener Popanz«, sagte sie, »taktlos, laut und theatralisch. Und er sieht lächerlich aus mit diesem hochgekämmten, schwarzgewichsten Schnurrbart. Außerdem hat er kein Benimm.« Sie hatte ja recht. Wilhelm war manchmal unerträglich. Er konnte wegen geringster Kleinigkeiten in größte Aufregung geraten, seine Wutausbrüche waren weithin gefürchtet. Ärzte mutmaßten sogar, er litte unter dieser Erbkrankheit, Porphyrie. Nun, ich weiß es nicht. Ich weiß nur, dass er mir gegenüber nie aus der Rolle fiel. Wegen dieses Jähzorns hielten seine Minister alles Unangenehme von ihm fern. Er bekam morgens keine Zeitungen, sondern ein eigens von den Ministern zusammengestelltes »Goldenes Journal«, in der nur das stand, was er auch lesen wollte. Immer war er von Speichelleckern umgeben, die Bewunderung heuchelten, was dazu führte, dass er schlechte Laune bekam, wenn man ihn nicht andauernd bauchpinselte. Wie Shelagh richtig bemerkt hatte, war er kein Gentleman, er konnte selbst zu Frauen ausgesprochen rüde sein. Und ganz gleich, ob unter Frauen oder Männern, er wollte immer der Erste sein, immer bewundert werden. Damals machte der Witz die Runde, der Kaiser wolle auf jeder Jagd der Hirsch, auf jeder Hochzeit die Braut und auf jeder Beerdigung die Leiche sein.

Nach unserer Berlinfahrt sollte Shelagh eigentlich wieder nach England zurück, aber dann strauchelte sie beim Aussteigen aus dem Landauer und brach sich den Knöchel, also musste sie bleiben. Hans kümmerte sich sehr um sie. So, wie er sich um mich gesorgt hatte, nachdem unser kleines Baby gestorben war ... Ich war beinahe ein wenig eifersüchtig. Wie fürsorglich er mit Shelagh sprach, wie er sie beim Gehen stützte, ihr Dinge brachte! Aber natürlich war sie verletzt und brauchte Aufmerksamkeit.

Doch in den folgenden Wochen spürte ich immer mehr, dass etwas nicht richtig war. Ich hatte es lange nicht wahrhaben wollen, aber das Gefühl wurde immer deutlicher. Ich verstand das nicht, war ganz durcheinander. Im August schrieb ich in mein Tagebuch: »Hans ist trotz seiner verschlossenen Art gut zu mir, und ich werde ihm immer eine treue Frau sein. Gestern beim Spaziergang waren wir uns nahe, wir freuten uns auf die Kinder, die wir haben würden, und Hans nannte mich seine kleine Daisyfrau. Gott schütze ihn. Es wäre schrecklich, wenn da jemand zwischen uns käme ... Ich liebe meinen Hans, er gehört mir allein.« Und während ich das schrieb, hatte ich einen dicken, schweren Klumpen im Magen. Ich schalt mich selber für meine vagen Vermutungen, für diesen schrecklichen Verdacht, der in mir wühlte und mir keine Ruhe mehr ließ.

Und dann kam dieser Sonntagvormittag im September, als ich nach meinem Ausritt mit Wawczynek – Shelagh musste ihren Knöchel noch schonen – ins Schloss zurückkam. Ich war früher als erwartet, denn es hatte zu nieseln begonnen, und so hatten wir nach einem kurzen Galopp durch die Lindenallee beschlossen, zum Schloss zurückzureiten. Ich kleidete mich um, ließ mir von Missy die Haare richten und wollte anschließend ein Buch in die Bibliothek zurücklegen. Als ich dahin kam, stand die Tür einen Spalt breit offen, und ich hörte Stimmen. Es waren Hans und Shelagh, die sich in vertrautem Tonfall miteinander unterhielten, er sagte etwas, und sie kicherte fröhlich.

»Darf ich mitlachen?«, fragte ich und stieß gleichzeitig die Tür auf. Auf der Schwelle erstarrte ich. Das Buch landete mit einem dumpfen Geräusch auf den Dielen. Ich bekam keine Luft mehr. Es war, als hätte mich ein Schlag in den Magen getroffen. Da saß meine Schwester halb zurückgelehnt auf der gelben Recamiere, davor kauerte mein Ehemann und hatte beide Hände unter ihrem Rock! Ich keuchte. »Das … das ist …!«

Hans richtete sich auf und lachte gezwungen. »Ah, Daisy, schon wieder da? Grade habe ich Shelaghs Verband gerichtet, er war verrutscht.«

Ich wusste, dass er log. Seine Hände waren viel weiter oben gewesen.

Shelagh war leichenblass geworden. Ich sah ihr ins Gesicht. Ihre Augen sprachen Bände. Langsam und ungläubig schüttelte ich den Kopf. Da sprang sie mit einem Schluchzer auf und humpelte, so schnell sie konnte, aus dem Zimmer.

Wie in Trance ging ich auf mein Zimmer, ließ mir von Missy ein Kopfschmerzmittel bringen und legte mich ins Bett. Ich war unfähig, etwas zu denken.

Irgendwann klopfte es. »Daisy, bitte, bitte, lass mich herein.« Es war Shelagh.

»Geh weg.«

»Bitte, ich will dir doch nur erklären …« Sie begann zu weinen.

»Geh weg.«

Schließlich setzte ich mich auf und gab Missy ein Zeichen, sie einzulassen.

Ihre Augen waren geschwollen vom Weinen. Sie hinkte zum Bett und kniete zu meinen Füßen. »Oh, es tut mir so leid«, schluchzte sie, »so unendlich leid!«

In mir kochte eine unbändige Wut. Es tat ihr leid! Was half das? Sie hatte sich in meine Ehe eingeschlichen! Mein erster Impuls war, sie von mir wegzustoßen, aber dann sah und spürte ich, wie elend ihr zumute war, und ich musste auch weinen. »Wie konntest du nur?«, stieß ich hervor. »Du und mein Mann … ihr habt …«

»Es war nichts zwischen uns, ich schwöre es dir!«, rief sie. »Aber ich … er ist mir immer näher gekommen in der letzten Zeit … er hat mich am Arm gefasst, meine Hand genommen, ich wusste nicht, was ich tun sollte. Erst dachte ich, das ist erlaubt, er ist doch mein Schwager … und du, du hast auch nie etwas gesagt …«

Ich schloss die Augen.

»Er hat mir Komplimente gemacht, Daisy, aber ich schwöre, ich habe nichts darauf gegeben. Du warst doch auch dabei, als er sagte, ich sei hübsch und wir beide seien die schönsten Blumen, die England je hervorgebracht hat. Wie konnte ich ihn da zurückweisen, wenn er mir ein bisschen zu nahe kam. Ich … ich wusste einfach nicht, was ich tun sollte. Und ich weiß ja, wie garstig er werden kann …«

O Gott, ja! Und ich hatte mich gefreut, dass sich die beiden so gut verstanden! Wie unendlich dumm war ich gewesen! »Du hättest ihn in seine Schranken verweisen müssen«, sagte ich zu Shelagh.

Sie schluchzte auf. »Ich weiß doch nicht, wie man das macht. Wie sagt man einem Mann, dass man etwas nicht will, ohne ihn wütend zu machen?«

»Warum bist du nicht zu mir gekommen?«

»Weil … weil ich mich geniert habe. Und weil ich doch nicht sicher war, wie Hans das alles gemeint hat. Ich dachte, vielleicht habe ich mir das alles nur eingebildet, und er war einfach nur nett, und dann hätte ich dich umsonst gegen ihn aufgebracht … und ihr hättet meinetwegen Streit gehabt.« Die Tränen liefen ihr über die Wangen. »Und dann vorhin, in der Bibliothek … er wollte tatsächlich meinen Verband richten … Ich wollte zuerst nicht, aber er hat mich gedrängt, dass ich ihn lasse, und dann waren seine Hände ganz woanders … O bitte, Daisy, hass mich jetzt nicht! Ich bin doch nur ein dummes kleines Ding. Himmel, was soll ich denn nur tun? Ich kann dir nie mehr in die Augen schauen …«

Ich strich meiner kleinen Schwester übers Haar. Und ich glaubte ihr. Ich erinnerte mich an die Zeit, in der ich noch nicht verheiratet war. Genauso arglos und zutraulich wie sie war ich gewesen, hatte niemandem etwas Böses zugetraut. Beide waren wir im selben Alter aus unserer Kinderwelt in die Welt der Erwachsenen gestoßen worden. Ich in die Ehe mit Hans, sie nun in diese beginnende Affäre, die er wollte. Beide hatten wir nicht gewusst, wie Männer sein konnten. Das bringt man uns Frauen nicht bei. Wir lernen immer nur stillzuhalten, nie, uns zu wehren.

»Ach Biddy«, seufzte ich.

Sie griff nach meiner Hand. »Verzeih mir, bitte, bitte verzeih mir!«

Ich wischte ihr die Tränen fort. »Es war nicht deine Schuld, Kleines«, sagte ich. »Ich hätte besser auf dich aufpassen müssen.« Dann fasste ich einen Entschluss. »Du fährst morgen nach England zurück, Sekretär Freytag wird veranlassen, dass der Salonwagen angekoppelt wird, und er wird für dich und deine Zofe eine Überfahrt buchen. Das hier bleibt unter uns, hörst du? Kein Sterbenswörtchen, zu niemandem, außer Mama.«

Shelagh nickte. »Wirst du mit Hans reden? Gott, ich kann ihm nicht mehr gegenübertreten, ich sterbe vor Scham.«

»Ich werde ihm sagen, dass es dein Wunsch war, nach England zurückzukehren. Und jetzt geh packen. Morgen in aller Frühe bringt dich der Kutscher zum Freiberger Bahnhof. Dann musst du Hans nicht mehr sehen.«

Aber ich, ich würde Hans sehen müssen. Immer wieder, mein Leben lang.

Nach Shelaghs Abreise blieb ich tagelang in meinen eigenen Räumen. Ich ging nicht zum Frühstücken und nicht zum Dinner. Ich wartete, dass Hans käme und sich entschuldigte. Er musste sich doch entschuldigen. Ich legte mir Dinge zurecht, die ich ihm sagen wollte, ganze Sätze hatte ich auswendig im Kopf. Ich war zornig, und ich war hoffnungslos enttäuscht. Ich fragte mich, ob ich überhaupt noch mit Hans leben wollte. Aber welche Wahl hatte ich schon? Eine Trennung oder gar Scheidung? Das kam nicht in Frage. Es wäre der Skandal des Jahrhunderts gewesen und hätte den Ruf meiner kleinen Schwester in den Schmutz gezogen. Niemals hätte jemand sie geheiratet. Aber wie nur sollte es weitergehen? Ich wartete und wartete auf Hans, aber er kam nicht.

Nach vier Tagen ging es nicht anders, ich musste meine Zimmer verlassen. Der Prince of Wales, der in Baden-Baden und Bad Homburg gekurt hatte, besuchte uns zur Rebhuhnjagd; er sollte mit seiner ganzen Entourage am Nachmittag ankommen.

Als ich in den Frühstücksraum kam, saß Hans schon an seinem Ende des Tisches. »Guten Morgen, Darling«, sagte er aufgeräumt. »Ich hoffe, du hast gut geschlafen, das wird heute ein anstrengender Tag.«

Ich war fassungslos. Er tat so, als sei nichts gewesen. Ganz einfach!

Der Diener kam und brachte mir den Tee und ein wachsweiches Ei. Dann legte er mir vom Schinken und der Paté vor, seine weißbehandschuhten Hände tanzten vor mir auf dem Tisch umher. »Hans«, begann ich, »ich verlange eine Erklärung. Dein Verhalten Shelagh gegenüber …«

»Pas devant les domestiques«, schnitt er mir das Wort ab.

Ich wartete, bis der Diener den Raum verlassen hatte. »Hans …«, begann ich noch einmal.

»Es war nichts«, sagte er und tat Zucker in seinen Kaffee. »Gar nichts.« Dann faltete er die Zeitung auf. Ich saß da und konnte es nicht begreifen, konnte nichts mehr sagen. Er wollte nicht mit mir reden. Meine Meinung war ihm einfach egal, ich war ihm egal.

»Wie ist dein Ei?«, fragte er nach einer Weile.

Ich stand auf und ging hinaus.

Die Rebhuhnjagd wäre ein voller Erfolg gewesen, wenn nicht der Prince of Wales sofort die Spannung zwischen mir und Hans bemerkt hätte. Er war ein feinsinniger Mensch mit viel Gespür für Frauen, und er war schließlich mein Onkel Bertie, der mich wirklich gern hatte. »Was liegt dir auf der Seele, meine Liebe?«, hatte er gefragt. Und ich hatte wahrheitsgemäß geantwortet, dass ich und Hans darunter litten, dass keine Kinder kamen. Und dass wir in unserer Ehe nicht glücklich seien. Der Gute tat sein Bestes, um uns aufzuheitern, und blieb eigens eine ganze Woche. Als er eines Nachmittags mit mir allein war, sagte er väterlich zu mir: »Da hast du diesen deutschen Stockfisch heiraten müssen, um die Geldnot deiner Familie zu lindern, und nun sieht man ja, was dabei herausgekommen ist: Aus dem wilden, lustigen jungen Mädchen von einst ist nach fünf Jahren eine verbitterte Frau geworden.« Das waren seine Worte, ich erinnere mich genau. Er überlegte jedenfalls, wie er wohl helfen konnte. Er dachte, vielleicht sei unsere Ehe ja noch zu retten, wenn wir aus Fürstenstein, überhaupt aus diesem sauerkrautigen Deutschland, wie er es nannte, herauskamen. Eine längere Reise zur Ablenkung, das war es doch! Weit weg vom schnöden Alltag. Ein Aufenthalt in einem Klima, das die Sinne weckte. In entspanntem Luxus. Eine Atmosphäre und Umgebung, in der sich dann vielleicht wie von selbst alles wieder einrenkte …

Letztlich verfiel der Prinz auf die Idee, Hans und mich zu seinem guten Freund, dem Maharadscha von Cooch Behar nach

Bengalen zu schicken. Er schenkte uns die Reise und wusste, das konnten wir nicht ablehnen.

....

Brief Daisys an ihre Mutter Patsy, geschrieben am 20. Dezember 1897

… Wir sind gestern Abend in Kalkutta angekommen. Es ist heiß und feucht hier, und ich fühle mich erschöpft, müde und kraftlos. Vor vier Wochen haben Hans und ich unsere Reise begonnen, in Triest. Dort praktiziert ein berühmter österreichischer Spezialist für Frauenkrankheiten und Geburtshilfe, den ich konsultiert habe. Professor Kronegger sagte, ohne Operation könne ich vermutlich keine Kinder bekommen, und empfahl mir einen Kollegen in Edinburgh. Aber Hans nannte ihn wütend »einen verdammten Lügner und Schwindler« und zerrte mich beinahe mit Gewalt aus der Praxis. Er sagte, aus Indien werde ich bestimmt schwanger zurückkommen, aber daran glaube ich nicht mehr. Ach Patsy, ich bin so traurig.

Wir schifften uns Ende November ein, und am 8. Dezember, meinem fünften Hochzeitstag, landeten wir in Alexandria und fuhren gleich nach Kairo weiter, wo wir uns die Pyramiden ansahen. Ich stellte mir vor, wie die toten Pharaonen dazuliegen, in einem Steinsarg, umgeben von Kostbarkeiten. Und ich dachte an mein armes Baby im Himmel. Hans bemühte sich wirklich, freundlich zu mir zu sein, aber ich sehe ihn immer noch vor mir, wie er Shelagh berührt, wo er nur mich berühren dürfte. Bin ich wirklich schon fünf Jahre verheiratet?

Die Reise durch das Rote Meer und den Indischen Ozean machten wir auf der »Oldenburg«, einem alten, langsamen Schiff. Es herrschte unerträgliche Hitze. Meine Kabine war schrecklich eng, das Bett hart, es gab kein Bad (wir wuschen uns mit Salzwasser und

Spezialseife in winzigen Gummiwannen). Auf dem Schiff gab es einen kleinen Bauernhof mit Schweinen, Kühen, Schafen und Hühnern – je nach Bedarf wurden sie geschlachtet. Ich hörte manchmal im Morgengrauen ihre Todesschreie und aß nur Fisch. Hans und ich sprachen nur über Belanglosigkeiten. Wenn doch nur er und ich mehr gemeinsam hätten! Nie liest er auch nur ein einziges Buch, nur immer gewagte (!!!) Kurzgeschichten, und riskante Unterhaltung regt ihn auch an. Ich finde das vulgär. Was ist aus meinem Ideal des Mannes geworden?

Bitte, Patsy, schimpfe nicht mehr mit Shelagh. Sie ist so eine unschuldige, kindliche Seele. Es war nicht im Fernsten ihre Absicht, Hans schöne Augen zu machen. Er ist schuld, er alleine, das kann ich ihm nicht verzeihen. Und er ist zu feige, es zuzugeben. Sobald ich von der Sache anfange, lügt er entweder und nennt mich hysterisch, oder er verlässt einfach das Zimmer. Ich habe es aufgegeben. Über solche Dinge muss eine Ehefrau mit Eleganz hinwegsehen, hast du einmal gesagt. Ich kann das nicht, zumindest nicht mit Eleganz. Ich schweige einfach. Was soll ich sonst tun?

In Colombo holte uns ein alter Freund am Hafen ab – Colonel Eugene Witherton, Du erinnerst Dich doch noch an den alten Haudegen? Ich soll Dich herzlichst von ihm grüßen. Anschließend fuhren wir auf der von Onkel Bertie geplanten Route über Madras (wo wir bei Lord und Lady Wenlock im Gouverneurspalast wohnten) und Bombay (Lord Sandhurst konnte uns krankheitshalber nicht empfangen) hierher nach Kalkutta. Dort waren wir zu Gast bei Vizekönig Count Elgin, ein großer, schüchterner, stiller Mensch, der sich andauernd wegen irgendetwas entschuldigt. Morgen ist die Weiterreise geplant, der Maharadscha von Cooch Behar schickt seinen eigenen Luxuszug, der uns nach Westbengalen bringen soll.

Grüß mir Poppets und Biddy und das gute alte Georgie-Brüderchen. Ich küsse Euch alle!

Eure Euch sehr liebende Daisy

Indien 1897

Cooch Behar war ein Wirbel von Farben und Düften. Wild und bunt und berauschend wie nichts, was Daisy bisher gekannt hatte. Dunkelhäutige Menschen mit rabenschwarzem Haar und weiß bemalten Gesichtern, halbnackte, zerlumpte Kinder, die im Schlamm spielten, Frauen in leuchtenden Gewändern, Männer mit Lasten auf dem Rücken, barfüßige Priester, ein Durcheinander von Leibern. Unglaubliche Prachtentfaltung, Tempel, Paläste, goldene Götter inmitten von Lärm, Staub und Dreck. Auf den Straßen Affen, Schweine, Pferde, Ziegen, Hunde, Kühe und Kamele. Wagen mit unbekanntem Obst und Gemüse, fliegende Händler, Stände mit Gewürzpulvern in exotischen Farben und mit nasekitzelnden Gerüchen. Elend, Schmutz und Armut neben unbeschreiblichem Reichtum. Daisy war, als sei sie auf einem anderen Planeten. Staunend nahm sie all die Eindrücke in sich auf, saugte sie in sich hinein, wollte immer mehr sehen, riechen, betasten.

Der Palast des Maharadschas Nripendra Narayan lag in einem Märchenpark voller Palmen, Teiche, Brunnen, künstlicher Bachläufe, üppiger Blumenbeete und Pavillons. Der leuchtendrote Bau mit unzähligen Kuppeln, Fenstern, Balkonen und Türmchen sah im gleißenden Sonnenlicht aus, als habe ein Zuckerbäcker ihn aus süßem Eischnee geschaffen.

Der Maharadscha und seine Frau empfingen Daisy und Hans im Audienzsaal, einem riesigen, türkisgold gekachelten, ovalen Raum mit gotischen Fensteröffnungen, der bis auf den Thronaufbau am hinteren Ende gänzlich leer war. Auf dem Weg von ihren Zimmern zum großen Saal staunte Daisy über die vielen Marmorsäulen, tausende Spiegel, Möbel aus Gold und Silber, funkelnde Edelsteine an Wänden und Decke – es schien alles unwirklich. Kleine weißgekleidete Jungen zogen unaufhörlich an Bändern, die in jedem Raum Stoffbahnen und Baldachine bewegten, um einen leichten, angenehmen Luftzug zu erzeugen. Aus einer Öffnung in der Wand der großen Halle ergoss sich ein kühlender Wasserstrom in ein Bassin und floss von dort aus zur Terrasse. Überall standen goldene Käfige mit Papageien oder Ziervögeln, Wasserschalen, in denen Blüten schwammen, kristallene Riesenleuchter, Obstarrangements, Silberkaraffen mit Sherbet und Wein. Mädchen gingen herum und zerstäubten Parfüm in allen Räumen. Und dann sah Daisy den Maharadja.

Nripendra saß unter einem samtenen Baldachin mit goldenen Fransen, neben ihm kauerte ein kleiner Junge, der ihm mit Palmwedeln Luft zufächelte. Der Maharadja war ein stattlicher Mann Mitte dreißig mit vollem Gesicht, pechschwarzem Schnurrbart und fast weiblichen Lippen. Er trug einen lindgrünen Turban, an dem vorne über einer Pfauenfeder der größte Smaragd befestigt war, den Daisy je gesehen hatte. Auf seinem schneeweißen westlichen Anzug prangten sämtliche Orden des Britischen Empires. Seine junge Frau, die neben ihm stand, war eine faszinierende indische Schönheit. Ein armdicker, schwarzglänzender Zopf hing ihr fast bis zu den Knien. Sie trug einen schillernden weißsilbernen Sari und war über und über mit Goldschmuck behängt; sogar an ihrem Nasenflügel war ein Kettchen befestigt. Jetzt legten beide die Hände aneinander und verbeugten sich leicht zu einer typisch indischen Begrüßung. Daisy und Hans taten es ihnen nach. Auch sie hatten sich für diese erste Begegnung herausgeputzt; Hans hatte wie immer bei großen Anlässen seine blaue Husarenuniform an, und Daisy trug ein cremefarbenes, schulterfreies Abendkleid aus Tüll und Spitzen mit einer fünf Meter langen Schleppe. Sie hatte ihre Saphirgarnitur angelegt, aber vor diesem Fürstenpaar kam sie sich beinahe ärmlich vor. An Hans' Seite durchquerte sie den Saal, vor ihnen streuten kleine Mädchen Blumen.

Der Fürst erhob sich und kam ihnen entgegen. »Ich bin außerordentlich beglückt und stolz, Sie beide in meinem bescheidenen Zuhause als Gäste begrüßen zu dürfen«, sagte er in makellosem Eton-Englisch. »Liebe Fürstin, lieber Fürst, mein Haus gehört ganz Ihnen!« Er hauchte einen vollendeten Handkuss auf Daisys Handschuh. Dann stellte er seine Frau vor: »Suniti Devi, meine Gattin.«

»Seien Sie versichert«, sagte die Maharani in beinahe genauso tadellosem Englisch wie ihr Mann, »wir werden alles dafür tun, dass Ihr Aufenthalt in Cooch Behar ein unvergesslicher wird.«

Danach dauerte es zu Daisys Erleichterung keine Stunde, bis sich die beiden Paare so gut verstanden, als hätten sie sich schon immer gekannt. Sir Nripendra Narayan stand im Ruf, der modernste und westlichste aller indischen Herrscher zu sein. Seine Leidenschaft galt der Großwildjagd, was ihn und Hans sofort zu Freunden machte. Während die beiden über ihre Jagdabenteuer fachsimpelten, probierte Daisy mit der Maharani die verschiedensten Süßigkeiten, ließ sich von ihr erklären, wie man einen acht Meter langen Sari wickelte und trank Rosensherbet mit Schnee, den man eigens aus den Siwalik-Bergen im Norden des Landes herbeigeholt hatte.

Zwei Tage später ging es zur Tigerjagd. Früh am Morgen, um drei Uhr, zogen die beiden fürstlichen Paare auf ihren Elefanten aus, als es gerade zu tagen anfing und die aufgehende Sonne die weißen Nebel auf den Bergen mit Gold überflutete. Daisy saß mit dem Maharadscha auf einem kleinen Jagdbullen, und Hans mit der Maharani auf einer Kuh, die aussah als hätte sie Sommersprossen. Vor ihnen jeweils ein Mahout, hinter ihnen ein Diener, der einen Sonnenschirm mit Bommeln hochhielt. Ihnen folgten zu Fuß und zu Pferd vielleicht hundert Treiber und Jäger, dazu ein Lastelefant und eine Menge Träger. Daisy hörte, wie die Vögel im dichten, sattgrünen Dschungel zu zwitschern begannen, sie hörte die Insekten in den langen Gräsern summen, während es ringsherum wie ein fremdartiges Flüstern erklang; jedes Blatt begann sich sanft nach der Nacht zu entfalten. Die ganze üppige Natur erwachte, und Daisy hatte das Gefühl, als ob man nur auf Zehenspitzen gehen dürfte und allem Lebendigen sich sanft und freundlich nähern solle. Sie vergaß ganz, dass sie auf Tigerjagd war, bis ein plötzliches Schlingern, ein Ruf der Jäger sie daran gemahnte, dass sie bei Lebensgefahr auf ihrem Elefanten bleiben musste. Nripendra drückte beschwichtigend ihre Hand, die sie ihm schnell entzog. Ihr war nicht entgangen, wie der Maharadscha sie seit ihrer Ankunft ansah.

Manchmal war das Unterholz so dicht, dass sie erst die Zweige abhauen mussten, um durchzureiten. Das Grün fiel in seidene, silbrige Spinnweben, die den ganzen Boden bedeckten. Wilde Vögel wurden durch die Geräusche des Jagdzugs aufgeschreckt, Antilopen sprangen vor den Tritten der Elefanten aus dem Gras auf und flüchteten, Affen tanzten kreischend von Ast zu Ast. Daisy fühlte, wie die Liebe zur prächtigen Natur sie durchflutete. Jedes Blatt, das sie berührte, war ihr ein Freund, alles glänzte von frischem Tau, die erwachende Natur berührte ihre Haut und küsste sie.

Sie erreichten das Camp in Mahakulguri am Abend. Es war eine ganze Zeltstadt am Flussufer, mit Speise-, Ankleide-, Koch-, Toiletten- und Badezelten. Nach einem von indischen Boys bereiteten Nachtmahl gingen sie früh zu Bett. Daisy und Hans standen noch eine Weile draußen vor ihrem Schlafzelt; er rauchte eine Zigarre, und sie blickte in den Nachthimmel mit seiner glitzernden Sternenpracht. Daisy war aufgewühlt. So viele Eindrücke. So viel Neues. Hier in Indien begann sie aus der merkwürdigen Starre zu erwachen, die sie vor Wochen ergriffen hatte. Sie spürte ihren Körper wieder, hatte Hunger und Durst, schwitzte, fror, fühlte wieder Kraft, Energie und Leben in sich. Sie sah, wie Hans' Zigarrenspitze in der Dunkelheit rot aufglomm, beobachtete ihn stumm. Sie wusste, so konnte es nicht weitergehen. Sie musste ihm verzeihen, alles andere war nicht zu ertragen. Er ist mein Mann, dachte sie, und wir gehören zusammen. Langsam ging sie auf ihn zu. »Es ist wunderschön hier«, sagte sie und versuchte ein zaghaftes Lächeln. »Schau nur den Himmel an. Millionen Sterne!«

Er nickte. Sie spürte seine Hand auf ihrer Hüfte.

»Lass es uns noch einmal versuchen, Hans«, flüsterte sie.

Er antwortete nicht. Dann trat er seine Zigarre aus, nahm Daisy besitzergreifend am Handgelenk und zog sie ins Zelt.

....

Daisy erzählt

Die Ziege war an den Stamm eines großen Jacarandabaums gebunden und meckerte kläglich. Zwanzig Yards dahinter, im grünen Blätterwald verborgen, saßen wir auf unseren beiden Elefanten, jeder eine Pistole und zwei geladene, doppelläufige Gewehre vor sich. »Normalerweise benutze ich ein kleines Kind als Lockvogel, aber heute nehme ich natürlich Rücksicht auf westliche Gefühle«, lächelte der Maharadscha, was mich fast vom Elefanten warf. Ich starrte ihn an. »Aber das Kind könnte sterben!« Er sah mich mit gerunzelter Stirn an. »Ich habe noch nie einen Tiger verfehlt«, sagte er in leicht beleidigtem Tonfall.

Wir warteten. Ich wusste, dort weiter draußen waren die Treiber mit ihren Trommeln, Klappern und Ratschen; in einem Halbkreis von einer Meile Länge, so hatte man mir gesagt, würden sie jede Menge Lärm machen und so den Tiger in unsere Richtung treiben. Sie hatten Poligar-Hunde dabei, ähnlich wie struppige Windspiele, die die Fährte des Tigers aufgenommen hatten.

Ich schwöre: Wenn ich nicht so hoch auf einem Elefanten gesessen hätte, wäre ich vor Angst gestorben! Man hatte mir Schauergeschichten über Tiger erzählt, über Menschenfresser, die Hunderte von Opfern gerissen, ganze Dörfer entvölkert hatten. Riesige Ungeheuer, die selbst Elefanten zu Boden reißen konnten und sieben Leben hätten wie alle Katzen. O lieber Gott, lass kein Unglück geschehen, dachte ich. Der Maharadscha erklärte uns derweil das Schießritual: Der erste Schuss gehörte dem vornehmsten Gast, also Hans, der zweite stand mir zu, der dritte ihm selber, dann die Maharani. Dann wieder von vorne. Denn, so wusste man, ein Tiger war mit einem Schuss selten zu erlegen. »But of course you need not shoot, my dear, if you don't want to«, sagte Nripendra gönnerhaft zu mir.

Aber natürlich wollte ich! Meine Blattschüsse auf der Jagd waren Legende! Manchmal ließ ich in Fürstenstein durch die Jäger eine weiße Scheibe an einem Baum befestigen, und dann schoss ich und traf ins Zentrum auf eine Entfernung von sechzig Metern, ich schoss frei, ohne das Gewehr aufzulegen, und die Jäger waren begeistert. Ich habe das oft zweimal hintereinander getan, um Eindruck zu machen, ja, ich war eine sichere, selbstbewusste Schützin. Und doch sank mir gehörig der Mut, kaum dass ich den Lärm der Treiber in der Ferne hörte. Und noch mehr, als er verstummte, denn nun würden sie den Tiger in Ruhe lassen, damit er sich beruhigen, die Ziege wittern und sich ungestört anpirschen konnte. Wir spannten die Gewehre und Pistolen.

Plötzlich fingen die Elefanten an, unruhig zu werden. Sie hoben die Rüssel, stampften mit den Füßen und klappten die Ohren vor und zurück. Der Maharadschah berührte mich am Arm und deutete stumm auf den gegenüberliegenden Rand der Lichtung. Da! Da war der Tiger, erst nur ein Aufblitzen von Schwarz, Rotbraun und Weiß, dann kam er aus dem Gebüsch, langsam und majestätisch, blieb stehen und witterte. Jetzt hatte die Ziege ihn auch erschnuppert, sie meckerte ängstlich und riss an ihrem Strick. Tatze vor Tatze setzte der Tiger, als er durchs hohe Gras vorsichtig und geduckt die Lichtung überquerte. Die Ziege gebärdete sich in ihrer Todesangst wie verrückt, und auch die Elefanten wurden unruhiger. Dann gab der Maharadscha das Zeichen, und die Mahouts trieben unsere Tiere Seite an Seite voran. Zu Nripendras großem Ärger ließ sich unser Bulle vor Aufregung nicht mehr lenken und versteckte sich hinter der etwas größeren Kuh von Hans und Suviti, die nun vor uns waren. Der Tiger hatte uns nun entdeckt, er blieb stehen und fauchte. Ein besseres Ziel konnte man sich nicht denken, aber noch war er zu weit weg. Und dann ging alles sehr schnell. Hans in seiner Ungeduld wartete nicht auf den Zuruf des Maharadschas, wie ausgemacht. Er erhob sich von seinem Sitz, legte an und feuerte. Doch die Entfernung war zu groß, er traf den Tiger nur am Vorderschenkel. Das Tier wurde durch die Wucht der Kugel ein Stück zur Seite geworfen, brüllte, kam wieder auf die Beine und griff mit großen Sprüngen an. Der Maharadscha schrie ärgerlich auf und schlug dem Mahout mit seinem Stock auf den Rücken. Der kleine Inder trieb unseren Bullen nach Kräften voran, und dann gab Nripendra mir das Zeichen für den zweiten Schuss. Ich zielte, aber in diesem Augenblick schwankte der Elefant, und ich fehlte. Der Maharadscha legte neben mir an, aber noch bevor der Schuss fiel, hatte Hans entgegen der Absprache zum zweiten Mal geschossen. Auch diesmal traf er nur die Flanke. Der Tiger erhob ein ohrenbetäubendes Gebrüll, mit ein paar riesigen Sätzen hatte er den Elefanten erreicht und sprang ihn mit einem wilden Satz an. Die Maharani schrie, Hans taumelte, der Elefant trompetete in höchster Not. Nripendra zielte, doch weil unser Bulle kaum mehr zu bändigen war, schoss auch er daneben. Ich hörte ihn auf Indisch fluchen, während er zur Pistole griff und zielte, aber der Abzug klemmte. Der Elefant mit der schreienden Maharani und dem taumelnden Hans hob sich auf die Hinterbeine, kämpfte, während seine Reiter sich verzweifelt festhielten, um nicht herunterzufallen und zu Opfern des Tigers zu werden. Nripendra schrie mich an: »Fire! For heaven's sake! Now!« Die ganze Zeit über hatte ich wie gelähmt das Gewehr in der Hand behalten. Gott, ich hatte ja noch eine zweite Kugel! Jetzt legte ich, am ganzen Körper zitternd, noch einmal an, zielte auf den Tiger, der halb auf dem Kopf, halb auf der Schulter des Elefanten hing, zielte lange, setzte noch einmal neu an, bis ich sicher war – und dann knallte der Schuss. Meine Kugel traf den Tiger in den Kopf, riss ihn herunter, er lag auf dem Boden, bäumte sich auf, wand sich, brüllend, fauchend. Der verletzte Elefant, dem das Blut über Kopf und Schulter rann, setzte in rasender Wut nach, hob seinen rechten Fuß hoch – und ließ ihn dann auf den Tiger niedersausen, stampfte den zuckenden Körper mit ungeheurer Wucht in den schlammigen Boden.

Es war ein entsetzlicher Anblick. Wir stiegen ab. Die Treiber liefen herbei, alles war ein großes Durcheinander. Der Maharadscha sah mich bewundernd an und sagte: »Congratulations, Princess, this tiger belongs to you.« Die Maharani fiel mir um den Hals, stammelte ihren Dank.

Hans blieb stumm und hielt sich abseits. Dass die Jagd so unglücklich verlief und der Elefant verletzt wurde, war allein seine Schuld gewesen. Er hatte sich nicht an die Anweisung gehalten und zu früh geschossen. Er litt selber am meisten darunter. Den ganzen Tag lang sagte er kein Wort mehr. An diesem und an den nächsten beiden Tagen schossen wir noch vier Tiger, drei Leoparden, fünf Nashörner, sieben oder acht Büffel, drei Bisons, etliche Barasinghas, drei Sumburs und zwei Antilopen. Auch Hans bekam noch seinen Tiger. Trotzdem war diese Jagd für ihn eine Niederlage.

Zurück in Cooch Behar erwartete uns der Nizam von Hyderabad, der als Gast geladen war. Er war ein klein gewachsener, drahtiger Mann mit wilden schwarzen Augen und geöltem Haar, das unter seinem Turban bis auf den Rücken fiel. Anders als Nripendra war er ein muslimischer Herrscher. Er hatte sechshundert Frauen und fragte mich im Scherz, ob ich nicht dazukommen wolle. Eine Tiger-Töterin fehle ihm noch unter seinen Damen. Ich lehnte ab und erklärte, dass in meiner Heimat ein Mann nur eine Frau haben konnte. »Oh«, entgegnete er und riss dabei in gespieltem Erstaunen die Augen auf, »liegt das womöglich am kalten Klima? Bei uns hat ein Mann Kraft für viele Frauen – vor allem wenn sie von so unvergleichlicher Schönheit sind wie Sie, Lady Daisy!«

Mir war die schlüpfrige Konversation peinlich, Hans machte gute Miene zum bösen Spiel, und der Maharadscha war eifersüchtig. Denn seit meinem vermeintlich kaltblütigen Schuss auf den angreifenden Tiger lag er mir zu Füßen. Jeden Wunsch las er mir von den Augen ab, er suchte ständig meine Nähe. Vielleicht hätte ich ihn deutlicher abweisen sollen, aber schließlich war er doch mein Gastgeber und so ein liebenswürdiger Mensch – ich konnte ihm nicht böse sein. Er machte mir Komplimente, schmeichelte mir, verwöhnte mich und betete mich an. Ich genoss es sogar, denn von Hans kannte ich so etwas nicht. Wie lange hatte ich nach solcher Zuwendung gehungert? So blieb ich gerne im Palast, als Hans drei Tage später eine einwöchige Einladung nach Madras annahm und Suviti nach Darjeeling zur Einweihung einer Mädchenschule fuhr. Nripendra hatte eine Lieferung Rollschuhe aus Amerika bekommen, das war damals etwas ganz Neues, und wir probierten sie im Audienzsaal aus. Es war ein großer Spaß, wir drehten den ganzen Nachmittag unsere Kreise, bis uns endlich zwei Diener die Dinger wieder auszogen. Der Maharadscha und ich gingen auf die Terrasse, um die kühle Abendluft zu genießen. Da zog er mich plötzlich an sich. »Daisy, ich liebe Sie«, stieß er hervor, »ich kann nicht anders. Meine Sonne, mein Stern, mein Diamant, mein Leben.« Er küsste mich stürmisch, und ich wehrte mich nicht, so überrascht war ich. Wir kippten auf eine Bambusliege, er hatte seine Hände überall. »Oh, du Schöne, du Süße, lass den Löwen von Cooch Behar dich lieben«, flüsterte er. O Gott, war das endlich die Leidenschaft, die ich mir immer gewünscht hatte? Einen Augenblick lang war ich versucht, ihm nachzugeben. Mich fallen zu lassen in seine Arme, seine Liebkosungen zuzulassen. Aber dann dachte ich an Hans. Trotz der Sache mit Shelagh, trotz allem – ich konnte es einfach nicht. Ich konnte ihn nicht betrügen. »Das dürfen wir nicht«, rief ich und stieß Nripendra fort, »lassen Sie mich, ich bin eine verheiratete Frau!« Er hielt mich fest, raunte betörende Worte auf Indisch, die ich nicht verstand. Doch schließlich riss ich mich los, sprang auf und rannte, so schnell ich konnte, davon. Er lief hinter mir her, rief: »Bleiben Sie doch, ich bitte Sie!« Aber bevor er mich einholen konnte, verlor ich meinen Schuh, strauchelte und fiel mit dem Gesicht voran auf den Marmorboden.

Das Blut lief mir über die Augen. Ich war benommen und hatte große Schmerzen. Nripendra trug mich auf mein Zimmer. Gott sei Dank hatten sie einen britischen Arzt, der mich behandelte und mein völlig geschwollenes Gesicht hinter dicke Mullbinden packte. Er verordnete absolute Ruhe, obwohl der Maharadscha unbedingt zu mir wollte. Mitten in der Nacht dann, als alles schlief, schrak ich hoch, trotz des Schlafmittels, das ich genommen hatte. Ich spürte eine Hand auf meinem Gesicht. Vor mir kniete der Löwe von Cooch Behar. Er entschuldigte sich unter Tränen, bat mich immer wieder, ihm zu verzeihen. Dann küsste er mir die nackten Füße unter dem Laken. Drei Mal schlich er sich noch an den Wachen vorbei und kam nachts zu mir. Dann sagte ich ihm, ich würde ihm verzeihen, unter der Bedingung, dass er sich künftig mir gegenüber wie ein Gentleman verhielte. Er versprach es, überhäufte mich aber stattdessen mit so vielen Geschenken, dass ich mir für die Heimreise einen weiteren Schrankkoffer kaufen musste.

Dann kam endlich Hans wieder, und der Tag des Abschieds nahte. Der Maharadscha war todunglücklich – er hatte sich wirklich in mich verliebt. Und er hatte immer noch ein schlechtes Gewissen. Als wir mit dem Salonwagen in Bombay ankamen und mit der Kutsche zum Hafen fuhren, warteten dort fünf in den Farben von Cooch Behar gekleidete junge Inder auf uns, jeder hielt eine bildschöne weiße Araberstute am Halfter. Es war das Abschiedsgeschenk Nripendras an mich.

………… …………

Aus der Berliner Illustrierten Zeitung, 28. April 1898

»Skandal in Schlesien! Zu Breslau geht seit Wochen das Gerücht um, das nun auch die Hauptstadt erreicht hat. Man erzählt sich, die Fürstin von Pless ließe ihre Kutsche seit Neuestem von fünf nackten Arabern ziehen! Die lebensfrohe Fürstin habe diese Sitte aus dem fernen Indien mitgebracht, wo sie mit Ihrem Gatten für längere Zeit weilte …«

………… …………

Joschis Geschichte

»Araber sind die edelsten Pferde der Welt. Es heißt, sie lassen sich zurückführen bis auf die fünf Lieblingsstuten Mohammeds. Fünf Geschlechter stammen von diesen ab, man nennt diese Linien El-Khoms: Saclawy, Koheyl, Maneky, Schulfe,

Tusye. Am begehrtesten sind die Schimmel, dann die Füchse. Es gibt auch Rappen, so wie den hier, unseren Mansur, aber nicht viele, denn der Orientale glaubt, sie bringen Unglück. Deshalb werden schwarze Fohlen dort immer noch gleich nach der Geburt getötet.«

Joschi riss Augen und Ohren auf, während Wawczynek mit ihm durch die Stallgasse ging. Er verstand zwar nur die Hälfte, aber was er begriff, saugte er in sich auf wie ein kleiner Schwamm. Jetzt hielt der Stallmeister neben einer Box inne, in der ein schöner kastanienbrauner Wallach stand, und deutete auf dessen halbmondförmige Blesse. »Die Araber erkennen an den Abzeichen der Pferde das Schicksal ihrer Reiter. Niemand dort würde zum Beispiel ein Pferd mit weißen Wimpern oder weißen Füßen behalten – das gilt als böses Omen. Wer dagegen ein glückbringendes Pferd reitet, wird in der Schlacht nie fallen. Ein solches Pferd, sagt man, wird sich, wenn es im Kampf verwundet wird und seinen Herrn nicht mehr tragen kann, aus dem Getümmel begeben, um den Reiter in Sicherheit zu bringen. Fällt der Reiter, bleibt es stets dicht bei ihm stehen, um ihm den Wiederaufstieg zu ermöglichen.«

Ja, das wusste Joschi, wie treu ein Pferd sein konnte. Er musste schlucken und dachte an seinen geliebten Anton, der jetzt wohl schon längst im Pferdehimmel graste.

»Was heulst du denn?« Die Stimme des Stallmeisters riss ihn aus seinen Gedanken. Er schniefte. »Mein Anton hätt mich auch nie im Stich gelassen«, sagte er leise.

»Und du ihn nicht, hm?« Beinahe hätte Wawczynek Joschi übers Haar gestrichen. Er mochte den Jungen. »Aber jetzt hörst du zu, denn du musst viel lernen, wenn du ein guter Stallbursche werden willst. Die Pferde in dieser Stallgasse sind alles Araber, und sie brauchen anderes Futter als die Halbblüter oder die Kutschpferde. Araber sind genügsam, zu viel frisches Gras oder Hafer vertragen sie nicht, das macht Kolik. Früher haben wir sechs Pfund Gerste einmal am Tag gegeben, inzwischen teilen wir es auf zwei Mal auf, und dazu ein bisschen Frischfutter oder ein paar Rüben, wenn eins geritten wurde. Siehst du die Schimmel dort drüben?«

Sie gingen hinüber und schauten durch die Gitterstäbe. Joschi traute seinen Augen nicht. Himmel, das waren ja die herrlichsten Pferde der Welt! So etwas hatte er noch nie gesehen! Im Vergleich zu den Grubenpferden, die Joschi kannte, waren das ätherische Wesen, graziöse Gestalten, edle Tiere so fein und schön, dass einem fast die Tränen kamen! Joschis Blick verklärte sich.

»Das sind die indischen Stuten der Fürstin, lauter kleine Schönheiten. Sie tragen alle Kennzeichen des idealen Arabers: kleiner Kopf, mager und voller Ausdruck, kurz und gedrungen. Ohren lang, Spitzen etwas einwärts gebogen, siehst du? Stirn breit und flach und leicht vertieft. Augen groß, lebhaft und mit schwarzen, faltigen Lidern. Nase ganz gerade, Nasenlöcher groß und weit geöffnet.« Wawczynek ging zu einer der Stuten hinein und griff ihr ins Maul. »Lippen nackt, starke Zähne, schau her!« Er fuhr dem Tier liebevoll die Kruppe entlang. »Hals mit scharfem, magerem Kamm, fügt sich in einem Bogen an den Kopf. Leib schlank und zierlich rund. Widerrist nicht sehr hoch, Rücken gerade. Schweif hoch und gut angesetzt, im Bogen getragen.« Der Sattelmeister fuhr mit der Hand das Vorderbein abwärts. »Knie breit und flach, deutliche Muskeln, Sehnen freiliegend, Schienbeine gerade. Hufe mehr länglich als rund.« Er klopfte dem Pferd mit der flachen Hand an den Hals. »Mähnenhaar wird immer auf der rechten Seite gehalten.«

»So was Schönes«, sagte Joschi träumerisch. »Die möchte man den ganzen Tag nur anschauen.«

»Das könnte dir so passen«, brummte Wawczynek. Sie gingen in den Hof hinaus. »Hast du deinen Gaul selber geputzt?«, fragte er.

»Natürlich«, sagte Joschi wichtig. »Jeden Tag. Der war voller Kohlestaub!«

»Dann weißt du ja, wie's geht.« Der Stallmeister ging mit ihm um die Ecke der Scheune. Hier hatte man eine gedrungene kleine Stute angebunden, neben ihr stand eine Kiste mit Utensilien.

»Das ist die Olga. Sie zieht den Gemüsekarren von den Gärtnern. Dann zeig mal, was du kannst.«

Joschi trat zu der Stute hin, nahm sich einen Striegel und die nächstbeste Bürste aus einer Kiste und fing an, das Fell mit der Bürste zu bearbeiten. »Halt!«, rief Wawczynek. »Na, so geht's vielleicht in der Grube, Junge, aber hier machen wir das besser. Also pass auf: Du musst erst mit der groben Bürste in kreisenden Bewegungen den starken Schmutz herausbürsten, so. Immer in Fellrichtung, und Bauch und Beine nicht vergessen. Dann mit der weichen Bürste das Fell zum Glänzen bringen. Mähne erst mit Bürste, dann mit Mähnenkamm bearbeiten. Zum Beinaufheben und Hufauskratzen mit der Hand am Bein hinunterstreichen, dann wird es hochgehoben, siehst du, so. Danach Hufe einfetten, die Dose mit dem Fett und der Lappen liegen ganz unten in der Kiste. Am Schluss Schweif putzen, und dabei immer unten anfangen. Ganz am Ende mit einem frischen Lappen erst die Augenwinkel, dann die Nüstern sauberwischen.«

Joschi machte sich mit Feuereifer ans Werk. Er bürstete, kämmte und strählte, putzte und glättete mit Hingabe, und die ganze Zeit über redete er beruhigend auf die Stute ein, die sich seinen Händen willig überließ und ihn zwischendurch sogar spielerisch mit der Nase anstupste. Wawczynek beobachtete ihn aus einiger Entfernung, dann stapfte er zufrieden davon. Er hatte gesehen, wie sorgfältig, vorsichtig und ohne jede Unsicherheit Joschi mit Olga umging und wie die Stute, die sonst eher bissig war, auf ihn reagierte. Und, noch wichtiger: Er hatte gesehen, wie Joschi vorhin die Schimmel angeschaut hatte. Und er sah sich selber als kleiner, pferdeverrückter Bub auf dem väterlichen Gutshof, erkannte sich in dem Jungen aus der Grube wieder. Pfeifend ging Wawczynek hinüber zu den Einjährigen auf die Koppel. Aus dem Burschen würde er etwas machen. Vielleicht sogar einen zukünftigen Stallmeister. Der hatte im Blut, was es für den rechten Umgang mit Pferden brauchte. Nämlich Liebe, nichts als reine Liebe.

Joschi merkte recht schnell, dass das Leben im Fürstensteiner Marstall kein Zuckerschlecken war. Als Neuzugang war er der unterste in der Hierarchie, und die anderen ließen ihn das spüren. Außer ihm gab es noch ungefähr dreißig Burschen, etliche in seinem Alter, andere schon junge Männer. Die wichtigsten unter ihnen waren für die fürstlichen Jagdpferde oder die kostbaren Deckhengste zuständig, andere wieder für die Rennpferde oder die Stuterei, die meisten aber für die Englischen Halbblüter, die der Fürst züchtete. Zweihundert Pferde insgesamt standen in den fürstlichen Ställen. Joschi und noch drei andere Buben waren für die Arbeits- und Kutschpferde zuständig. Und weil er neu war, ließen ihn die anderen kräftig arbeiten. Er musste meistens alleine misten, Einstreu schippen, Futtersäcke aufschlichten. Er schleppte Wassereimer, fettete Sattelzeug und Geschirre, und wenn nachts eines der Tiere Kolik hatte, war er derjenige, der es auf dem Abreitplatz stundenlang im Kreis führte. Aber die Arbeit machte ihm nichts aus, von der Grube war er Schlimmeres gewohnt. Außerdem durfte er hier im Freien sein, im Licht, und er war von früh bis spät bei seinen geliebten Pferden. Das war alles, was er sich wünschte. Nachts fiel er todmüde, aber glücklich auf seinen Strohsack.

Er wohnte zusammen mit den anderen Stallburschen in einem Labyrinth von Räumen über dem Marstall, der damals noch bei den Kavaliershäusern untergebracht war. Mit ihm schliefen noch drei andere in einem Zimmer. Ihre wenige Habe verwahrten sie in Truhen an den Fußenden der Betten. Kleidung und Stiefel wurden gestellt, und ihr Essen bekamen sie in der Schlossküche. So konnte Joschi an seinen freien Tagen nach Waldenburg gehen und all sein Geld – es war zwar nicht mehr als in der Grube, aber jetzt gab es ja einen Esser weniger daheim – der Mutter übergeben. »Du bist ein Glückspilz, Joschi«, sagte sie jedes Mal. »Ohne dich wären deine Geschwister und ich längst im Armenhaus.« Sie hatte ihre Putzstelle verloren, weil sie wegen ihrer Rückenschmerzen zu oft Pause gemacht hatte. So war Joschi plötzlich zum Ernährer seiner Familie geworden. Ohne seinen Lohn hätten sie die Miete für das dunkle, feuchte Loch, in dem sie hausten, nicht mehr bezahlen können. Wenigstens kam Holz zum Schüren von der katholischen Gemeinde, und Kleider für die Kinder, die schnell wuchsen, erhielten sie auf Bezugsschein vom Hilfsverein für Familien verunglückter Bergarbeiter. Was blieb, war die Hoffnung, dass es besser werden würde, wenn nur erst Joschis älteste Schwester mit der Schule fertig war und eine Arbeit aufnehmen konnte.

Eines Tages fegte Joschi mit einem Reisigbesen den Hof, als Unruhe im Marstall aufkam. Der Stallmeister rief alle zusammen. »Die Herrschaft kommt morgen aus England zurück, Leute. Da muss hier alles blitzblank sein, einschließlich der Pferde. Ihr wisst, was ihr zu tun habt. Sputet euch!«

Joschi blickte sich hilfesuchend um, als einer seiner Kollegen ihm unsanft auf die Schulter schlug. »Los! Du lädtst mit Michel den Mist zum Wegfahren auf die Anhänger. Danach macht ihr die Einstreu, dann Geschirre putzen.«

»Aber wir haben die Geschirre doch erst vorgestern …«

Die Ohrfeige klatschte. Der oberste Stallknecht für die Kutschpferde hatte mitgehört. »Maulhalten und arbeiten«, knurrte er, und Joschi trabte los.

Die zweite Ohrfeige des Tages bekam er, als er eine Mohrrübe aus der Futterkiste stibitzte. Weil er nicht mit dem Misten fertig war, hatte es auch kein Mittagessen für ihn gegeben. Und die dritte Maulschelle hagelte es, als die Frau des Stallmeisters abends bei der Kleiderkontrolle feststellte, dass er seine Hose zerrissen hatte. »Morgen ist Appell«, zeterte sie. »Jetzt kann ich auch noch die halbe Nacht eure kaputten Sachen flicken, ihr Saububen.«

Joschi wusste nicht, was ein Appell war. Sein Bettnachbar erklärte es ihm. »Alle vom Stall müssen sich in einer Reihe aufstellen, und dann kommt der Fürst. Wehe, du hast deine Joppe schlampig geknöpft oder deine Stiefel sind nicht sauber geputzt oder deine Haare sind nicht ordentlich gekämmt. Der Fürst sieht alles, und dann kriegt der Stallmeister sein Fett weg. Und rat mal, an wem der Stallmeister dann seine Wut auslässt …«

Also saß Joschi zusammen mit den anderen noch bis spät in die Nacht im Schein der Petroleumlampen, wienerte seine Stiefel, bürstete seine Kleider ab und rieb Flecken von seiner Mütze. »Was, der Fürst hat schon mal mit dir gesprochen? Ehrlich?« Die anderen konnten es gar nicht fassen, als er von seiner ersten Begegnung mit dem Fürsten erzählte. Damit stieg Joschi ungemein in der allgemeinen Achtung. Der Herr hatte schon einmal das Wort an ihn persönlich gerichtet! Ganz stolz ging er zu Bett und konnte vor Aufregung kaum einschlafen. Der Fürst würde ihn morgen bestimmt wiedererkennen!

Am nächsten Tag war es dann so weit. Alle versammelten sich auf dem großen Platz hinter den Kavaliershäusern. Die Stalljungen stellten sich auf einer Seite auf, die höheren Bediensteten auf der anderen. Die Kutscher und Vorreiter bildeten ganz vorne ein Spalier und sahen sehr prächtig aus mit ihren Livreen und Zylinderhüten.

Dann kam der Fürst. Diesmal trug er eine schmucke blaue

Uniform und auf dem Kopf eine Art hohe Fellmütze. Und neben ihm, an seinem Arm, schwebte ein märchenhaftes Wesen. Eine Dame! Aber nicht so eine, wie Joschi sie schon manchmal in der Stadt gesehen hatte, so wie die dicken Magistratsgattinnen oder die höheren Töchter der Beamten. Diese Dame sah aus wie eine Zauberfee! Sie hatte sich von Kopf bis Fuß verhüllt, obwohl es doch warmer Sommer war. Sogar Handschuhe trug sie! Alles an ihr schimmerte und glänzte rosa. Und auf ihrem Kopf saß ein merkwürdiges, bauschiges Etwas aus Federn und Blumen, das wirkte, als könne es jeden Augenblick herunterfallen. Sie hatte die weißeste, makelloseste Haut, die Joschi je gesehen hatte, und war das rote Farbe auf ihren Lippen? »Das ist die Fürstin Daisy«, raunte Michel, der neben Joschi stand. Joschi blieb der Mund offen stehen.

Langsam und majestätisch schritt das Paar die Reihen ab, während der Stallmeister, ganz elegant in einem Jagdanzug mit grauem Zylinder, neben dem Fürsten ging und Erklärungen abgab. Dann gingen die drei in den Stall hinein, und jetzt verstand Joschi auch, warum die Stallgasse gestern so blitzblank gefegt werden musste, dass kein Fitzelchen Stroh, kein Steinchen und kein noch so winziger Sägespan von der Einstreu übriggeblieben war, geschweige denn ein Bröckchen von einem Pferdeapfel. Denn das Kleid der Fürstin war ja hinten länger als vorn! Da spitzte unten etwas Duftiges, Weißes hervor und schleifte mit jedem Schritt der Dame über den Boden. Na, das hätte ich aber geändert, dachte Joschi. So ein teures Kleid, und dann schleift es auf. Das hätte ja sogar meine dumme Schwester Lissa besser nähen können!

Irgendwann kamen dann der Fürst und die Fürstin samt Stallmeister wieder hinten heraus und verschwanden in Richtung Stuterei. Der oberste Stallknecht gab das Zeichen, dass alle nun an ihre übliche Arbeit gehen konnten. Hörbares Aufatmen bei allen. Es hatte keinen Ärger gegeben; der Fürst hatte nicht einmal bemerkt, dass der dicke Egon, der ein bisschen einfältig war, vor Aufregung seine Kappe falsch herum aufgesetzt hatte. Nur Joschi war ein bisschen enttäuscht. Der Fürst hatte ihn nicht bemerkt.

Der nächste Tag war ein Sonntag, und Joschi hatte frei. Wie üblich, machte er sich nach dem Frühstück – für ihn immer noch ein Wunder: Brot und Marmelade, so viel man wollte, Muckefuck mit ordentlich Zucker, und ein hartes Ei für jeden! – auf den Weg nach Hause, um seinen Wochenlohn abzugeben. Er trat aus dem Kavaliersgebäude, als er sah, dass gerade eine der Araberstuten gesattelt und gesäumt aus dem Stall geführt wurde. Dort stand schon, ebenfalls zum Ausritt bereit, Wotan, der große Fuchswallach des Stallmeisters. Joschi drückte sich neben der Tür in eine Mauernische und wartete. Und tatsächlich, aus dem Haus des Stallmeisters kam erst Wawczynek selbst und dann – die Fürstin Daisy höchstselbst! Diesmal hatte sie kein zu langes Kleid an, sondern ein braunes Kostüm mit Jacke, und sie trug glänzende Stiefel und ein lustiges grünes Hütchen. Sie ging zu der Stute hin, und da sah Joschi erst, dass die gar keinen richtigen Sattel trug, sondern ein komisches Ding mit einem Horn, das herausstand. Na, das würde Ärger geben!

Zu Joschis Verwunderung machte der Stallmeister eine Räuberleiter, die Fürstin stieg mit der Stiefelspitze in seine gefalteten Hände, und dann sagte sie etwas, was Joschi nicht verstand: »Wontufrie!« Da hob Wawczynek sie hoch, und sie setzte sich seitlich auf das komische Ding mit dem Horn, als sei das ganz selbstverständlich. Anschließend stieg auch Wawczynek auf, die beiden nickten sich zu und ritten los, direkt in Joschis Richtung. Und da geschah es: Der Blick der Fürstin Daisy fiel auf ihn, wie er da an der Mauer stand, seinen Beutel mit dem Geld fest an sich gedrückt. Joschi erschrak, dann fiel ihm ein, dass man vor feinen Leuten immer die Mütze ziehen musste, und das tat er.

Da geschah es – die Fürstin lächelte. Lächelte ihn an! Ihn, Joschi Siebenbürger, den kleinen Stallburschen!

Dann war sie schon vorbei. Joschi sah den beiden nach, wie sie durch das Tor auf den Kiesweg ritten und ihre Pferde dort in Trab setzten. Jetzt, dachte er, jetzt passiert's, jetzt fällt sie runter, so komisch wie sie auf dem Schimmel sitzt. Aber nichts geschah. Fröhlich trabten die beiden davon. Joschi schüttelte den Kopf. Dann setzte er seine Mütze wieder auf und machte sich auf den Weg.

Bis Waldenburg ging ihm das Lächeln der Fürstin Daisy nicht mehr aus dem Sinn, und in ihm war eine seltsame Fröhlichkeit, die ihn den ganzen Heimweg über hüpfen und singen ließ.

....

England 1897

»Hilfe, er kommt!«, sagte Gordon Wood in gespielter Verzweiflung zu Daisy.

Tatsächlich steuerte der russische Großfürst Michail in diesem Augenblick auf die beiden zu. Daisy kannte den hohen Gast schon länger. Er hatte ohne Genehmigung des Zarenhofs die nicht standesgemäße Sophie Torby, Enkelin des russischen Dichters Puschkin, geheiratet und war wegen dieser Mésalliance das Enfant terrible des europäischen Hochadels, verachtet und bewundert zugleich. Er war der Star des Gartenfestes und eigens für die Regatta von Cowes nach Newlands gereist. Trotz der Sommerhitze trug er einen schwarzen Nerzmantel mit einem lächerlichen kleinen Fellmützchen. Seine überschwänglichen Begrüßungen waren gefürchtet. Statt einen formellen Kuss anzudeuten, wie es üblich war, drückte er seine feuchten Lippen mit Schwung auf Daisys Handrücken; anschließend packte er

Gordie an den Schultern und küsste ihn schmatzend dreimal auf die Wangen. »Großartiges Wettrennen«, rief er mit schwerem russischen Akzent und schlug Gordie auf die Schulter. »Hervorragender Champagner! Prächtige Gesellschaft! Sie kommen doch beide zu meinem Kostümball in Devonshire House?«

Dann war er wieder weg.

Gordie machte ein Gesicht, als habe er gerade in eine Zitrone gebissen. »Ein Kuss auf die Wange ist zur Begrüßung wirklich vollkommend ausreichend, findest du nicht auch, meine Liebe? Schließlich sind wir hier nicht beim französischen Militär!«

Daisy prustete los. Das liebte sie so an Gordie, dem Schwarm ihrer Jugend. Er hatte sich nicht verändert. Immer noch sah er jungenhaft aus mit seinem karottenroten Haar und den Sommersprossen. Und immer noch brachte er sie zum Lachen. Gestern war er mit ihr auf der Cornwallis-West'schen Yacht »Hermes« gesegelt, und sie hatten den Tagessieg errungen. Es waren herrliche Stunden gewesen, und die alte Vertrautheit hatte sich sofort wieder zwischen ihnen eingestellt. Jetzt gingen sie hinüber zum Ententeich, wo unter einer Trauerweide Sitzmöbel aufgebaut waren. Ein Stück weiter weg spielten die andern Crocket, Hans war dabei.

»Bist du glücklich?«, fragte Gordie mit einem Blick auf den Fürsten.

Daisy lächelte schief. »Das sollte ich doch sein, oder?«

Er blieb stehen. »Weißt du, ich habe viel an dich gedacht, seit damals. Deine Schwester Shelagh hat oft von dir erzählt.«

»Hoffentlich nichts, was du nicht wissen solltest!« Daisy schlug Gordie mit dem Fächer gegen die Brust. »Du hast sie bestimmt ganz ungeniert ausgefragt!«

»Natürlich!«, lachte Gordie. »Ich will alles über dich wissen.« Dann wurde er plötzlich ernst. »Stell dir vor, wir hätten damals heiraten dürfen …«

Sie sah ihn mit einem traurigen Lächeln an. »Wie gern hätte

ich dir damals ja gesagt, Gordie. Aber meine Mutter hat mich gezwungen, dein Geschenk zurückzuschicken, und ich durfte dir nicht einmal mehr schreiben. Weißt du, ich habe lang nicht begriffen, warum. Das ist mir später erst klar geworden. Erst lang nach der Hochzeit mit Hans, als Mutter mir endlich die Wahrheit gesagt hat.«

»Und was ist die Wahrheit?«

Sie hob die Hände in einer Geste der Hilflosigkeit. »Hätte ich nicht so reich geheiratet, hätten meine Eltern alles verloren. Newlands, Ruthin … alles stand kurz vor dem Bankrott. Ein Teil des Ehevertrags, den meine Eltern aushandelten, besagt, dass sie eine jährliche Apanage aus dem Haus Pless erhalten. Hans unterstützt sie großzügig mit Geld. All das hier«, sie machte eine ausladende Geste, »verdanken wir nur ihm.«

»Aber wir hätten glücklich werden können.«

Sie nickte. »Vielleicht.«

Er streckte die Hand aus und fuhr sanft mit dem Zeigefinger ihre Wange entlang. Sie schloss die Augen und gab sich einen wunderbaren Moment lang dieser Berührung hin. Ein wilder Gedanke keimte in ihr auf. Sie stellte sich vor, er würde sie in seine Arme reißen, ihr Gesicht mit Küssen bedecken, sie festhalten, ganz fest … Aber dann gab sie sich einen Ruck. »Wir müssen zurück zu den anderen«, sagte sie. »Man wird sich schon wundern, wo ich bleibe.«

Den ganzen restlichen Tag über vermied Daisy es, noch einmal mit Gordie zusammenzutreffen. In ihr war wieder etwas erwacht, das sie in ihrer unglücklichen Ehe begraben hatte. Der romantische Glaube daran, dass die Liebe schön sein konnte, dass man miteinander lachen konnte, sich begehren und zusammen glücklich sein. Das alles leicht sein konnte und selbstverständlich. In Indien hatte sie beschlossen, mit dem zufrieden zu sein, was sie von Hans bekam. Sie hatte ihre Träume von der

Liebe beerdigt. Und nun? Nun spürte sie auf einmal, dass sie noch lebendig war. Dass sie Bedürfnisse hatte, dass ihr Körper sich nach etwas sehnte, was sie von Hans nicht bekam. Sie wollte endlich geliebt werden, sie wünschte sich Leidenschaft und Begehren, all das musste es doch auch für sie geben.

Sie trank zu viel, bis sie sich schwindlig fühlte. Suchte Ablenkung in Gesprächen. Beobachtete Hans, wie er unter den Männern stand, ein Glas Cognac in der Hand. Gelächter brach aus, jemand hatte offenbar einen Witz erzählt. Hans brachte ein gezwungenes Lächeln zustande, wie immer. Armer Hans! Er hatte wenig Humor. Immer war er ernst und beherrscht, egal was er tat. Sogar im Bett. Wenn er sie liebte, war es, als hake er eine Liste der Dinge ab, die zu erledigen waren. Es ging ihm nicht um sie, es ging ihm um seine eigene Befriedigung, und natürlich um einen Erben. Daisy erfüllte ihre »Pflicht« klaglos, versuchte ihm in letzter Zeit sogar vorzumachen, dass es ihr gefiel. Und nun stellte sie sich vor, dass Gordie an Hans' Stelle läge. Und da war plötzlich dieser Kitzel, dieses wunderbare Gefühl, das in ihrem Unterleib aufprickelte und sie fast zerspringen ließ vor Sehnsucht.

Aber es war unmöglich. Das durfte sie nicht. Nur mit Hans.

Sie ging hinauf in sein Schlafzimmer, setzte sich aufs Bett und sog seinen Geruch ein, nach Seife und Rauch und irgendwie säuerlich. Sie fuhr mit der Hand über die Laken, in denen er schlief. Dann öffnete sie aus Neugier die oberste Schublade seines Nachtkästchens. Ansichtskarten … nein, das waren … das waren Fotografien. Abbildungen von nackten Frauen. Lockenköpfchen mit kokettem Blick und drallen Körpern. An ihren Brüsten und Schenkeln machten sich Männer zu schaffen. O Gott, wie vulgär! Und das Schlimmste war, dass diese anstößigen Fotos sie, Daisy, erregten. Sie griff sich ans Korsett, spürte ihre Finger durch den festen Stoff. Zwischen ihren Beinen pulsierte es. Sie atmete schneller.

In diesem Augenblick kam Hans herein.

»Was machst du hier?«

»Ich … ich habe dich gesucht.« Daisy stand schnell auf.

Sein Blick fiel auf die Abbildungen. »Du spionierst mir nach? Das hier geht dich nichts an.«

Sie fühlte sich ertappt. »Es war … Es ist …« Verzweiflung packte sie. »Hans«, sagte sie, »was haben diese Frauen, was ich nicht habe? Bin ich so hässlich? Bin ich so langweilig?« Sie ging zu ihm hinüber, knöpfte ihre Bluse auf. Er sah mit gerunzelter Stirn dabei zu. Sie zerrte das Mieder auseinander, so dass er ihre Brüste sehen konnte. »O Gott, nimm mich doch!«, flüsterte sie. »Bitte! Gleich jetzt, hier! Mach, dass ich einen Sohn bekomme. Ich will ja alles tun, was du verlangst …« Sie schlang die Arme um seinen Hals. Er erwiderte ihre Küsse halbherzig. Und dann setzte sie alles auf eine Karte, tat etwas Unaussprechliches: Sie griff zwischen seine Beine und drückte zu. Da warf er sie bäuchlings aufs Bett, schob ihre Röcke hoch, öffnete seine Hose und kniete sich hinter sie. Sie schrie auf, als er in sie eindrang. »Hans, du tust mir weh …« Es war ihm egal. Er nahm sie wie eine Hure, so, wie sie es gewollt hatte. Während sie ihr Gesicht in die Kissen presste, zischte er ihr Worte ins Ohr – Worte, von denen sie geglaubt hatte, Männer würden sie nur für Frauen benutzen, die sie verachteten.

Als er fertig war, richtete sie sich mühsam auf und zog ihr Kleid wieder nach unten. Mit zitternden Fingern nestelte sie das Mieder zu. In ihrem Unterleib brannte es. »Ist es das, was du willst?«, fragte sie leise. »So?«

Er knöpfte sich die Hose zu. »Du wolltest das doch«, erwiderte er. »Nicht ich.«

»Aber das war … scheußlich.«

Hans zog seine Hose wieder hoch. »Du bist ja frigide«, sagte er. »Herrgott, da kann einfach nichts herauskommen. Vielleicht musst du dich doch operieren lassen.«

»Hans …«

Er sprach weiter und richtete dabei seine Krawatte. »Jede verdammte Stute in meiner Zucht wird ohne Probleme trächtig. Nur du … Das liegt daran, dass du es nicht genießen kannst. Alle anderen Frauen haben ihren Spaß dabei, nur du … ich weiß ehrlich nicht, Daisy, was ich noch mit dir machen soll. Du bist einfach zu allem ungeeignet.«

Sie war starr vor Entsetzen. »Warum hast du mich dann überhaupt geheiratet, wenn du mich so verachtest?«

»Weil du die Schönste der Season warst und dein Wappen mehr als siebzehn Felder aufweist. Herrgott nochmal, Daisy, hör auf mit diesem Unsinn. Eine Ehe in unseren Kreisen hat nichts mit Romantik zu tun.«

»Ich habe versucht, dich zu lieben …«

Hans zog sein weißes Jackett an. »Das ist nett von dir, meine Liebe, aber nicht nötig. So, und nun geh auf dein Zimmer und zieh dich um. In einer halben Stunde ist Dinner. Wir sehen uns dann.«

Am nächsten Morgen reiste Hans zum Lachsfischen nach Schottland ab. Er verabschiedete sich nicht von Daisy, hinterließ lediglich eine Nachricht, dass er erst in drei Wochen wieder nach Newlands kommen würde, kurz bevor die Abreise nach Deutschland geplant war.

Daisy war am Boden zerstört. Frigide hatte Hans sie genannt. War sie so? Konnte sie die Liebe deshalb nicht genießen, so wie andere? Aber sie konnte doch verliebt sein, sie konnte doch Sehnsucht spüren! Lag alles an ihr, an einem körperlichen Makel, oder vielleicht doch an Hans? In ihrem Kopf schwirrten die Gedanken, und dennoch kam sie zusammen mit ihrer Mutter ihren Pflichten als Gastgeberin nach. Sie beobachtete den Großfürsten und Sophie Torby – er hatte alles aufgegeben, war aus Liebe zu dieser Frau ins Exil gegangen. Wie glücklich musste sie sein! Und dann war da Gordie … Als hätte er geahnt, was sich zwischen ihr und Hans abgespielt hatte, wie verzweifelt sie war, schrieb er ihr ein Billett mit wenigen Zeilen. Ihre Zofe überbrachte es am Morgen, und sie saß eine geschlagene Stunde da, ohne es zu öffnen. Dann las sie:

»Geliebter Engel, nach all der Zeit bin ich immer noch der Deine, meine einzige Daisy, bestimme über mich, wie es Dir beliebt. Lass mich nicht im Ungewissen, ich flehe Dich an! Doch ich warne Dich: Da ist eine verborgene Glut in meinem Herzen, die Dich erschrecken würde, würdest Du sie je entfachen – aber wie sehne ich mich danach! Gib mir nur ein Zeichen, und ganz egal, wie Du Dich entscheidest, ich werde Deinem Willen gehorchen. Aber lass mich nicht länger leiden. Bitte, Darling, sag mir, dass Du mich willst. Immer Dein Gordie.«

Sie las das Billett immer wieder. Noch vor vierundzwanzig Stunden hätte sie schweren Herzens Gordie eine Absage erteilt, ihn zur Vernunft gemahnt. Aber sie war nicht mehr die Frau von gestern, die Frau, die den Löwen von Cooch Behar abgewiesen hatte, die ihre Ehe retten und ihrer Verantwortung nachkommen wollte. Hans hatte diese Frau in der letzten Nacht zerstört, endgültig. Ihre guten Absichten, ihre Bereitschaft zur Versöhnung, er hatte sie vernichtet. Nun war ihr egal, was kommen würde. Vielleicht würde es mit Gordie anders sein. Sie wollte nur einmal, ein einziges Mal mit einem Mann glücklich sein. Und sie wusste jetzt, dass Hans niemals dieser Mann sein würde. Aber vielleicht Gordie …

»Lies«, sagte Daisy zu Shelagh und hielt ihr das Billett hin. Sie saßen im Rosenpavillon und tranken Tee.

Shelagh riss die Augen auf. »Oh, von einem Verehrer?« Neugierig faltete sie das Blatt auf und begann zu lesen.

Daisy nahm sich ein Gurkensandwich. »Ich weiß nicht, was ich tun soll«, sagte sie. »Ich weiß nicht einmal, ob ich wirklich in ihn verliebt bin oder ob es nicht nur …« Sie hielt inne. Shelagh weinte. Sie hatte das Billett sinken lassen, und die Tränen liefen ihr nur so über die Wangen.

»Biddyschwesterchen! Was ist mir dir?«

Shelagh schluchzte. »Ich … dachte … ich dachte, er und ich …«

O Himmel! Daisy biss sich auf die Lippen. Wie hatte sie nur so blind sein können! Sie hatte zwar bemerkt, dass Shelagh in Gesellschaft mehr kokettierte als üblich und anders als sonst tiefe Decolletés trug, aber sie hatte nicht über den Grund nachgedacht. Jetzt fielen ihr die Blicke wieder ein, die Shelagh Gordie in den letzten Tagen zugeworfen hatte, die kleinen Gesten, die unabsichtlichen Berührungen!

Daisy fühlte die Enttäuschung in sich aufsteigen, bitter und schmerzhaft. Ausgerechnet die eigene kleine Schwester war wieder ihre Rivalin! Erst Hans, dann Gordie … In die Enttäuschung mischte sich ein Anflug von Hass. »Wie kannst du nur?«, zischte sie. »Gordie war immer in mich verliebt, nur in mich! Das ist so gemein von dir, dich jetzt an ihn heranzumachen! Genau wie an Hans! Du bist widerlich!«

Shelagh schluchzte noch mehr. »Ach Daisy … ich … ich liebe ihn doch so!«

Daisy blickte auf ihre Schwester, die ganz klein und zusammengesunken dasaß, ein weinendes Häuflein Elend. Und dann konnte sie ihr doch nicht wirklich böse sein. Shelagh hatte ja nicht wissen können, dass sich zwischen Gordie und ihr etwas anbahnte. Außerdem war sie jetzt zweiundzwanzig und litt darunter, dass sie nicht längst einen Mann gefunden hatte. Neulich hatte sie gesagt: »Ach, im Vergleich zu dir bin ich doch nur ein Mauerblümchen. Du bist die Großartige, und ich lebe im Schatten deines Glanzes.« Daisy hatte das nicht so ernst genommen, aber jetzt erkannte sie die Wahrheit hinter diesen Worten. Sie hatte Shelagh immer überstrahlt, immer den ersten Platz eingenommen. Wie mochte die Kleine darunter gelitten haben? Daisy seufzte. »Meinst du denn, Mutter ließe euch heiraten?«

Shelagh nickte heftig. »Jetzt, wo dank deiner Heirat Geld genug da ist, bestimmt!«

»Und mag er dich denn?«

Shelaghs Lippen zitterten. »Bevor du gekommen bist, war er so lieb zu mir. Ich war mir so sicher, dass er mir noch vor dem Herbst einen Antrag machen würde. Ach Daisy, ich bin so unglücklich!«

Jetzt war es Daisy, die mit den Tränen kämpfte. Sie wollte Gordie, aber nicht um diesen Preis. Niemals würde sie ihre Schwester unglücklich machen. Erst recht nicht, nachdem Shelagh inzwischen sichtbar mit Hans gebrochen hatte. Seit er in England war, sprach sie nur das Nötigste mit ihm, hielt sich von ihm fern, war kühl und distanziert. Das rechnete Daisy ihr hoch an. Das mit Gordie, was hätte es werden sollen? Es war ohnehin eine Verrücktheit, nichts als ein sentimentaler Wunschtraum. Nein, dachte Daisy, es reicht, wenn eine von uns leidet. Jetzt soll wenigstens Shelagh glücklich werden. Sie straffte den Rücken und blinzelte die Tränen weg.

»Nimm das Taschentuch«, sagte sie und hielt ihrer Schwester ein Spitzentüchlein hin. »Und hab keine Angst. Ich werde dir Gordie nicht wegnehmen.« Sie schluckte ihre Tränen hinunter und drückte Shelaghs Hand ganz fest. »Ich werde mit ihm reden.«

....

Aus Daisys Tagebuch, August 1897

Gestern auf der Heimfahrt in der Kutsche sagte ich es ihm. Er wollte es nicht einsehen. Und heute beim Morgenausritt trieb er sein Pferd an meine Seite. Ich sagte es ihm noch einmal, und da wurde Gordie so wütend … Ich wünschte, er hätte mir mit seiner Reitgerte ins Gesicht geschlagen; er hätte mir ruhig weh tun dürfen … Ich habe ihn schließlich ermutigt. Was ist nur mit mir los! …

Und dann war seine Wut verflogen. Er flehte mich an, Hans zu verlassen. Ich sagte ihm, das sei unmöglich. Er warf mir vor, ich bliebe nur wegen des Geldes in meiner Ehe. Aber bald würde er, Gordie, mir auch ein Leben bieten können. Er habe Pläne, nach Afrika zu gehen und dort sein Glück zu machen. Da gibt es Diamanten, sagte er. Und Kaffeeplantagen. Und Ölpalmen. In ein paar Jahren werden wir reich sein … und dann … Ich versicherte ihm, dass es nicht am Geld läge, aber er war trotzig und wollte mir einfach nicht glauben. So trennten wir uns am Stall, und ich habe in der Sattelkammer geweint.

Morgen muss ich dieses Haus und Shelagh und Gordie verlassen … Hans ist wieder da, aber gestern brachte ich es nicht fertig, nach oben zu gehen und meine Pflicht zu erfüllen. So ließ ich Hans beim Kartenspielen, ging ins Nebenzimmer, sang und tanzte und versuchte, glücklich auszusehen, während mein Herz am Ersticken war. Georgie, mein lieber, lieber Bruder, sah, was mit mir los war und brachte mich zu Bett …

Ich wünschte, Gordie wäre vernünftig, und ich wünschte, Shelagh wäre nicht in ihn verliebt. Ich will nicht, dass Gordie nach Afrika geht, Shelagh wäre am Boden zerstört. Aber er ist nicht davon abzubringen.

………… …………

Fürstenstein, 1897

»Hoch! Hoch! Hoch!«

Die Kaisermanöver in Schlesien begannen mit einer Parade in Breslau. Das Kaiserpaar präsentierte sich im offenen Landauer, gefolgt von mehr als zwanzig Wagen, in denen Mitglieder aller deutscher Adelshäuser saßen. Bei herrlichstem Sonnenschein fuhr man über den Ring. Die Breslauer jubelten, schwenkten Fähnchen und warfen Blumen, als Daisy, die ihre Kutsche mit den fünf indischen Schimmeln selber lenkte, zum Kaiserwagen auffuhr. Wilhelm feuerte daraufhin seinen Kutscher an, und die beiden Wagen lieferten sich ein kleines Wettrennen, das Daisy gewann. Triumphierend winkte sie in die begeisterte Menge, während die Kaiserin beinahe vor Wut platzte, und Hans gleich mit. Wilhelm dagegen erklärte hinterher, er habe sich köstlich amüsiert und nähme nunmehr an, dass die freche »Amazone« wohl auch beim Manöver mitreiten würde.

Und tatsächlich ließ Daisy die kleine Provokation nicht auf sich sitzen. Stolz ritt sie am nächsten Tag mit, als einzige Frau unter dreitausend Reitern. Anmutig und majestätisch zugleich saß sie auf Empress, ihrer Lieblingsstute. Neben ihr trabte der schneidige Prinz Rupprecht von Bayern und starrte sie immerfort an. Großfürst Michael war auch da, wie immer hatte er nur Augen für seine Sophie. Wilhelm half Daisy am Ende persönlich vom Pferd.

In diesem Herbst gab es im Rahmen der Manöver eine Besonderheit: In Breslau sollte der Kaiser eine Statue seines Großvaters, Wilhelms I., enthüllen. Zu diesem Zweck waren eigens der russische Zar Nikolaus und seine Frau Alix angereist. Nikolaus und Wilhelm waren ja Cousins, sie sprachen sich mit ›lieber

Nicky‹ und ›lieber Willy‹ an, obwohl sie sich eigentlich nicht ausstehen konnten. Einmal, als der Kaiser sich beim Souper auf Fürstenstein wieder einmal unmöglich benahm, hörte Daisy entsetzt, wie Nikolaus zu ihm sagte: »Führe dich nicht auf wie ein tanzender Derwisch, Willy, schau lieber mal in den Spiegel!« Der Fürstbischof von Breslau, der ganz in der Nähe stand, verhinderte gerade noch einen Eklat, indem er einen Hustenanfall bekam.

Auch äußerlich hatten die beiden großen Herrscher nichts gemeinsam. Wilhelm wirkte trotz seines lahmen Arms sehr männlich, er hatte eine gesunde rötliche Gesichtsfarbe, die sich sehr schnell in dunkelrot verwandeln konnte, wenn er zornig wurde. Nikolaus hingegen war klein von Statur, sah kränklich aus, sein Teint war gelblich, und er hatte dunkle Ringe unter den Augen. Irgendwie wirkte er immer ein wenig fehl am Platz. Er betete seine Frau an, aber auch er war, wie alle Männer, kein Kostverächter. Vor der Zarin hatte er jahrelang eine Tänzerin als Geliebte gehabt, und auf dem Ball, den Hans zum Abschluss der Manöver gab, machte er Daisy den Hof, was der Kaiser natürlich sofort zum Anlass nahm, sie ebenfalls zu umschwänzeln. Auf die pikante Frage des Großfürsten, wie es sich anfühle, zwei Kaiser zu ihren Füßen liegen zu haben, antwortete sie: »Warum nicht? Ich habe zwei Füße.«

Hans sah es mit gemischten Gefühlen, dass seine Frau so sehr im Mittelpunkt stand, aber am Ende überwog doch der Stolz darauf, dass die Majestäten Daisy so viel Aufmerksamkeit widmeten. Als Gastgeberin war sie einfach perfekt, das musste er zugeben. Sie hatte sogar das Personal eine Begrüßung für den Zaren auf Russisch auswendig lernen lassen: ›Na sdarowje jewo welitschestwo gossudarje Imperatora Nikolai!‹ Nikolaus war sehr gerührt und schenkte ihr eine kleine Schatulle von Fabergé mit einem goldenen Frosch auf dem Deckel.

Am letzten Abend gab es ein rauschendes Fest. Das Wetter war noch so mild, dass man draußen sein konnte. Bengalische Lichter in Rot und Grün erhellten die Terrassen, überall standen Lakaien, Dienstmädchen liefen mit ihren Tabletts durch die Menge der Gäste. Die Waldenburger Bergmannskapelle spielte zu Beginn im Schlosshof, die Grubenarbeiter sahen in ihren typischen Uniformen malerisch aus. Alle waren bester Stimmung. Das Manöver war ein voller Erfolg gewesen, und der Kaiser, dem das Militärische nachgerade heilig war, brachte einen Trinkspruch nach dem anderen aus.

Erst um Mitternacht wurden im Saal die Gaslampen gelöscht.

Daisy machte noch einen letzten Kontrollgang, bevor sie auch zu Bett gehen wollte. Gleich würden die Diener mit dem Aufräumen beginnen, und es war immer gut, wenn man vorher ein verlorenes Schmuckstück oder eine vergessene Stola fand. Draußen auf der Kastanienterrasse blakten noch die letzten Fackeln, und sie trat hinaus. Die frische Luft tat gut, und es war immer noch lau. Daisy atmete tief ein und aus. Im flackernden Feuerschein sah sie eine dunkle Gestalt an der steinernen Balustrade beim Treppenabgang stehen und ging hin.

Es war der Kaiser. Er paffte an einer seiner geliebten Havannas, seine Uniform war ganz unmilitärisch aufgeknöpft, und auch der Schnurrbart war ziemlich aus der Façon geraten. »Na, Kleene«, sagte er mit schwerer Zunge, »sind wir wohl die letzten, wa?«

Wilhelm war betrunken!

»Wollen wir nicht hineingehen?«, drängte Daisy. »Es ist schon spät.«

Er drehte sich um und kam dabei bedenklich ins Schwanken. Daisy wollte verhindern, dass er stürzte, und fasste ihn reflexartig am Arm. Es war der Linke! »Verzeihung, Majestät.« Sie ließ schnell wieder los.

»Ach, jottverdammtes Krüppelding!« Wilhelm boxte mit seiner rechten Hand zornig gegen den linken Oberarm. »Hat mir eine schöne Kindheit beschert, nüscht als Quälerei. Streckapparate, Stromstöße, det musst ick alles aushalten.«

»Das muss schlimm für Sie gewesen sein, Majestät.« Daisy versuchte, den Kaiser in Richtung Saaleingang zu bugsieren, aber er stolperte, ließ sich auf eine Bank plumpsen und zog Daisy mit seinem Gewicht mit. »Schlimm, ja, schlimm.« Er fuchtelte mit seiner Zigarre herum. »Aber die Schmerzen waren jar nich det Schlimmste. Nee. Det Schlimmste war …« Zigarrenasche fiel auf Daisys Kleid. »Det Schlimmste war, dass meine eijene Mutter mich jehasst hat. Se hat sich jeschämt für den kleenen Krüppel, den se jeboren hatte. Wolln Se wissen, was se immer zu mir jesagt hat, damals?« Plötzlich sprach er wieder Hochdeutsch. »›Dich nimmt keiner mit dem schwarzen Finger …‹«

Daisy sagte: »Das ist sehr traurig, Majestät.«

»Nich wahr? Meine eijene Mutter hat sich vor mir jeekelt, wa!« Der Kaiser weinte beinah in seine Zigarre. Zusammengesunken saß er da und stierte in eine Fackel.

In diesem Augenblick kam er Daisy vor wie ein kleiner, unglücklicher Junge. Sie stellte sich vor, wie dieser Junge in ein Metallgestell geschnallt wurde, wie er vor Schmerzen schrie, während elektrischer Strom durch seinen Körper schoss. Wie seine Mutter sich kalt abwandte, wenn er Trost suchte. Plötzlich verstand sie so manches. Des Kaisers Bedürfnis nach Lob und Schmeichelei, sein Prahlen, seine Eitelkeit. Er hatte wohl seine ganze Kindheit über nach Liebe und Anerkennung gehungert.

So saßen sie eine Weile, bis die ersten Lakaien nach draußen kamen, um die Feuerkörbe zu leeren. Daisy zog den Kaiser hoch. »Kommen Sie, Majestät, wir müssen alle zu Bett.«

»Jaaa, jaaa, immer schön langsam.«

Daisy brachte Wilhelm nach drinnen. Und nachdem er in diesem Zustand sicherlich sein Zimmer nicht selber finden würde, führte sie ihn auch noch dorthin. Inzwischen war seine Laune umgeschlagen, und er kicherte. »Jute Nacht, Majestät! Ach nee, det bin ja ich!«

Daisy ging zu den Treppen, und als sie sich noch einmal umdrehte, sah sie, dass Wilhelm kehrtgemacht hatte, auf Zehenspitzen den Gang entlangtappte und dann die Türklinke zum Schlafzimmer der Kaiserin drückte.

Müde stieg sie die Treppen zu den fürstlichen Schlafzimmern hoch. Jetzt würden sie es tun, der Kaiser und die Kaiserin. Und vermutlich würde dann bald das nächste Kind kommen. Doda war zuverlässig und brav gebärend. So, wie jeder Mann, nicht nur Hans, sich seine Frau wünschte. Und sie, Daisy? Sie war eine Versagerin, unfähig, die in sie gesetzten Hoffnungen zu erfüllen. Aber sie würde es weiter versuchen, immer weiter. Daisy ballte die Fäuste. Tränen brannten in ihren Augen, als sie an ihrem eigenen Zimmer vorbeiging und an Hans' Tür klopfte.

....

Daisy erzählt

Den Jahresbeginn 1898 feierten wir in St. Moritz im Kreise vieler Freunde. Wir fuhren mit Schlitten, machten Kutschfahrten im Schnee und liefen Schlittschuh. Ich liebe die Berge, vielleicht deshalb, weil sie für mich als Engländerin etwas ganz Ungewohntes sind. Hans findet sie schroff und abweisend, steinig und steil. »Was macht man dort droben, fern von den Menschen und den fruchtbaren Tälern?«, fragte er. »Vielleicht ist man dort dem Himmel näher?«, gab ich zur Antwort. Hans zuckte nur mit den Schultern. Wir hatten uns außer den üblichen Neujahrswünschen nicht viel zu sagen. Es erschreckte mich beinahe, wie wenig mich das inzwischen berührte. Ja, wenn man jahrelang vergeblich versucht, vom anderen geliebt zu werden, wenn man einfach keine Vertrautheit findet, nicht einmal Freundschaft, dann hört man irgendwann auf, zu hoffen. Und man findet sich ab.

Anschließend reisten wir nach Berlin, das im Winter immer trist und grau ist. Der Kaiser begrüßte mich mit großer Herzlichkeit. Auch wenn wir kein Wort mehr darüber verloren hatten, was er mir in dieser betrunkenen Nacht auf Fürstenstein erzählt hatte, spürte ich eine engere Verbundenheit zwischen uns. Doda war das offensichtlich nicht entgangen, und sie wachte mit Argusaugen über alle unsere Begegnungen. Dann wurde ich krank mit einer fiebrigen Erkältung und verbrachte drei Wochen im Bett. Hans amüsierte sich derweil in den Berliner Salons, und wenn er nach Hause kam, roch er nach Damenparfüm. Ich war zu Tode betrübt, aber was hätte ich tun sollen? Ich konnte ihn ja doch von nichts abhalten …

Ende Februar, als ich wieder ganz gesund war, fuhren wir nach England. Es gab in London einen neuen Spezialisten für Geburtshilfe und Frauenkrankheiten, Dr. Croome, den ich konsultieren wollte. Hans begleitete mich wie jedes Mal. Der Doktor war noch sehr jung, was mich verlegen machte, aber er war bei der Untersuchung – natürlich behielt ich den Rock an, und er griff darunter – sehr feinfühlig. »Ich kann nichts finden, was einer Empfängnis im Wege stehen würde«, sagte er schließlich zu mir. Hans ärgerte sich, dass der Arzt nicht mit ihm sprach, wie es eigentlich üblich gewesen wäre. Schließlich war er mein Mann. Aber Dr. Croome redete beharrlich nur mit mir. Ich fragte ihn nach einer Operation, doch er winkte ab. »Ich wüsste nicht, wo und was ich operieren sollte, Hoheit. Ihre Organe sind gesund.« Dann empfahl er mir eine Diät mit viel roher Leber,

Bouillon und Kräuteraufgüssen. Erst ganz am Ende wandte er sich an Hans: »Haben Fürstliche Hoheit schon einmal Ihre Zeugungsfähigkeit untersuchen lassen?«

Mir stockte der Atem. Hans lief rot an, die Ader an seiner Stirn klopfte, und ich fürchtete schon, er würde einen seiner Wutanfälle bekommen. Sein Mund öffnete und schloss sich – aber dann sagte er doch nichts. Wie immer ging er der Konfrontation mit einem Mann aus dem Weg – nie bot er jemandem die Stirn, wenn er verlieren konnte; ich war die Einzige, die seine Ausbrüche ertragen musste. Schließlich stand er mit einem Ruck auf, packte mich am Ellbogen, und wir verließen wortlos die Praxis.

Ich wusste mir keinen Rat mehr. Da war ich also nach Meinung des Arztes gesund, aber was half es? Patsy und Shelagh trösteten mich, so gut sie konnten, aber auch sie konnten mir nicht helfen. Shelagh war nach ihrer Enttäuschung mit Gordie ohnehin traurig und niedergeschlagen, und Mutter suchte immer noch nach dem richtigen Mann für sie. Hans verbrachte seine Zeit wie immer bei Pferdeauktionen und Clubabenden, während ich mich verzweifelt zwang, widerliche rohe Leber zu essen. Inzwischen übergab ich mich hinterher fast jedes Mal. Und dann kam eines Tages meine Mutter und erzählte etwas von Spiritismus, Geistern und Botschaften aus dem Jenseits. »Meine Freundin Lady Fiona Styles hat ein berühmtes Medium aus New Orleans zu Gast, und sie lässt die Frau Séancen abhalten. Man hört die erstaunlichsten Dinge, manches ist kaum zu glauben!« Sie war ganz aufgeregt. In meiner Verzweiflung beschloss ich, dorthin zu gehen. Ich wollte nichts unversucht lassen.

Wir betraten den Raum durch einen Vorhang aus Glasperlen. Drinnen roch es durchdringend nach Räucherwerk, und überall brannten Kerzen. Mir war unheimlich, und ich sah es auch meiner Mutter und Shelagh an, die darauf bestanden hatten, mich zu begleiten.

An einem Tischchen in der Mitte saß eine ganz in Weiß gekleidete Frau. Sie mochte um die fünfzig Jahre alt sein, und sie war schwarz wie die Nacht! Auf ihrem Kopf saß eine Art Turban, und an ihren Ohren baumelten Kreolenringe. Sie erhob sich nicht, als wir eintraten, aber sie bedeutete uns, Platz zu nehmen. Auf dem Tischchen lag ein Ouija-Brett, es sah ganz abgenutzt aus. Manche Buchstaben des Alphabets waren kaum noch zu erkennen, die Zahlen waren nachgemalt. Eine Planchette, eine Art ovales Schiffchen, lag mitten auf dem Brett.

Wir setzten uns beklommen. Das Medium sah uns der Reihe nach an, dann erhob es gebieterisch seine raue, heisere Stimme. »Keine Frage über den Tod!«

Mir lief es kalt den Rücken hinunter. Wir nickten stumm.

Die Frau stand auf, nahm ein Schüsselchen aus Glas und streute unter Gemurmel einen Salzkreis um uns und den Tisch. Dann setzte sie sich wieder. Sie legte von jeder Hand jeweils Zeige- und Mittelfinger auf die Planchette, und dann schloss sie die Augen. »Ist hier jemand, der mit uns reden will?«, rief sie in merkwürdigem Singsang.

Nichts. Wir saßen da und warteten.

»Ist hier jemand, der mit uns reden will?«

Totenstille.

Und dann, ganz plötzlich, flitzte die Planchette über das Brett. Mir entfuhr ein Schreckenslaut. Das Schiffchen rutschte von Buchstabe zu Buchstabe.

WER RUFT MICH

»Hier ist die Suchende Daisy, Fürstin von Pless«, krächzte das Medium. »Wer bist du? Nenne deinen Namen!«

Die Planchette bewegte sich nicht.

»Möchtest du Daisy etwas mitteilen?«

Die Planchette rutschte von Buchstabe zu Buchstabe.

SEI NICHT TRAURIG

Wer war dieser Geist? Ich spürte einen Knoten in meiner Brust, der wuchs und wuchs.

»Sprich mit unserem Besucher«, befahl das Medium. Ich schluckte, brachte keinen Ton heraus, schluckte noch einmal. »Hilf mir«, flüsterte ich. »Sag mir, wer du bist.«

Das Schiffchen ruhte. »Weiter«, sagte das Medium.

»Liegt es an mir, dass ich nicht schwanger werde?« Meine Stimme schwankte so sehr, dass ich kaum zu verstehen war.

Die Planchette zuckte hin und her.

NIEMAND HAT SCHULD

Himmel! Ich hätte weinen können vor Erleichterung. Ich wagte eine weitere Frage. »Werde ich wieder ein Kind bekommen?«

DU MUSST WARTEN

»Ach, aber wie lange noch?«

DIE ZEIT KOMMT

»Und wenn ein Kind kommt, wird es dann am Leben bleiben?«, flüsterte ich.

ICH MUSS GEHEN

»Nein, bleib! Bitte!«

ICH MUSS

»Der Kontakt wird schwächer«, sagte das Medium.

Und dann, gerade als die Frau ihre Finger vom Schiffchen nehmen wollte, fuhr es zurück zu den Buchstaben. Langsam, ganz langsam, immer langsamer.

M-U-M-M-Y

Ich schluchzte laut auf. Mein Baby! Mein liebes kleines Baby! Es war hier gewesen, hier bei mir.

»Sie haben den Tod erwähnt«, sagte das Medium vorwurfsvoll. »Deshalb ist der Geist gegangen.«

»Das war mein Baby«, rief ich verzweifelt. »Können Sie es zurückholen? Bitte!«

Aber alle Versuche scheiterten. Der Geist kam nicht wieder.

Gestützt von Mutter und Shelagh verließ ich das Haus der Lady Styles. Ich fühlte mich unendlich schwach und doch unendlich erleichtert. Zu Hause legte ich mich ins Bett und schlief tief und fest bis zum nächsten Morgen. Ich träumte von meinem Baby, dass es ihm gutging, wo immer es jetzt war. Und ich träumte von dem Kind, das es mir verheißen hatte. Das kommen würde, wenn die rechte Zeit da war.

Nach dieser Nacht hatte ich Frieden gefunden. Und neue Zuversicht.

Dann, im April, blieb meine Blutung aus. Einen Tag, drei Tage, eine Woche, zwei Wochen, fast vier Wochen …

Ich war so glücklich. Hans verabredete für den 2. Mai einen neuen Termin bei Dr. Croome, und wir fuhren nach London, gerade zum Anfang der Season. Vor dem Arztbesuch stand der große Ball in Chatsworth an, der gute Onkel Bertie und seine Frau hatten uns eingeladen. Es war die erste Gelegenheit, bei der ich eines der Geschenke des Maharadschas von Cooch Behar trug: einen kostbaren, goldschimmernden, acht Meter langen Sari aus hauchdünner Seide. Ich hatte ihn zu einer Schleppe umarbeiten lassen. Wie eine Gestalt aus Tausendundeiner Nacht schwebte ich über den Empfangsteppich und die Treppen hinauf. Am liebsten hätte ich meine Freude laut hinausgeschrieen, damit alle Welt es hören konnte: Ein Kind! Ich bekomme wieder ein Kind! »Du strahlst ja heller als alle meine Kronleuchter, meine Liebe!«, sagte Onkel Bertie, als er mich begrüßte. Ich wäre ihm beinahe um den Hals gefallen. Und dann tanzte ich mit Hans, die ganze Nacht. »Ich bin so stolz, dich im Arm zu halten«, raunte er mir zu. Ach, ich fühlte mich wie eine Königin.

Eines dieser Gesellschaftsmagazine hatte seinen Fotografen geschickt, einen schlaksigen Kerl mit Backenbart und Sommersprossen auf der Nase. Als ich gerade mit Shelagh Champagner trank, kam er und bat uns, ihm Modell zu stehen. Er dirigierte uns zu seinem Aufnahmeort, einer Bank vor einer großen Topfpalme; kokett und dabei kichernd wie die kleinen Kinder posierten wir für ihn. Dann wollte er eine Fotografie von mir alleine. Er drapierte umständlich meine lange Schleppe und gab mir einem Palmwedel in die Hand. Um mich herum standen die Leute und sahen neugierig zu. Ich verteilte übermütig Luftküsse.

Und dann spürte ich es. Warm rann es an meinen Oberschenkeln hinunter. »Und lächeln!«, rief der Fotograf.

Ich lächelte unter Aufbietung aller meiner Kräfte. Der Blitz puffte auf und tauchte alles in gleißendes Licht.

»Gleich noch einmal!«

Unter dem Applaus der ganzen Gesellschaft schritt ich, immer noch nach allen Seiten lächelnd, durch den Saal. Ich hatte ein Gefühl, als müsse ich ersticken. Endlich fand ich Hans. »Bring mich hinaus«, keuchte ich. Draußen wurde ich in seinen Armen ohnmächtig.

....

Aus dem Gesellschaftsberichterstatter,
New York vom 2. Mai 1898

AUFTRITT EINER GÖTTIN

Anlässlich des diesjährigen Balls des Kronprinzenpaars in Chatsworth trug die Fürstin von Pless ein Kleid aus Goldbrokat, eine Krone von Diamanten und Türkisen und dazu das blaue Band des bayerischen Theresienordens. Die Schleppe allein hatte einen Wert von über 8000 Mark und soll das Geschenk eines indischen Prinzen gewesen sein … Die Fürstin überstrahlte mit ihrer Schönheit alles, sie war der Star des Abends. Wie eine Göttin beherrschte sie das große Fest, und man war sich allgemein einig, dass England sie nie hätte gehen lassen sollen …

....

Brief Daisys an ihre Schwester Shelagh,
ein knappes Jahr später

Bray, Grafschaft Wicklow, 19. Mai 1899

Liebste Biddy,
Du sollst es als Erste erfahren: Ich bin wieder guter Hoffnung! Schon Mitte April fühlte ich mich nicht ganz wohl. Missy hatte schon die Dreieckstücher mit dem Gürtel hergerichtet, sie führt, wie Du ja weißt, den Kalender für mich, weil ich selber immer dabei weinen muss. Ich fürchtete, dass auch diesmal alles nur in Enttäuschung enden würden, hatte jedes Mal Angst, wenn ich zur Toilette ging. Jeden Abend betete ich, gib uns einen kleinen Jungen, bitte, lieber Gott! Und jetzt bin ich endlich sicher, schwanger zu sein. Hans hat Dr. Croome kommen lassen, und er hat mir jede überflüssige Bewegung verboten. Ich müsse unbedingt ruhen. Ich tue alles, was er sagt, denn ich will nicht noch einmal diese furchtbare Enttäuschung erleben wie im letzten Jahr. Darf ich es wagen, glücklich zu sein? Diesmal, ich weiß nicht warum, habe ich das Gefühl, dass alles gutgehen wird. Liebste Shelagh, bete für mich und das kleine Leben, das ich in mir trage!
Deine Dich liebende Schwester Daisy

P. S. Den nächsten Brief schreibe ich gleich an Mutter, dann an die Schwiegereltern und morgen an Onkel Bertie und den Kaiser.

....

Telegramm des Kaisers an Daisy von Pless, Kiel, 2. Juni 1899

... Wie sehr freue ich mich, dass Sie wirklich erwarten! Gott gebe Ihnen ein liebes Kind. Wenn es ein Junge wird, möge er seinem Großvater gleichen, und wenn ein Mädchen, so viel als möglich seiner schönen und liebenswürdigen Mutter! ...
Immer Ihr getreuer Wilhelm I. R.

....

Daisy erzählt

Wie schon bei der ersten Schwangerschaft, musste ich mich monatelang vor der Welt verbergen. Jede Frau tat das damals, aus Scham über ihre Entstellung. Am 2. Februar 1900 brachte ich dann unseren Hansel zur Welt, den Fürsten Hans Heinrich XVII. von Pless. Wieder war es eine lange, schwere Geburt. Ich war zu Tode erschöpft, aber mein Glück und meine Erleichterung waren grenzenlos. Endlich musste ich mich nicht mehr als nutzlose Versagerin fühlen, ich hatte meine Pflicht erfüllt. Ich hielt mein Baby in den Armen und weinte hemmungslos. Es war so winzig, aber doch kräftig, es strampelte und brüllte, und ich wusste sofort, dieses Kind würde überleben. Wir ließen es nach vier Wochen in Berlin taufen; Taufpaten waren der Kaiser, der Prince of Wales und mein Bruder Georgie. Danach fuhren wir nach Fürstenstein, und ich freute mich unendlich auf die Zeit mit meinem kleinen Jungen. Doch ich hatte nicht mit Hans gerechnet. Oh, auch er war glücklich über die Geburt seines Erben, aber er hatte auch genaue Vorstellungen, wie dieser aufgezogen werden sollte, und diese Vorstellungen waren ganz anders als meine.

»Jungs dürfen nicht so viel bei der Mutter sein«, sagte er. »Das verzärtelt nur. Ich will nicht, dass mein Sohn verwöhnt wird. Er bekommt eine Amme, eine englische Nanny eine deutsche und eine polnische Kinderfrau, die ihn jeden Tag zur Teestunde präsentieren, so war es bei mir auch. Den Damen gebe ich detaillierte Anweisungen, wie sie das Kind zu behandeln haben.«

»Und ich?«, fragte ich.

»Du kommst deinen gesellschaftlichen Pflichten nach, so wie immer.«

»Aber ich will bei meinem Kind sein.«

»Papperlapapp. Das bist du ja auch. Du siehst dein Kind täglich. Und wenn Hansel größer ist, kann er meinetwegen auch an den Mahlzeiten teilnehmen.«

Ich konnte es nicht glauben. Ich sehnte mich danach, mein Baby anzuziehen, zu füttern, zu verwöhnen, zu herzen und zu küssen, von früh bis spät. Und er wollte mir das verbieten! Ich bat und bettelte, aber er ließ sich nicht erweichen. Er gab den Nannys und der Amme strikten Befehl, und er hätte sie hinausgeworfen, hätten sie dem zuwidergehandelt. Heimlich, und indem ich die vier Frauen mit guten Worten erweichte, erreichte ich, dass ich Hansel jeden Abend vor dem Dinner baden durfte, und wenn Hans nicht da war oder arbeitete, stahl ich mich ins Kinderzimmer, um mit dem Kleinen zu spielen. Das waren meine glücklichsten Momente. Hans verbot auch, dass mein Söhnchen nachts bei mir im Zimmer schlief – er wollte nicht, dass das Kind störte, wenn er mich besuchte. Denn mit einem Erben war er nicht zufrieden. Da hatte ich so gehofft, dass nun meine ungeliebte »Pflicht« zu Ende war, aber Hans sagte nur: »Ein Erbe ist zu unsicher. Du weißt es ja selber, es kann immer ein Unglück geschehen. Jetzt, wo sicher ist, dass du wieder empfangen kannst, können wir guten Mutes weitermachen. Wir wollten doch immer eine ganze Horde Kinder, oder?«

Ich fügte mich. Hans war die ganze Schwangerschaft über nicht mehr zu mir gekommen. In dieser Zeit, so hatte Dr. Croome es formuliert, seien die Geschlechtsorgane der Frau mit mehr Blut angefüllt, und es könne leicht zu einer Infektion kommen. Hans hatte sich seine Befriedigung anderswo geholt, und auch wenn meine Liebe zu ihm erkaltet war, litt ich doch darunter. Er war doch mein Mann, und ich trug sein Kind! Ich wusste erst nicht, mit wem er sich traf, doch dann begegnete ich auf einem Spaziergang im Hyde Park Lady Adele Essex, die ich von früheren Einladungen her kannte. Sie beglückwünschte mich zu meiner Schwangerschaft – und dann neigte sie sich zu mir und flüsterte mir zuckersüß ins Ohr: »Ich hoffe, Sie haben nichts dagegen, wenn ich Ihnen Hans in dieser beschwerlichen Zeit abnehme? Schließlich haben Sie ihn mir damals auch abgenommen, nicht wahr, meine Liebe?«

Ich war so völlig überrumpelt, dass ich gar nichts sagen konnte. Ich starrte sie nur an. Und dann sah ich an ihrem Handgelenk das Armband! Sie war das gewesen! Und nun war er wieder mit ihr zusammen! Himmel, vermutlich hatte Hans diese Frau die ganzen langen Jahre über getroffen! O Gott, dachte ich, jetzt nur keine Schwäche zeigen. Ich zwang mich zu einem verkrampften Lächeln, und dann war Adele auch schon weitergegangen. »Missy«, hauchte ich und suchte nach der Hand meiner Zofe, »bitte bring mich nach Hause.«

»Du kannst ihm keine Vorwürfe machen. Ein Mann braucht die körperliche Befriedigung, er kann nicht leben wie ein Mönch.« Das waren Patsys Worte, als ich es ihr erzählte. »Und es ist besser, dass er auf Adele Essex zurückgegriffen hat, als auf irgendwelche ›Frauen von dehnbarer Moral‹. Außerdem ist sie inzwischen verheiratet, und es besteht keine Gefahr, dass er dich für sie verlässt. Und du hast doch ohnehin gesagt, dass du das Körperliche mit ihm nicht magst. Also!«

Ich war trotzdem niedergeschlagen und fühlte mich betrogen. Dabei vermisste ich doch nichts, wie Patsy ganz richtig festgestellt hatte. Hans' kalte Umarmungen fehlten mir nicht; erst recht nicht, nachdem mein kleiner Hansel da war, den ich liebte wie nichts auf der Welt.

Und dann kam eines Tages dieses Paket von meiner Mutter. Darin lag ein Stapel ungeöffneter Briefe an mich. Patsy schrieb an mich: »Liebste Daisy, ich bitte Dich, sei mir nicht böse. Shelagh hat mir alles erzählt, und ich habe deshalb die Briefe, die Gordie an Dich geschrieben hat, nicht weitergeschickt. Ich habe Shelagh nichts davon gesagt; ihr hat er nicht geschrieben, und das sagt ja wohl alles. Jetzt muss ich Dir eine traurige Mitteilung machen. Du weißt ja, dass Gordie in den Transvaal gegangen ist, um dort ein Vermögen zu machen. Er hat sich sofort zu Beginn des Burenkriegs im letzten Herbst beim Militär gemeldet und das Kommando über einhundertfünfzig Mann der Shropshire Company übernommen. Vor sechs Wochen wurde er bei Weltevreden in der Nähe von Zeerust verwundet. Als ihn die Sanitäter auf einer Trage vom Schlachtfeld fortbringen wollten, traf ihn ein tödlicher Schuss in den Kopf. Wir erfuhren es erst vorgestern. Seine Freunde und Familie stifteten zu seinem Andenken ein Bleiglasfenster in der Kirche von Melton Mowbray, wo er so gern jagte, und eines in der Kirche seines Heimatstädtchens Culmington. Dabei verlieh ihm ein Mitglied der königlichen Familie posthum den Südafrikaorden.

Mein liebes Kind, ich denke, dass es vielleicht besser so für uns alle ist. Shelagh hat zwar geweint, doch sie ist inzwischen über diese unglückselige Verliebtheit hinweg. Ich bin sicher, wir werden auch für sie noch eine passende Partie finden. Und Du hast jetzt einen Sohn, an den musst Du denken und glücklich sein. Ich umarme Dich. Immer Deine liebende Mutter Patsy.«

Ich war so traurig. Zwei Tage lang blieb ich in meinen Zimmern. Ich erinnerte mich daran, wie ich Gordie kennengelernt hatte, an unsere unschuldige Verliebtheit damals. Ich sah mich als junges Mädchen, in hochgeschlossenen Rüschenkleidern mit Puffärmeln, das Haar zu Schillerlocken gedreht. Wie naiv war ich gewesen! Was hatte ich für große Träume und Hoffnungen gehabt. Eine Zukunft mit Gordie schien mir damals so einfach und wunderbar. Ich sah mich wieder mit ihm unter der großen Trauerweide sitzen und uns gegenseitig Gedichte vorlesen. Ich sah uns am Ufer des Teichs auf der Picknickdecke sitzen und die Enten füttern. Nichts hatten wir damals gewusst vom Leben. Wir hatten nicht geahnt, wie früh sein Leben zu Ende gehen sollte. Und auch nicht, wie bald all meine romantischen Träume zu Schäumen werden würden.

Die Vorstellung, dass die Liebe meiner Jugend in diesem unwirtlichen, fremden Land unter der heißen Erde lag, war schwer zu ertragen. Ich trat sofort in die Guild of Loyal Women of South Africa ein, die sich um die Gräber der dort Gefallenen kümmerte. Auch Gordies Grab gehörte dazu. Ich ließ – auch für Shelagh – einen Stein für ihn errichten mit der Inschrift: »Blessed are the Pure in Heart, for they shall see God«, denn er war immer aufrecht und reinen Herzens gewesen. Weil ich ja kein eigenes Geld hatte, verkaufte ich einen meiner vielen Goldringe, die Hans sowieso nicht voneinander unterscheiden konnte.

Es tröstete mich sehr, dass dort drüben jemand Gordies Grab pflegte. Aber noch mehr tröstete mich mein Hansel über den Verlust hinweg, jedes Lächeln von ihm half mir, nach vorne zu blicken. Patsy hatte schon recht, es war besser so. Wenn ich heute an Gordie denke, gehe ich im Wüstensand neben ihm her …

Nachdem Hans im ersten Lebensjahr unseres Söhnchens viel unterwegs war – unter anderem reiste er als Sondergesandter zur Eröffnung der New Yorker Handelskammer nach Amerika –, konnte ich viel Zeit mit Hansel verbringen. Ja, tatsächlich, ich wagte es, seinen Anweisungen zuwiderzuhandeln! Von früh bis spät war ich mit meinem Baby zusammen, ich wickelte es, fütterte es, legte es zum Schlafen auf meinen Bauch. Es war eine herrliche Zeit, und ich spürte, dass ich das Richtige tat. Hans war kalt, aber er würde mich nicht in die gleiche Kälte zwingen. Ich schwor mir, dass ich mich, wenn es um Hansel ging, immer gegen ihn auflehnen würde, wenn es nötig sein sollte, und ich fühlte mich stark und erwachsen dabei.

Ich lud die Familien von Stand, die um uns herum in Schlesien lebten, mit ihren Kindern zu Gartenfesten ein: die Moltkes in Kreisau, die Blüchers in Krieblowitz, die Seydlitz, Yorcks und Gneisenaus. Ich machte Picknicks auf flauschigen Decken im »Baby-Garten«, den ich eigens anlegen ließ. Hansel krabbelte neugierig um mich herum, untersuchte alles, was er fand, und versuchte, Käfer zu essen. Ich kitzelte ihn mit Grashalmen, bis er vor Vergnügen quietschte. Nebenbei lernte ich das Springreiten bei unserem Stallmeister Wawczynek; wir hatten damals einen unglaublich hässlichen Wallach namens Meck, der aber ein Wunder auf dem Parcour war. Er sprang von selbst, man musste nur oben sitzen bleiben. Ich ließ mir eigens dafür in Breslau einen Patentreitrock anfertigen, denn beim Springen durfte nichts wallen oder bauschen. Meine neuerworbenen Künste zeigte ich dann in England auf einer Fuchsjagd. Sie bildete den Abschluss der Hochzeitsfeierlichkeiten meines Bruders Georgie. Ja, man stelle sich vor, mein kleiner Bruder kam unter die Haube! Zum Leidwesen der ganzen Familie war die Braut Lady Randolph Churchill. Liebe Güte, sie war schon vierzig, fast doppelt so alt wie Georgie, und sie hatte einen Sohn, Winston, der nur sechs Wochen jünger war als er. Sie war eine dieser amerikanischen

»Freibeuterinnen«, wie Patsy sie nannte, die sich mit ihrem Vermögen einen englischen Adeligen angeln wollten. Das Geld, das sie hatte, gab sie mit vollen Händen aus. Patsy und Poppets waren entsetzt. Sie war zu alt, um noch Kinder zu bekommen, und sie hatte keinen einwandfreien Ruf. Aber Georgie ließ sich nicht von ihr abbringen. Auf seiner Hochzeit wirkte mein stiller, melancholischer Bruder glücklich wie nie. Als das Paar sich das Jawort gab, saß ich nachdenklich in meiner Kirchenbank. Georgie hatte sich durchgesetzt, er durfte am Ende eine Frau heiraten, die er liebte. Und ich? Warum hatte ich mich damals nicht behauptet? Lag es daran, dass er ein Mann war? Männern war so vieles erlaubt, was Frauen nicht durften. Oder war es meine eigene Schuld? Hätte ich mich beharrlicher, trotziger zeigen müssen? Ach, es war ja doch nicht mehr zu ändern. Mir entschlüpfte ein lauter Seufzer, was einen missbilligenden Blick meiner Mutter nach sich zog. Und ich wünschte Georgie alles Glück der Erde.

Das Jahr 1901 brachte uns wieder viele Reisen, und ich bestand darauf, Hansel überallhin mitzunehmen. Er war ein robustes Kind, und ich mochte mich nicht von ihm trennen. Hans tobte erst, dann war er nur noch wütend, und schließlich gab er nach. Ich lernte immer besser, ihm die Stirn zu bieten. Und das konnte ich jetzt. Ich war nicht mehr die Versagerin ohne Kind, sondern die Mutter seines Erben, das veränderte unser Verhältnis. Ich gewann an Selbstbewusstsein, und er an Respekt.

Wir besuchten die Zarenfamilie in Sankt Petersburg – ich fand die Stadt von Kopf bis Fuß degeneriert, Großfürsten, Regierung, alle zusammen. Bis auf den Zaren und seine Frau waren alle ständig betrunken. Wodka scheint dort das einzige Lebenselixier zu sein … Dann waren wir in Eaton zu den Chester-Rennen, spielten in Baden Baden, genossen den Sommer in Nizza und Menton, wo wir für vier Wochen ein Haus mieteten;

im Winter fuhren wir Schlitten in Berchtesgaden. Hansel war immer bei uns, die Nannys kümmerten sich wunderbar, und die Amme brauchte er längst nicht mehr.

Im selben Jahr starb Queen Victoria. Mit der alten Königin hatte mich nicht viel verbunden; in meinem Gedächtnis wird sie wohl ewig mit meinem Missgeschick als Debütantin verknüpft sein. Mein guter Onkel Bertie folgte ihr auf den Thron – jetzt hatte ich einen König als Patenonkel, und ich war natürlich zur Feier seiner Thronbesteigung eingeladen. Wenige Monate später, am 5. August, starb die Kaiserin Friedrich, die Mutter Wilhelms II. Ihr Tod traf mich sehr, denn ich kannte sie gut und mochte sie gern. Ich schrieb dem Kaiser einen langen, gefühlvollen Kondolenzbrief, obwohl ich wusste, dass er sie in seinem tiefsten Inneren gehasst hatte dafür, dass sie sich vor ihm in seinen Kinderjahren so abgestoßen fühlte und ihn so schrecklich behandelt hatte. Er schrieb mir herzlich zurück, fast ein wenig zu herzlich, aber ich wusste ja, dass seine Launen wechselten.

....

Brief des Kaisers Wilhelm II. an Daisy von Pless,
Wilhelmshöhe, 17. August 1901

Ihr gütiger Brief hat mich tief berührt … Liebe arme Mama! … Eines meiner letzten Gespräche mir ihr, am 15. Juni, bezog sich ganz auf Sie. Meine Mutter liebte Sie sehr. Und als ich sagte, dass ich kaum eine andere Frau so bewundere und verehre wie Sie, stimmte meine Mutter mir voll zu, denn Sie wären der reizendste, lieblichste und liebenswerteste Mensch, dem sie je begegnet wäre; Ihre Arme, Ihr Hals, Ihre Hände seien von vollendeter Schönheit; glücklich sollte sich der Mann schätzen, der Sie besitzt und dem Ihr Herz gehört. Sie hoffte, dass ich mich immer als Ihr Freund beweisen würde und

Sie vor allen Bösartigkeiten und allem Gerede schützen werde … Ich denke, Sie sollen wissen, was Mama über Sie gesagt hat; ich brauche Ihnen nicht zu versichern, dass ich mit allem, was sie gesagt hat, voll übereinstimme … Welch große Gnade für einen Mann, der wert ist, von Ihnen besessen und geliebt zu werden …

……….. ………..

Joschis Geschichte

Joschi lernte jeden Tag. Er war wie ein Schwamm, saugte alles auf, was ihm die älteren Stalldiener und der Stallmeister erzählten. Er lernte, dass Araber die ausdauerndste Pferderasse von allen waren. »Der Fürst Ypsilanti hat um 1800 bei seiner Flucht aus der Walachei nach Österreich auf einem Araber die fünfzig Meilen von Bukarest nach Kronstadt in Siebenbürgen in achtzehn Stunden geschafft. Kannst du dir das vorstellen?« – »Nein Herr Wawczynek!« – »Ein Araber kann drei bis fünf Stunden ohne Pause galoppieren, das ist sensationell!« – »Ja, Herr Wawczynek!« – »Dafür ist das Englische Halbblut auf Kurzstrecken schneller.« – »Wieso, Herr Wawczynek?« – So ging es den ganzen Tag. Der Stallmeister genoss es, sein Wissen an den Jungen weiterzugeben, und so ergab es sich, dass Joschi immer an seiner Seite war, außer er hatte grade zu misten, zu füttern oder zu putzen. Er lernte, dass das Englische Vollblut eine Züchtung aus europäischen Halbblutstuten und arabischen Hengsten war. Drei Hauptfamilien gab es: Herod, Matschem und Eclipse. Er lernte, dass Englische Vollblüter steifere und unbeweglichere Schultern hatten als Araber und deshalb besser im Geradeauslaufen waren als im Umlenken. Deshalb waren sie die besten Rennpferde. Er lernte, wie der ideale Vollblüter aussah, dass man Formfehler wie knieweite Vorderbeine, zu spitze Kruppe, niedergesenkten Hals wegzüchten musste. »Wie erkennt man, ob eine Stute trächtig ist?« – »Ich weiß nicht, Herr Wawczynek!« – »Man stellt sie mit der einen Seite gegen die Sonne, und wenn sie schön warm ist, begießt man den Bauch mit Wasser. Dabei zieht sich die Gebärmutter zusammen und das Fohlen bewegt sich.« – »Wie lang bleibt ein Fohlen bei der Mutter?« – »Dreißig Tage. Dann bekommt es Zusatzfutter.« Joschi liebte die Fohlen, er trieb sich oft in seinen freien Stunden in der Stuterei herum. Überhaupt waren die Ställe sein Himmelreich. Er kannte jede der unzähligen Katzen, die sich an den Mäusen im Marstall dick und fett fraßen. Jede Stalltür hatte unten kleine Schlupföffnungen für die nützlichen Tiere. Hunde dagegen waren verboten, und manchmal musste Joschi einen Windhund oder Weimaraner verjagen, der aus der fürstlichen Hundezucht ausgebüxt war, die gleich in der Nähe lag.

Den Fürsten sah Joschi oft. Er kümmerte sich persönlich um seine Zucht, sofern es seine Zeit erlaubte. Dann ließ er sich die Fohlen zeigen, begutachtete neugekaufte Deckhengste und Stuten. Seine Jagdpferdezucht war höchst erfolgreich, nicht zuletzt weil sein Urgroßvater, wie Wawczynek gerne erzählte, in Marokko Berberhengste gekauft hatte, um das Blut aufzufrischen. Die Rennpferde waren nicht so erfolgreich, aber der Fürst investierte viel Geld, um endlich auch Sieger auf die Bahn zu bringen.

Die Fürstin Daisy hatte Joschi, seit sie damals im Damensattel an ihm vorbeigeritten war, auch öfters gesehen. Richtig hinzuschauen hatte er nicht mehr gewagt, denn es war den Stallburschen verboten, zu starren. Er wusste, dass sie fast jeden Morgen ausritt, meist auf einer ihrer wunderschönen Araberstuten. Und er hatte schon aus der Ferne zugesehen, wie sie Springunterricht vom Stallmeister bekam. Wie gern hätte auch er reiten gelernt, aber das kam einem Stallknecht nicht zu.

Eines Tages, in Joschis drittem Jahr auf Fürstenstein, kam der für die Araber zuständige Stallknecht mittags ins Schloss gerannt, wo Joschi gerade mit Wawczynek und den Kutschern Kartoffelauflauf aß. »Die Empress hat Kolik!«, sagte er atemlos zum Stallmeister. Empress, das wusste jeder, war die Lieblingsstute der Fürstin. Wawczynek sprang auf und eilte davon. Es war seine ureigenste Verantwortung, dass es jedem Pferd in seinem Stall gutging. Joschi ließ sein Essen stehen und lief hinterher. Er liebte die Araber; oft ging er abends heimlich noch zu ihnen, um mit ihnen zu reden, ihnen über die weichen Nüstern zu streichen, ihnen noch ein Stück hartes Brot oder einen Apfelschnitz zuzustecken.

Als er zum Stall kam, herrschte Aufregung. Wawczynek stand bei Empress in der Box und betastet ihren Bauch. Der Leib der Schimmelstute war hart und aufgetrieben, sie schnaubte klagend durch die Nase und schlug sich immer wieder mit dem Hinterhuf unter den Leib. »Was hat sie gefressen?«, fragte der Stallmeister die Pferdeknechte, die in der Stallgasse standen. »Normalportion Hafer und Heu gestern Abend, heut früh war sie zwei Stunden auf der Koppel.«

»Hat jemand was gefüttert? Raus mit der Sprache, ich muss das wissen!«

Alle schüttelten die Köpfe.

»Na gut. Fritz und Egon, ihr führt die Stute auf den Abreitplatz. Sie muss immer in Bewegung bleiben. Auf keinen Fall darf sie sich hinlegen. Sobald sie furzt, gibt mir einer Bescheid.«

Empress furzte nicht. Am späten Nachmittag flößte ihr Wawczynek durch einen Schlauch Öl ein, um den drohenden Darmverschluss zu lösen. Nichts. Empress war inzwischen sichtbar erschöpft und schwitzte am ganzen Leib. »Herr Wawczynek …«, begann Joschi.

»Still, Junge«, knurrte der Stallmeister. »Ich hab jetzt andere Probleme. Pferde können an Kolik sterben.«

Ich weiß doch, wollte Joschi sagen, aber dann wagte er es doch nicht.

Schließlich, es war acht Uhr abends, keuchte Empress und ließ sich auch durch vier Männer nicht davon abhalten, sich hinzulegen. Joschi bekam es mit der Angst. »Herr Wawczynek«, versuchte er es noch einmal. »Ich wüsste da ein Mittel …«

»Hau ab, Mensch«, fauchte Wawczynek. »Mir stirbt grad der Gaul, verdammt.«

Joschi rannte los. In der Schlossküche fand er Liese, die Kaltmamsell. »Ist eine von den Wäscherinnen da?«, fragte er. »Oder Stubenmädchen?«

Zehn Minuten später war Joschi wieder im Stall, ein Tütchen in der Hand. Empress lag auf der Seite und atmete stoßweise, warme Tücher bedeckten ihren Bauch. Wawczynek rang die Hände, die anderen machten betretene Gesichter. Offensichtlich hatten sie aufgegeben. Es war schon schlimm, im Marstall ein Pferd zu verlieren, aber auch noch ein fürstliches Lieblingspferd …

Joschi ging auf Wawczynek zu und hielt ihm wortlos das Tütchen hin.

»Was ist das?«, fragte der Stallmeister.

»Gemahlene Ochsengalle«, japste Joschi. »Das haben wir in der Grube gegeben, wenn eins der Pferde Kolik hatte. Da kann man ja nur schlecht herumführen. Meistens, hat's geholfen, ich hab's selber gesehen.«

Wawczynek starrte Joschi an. »Ochsengalle?«

»Ja. Das selbe Zeug, das man zum Fleckenrausmachen benutzt. Man muss es mit ein bisschen Wasser verrühren und dann dem Pferd ins Maul geben.«

Wawczynek war unschlüssig, ob er dem Jungen glauben sollte. Aber da lag Empress, zuckte mit den Beinen und zitterte inzwischen unkontrolliert. »Also los«, sagte der Stallmeister. »Mach du das, wenn du schon mal dabei warst.«

Joschi machte sich an die Arbeit, mischte in einer alten Tasse das gräuliche Pulver mit Wasser zu einem Brei und ließ das Zeug mit einem Löffel seitlich ins Maul der Stute laufen. Empress schluckte. Sie konnte kaum noch den Kopf heben. »Bravegute«, raunte ihr Joschi ins Ohr. »Das hilft dir, ich versprech's!«

Dann warteten alle. Im Stall waren inzwischen alle Petroleumlichter an, die anderen Pferde wieherten und stampften unruhig. Und dann, als Wawczynek schon zu Joschi sagen wollte: »Hast's gut gemeint, Kleiner« – da hob die Stute den Schweif und der erste Wind entwich. Dem Stallmeister standen die Tränen in den Augen, er packte Joschi und schüttelte ihn. »Du Teufelskerl«, rief er. »Gott segne dich!«

Nach einer Stunde rappelte sich Empress auf, noch schwach, aber sie stand wieder.

Tags darauf wurde Joschi zum Stallmeister gerufen. Als er die Boxengasse zu den Arabern betrat, stand da nicht nur Wawczynek, sondern auch noch – die Fürstin Daisy. Sie lächelte ihn an. »Du bist also derjenige, der meine Empress geheilt hat«, sagte sie mit ihrem seltsamen Akzent. »Dafür danke ich dir. Ich wäre sehr traurig gewesen, wenn sie gestorben wäre.«

Joschi brachte gar kein Wort heraus, so überwältigt war er. Die Fürstin hatte mit ihm gesprochen! Wawczynek nickte ihm aufmunternd zu. »D…das war doch selbstverständlich«, stotterte Joschi schließlich. »Ich hätt ja selber Rotz und Wasser geheult, wenn der Empress was passiert wär!«

»Du liebst die Pferde wohl sehr?«, lächelte die Fürstin.

»Pferde sind das Schönste auf der ganzen Welt«, antwortete Joschi im Brustton der Überzeugung.

Die Fürstin lachte. »Good boy.« Und dann fügte sie auf Deutsch hinzu: »Ich würde dich gerne belohnen für das, was du getan hast. Hast du denn einen Wunsch?«

Joschi überlegte keine Sekunde. »Ich würde gern reiten lernen, Hoheit.«

Daisy von Pless wandte sich an den Stallmeister: »Sie haben es gehört, Wawczynek. Kümmern Sie sich darum.«

Wawczynek machte eine kleine Verbeugung und gab Joschi das Zeichen, zu verschwinden.

»Und noch etwas«, sagte die Fürstin. »Ich denke, es ist eine gute Idee, wenn dieser junge Mann als Stallbursche für meine eigenen Pferde sorgen würde. Was meinen Sie?«

»Er würde sie hüten wie eine Mutter ihre Kinder«, erwiderte Wawczynek.

»Gut. Dann ist das abgemacht.«

ZWEITES BUCH

Daisy erzählt

Als Mutter war ich glücklich, mein Baby war ein liebes Kind, gesund und munter und der ganze Stolz von Hans. Als Ehefrau, nun – meine Illusionen waren vergangen, so viele Ideale gestürzt, fast alles Gold vom Rahmen gewischt. Hans war gelangweilter und steifer als je zuvor; es ist komisch, über kleine Dinge konnte er sich manchmal amüsieren, große Dinge fand er fad, ich glaube, sie überforderten ihn. Er war zu faul, um zu denken, und selbst wenn wir mehr miteinander geredet hätten, wäre er kein Gegenüber mehr für mich gewesen. Ich war erwachsen geworden, und er hatte sich nicht verändert. Ich sagte mir oft, dass ich eigentlich für zwei Babys anstatt für eines zu sorgen hatte.

In dieser Zeit lernte ich, Herrin von Fürstenstein zu werden. Ich wurde plötzlich neugierig auf das Schloss und seine Menschen, auf die Traditionen dort und die Verwaltung des Hauses. Viel zu sehr war ich bis dahin mit mir selber beschäftigt gewesen, mit meiner Ehe, meinem verzweifelten Wunsch nach einem Kind. In den ersten Jahren hatte ich in Fürstenstein gelebt wie eine Blinde, kannte mich nicht aus, verlief mich oft in den unendlichen Gang- und Stiegenfluchten. Anfangs hatte ich den Ehrgeiz gehabt, alle Treppenstufen und alle Zimmer des Schlosses zu zählen – ein Vorhaben, das ich bald wieder aufgab. Es waren einfach zu viele. Die Menschen, die mir begegneten, Dienstboten, Lakaien, Stubenmädchen, Silberputzer, Kerzenschnäuzer, Kaminanzünder – es waren so viele, dass ich mir nicht einmal ihre Gesichter merken konnte, geschweige denn ihre Namen. Sie alle lebten in einer eigenen Welt, die von der von Hans und mir völlig getrennt war. Nur wenn sie uns bedienten, sahen wir sie. Aber wir wussten nichts über ihre privaten Umstände, ob sie krank oder gesund, glücklich oder unglücklich waren. Die unteren und oberen Stockwerke existierten ohne Berührungspunkte nebeneinander. In England war das anders gewesen, da hatten uns die Küchenmädchen Naschereien zugesteckt, und der gute Bolton, unser Butler, war für uns Kinder beinahe wie ein Großvater gewesen.

Meine Nächte waren unruhig damals, weil jedes Geräusch mich weckte. Hansel schlief zwar immer noch auf Hans' Anordnung hin mit seinen Nannys im Zimmer, aber eine Mutter hört ihr Kind trotzdem. Oft stand ich auf, ging hinüber ins Kinderzimmer und wiegte ihn oder deckte ihn zu. Wenn ich danach nicht mehr einschlafen konnte, setzte ich mich in meinen Salon und las oder schrieb Briefe. Und manchmal geisterte ich nachts durch das Schloss, wanderte ziellos umher, um erst in den frühen Morgenstunden wieder in mein Bett zurückzukehren.

Eines Nachts, nachdem ich mich lange unter den Laken hin und her gewälzt hatte, warf ich wieder einmal den Morgenmantel um und tappte mit einer Kerze hinaus in die leeren Flure. Ich ging umher, zuerst in die Bibliothek, ins Billardzimmer, in die verschiedenen Salons. Und dann in den Krummen Saal. Von dort, das wusste ich, führte eine der vielen verborgenen Personaltreppen ins Untergeschoss, wo die Küche war. Aufs Geratewohl stieg ich hinunter in die andere Welt.

Drunten roch es nach Essen, und es war warm. Die großen Herde strahlten immer noch Hitze ab, in einem davon hatte die ganze Nacht durch ein Feuer zu schwelen, falls man heißes Wasser für Wärmflaschen oder Tee für einen Kranken brauchte. Lampen waren an der Wand befestigt und reichten mit geschwungenen Armen bis in die Mitte des Raumes. Eine kleine Gaslampe als Notbeleuchtung tauchte die riesigen Töpfe, Pfannen und Blechformen, die auf den Anrichten standen, in ein fahles, flackerndes Licht. Die Wände waren mannshoch gekachelt, und da hingen lauter kupferne Pudding- und Fischformen, und eine riesige Uhr … und überall Kochutensilien. Kellen, Durchschläge, Schneebesen, Reiben, Hackbeile. In der Mitte des Raumes stand ein riesiger, rechteckiger Tisch, an dem mühelos vierzig Menschen hätten Platz finden können. Hier wurde vermutlich geputzt und geschnippelt, gerührt und geknetet. An einer Wand sah ich einen langen Spülstein, daneben Stapel von Tellern und Schüsseln. In einem Topf schwamm ein Schweinskopf, garniert mit Lorbeerblättern und Pfefferkörnern. Ich schüttelte mich, aber gleichzeitig merkte ich, dass ich Hunger hatte. Irgendwo hier mussten auch die Speisekammern sein, und ich machte mich auf die Suche. Hinter einer der vielen Türen entdeckte ich schließlich die Vorräte: Schinken und Würste hingen von der Decke, auf Regalen standen in Reih und Glied, wie die Soldaten, ganze Kompanien von Marmeladengläsern, es gab Eierkörbe, Zuckertüten, Mehlkästen, und da war noch ein angeschnittener Gugelhupf. Als ich nach der Platte mit dem Kuchen griff, gab es ein Krachen und Scheppern! Ich hatte mit dem langen Ärmel meines Morgenmantels eine Blechdose mit Keksen vom Regal gefegt. Oje! Ich sah mich nach etwas um, mit dem ich das Malheur beseitigen konnte, fand aber nichts. Dann hörte ich Schritte und erschrak. Himmel, wenn mich hier jemand vom Personal sah! Die Peinlichkeit war gar nicht auszudenken! Es würde sich im Schloss in Windeseile herumsprechen, dass sich die Fürstin nachts in den Dienstbotenbereichen herumtrieb, und ich mochte gar nicht daran denken, was Hans sagen würde! Dann riss auch schon jemand die Tür auf, und eine strenge, weibliche Stimme sagte: »Heda, wer mopst hier meine guten Sachen aus der Vorratskammer?«

Auf der Schwelle stand eine pummelige kleine Frau im Nachthemd, eine Hand in die ausladenden Hüften gestützt, in der anderen eine Lampe. Unter ihrem Schlafhäubchen lugten graue Löckchen hervor, und ihre Augen blitzten mich empört an. Ich stammelte irgendetwas, und da hielt sie ihre Petroleumlampe höher und erkannte mich. »Ach du liebe Güte, das ist ja … Durchlaucht, verzeihen Sie … ich hab Sie nicht erkannt.« Sie knickste. »Zu Diensten.«

Ich weiß nicht, wer von uns beiden mehr erschrocken war.

»Ich wollte nur … ich konnte nicht schlafen und hatte Hunger …«

Die Miene der Frau wurde ganz weich. Statt sich zu fragen, warum in aller Welt ich nicht nach jemandem vom Personal geklingelt hatte, sagte sie: »Ja du lieber Gott, da gibt's doch Abhilfe!« Sie drehte sich um und wackelte mit kleinen Schritten in die Küche. »Kommen Sie, Kindchen, kommen Sie! Aus meiner Küche geht keiner hungrig hinaus!«

Sie stellte die Lampe neben den Herd, und setzte in einem Schnabeltöpfchen Milch auf. Dann schnitt sie von dem Gugelhupf drei dicke Stücke ab. Sie drückte mich mit sanfter Gewalt auf einen Hocker beim großen Tisch. »Und jetzt essen Sie erst mal.«

Ich gehorchte wie ein Kind und fühlte mich an England erinnert. Genau so hätte es unsere Köchin Mrs. O'Malley damals in Ruthin gemacht. Ich verschlang hungrig alle drei Kuchenstücke, trank die Milch, und war zum ersten Mal seit ewiger Zeit einfach nur satt und zufrieden. Am liebsten wäre ich bis zum Morgen geblieben, aber ich wollte der freundlichen Küchenfrau nicht länger den Schlaf rauben. Also dankte ich ihr mit freundlichen Worten und ging wieder zurück in mein Zimmer, wo ich endlich einschlafen konnte.

Das gemütliche Nachtmahl in der Küche ging mir in den folgenden Tagen und Wochen nicht mehr aus dem Kopf, aber ich wagte mich kein zweites Mal nach unten, solange Hans im Schloss war. Aber kaum hatte er sich wieder einmal nach Berlin verabschiedet, siegten meine Neugier und mein Eigensinn, und ich schlich wieder über die Dienstbotentreppen hinab in die Fürstensteiner Unterwelt.

Die Küche war wieder genauso blitzblank und aufgeräumt wie beim letzten Mal. Auf einer Anrichte stand eine Schüssel mit in Rum eingeweichten Rosinen, und ich stibitzte ein paar davon. Dann ging ich wieder zu den Vorräten. Da stand ein Korb mit schönen, großen Orangen, und ich nahm mir eine. Stirnrunzelnd fragte ich mich, wie ich wohl an das Innere kommen könnte, und mir wurde bewusst, dass ich im Leben noch nie eine Orange geschält hatte. Das hatten immer andere für mich übernommen. Hm, wie ging das also? Ich versuchte es mit den Fingern, aber die Schale war zu fest. Die Orange rutschte mir aus der Hand und landete mit einem dumpfen Plopp auf den Boden. Und siehe da, im Nu stand die alte Dame wieder hinter mir. »Können Sie wieder nicht schlafen, Durchlaucht?«, fragte sie mit sorgenvoller Miene.

Ich schüttelte den Kopf und hob schnell die Orange auf, bevor sie sich bücken musste. Sie deutete auf die Frucht. »Davon wird's auch nicht besser, Kindchen. Da bekommt man nur einen sauren Magen. Ich mach Ihnen lieber eine schöne Tasse Baldriantee, das hilft. Kommen Sie.«

Und wieder setzte ich mich an den Küchentisch. Während der Tee zog, schnitt meine Küchenwächterin eine dicke Scheibe Brot ab, bestrich sie mit Butter und träufelte Honig darauf. »Von unseren eigenen Bienen«, erzählte sie. »Aus der Imkerei drüben in Liebichau, und die macht den besten Honig in ganz Schlesien! Probieren Sie mal!«

Zum ersten Mal spürte ich in Fürstenstein eine Art Geborgenheit. »Wie heißen Sie, meine Liebe?«, fragte ich die Frau zwischen zwei Bissen.

»Emma Kollischan, geborene Bach, aus Freiberg gebürtig, mein Vater war da Schornsteinfeger. Ich bin die frühere Beiköchin, jetzt wache ich nachts über die Küche und die Vorräte. In meinem Alter kann man sowieso nicht mehr so gut schlafen …«

Eine verlegene Pause entstand. Es war schon eine merkwürdige Situation – da saß die Schlossherrin zum zweiten Mal innerhalb von ein paar Wochen mitten in der Nacht am Küchentisch und ließ sich von einer alten Dienerin bemuttern. Ich wollte nicht unhöflich sein und begann eine kleine Konversation: »Dann sind Sie schon lange hier …«

Sie nickte eifrig, ihr Gesicht legte sich in tausend kleine Fältchen. »Aufs Schloss gekommen bin ich mit zwölf Jahren.«

»Das muss schwer gewesen sein, als Kind schon eine Arbeit anfangen.«

»O ja. Damals war ich so schüchtern, dass ich mich kaum zu rühren traute …« Sie machte eine Pause, als ihr die merkwürdige Situation klar wurde: Die Schlossherrin, die sonst immer nur Anordnungen gab, unterhielt sich mit ihr!

»Erzählen Sie nur«, ermunterte ich sie, und die alte Dame ließ sich das nicht zweimal sagen. Sie holte tief Luft. »Alle Frauen hatten weiße Schürzen und Häubchen, und die Männer schwarze Anzüge oder rot und blau und silberne Uniformen, das waren die Lakaien. Es ging zu wie im Bienenstock, alles schwirrte durcheinander, aber jeder Einzelne wusste, was er zu tun hatte. Um die Lampen waren immer Schwaden vom Kochdampf, und immer diese Hitze … Die Küchenmädchen griffen in Körbe, Bottiche, Säcke, walkten Teig, holten Braten und Aufläufe aus Röhren. Riesige Herde und Öfen waren das. Der größte Ofen brauchte früh und abends fünf Schütten Kohle … Und immer so viel Lärm. Platten wurden geschleppt,

Brühe aufgegossen, Fische filettiert, Kräuter gehackt, Gemüse geschnippelt, Vögel gerupft, Köpfe abgeschnitten, über dem Feuer geflämmt. Platten, Terrinen, Suppenschüsseln wurden geschleppt, dann schmutziges Geschirr. Es roch nach allem Möglichen, süß, sauer, verbrannt, nach Gebratenem, Gesottenen, Eingemachtem, Fisch, Wild, Gewürzen. Neben der Küche gab es zwei Spülzimmer, die Fleischkammer, die mit Eis gekühlt wurde, und etliche Vorratskammern. Ach, ich konnte das alles gar nicht fassen …« Emma Kollischan hielt inne. »Aber das wollen Sie doch bestimmt nicht hören, Durchlaucht. Entschuldigen Sie, alte Frauen reden manchmal einfach zu viel.«

»Aber nein. Setzen Sie sich zu mir«, sagte ich, »und erzählen Sie mehr.«

Sie zögerte erst, aber als ich darauf bestand, setzte sie sich mir gegenüber und sprach weiter. »Die ersten Jahre war ich Spülmädchen, steckte bis zu den Ellbogen in Sud und Fett und heißem Wasser. Ich musste Töpfe scheuern mit Soda und Sand und hatte dauernd entzündete Hände Das Geschirr kam mit dem Speiseaufzug herunter – wehe, wenn was kaputtging, da hagelte es Ohrfeigen! Wir Tellerwäscherinnen standen um sechs Uhr auf und machten in der Küche Feuer, damit die höhere Dienerschaft Tee trinken konnte, jaja …«

»Wo wohnen denn alle hier?«, fragte ich. Nie hatte ich mich gefragt, wohin die Dienerschaft nachts verschwand, aber jetzt wollte ich es wissen.«

Sie lächelte. »Jetzt schlafe ich in einem Zimmer hier unten, aber damals wohnte ich wie alle im fünften Stock, unterm Dach, da sind die Dienstbotenkammern. Ich und meine Freundin Ida, eine der Ofenfegerinnen, hatten Bett, Schrank, Tischchen und Stuhl, und ein klitzekleines Fensterchen zum Schwarzengraben hinaus. Verheiratete oder Familien bekamen eine winzige Wohnung, das war schon Luxus!« Sie fegte gedankenverloren ein paar Kuchenkrümel vom Tisch. »Wir aßen alle im Speisesaal, in Schichten – wir waren ja ein paar hundert Bedienstete, da hatte jeder seinen Platz, auf einer Tischseite die Männer, auf der anderen die Frauen. Neben der Hausdame saß das Oberste Hausmädchen, dann die erste Zofe, undsoweiter … Für uns wurde extra gekocht vom Personalkoch und seinen Leuten, das ist ja heut noch so. Oh, es gab immer gutes Essen, meist Eintöpfe oder Süßspeisen, sonntags Fleisch, das war schon was! Da waren wir dann alle gleich, Küchenmädchen, Spülmädchen, Kaltmamsells, Beiköche, Metzger, Schlachter – das Schlachthaus ist ja gleich um die Ecke vom Marstall. Auch die Bauern, die Lebensmittel ablieferten, bekamen immer was, da war der Fürst großzügig. Oh, die Augen der Kinder, die jeden Tag ihre Eierkörbchen brachten oder Äpfel, die hätten Sie sehen sollen! Für die war ein Butterbrot ja schon das Himmelreich! Die holten auch Reste und Bratenfett ab, brachten Töpfchen mit, zahlten dafür ein, zwei Pfennige. Das Geld durfte die Küchendienerschaft behalten, wir haben es in einer Holzschachtel gesammelt und zu Weihnachten aufgeteilt.«

Ich hörte fasziniert zu. Bis zu dieser Nacht waren für mich die Dienstboten wie Marionetten gewesen; man musste an einem Faden ziehen, und sie erschienen und bedienten uns, zog man am anderen Faden, dann verschwanden sie wieder. Nun erwachten diese Puppen zum Leben. Die Köchin bewirkte dieses Wunder, öffnete mir diese Welt. Sie saß da, die Hände im Schoß gefaltet, und erzählte aus einer Welt, die mir so nah und doch so fern war.

Plötzlich rumpelte es, und ein paar ganz junge Mädchen in schwarzen Kleidern und Schürzen kamen verschlafen in die Küche. Ich sah auf der großen Küchenuhr, dass es schon vier Uhr morgens war. Die Mädchen beachteten mich gar nicht – sie gingen in einen anderen Raum, holten von dort Schaufeln, große Körbe und Rollen aus weißem Seidenpapier und waren so schnell wieder verschwunden wie sie gekommen waren. Die alte Köchin sah, dass ich zusammenschrak, und zwinkerte mir zu. »Keine Sorge, die Mädchen erkennen Sie nicht. Die haben Sie noch nie gesehen. Das sind die Kaminputzerinnen. Jeden Morgen schaufeln sie die Asche aus den Kaminen, putzen sie sauber und breiten dann Seidenpapier über alles, damit die Kaminanzünder sehen, dass alles gerichtet ist. Die kommen jeden Tag um sechs Uhr zum Anschüren.«

Ich hatte mir noch nie Gedanken darüber gemacht, dass die Dienstboten schon vor Sonnenaufgang arbeiten mussten, damit ich es, wenn ich aufstand, im Frühstückszimmer und sonst überall warm hatte. Himmel, wie wenig wusste ich über das alles! Ich stand hastig auf und verabschiedete mich von der alten Emma, denn ich wollte zurück in meinem Zimmer sein, bevor das Schloss erwachte.

....

Kiel und Fürstenstein, 1903

Ihren dreißigsten Geburtstag feierte Daisy in Kiel 1903. Wie jedes Jahr nahmen Hans und sie an der Kieler Woche teil, die der Kaiser immer mehr zur deutschen Konkurrenzveranstaltung der Regatta von Cowes auszubauen suchte. Zur Eröffnung zog sie ein Marinekostüm an mit einem knöchelkurzen blauen Rock, weißen Schuhen, Matrosenbluse, roter Krawatte und roter Kappe. So stand sie vor dem Spiegel und dachte betrübt über das Älterwerden nach. Gott, sie wurde heute dreißig! War nun ihre Jugend vorbei? Ich muss jemanden bitten, mir die Wahrheit zu sagen, überlegte sie. Das Altwerden ist mir schrecklich. »Missy!, rief sie. »Sei ehrlich, bin ich noch hübsch?«

Die Zofe lachte und tat so, als ob sie ihre Herrin kritisch musterte. »Hübscher denn je, Mylady!«

Daisy schürzte skeptisch die Lippen. Sie würde viel plumper aussehen, wenn sie nicht diese langen, gut gemachten französischen Mieder trüge; und außerdem musste sie ihre dummen hellen Wimpern immer schwarz malen, sonst leuchteten ihre Augen nicht. Und war da nicht … »Sieh nur, Missy, ist da am Ende ein klein wenig Doppelkinn?«

Missy schüttelte den Kopf. »Aber wo. Mylady, alle sagen doch, Sie sähen viel jünger aus, als Sie sind, oder nicht?«

Daisy seufzte. »Du hast ja recht. Aber das ist auch nicht schön. Stell dir vor: Als wir gestern auf der ›Prinzessin Viktoria Luise‹ Bézique spielten, sagte jemand im Scherz über mich: ›Sie sieht aus wie ein Baby!‹ Hans nörgelte daraufhin, ich zöge mich zu jugendlich an, und der Kaiser stimmte ihm sogar zu! Weißt du, was er sagte, als ich mich verabschiedete? ›Meine liebe kleine Daisy, treten Sie nicht auf Ihre Windel!‹«

»Das hat er bestimmt nett gemeint!«, sagte Missy und zupfte Daisys Kragen zurecht. »Und jetzt genießen Sie einfach die schöne Woche!«

Daisy schob missmutig die Unterlippe vor. Doch, sie fühlte sich alt und hässlich! Und sie wünschte sich weit weg! Die Kieler Woche war ein gesellschaftliches Großereignis, das der Kaiser der berühmten Regatta in Cowes nachempfunden hatte, aber sie hatte noch nie gerne daran teilgenommen. Denn mit Cowes konnte Kiel nicht mithalten. Die unvergleichliche Geselligkeit auf dem königlichen Yachtgeschwader … stattdessen gab es Bierabende im Herrenyachtclub! Kein Treffpunkt wie der Royal Yacht Squadron Garden, nur furchtbare Einladungen der Kaiserin, bei der alle Damen herumsaßen wie bei einer Quäker-Versammlung und Doda mit dem Kopf wackelte wie eine Gummipuppe! Tja, es war wohl ebenso leicht, eine Kuh in einen Esel zu verwandeln, wie aus Kiel ein Cowes zu machen! Das sagte sogar Hans, der sonst nie etwas auf Deutschland kommen ließ. Wenigstens fuhren er und Daisy jedes Mal auf der »Meteor« mit, wenn der Kaiser nicht gerade gelangweilt von Hans war, und oft hatten sie Lunch mit ihm und Doda auf der »Hohenzollern«.

In diesem Jahr erregte die herrliche »North Star« von Alfred Vanderbilt großes Aufsehen, und Daisy genoss die exklusive Einladung des snobistischen Amerikaners, der so charmant mit ihr flirtete, dass sie die »Last« ihrer dreißig Jahre vergaß. Fröhlich kehrte sie ins Hotel zurück, nahm den Aufzug ins zweite Stockwerk und ging durch den langen Gang zum Eingang der herrschaftlichen Suite. Drinnen warf sie ihren Mantel über einen Stuhl. Sie wollte Hans gleich von der wunderbaren »North Star« erzählen. Gerade als sie die Klinke zu seinem Zimmer drücken wollte, hörte sie von drinnen die Stimme ihres Mannes. »Das kann ich zum nächsten Ersten nicht zahlen, Mutan. Unmöglich.« Mutan, das wusste Daisy, war der Hauptfinanzverwalter des Fürsten. Was in aller Welt machte er hier in Kiel? Mutan sagte irgendetwas, dann Hans: »Die nächste Tranche kommt erst im Oktober.«

Daisy legte das Ohr an die Tür und horchte, auch wenn das unfein war. »Die Gärten in Fürstenstein kosten allein vierzigtausend Mark im Jahr. Und letztes Jahr haben Durchlaucht für die Pferdezucht hunderttausend ausgegeben.« – »In der Pferdezucht wird auf keinen Fall gespart! Wie viel, sagten Sie, fehlt?« – »Hundertzwanzigtausend.« Längeres Schweigen, dann Hans: »Ich werde mit meinen Vater reden.« – »Durchlaucht, wenn ich etwas sagen darf – vielleicht sollten Sie Ihren Herrn Vater bitten, Ihre Apanage generell zu erhöhen. Sie reicht ja schon seit Jahren nicht mehr aus. Schließlich sind Sie der Erbe von Besitz und Titel, es steht Ihnen ohnehin zu.« – »Da kennen Sie meinen Vater schlecht«, raunzte Hans. »Er hockt auf seinen Millionen wie ein Zerberus.« – »Soll ich dann bei der Bank um einen Kredit nachfragen? Es ist dringend, Durchlaucht, sonst wäre ich nicht hergekommen.« – »Tun Sie das, Mutan, tun Sie das. Es ist ja nur eine Frage der Zeit …«

Daisy wich schockiert von der Tür zurück. Das konnte doch nicht sein! Schulden? Wieso wusste sie nichts davon? Wie kam es, dass Hans ihren Eltern eine jährliche Apanage zahlte, obwohl er kein Geld hatte? Deshalb hatte sie ihn doch heiraten müssen! Verwirrt drehte sie sich um und ging über den Gang in ihre eigenen Räume. Langsam ließ sie sich auf ein Fauteuil sinken. Sie grübelte über das nach, was sie gerade gehört hatte. Und darüber, dass sie davon keine Ahnung gehabt hatte! Nie hatte sie sich Gedanken darüber gemacht, wo all das Geld herkam. Aber wenn sie darüber nachdachte, war das wohl ganz normal. Allen ihren weiblichen Verwandten und Freundinnen ging es ebenso. Sie waren dazu erzogen, sich nicht um solch lästige Dinge wie Geld zu kümmern. Das war Sache der Väter oder Ehemänner. Fragen waren weder erwünscht noch zulässig. Kein Mann sprach mit seiner Frau über die finanzielle Situation. Schließlich waren Frauen nicht klug genug, um solche Dinge zu begreifen!

Sie überlegte weiter. Zumindest wusste sie, dass die fürstliche Familie von den Einkünften des Kohlebergbaus lebte, den Bergwerken und Koksereien, den Gaswerken und allen möglichen anderen Fabriken. Hans hatte allein fünftausend Bergarbeiter! Und insgesamt musste er über neuntausend Menschen Löhne zahlen! Das hatte ihr Schwiegervater ihr einmal erzählt.

Drüben hörte Daisy eine Tür zuschlagen. Sie lief auf den Gang hinaus, wo der Verwalter, der gerade die Räume des Fürsten verlassen hatte, den Aufzug ansteuerte.

Sie nahm all ihren Mut zusammen. »Herr Mutan«, sagte sie, »hätten Sie einen Augenblick Zeit?«

Mutan blinzelte sie überrascht an. Er war ein kleines, dürres Männchen mit Spitzbart und schütterem Haar, und seine Lider zuckten ständig. »Durchlaucht?«

»Ich möchte Sie gerne ein paar Dinge fragen.«

Es war ihm sichtlich unangenehm, aber er wagte nicht, ihr die Bitte abzuschlagen, und folgte ihr in den Salon.

»Herr Mutan, ich wende mich an Sie, weil ich mir Sorgen über unsere finanzielle Lage mache. Ich weiß, dass Sie deshalb hierhergekommen sind.«

Er schüttelte den Kopf. »Ich fürchte, ich kann Ihnen nichts sagen, Durchlaucht. Ihr Gatte …«

»Mein Gatte bezieht mich stets in alle seine Überlegungen mit ein«, log sie. »Er wird absolut nichts dagegen haben, dass Sie meine Fragen beantworten.«

Der Verwalter zwinkerte ein paar Mal. Natürlich glaubte er ihr kein Wort. Aber dann gab er nach. »Bitte, Durchlaucht, fragen Sie.«

»Stimmt es, dass wir Schulden haben?«

Er wand sich, aber schließlich nickte er.

Die Fürstin tat einen tiefen Atemzug. Der Verbrauch in Fürstenstein war bestimmt riesig, das konnte sie sich gut vorstellen, es wurde an nichts gespart. Sie wusste auch, dass sich Hans gar nicht persönlich um Geldsachen kümmerte. Das Hausmarschallamt verwaltete alles, und alle äußeren Geschäfte standen unter den Rechnungsräten und Generaldirektoren. »Wie kritisch ist die Lage?«, wollte sie wissen.

Mutan winkte ab. »Der fürstliche Familienbesitz und die Einkünfte sind immens, Durchlaucht. Sie müssen sich keine Sorgen machen. Aber, sehen Sie, alles geht an Ihren Schwiegervater, der Ihrem Gatten nur eine bestimmte Summe jährlich zur Verfügung stellt. Und die reicht derzeit nicht mehr aus.«

Daisy überlegte. Wenn Hans eine Aufstockung seiner Apanage brauchte, würde er bei seinem Vater zu Kreuze kriechen müssen. Und das war mit seinem Stolz schwer vereinbar.

»Was haben wir denn im Jahr an Geld zur Verfügung?«

Jetzt klappte Mutan zu wie eine Muschel. »Pardon, Durchlaucht – ich habe schon zu viel geredet. Bitte verstehen Sie, dass ich Ihnen keine Zahlen nennen kann. Fragen Sie Ihren Gatten, er wird Ihnen sicherlich Auskunft geben.«

»Das werde ich tun, Herr Mutan. Ich danke Ihnen für Ihre Offenheit.«

Am nächsten Tag nach dem Frühstück ging Daisy zu Hans, der um diese Zeit immer seine Korrespondenz erledigte. Er saß am Schreibtisch und sah missmutig auf, als sie hereinkam. Sie wusste, dass sie störte, aber es war ihr egal. Sie stellte sich vor den Schreibtisch und fragte geradeheraus: »Hans, wie viel Geld können wir im Jahr verbrauchen?«

Er legte den Federhalter hin und sah sie an, als sei ihr plötzlich ein zweiter Kopf gewachsen. »Wieso interessiert dich das?«

»Weil ich wissen möchte, wie viel ich ausgeben kann.«

»Ich sage dir schon, wenn's zu viel ist«, antwortete er und schrieb weiter.

Daisy blieb beharrlich stehen. Schließlich blickte Hans auf und brummte: »Eine Million im Jahr.«

»Reicht das denn für alles?«

»Hör auf, solche Fragen zu stellen«, knurrte er. »Davon verstehst du nichts, und es geht dich auch nichts an.«

»Aber ich bin deine Frau, natürlich geht es mich etwas an. Hast du denn gar kein Vertrauen zu mir?«

Er schob den angefangenen Brief weg und kniff misstrauisch die Augen zusammen. »Hast du mit Mutan gesprochen?«

»N... nein. Nur kurz. Er hat gesagt, wir hätten hohe Unkosten und bräuchten mehr Geld.«

»Mutan hat was? Das ist ja ...« Hans stand so unwirsch auf, dass er beinahe dabei den Stuhl umgeworfen hätte. Mit mühsam unterdrückter Wut sah er seine Frau an.

»Ich könnte deinen Vater um eine Erhöhung der Apanage bitten. Du weißt doch, dass er mir nichts abschlagen kann ...«

»Schluss!«, brüllte der Fürst. »Misch dich ja nicht ein!« Er war ganz weiß um die Nase. »Ich bin nicht der Meinung, Daisy, dass du in Geldsachen irgendetwas wissen musst. Das ist allein meine Sache. Deine Sache hingegen ist es, möglichst bald für einen zweiten Erben zu sorgen. Darüber mach dir Gedanken, und über sonst nichts.«

Daisy stand eine Weile da wie zur Salzsäule erstarrt. Dann drehte sie sich langsam um und ging hinaus.

Die Heimfahrt von Kiel fand in eisigem Schweigen statt. Hans und Daisy nahmen den Zug nach Berlin und dann das Auto nach Fürstenstein. Eigentlich dauerte das nicht mehr als elf Stunden, aber der Chauffeur musste unterwegs vier Reifen wechseln, außerdem zersprangen zwei Federn, und dann platzte auch noch ein Rohr, so dass das Benzin nicht zufließen konnte und das Auto sich nur in komischen kleinen Sprüngen bewegte. In Kirschberg begegneten sie sogar zwei anderen Automobilen. Daisy dachte bei sich: In einigen Jahren wird es Hunderte davon geben, und in ein paar weiteren Jahren werden wir in Flugmaschinen über Bäume und Kirchtürme dahinschweifen, und Hansel wird vielleicht seine Hochzeitsreise in einer Flugmaschine machen! Noch vor einem Jahr hatte der Kaiser in Berlin voller Überzeugung gesagt: »Das Automobil ist eine vorübergehende Erscheinung. Ich glaube an das Pferd!« Daisy war davon überzeugt dass der Kaiser in dieser Sache nicht Recht behalten würde.

Die ganze Fahrt über dachte sie über Geld nach. Darüber, was man sich an Luxus leisten konnte, darüber, was man eigentlich überhaupt für ein gutes Leben brauchte, darüber, wie andere lebten. ›Normale‹ Menschen. Einfache Leute. Diejenigen, die Hans in der für ihn typischen Überheblichkeit seine ›Untertanen‹ nannte. Wie kamen die eigentlich mit ihrem Geld zurecht, wenn schon ihr Fürst mit dem Wirtschaften Probleme hatte?

Der Tag, an dem sie mit Mutan gesprochen hatte, veränderte für sie vieles. Und außerdem, dachte sie trotzig, werde ich mich in nächster Zeit nicht um das kümmern, was, wie Hans gesagt hat, meine Sache ist. Soll er die nächsten paar Male draußen bleiben. Wenn er mich so garstig behandelt, will ich eben nichts von ihm wissen!

Sie würde sich von ihm in Zukunft keine Aufgaben mehr zuweisen lassen wie eine Bedienstete! Sie würde sich nicht mehr behandeln lassen, als sei sie eine seiner Zuchtstuten. Sie würde einfach tun, was sie wollte!

....

Daisy erzählt

»Jahre hab ich als junges Ding gebraucht, bis ich gelernt hatte, wer im Schloss was war und wie viel zu sagen hatte.« Emma Kollischans Augen glänzten wie jedes Mal, wenn ich sie nachts besuchte und sie mir aus alten Zeiten erzählen konnte. »Ganz oben an der Spitze stand der Hausmarschall – der Vorgänger vom jetzigen Monsieur. Der war streng und schimpfte viel, tat so, als sei er Graf Koks, aber ich wusste, dass er manchmal im Keller an den Wein ging; er war ja der Einzige, der einen Schlüssel für die kostbaren Weinvorräte hatte, für das Silberzeug und den Tresor. Für die weiblichen Bediensteten war die Hausdame zuständig, Frau Sodann, die hatte vielleicht einen Kommandoton am Leib! Wir hatten alle Angst vor der; regelmäßig hat sie unsere Schlafkammern inspiziert, und wehe, da war nicht richtig aufgeräumt oder sie entdeckte einen Apfel, der aus der Speisekammer gemopst war! Nun ja, die lebt jetzt auch schon seit zehn Jahren nicht mehr, die alte Krähe.« Emma Kollischan schlug eine Hand vor den Mund. »Verzeihung.«

Ich musste lachen. »Bitte, sprechen Sie doch weiter«, sagte ich. »Was machen denn alle Leute, wenn ihr Dienst um ist?«

»Ei, für die Freizeit gibt es einen Gesinderaum und ein großes gemeinsames Wohnzimmer, da ist es oft lustig! Wir singen manchmal zusammen, und es wird viel erzählt.«

»Vermutlich auch über uns da droben ...«, lächelte Daisy.

Die Alte nickte verschmitzt. »No ja, die meisten von uns sehen ja die Herrschaft nie. Und ich damals sowieso nicht – eine Küchenmagd kann jahrelang ihrem Dienst nachgehen, ohne einem von der fürstlichen Familie zu begegnen. Nur die Zofen und Lakaien, die Butler und die Kammerfrauen, und das Servierpersonal, die kennen die hohen Herrschaften und erzählen immer, wie sie aussehen, was für schöne Kleider sie anhaben, solche Sachen ... Die müssen auch immer auf Kommando rennen, das ist eine anstrengende Arbeit! Dort im Flur vor der Küche, sehen Sie, Durchlaucht? Da ist ein Klingelbrett mit achtzig Klingeln, davor sitzt Tag und Nacht, außer zwischen Mitternacht und fünf Uhr, ein Kammerjunge und holt dann den zuständigen Diener ... Am anstrengendsten ist es, wenn im Schloss Gäste sind, zur Jagd oder zu Kostümbällen. Da kommt keiner von uns zum Schlafen, das geht Tag und Nacht durch ...«

Ich fühlte mich betroffen. All die Feste und Feiern, die ich genossen hatte, die Einladungen – für die Angestellten bedeutete das schwere Arbeit. Wenn wir sangen und tanzten, mühten sie sich ab, und wenn sie noch so müde waren.

Mit jedem Gespräch, dass ich mit der braven Emma hatte, wurde ich neugieriger. Mir war es inzwischen auch egal, ob Hans da war oder nicht. Ich schlich mich einfach nach unten, immer wenn ich nicht schlafen konnte. »Was denken denn die Angestellten über mich?«, fragte ich eines Nachts.

Emma zögerte. »Och«, murmelte sie, »beim Arbeiten kommt man ja kaum zum Denken ...«

Ich merkte, dass ich sie mit meiner Frage aufgefordert hatte, eine Grenze zu überschreiten. Natürlich stand es dem Personal nicht zu, eine Meinung über die Herrschaft zu haben. Aber ich wollte es unbedingt wissen. »Sie können ruhig ehrlich sein,« bohrte ich nach.

Emma schnaufte einmal tief auf, dann sagte sie vorsichtig. »No ja, alle haben gejubelt, als der junge Fürst geheiratet hat! Das war eine Freude im ganzen Haus!«

»Und weiter?« Ich ließ nicht locker.

Sie schloss die Augen und überlegte eine Weile. »Als Sie ankamen, wann war das, zweiundneunzig? … da war ich gerade Beiköchin geworden. Zum ersten Mal hab ich Sie erst viel später gesehen, als ich grad Pause hatte und Sie auf der Terrasse saßen und Briefe schrieben. Wie eine Märchenfee haben Sie ausgesehen, in Ihrem hellen Kleid mit dem ganzen Tüll und den Rüschen. Alle haben gesagt, dass Sie die schönste Fürstin von allen sind, die je auf Fürstenstein waren. Wir haben Sie beneidet, und wir haben gedacht, Sie müssen die glücklichste Frau auf der ganzen Welt sein.«

»Dabei war ich anfangs so traurig und hatte so viel Heimweh«, gab Daisy zurück. »Ich habe mich furchtbar alleine gefühlt.«

Emma schüttelte den Kopf. »Dabei hat die Dienerschaft Sie gleich gern gehabt. Sie haben ja sogar ab und zu mit uns gesprochen, das war so besonders – keiner von den Herrschaften hat je mit uns geredet. Wir wussten, dass der Fürst das nicht wollte. Man macht sich nicht gemein, hat er geschrieen, das hat sein Butler in der Küche erzählt, und wir haben's durchs ganze Haus gehört. Da haben Sie uns leid getan.« Die alte Beiköchin überlegte weiter. »Mit dem Essen waren Sie anfangs eigen, der Koch hat sich gewundert. Sie wollten immer nur Sachen, die nicht so schwer sind, keine dicken Soßen, nichts Fettes … aber zum Frühstück Nierchen und Hering! Die Engländer sind schon komisch, haben wir uns gedacht und haben überlegt, das kann doch nicht gesund sein. Sorgen haben wir uns gemacht, wenn Sie wenig gegessen haben. Abends haben wir Sie oft klavierspielen und singen gehört, wie ein Vögelchen sangen Sie! Dann haben wir uns manchmal unterm Fenster zusammengestellt oder auf dem Gang.«

Mir stiegen die Tränen in die Augen. Da waren stets diese Menschen gewesen, mit denen ich mich nicht hatte abgeben dürfen. Und sie hatten sich Gedanken um mich gemacht, sich an meinen Liedern gefreut. So einsam hatte ich mich oft gefühlt, dabei waren immer alle da gewesen!

Als ich im Morgengrauen zurück in mein Schlafzimmer ging, fühlte ich mich auf seltsame Weise geliebt und getröstet. Ich wusste: Von nun an würde ich mich nie mehr von Hans davon abhalten lassen, mit den Leuten im Schloss zu reden. Sie gehörten zu meinem Haushalt und waren für mich da. Und ich war für sie verantwortlich. Die Begegnungen mit der alten Köchin hatten mir für so vieles die Augen geöffnet.

....

Fürstenstein, Juni 1904

Zwei Reiter, ein junger Mann und eine Dame, galoppierten durch die sonnigen Obstwiesen von Polsnitz. Er saß nicht ganz so sicher im Sattel, das konnte man sehen, aber die Frau machte auf ihrem Schimmel eine äußerst elegante Figur. Als sie den Weg am Waldrand erreichten, zügelten sie ihre Pferde zum Schritt und ließen die Zügel lang.

»Darf ich etwas fragen, Durchlaucht?«

Daisy wandte den Kopf und gab Joschi ein Zeichen, zu ihr aufzureiten. »Was möchtest du denn wissen?«

»Ist das nicht furchtbar unbequem, so ein Damensattel?«

Sie lachte. »Ich weiß nicht, ich bin's nicht anders gewöhnt.

Aber es scheint mir schon viel natürlicher, so auf dem Pferd zu sitzen wie ein Mann.«

»Und bestimmt viel sicherer«, überlegte Joschi. »Seit ich reiten gelernt habe, bin ich bloß fünfmal heruntergefallen, und nur weil das Pferd gebuckelt hat.«

»Ach«, sagte Daisy mehr zu sich selbst, »wie oft hab ich schon daran gedacht, einmal – nur ein einziges Mal – wie ein Mann zu reiten! Aber das ist natürlich völlig unmöglich. Unanständig.«

»Versteh ich nicht.« Joschi überlegte, dann sah er sich um. »Durchlaucht«, sagte er vorsichtig, »wollen Sie's mal probieren?«

Sie runzelte die Stirn. »Das geht nicht, Joschi.«

»Aber wir sind jetzt gleich im Wald, da sieht uns keiner.« Schon war er abgesprungen.

Sie kämpfte mit sich, aber dann siegte die Neugier. »Aber nur ganz kurz!«

Schon saß sie auf Joschis Braunem und nahm die Zügel auf. Mit einem Zungenschnalzen trieb sie Joschis Pferd an. Herrje, das war ja ein völlig anderes Gefühl, so auf einem Pferd zu sitzen! Beide Füße sicher in den Steigbügeln zu haben, mit den Beinen den Pferdebauch zu umschlingen. Als habe man plötzlich Verbindung zum Tier, anstatt einfach nur obendrauf zu sitzen. Sie trabten – erst langsam und vorsichtig. Es fühlte sich großartig an. Eins, zwei, eins, zwei, ob leichter oder ausgesessener Trab, es war auch viel weniger anstrengend. Der Braune ging munter, wenn auch nicht so weich im Maul wie ihre Empress. Nach einer Weile wendete sie, und dann, in einem Anflug von Übermut, gab sie dem Pferd die Fersen. Mit einem Juchzer galoppierte sie den breiten Waldweg entlang, es war herrlich! So ganz anders! Mein Gott, das war es! Das war Reiten!

Sie zügelte den Braunen direkt vor Joschi. »Himmel, was habe ich all die Jahre versäumt!«, rief sie, die Wangen gerötet vor Begeisterung. »Das ist noch viel schöner, als ich dachte!«

Joschi lachte übers ganze Gesicht. Dann half er ihr, wieder auf ihre Stute zu steigen, und sie ritten heimwärts. Als sie im Marstall angekommen waren und abstiegen, zwinkerte Daisy ihm zu. »Jetzt haben wir ein Geheimnis, du und ich«, sagte sie in verschwörerischem Tonfall. »Das darfst du niemals verraten, nicht einmal dem Fürsten!«

Er fuhr sich mit dem Zeigefinger quer über den Mund. »Ich schweige wie ein Grab, Durchlaucht.«

Alles hatte damit begonnen, dass der Stallmeister Wawczynek im März beim Zureiten eines jungen Hengstes vom Pferd gestürzt war. Das bedeutete für die Fürstin Daisy, dass sie keinen Begleiter mehr für ihre täglichen Ausritte hatte – und ohne männliche Begleitung war ein jeglicher Ausflug zu Pferd völlig unmöglich. Hans hatte wenig Lust und Zeit, und so ordnete er einen seiner Leibjäger ab, mit ihr zu reiten.

Gleich beim ersten Mal kam es zu einem Zwischenfall. Sie waren eine Weile Richtung Waldenburg geritten, hatten eine Galoppstrecke eingelegt bis in die Nähe von Liebichau und ließen jetzt die Pferde am langen Zügel gehen. Es war ein schöner Weg am Wald entlang, und die Pferde streckten genüsslich die Hälse. Plötzlich raschelte es im Gebüsch, und dann stand unvermutet ein alter Mann mit einer riesigen Holzladung auf dem Rücken direkt vor Daisys Schimmelstute. Empress erschrak und machte einen Satz zur Seite, was ihre Reiterin ins Schwanken brachte. Natürlich hatte Daisy das Pferd sofort wieder im Griff, schließlich war sie eine hervorragende Reiterin. Trotzdem sprang der Leibjäger sofort ab und brüllte auf den alten Mann ein, dass dem Hören und Sehen verging. »Bist du blind?«, dröhnte er. »Du Wicht hast die Fürstin in Lebensgefahr gebracht! Ich prügle dich gleich windelweich, Kerl! Dir zeig ich's! Ich melde dich dem Fürsten, und dann gnade dir Gott!« Noch bevor sie etwas sagen konnte, sank der alte Holzsammler auf die Knie, umklammerte die Beine des Leibjägers und bettelte laut weinend um Gnade. Es war ein so jämmerlicher Anblick, und sie fühlte sich verantwortlich für das Verhalten ihres Begleiters. Als der schließlich auf ihren Befehl verstummte, war sie so wütend, dass sie ihn anschrie, er solle ihr sofort aus den Augen gehen! Dann wendete sie auf der Hinterhand und galoppierte alleine nach Hause, wo sie sofort in Hans' Büro stürmte. »Mit diesem Menschen, den du mir zugeteilt hast, reite ich keinen Schritt mehr!«, fauchte sie. »Der Mann ist ein ungehobelter Kerl, böse und gemein!«

Hans fragte nicht einmal, was genau geschehen war. »Ich bin beschäftigt, Daisy, siehst du das nicht?«, sagte er und überflog weiter irgendwelche Papiere. »Meinetwegen such dir jemand anderen, der mit dir reitet, bis Wawczynek wieder gesund ist.«

Das war Daisy nur recht. Sie überlegte, wer in Frage kommen könnte, und schließlich fiel ihr der junge Joschi Siebenbürger ein. Sie mochte, wie der Bursche mit ihren Pferden umging. In stürmischen Nächten schlief er sogar bei den Arabern, hatte man ihr erzählt. »Dem sind Pferde lieber als Menschen«, sagten sie über ihn. Das konnte man sehen.

Schon der erste Ausritt mit ihm erwies sich als viel ungezwungener als mit Wawczynek. Der korrekte Stallmeister wagte ihr gegenüber kein Wort zu viel, während der Junge frisch und frei und fröhlich mit ihr plauderte. »In der Meierei gibt's grad kleine Küken«, sagte er, »Sollen wir hinreiten?« Oder: »Ist das nicht unbequem, beim Reiten so ein enges Jäckchen zu tragen?« Oder: »Sie haben da einen Käfer am Ohr, Durchlaucht!« Oder: »Diese verdammten Bremsen! Hoffentlich stechen die Biester nicht auch noch Sie, Durchlaucht!« Daisy fand es erst merkwürdig, ja beinahe unangenehm, dass ein fürstlicher Angestellter so wenig Zurückhaltung zeigte, so angstfrei und ohne jede Ehrfurcht mit ihr sprach, als sei sie Seinesgleichen. Aber bald vergaß sie all jene

Etikettevorschriften, an die sie sich in den letzten Jahren viel zu sehr gewöhnt hatte. Sie genoss es immer mehr, einmal nicht in Floskeln reden zu müssen, und begann, sich auf jeden Morgenritt zu freuen. Sie fühlte sich mit Joschi lebendig, fast wie früher als Kind in den Wäldern von Ruthin.

Immer noch ganz hingerissen von ihrem Erlebnis im Herrensattel ging Daisy durch den Ehrenhof zum Schlosseingang. Dieser Junge, dachte sie, hat mir gerade ein größeres Geschenk gemacht, als es ein Kaiser je gekonnt hätte.

....

Daisy erzählt

Es tuckerte, knallte, ratterte und knatterte, und dann setzte sich das Automobil in Bewegung. Chauffeur Waton, angetan mit Ledermütze und Brille, steuerte den großen Benz sicher über den Ehrenhof, dann die Auffahrt hinunter durch den Park und schließlich in die Chaussee. Hansel, der, in eine dicke Jacke und Schal gehüllt, zum ersten Mal mitfahren durfte quietschte vor Vergnügen und brummte begeistert das Motorengeräusch mit. Aber schon nach einer halben Stunde begann er sich zu langweilen, und schließlich schlief er ein.

Es ging nach Pless, wo meine Schwiegereltern zur Fasanenjagd geladen hatten. Die oberschlesische Residenz der Familie, die an eines dieser typischen Loire-Schlösser erinnerte, lag am Rande eines riesigen Parks mitten in der Stadt, und als wir die »Pforte der Auserwählten« passierten, standen schon links und rechts die livrierten Lakaien Spalier. Ich seufzte in mich hinein. In Pless herrschte noch strengere Etikette als in Fürstenstein, und ich wusste jetzt schon, dass ich in der kommenden Woche keinen Schritt ohne Begleitung mehrerer Lakaien tun und mich mindestens drei Mal danebenbenehmen würde.

Der Wagen hielt in der Toreinfahrt, und meine Schwiegermutter Mathilde stand schon in voller Pracht zum Empfang bereit. Sie war eine dicke Frau, sah immer erstaunt aus, was sie aber nicht war, und sie trug ihre faustgroßen Smaragde mit viel Würde. Jetzt breitete sie die Arme aus, um ihren einzigen Enkel an die üppige Brust zu drücken. »Ja, mein liebessüßesgoldiges Hansele, komm zu deiner Omama!«, schrie sie in höchster Stimmlage, und Hansel schoss aus dem Auto in ihre Umarmung. Hans rümpfte die Nase ob so viel Gefühlsduselei, sagte aber lieber nichts. Genau wie ich bekam auch er eine Umarmung ab. »Ihr müsst entschuldigen, aber Vater hat noch eine Besprechung in Kattowitz wegen des neuen Bergwerks«, sagte die alte Fürstin, »Spätestens zum Dinner wird er wieder zurück sein. Ihr glaubt nicht, wer alles gekommen ist: die Hatzfelds, die Schweidnitz, die Großherzogin von Mecklenburg-Strelitz, Graf Schaffgotsch, ach, und die Österreicher sind da: die Larischs, die Sternbergs, die Clary-Aldringen, der junge Hohenlohe-Schillingsfürst aus Wien ... ich weiß, es wird wunderbar werden!«

Während die Lakaien den Kabinenkoffer und die Reisetaschen nach oben trugen, die ich bei meinem letzten Pariser Aufenthalt bei Louis Vuitton in der Rue Scribe gekauft hatte – alles andere war schon mit Kutschen vorausgeschickt worden –, nahmen wir einen Schluck Limonade im großen Foyer unter den ausladenden Topfpalmen. Es würde viel los sein in den nächsten Tagen. Wie üblich bei großen Gesellschaften des Adels würden die Damen Komödien einüben, Scharaden aufführen, und es würde natürlich auch einen Musik- und Gesangsabend geben. Für all das war wie immer ich verantwortlich, ob auf Fürstenstein, in Pless oder Newlands. Das war mein großes Talent, und ich war stolz darauf. Auch wenn mein eigener Mann mich langweilig und fade fand – alle anderen waren anderer Meinung.

Ich konnte noch den sprödesten alten Herrn dazu bringen, den Zwerg in »Schneewittchen« zu geben, überall hieß es, ich habe stets die originellsten Ideen für Kostüme, und ich durfte hier endlich wieder einmal singen – meine Stimme wurde stets von allen bewundert; ich hatte als junges Mädchen sogar Unterricht bei einem berühmten italienischen Tenor genommen. Für diesmal hatte ich den Text des kleinen Lustspiels »Ein Neujahrstraum« von Shelagh aus England geschickt bekommen, und ich hatte einen ganzen Stapel Partituren für Duette und Solostücke zur Auswahl mitgebracht. Es blieben uns mehrere Tage Zeit, alles einzuüben, und dann gab es abends die Ergebnisse zu sehen und zu hören – schließlich gehörten zu einer Jagdgesellschaft auch Kultur und Unterhaltung.

Alle Gäste trafen um halb sieben Uhr zum Dinner zusammen. Die Damen hatten Festgarderobe angelegt – Kleider wie Wolken, so bauschig und schmetterlingszart, mit viel Spitzengeriesel. Rauschende Froufrous aus Spitze und zarten Bändern, und das unvermeidliche Juwelengeklimper. Ich trug ein Kleid aus nilgrüner Foulard-Seide mit Tüll- und Spitzeneinsatz, drei Pfauenfedern auf dem Kopf, dazu meinem Schwiegervater zuliebe die Familienbrillanten und das Diadem. Während die meisten Herren helle Satinanzüge anhatten, kam Hans wie immer in seiner Husarenuniform mit den hohen Stiefeln und allen seinen Orden. Man kann sich nichts Lächerlicheres vorstellen! Meine Kusine Olivia, die den österreichischen Grafen Larisch geheiratet hatte, neigte sich bei seinem Anblick zu mir und raunte: »Die einzigen Männer, die eine Husarenuniform wirklich tragen können, sind die Ungarn.« Wie wahr!

Meine Schwiegermutter kam aufgeregt zu mir: »Mon Dieu, Daisy, ich habe mit achtzehn Lakaien, fünf Leibjägern, sechs Unterbutlern, zwei Oberbutlern und fünfzehn Serviermädchen geplant. Meinst du, das reicht?«

»Unbedingt, Mama.« Natürlich würde es reichen, es hatte immer gereicht. Ich verkniff mir das Lachen. Die gute Mathilde sah in ihrem rotsamtenen Kleid aus wie zwei aufeinandergestülpte Sofakissen, in der Mitte von einem Gürtel eingekerbt. Sie hatte sich unglücklicherweise auch noch für das »große Décolleté« ohne Ärmel entschieden, was Hans dazu brachte, sie trocken zu fragen, warum sie nicht gleich im Négligé gekommen sei. »Sei bitte wenigstens heute Abend nett«, bat ich ihn.

Der Beherrscher des Riesengebirges, Friedrich Graf Schaffgotsch aus Warmbrunn, war mein Tischherr. Er hatte ein Gesicht wie ein Nussknacker und wurde von allen Rübezahl genannt, war aber ein charmanter alter Herr. Wir kannten uns von der Jagd in Primkenau, er saß damals mit mir im Anstand, schoss ständig vorbei und stieß dann jedes Mal einen merkwürdig kichernden Laut aus. Ich schob ihm am Ende einen Teil meiner Beute zu, und seitdem war er mir innigst zugeneigt. Leider hatte Mathilde seinem Intimfeind, Boni Hatzfeld, gleich gegenüber platziert. »Er hat es tatsächlich gewagt, seine Frau mit hierherzubringen!«, nuschelte Schaffgotsch mir empört ins Ohr. Ich und die Großherzogin, wir sahen uns nur vielsagend an. Boni hatte eine vorgebliche russische Prinzessin geheiratet, Olga Manukbey, die aufgrund riesiger Güter in Bessarabien reich, aber sehr hässlich war. Sie hatte einen schwarzen Schnurrbart, und wie alle Damen mit dünnem Haar trug sie eine Coiffure, ein falsches Haarteil, auf dem Hinterkopf. Der arme Boni! Ein paar Tage nach der Hochzeit hatte sich herausgestellt, dass Olga gar keine Prinzessin war, und der Skandal war riesengroß gewesen.

Schaffgotsch stichelte weiter: »Haben Sie gewusst, dass Olgas Reichtum hauptsächlich in Schweineherden besteht? Der Kaiser hat sie neulich als ›Schweineprinzessin‹ betitelt.«

Ich musste unfreiwillig lachen. Olga, die inzwischen längst

daran gewohnt war, die Unperson auf allen Gesellschaften zu sein, löffelte unerschütterlich ihre Bouillon.

Boni fühlte sich derweil bemüßigt, den lustigen Unterhalter zu spielen und erzählte mit seinem sonor schallenden Bass eine Anekdote, die auch an den Nebentischen nicht zu überhören war: »Die Hatzfelds waren schon immer für ihren Esprit berühmt«, kollerte er. »Einer meiner Vorfahren hat in der Revolution von 1848 gekämpft. Damals wollte ihn der Breslauer Pöbel aufhängen. Schon mit der Schlinge um den Hals rief er ihnen zu: ›Hängt mich so niedrig, dass ihr mich alle am …!‹ Und was soll ich euch sagen? Das fanden sie einen so guten Witz, dass sie ihn laufen ließen!«

Ach, es war ein wunderbarer Abend, ich genoss jede Minute und amüsierte mich großartig. Nur einmal, in einem kurzen Augenblick der Nachdenklichkeit, wurde mir bewusst, dass ich niemals so ungezwungen und frei mit anderen zusammen sein konnte, wenn Hans dabei war.

Nach dem Essen begann ein Streichorchester im Saal zu spielen – die Österreicher hatten es als Überraschung mitgebracht. Ich trat auf die Terrasse hinaus, um frische Luft zu schnappen, und ging auf meine Kusine Olivia zu, die mit einem Herrn im Smoking zusammenstand. Der Mann sah geradezu unverschämt gut aus, obwohl er ein bisschen zum Vollschlanken neigte. Groß, kurz geschnittenes schwarzes Haar, gestutzter Oberlippenbart. »Darf ich stören?«, fragte ich.

Olivia griff nach meiner Hand und zog mich näher heran. »Aber natürlich, Darling. Kennst du schon unseren Freund Prinz Gottfried Maximilian von Hohenlohe aus Wien?«

Ich schüttelte den Kopf. »Wir hatten noch nicht das Vergnügen.«

»Euer Hoheit, das ist meine liebe Kusine Daisy Fürstin von Pless!«

»Küss die Hand.« Er machte eine elegante kleine Verbeugung und tat Selbiges. »Es ist mir eine Freude, Fürstin, endlich die Frau kennenzulernen, die man überall als die schönste Dame unserer Zeit bezeichnet.«

»Sie machen mich verlegen«, lächelte ich, und fügte dann frech hinzu: »Aber wenn alle das sagen, wird es wohl wahr sein.«

»Natürlich ist es wahr, Daisy«, sagte Olivia, »erst kürzlich stand es wieder im ›Punch‹.«

»Wie kommt es, dass wir uns noch nie getroffen haben?«, fragte ich.

»Leider hatte mich der russische Zar in den letzten Jahren mit Beschlag belegt. Ich bin Militärattaché in Sankt Petersburg. Aber ich werde in Zukunft wohl öfter in die Heimat fahren müssen, denn jetzt sehe ich ja, was ich versäumt habe.«

Ich musste lachen. Das war Wiener Charme! »Dann sollten Sie Botschafter in Berlin werden, Prinz.«

»Nennen Sie mich doch Maxl«, bat er. »Das tun alle meine Freunde.«

»Pass bloß auf, Kusinchen«, warnte Olivia mit gespielt finsterer Miene. »Maxl ist als Herzensbrecher bekannt.«

»Huch«, spielte ich mit, »ich bin eine verheiratete Frau!«

»Darf ich Sie trotzdem um den nächsten Tanz bitten?«, fragte der Prinz. »Außerdem hat Ihre Kusine nicht recht. Für einen Österreicher bin ich ungewöhnlich schüchtern.«

Schon führte er mich aufs Parkett.

Am nächsten Tag schossen wir achthundert Fasane, jeder Schütze bekam zehn davon geschenkt, auch Freunde und Jäger. Abends gab es dann polnische Folklore von einer Krakauer Musikgruppe, danach spielten die Herren eine Partie Basset um Geld, während die Damen sich bei Bowle und Champagner über die Kostüme für die Scharaden austauschten.

»Na, wie gefällt dir der Prinz?«, fragte mich Olivia.

»Sehr nett«, sagte ich beiläufig.

»Nett?« Sie lachte laut auf. »Maxl ist der umwerfendste Junggeselle, den ich je getroffen habe! Es heißt, er ist auf Brautschau; schließlich geht er langsam auf die vierzig zu. So schade, dass ich schon verheiratet bin!«

»Geh doch bei der Scharade als Braut, vielleicht nimmt er dich!«

Sie schlug mich mit ihrem Fächer. »Ich fürchte, da wäre ich nicht gut genug. Seine Mutter ist eine Sayn-Wittgenstein; der alte Reichskanzler war sein Onkel. Er braucht eine Partie ersten Ranges.«

Es versetzte mir einen Stich. Ich war für Hans eine Partie ersten Ranges gewesen, und heute? Heute war ich vierzehn Jahre verheiratet und hatte alle Träume verloren. Nein, schalt ich mich dann. Du bist ungerecht, Daisy. Du hast einen kleinen Sohn, der das liebste und hübscheste Kind auf der ganzen Welt ist, das ist es, was zählt!

Die Woche verging wie im Flug. Die Scharaden waren ein voller Erfolg; ich hatte mich als Jeanne d'Arc verkleidet, Olivia als Kleopatra wurde als Erste erraten, die Gräfin Hatzfeld gab eine so miserable bärtige Loreley, dass niemand darauf kam. Der Prinz von Hohenlohe – auf unter den Hosen verborgenen Stelzen ein Riesenkerl – mimte Königin Louise von Preußen, und die winzige Gräfin Schweidnitz stand vor ihm als Napoleon! Auch das Lustspiel war umwerfend komisch; alle lachten Tränen. Und am letzten Abend sang ich mit Fürst Clary-Aldringen das Duett aus »Samson und Delilah«. Hans benahm sich überraschend gut, was vermutlich dem mäßigenden Einfluss meines lieben Schwiegervaters zu verdanken war. Hansel wurde natürlich von allen gehörig bewundert, war immer lieb und guter Dinge und wich seiner geliebten Omama kaum von der Seite.

Er war ja auch allerliebst anzusehen mit seinen hellblonden Haaren und den hübschen Matrosenkleidchen. Nur beim Sektempfang vor dem Theaterabend gab es ein Missgeschick mit ihm: Er goss voll unschuldiger Freude den Inhalt eines Champagnerglases in das schöne, von hellrosa Tüll umrahmte Rückendékolleté der Gräfin Hatzfeld, als sie auf dem Kaminsofa saß. Ich dachte schon, es gäbe eine Katastrophe, aber die Gute hatte einen Sinn für practical jokes und brach Gott sei Dank in schallendes Gelächter aus.

Maxl Hohenlohe hatte mich die ganze Zeit über mit seinem Charme schier überflutet. Wir hatten beim schwarzen Kaffee, im Garten oder in der Kutsche zusammengesessen und über die Zarenfamilie gesprochen, er fragte mich interessiert über England aus, ich ihn über Wien. Es waren sehr angenehme Gespräche gewesen, und ich entdeckte, dass unter der Oberfläche ein feinsinniger Mensch steckte. Er war rücksichtsvoll gegen jedermann, sagte über niemanden ein böses Wort, und er behandelte mich beinahe ehrfürchtig und mit fast kindlicher Bewunderung. Ich ermunterte ihn zu nichts, aber irgendwann kam meine mütterliche Freundin, die Großherzogin, zu mir und sagte: »Sie spielen mit dem Feuer, Daisy.«

Ich erschrak. Schließlich war ich eine verheiratete Frau und Mutter. Und nein, ich war nicht in ihn verliebt. Oder doch ein bisschen? Jedenfalls – als er mir zum Abschied die Hand küsste und dabei mit seinen schönen braunen Augen in meine blickte –, da sagte ich nur ein kühles Lebwohl.

Zurück in Fürstenstein, nahm ich meine morgendlichen Ausritte wieder auf. Wawczynek war zwar inzwischen gesund, aber ich hatte entschieden, weiterhin mit meinem jungen Begleiter Joschi zu reiten, weil ich mich so gerne mit ihm unterhielt. Ich glaube, er war damals der Mensch, mit dem ich am meisten sprach … Nun, jedenfalls, unser erster Ausflug zu Pferd führte zum Riesengrab, von wo man eine herrliche Aussicht auf die Südseite des Schlosses hat und weit hinein ins Tal und zum Fluss schauen kann. Da gab es einen kleinen Unterstand; dort hielten wir an, der Junge stieg ab und zwinkerte mir zu. Dann hob er eine Plane hoch und zog hervor – einen Herrensattel! »Der hing ganz hinten in der Sattelkammer«, grinste er. »Keiner merkt, wenn der weg ist.«

Er sattelte um, und ich stieg auf. Es fühlte sich wieder genauso prickelnd an, wie beim ersten Mal. Wie unanständig, mit gespreizten Beinen zu sitzen, hätte meine Mutter gesagt, wie kannst du nur? Hah! Wir ritten im Schritt hinunter ins Tal. Sobald wir die lange Wiese erreicht hatten, stieß ich einen Juchzer aus, gab Empress die Hilfen zum Angaloppieren, und dann schoss ich mit ihr davon, dicht gefolgt von Joschi. »Nicht so schnell«, rief er von hinten. Ich hob einen Arm und winkte ihm zu, und dann trieb ich Empress noch mehr an. Sie warf den Kopf, keilte vor Übermut leicht aus, und trug mich wie der Wind bis zum Waldrand. »Du bist die Beste!«, sagte ich und tätschelte meiner Empress den Hals. »Und du bist der Beste!«, rief ich Joschi zu. Der lachte, zog seine Mütze und machte eine Verbeugung im Sattel.

Von diesem Tag an ritt ich mit großer Begeisterung wie ein Mann! Wir jagten über Wiesen und Felder, aber ich wagte nie, durch die Dörfer zu reiten, sonst wäre der ärgste Familienskandal entstanden! Wenn Hans davon erfahren hätte, Jesus …

Warum konnte ein Mann alles tun, und eine Frau nichts? Das fragte ich mich damals, und ich hatte immer weniger Lust, mich in dieses Gefängnis zu fügen. In England genossen Frauen ein wenig mehr Freiheit, aber hier in Deutschland? Ich habe neulich zu Hans gesagt: »Eine deutsche Frau würde es nicht einmal wagen, zu niesen, wenn ihr Mann das für sie erledigen könnte!« Er fand das nicht lustig. Ich litt weniger unter meinen ständigen

Differenzen mit ihm als früher, Gott weiß, und das lag daran, dass ich meine ganze Liebe dem kleinen Hansel schenken konnte, der seine »Mummilie« einfach nur glücklich machte.

Eines Sonntagmorgens musste Hans außerplanmäßig nach Berlin und bat mich, an seiner statt in Waldenburg der Enthüllung einer Gedenktafel in der Marienkirche beizuwohnen. Ich wollte ihm diesen Wunsch gern erfüllen, aber als ich mit dem Landauer hinfahren wollte, hatte der einen Riss in der Deichsel, und die andere Kutsche hatte Hans schon nach Breslau genommen. Ich entschloss mich, das Angenehme mit dem Nützlichen zu verbinden und stattdessen mit Joschi in die Stadt zu reiten. Ich nahm an dem Gottesdienst und dem anschließenden langatmigen Zeremoniell teil und sprach auf Bitten des Pfarrers einige Worte, dann wollten wir wieder zurück. Als wir aufstiegen, druckste Joschi ein bisschen herum; am Ende bat er mich, ob wir durch die Stadt einen anderen Rückweg nehmen könnten. Er wollte gern dort vorbeireiten, wo seine Familie wohnte. »Ich möchte nur beweisen, dass ich mit der Fürstin höchstpersönlich reite«, sagte er treuherzig. »Damit sie es mir daheim endlich glauben. Die halten mich nämlich für einen unverschämten Aufschneider.« Den Gefallen konnte ich ihm natürlich nicht abschlagen, und so nahmen wir diesen Umweg. Er führte in einen Teil der Stadt, den ich nie gesehen hatte. Ich kannte nur die schönen Hauptstraßen, die Auenstraße, den Vierhäuserplatz, den Ring, eben die »feinen« Gegenden Waldenburgs. Was ich nun zum ersten Mal im Leben sah, waren die elenden Wohnviertel der Bergarbeiter. Es machte mich stumm und fassungslos. So viel Armut! Vier- und fünfstöckige Mietskasernen, alle schwarz von Kohlestaub. Die Dächer waren nur mit Pappe gedeckt, die Mauern wurden zusammengehalten von eingemauerten Eisenstangen. In der Mitte der Straßen flossen dünne Wasserrinnsale, in denen Abfall schwamm. Dürre Kinder, die noch nie in ihrem

Leben satt geworden waren, spielten in Pfützen, sie starrten uns an, als wir vorbeiritten. Auf den Türschwellen hockten hohläugige Frauen und stillten ihre Säuglinge. Von zwischen Hauswänden gespannten Leinen hingen fadenscheinige Windeln, löchrige Hemden und Bettlaken. Es stank nach Holzrauch, Kohlsuppe, Fäulnis und Armut. Joschi drehte sich zu mir um. »Es ist nicht mehr weit«, rief er. »Gleich sind wir in Altwasser, da wohnen wir. Dort ist schon der Laisebach!« Der Bach entpuppte sich als stinkende kohlschwarze Brühe, die träge dahinfloss. Am Ufer saßen Frauen bei der Wäsche, direkt neben einer Reihe von halbverfallenen Aborthäuschen. Eine tote Ratte schwamm vorbei. In meinem Hals bildete sich ein Kloß.

Schließlich hielten wir vor einem der schwarzen Häuser an. »He«, schrie Joschi, »Mama! Lissa! Otto! Hannchen!« Ein dunkler Lockenkopf erschien in einem der kleinen Fenster des dritten Stockwerks und verschwand gleich wieder. »Kommt alle her, Joschi ist da!«, rief es droben. Aus allen Fenstern guckten jetzt Leute. Ich kam mir vor wie eines dieser exotischen Tiere im Zirkus, die man fasziniert aus sicherer Entfernung angafft. Inzwischen hatten sich Kinder um uns versammelt, zerlumpt, verrotzt, verlaust. Ein Mädchen streckte die schmutzige Hand aus und berührte den Saum meines Reitrocks. Lieber Gott! Diese Menschen waren die »Untertanen«, von denen Hans immer sprach! Ich hatte mir darunter einfache Leute vorgestellt, die in schmucken, kleinen Häuschen lebten, zufrieden, satt und ohne Sorgen, weil Hans ihnen ja Arbeit gab. Dies hier, das war ja … eine Hölle!

»Darf ich nur einen Augenblick hinaufgehen, Mylady?«, fragte Joschi. Himmel, er wollte mich hier alleinlassen? Panik stieg in mir auf. Nein, allein würde ich hier keine Sekunde bleiben. »Ich komme mit«, sagte ich. Er zögerte kurz, dann half er mir vom Pferd. Wir betraten den muffigen, dunklen Hausgang und stiegen ausgetretene Treppenstufen hoch. Zwischen der ersten und zweiten Etage passierten wir einen Verschlag, aus dem eindeutige Geräusche kamen. Das musste das Klosett sein, und vermutlich benutzten es alle im Haus gemeinsam. Ich raffte meine Röcke und versuchte, darauf zu achten, dass sie nirgends aufschleiften – vergeblich. Schließlich standen wir im dritten Stockwerk, und eine der beiden Wohnungstüren wurde aufgerissen. Ein Mädchen, vielleicht zwölf oder dreizehn Jahre alt, ließ uns ein. Joschis Schwester Lissa. An ihrem Rockzipfel hing ein Kleinkind mit gelblich verklebten Augen, den Daumen im Mund. Wir traten ein. Ein Geruch nach Schimmel, Katzenurin, Krankheit und Moder hing in der Luft. Schwarze, unglasierte Töpfe standen auf einem Holzherd, Mohnnäpfe, angeschlagene Teller und Tassen auf Wandbrettern. Auf dem Herd stand ein stinkender, brodelnder Kochtopf voller Windeln. Schwarze Fliegen summten an den Fenstern. Ein Tisch, vier wacklige Stühle, in der Ecke ein großes Bett, in dem ganz offensichtlich die ganze Familie schlief. Jetzt lag nur Joschis Mutter darin, bedeckt mit einem löchrigen Laken. »Sie ist krank«, sagte Joschi, »seit einem Jahr kann sie gar nicht mehr aufstehen. Lissa arbeitet in einer Wäscherei, na ja, und der Kleine … Ah, da bist du ja, Otto. Sag: Guten Tag, Durchlaucht.« Ein blasser, schmaler Junge kam hinter dem Küchenschrank vor, sah mich stumm und unfreundlich an. Er hatte ein Schulheft in der Hand, in dem Rechenaufgaben standen. »Otto ist nicht ganz richtig im Kopf«, erklärte Joschi entschuldigend. »Er ist von der Schule geflogen, und zum Arbeiten ist er noch zu jung.« Ich sah mich um in diesem Raum, und mein Impuls war Flucht. Ich hatte das Gefühl, nicht mehr atmen zu können, und öffnete den obersten Knopf meines Jäckchens. So konnten Menschen leben? Essen, trinken, schlafen, Kinder zeugen und großziehen? Es trieb mir die Tränen in die Augen. Ich sah Joschi an, den ich nur in seiner sauber gebürsteten Stalldienerkluft kannte, mit ordentlich geschnittenen Haaren, glänzenden Stiefeln und einem offenen Lachen.

Hier, in diesem Loch, hatte er seine Kindheit verbracht, hierher kehrte er an seinen freien Tagen zurück. Jetzt saß er bei seiner Mutter und redete leise mit ihr. Ich trat ans Fenster und sah hinaus auf die Schlote der Steinkohlebergwerke, die Koksereien, die Elendsquartiere, die sich bis zum Rand der Stadt zogen, wo ein paar Kleingärten das einzige Grün beisteuerten. Unten im Hinterhof stritten sich ein paar Jungen um ein Stoffbündel, das als Ball diente, umkläfft von einem dreibeinigen Hund. Joschis zurückgebliebener Bruder stellte sich neben mich und leierte Zahlen vor sich hin. Ich hielt es keine Sekunde länger aus.

»Joschi …«, keuchte ich.

Joschi muss mir angesehen haben, dass ich kurz vor einer Ohnmacht stand, denn er sprang sofort auf und begleitete mich nach unten. Schnell half er mir aufs Pferd, und dann ritt ich wortlos voraus bis nach Fürstenstein. In meinem Zimmer riss ich mir die Kleider vom Leib, ließ mir von Missy ein Bad richten und blieb dann eine volle Stunde in der Wanne, seifte mich ein, rieb mich ab, bis meine Haut ganz rot war und ich das Gefühl hatte, wieder sauber zu sein.«

»Da habe ich vierzehn Jahre hier gelebt und nichts gewusst von diesen Verhältnissen! Missy, das ist unentschuldbar!«

»Sie dürfen sich keine Vorwürfe machen, Mylady«, versuchte Missy mich zu beruhigen. »Woher hätten Sie das denn wissen sollen?«

Ja, woher? Ich las keine Zeitungen außer den üblichen Gesellschaftsblättern, Zeitungen kamen nur zu Hans ins Büro. Und in Berührung mit den Menschen in Waldenburg war ich nie gekommen, das war »unfürstlich«. Wie sollte ich da von der Not der Grubenarbeiter erfahren? Begriffe wie »Kapitalismus« oder »Industrieproletariat« hatte ich zwar schon gehört, aber über so etwas sprach man nicht in meinen Kreisen, und ich hatte nie einen Zusammenhang mit Waldenburg hergestellt. Als ob unser Fürstentum eine Insel der Seligen wäre! Naiv und gedankenlos war ich gewesen, nie hatte ich nachgedacht, woher unser Wohlstand kam. Ich war eine selbstgefällige, dumme Frau, die in Saus und Braus lebte und sich dabei noch selber bemitleidete. Wie unwichtig erschien mir plötzlich meine unglückliche Ehe, wie oberflächlich kamen mir all meine kleinen Sorgen vor angesichts des Elends und der Armut dieser Menschen in Waldenburg!

Und ich war zornig auf Hans, der doch davon gewusst haben musste. Er war doch der Lohnherr dieser Leute, ihm gehörten doch die Bergwerke und die Häuser. Ich nahm mir vor, ihn darauf anzusprechen, sobald er aus Berlin zurück war.

………. ……….

Fürstenstein, Juni 1904

»Du warst wo?« Hans' Miene war ungläubig.

»In Altwasser. Dem Teil der Stadt, in dem die Ärmsten wohnen.« Daisy sah ihn mit einer Mischung aus Trotz und Vorwurf an.

»Bist du wahnsinnig? Was um Himmels willen wolltest du da?«

»Sehen, wie die Leute leben.«

Hans stand von seinem Chaiselongue auf und schenkte sich einen Cognac ein. »Und warum, darf ich fragen, hat dich das interessiert?«

»Aber Hans! Das sind unsere Untertanen! Es kann uns doch nicht egal sein, in welchem Elend diese Menschen leben. Hans, ich habe Frauen gesehen, ausgemergelt, die grad mal dreißig sind und kaum noch Zähne haben. Da waren Kinder mit Ausschlag am ganzen Körper. Männer, abgerissen und zerlumpt, mit grauen Gesichtern, die sich humpelnd zur Arbeit schleppten. Sie hausen in Löchern voll Schmutz und Moder, zu zehnt in einem Raum. Es war … es hat mich an Indien erinnert, an Kalkutta, wo die Menschen auf den Straßen starben, weißt du noch?«

»Hör zu, Daisy. Du verstehst das nicht. Das ist eine andere Welt.« Hans blieb vor ihr stehen. »Diese Menschen sind nicht wie wir. Es sind Arbeiter, und sie kennen es nicht anders. Die Männer sind versoffen und verwahrlost, roh und verwildert. Die Frauen haben keine Moral, sind sittenlos und verkommen, wenn du es genau wissen willst. Und die Kinder werden genauso. Das sind nicht mehr als Kreaturen.«

»Diese ›Kreaturen‹, wie du sie nennst, haben Arbeit und müssen doch hungern.« Daisy ließ sich nicht einschüchtern. »Wie kommt das? Bezahlen wir sie so schlecht?«

»Herrgott nochmal Daisy, jetzt reicht's aber!« Hans stellte sein Glas so abrupt ab, dass der Cognac überschwappte. »Das fürstliche Grubenkonsortium entlohnt die Bergarbeiter angemessen.«

»Aber schlechter als die anderen Grubenbesitzer.«

»Sagt wer?«

Sagte Joschi, aber das konnte Daisy ja nicht verraten. »Das habe ich im ›Waldenburger Kreisblatt‹ gelesen.«

»Seit wann liest du Zeitung?« Hans runzelte missbilligend die Stirn. »Gut, dann hast du vielleicht auch gelesen, dass wir dafür verbilligte Einkaufsmöglichkeiten für die fürstlichen Bergarbeiter im fürstlichen Waldenburger Kaufhaus anbieten.«

»Ja, und uns damit wieder einen Teil der Löhne, die wir zahlen, zurückholen. Genauso wie durch die Mieten, die wir in unseren Häusern verlangen. Das ist verlogen.«

»Im Gegenteil, das ist klug. Sie müssen ja doch irgendwo wohnen und einkaufen.«

»Du bist zynisch, Hans.«

»Und du hysterisch.« Er griff wieder nach seinem Glas und

kippte den Inhalt. »Ich wünsche nicht, dass du noch einmal in diese Gegend fährst, hörst du?«

Sie lachte auf. »O ja, ich weiß: Es ist nicht fürstlich, sich unter die Leute zu mischen. Das ist doch dein ständiges Credo. Es könnte ja sein, dass man dann Dinge sieht, die einem den Tag verderben.«

Er wandte sich zum Gehen. »Was mir den Tag verdirbt, Daisy, bist du. Ich habe genug andere Sorgen, da muss ich mir nicht auch noch deine dummen Vorwürfe anhören.«

»Andere Sorgen? Wie zum Beispiel, dass uns das Geld nicht reicht, das uns dein Vater gibt?«

Er zuckte zusammen. »Kannst du dir vorstellen, was es kostet, ein Schloss wie Fürstenstein zu unterhalten? Dreihundert Angestellte? Und die Wälder, den Park? Noch einmal dreihundert Gärtner, Förster, Waldarbeiter, Wachmänner? Das Gestüt? Das Haus in Berlin, die Jagden? Unser eigener Eisenbahnzug mit Salonwagen und Personal? Unsere Reisen, die ständigen Besuche in England? Deine geliebten Gesellschaften? Deine Garderobe von Worth und Rouff in Paris? Das alles verschlingt Unsummen, aber Vater will das nicht sehen. Er hält uns absichtlich kurz. Alt und geizig ist er geworden.«

Daisy fühlte sich schuldig. Brauchte sie zu viel für sich selbst? Sie machte ein Friedensangebot, um den Streit zu beenden. »Wenn du willst – ich kann auf manches verzichten. Oder Schmuck verkaufen ... Ich muss auch nicht so viele Diener haben, und das Haus in der Wilhelmstraße ...«

»Red doch keinen Unsinn. Es wird sich ohnehin alles ändern, wenn Vater stirbt. Dann bin ich Familienoberhaupt und Erbe. Wir müssen uns nicht einschränken.«

Es klopfte. Ein Lakai trat ein und meldete den Ersten Sekretär Freytag. Dieser wiederum kündigte mit besorgtem Gesicht den Bergwerksdirektor Schulz an, der ihm auch schon, sämtliche Etikette vergessend, auf dem Fuß folgte. Schulz war ein korpulenter Mann in den Fünfzigern mit fleischigen Lippen und einem großen blauen Blutschwamm an der Schläfe, den er mit ein paar herabhängenden Haarsträhnen zu verbergen suchte. Daisy kannte ihn als jovialen Plauderer bei den jährlichen Verwaltungsdiners. Jetzt war sein Anzug voller Schmutz, und seine Schuhe hatten eine Schlammkruste. Er wirkte ganz außer sich. »Fürstliche Durchlaucht«, keuchte er, »ich störe nur ungern, aber wir hatten wieder ein Schlagendes Wetter im Hermann-Schacht. Die Rettungsleute tun ihr Äußerstes. Bisher haben wir vierzehn Leichen und neun Schwerverletzte geborgen. Zwanzig werden noch vermisst.« Er wischte sich mit dem Taschentuch übers schweißglänzende Gesicht. »Es wäre gut, wenn Sie kommen und den Leuten Mut zusprechen würden.«

Daisy reichte dem Direktor ein Glas Wasser. Hans schickte den Lakaien nach seinem Butler. »Ich komme, sobald ich umgekleidet bin«, sagte er und verließ den Salon. Sie rannte ihm nach. »Hans, ich möchte mitfahren!«

»Du bleibst!«, befahl er, und sie sah an seinen Augen, dass Widerrede sinnlos war. Langsam ging sie zurück zu Schulz, der immer noch mit seinen schmutzigen Schuhen auf dem chinesischen Seidenteppich stand.

»Was ist mit den Familien der Toten?«, fragte Daisy.

Schulz zuckte die Schultern. »Bekommen eine Beihilfe des Grubenkonsortiums für die Beerdigung. Und wenn die Toten in der Gewerkschaft waren, zahlt die eine Übergangshilfe für ein halbes Jahr.«

»Und die Verletzten?«

Der Direktor kratzte sich am Kopf. »Nun, äh, es gibt ja die Krankenversicherung, die über die Runden hilft, bis sie wieder arbeiten können.«

»Und wenn sie nicht mehr arbeiten können?«

»Tja, Durchlaucht, das ist, fürchte ich, ein Schicksalsschlag, der ausgehalten werden muss. Da gibt es wohl eine kleine Rente, aber … Wir alle haben das Glück nicht gepachtet.«

»Ich verstehe.«

Schulz stand noch einen Augenblick unschlüssig herum und wusste nicht, wo er sein Glas abstellen sollte. Daisy nahm es ihm ab. »Herr Direktor«, sagte sie, »wenn Gewissheit über alles besteht, würden Sie mir dann eine Liste mit den Namen und Adressen der betroffenen Familien zukommen lassen?«

In dieser Nacht schlief sie schlecht. Sie war froh, als um sechs Uhr eines der Hausmädchen auf leisen Sohlen ihren Salon betrat, um den Kamin anzuzünden. Wegen der anhaltenden Schafskälte war es am Morgen immer noch sehr frostig. Vom Bett aus beobachtete Daisy das junge Ding, wie es die Asche herausschaufelte, heiße Kohlen aufschüttete und dann Holzscheite auflegte. Später kam Missy herein, um ihr beim Anziehen zu helfen. Sie hatte den »Diana-Gürtel« schon in der Hand, aber Daisy schüttelte den Kopf. Über dem ganzen Unglück hatte sie beinahe vergessen, dass ihre Blutung schon zwei Tage überfällig war. »Fingers crossed«, lächelte Missy, und Daisy lächelte zurück. Lieber Gott, dachte sie, ich wäre so überglücklich, wieder so ein süßes, kleines, weiches, warmes Baby im Arm halten zu können …

Zwei Tage später erhielt sie von Schulz die Liste der Toten und Verletzten. Hans war zu einer Pferdeauktion nach Wien abgereist, und so konnte sie ihn Gott sei Dank nicht fragen. Sie ließ sich von dem völlig überrumpelten Freytag tausend Mark in kleinen Scheinen aushändigen, dann orderte sie eine Kutsche und fuhr zusammen mit Missy und Joschi nach Waldenburg. Zum zweiten Mal wurde ihr die Hässlichkeit der »wirklichen Welt« bewusst, als sie in die Arbeiterviertel der Stadt kamen. Die Leute staunten die Kutsche an, einige zogen Hut oder Kappe;

Daisy grüßte zaghaft zurück und fühlte sich seltsam beschämt dabei. Schließlich erreichten sie ihre erste Station, ein winziges Häuschen am Laisebach. »Die Witwe von Karl Mielenz«, raunte Joschi, der die Liste hatte. Es war das erste Mal seit der Schule, dass er seine Lesekünste wieder nutzte. Jetzt ging die Tür auf, ein schmutzstarrender Junge von vielleicht vier Jahren stand da mit laufender Nase und sah Daisy mit offenem Mund an, während sie aus der Kutsche stieg. Dann war die Mutter da, eine kleine, verhärmte Frau ganz in Schwarz mit dunklem Kopftuch, deren Alter irgendwo zwischen vierzig und fünfzig liegen mochte. »Ach Gott, ach Gott«, sagte sie immer wieder und rang die Hände. »Ach Gott, ach Gott.« Daisy sah den Schmutz unter ihren abgesplitterten Fingernägeln. »Frau Mielenz, ich bin die Fürstin Daisy von Pless«, sagte Daisy schließlich. »Ich bin gekommen, um Ihnen mein Beileid für ihren schrecklichen Verlust auszusprechen.« Die Frau brach in lautes Weinen aus. Fünf weitere Kinder kamen aus dem Haus, alle schmutzig, in zerrissenen Sachen und barfuß. Ängstlich drückten sie sich an ihre schluchzende Mutter. Überall gingen die Fenster oder Türen auf, Leute traten auf die Straße, kamen neugierig heran, murmelten untereinander. Daisy wusste nicht, was sie sagen sollte. »Es muss schwer für Sie sein«, meinte sie schließlich. Die Frau nickte unter Tränen. »Mein Karl war ein Braver«, schluchzte sie, »ist nie ins Wirtshaus, hat immer alles Geld heimgebracht, war gut zu den Kindern.«

»Dann ist er jetzt im Himmel«, sagte Daisy und musste schlucken.

Missy holte einen Umschlag aus ihrer Rocktasche und hielt ihn der Witwe hin.

»Das ist für Sie. Ein Zeichen des Mitgefühls.«

Die Frau begriff erst nicht, stand da wie eine Statue. Missy drückte ihr schließlich den Umschlag in die Hand.

Erst als sie wieder in der Kutsche saßen und die Pferde anzogen, erwachte die Witwe aus ihrer Erstarrung. »Gott segne Sie«, rief sie, den Umschlag an die Brust gepresst.

»Wohin jetzt?«, fragte Daisy.

»Ich verbiete dir ein für allemal, zu diesen Leuten zu fahren!« Hans schäumte. Er war ins Frühstückszimmer gestürmt, den Waldenburger Boten in der Hand. Jetzt wedelte er mit der Zeitung vor ihrer Nase herum. »Lies mal, was hier steht! Keine vierzehn Tage kann man hier weg, ohne dass du Unsinn machst, Herrgott nochmal!«

Daisy legte ihren Löffel neben das Schüsselchen mit Sahneporridge. »Setz dich doch, Hans, und lass uns das in Ruhe besprechen.«

»Mir ist der Appetit auf Frühstück vergangen«, schnappte er.

»Ich möchte dir gern etwas Schönes sagen, Hans …«

»Du hättest mich fragen müssen, verdammt nochmal! Du hast außer Haus überhaupt nichts zu unternehmen, ohne mich vorher zu fragen!«

»Ich habe nur ein wenig Geld an die armen Familien der toten Bergleute verteilt. Schließlich sind die Männer in Ausübung ihres Berufs gestorben.«

Der Tischdiener brachte Hans einen Teller mit Rührei. »Nehmen Sie das wieder mit«, fauchte Hans den Mann an. »Ich frühstücke heute nicht mit meiner Frau.«

»Hans, ich habe mich so schrecklich gefühlt, ich musste einfach etwas tun«, sagte Daisy.

»Großartige Idee«, zischte Hans, »ganz großartig. Jetzt glauben alle meine fünftausend Bergleute, dass ihre Familien eine Entschädigung im Todesfall bekommen.«

»Ach, Hans, sei doch nicht böse. Lass dir lieber eine wunderbare Neuigkeit erzählen …«

Mit einer Handbewegung schnitt er ihr das Wort ab. »Ich habe die Nase voll von deinen Extravaganzen, Daisy. Weihnachtsgeschenke für das Personal, gemeinsame Sonntagsgottesdienste, all diese Hirngespinste. Unterhaltungen mit den Dienstboten! Ich sage es dir seit Jahren, Daisy, und heute zum letzten Mal: Man macht sich nicht gemein. Man steigt nicht hinab zu den Leuten. Das bringt die Dinge in Unordnung. Unten und Oben vermischen sich nicht. Und wenn du das nicht lernst, muss ich anordnen, dass du in Zukunft weder ohne meine persönliche Genehmigung Geld bekommst noch das Schloss verlässt.« Er schlug neben ihr mit der Faust auf den Tisch.

Daisy zuckte zusammen. »Ich dachte bisher, du seist mein Mann und nicht mein Zuchtmeister«, sagte sie leise. »Und diesem Mann wollte ich vorhin noch etwas so Schönes mitteilen …« Ihre Stimme schwankte.

»Dann sag's mir jetzt.« Er sah auf seine Taschenuhr. »Ich muss gleich nach Freiberg, unseren neuen privaten Wartesalon im Bahnhof einweihen.«

»Lass gut sein.« Ihre Stimme klang erstickt. »Ich will dich nicht aufhalten.«

Er nickte, dann hatte ihm der Lakai schon die Flügeltür geöffnet, und er war draußen. Der Tischdiener und ein Serviermädchen begannen, seinen Platz abzuräumen.

Sie spürte, wie die Tränen in ihr hochstiegen. Nur jetzt nicht weinen. Man weinte nicht vor dem Personal. Hastig stand sie auf und ging hinaus.

………. ……….

Breslauer Tageblatt, August 1904

WALDENBURG: HYGIENISCHE ZUSTÄNDE SIND UNTRAGBAR

Keine halbe Wagenstunde vom Märchenschloss Fürstenstein entfernt liegt die graue Hässlichkeit des übervölkerten Waldenburger Industriereviers. Die Pless'schen Besitzungen in beiden Schlesien gehören zu den größten Notstandsgebieten Deutschlands. Die Wohn- und Arbeitsverhältnisse der Bevölkerung sind die schlimmsten im Reich. In einem Haus primitivster Qualität sind drei bis vier Dutzend Familien untergebracht. Es gibt keine Wasserleitung, die Aborte sind auf dem Hof – einer für mindestens vierzig Menschen. Die Wohnungsgröße (Stube und Küche) beträgt 25 Quadratmeter, hier leben bis zu sechs Personen, dazu meist noch ein oder zwei Schlafgänger.

Der Laisebach, ein kleines, kaum fünf Meter breites Flüsschen, ist ein verpestetes Gewässer. Auf einer Länge von 20 km muss es sämtliche industriellen und menschlichen Abwässer von 100 000 Anwohnern aufnehmen. An seinen Ufern ballen sich tausende überfüllter, hässlicher Bergmannshäuser und Mietskasernen. Es ist ein träge dahinfließendes, kohlschwarzes Flüsschen, dessen Gestank die umliegenden Straßen verpestet und über der ganzen Stadt liegt. Dieser verschmutzte, vergiftete Bach, an dessen Ufern Aborte stehen, wird von den Waldenburgern noch immer zum Waschen und Trinken benutzt ... In regelmäßigen Abständen kommt es zu Typhusepidemien ... Die Säuglingssterblichkeit liegt bei 50 %, im Stadtteil Altwasser bei 75 %. Fast alle sterben am Darmkatarrh. Die Mütter können vor Überarbeitung und Schwäche nicht stillen und bringen zu schwache Kinder zur Welt ...

....

Aus »Eine Abrechnung mit den fürstlich Pless'schen Grubenverwaltungen!« Kampfschrift der Waldenburger SPD, September 1904

… Die Bezahlung ist die schlechteste im ganzen Reich. Unsere Familien können sich nicht das tägliche Brot leisten … Die Beamten des Pless'schen Konsortiums und die Aufseher in den Gruben arbeiten in sklavischer Treue für den Fürsten. Sie sind nichts als Spione, die erbarmungslos jedes Aufmucken, jede politische Bemerkung und jede Zugehörigkeit eines Kumpels zur SPD melden … Drangsalierung der hart arbeitenden Männer ist unter Tage gängige Methode … Der Bergarbeiterverband wird sich nicht auf den Pless'schen Gruben abwürgen lassen. Wir werden vor Streik nicht zurückschrecken, und wir werden den Arbeitern zur Bewahrung ihrer Menschenwürde die Abwanderung an die Ruhr empfehlen …«

....

Artikel in der Mittelschlesischen Gebirgszeitung, Oktober 1904

HOHER BESUCH AUF SCHLOSS FÜRSTENSTEIN

Wieder einmal ist das Kaiserpaar zu Gast, um dem betriebsamen Berlin auf ein paar Tage zu entfliehen. Jubelnde Bevölkerung säumte die Straßen, die zum Schloss hinaufführten. Der Anblick der prachtvollen Kutschen, welche die Besucher vom Bahnhof brachten, war überwältigend. Sechsspännig war jeder Wagenzug von drei Postillonen und zwei Kutschern bemannt. Entlang des Fahrtwegs stand das endlose Spalier der Förster und Jäger, die mit ihren brennenden Fackeln dem Empfang eine zauberhafte

Stimmung verliehen. Beim Eintreten in das Schloss standen dreißig Lakaien mit gepuderten Perrücken entlang der Stufen des großen Treppenhauses, das zum Marmorsaal hinaufführte. Es gab himmlische Musik von Kapellen und Chören, die man auf den dem Schloss gegenüberliegenden Hängen postiert hatte, den magischen Schimmer der bengalischen Lichter, die überall im Park leuchteten und den überwältigenden Eindruck des illuminierten Schlosses erhöhten. Nach dem Diner sind Schlittenfahrten bei Vollmond geplant, in den Zweigen entlang der Rodelbahn sollen dabei chinesische Laternen leuchten. Die Köchin verriet unserer Zeitung das Menü für den ersten Abend: Suppe, Steinbutt grillé Duglère, Täubchen, Rinderlendenbraten, Rückenstück vom Hammel, Wachtel, Fasan, Rebhuhn, Frikassee vom Kaninchen, Gemüseplatten mit Morcheln und Trüffeln, Artischocken und Soufflé d'Orange. Dazu werden Claret, Bordeaux, Rheinwein und Sherry serviert. Kaiserin Auguste Viktoria überreichte Fürst Hans Heinrich XV. als Gastgeschenk eine maßgefertigte Flinte aus Walnussholz mit Silbergravuren im Wert von 10000 Mark, die Fürstin erhielt ein Armband mit dem Medaillon des Kaisers …

……… ………

Daisy erzählt

Ich schrieb Hans schließlich ein Billett, in dem ich meine Schwangerschaft verkündete. Natürlich war er hocherfreut und behandelte mich in den nächsten Wochen ausgesprochen lieb und aufmerksam. Weil er ein schlechtes Gewissen wegen unseres Streits hatte und ein Geschenk zur Schwangerschaft in der Familie Tradition war, schenkte er mir Athanasius, ein Hengstfohlen aus dem Stall des Grafen Trautmannsdorff, den er bei der Galopper-Auktion in Wien ersteigert hatte. Ja, großzügig konnte er sein, mein Gatte – während keine halbe Kutschenstunde entfernt die Menschen hungerten und Kinder an Dysenterie starben.

Ich wollte das Geschenk erst ablehnen, aber dann wären wir wieder in Streit geraten, und das wollte ich nicht. Vielleicht konnte ich Hans ja doch noch dazu bringen, etwas gegen die Armut in Waldenburg zu unternehmen. Denn ich selber konnte ja nichts tun. Da war ja kein Geld, über das ich hätte frei verfügen können. Ich hatte weder ein eigenes Konto noch irgendwelche finanziellen Vollmachten. In unseren Kreisen bekamen die Frauen das Geld, das sie brauchten, von ihren Männern. Ich wusste nicht einmal, wie man eine Bankrechnung bezahlt. Wo immer ich war, telegraphierte meine Kammerzofe oder später die Sekretärin um Geld, und dann wurde es in einem eingeschriebenen Paket geschickt. An Bargeld hatte ich eine Kleinigkeit zur Verfügung, für Trinkgelder oder kleine Gaben, aber das war nicht viel. Und in den Geschäften, in denen ich einkaufte, hatte ich selbstverständlich immer Kredit; die Rechnungen gingen an Hans. Ich zermarterte mir das Hirn, aber mir fiel keine Möglichkeit ein, zu helfen.

Zweimal ritt ich noch mit Joschi in die Stadt und verteilte Geschenke im Kinderheim und im Krankenhaus, aber dann, im dritten Monat meiner Schwangerschaft fühlte ich mich schlecht und hatte panische Angst vor einer erneuten Fausse couche. Dr. Ismar verordnete mir strikte Schonung und verbot mir das Reiten. Nach Waldenburg wagte ich mich nicht mehr; ich hatte zu viel Angst davor, mich irgendwo anzustecken. Stattdessen blieb ich zu Hause, trank Salzbrunner Martha-Quelle und aß wieder einmal rohe Leber. Langsam ging es mir besser, das Kindchen in mir wuchs, und Dr. Ismar war zufrieden mit mir. Dann, im Herbst, gab es Probleme mit den Sickergruben, im ganzen Schloss stank es ganz entsetzlich. Hans beschloss, mich zur Sicherheit fortzuschicken, und so fuhr ich mit Hansel nach England. Meine Eltern waren überglücklich, mich und ihren Enkel zu sehen, genauso Shelagh. Sie hatte inzwischen ihren Kindheitsfreund Bendor geheiratet, den Herzog von Westminster, und ich gönnte ihr dieses Glück von Herzen.

Zu Weihnachten kam Hans mich besuchen, wir feierten still und friedlich in Newlands, ganz ohne Streit. Dann mieteten wir für kurze Zeit ein möbliertes Haus in Bruton Street, denn ich wollte, dass mein zweites Kind in London geboren würde. Ich fühlte mich stark und gesund; noch in der Woche vor der Geburt war ich mit Hans im Theater, und einmal waren wir zum Gabelfrühstück in der Deutschen Botschaft bei Metternichs geladen. Und dann, am 1. Februar 1905, traf mein zweiter Bub pünktlich ein.

Die Taufe fand in der Königlichen Kapelle von St. James statt. König George V., damals noch Prince of Wales, Königin Alexandra und Kronprinz Wilhelm von Preußen waren die Paten; folglich wurde das kleine Etwas beladen mit den Namen Alexander, Wilhelm, Georg und noch etlichen anderen. Wir riefen ihn vom ersten Tag an Lexel. Nachdem Hans wieder dagegen war, dass ich selber stillte, engagierten wir eine Amme und dazu noch Smith, eine Kinderfrau mit bestem Leumund – sie war vorher elf Jahre bei der Prinzessin Friedrich Leopold von Preußen gewesen. Eine Woche nach der Taufe fuhren wir nach Newlands, wo ich Hansel bei Patsy gelassen hatte.

Als ich wir ihm sein schlafendes Brüderchen zum ersten Mal zeigten, sah er es eine Weile mit gerunzelter Stirn an und sagte: »Mummilie, kann ich nicht lieber ein Hündchen haben?« Ich musste geradeheraus lachen, aber Hans schlug ihn ins Gesicht. Danach gab es wieder einmal Streit, weil ich Hansel getröstet hatte. Unser Waffenstillstand hatte nicht lange gehalten. Wir fuhren schließlich getrennt nach Fürstenstein zurück, er über

Cannes, wo er das Autorennen ansehen wollte, ich mit den Kindern über Berlin.

....

Fürstenstein, Mai 1905

In Fürstenstein war herrlichster Frühling. Daisy freute sich darauf, endlich wieder auf ihre geliebte Empress zu steigen, und ließ gleich am Morgen nach ihrer Ankunft nach Joschi schicken. Er kam zum Hauptportal geritten, die Stute am Zügel. Sie schlugen den Weg zur Alten Burg ein, und Daisy spürte sofort, dass etwas nicht stimmte, denn er war wortkarg und in sich gekehrt.

»Was ist los? Du freust dich gar nicht, mich wiederzusehen?«

Er senkte den Kopf. »Meine Mutter und das Hannchen sind letzte Woche gestorben«, sagte er mit belegter Stimme und erzählte ihr, dass einmal mehr die Ruhr in der Stadt grassiert hatte. »Und jetzt wissen Lissa und Otto nicht, wohin.« Ich erinnerte mich an die elende Wohnung, die kranke Frau, die armen, zerlumpten Kinder. »Was kann ich tun?«, fragte ich.

Er seufzte. »Ich weiß auch nicht. Lissa ist mit der Schule fertig und hätte eine Lehrstelle als Spitzennäherin in Hirschberg. Das wäre eine einmalige Gelegenheit, so eine schöne Arbeit! Aber einer muss sich doch um meinen Bruder kümmern. Sie haben ihn ja gesehen. Er ist … anders. Die Kinderbewahranstalt will ihn nicht haben. Sie sagen, sie nehmen nur normale Kinder und keine solchen wie ihn. Wir sollen im Krüppelheim anfragen oder in der Heil- und Pflegeanstalt in Breslau. Aber ich schwöre Ihnen, er ist nicht so. Er denkt nur anders. Er kann sich alles merken, er sieht und hört alles. Er ist nicht dumm. Er hat für Lissa alle Rechenaufgaben gemacht, obwohl er nie in der Schule war. Den ganzen Tag schreibt er Zahlen auf ihre alte Schultafel. Wenn Mama Zwiebelwürfel geschnitten hat oder eine Handvoll Linsen in einen Topf geworfen, dann konnte er auf einen einzigen Blick sagen, wie viele es waren. Das war immer unser Spiel. Wir mussten dann nachzählen, und es hat immer gestimmt. Ich weiß nicht, was Otto hat, aber ins Irrenhaus gehört er nicht. Bis nächsten Monat müssen wir aber einen Platz für ihn finden, sonst kann Lissa nicht arbeiten. Sie könnte in Untermiete zu ihrer Lehrherrin, aber den Otto darf sie dahin nicht mitnehmen. Und die Wohnung hat uns das Konsortium schon gekündigt …«

Daisy überlegte, was zu tun war, und sprach noch am selben Nachmittag mit dem fürstlichen Bibliothekar, Herrn Endemann, der im Torbau die Kinder der höheren Angestellten unterrichtete. Joschi brachte seinen Bruder zu ihm, und Endemann beschäftigte sich eine Stunde mit dem Jungen. Danach meinte er zu ihr, das sei der seltsamste Bursche, den er je getroffen habe. Ein kleines Genie, was Zahlen betraf, aber mit außergewöhnlichem Verhalten. »Der Bub kann einen nicht ansehen. Von selber spricht er nicht, aber er gibt Antwort, allerdings fast tonlos und mit stoischer Gleichgültigkeit. Als sei er eine Art Automat!«

»Was können wir für den Jungen tun? Meinen Sie, er könnte zu Ihnen in den Unterricht?«

Endemann schüttelte den Kopf. »Ich glaube, das ginge nicht mit den anderen Kindern zusammen. Der Bub braucht eine besondere Behandlung.«

Ein paar Tage lang zermarterte sich Daisy den Kopf, bis ihr schließlich eine frühere Begegnung einfiel: Vor zwei Jahren hatte sie Doktor Oskar Vogt vom Neurobiologischen Laboratorium bei einem Empfang in Berlin kennengelernt; man hatte ihm gerade einen Preis für seine Forschungen über Hypnose und das menschliche Hirn verliehen. Vogt wüsste bestimmt

Rat. Sie schickte ihm ein Telegramm, und er kam sofort nach Fürstenstein. Zum Glück war Hans zu dieser Zeit in Wien, sonst hätte er das alles verboten, doch so konnte der Arzt über drei Stunden alleine mit Otto verbringen, ließ ihn Bilder malen und Rechenaufgaben lösen. Am Ende sagte er: »Durchlaucht, dies ist wohl der erstaunlichste junge Mensch, den ich je untersucht habe. Er ist, wenn ich das sagen darf, ein ›verrücktes Genie‹. Wenn Sie erlauben, würde ich mich gerne um den Jungen kümmern.«

Danach nahm er ihn mit nach Berlin.

Daisy war stolz auf sich. Nach Dr. Vogts Abreise saß sie an Lexels Wiege und erzählte alles ihrem schlafenden Söhnchen. »Du, Lexel, deine Mama hat etwas erreicht! Stell dir nur vor, Joschis Bruder wird jetzt geholfen, seine Schwester darf ihre Lehre in Hirschberg aufnehmen. Ist das nicht wunderbar?«

Lexel machte schmatzende Geräusche im Schlaf, und Daisy streichelte sanft sein Köpfchen. Sie würde alles tun für ihre Kinder. Danke, lieber Gott, dachte sie, dass meine beiden Söhne gesund sind! Viele andere Mütter haben dieses Glück nicht.

Nun, da Lexel auf der Welt war, konnte Daisy sich endlich wieder der Aufgabe widmen, die sie wegen ihrer Schwangerschaft unterbrechen und verschieben hatte müssen: der Linderung von Armut, Krankheit und Elend in Waldenburg. Das wollte sie auch gegen Hans' Willen durchsetzen, und es war ihr auch immer wieder möglich, denn der Fürst verbrachte in den ersten Jahren nach Lexels Geburt wenig Zeit zu Hause. Er war Mitglied im »Herrenhaus« in Berlin geworden, der ersten Kammer des preußischen Landtags, und außerdem hatte ihn der Kaiser in den exklusiven Männerclub »Weißer Hirsch« aufgenommen – wo man sich, wie man in der Hauptstadt munkelte, über einen Stuhl legen, den Hintern versohlen lassen und gleichzeitig zotige Witze erzählen musste. Daisy fand die ganze

Geschichte grotesk und albern, aber Hans platzte beinahe vor Stolz. Und wenn er nicht in Berlin war, dann fuhr er für längere Aufenthalte nach Wien und besuchte dort die Rennbahn Freudenau, wo er sogar ein, zwei Mal mit seiner schnellen Stute »Pamina« Siege einfuhr.

Sie wartete jedes Mal, bis er fort war. Dann bestellte sie ihren Wagen und ließ sich kutschieren, wohin sie wollte. In Armenhäuser, Krankenhäuser und Altersheime. Mit ihrem unbeholfen klingenden Deutsch brachte sie die Menschen zum Lachen und sie hatten keine Angst mehr vor ihr. Sie besuchte arme Frauen, eine hatte sechzehn Kinder, eine andere zwölf. Was ist es für eine Ironie des Schicksals, dachte sie, dass die Armen so viele Kinder bekommen, und Frauen wie ich, die hundert Babys aufziehen könnten, haben in fünfzehn Jahren nur zwei!

Dann waren da diese Witwen in der Bergarbeiterkolonie Mathildenhöhe – die Ärmsten hatten in zwei Jahren dreihundert Mark Schulden machen müssen, und jetzt kam das Gericht und nahm ihnen die Möbel weg. Eine der Frauen lag ihr weinend zu Füßen und griff nach ihrer Hand. Dreihundert Mark – lieber Himmel, so viel zahlte Hans für eine Dose seiner Lieblingssorte Kaviar!

Daisy gab ihnen sofort alles Kleingeld, das sie bei sich hatte. Am nächsten Tag ging sie zum Juwelier Peschmann in der Auenstraße.

»Herr Peschmann«, sagte sie und zupfte sich dabei die Handschuhe von den Händen. »Ich möchte gerne unter vier Augen mit Ihnen reden.«

Der Juwelier, ein behäbiger älterer Herr mit silbernem Haar und Walross-Schnurrbart, bat sie in sein Büro. Sie setzte sich ihm gegenüber an einen weißgoldenen Empire-Schreibtisch.

»Wie kann ich Durchlaucht dienen?«, fragte er.

Daisy atmete einmal tief durch. Was sie jetzt tat, durfte niemand wissen. Hans bringt mich um, dachte sie, wenn er das erfährt. Einen Augenblick zögerte sie noch, dann hielt sie dem Juwelier in der offenen Hand eine Perle hin – eine der Perlen aus der schicksalsträchtigen Kette vom Nil. Mir haben sie in meiner Ehe Unglück gebracht, dachte sie. Jetzt sollen sie wenigstens anderen Glück bringen. »Wie viel können Sie mir dafür geben, Herr Peschmann?«

Peschmann nahm ihr die Perle ab und legte sie auf ein Samtkissen. Dann holte er eine Juwelierslupe aus der Schublade und begutachtete die Kostbarkeiten lange und gründlich. »Tausend Mark«, sagte er schließlich, sichtlich beeindruckt.

Daisy runzelte unwillig die Stirn. »Die Perle ist viel mehr wert, Herr Peschmann. Das wissen Sie. Sie stammt aus der Südsee und hat einen einzigartigen Glanz. Selbst wenn die Versuche, Perlen in Muscheln zu züchten, wie sie in den letzten Jahren gemacht werden, irgendwann zum Erfolg führen, bleibt solch ein herrliches Stück umso mehr eine Kostbarkeit.«

Peschmann besah sich die Perle noch einmal. »Mehr als fünfzehnhundert kann ich Ihnen nicht bieten, Durchlaucht.«

»Einverstanden.« Daisy nickte. »Können Sie mir das Geld in bar geben?«

»Ich schicke meinen Angestellten sofort zur Bank, wenn es Ihnen genehm ist.«

»Gerne.« Sie sah dem Juwelier in die Augen. »Herr Peschmann, ich bitte Sie in dieser Angelegenheit um strengstes Stillschweigen. Es geht um ein Wohltätigkeitsprojekt, von dem niemand wissen darf.«

»Selbstverständlich.« Er verbeugte sich tief. »Durchlaucht können sich auf mich verlassen. Durchlaucht waren überhaupt nicht hier.«

Die Witwen weinten, als ein Karren ihre Möbel zurückbrachte, und Daisy war mindestens ebenso glücklich wie sie. Sie hatte ihre Berufung gefunden. Ihre Zeit als »Engel von Waldenburg« begann.

....

Brief Daisys von Pless an Prinz Gottfried von Hohenlohe-Schillingsfürst

Herbst 1905

Lieber Maxl!
Ihr herzlicher Brief aus Wien, den ich gestern erhalten habe, hat mir große Freude bereitet. Natürlich bin ich gerne bereit, Ihnen die Rhododendronsamen aus dem Fürstensteiner Park zu schicken – und ich hoffe, Ihre Frau Mutter freut sich über das Geschenk. Über Ihre Anekdoten vom Zarenhof habe ich sehr lachen müssen! Es stimmt mich traurig, dass Sie die Einladung meiner Schwiegereltern zur Jagd in Pless diesmal nicht annehmen können, aber ich hoffe, dass wir unsere freundschaftliche Korrespondenz auch weiterführen können, wenn Sie so weit entfernt sind. Sie ist mir im letzten Jahr lieb und teuer geworden. Sie wissen ja, dass Sie einer der Wenigen sind, die mein Herzensanliegen verstehen und mit denen ich meine Gedanken darüber austauschen kann.

Sie haben mir geschrieben, ein Mensch müsse den Mut haben, zu tun, was ihm wichtig ist. Und das tue ich jetzt, auch wenn die anderen sagen, ich solle doch mit meinem Leben als Mutter zufrieden sein. Zufrieden! Jede Frau mit einem Mann, mit Kindern und einem Haus ist gebunden. Wenn sie damit zufrieden ist, sich selber im Spiegel hübsch zu finden, Pelze und Diamanten zu haben und ihre Seele zu vergessen, mag sie glücklich werden, sonst nicht. Sonst lebt sie ein verfehltes Dasein, und das will ich nicht.

Letzte Woche habe ich das Bergarbeiterhospital in Waldenburg besucht. Es war alles so traurig und hoffnungslos. Ein Mann war quer über die Augen bandagiert und saß wie ein Kind da und spielte mit meiner Hand, als ich ihm sagte, ich würde in Zukunft für ihn sorgen. Mehrere hatten ihre Beine verloren, einer hatte das Rückgrat gebrochen und musste sterben. Ich will dort eine Bibliothek einrichten und irgendwelche Spiele im Freien, eine Kegelbahn … Ob es wohl in einer anderen Welt eine Entschädigung für die Leiden gibt, die die Armen erdulden? Keine schlechten Wege, keine harten Steine, keine schrecklichen Häuser mehr, sondern Ruhe für müde Füße und wunde Herzen …

Mein gestriger Besuch in der hiesigen Kinderbewahranstalt war so furchtbar, dass ich danach stundenlang weinen musste. Maxl, können Sie sich vorstellen: Ich habe Kinder gesehen mit kahlgeschorenen Köpfen und uralten Gesichtern. Zu klein geblieben, rachitisch mit verbogenen Beinen, mit Buckeln und Klumpfüßen. Der Rektor führte mich herum und sprach über diese armen Wesen, als verdienten sie nicht, auf der Welt zu sein. Nach dem Rundgang wurden Champagner und Petits Fours serviert!

Ich dachte an meine Söhne, mit denen ich am Tag vorher am Daisy-See im Rehgarten war, bei den Fasanen und Enten. Hansel kann schon gut auf dem Eselchen reiten, und was tut das kostbare Baby am liebsten? Es isst seine eigenen Schuhe! Ach, welch ein Glück die beiden doch haben!

Mein Gatte darf nicht wissen, dass ich inzwischen schon drei Perlen verkauft habe. Die Kette ist so lang, und ich trage sie ohnehin nur selten. So schnell wird er also nichts merken. Ich habe die Perlen gezählt, es waren ursprünglich 738, nun sind es ein paar weniger. Ich habe vor, noch im Oktober die schlimmsten Zustände in den Arbeiterhäusern des Grubenkonsortiums verbessern zu lassen – man muss doch dafür sorgen, dass nicht etwa die Schweineställe besser sind als die Arbeiterwohnungen!

Lieber Maxl, ich bin so glücklich als Mutter, meine Söhne sind mir das Wichtigste und Liebste auf der Welt. Und doch möchte ich etwas haben, wofür ich leben kann, etwas leisten und erhoffen, ein Werk, das den Menschen dient. Können Sie das verstehen? Und diese Menschen brauchen mich. Sie haben sonst niemanden.

Ich wünsche Ihnen eine gute Reise nach Sankt Petersburg, und grüßen Sie mir den Zaren und seine liebenswerte Frau. Bleiben Sie mir als Freund und Vertrauter gewogen, darum bittet
Ihre Daisy von Pless

....

Fürstenstein, Sommer 1906

Hans stürmte auf die Bolko-Terrasse, wo Daisy mit den Kindern und ihren Nannys bisher einen friedlichen Nachmittag verbracht hatte. »Du hast einen Brief an Bülow geschrieben? Wegen der Kanalisierung des Laisebachs?«

Daisy reichte Lexel, der auf ihrem Schoß gesessen hatte, an eine der Kinderfrauen weiter. »Ja«, sagte sie, ohne schuldbewusst zu wirken. »Hat er es dir erzählt?«

Hans' Lippen waren schmal, wie immer, wenn er sich nur mühsam beherrschte. »Gestern nach dem ›Herrenhaus‹ kam er zu mir und bat mich, dir dieses Antwortschreiben zu übergeben.«

Daisy nahm den Umschlag, den er ihr hinhielt. »Seit wann öffnest du meine Briefe?«

Er schnaubte. »Das ist mein Recht als dein Ehemann. Vor allem, wenn du hinter meinem Rücken den Reichskanzler anschreibst.«

Sie überflog den Text: *»Verehrte Prinzessin! Ich habe Ihren ausführlichen, trotz seines traurigen Inhalts entzückenden Brief mit großem Interesse gelesen. Er gibt mir wichtige Ergänzungen zu dem, was Sie mir vor einigen Wochen in Kiel über die entsetzlichen*

Zustände in den Ortschaften um Fürstenstein berichtet haben. Sie schlugen vor, einen Teil der Rücklagen für Flutkatastrophen zur Behebung dieser Zustände zu verwenden. Das ist leider nicht möglich. Nur zu gern werde ich mich aber um eine offizielle Inspektion bemühen in der Hoffnung, dass es uns gelingen wird, Ihren verdienstvollen Vorschlägen, die ein Beweis Ihrer menschlichen Einstellung sind, Gerechtigkeit zu verschaffen. Ich verbleibe Ihr Ihnen sehr ergebener Bülow.«

Hans nahm ihr den Brief wieder fort. »Bülow hat natürlich sofort gemerkt, dass ich keine Ahnung von der ganzen Sache hatte. Du hast mich bloßgestellt! Und weißt du, was er noch gesagt hat? ›Mein lieber Fürst‹, hat er gesagt, ›dies alles ist doch eigentlich Ihre Zuständigkeit. Erleichtern Sie Ihren Untertanen ein wenig das Leben, die nötigen Mittel dazu haben Sie doch! Sonst wird Ihnen die wachsende Unzufriedenheit womöglich einmal vor die Füße fallen.‹ Kannst du dir vorstellen, wie ich dastand? Wie ein Idiot!«

»Du wolltest ja nie etwas davon hören!«

Jetzt erst hatte der kleine Hansel bemerkt, dass sein Vater da war. Bevor Smith ihn festhalten konnte, lief er zu ihm und hielt ihm ein hölzernes Pferdchen hin. »Spielst du mit mir, Vater?«, fragte er ganz brav.

»Jetzt nicht.« Hans schob ihn mit dem Arm weg, und er ging traurig wieder zu seiner Kinderfrau. Auf ein Zeichen von Daisy brachten die Nannys die Buben in ihre Zimmer.

»Ich habe deine Eskapaden endgültig satt, Daisy.« Hans machte eine entschiedene Handbewegung. »Und ich verbiete dir, dieses Projekt weiterzuverfolgen.«

»Das geht nicht.« Daisy schob trotzig das Kinn vor. »Ich habe bereits einen Bakteriologen von der Breslauer Universität bestellt, der Proben aus dem Laisebach entnommen hat. Und ich habe mit dem Kaiser gesprochen.«

Hans ballte beide Fäuste; die Ader auf seiner Stirn klopfte.

Daisy war es egal. »Der Kaiser hat mir seine Unterstützung zugesagt.« Sie machte einen Schritt auf ihren Mann zu. Jetzt, wo die Kinder drinnen waren, wollte auch sie sich nicht mehr zurückhalten. »Ich frage dich nicht mehr um Erlaubnis, Hans, denn du gibst sie mir ohnehin nicht. Und es ist mir auch ganz gleich. Ich habe meine Schuldigkeit dir gegenüber getan, ich habe dir zwei Söhne geboren. Ich habe immer gehorcht und gelächelt. Jetzt mache ich, was ich für richtig halte. Ich fürchte deinen Zorn nicht mehr, Hans.«

Hans war ganz weiß im Gesicht. Daisy sah, dass er mit sich rang, den Impuls bekämpfte, sie zu packen und zu schütteln. Und dann tat er schließlich das, was er immer tat, wenn er einsah, dass er nichts ausrichten konnte – er gab nach. »Tu, was du nicht lassen kannst, Daisy«, presste er zwischen den Zähnen hervor. »Aber du bekommst in Zukunft keinen Pfennig mehr von mir für wohltätige Zwecke. Und ich wünsche, dass du dich jedes Mal von Kopf bis Fuß desinfizierst, wenn du aus Waldenburg zurückkommst.«

»Natürlich«, sagte Daisy.

Als er gegangen war, lehnte sie sich gegen die Brüstung. Ihre Hände zitterten. Aber sie hatte einen Sieg errungen.

Tags darauf stellte Daisy eine persönliche Sekretärin ein, die ab sofort alle Schreib- und Büroarbeiten übernehmen sollte. Sie erhielt außerdem mit der Post die Wasseranalyse des Breslauer Bakteriologen. Der Befund ergab, dass »der Bakteriengehalt des Laisebachs die Breslauer Kanaljauche bei weitem übertraf«. Daisy schickte die Ergebnisse der Untersuchung an die Provinzialregierung in Breslau, an den Kaiser, an den Reichskanzler. Gleichzeitig engagierte sie den bekannten englischen Fachmann Dr. Greene, der mit mehreren Mitarbeitern die sanitären Verhältnisse in Waldenburg analysierte und ein Projekt zu ihrer Verbesserung ausarbeitete. Dazu gehörten ein Abwässersystem, die Zuschüttung aller dem Laisebach naheliegenden vergifteten Brunnen, Trinkwasserzufuhr für alle Wohnhäuser, die Kanalisation des Baches selber und der Bau einer Kläranlage. Das wissenschaftlich fundierte Material mit dem eindrucksvollen Titel »Gutachten der Greene-Kommission« legte Daisy der preußischen Regierung in Berlin vor – sie wusste, dass ihr Projekt ohne finanzielle Unterstützung durch den Staat nicht finanzierbar war. Dann galt es, zu warten.

Anfang September folgte sie einer Einladung des Großfürsten Michael und seiner Frau Sophie Torby nach Cannes in die Villa Kasbek. Hans kam nicht mit, und Daisy war erleichtert darüber; ohne ihn fühlte sie sich viel freier. Als sie in Cannes ankam, wartete schon ein Automobil des Großfürsten auf sie, und am Steuer saß – der Prinz von Hohenlohe-Schillingsfürst!

»Maxl«, rief Daisy. »Wie kommen Sie hierher?« Er stieg aus, nahm ihre beiden Hände in seine und küsste sie auf die Wange. »Es sollte eine Überraschung sein«, lachte er. »Sie hatten ja geschrieben, dass Sie im September herkommen. Und ich kenne den Großfürsten schon lange, also habe ich mich ganz ungeniert selber eingeladen.«

Es wurden drei unbeschwerte Wochen. Sie fuhren auf der Croisette spazieren, machten Ausflüge nach Nizza und Monaco und segelten mit der großfürstlichen Yacht in romantische Buchten. Daisy fühlte sich wie in einer anderen Welt, weit weg von Hans und Fürstenstein und dem Waldenburger Elend. Sie sah das Blau von Meer und Himmel, die roten und weißen Segel der kleinen Boote und auf der Insel weit draußen das friedliche Kloster St. Honorat. Und sie teilte ihre Freude mit Maxl, der ihr nicht von der Seite wich. Jeden Tag gingen sie mit den Kindern ans Meer. Hansel baute Sandburgen, auf die sich Lexel mit Vergnügen plumpsen ließ, um seinen Bruder zu ärgern. Sie sammelten Muscheln, schleppten Eimerchen mit Meerwasser und versuchten, mit dem Käscher im seichten Wasser winzige Fischlein zu fangen. Daisy stand in ihrem baumwollenen Badekleid mit Pluderhose bis zu den Waden im Wasser und genoss Sonne und Wind.

Am Abend färbte die Sonne den Horizont blutrot, ein leichter Wind war aufgekommen, und die letzten heimkehrenden Fischerboote segelten Richtung Hafen. Daisy stand mit ihrem Aperitif alleine unter einer Palme, als der Prinz zu ihr trat. »Ich weiß nicht, was schöner ist – der Sonnenuntergang oder du.« Unwillkürlich war er zum vertrauten Du übergegangen.

»Weißt du nicht, dass Komplimente Frauen eingebildet machen?« Sie nahm das Du ganz selbstverständlich auf, obwohl es sich eigentlich nicht schickte.

»Aber ich meine es ehrlich, Daisy. Und du bist nicht nur schön, sondern du hast auch Herz und Verstand.«

Sie lächelte. »Du bist ein echter Freund, Maxl. Ich bin so froh, dass wir uns kennen.«

Er nahm ihre Hand. »Mein ganzes Leben lang habe ich nach einer Frau wie dir gesucht. Daisy, ich …«

Sie versuchte, ihre Hand wegzuziehen, aber er hielt sie fest. »Nicht«, bat sie. »Bitte sprich nicht weiter. Verdirb nicht, was wir haben.«

»Ich kann doch nicht anders!« Verzweiflung klang in seiner Stimme. »Daisy, liebste Daisy, die vergangenen Tage mit dir waren die schönsten meines Lebens. Und du warst doch auch glücklich. Kannst du dir nicht vorstellen … ich biete dir meinen Namen, ein Heim, ein sorgloses Leben. Es wäre kein gesellschaftlicher Abstieg für dich. Und eine Scheidung ist heutzutage nichts Undenkbares mehr. Verlass deinen Mann, du liebst ihn doch nicht. Und komm zu mir.«

Daisy war zum Weinen zumute. Aber sie war kein Kind mehr, und sie glaubte nicht mehr an die Liebe. Sie hatte Maxl so gern. Nein, sie war nicht verliebt in ihn, so wie damals in Gordie, aber er war ihr allerbester Freund. Einen Augenblick lang stellte sie sich vor, wie es wäre, mit ihm zu leben. Jeden Tag in Harmonie zu verbringen, ohne Streit. Miteinander reden zu können, lachen und fröhlich sein. Sie könnte mit ihm nach Sankt Petersburg gehen, täglich Gast am Zarenhof sein. In Wien den Heurigen genießen, im Prater ausreiten. Die legere Gesellschaft des österreichischen Adels genießen. Es könnte so schön sein, dachte sie, und einen winzigen Moment lang spürte sie den Impuls, einfach ja zu sagen. Aber dann war der Augenblick vorbei. Nein. Es war unmöglich. »Vielleicht hast du recht«, sagte Daisy traurig. »Mit dir wäre ich bestimmt glücklicher als mit Hans. Aber darum geht es nicht. Es geht um meine Kinder. Hans würde niemals auf seine Söhne verzichten. Und ich würde sie um nichts auf der Welt hergeben.«

»Liebst du mich denn gar nicht?« Er küsste die Innenseite ihrer Hand voller Leidenschaft.

Sanft machte sie sich los. »Ob ich dich liebe oder nicht, darauf kommt es nicht an. Ich bin eine verheiratete Frau. Und auch wenn meine Ehe nicht glücklich ist – ich habe zwei wunderbare Söhne, zu denen ich gehöre. Du verdienst ein Heim, eine glückliche Ehe. Das alles kann ich dir nicht geben. Ach, Maxl. Lass uns bitte einfach Freunde sein.« Es tat so weh, diese Sätze auszusprechen.

Er senkte den Kopf, damit sie seine Tränen nicht sah. Lange standen sie so, dicht nebeneinander und doch jeder für sich allein. Die rote Sonne ertrank ganz langsam im Meer.

»Ich könnte es nicht ertragen, dich zu verlieren«, sagte er schließlich und sah sie an.

»Du verlierst mich nicht, das verspreche ich dir. Wir bleiben Freunde auf immer und ewig.« Daisy legte ihre Hand auf seine Wange. »Auch ich will dich nicht verlieren, Maxl. Aber ich kann dir nicht gehören.«

Er nickte, dann straffte er den Rücken und machte eine kleine, förmliche Verbeugung. »Ich werde morgen abreisen«, sagte er. »Es ist besser so.«

»Wirst du mir schreiben?«

»Wenn ich darf?«

»Du musst!«

Am nächsten Morgen, als Daisy zum Frühstück erschien, war Maxl bereits fort.

....

Aus den Briefen Maxls an Daisy

Schloss Schwarzenberg, Böhmen, 8. Oktober 1906

Dich für Monate nicht sehen zu können, das ist mehr, als ich ertragen kann. Und ertragen kann ich viel, wie Du gesehen hast nach all dem, was Du mir an unserem letzten gemeinsamen Tag klargemacht hast …

Wien, 19. November 1906

Meine liebe, liebe Daisy … Ich kann Dir nur immer wieder gestehen, wie sehr ich Dich liebe … Vergib mir, aber meine Liebe bleibt unauslöschlich, auch wenn ich versuche, Dir nur in Freundschaft ergeben zu sein, so wie Du es forderst. Aber glaube mir, die Zeit, wenn Leidenschaft sich in Freundschaft verwandelt, liegt noch in weiter Ferne …

Sankt Petersburg, Januar 1907

In meiner Erinnerung siehst Du so strahlend aus wie in Cannes … Ich bin deprimiert, ich weiß nur, dass ich mich schrecklich nach Dir sehne … Und mach Dir keine Sorgen, ich werde nie etwas tun, was unsere Freundschaft zerbrechen könnte. Aber glaube mir, in unserer Freundschaft verbirgt sich mehr, als Du zugibst. Wenn zwei Menschen für solch eine Zeit einander so zugetan sind wie wir, dann möge passieren, was wolle … Gute Nacht, mein geliebter, kostbarer Engel.

………. ……….

Aus den Briefen Daisys an Maxl

Fürstenstein, 16. Oktober 1906

Heute Nacht rauscht der Fluss wie das Meer, und ich denke an unsere Zeit in Cannes. Wenn Du in meine Augen blicken und sehen könntest, was darin liegt, so würdest du einen großen Kummer sehen, den niemand ahnt, ein Sehnen nach unerreichbaren Dingen, eine große Enttäuschung über alles Wissen von der Welt, das in Ernüchterung endet. Aber es darf nicht sein …

Pless, 28. November 1907

Mein Herz und meine Seele sind bei meinen Kindern, die ich nie verlassen kann. Eine verheiratete Frau, die einen anderen Mann an sich bindet, ist ein verachtenswertes Geschöpf …

Berlin, 28. August 1907

Die gute Bertha von Trautmannsdorf hat mir einmal bei einem Spaziergang in Meran gesagt: »Liebe ist für Stubenmädel.« Damals habe ich ihr nicht geglaubt … Ich flüchte mich in die Arbeit, und Hans hindert mich nicht. Ich weiß jetzt, dass er eine Geliebte in Wien hat, deshalb fährt er so oft dorthin. Mich lässt er einfach in Ruhe, und das ist schon das Beste, was ich von ihm zu erwarten habe. Aber er ist und bleibt mein Ehemann … Ich schreibe Dir diesen Brief, und Hans sitzt nicht weit von mir und legt Patiencen … Manchmal wache ich nachts auf, und meine Wangen sind nass von Tränen … Aber meine Entscheidung gilt immer noch, und sie macht unsere Freundschaft so unendlich viel kostbarer …

……….. ………..

Joschis Geschichte

Joschi stand an den Schlag der Kutsche gelehnt vor dem Hospital in Kunzendorf und wartete. Die Fürstin war gerade erst hineingegangen, begleitet von der Sekretärin und ihrer Zofe Missy, die Körbe mit Geschenken trugen, Strümpfe, Wolltücher, Unterwäsche, Kuchen und Schokolade. Es würde eine Weile dauern, bis sie wiederkamen, also zündete sich Joschi eine Zigarette an und dachte über sein Leben nach.

In den letzten drei, vier Jahren war er zum Einzelgänger geworden. Er galt als Günstling der Fürstin, man redete über ihn. »Der glaubt, er sei etwas Besseres«, hieß es, und: »Der spricht nur noch mit seinen Pferden und der Fürstin Daisy.« Man missgönnte ihm, dass er reiten und später auch noch kutschieren hatte lernen dürfen, und dass er der Einzige war, den die Fürstin zu ihren Pferden ließ. Die anderen im Marstall hielten sich von ihm fern, und irgendwann hatte er auch eine eigene Kammer und schlief allein. Aber all das machte ihm nichts aus. Er hatte in seinem jungen Leben mehr erreicht, als er sich je hätte träumen lassen. Er war herausgekommen aus der Grube, durfte bei seinen geliebten Pferden sein und bei der Frau, die er am meisten auf der Welt liebte und bewunderte. Er war ihr Führer und Vermittler, wenn sie dorthin ging, wo er hergekommen war, in die Armenviertel, die Arbeiterhäuser. »So eine feine Dame wie die hat bestimmt noch nie was Grausliges und Ekliges gesehen«, hatte seine Schwester Lissa zu ihm gesagt, als er sie damals mit nach Hause gebracht hatte. Aber sie machte sich nichts daraus. Sie stieg mit ihren weißen Knopfstiefeln in Pfützen, nahm die schmutzigen, zerlumpten kleinen Kinder auf den Arm. Sie ließ sich sogar einmal mit hinunter in einen Grubenschacht nehmen und kam voller Kohlestaub wieder heraus, nur um zu sehen, wie die Arbeiter es dort drunten hatten. Danach hatte sie gesagt, es gäbe Orte, die seien wohl bald so schlimm wie die Hölle. »Dort drunten warst du als Kind?«, hatte sie ungläubig gefragt, und er hatte genickt. »Dort drunten wäre ich noch, wenn ich damals nicht das Pferd gestohlen hätte.«

Sie schüttelte den Kopf. »Jetzt verstehe ich, warum die Männer sogar auf der Straße Schnaps trinken.«

Damit spielte sie auf die unzähligen kleinen Kneipen an, in die die Grubenarbeiter üblicherweise nach der Schicht gingen und ihren Lohn versoffen. Nach Schichtwechsel waren die Kaschemmen so voll, dass die Männer mit Flaschen voll billigem Korn draußen standen, sogar wenn es regnete. Die Trunksucht war die Geißel der Armen. Oder, wie die Fürstin es formulierte: »Wenn ich zehn Stunden am Tag drunten im Finstern und ohne Luft schuften müsste, nur um in ein elendes Loch in einer Arbeiterbarracke heimzukehren, wenn ich zuschauen müsste, wie meine Kinder langsam an Skrofulose oder der Schwindsucht sterben, und nicht das Geld hätte, einen Arzt zu bezahlen … dann würde ich auch lieber betrunken als nüchtern sein.«

»Meine Mutter stand damals jeden Samstag zusammen mit den anderen Bergmannsfrauen vor dem Grubentor, um meinen Vater mitsamt seiner Lohntüte abzufangen, bevor er das Geld in Alkohol umsetzen konnte. Uns Kinder nahm sie dabei immer mit.«

Eines Tages kam Daisy zum Marstall und winkte Joschi schon von weitem. Er legte die Trense weg, die er gerade geputzt hatte, und kam auf sie zu. »Wir haben es geschafft«, jubelte sie, »Joschi, wir haben es geschafft!« Sie zog einen Brief aus dem Ärmel. »Hör zu: ›Zu meiner großen Freude darf ich Ihnen, liebe Daisy, mitteilen, dass alle notwendigen Mittel zur Verwirklichung Ihrer Vorschläge zur Verfügung stehen.‹ Weißt du, wer das geschrieben hat? Der Kaiser persönlich!«

»Dann kann es jetzt losgehen?«, fragte Joschi.

»Spätestens im Sommer«, sagte Daisy. »In zwei Wochen muss ich nach Berlin fahren, zur Gründung des ›Kanalisationsverbands für das Laisebachgebiet‹, und dann fangen die Arbeiten an. Ich dachte mir, du willst vielleicht mitkommen und deinen Bruder besuchen?«

Joschi hatte Otto seit fast zwei Jahren nicht mehr gesehen. »Ich kutschiere Sie gern nach Berlin, Mylady.«

Sie lachte. »Nein, nein, das ist viel zu langsam. Wir nehmen den Zug, ich lasse unseren Salonwagen ankoppeln.«

»Dann frage ich Herrn Wawczynek, ob er mir freigibt.«

»Das musst du nicht. Ich ernenne dich hiermit zu meinem Leibjäger. Das bist du ja schon längst.«

Joschis Herz machte einen Sprung. Die Leibjäger, das waren die persönlichen Wachleute der Fürstenfamilie! »Ich weiß nicht, ob ich das kann …«, stotterte er. Das war schließlich ein höchst verantwortungsvoller Posten.

»Natürlich kannst du das. Du bist seit Jahren schon mein Begleiter und Beschützer.«

»Ich werde Ihr Vertrauen nicht enttäuschen«, sagte Joschi. »Und ich würde furchtbar gern meinen Bruder wiedersehen.«

In Berlin hielt die Droschke vor der weißen Villa am Grunewald, in der Oskar Vogt mit seiner französischen Frau Cécile lebte. Beide empfingen die Fürstin und Joschi herzlich und führten sie sofort ins obere Stockwerk.

»Er weiß schon, dass Sie kommen«, sagte Cécile Vogt, die, wie ihr Mann, Hirnforscherin war. »Und ich glaube, er freut sich, auch wenn er's nicht zeigen kann.«

Sie öffnete die Tür zu einem hellen, freundlichen Zimmer, und Joschi konnte es kaum erwarten, einzutreten. Drinnen saß, mit dem Rücken zu ihnen, Otto an seinem Schreibtisch, ein geöffnetes Schreibheft vor sich.

»He, kleiner Bruder«, rief Joschi und ging auf ihn zu.

Otto stand auf und drehte sich um.

»Herrje, bist du groß geworden!«

»Acht Komma vier Zentimeter gewachsen«, antwortete Otto ohne ein Lächeln. »Macht drei Komma acht eins Millimeter im Monat.« Er ließ sich von Joschi umarmen.

Der Junge war kaum wiederzuerkennen. Aus dem dürren, blassen Kind war ein kräftiger, rotwangiger, hochaufgeschossener Bursche geworden. Man konnte sehen, was gute und ausreichende Ernährung bewirkt hatte, und Daisy beschloss sofort, sich die Speisezettel der Krüppelheime und Waisenhäuser zeigen zu lassen. »Wir lassen euch jetzt eine Weile allein«, sagte sie. »Ihr habt euch bestimmt viel zu erzählen.«

Sie trank Kaffee mit den Vogts im Wintergarten. »Ich kann Ihnen gar nicht sagen, wie dankbar ich Ihnen bin, dass Sie sich um den Jungen kümmern«, sagte sie, während ein Dienstmädchen ein Tablett mit Eclairs brachte.

»Wir müssen uns bedanken«, erwiderte Dr. Vogt lächelnd. »Der Bursche ist etwas ganz Besonderes. Ein mathematisches Genie mit gleichzeitig verkümmerter emotionaler Entwicklung. Er scheint keine Gefühle zu haben. Freude, Trauer, Humor, Sehnsucht, Ärger – all das gibt es bei ihm nicht. Nur Angst kennt er, wenn man ihm zu nahe kommt oder ihn gar berührt. Inzwischen vertraut er uns. Wir machen immer wieder verschiedene Tests mit ihm, und er arbeitet bereitwillig mit. Cécile gibt ihm Unterricht, und er ist inzwischen so erfolgreich, dass wir versuchen wollen, ihn an einer Internatsschule in Potsdam unterzubringen.«

»Haben Sie herausgefunden, was er hat?«, wollte Daisy wissen.

»Tja, Durchlaucht, wir beforschen hier völliges Neuland … Jedenfalls ist es keine Krankheit oder geistige Behinderung, wie wir anfangs befürchtet hatten, eher eine Art Hirnstörung. Otto ist überdurchschnittlich intelligent und hochsensibel. Viele Genies haben ähnliche Veranlagungen.«

»Sie meinen, er ist ein Genie?«

»Nun, so weit würde ich nicht gehen«, erwiderte Cécile Vogt. »Aber er hat in den mathematischen Fächern den Wissensstand eines Absolventen höherer Schulen. Und das nach nicht einmal zwei Jahren Unterricht. Die Verknüpfungen in seinem Hirn funktionieren unglaublich schnell. Gleichzeitig bewirkt unsere Therapie bei ihm keinerlei Lerneffekt, was das soziale Verhalten betrifft. Otto lebt in seiner eigenen Welt, und er hat von sich aus kein Bedürfnis nach Kontakt.«

»Wird er denn jemals ohne Hilfe leben und arbeiten können?«, fragte Daisy.

Dr. Vogt zupfte sich am Bart. »Wenn er einen Beruf findet, der seinen Talenten entgegenkommt, in dem er ungestört alleine arbeiten kann … und, sagen wir, wenn gleichzeitig sein Privatleben gut organisiert ist und immer in den gleichen Bahnen abläuft – warum nicht? Er wird sicherlich kein Mathematiklehrer werden können, aber ein Ingenieur vielleicht. Wir müssen einfach abwarten. In der Pubertät kann sich einiges tun, und vielleicht entwickelt sich seine Kommunikationsfähigkeit, wenn er mit Gleichaltrigen im Internat lebt.«

»Die Kosten übernehme selbstverständlich ich«, sagte die Fürstin. Die Kette würde kürzer, die Perlen weniger werden, aber sie wollte dem Jungen den Weg in ein normales Leben ebnen.

»Danke«, sagte Joschi auf der Rückfahrt ins Hotel. »Ich habe meinen Bruder noch nie so ruhig und zufrieden gesehen. Ich glaube, er ist glücklich – soweit er glücklich sein kann. Ich kann Ihnen das nie zurückzahlen, Mylady.«

»Das brauchst du auch nicht, Joschi. Otto ist etwas Besonderes, und er verdient es, dass man sich um ihn kümmert.«

Am nächsten Tag fuhren sie zur Rennbahn. Athanasius, der zweijährige Galopper, sollte an einem Trainingsrennen teilnehmen. Wawczynek, der Jockey und ein Pfleger waren schon vor eine Woche mit dem Hengst angereist, damit er sich an das Geläuf gewöhnen konnte.

Jetzt standen alle auf der Tribüne und sahen zu, wie die Pferde hinter dem Startseil Aufstellung nahmen. Athanasius startete in der Mitte, ein verwaschener Fuchs mit schwarz zulaufenden Fesseln und einer unregelmäßigen Blesse auf der Stirn; nicht gerade der Inbegriff von Pferdeschönheit. Der Hengst war nervös, tänzelte, warf den Kopf und ließ sich kaum zügeln. Seine Nüstern waren gebläht, die Augen weit aufgerissen. Der Jockey kämpfte, um ihn zurückzuhalten. Dann wurde das Seil hochgezogen, und die Pferde schossen vorwärts. Athanasius bockte, bevor er anfing zu galoppieren, die anderen Pferde liefen ihm auf den ersten Metern davon. Der Jockey versuchte, ihn anzutreiben, aber man konnte sehen, dass der Hengst nicht rund lief.

»Er geht gegen die Hand«, knurrte Joschi. Tatsächlich schien zwischen Pferd und Jockey keinerlei Einverständnis zu bestehen. Dann, nach der Hälfte der Strecke, schien der Hengst aufzuwachen, er streckte sich, wurde schneller, holte auf. Der Jockey zeigte ihm die Peitsche – und im selben Augenblick war der Spurt auch schon wieder vorbei. Am Ende lief Athanasius als Letzter ein.

Daisy und Joschi liefen zur Ziellinie und nahmen den Galopper in Empfang. Daisy war enttäuscht; Athanasius hatte schon mehrere Rennen in Bausch und Bogen verloren. »Ich sollte dich vielleicht einfach als Jagdpferd nehmen«, sagte sie zu ihm, während der Jockey absprang und wütend seine Kappe auf den Boden feuerte.

Joschi sah sich den Hengst genauer an. Er schäumte zwar und ließ müde den Kopf hängen, aber im Gegensatz zu den anderen Pferden traten seine Adern am Hals nicht so sehr zutage. Und auf dem Abreitplatz wirkte er schon wieder erstaunlich munter und schritt kräftig aus. Der hatte doch Reserven!

»Warum lasst ihr ihn auf der Kurzstrecke laufen?«, fragte Joschi den Jockey.

»Weil sein Vater, Alpenkönig, kein Steher war. Er hat zwölf Kurzstreckenrennen gewonnen. Außerdem hat der Fürst das so angeordnet.«

Daisys Kopf fuhr herum. »Er ist mein Pferd.«

»Joschi hat recht«, bemerkte Wawczynek. »Er kommt erst spät in Form. Vielleicht ist er wirklich eher was für die Langstrecke.«

»Dann müssten wir ihn anders trainieren«, meinte der Jockey griesgrämig. »Und das ist sowieso schon schwer genug. Der Kerl ist ein wilder Teufel.«

Daisy schüttelte den Kopf. Wenn ein Jockey sein Pferd so offensichtlich ablehnte, konnte ja nichts Gutes herauskommen. »Joschi, meinst du, du kannst Athanasius für Steherrennen fit machen?«, fragte sie. »Für das Derby?«

»Ich kann's ja mal versuchen.«

Er nahm dem Jockey die Zügel aus der Hand und ging eine Runde mit dem Hengst, der schon wieder mit dem Kopf schlug und die Augen rollte. Er achtete darauf, wie er sich bewegte, die Hufe setzte, wie stark er den Hals streckte, wie er atmete. Dann beugte er sich zu Athanasius hinüber und flüsterte ihm ins Ohr: »Aus dir mach ich einen Sieger! Wirst schon sehen!«

....

Daisy erzählt

Alles begann damit, dass in der Nacht die alte Glocke im Turm des Torbaus herunterfiel. Wie ein unheilvolles Vorzeichen. Jeden Abend um zehn Uhr hatte sie geläutet, und damals im August 1907 hörten wir sie zum letzten Mal. Man erzählte es mir am Morgen, und ich dachte mir noch nichts dabei. Weil das Wetter so schön war, fuhr ich mit den Jungen und den Kinderfrauen an den Silbersee zum Krebse fangen, wir hatten einen unbeschwerten, fröhlichen Vormittag. Ich weiß noch, dass wir drei Eimer voll fingen, und wir freuten uns schon darauf, dass Monsieur Hardouin, unser Koch, sie zum Mittagessen zubereiten würde. Doch als wir zum Schloss zurückkamen, war dort schon helle Aufregung. Der Majordomus kam auf mich zu und überbrachte die traurige Nachricht: Mein Schwiegervater war in der Nacht gestorben, just zu dem Zeitpunkt, als die Glocke herabstürzte.

Der gute Vater! Alle Welt hatte ihn geliebt und geachtet, auch ich. Es war einmalig, wie er unseren Besitz über fünfzig Jahre lang gehütet und gemehrt hatte. Der Kaiser hatte ihm noch kurz vor seinem Tod den Herzogstitel verliehen. In seinem Kondolenzbrief schrieb er mir ehrlich: ›Ihr Gatte muss sich erst als der große Mann bewähren, der sein Vater war.‹ Er ließ den Herzogstitel nicht auf Hans übergehen – wie alle anderen in Berlin hielt er nicht viel von ihm und machte inzwischen auch keinen Hehl mehr daraus. Aber natürlich gehörte Hans nun der komplette Besitz der Fürstenfamilie von Pless! Er war nun das Oberhaupt der Familie, musste alle Finanzen regeln und den Besitz verwalten. Es hieß damals, Vater habe ein Erbe von 95 Millionen Goldmark hinterlassen – Hans klärte mich nie genauer auf. Unser Jahreseinkommen schwankte zwischen 700 000 und 2½ Millionen. Wenn die Tonne Kohle eine Mark mehr kostete, so ergaben sich 400 000 Mark mehr im Jahr. Allerdings musste Hans jährlich große Summen an seine Stiefmutter Mathilde und seine Geschwister bezahlen.

Obwohl ich seit so vielen Jahren ein Leben in Reichtum und Luxus gewohnt war, machte mich der Gedanke an so viel Geld immer noch sprachlos. Und Hans war völlig überfordert. Weil es am einfachsten war, legte er die Verwaltung von Pless und Fürstenstein, das ganze riesige Unternehmen, in die Hände seiner Beamtenschaft und ließ die Leute einfach schalten und walten. Für die Niederungen der täglichen Arbeit interessierte er sich nicht. Er war erleichtert, dass er jetzt mit einem Schlag alle Sorgen los war, zahlte all seine Wettschulden von den Pferderennen, musste niemandem mehr Rechenschaft ablegen, wofür er sein Geld ausgab und wie viel. In dieser ersten Euphorie konnte ich ihn sogar dazu überreden, dem alten Bergarbeiterhospital Gelder zukommen zu lassen, weil es baufällig geworden war. Und er erlaubte mir, im Hotel in Salzbrunn ein Konzert für die Krüppelhilfe und die Armen im Kreis Waldenburg zu geben, wo er mir doch sonst immer das Singen verboten hatte. Sie können sich ja denken: ›Deutsche Fürstinnen singen nicht in der Öffentlichkeit!‹ – das war sein Credo. Ich hatte dieses Verbot bei unseren Gesellschaften in den letzten Jahren dadurch umgangen, dass ich auf einen Balkon über dem großen Festsaal trat und von dort aus sang – so konnte man mich nicht sehen, aber hören. Und wenn dann von überallher Komplimente kamen, musste Hans gute Miene zum bösen Spiel machen.

Ja, ich brachte Hans manchmal absichtlich zur Weißglut. Er war immer noch der altmodischen Meinung, Frauen seien nur für die drei großen K's gut: Kinder, Küche, Kirche. Denn sie hätten nicht die Fähigkeit, klar zu denken – ihr Gehirn sei eben anders. Als ich ihn heiratete, als junges Ding, glaubte ich auch noch an diesen Unsinn und ließ mich kleinhalten – ja, kleinhalten, denn dazu dient doch dies alles. Die Männer wollen, dass wir gehorchen, uns unterwerfen. Aber dann erkannte ich, dass ich gar nicht so dumm war, wie Hans mir immer einzureden versuchte. Nein, ich war sehr wohl fähig zu logischem Handeln. So, wie alle Frauen. Irgendwann begann ich mich gegen das Dogma zu wehren, dass Frauen sich den Befehlen der Männer unterwerfen müssten. Es stimmt einfach nicht, dass Männer von Natur aus so viel klüger und besser als Frauen sein sollen. Das ist einfach nur eine Erfindung der Männer.

Jedenfalls, nach dem Tod seines Vaters wurde Hans für eine Weile zugänglicher. Er schenkte den Jungen sogar einen kleinen Spitz namens Laddy, und er war lieb und freundlich zu mir. Vielleicht hatte ihm auch seine Wiener Geliebte den Laufpass gegeben, ich weiß es nicht. Zum fünfzehnten Hochzeitstag kaufte er mir eine Zobelgarnitur mit Boa und Muff für 24 000 Mark! Das war seine Art, Zuneigung zu zeigen. Wir befanden uns, zumindest vorübergehend, nicht mehr im Kriegszustand. Ob wir versöhnt waren? Ach nein. Aber wenigstens musste ich zu dieser Zeit nicht mehr auf die Anwesenheit von Gästen warten, um einen freundlichen Blick oder ein nettes Wort von meinem Gatten zu erhaschen – denn vor Leuten wahrte er immer penibel den Schein. Dennoch erfüllte mich an meinem fünfzehnten Hochzeitstag ein Gefühl tiefer Traurigkeit. Als Hans abends um elf Uhr mein Schlafzimmer nach einem wie immer enttäuschenden Besuch verlassen hatte, wickelte ich mich in meine Zobelstola und weinte. So viele Jahre hatte ich gebetet und versucht und mich danach gesehnt, zu einem innigen Zusammenleben mit meinem Mann zu kommen. Und jetzt, sagte ich mir, bin ich schon glücklich, wenn wir ein paar Wochen lang nicht streiten. Ach, hätte ich Maxl nur nicht abgewiesen, dachte ich. Ich haderte mit mir selbst. War es ein Fehler gewesen, ihm zu sagen, er solle mich aufgeben? Maxl liebte mich doch aufrichtig! Mit ihm hätte ich glücklich sein können, auch ohne meine Söhne. Was, wenn ich ihm schreiben würde, ich habe meine Meinung geändert?

Und dann schlug ich mich selbst auf die Wange. Was für ein egoistischer Gedanke! Nein! Es stimmte nicht! Ohne meine Söhne wollte und konnte ich nicht sein! Gerade jetzt, wo Hans immer weniger darauf achtete, dass ich ja nicht zu viel Zeit mit Hansel und Lexel verbrachte, um sie nicht zu verzärteln. Jetzt hatte ich mit ihnen die schönste Zeit! Wir fuhren im Winter Schlitten, bauten Schneemänner und machten Schneeballschlachten – die Winter in Fürstenstein waren immer herrlich. Und im Sommer, was hatten wir für wundervolle Picknicks im Maiglöckchental! Wir aßen einfache Sachen: Butterbrote, Salat mit frischen grünen Zwiebeln, gekochte Eier … Wir wanderten auch oft entlang der Schlucht des Hellebachs zur Alten Burg. Und ich hatte durchgesetzt, dass außer den Kinderfrauen nur ein Diener mitkam! Diese Zeit mit meinen Jungen konnte mir keiner nehmen.

Und gleichzeitig vergaß ich auch die anderen Kinder nicht. Das konnte ich auch gar nicht; die Zustände in Waldenburg waren zu schlimm. Damals las ich zum ersten Mal das jährliche Gutachten des Kreismedizinalrats. Es war erschreckend. Eine Schüleruntersuchung hatte ergeben, dass vierzig Prozent der Kinder Zeichen der Skrofulose hatten, sieben Prozent waren tuberkulös, neun hatten Verkrümmungen der Wirbelsäule und Rachitis. Dreißig Prozent der Schulkinder litten unter Schilddrüsenvergrößerung. Und viel zu viele waren so verwachsen oder missgestaltet dass sie überhaupt nicht zur Schule gehen konnten. Welche Zukunft hatten diese Kinder zu erwarten?

»Du lässt dich viel zu sehr von deinen Gefühlen hinreißen«, sagte Hans. »Und du überschätzt das Ausmaß des Problems!«

»Ich zeige dir gerne das ›Ausmaß des Problems‹, Hans. Du kannst mich morgen nach Waldenburg ins Krüppelheim begleiten.«

Das wollte er natürlich nicht.

Trotzdem suchte ich nach einer Möglichkeit, ihn zu überzeugen. Ich beauftragte einen seiner Direktoren, den von allen hochgeschätzten Theobald Schulte, einen Bericht abzufassen. Darin stellte dieser fest, dass verkrüppelte Kinder hierzulande keinerlei Rechtsschutz besaßen. Es gab kein Gesetz, das den Staat zu ihrer Ausbildung oder ihrem Unterhalt verpflichtete. Schulte fand heraus, dass in Waldenburg 162 Kinder wegen ihrer Behinderung nicht zur Schule gehen konnten. Und dass sich die Eltern dagegen wehrten, sie in ein Krüppelheim zu geben, denn das wäre im Leben dieser Ärmsten die Endstation. Schulte und ich kamen zu dem Ergebnis, man müsse für diese Kinder eine Ganztagsschule errichten, in der sie praktisch und gezielt für spätere Arbeitsmöglichkeiten ausgebildet würden, für Korbflechterei, Bürstenbinderei oder die Herstellung künstlicher Blumen. Damit befanden wir uns tatsächlich unter der Avantgarde der sozialen Reformer. Und wenn Hans auch mir nicht glaubte – von seinem Direktor ließ er sich schließlich überzeugen. Er gab zu meiner Freude großzügig Mittel, und so wurde die moderne Waldenburger Krüppelschule eröffnet. Wir engagierten geeignete Lehrer, eine Krankenschwester für die Gesundheitsvorsorge, und ich bat einen der namhaftesten schlesischen Orthopäden, Dr. Theissing, um Unterstützung. Bis zu fünfzig Kinder konnte das Institut aufnehmen, und das Geld reichte auch noch für manch notwendige Operation.

Direktor Schulte hatte außerdem die berüchtigt hohe Säuglingssterblichkeit im Waldenburger Revier untersucht. Stellen Sie sich vor, sie betrug damals fast fünfzig Prozent! In Altwasser, dem Stadtteil, in dem mein Leibjäger Joschi aufgewachsen war, starben in jedem Jahr mehr als drei Viertel aller Neugeborenen! Schulte hatte festgestellt, dass die Mütter von der Fabrikarbeit so ausgemergelt waren, dass sie nicht stillen konnten oder zu schwache Kinder zur Welt brachten. Ich ließ daher drei Milchhallen einrichten, in denen sich Mütter gute, sterilisierte Milch für ihre Babys kostenlos abholen konnten. Die Verantwortung übergab ich den Pfarrgemeinden. Auch diesmal ließ sich Hans überzeugen, Geld zu geben. Ich glaubte beinahe, dass er sich geändert, dass er dazugelernt hätte. Aber auch das war wieder nur ein Trugschluss …

Schließlich war es meine Schuld, dass Hans wieder aufhörte, meine Wohltätigkeit zu unterstützen. Ich war durch meine Erfolge übermütig geworden und tat in meinem Überschwang etwas ganz Unsägliches: Im Sommer 1908 hörte ich, dass August Bebel, der »Arbeiterkaiser«, eine Rede in Breslau halten würde. Ich wusste ja, dass viele unserer Grubenarbeiter zu Hans' großem Ärger Sozialisten waren, und deshalb interessierte ich mich dafür. Hans war zu diesem Zeitpunkt in Pless, und so wagte ich es: Missy besorgte für sich und mich ganz einfache schwarze Kleider, grünstichig und abgewetzt, wie arme Frauen sie trugen. So fuhren wir heimlich, nur begleitet von meinem Leibjäger Joschi, mit der Eisenbahn nach Breslau.

Es war ein seltsames Gefühl, als ganz einfache Frau im Bahnabteil mit anderen einfachen Leuten zu sitzen. Wir bekamen keinerlei Aufmerksamkeit, niemand kümmerte sich um uns, und keiner sah uns an. Ich hatte Durst, und niemand brachte mir etwas. Ein Mann rempelte mich an und entschuldigte sich nicht! So etwas war ich überhaupt nicht gewohnt, ich fühlte mich wie auf einer Expedition ins »normale« Leben. In Breslau ließen wir uns dann mit einer Droschke zum Versammlungssaal fahren, wo schon eine große Menschenmenge wartete. Wie alle anderen stellten wir uns vor dem Eingang an und drängten uns dann drinnen auf engstem Raum zusammen. Dann trat ganz vorne ein drahtiger, älterer Mann ans Rednerpult. Ich stellte mich auf die Zehenspitzen. Er sah aus wie ein Professor mit seinem exakt gestutzten Spitzbart, dem Mittelscheitel und den wallenden grauen Haaren. Sein Blick war stechend, aber nicht unfreundlich, als er ihn über die Menschenmenge im Saal schweifen ließ. Dann begann er seine Ansprache. Ich kann hier nicht die Einzelheiten wiedergeben, aber ich konnte dem Mann nicht ohne Ergriffenheit zuhören, wenn er das Leid der armen Menschen beschwor, und ich fühlte, dass er die Wahrheit sprach und nicht nur das Mitleid seiner Zuhörer hervorrufen wollte. Mit seinem Appell an Gerechtigkeit und Menschlichkeit zeigte er sich zutiefst als Idealist, für ihn war die Freiheit das höchste Ziel. Fasziniert beobachtete ich seine Gesten, ließ mich von seinem Geist, seiner Überzeugtheit, seiner Wortgewalt mitreißen. Seine Rede ließ mich mehr von der kapitalistischen Industriegesellschaft begreifen und vom Proletariat. Und sie befeuerte meinen Willen, mich einzusetzen für die Menschen, die in Armut lebten. So etwas Begeisterndes wie diese Rede hatte ich noch nie erlebt, und am Ende jubelte ich genau wie alle anderen. Missy sagte auf der Heimfahrt scherzhaft zu mir: »Am Ende wollen Sie noch zur Sozialistin werden, Mylady!«, und Joschi meinte: »Das ist unsere Durchlaucht doch im Herzen schon längst.« Ich fühlte mich verbunden mit meinen beiden heimlichen Begleitern wie nie zuvor.

Ja, ich war wahrscheinlich anders als die meisten Frauen meines Standes. Ich hatte den glühenden Wunsch, die Lage des Volkes zu verbessern. Ich versuchte, das zu tun, was vernünftig und gerecht war, und ich wollte mich mit meinem Herzen und meinem Verstand für die Armen, die Bergleute und die unterdrückten Sozialisten einsetzen. Spätestens an diesem Tag erkannte ich die Notwendigkeit, für dieses Ziel zu kämpfen.

Und dann fand Hans heraus, dass ich Bebels Rede gehört hatte. Irgendjemand hatte Wind von meinem kleinen Abenteuer bekommen und hinterbrachte ihm alles. Das Resultat können Sie sich denken. Ich will gar nicht viel erzählen, es wäre nur ein weiterer Riesenstreit in einer Reihe von vielen. Hans tobte. Und er versicherte mir, dass er niemals wieder auch nur einen Groschen für meine Wohltätigkeit geben würde.

Ich verwünschte mich selber und meinen dummen Wagemut! Da hatte ich bewirkt, dass ich – und damit meine Schützlinge in Waldenburg – jetzt ohne Geld dastand! Ausgerechnet jetzt, wo ich noch mehr als vorher für meine Sache brannte! Natürlich konnte ich hin und wieder eine Perle verkaufen, aber das war auf Dauer keine Lösung. Irgendwann würde Hans es merken. Was sollte ich nur tun?

....

Aus der Mittelschlesischen Gebirgszeitung, Weihnachten 1908

**DER »ENGEL VON WALDENBURG«
AUF WEIHNACHTSBESUCH**

Am gestrigen Tage besuchte Fürstin Daisy von Pless zum wiederholten Male die Waldenburger Kinderbewahranstalt. Die Waisenkinder erhielten neue Kleidung, Schuhe und jedes ein Spielzeug. Oberin Gertrude von den Barmherzigen Schwestern nahm eine Spende von hundert Mark entgegen, die für den Einbau neuer Waschräume verwendet werden sollen. Sie dankte der edlen Wohltäterin, die in der Stadt so viel Gutes bewirkt, mit den herzlichsten Worten. Die Kinder sangen zum Dank das ›Waldenburger Heimatlied‹ und ›Maria durch ein Dornwald ging‹. Auf der untenstehenden Photographie steht die Fürstin vor dem großen Backsteingebäude der Bewahranstalt in der hintersten Reihe, unter dem ausladenden Hut ist ihr Gesicht nur teilweise zu erkennen. Neben ihr zwei Kinderschwestern in weißen Häubchen und langen schwarzen Kleidern, vor ihnen in zwei Reihen die hübsch hergerichteten Pflegekinder.

....

Joschis Geschichte

Athanasius erwies sich als harte Nuss. Sein Trainer war froh, dass er ihn an Joschi abgeben konnte, denn der Hengst biss, zwickte, bockte, stampfte und keilte, sobald man ihm nahe kam. »Schlechter Charakter«, brummte er, als er ihn zu Joschi brachte. »Der kann Menschen nicht leiden, und mit anderen Pferden verträgt er sich auch nicht. An dem wirst du wenig Freude haben.«

Joschi ließ sich nicht beirren. Zuallererst holte er Athanasius aus seinem alten Stall im Renngestüt heraus und stellte ihn isoliert von den anderen Pferden in eine kleine Scheune beim Marstall. Damit er nicht völlig alleine war, gab er ihm eine Ziege zur Gesellschaft, die in einem hölzernen Verschlag neben seiner Box hauste und die der Hengst keines Blickes würdigte.

In den ersten zwei Wochen sah das Pferd niemand anderen als Joschi und die Ziege. »Er muss wissen, dass er auf Gedeih und Verderb auf mich angewiesen ist«, erklärte Joschi der Fürstin. »Ohne mich bekommt er kein Futter und kein Wasser, ohne mich wird er nicht geputzt und gestriegelt, und ohne mich kommt er nicht aus seiner Scheune heraus.« Anfangs reagierte der Hengst noch aggressiv auf Joschi, schnappte und schlug aus, aber nach der ersten Woche hatte sich das deutlich gelegt. Am zehnten Tag schnoberte er, als Joschi den Stall betrat. »Siehst du«, grinste Joschi, »schon freust du dich auf mich, wenn ich deine einzige Abwechslung bin.«

Außerdem stellte Joschi sehr bald fest, dass sein Schützling ein schlechter Esser war. Immer ließ er einen Teil seiner Haferration übrig, und Heu verschmähte er fast ganz. Auch frisches Grünfutter lockte ihn nicht besonders. Gelbe Rüben spuckte er wieder aus. Einzig Äpfel nahm er gerne. Und Joschi fiel auf, dass am Rand der Ziegenbox jeden Morgen das Stroh fehlte – offenbar streckte Athanasius den Kopf hinüber zu Else und fraß dort von ihrer Schlafunterlage, was er erwischen konnte.

Der Bursche frisst zu wenig, dachte Joschi. Das macht schlechte Laune und gibt auch keine Kraft. Also versuchte er es mit einer besonderen »Diät«: Er fütterte den Hengst statt mit Hafer mit einer Mischung aus Weizen und Roggen, dazu bekam er Äpfel, so viel er wollte. Und er bekam jeden Tag eine große Ration Stroh.

Von dem Tag an fraß Athanasius mit größtem Genuss. Er bekam mitnichten furchtbare Koliken, vor denen Wawczynek Joschi eindringlich gewarnt hatte, und seine Stimmung besserte sich auch. Er ging ruhiger neben Joschi her, trottete schon beinahe und trug dabei den Kopf niedrig.

Nach einem Monat begann Joschi, den Hengst auf der Bahn zu reiten. Schon beim Satteln fiel Athanasius wieder in seine alte Garstigkeit zurück. Joschi ließ sich nicht einschüchtern. Er trabte und galoppierte mit ihm, und er analysierte dabei sämtliche Bewegungsabläufe. Der Rücken stimmte nicht. Athanasius lief nicht locker, und auch nicht hundertprozentig gerade. Er nahm beim Galoppieren eine Schonhaltung ein, vermutlich, weil der Sattel auf schmerzende Stellen drückte. Natürlich verhielt er sich da giftig gegenüber jedem, der ihn satteln oder gar aufsteigen wollte. Pferde mit Rückenschmerzen, oh, das kannte Joschi noch von der Grube her. Damals hatten viele Grubengäule vom Arbeiten einen schlimmen Rücken, ganz hart waren die Muskeln zu tasten, wenn man neben der Wirbelsäule entlangfuhr. Wenn es richtig schlimm war, hatte der Pferdemeister den armen Tieren eimerweise Bier zu saufen gegeben, damit sie die Schmerzen nicht so spürten. Nun ja, Bier konnte man einem kostbaren Rennpferd nicht geben. Man musste mit Athanasius das tun, was man auch mit einem Menschen machte, wenn er verspannt war. Also betastete Joschi stundenlang geduldig den Rücken von Athanasius, von der Kruppe bis zur Schwanzwurzel.

»Streichen Sie mit der Hand über seine linke Rückenseite«, sagte er zu Daisy, als sie wieder einmal in der Scheune vorbeischaute. »Und jetzt über die rechte.«

Joschi wartete. »Merken Sie den Unterschied, Mylady?«

»Hmmm.« Eigentlich merkte Daisy nichts. Dazu brauchte man schon Joschis begnadete Spürhände.

»Links sind die Muskeln härter«, erklärte Joschi. »Der Junge hier hat eine Fehlhaltung. Und ich glaube, die kommt davon, dass das linke Vorderbein eine Winzigkeit kürzer ist als das rechte. Die Oberschenkelmuskeln sind nämlich auch nicht gleich.«

Daisy schüttelte den Kopf. »Ich weiß nicht … So was habe ich ja noch nie gehört …«

»Ich hab das im Gefühl«, beharrte Joschi. »Wenn Sie einverstanden sind, werde ich Athanasius ein dickeres Eisen für den linken Vorderhuf machen lassen. Dann sehen wir mal.«

Nach dem Beschlagen massierte Joschi wochenlang die verhärtete Muskulatur mit einer Mischung aus Arnika- und Nelkenöl, täglich morgens und abends. »Das Pferd stinkt wie eine Parfümhandlung«, meinte Wawczynek kopfschüttelnd. Aber der Rücken wurde durchlässiger. Eine Stunde am Tag ließ Joschi den Hengst diese Zeit über locker auf der Bahn galoppieren. Danach erst durfte Mack, der schottische Jockey, wieder mit Athanasius auf der Rennbahn trainieren. »Hör zu«, sagte er zu Mack. »Er regt sich immer noch leicht auf. Kein zu starker Schenkeldruck, nur ganz feine Zügelhilfen, und red mit ihm.«

»Ich soll mit ihm reden?«, fragte der Jockey ungläubig.

»Ja. Das tu ich ständig, und er mag es.«

»Was soll ich denn zu ihm sagen, du liebe Zeit?«

Joschi zuckte mit den Schultern. »Lass dir was einfallen. Erzähl ihm deine Lebensgeschichte. Bring ihm das Einmaleins bei. Sing ein Lied. Hauptsache, er hört dich.«

Mack blies die Backen auf und winkte ab. »Du spinnst ja, Joschi.« Doch er stieg auf und galoppierte eine Runde um die Bahn. Joschi sah, wie der Jockey die ganze Zeit die Lippen bewegte, weiß Gott, was er Athanasius alles erzählte.

»Was hast du mit ihm gemacht?«, fragte Mack hinterher »Er ist friedlich wie ein Lämmchen, und er läuft viel weicher.«

Joschi grinste. »Jetzt kannst du ihn auf Langstrecke trainieren«, sagte er.

Beim nächsten Rennen, einem kleinen Derby in Breslau, wurde Athanasius auf Anhieb Zweiter.

Für den September waren ein paar Nachwuchsrennen auf der Großen Bult in Hannover angesetzt, und der Hengst sollte dort eine weitere Erfahrung sammeln. Joschi, Wawczynek und der Jockey reisten mit Athanasius zehn Tage vorher an, damit der Hengst genug Zeit haben würde, sich einzugewöhnen. Sie bekamen eine schöne große Box in der Nähe des Führrings und bezogen ihre Schlafkammern über den Stallungen. Athanasius verhielt sich für seine Verhältnisse recht brav. Er mampfte zufrieden seine wie immer riesige Apfelration und ließ sich bereitwillig bei der Morgenarbeit trainieren. Die Stimmung war zuversichtlich; man kannte seine Zeiten, und die konnten sich sehen lassen. Dann, am vierten Tag, hörte Athanasius auf zu fressen. Nach dem Training wehrte er sich dagegen, in seine Box gebracht zu werden. Und wenn er endlich darin stand, benahm er sich wieder genauso unruhig wie in alten Zeiten.

Die Männer waren ratlos. Joschi tastete wer weiß wie viele Male den Rücken des Hengstes ab, doch die Muskeln waren weich und nachgiebig. Sie versuchten es mit einer anderen Apfelsorte, einer anderen Getreidemischung. Athanasius schnupperte nur und zeigte dann dem verschmähten Futter sein Hinterteil. Sie holten den Tierarzt, der fand nichts. Joschi schlief nachts in der Box neben Athanasius, um ihn zu beobachten. Ohne Resultat. Ein Tag nach dem anderen verging, sie trainierten zwar weiter, aber der Hengst hatte jede Spritzigkeit verloren, war ein Schatten seiner selbst. Es waren noch drei Tage bis zum Rennen. Die Verzweiflung wuchs.

Und dann schoss Joschi ein verrückter Gedanke durch den Kopf.

»Schickt sofort ein Telegramm nach Fürstenstein«, sagte er. »Sie sollen die Ziege bringen, mit dem nächsten Zug.«

Die anderen beiden starrten ihn an. »Du bist ja nicht mehr bei Trost«, meinte Mack. Wawczynek zuckte mit den Schultern – dann machte er sich auf den Weg zum Postamt.

Am nächsten Tag kam Else mit dem Frühzug. Athanasius sah sie, als Joschi ihn von der Morgenarbeit zurück in den Stall brachte – und begann wieder zu fressen.

Er hatte nur die Ziege vermisst.

Es waren noch zwei Tage bis zum Rennen.

Sie hatten zu dritt geplant, das Rennen nach wohlerprobtem Muster ablaufen zu lassen: sich beim Start zurückhalten, jemand anderen die Pace machen lassen, sich auf den vierten Platz vorschieben und dann erst kurz vor dem Ende an die Spitze setzen und volles Tempo gehen.

Genau so setzte Mack den Plan um. Am Anfang der Zielgeraden übernahm Athanasius die Führung. Er lag eine Länge vorn, als sich Rockwell, ein irischer Grauschimmel, immer näher an ihn heranschob. Wawczynek schrie und tobte, Joschi ballte stumm die Fäuste. Verlier jetzt bloß nicht die Nerven Mack! Bleib ruhig! Hände nach vorn!

Mack blieb nicht ruhig. Er blickte sich um, und als er Rockwells Nase sah, schlug er Athanasius zweimal mit der Peitsche auf die Hinterhand.

Athanasius schien in der Luft stehen zu bleiben. Es sah aus, als sei von einem Wimpernschlag auf den anderen alle Kraft aus ihm gewichen. Der Ire schoss im Finish an ihm vorbei, und Mack trieb seinen Hengst mit Hängen und Würgen gerade noch als Zweiter ins Ziel.

Joschi stieß einen Wutschrei aus, und Wawczynek ließ den Kopf hängen. Sie rannten zum Abreitplatz und empfingen den tänzelnden Athanasius, auf dem Mack mit hochrotem Gesicht hockte wie ein zorniger Zwerg. »Er ist regelrecht unter mir verhungert«, rief er. »Ich konnte nichts mehr machen!«

»Verdammt«, schrie Joschi zurück. »Das war die Peitsche! Ich schwör's dir! Ich hab dir doch gesagt, lass die Peitsche! Er kann das nicht leiden.«

Mack schnaubte fast wie ein Pferd. »Du meinst, er als einziger Gaul auf der ganzen Welt lässt sich von der Peitsche nicht antreiben, sondern geht in den Streik?«

Joschi lief neben dem Hengst und Mack her. »Du hast es doch selber gemerkt«, fauchte er. »Mach das nie wieder, du Idiot!«

Wawczynek ging zwischen die Streithähne. »Ruhe jetzt, ihr beiden! Wir sind Zweiter geworden, habt ihr das eigentlich begriffen? Uns hat nur einer überholt, und das war der Favorit.« Er nahm Athanasius am Backenriemen. »Los jetzt! Drüben warten die Fotografen!«

....

Berlin, Herbst 1908

Im Oktober war Rennwoche in Baden Baden. Die fürstliche Familie war mit großem Pomp in ihrem Privatzug angereist; Hans ließ einen seiner Dreijährigen im Hauptrennen starten, und Daisy wollte Athanasius bei seinem dritten Steherrennen erleben. Sie hatten eine Villa mit schönem Garten in Iffezheim gemietet, wo für die Kinder eigens ein riesiges Spielzimmer eingerichtet wurde. Joschi weigerte sich, in einer der Dienstbotenkammern zu übernachten; er schlief lieber auf dem Renngelände.

Der Derbytag begann mit einem Platzregen im Morgengrauen. Danach kam die Sonne zum Vorschein, und um acht Uhr hielt der Landauer des Fürstenpaars am Sondereingang zur Rennbahn. »Hans«, sagte Daisy, »kann ich fünfhundert Mark in bar haben?«

»Wofür denn?«

»Ich möchte auf Athanasius wetten.«

Hans hob die Augenbrauen. »Im Ernst? Willst du nicht auf morgen warten? Spring Fever ist bestens in Form!«

»Aber ich möchte gern auf mein eigenes Pferd setzen. Bitte, sei so lieb, Hans.«

Er zuckte die Schultern und kramte nach seiner Brieftasche. »Na gut.«

Sie trafen Joschi bei den Boxen, und Daisy gab ihm das Geld. »Setz auf Sieg«, sagte sie.

Joschi blickte entgeistert auf die Scheine in seiner Hand. Fünfhundert Mark!

Das war mehr, als er in Jahren verdiente! »So viel Geld«, sagte er. »Ich kann doch für nichts garantieren! Sollen wir nicht lieber auf Platz setzen? Und wenn er verliert?«

Sie lachte. »Ich glaub an dich, Joschi. Und an Athanasius. Geh schon!«

Mit mulmigem Gefühl ging Joschi davon, um noch rechtzeitig zu den Wettschaltern zu kommen. Daisy folgte ihrem Mann derweil zu dem Teil der Tribüne, der stets für die kaiserliche Familie reserviert war und den Wilhelm ihnen und anderen Freunden für die Rennwoche überlassen hatte.

Es waren elf Pferde am Start. Athanasius war das zweitjüngste, Heidekönig aus dem Rennstall Thyssen das älteste und ein übellauniger Schimmel namens Jolting Joe der Favorit. Dessen Jockey schob sich beim Start neben Mack und Athanasius und grinste. »Na, Mack, mein Freund«, sagte er, »erzähl mir doch mal, wie du deinen Kleinen reitest!«

»Willst du gesperrt werden?«, fragte Mack.

»War doch bloß ein Witz!«

Die Bänder gingen hoch, und das Feld war unterwegs. Das Publikum jubelte verhalten.

In der ersten Runde geschah nicht viel. Mack hielt Athanasius in der Mitte. Kein Pferd blieb zurück, keines zog zu schnell an, und als sie an den Tribünen vorbeikamen, hätte ein größeres Bettlaken alle Pferde zugedeckt. Mack berücksichtigte alle Taktikregeln, die sie vor dem Rennen besprochen hatten: sich beim Start zurückhalten, jemand anders die Pace machen lassen, sich dann auf den vierten Platz vorschieben. Genau das tat er jetzt. Vor ihm lagen Jolting Joe, ein Brauner namens Poseidon und der große irische Hengst Wicklow Wonder. Hinter ihm hielt sich Heidekönig. Auf den nächsten zweihundert Metern zog sich das Feld auseinander. Unaufhaltsam donnerten die Hufe, die Jockeys duckten sich auf den Pferderücken, Hoffnung, Schweiß und Taktik vermischten sich im verbissenen Kampf um Positionen. Mack hielt den vierten Platz, und Joschi, der in der Nähe der Ziellinie am Geländer stand, konnte sehen, wie der Jockey die Lippen bewegte und mit Athanasius sprach, so wie er es ihm eingeschärft hatte.

Am Anfang der Zielgeraden führte Jolting Joe mit vier Längen vor Wicklow Wonder, der sich eins vorgeschoben hatte. Poseidon schien müde zu werden. Athanasius legte nicht mehr zu. Gut, dachte Joschi, den einen holt er noch. Dann ist er Dritter. Nicht so übel für so ein junges Pferd in dieser hochklassigen Konkurrenz. Aber dann schob sich Mack plötzlich noch ein Stück im Sattel nach vorn, und Athanasius zog an. Länge um Länge verkleinerte der schlaksige Fuchs den Abstand. Schon hatte er Poseidon hinter sich und schloss zu Wicklow Wonder auf. Der mühte und verausgabte sich, hatte aber nichts mehr zuzulegen. Jetzt war Athanasius Zweiter. Es blieben noch hundertfünfzig Meter. Aber was war das? Joschi stockte der Atem. Von hinten raste in großartigem Spurt Heidekönig heran, wild angetrieben von seinem Jockey. Mack drehte sich um. Lass bloß die Peitsche unten, dachte Joschi, mach jetzt keinen Fehler. Athanasius merkt selber, dass er angegriffen wird. Und wenn er was nicht leiden kann, ist es, überholt zu werden.

Und Joschi behielt recht. Als Heidekönig zur Hälfte aufgelaufen war, ging ein Ruck durch Athanasius; er legte die Ohren an und schoss nach vorn. Mack brauchte gar nichts mehr zu tun, außer oben zu bleiben. Dreißig Meter vor dem Ziel war Athanasius mit Jolting Joe gleichauf. Das Publikum schrie und johlte, feuerte die beiden Pferde an. Jolting Joe fiel leicht zurück, sah jetzt von seinem Jockey die Peitsche, streckte sich, quälte sich, aber der Zielpfosten war zu nahe, es reichte nicht mehr für den Favoriten.

Athanasius gewann unter dem Jubel der Menge mit einer Nasenlänge Vorsprung.

Die Siegesfeier fand im Kurhaus statt, und Joschi fühlte sich trotz des geliehenen Smokings, in den man ihn gesteckt hatte, völlig fehl am Platz. Er stand unter den korinthischen Säulen der Vorhalle, ein Glas Champagner in der Hand, und wünschte sich weit weg. Am liebsten wäre ihm gewesen, er säße jetzt mit einem Bier auf dem Bänkchen vor der Sattelkammer von Fürstenstein. Um ihn herum standen die Reichen und Schönen, die Rennstallbesitzer, die Vertreter des europäischen Hochadels, die Bankiers und Industriellen – alles Menschen von Rang und Namen, die sich in dieser luxuriösen Umgebung wie selbstverständlich bewegten. Nur er passte hier nicht hin. Er schien der Einzige zu sein, der sich nicht prächtig amüsierte. In seiner Verlegenheit schlenderte er ein wenig durch die Hallen, suchte nach Leuten, die er kannte: Fürstin Daisy und ihr Mann, der Jockey Mack und Wawczynek, die alle irgendwo sein mussten. Schließlich fand er Mack vor dem Champagnerbrunnen; der kleine, drahtige Schotte im eigens für ihn maßgeschneiderten Frack füllte gerade sein Glas nach. Ein älterer Herr mit weißem Haarkranz und Spitzbart stürmte auf ihn zu und schüttelte ihm begeistert die Hand. »Famos haben Sie das gemacht, ganz famos!«, sagte er. »Hervorragendes Pferd!«

»Vielen Dank, Sir!« Mack setzte sein breitestes Grinsen auf. »Aber das ist auch das Verdienst unseres Trainers hier. Athanasius war ein Verlierer, bis er ihn übernommen hat.« Er wies auf Joschi, dem das Ganze furchtbar unangenehm war. Der Mann schüttelte auch ihm die Hand. »Gute Arbeit! Wenn Sie mal eine neue Herausforderung suchen, mein Bester, hier für alle Fälle meine Karte.«

Verdutzt sah Joschi auf das Kärtchen in seiner Hand. »August Thyssen« stand da.

»Wehe, du verlässt uns«, sagte Wawczynek, der gerade dazugekommen war. Er sah hochelegant aus in seinem modischen Anzug aus heller Rohseide.

Joschi schüttelte heftig den Kopf. »Und wenn er der Kaiser

von China wäre. Ich lass doch die Fürstin Daisy und meine Pferde nicht im Stich!«

Später flüchtete er wieder hinaus auf die Terrasse und stellte sich hinter eine der Säulen, damit er mit niemandem mehr reden musste. All diese Glückwünsche und Lobeshymnen waren ihm einfach zu viel, er war schon ganz wirr im Kopf. Während er noch überlegte, ob er sich einfach davonstehlen sollte, hörte er nah bei sich die Stimme der Fürstin. »Du hättest nicht herkommen sollen.«

Joschi blickte sich um und entdeckte Daisy von Pless nur ein paar Schritte entfernt im Schatten einer Nymphenstatue. So hatte er sie noch nie gesehen: im Abendkleid. Sie trug changierende veilchenfarbene Seide, eine Schleppe von durchsichtigen Spitzen, mit Gold inkrustiert und mit blassblauem Chiffon umsäumt. Wie eine Fee sah sie aus! Bei ihr stand ein stattlicher, gutaussehender Mann mit dunklem Schnurrbart und weichen Gesichtszügen. »Ich musste dich einfach sehen«, sagte er. »Es ist schon so lange her …«

»Ach, Maxl.« Sie strich ihm über die Wange. »Warum quälst du uns beide so? Du weißt doch, dass es nicht sein kann.«

Er hielt ihre Hand fest und küsste sie. »Daisy, ich komme zurück. Ich habe um meine Entlassung als Militärattaché gebeten und ziehe wieder nach Wien. Wir könnten …«

»Das ändert doch nichts.«

»Doch! Wir könnten uns öfter treffen. Außerdem habe ich Aussicht auf den Botschafterposten in Berlin. Stell dir vor, Daisy, Berlin!«

Sie schüttelte müde den Kopf. »Ich kann dir nichts anderes sagen als das, was ich dir schon so oft geschrieben habe. Ich muss für meine Söhne da sein. Hans würde mich nie mehr zu ihnen lassen, und das könnte ich nicht ertragen. Ich habe dich so lieb, Maxl, du bist mir der beste und treueste und kostbarste Freund.

Und wenn wir uns früher im Leben begegnet wären, hätten wir miteinander glücklich sein können. Aber so …«

»Du hast mich lieb – aber du liebst mich nicht«, sagte er bitter.

Sie widersprach ihm nicht.

»Meine Familie drängt mich, zu heiraten. Und sie haben recht; jetzt, wo ich nach Hause komme, ist es an der Zeit.« Er nahm ihre Hände. »Daisy, ich bitte dich ein letztes Mal: Verlass deinen Mann, komm zu mir, werde meine Frau. Ich schwöre dir, ich werde dir ewig treu sein, mein ganzes Leben lang. Du wirst es nicht bereuen.«

Ein kleiner, verlorener Laut drang aus ihrer Kehle. »Hans wird mich nie freigeben für einen anderen. Nie. Das weißt du genauso gut wie ich.«

»Dann komm einfach so …«

»Einfach so? Wir wären Ausgestoßene, die Gesellschaft würde uns meiden, als hätten wir die Pest. Deine Familie würde uns ächten. Und irgendwann würdest du mich dafür hassen, Maxl. Und ich dich. Ich bitte dich, dräng mich nicht länger.«

»Du bist grausam.«

»Ich sage nur die Wahrheit.«

»Dann ist das dein endgültig letztes Wort?«

Sie schloss die Augen und nickte.

Noch eine ganze Weile standen beide stumm da. Maxl hob die Hände, als wolle er Daisy berühren, ließ sie dann aber hilflos wieder fallen. Schließlich drehte er sich um und ging mit schleppenden Schritten davon. Die Fürstin sah ihm nach; in ihren Augen glänzten Tränen.

Joschi wusste nicht so recht, was er tun sollte. Schließlich, als sie keine Anstalten machte, in den Saal zurückzugehen, trat er zu ihr. »Kann ich helfen, Mylady?«

Sie blinzelte und versuchte ein Lächeln. »Danke, Joschi, ich … hast du ein Taschentuch?«

Er reichte ihr sein Seidentüchlein, und sie tupfte sich die Augen ab. »Hast du …?«

Er wollte nicht lügen. »Ja, Mylady. Und ich glaub, es ist schon richtig, was Sie gemacht haben.« Im selben Augenblick biss er sich auf die Lippen. Du lieber Himmel, wer war er denn, sich ein Urteil zu erlauben? »Entschuldigung«, murmelte er und senkte den Kopf.

Sie gab ihm das Taschentuch zurück und lächelte traurig. »Wirst du mein Geheimnis bewahren?«

Er straffte die Schultern, bis er wie ein Soldat vor ihr stramm stand. »Immer und ewig.«

………… …………

Billett aus Wien vom 23. Dezember 1908

Ihre Vermählung beehren sich anzuzeigen

Prinz Gottfried Maximilian Maria zu Hohenlohe-Schillingsfürst
und
Erzherzogin Marie Henriette von Österreich-Teschen

………… …………

Eintrag in Daisys Tagebuch, Weihnachten 1908

Ich weiß nicht, warum ich dauernd weinen muss. Ich habe es doch so gewollt. Warum fühle ich mich dann so … allein? So verlassen? So sterbenstraurig? Ich bin zerrissen. War er wirklich nicht mehr als ein Freund für mich, oder habe ich mir das nur eingeredet? Liebe – weiß ich denn überhaupt, was Liebe ist? Ich bin jetzt eine erwachsene Frau von fünfunddreißig Jahren und muss mich das fragen! Was habe ich damals empfunden mit Gordie, dem armen, lieben Gordie, der so lang schon tot in fremder Erde ruht? War das Liebe? Oder war es nur die aufflackernde Leidenschaft eines halben Kindes, ein kurzlebiges Feuer? Es war zu kurz, um sicher zu sein. Bin ich überhaupt fähig, Liebe zu erkennen, wenn sie mir begegnet?

Jedenfalls weiß ich, wie Liebe nicht sein kann. Nämlich so, wie es zwischen mir und Hans ist. Selbst wenn wir nicht streiten, empfinde ich nichts für ihn außer einer gewissen Vertrautheit. Manchmal tut er mir leid. Irgendwo in seinem Inneren fühlt er genau, dass er der Welt unbekannt bleiben würde, wenn er nicht große Schlösser besäße und einen Riesenhaushalt und dummen Pomp und Staat entfalten würde. Er ist eine schwache Persönlichkeit, das hat seine Mutter einmal zu mir gesagt, und darunter leidet er. Das ist auch der Grund, warum er mich so unbedingt beherrschen will.

Ich bin egoistisch. Ich habe es genossen, dass Maxl mich liebte. Es hat mir gutgetan. Ich hätte ihn viel früher und viel energischer abweisen müssen, aber vor lauter Sehnsucht nach einem lieben Wort, nach echten Gefühlen, habe ich es nicht getan. Es geschieht mir ganz recht, dass ich jetzt leide. Ich wünsche ihm alles Glück der Welt mit seiner Frau. Und ich selber bleibe bei meinen Kindern. Wenn es die richtige Entscheidung ist, warum nur ist es dann so schwer auszuhalten?

Ach Maxl, mein Maxl … jetzt wirst du mich bald vergessen haben. Ohne dich habe ich nicht einen einzigen Freund in der ganzen Welt mehr, zu dem ich gehen und mein Herz ausschütten kann. Es ist schwer zu ertragen, von denen verlassen zu werden, die man liebt …

……….. ………..

Pless, Januar 1909

Daisy betrat das große Besprechungszimmer im Erdgeschoss, eine Kristallvase mit weißem Flieder in den Händen. Zielstrebig ging sie zu dem kleinen japanischen Tischchen an der Wand gegenüber, doch dann hielt sie inne. »Oh«, sagte sie, »ich wusste nicht, dass du Besuch hast. Störe ich?«

Hans stand zusammen mit einem grauhaarigen Herrn über den riesigen Tisch gebeugt und hob unwillig den Kopf. »Wir haben gerade eine Besprechung, Daisy.«

Der Herr fühlte sich bemüßigt, eine ungelenke Verbeugung zu machen. »Humbert Walcher von Molthein, Architekt aus Wien, küss die Hand.«

»Willkommen auf Pless, Herr von Molthein«, lächelte Daisy. »Ein Architekt? Gibt es am Ende neue Pläne, von denen ich noch nichts weiß?«

Hans sah etwas säuerlich drein. »Wir stellen gerade Überlegungen zum Ausbau von Fürstenstein an.«

Überlegungen? Was Daisy da auf dem großen Tisch liegen sah, waren fertige Pläne. »Oh«, sagte sie. »Darf ich mal sehen?«

Hans drängte sich zwischen sie und den Architekten. »Wir sprechen später darüber, Daisy«, sagte er. »Jetzt lass uns bitte arbeiten.«

»Du willst also das Schloss vergrößern?« Daisy setzte sich zu Hans, der auf dem kleinen Spieltisch im Salon Patiencen legte.

Hans seufzte und schob die Karten zusammen. »Du weißt, ich hatte schon lange Pläne zur Modernisierung, aber Vater hat sich bis zu seinem Tod dagegen gewehrt.«

»Erzähl mir, was du vorhast.«

Hans stand auf und breitete die Arme aus. »Das wird ein Riesenprojekt, Daisy! Ich will das Schloss auf mehr als sechshundert Räume vergrößern. Wir werden mindestens fünfzig Renaissancekamine aus Italien brauchen, Türstöcke, Kunstschätze, Walcher hat in Rom ein paar gute Adressen. Die Küche wird vom Untergeschoss in den fünften Stock verlegt – du hast dich doch immer über die unangenehmen Essensgerüche beklagt, die von unten aufsteigen. Und natürlich bauen wir modernste Klosettanlagen, und wir bekommen im ganzen Schloss elektrisches Licht und fließendes Wasser. Es werden neue Terrassenanlagen mit Wasserspielen und italienischen Brunnen angelegt. Ein neuer Marstall samt Gestüt und Hippodrom wird errichtet. Für dich habe ich anstelle der alten Pferdezucht in Liebichau ein Palmenhaus geplant – das in Kew Gardens hat dir doch immer so gefallen. Walcher hat schon schöne Ideen dafür: Grotten, Wandverkleidungen aus Tuffstein vom Ätna, und drumherum ein japanischer Garten. Ich sag dir, Daisy, wenn das alles fertig ist, leben wir prächtiger als Könige und Kaiser!«

Daisy war völlig überrumpelt. »Ja, aber, Hans, können wir uns das denn leisten? Das sind ja unglaubliche Pläne! Und das muss doch Jahre dauern!«

»Natürlich dauert das Jahre! Deshalb lasse ich auch im Salzbrunn ein Grandhotel mit mindestens einhundertachtzig Zimmern bauen. Wir können unsere Gäste schließlich nicht mitten in einer Baustelle beherbergen, und auch für uns wäre es ein gutes Ausweichquartier, wenn uns die Arbeiten stören. Eine Million reicht fürs Erste, sagt Walcher, die nehmen wir zu viereinhalb Prozent auf, ich hab schon mit der Bank gesprochen.«

Daisy schluckte. Das war doch Wahnsinn! »Was soll denn der ganze Umbau kosten?«, fragte sie.

Er zuckte die Schultern. »Zwischen drei- und vierhunderttausend im Jahr, die nächsten acht bis zehn Jahre. Nein, du musst nicht blass werden. Das ist kein Problem.« Hans wirkte wie ein glücklicher kleiner Junge, der sich selber Weihnachtsgeschenke machen durfte.

»Aber das sind horrende Summen! Ich meine, würde nicht elektrisches Licht am Anfang reichen? Ich habe beim Neujahrsempfang zufällig mit dem neuen Direktor der Waldenburger Stromgesellschaft gesprochen. Er sagt, die Maschine dafür sei da, und die Gesellschaft würde uns das Kabel legen, wenn wir genügend Licht nehmen. Die ganze Installation würde nur zweitausend Mark kosten …«

Hans runzelte missbilligend die Stirn. »Du bist wie Vater! Geizig, verzagt und im Kleinen verhaftet! Nur keinen großen Wurf wagen, immer schön im Unauffälligen verharren. Ich bin das so leid!«

»Du hättest mich ja vorher fragen können.«

Er stieß Luft durch die Nase aus. »Ich muss dich überhaupt nicht fragen.

»Das stimmt, du musst mich nicht fragen«, erwiderte Daisy. »Aber was sollen die Leute sagen? Wie wirkt das auf die Menschen in Waldenburg, die immer noch in modrigen Löchern hausen und ihren Kindern kein nahrhaftes Essen geben können?«

»Weißt du, was? Deren Meinung ist mir herzlich egal.« Hans wies mit dem ausgestreckten Zeigefinger auf Daisy. »Spar dir deine sozialistischen Anwandlungen, Daisy. Du machst mich damit wütend. Ich dachte, wir könnten zusammen Pläne schmieden und stolz auf unser neues, modernes Zuhause sein. Aber du musst immer alles kaputtmachen.«

»Sprich wenigstens mit deinen Verwaltungsdirektoren über die Kosten …«

»Herrgott nochmal, lass mich doch einfach in Ruhe und hör auf, über Dinge zu diskutieren, von denen du nichts verstehst.« Hans ging zur Salontür und zog an der samtenen Klingelschnur. Ein Lakai erschien. »Bringen Sie mir zwei Pyramidon«, bellte Hans, »ich habe Kopfschmerzen. Und begleiten Sie meine Gattin hinaus.«

Daisy blieb nichts anderes übrig, als zu gehen.

Später, nachdem sie mit den Kindern einen langen Spaziergang im Park gemacht und am Teich die Enten gefüttert hatte, ging sie in die Bibliothek, um ein paar Briefe zu schreiben. Da stand am großen Tisch der österreichische Architekt und brütete über aufgerollten Plänen. Sie trat zu ihm.

»Sind das die Zeichnungen für den Umbau von Fürstenstein, Herr von Moltheim?«

»So ist es, Durchlaucht. Sehen Sie nur – hier ist die mittelalterliche Westfront. Da setzen wir einen riesigen zehnstöckigen Flügel voran, darin wird es dann einen Kaisersaal und verschiedene Kaiserzimmer geben. Ihr Gatte will bei den Dreikaisermanövern allen drei Monarchen gleichwertige Räume bieten. Die Gänge und Treppen werden so breit, dass alle drei nebeneinander gehen können. Sie verstehen – wegen der Etikette!«

Daisy sah die Pläne, und jetzt wurde ihr erst recht klar, wie wahnwitzig sie waren. »Und die Kosten?«, wollte sie wissen.

»Ich würde sagen, vier bis fünf Millionen dürften reichen. Natürlich ohne das Hotel in Salzbrunn.«

Daisy blieb die nächste Frage im Halse stecken. Wortlos verließ sie die Bibliothek. Die Lust zum Briefeschreiben war ihr vergangen. Wozu um Himmels willen? Wozu brauchte Hans diesen Umbau, der Unsummen verschlingen würde? Nur zur Selbstdarstellung, dachte sie verächtlich. Gott, wie minderwertig musste sich Hans fühlen, wenn er so etwas brauchte, um jemand zu sein! Und einen Steinwurf von Fürstenstein entfernt lagen die Elendsquartiere des Kohlereviers von Waldenburg!

Zur Kaffeestunde wurden, wie jeden Tag, die Kinder gebracht. Smith und die anderen Kinderfrauen hatten sie schön zurechtgemacht; Hansel trug einen hellblauen Anzug, sein Haar war mit Wasser zurückgekämmt und streng gescheitelt; Lexel hatte sein schönes weißes Kleidchen an und trug voller Stolz zum ersten Mal schwarze Lackschuhe. Wie immer stellten sie sich vor ihrem Vater auf, der Hansel die Hand und Lexel den Zeigefinger reichte. »Papa, dürfen wir heute noch die Auerochsen sehen?«, fragte Hansel aufgeregt. Die Tiere waren gerade erst für die nächste Jagd aus dem Kaukasus angeliefert worden.

»Morgen geht einer der Jäger mit euch hin«, sagte Hans gut gelaunt. »Aber nur, wenn ihr artig seid.«

Daisy wollte die »Kinderstunde« nicht mit einer Diskussion über die Fürstensteiner Umbaumaßnahmen verderben, obwohl es ihr auf der Zunge brannte. Also sprach sie über Belanglosigkeiten. Das Wetter, die Hundezucht, die neue Weinlieferung. »Meine Eltern haben geschrieben«, sagte Daisy irgendwann, »sie sind inzwischen auf Ruthin, und Vater hatte wieder einmal einen seiner Gichtanfälle. Sie fragen, ob wir diesmal schon etwas früher kommen könnten, damit sie mehr von ihren Enkeln haben.«

Hans trank einen Schluck Kaffee. »Wir fahren heuer nicht nach England«, sagte er beiläufig.

Daisy traute ihren Ohren nicht. »Was?«

»Wir fahren nicht.«

»Und warum?«

Hans stellte seine Tasse ab. »Weil die Reisekosten hoch sind, meine Liebe. Unsere Englandaufenthalte kosten viel zu viel, und das jedes Jahr. Die Einladungen, die Villen und Hotels, die wir anmieten müssen, du weißt, wie teuer das kommt. Und ich möchte jetzt alles auf die Umbauarbeiten in Fürstenstein konzentrieren.«

»Aber die Kinder wollen ihre Großeltern sehen!«

Hansel guckte nur enttäuscht, aber Lexel, der auch schon begriffen hatte, worum es ging, fing an zu weinen. »Ich will zu Granny und Grandpa«, heulte er.

»Vielleicht im nächsten Jahr«, sagte Hans.

Daisy nahm Lexel in den Arm und tröstete ihn. »Hans«, sagte sie mit gepresster Stimme, »wenn du möchtest, könnten wir auch die ganze Zeit über bei meinen Eltern wohnen …«

»Gott bewahre!«

»Aber dann käme der Aufenthalt viel billiger, und …«

»Hör auf, mit mir zu verhandeln, Daisy. Meine Entscheidung steht fest.«

»Papa«, sagte Hansel, »Tante Shelagh hat versprochen, dass wir uns jeder eins von ihren Hündchen aussuchen dürfen …«

»Tante Shelagh kann euch ja ein Hündchen schicken«, knurrte Hans. »Und jetzt will ich nichts mehr hören.«

Jetzt weinte auch Hansel, und vor lauter Wut stampfte Lexel auch noch mit dem Fuß auf. Beide Söhne in Aufruhr, das versetzte Hans endgültig in Wut. Er schlug mit der Faust auf den Tisch, dass die Tassen schepperten. »Herrgott, bin ich denn im Irrenhaus? Smith, bringen Sie die Kinder weg. Und heute Abend gibt es für die beiden nur Tee und Brot.«

»Du brauchst dich nicht zu wundern, dass sie enttäuscht sind«, sagte Daisy aufgebracht. »Und ich dazu. Du denkst immer nur an dich und deine Wünsche! Das ist so egoistisch von dir, Hans!« Sie warf die Serviette hin und stand auf. »Du hast mir am Tag unserer Hochzeit versprochen, dass ich jedes Jahr nach England fahren kann, weißt du noch? Dein Vater war dabei.«

»Lass meinen Vater aus dem Spiel, Daisy!«

»Dein Vater war ein Ehrenmann, Hans, Friede seiner Seele.« Daisys Stimme bebte vor Zorn. »Er hätte sich an sein Wort gehalten.«

Sie drehte sich um und verließ den Salon. Hinter sich hörte sie noch, wie Porzellan an der Wand zerschellte.

Am nächsten Tag ließ sich Daisy von ihrem Chauffeur Waton mit dem Automobil zurück nach Fürstenstein fahren. Die Kinder nahm sie mit.

………… …………

Brief Daisys an ihre Schwester Shelagh

Fürstenstein, 11. März 1909

Ach Biddy, wir können diesmal nicht kommen! Hans erlaubt es nicht. Ich hasse ihn! Wir alle sind ihm egal! Die Jungen haben sich schon so gefreut, aber das kümmert ihn nicht. Er will Geld sparen, um sinnlos Millionen für eine gigantische Erweiterung von Fürstenstein auszugeben. Dieser ganze Bau geschieht nur aus blanker Eitelkeit! Stell dir vor, er lässt allein für zwanzigtausend Mark eine Villa für seinen neuen Stallmeister bauen, aber für unsere alljährliche Englandreise ist nichts übrig! Fast glaube ich, er will mich und die Kinder nur schikanieren.

Gestern bin ich hinter Hans' Rücken mit Direktor Schulze durch die Bücher gegangen. Das konnte ich wagen, weil Hans noch immer in Pless und Schulze verschwiegen ist. Schulze hat auch versprochen, mich regelmäßig über die Kohlepreise auf dem Laufenden zu halten, damit ich unsere Einnahmen überschlagen kann. Ich fürchte, Hans treibt uns alle mit seinem Projekt in den Bankrott. Es ist alles eine absurde Fehlplanung! Ich verstehe nicht viel davon, aber ich denke, man sollte nicht mehr Geld ausgeben, als man einnimmt, meinst Du nicht auch?

Ich überlege, ob ich nicht etwas von meinem eigenen Geld nehmen und davon die Reise nach England bezahlen soll. Denn, Du wirst es nicht glauben, Schwesterherz: Ich habe jetzt eigenes Geld!

Ich habe Dir doch im Herbst von Athanasius geschrieben, meinem Galopper? Joschi, mein Sattelmeister, Leibjäger und Helfer in allen Dingen, hat tatsächlich einen Sieger aus dem Hengst gemacht. Er hat nicht nur Baden-Baden gewonnen, sondern danach auch noch den Großen Preis von Helenenbrunn und ein weiteres Rennen in Berlin. Beim Deutschen St. Leger hat er den dritten Platz erlaufen, und beim Flachrennen in Dresden-Seidnitz ist er Zweiter geworden. Du kannst Dir unseren Jubel vorstellen!

Dank meines neuen Reichtums habe ich in Waldenburg den Grundstein für ein neues Bergarbeiterhospital legen lassen – das alte platzte aus allen Nähten. Die restlichen Preisgelder habe ich angelegt, um sie für meine Hilfsprojekte zu verwenden.

Manchmal fühle ich mich zerrissen. Da lebe ich in Reichtum und Luxus, trage Juwelen und Pelze, schlürfe Austern und trinke Champagner, und auf der anderen Seite leide ich mit den Ärmsten. Das passt doch nicht zusammen! Oft überfällt mich ein so schlechtes Gewissen, dass ich fürchte, ich komme in die Hölle für all den Überfluss, den ich genieße. Aber Biddy, es würde ja auch nichts helfen, wenn ich aus diesem Überfluss fliehen würde. Denn dann könnte ich nichts mehr für die tun, die mich brauchen. Solange ich etwas habe, kann ich etwas geben. Auch wenn Hans jedes Mal schäumt, und auch wenn viele meiner adeligen Freunde mich schief ansehen, weil sie glauben, ich verrate meine eigene Klasse. Sollen sie mich meiden.

Ich gehe jetzt meinen Weg alleine! Kannst Du Dir vorstellen, Biddy, welch unglaubliches Gefühl es ist, eigenes Geld zu haben? Eine große Verantwortung, aber auch eine große Freiheit! Und diese Freiheit nütze ich! Du kennst mich, ich war immer ein Dickkopf, bis Hans mich unterdrückt hat – ja, unterdrückt, das sage ich jetzt ganz offen! Eine Zeitlang ist ihm das geglückt. Ich habe nach seinen Regeln gelebt. Jetzt nicht mehr. Jetzt tue ich, was ich will – er tut es ja auch. Ich bin erwachsen geworden, Schwesterchen.

Es umarmt Dich
Deine Dich immer liebende Daisy

……….. ………..

Brief Daisys an ihre Schwester Shelagh

Fürstenstein, 12. März 1909

Biddy, vergiss, was ich gestern geschrieben habe. Ich bin nicht so stark, ganz im Gegenteil. Ich habe die ganze Nacht geweint. Hans betrügt mich wieder! Und diesmal ist es nicht nur eine seiner bedeutungslosen Affären! Er denkt daran, sich scheiden zu lassen!

Das weiß ich, weil ich gestern einen Brief gelesen habe, der nicht an mich gerichtet war. Normalerweise werden im Sekretariat alle eintreffenden Briefe sortiert, und ich bekomme nur die, die an mich persönlich adressiert sind. Deshalb öffne ich sie auch, ohne genau hinzusehen. Gestern war unter diesen Briefen einer aus Österreich – ich werde wohl nie erfahren, ob die Sache ein Versehen war oder ob einer der Sekretäre mir einen Hinweis geben wollte. Ach Biddy, jetzt weiß ich, warum Hans in den letzten beiden Jahren so oft in Wien war. Nicht wegen der Rennen oder Pferdeauktionen, die er immer vorgeschoben hat. Sondern weil er sich dort mit seiner Mätresse trifft, offenbar eine Schauspielerin, ein billiges Flittchen! Sie schreibt wie eine … ich will das Wort nicht in den Mund nehmen. Ich kann den Inhalt nicht wiederholen, mir sträubt sich die Feder. Aber sie erinnert ihn daran, dass er ihr die Scheidung versprochen hat, und malt sich aus, danach meine Stelle einzunehmen. Sie fragt ihn, wann er die nötigen Schritte in die Wege leitet. Entschuldige, Biddy, da ist ein Fleck … die Tinte verwischt, weil ich beim Schreiben dauernd weinen muss. Ich habe solche Angst! Wenn Hans das tatsächlich vorhat, wie kann ich mich dann wehren? Habe ich die Möglichkeit, mich zu widersetzen? Denn, Biddy, wenn Hans mich verlässt, dann verliere ich Hansel und Lexel. Er hat die Rechte des Vaters. Himmel, sollen meine Babys eine Frau von dehnbarer Moral als Stiefmutter bekommen, die sie erzieht? Ich werde verrückt, wenn ich daran denke. Das halte ich nicht aus!

Wie oft habe ich überlegt, wie es wäre, ohne Hans zu leben! Ich habe keine Gefühle mehr für ihn. Sogar sein Zorn lässt mich inzwischen kalt. Aber der Gedanke, dass er mich betrügt, tut trotzdem so weh. Dass er mich loswerden will. Biddy, wo soll ich denn hin? Und was bleibt mir dann? Wie werde ich leben? Muss er mir, wenn er mich verstößt, Geld genug zahlen, dass es für alles reicht? O Gott, ich habe solche Angst, ganz alleine zu sein! Bitte sag noch niemandem etwas, auch nicht Patsy und Poppets. Ich schäme mich so. Es ist doch eine Schande, oder nicht, wenn man verlassen wird.

Ich wage nicht, Hans auf diese Frau anzusprechen. Ein Streit macht alles noch viel schlimmer. Mir bleibt nichts, als den Schein zu wahren und abzuwarten.

Bitte schreibe mir bald, ich brauche Deinen Trost und Deine Hilfe.

Deine unglückliche und verzweifelte Schwester Daisy

....

Daisy erzählt

Ich war so aufgewühlt, dass ich nachts Albträume hatte. Oft wachte ich schweißüberströmt auf, dann kam Missy und tröstete mich. Sie war einfach ein Engel, machte Licht, brachte mir ein frisches Nachthemd, saß an meinem Bett, bis ich wieder einschlief. Manchmal schlich ich mich auch hinüber ins Kinderzimmer, um einen Blick auf meine Söhne in ihren Bettchen zu werfen. Es gibt nichts Schöneres auf der Welt als schlummernde Babys.

Fast jede zweite oder dritte Nacht besuchte ich Emma Kollischan in der Küche. Ich erzählte ihr natürlich nichts von Hans' Affäre. Wir redeten nur, und die Wärme und Freundlichkeit der alten Küchenwächterin taten mir einfach gut.

»Stimmt es, dass unser Schloss umgebaut werden soll?«, fragte sie mich eines Nachts.

Ich nickte. »Mein Mann will das so. Er möchte sehr vieles verändern.«

»Oje«, seufzte Emma, »das gibt bestimmt mächtig Schmutz und Unordnung. Aber wenn's dann schöner wird …«

»Jedenfalls wird die Küche in den fünften Stock verlegt, wegen der Essensgerüche.«

»Nach droben? Du lieber Gott, wie kommen dann alle Vorräte nach oben? Die Rinder- und Schweinehälften und das Wild, die Zentnersäcke mit den Kartoffeln und all das? Das muss doch alles geschleppt werden …«

Ich musste lachen. »Es gibt doch Aufzüge, Emma! Sogar elektrische, von der Firma Siemens. Man muss nur alles im Erdgeschoss einladen, und dann oben herausholen. Und stell dir vor, die Küche wird dann auch elektrisch. Man kann dann meinen Morgentoast in einer kleinen Maschine machen.«

Emma schüttelte den Kopf. »Das ist nichts mehr für mich alte Frau, das müssen Jüngere begreifen. Aber wo sollen dann die Dienstboten hin, wenn die Küche verlegt wird? Die wohnen doch alle dort droben!« Sie überlegte einen Moment. »Schön wär's ja, wenn alle weiter unten ihre Zimmer bekämen. Unterm Dach wird's im Sommer oft so heiß, dass man's kaum aushält. Und dann müssten wir auch nicht immer diese Feuerübungen machen.«

Ich wusste nichts von Feuerübungen.

»Jaja«, sagte die alte Emma, »die wenigsten von uns gehen zum Schlafen heim in ihre Dörfer.«

»Und was sind das für Übungen?«

»Die werden immer abgehalten, wenn die Herrschaft nicht da ist, damit niemand gestört wird. So hundertfünfzig Leute sind wir dabei meistens. Da droben ist ja immer Brandgefahr wegen der vielen offenen Feuer und Kerzen überall, deshalb gibt es unterm Dach Feuerrutschen, das sind lange Schläuche aus Segeltuch mit Eisenhaken zum Einhängen. Unten müssen dann kräftige Männer halten. Droben setzt sich jeder an den Schlauchanfang und rutscht dann hinunter. Dabei müssen wir alle dicke Jacken tragen und beim Rutschen die Arme dicht am Körper halten.« Emma rollte mit den Augen. »Manche haben dabei eine rechte Freude, aber ich, herrje, ich hab mich immer gefürchtet. Jetzt muss ich Gott sei Dank nicht mehr mitmachen, weil ich unten neben der Küche wohne.« Sie stand auf, nahm das Schnabeltöpfchen mit Milch vom Feuer und hob mit dem Löffelstiel die Milchhaut weg. Dann schenkte sie eine große Tasse voll. »Bei einer dieser Übungen hat sich damals die Klara Schiele das Bein gebrochen. Die war Stubenmädchen, und das Bein ist nie wieder geworden. Da hat man mich als Ersatz hergenommen. Das muss Anfang der achtziger Jahre gewesen sein. Ich war stolz drauf, raus aus der Küche zu kommen, das schaffte nämlich nicht jede. Fürs Haus nahm man nur die Hübschen, die Hässlichen haben ihr ganzes Leben drunten im Untergeschoss verbracht, die wollte man nicht anschauen müssen.«

Ich nippte an meiner heißen Milch und fühlte mich wieder einmal schuldig. Die Hässlichen passten also nicht in die fürstliche Welt, ihr Anblick störte die herrschaftliche Ästhetik. »Und hat Ihnen die Arbeit als Stubenmädchen gefallen?«, wollte ich wissen.

»Gott, hab ich mich anfangs verlaufen!«, erzählte sie. »Da waren diese Dienstbotentreppen, die führten hintenrum in die Privatgemächer – es hat ewig gedauert, bis ich mich auskannte. Oh, wie viele Wassereimer hab ich geschleppt, treppauf, treppab, warmes Wasser für die Badewannen und die Waschschüsseln, kaltes für die Wasserbottiche, die immer vor den Kaminen standen. Sauberes Wasser nach oben, schmutziges nach unten. Am liebsten war mir immer, wenn ich die Salons parfümieren hab dürfen, da hab ich danach selber so gut gerochen. Einmal hat mich eine von den Zofen dabei erwischt, wie ich mich selber mit dem Verstäuber angesprüht hab, da hat's ein Donnerwetter gehagelt! Ja, die feinen Kammerfrauen, die hatten es gut. Die benutzten jeden Tag Parfüm, aber für mich war das doch was ganz Besonderes!«

»Vielleicht hätten Sie ja sogar selber Zofe werden können?«, überlegte ich.

»Ach wo, Zofe ging doch nicht, da hätte ich schon länger auf der Schule sein und feines Benimm haben müssen!«

»Aber Elsa, eine meiner zwölf Zofen, kommt aus Waldenburg …«

»Ja, die Elsa, die kenn ich. Die ist ja auch die Tochter vom Professor Ruckdeschel von der Mädchenschule, was Besseres eben.«

Ich dachte an die kleine rothaarige Elsa, meine neunte Zofe. Ein liebes Ding; Sie war für Näharbeiten zuständig, konnte Biesen nähen, Knopflöcher und Hohlsäume, so sauber und fein wie keine sonst. Täglich tauschte sie die Schweißblätter unter den Achseln meiner Reitkleider aus und nähte sie fest. Und sie war die Einzige, die meine Strümpfe fast unsichtbar stopfen konnte. Ich trug ja nur die feinsten und teuersten Strümpfe der Marke »Gloria« von der bekannten Firma Esche in Chemnitz, und wenn sie ein Loch hatten, durfte Elsa sie stopfen und an die Zofen weiterschenken.

Eine Weile saßen wir einfach nur da, in vertrautem, nachdenklichem Schweigen. Aber dann merkte ich, dass die alte Emma etwas auf dem Herzen hatte. Sie druckste ein bisschen herum, und dann meinte sie schließlich: »Jetzt erzähl ich Ihnen die ganze Zeit von mir, Durchlaucht. Und das tu ich ja gern. Aber ich möcht vielleicht auch einmal was wissen …«

Worauf mochte sie wohl neugierig sein? Ich lächelte sie aufmunternd an. »Nur zu, Emma. Frag nur.«

Sie räusperte sich und wurde ein wenig rot. »Also, Durchlaucht … stimmt es, dass Sie sich nicht alleine anziehen können?«

Ich lachte laut auf, aber dann hielt ich betroffen inne. Konnte ich mich denn alleine anziehen? »Nun ja«, sagte ich lau, »beim An- und Auskleiden hilft mir immer meine Zofe Missy.« Das mit den Strümpfen, das könnte ich schon alleine, dachte ich. Schuhe zum Schlüpfen, ja, natürlich. Aber Schuhe zum Schnüren? Hatte ich jemals meine Schuhe selber geschnürt? Ich konnte mich nicht erinnern. Ich schämte mich. Schämte mich, dass ich Dinge nicht konnte, die für jeden anderen auf der Welt selbstverständlich waren. Es fiel mir schwer, das dieser alten Frau gegenüber zuzugeben, die ihr ganzes Leben für andere gearbeitet hatte. Dann dachte ich an das Mieder. »Ein Mieder zum Beispiel«, sagte ich erleichtert, »kann man nicht alleine anziehen. Das muss von hinten geschnürt werden. Missy sagt immer: ›Jetzt‹, und dann atme ich kräftig aus, und sie zieht die Bänder an. Bei Gesellschaften habe ich mich früher oft schnüren lassen bis an die Ohnmachtsgrenze, auf achtundvierzig Zentimeter, stellen Sie sich das vor! Aber dann bin ich einmal ohnmächtig geworden, das war sehr peinlich, und jetzt gibt Missy immer ein paar Zentimeter zu.«

»Das muss ja unbequem sein«, meinte Emma Kollischan. »Also, arbeiten könnt man so nicht … da ist es ja schon unerträglich, wenn mal die Unterhosen zwicken …«

Ich glaube, das war das erste Mal, dass dieses Wort in meiner Gegenwart ausgesprochen wurde. Dieses Kleidungsstück hieß sonst »die Unaussprechlichen« und kam im Wortschatz vornehmer Damen nicht vor. Die Unaussprechlichen gingen fast bis zum Knie und hatten unten einen Schlitz, durch den man …

Emma riss mich mit ihrer nächsten Frage aus meinen delikaten Gedanken. »Wie viele Kleider haben Sie, Durchlaucht?«

Ich stutzte. Ich wusste es nicht, ich hatte sie nie gezählt. An normalen Tagen zog ich mich viermal um, wenn ich ausritt, zweimal mehr. »Oh, da habe ich viele«, sagte ich schließlich. »Die meisten lasse ich bei Rouff's in Paris anmessen, oder ich lasse sie in London schneidern. In Berlin gibt es keine wirklich guten Ateliers, und in Breslau kann ich mir doch keine Kleider für Ascot machen lassen!«

»Wer ist Ascot?«, fragte Emma.

»Oh … eine Art Modewettbewerb für reiche Leute«, erwiderte ich. Was es eigentlich ja auch war. Das Rennen war eher Nebensache. Ich dachte an das letzte Mal, als ich mit Hans in der königlichen Loge gesessen hatte. Das war ein harmonischer Tag mit ihm gewesen, ganz ohne Missklang und Streit.

Emma Kollischan musste bemerkt haben, wie sich mein Blick beim Gedanken an Hans verschattete. »Liegt Ihnen was auf dem Herzen, Kindchen?«, fragte sie.

Ich schüttelte den Kopf. Und dann musste es doch heraus. »Ach … es ist nur … manchmal ist es nicht leicht, mit dem Fürsten zu leben …«

»Das glaub ich gern«, sagte Emma und biss sich danach sofort auf die Lippen. »Entschuldigung, Durchlaucht, mir steht da keine Meinung zu.«

»Schon gut, Emma. Ich weiß ja, er ist zu den Bediensteten oft garstig und ruppig.«

Sie nickte. »Der Joseph, sein Leibdiener, der muss oft was mitmachen, der tut uns allen leid. Oh, nicht dass Sie meinen, er erzählt uns was, aber wir vom Personal haben ja Augen und Ohren, und Seine Durchlaucht ist oft nicht zu überhören.« Sie seufzte leise. »Auch dann, wenn er mit Ihnen …«

»… streitet, sagen Sie es nur, Emma.«

»Wir haben alle zu Ihnen gehalten, als er Ihnen verboten hat, Ihre Jungen in der Öffentlichkeit zu umarmen oder gar zu küssen! Man muss die Kleinen doch ein bisschen verhätscheln und verwöhnen, es sind doch Kinder! No ja, da haben die Dienstmädchen sich halt verschworen. Sie stecken den beiden manchmal heimlich Süßes aus der Küche zu oder nehmen sie in den Arm.«

Ich war gerührt. Diese Mädchen riskierten aus Zuneigung zu meinen Söhnen ihre Anstellung, denn wenn Hans sie erwischte, würde er ihnen sofort kündigen.

»Wir wissen auch alle, dass Sie die Kleinen bei sich schlafen lassen, wenn der Fürst nicht da ist. Nein, nein, keine Angst, wir würden uns eher die Zunge abbeißen, als was zu verraten. Nur vor dem Hausmarschall, vor dem müssen Sie sich in Acht nehmen. Vor dem haben wir alle Angst. Wir sagen immer, der geht zum Lachen in den Keller, und da drunten hat ihn noch nie einer gesehen … Wenn der böse wird, dann flüchten wir alle.«

»Ach, manchmal möchte ich auch gern irgendwohin flüchten«, entfuhr es mir. Und plötzlich standen Tränen in meinen Augen. Da streichelte Emma Kollischan mit ihren runzligen Fingern meine Wange. »Kindchen«, sagte sie sanft, »wir wissen alle, wie unglücklich Sie sind. Wir haben Sie oft genug nachts auf der Terrasse stehen und weinen sehen. Denken Sie immer daran – Sie sind nie allein. Wenn Sie jemanden brauchen, müssen Sie nur die Hand ausstrecken.«

Ich schluckte. Beinahe hätte ich ihr von Hans' Betrug erzählt, und dass ich Angst vor einer Scheidung hatte. Aber dann brachte ich es doch nicht fertig, darüber zu reden. Stattdessen stand ich auf und sagte Gute Nacht.

»Kommen Sie wieder, Kindchen«, sagte Emma. »Die alte Emma und eine Tasse warme Milch sind gute Seelentröster.«

....

Brief Daisys an ihre Schwester Shelagh

La Napoule, Südfrankreich, Juni 1909

Liebste Shelagh!
Es ist alles wieder gut. Dein Rat, an Königin Alexandra zu denken und daran, wie gelassen und still sie stets Onkel Berties Eskapaden ertragen hat, war richtig. Ich habe mich daran gehalten, auch wenn es mir schwergefallen ist, und inzwischen weiß ich, dass das Verhältnis zwischen Hans und dieser »Dame« wohl zu Ende ist. Er fährt nicht mehr nach Wien.

Du wunderst Dich, von woher ich Dir heute schreibe? Wir sind zusammen mit den Jungen und einer großen Entourage nach Südfrankreich gefahren, wie jedes Jahr, nur etwas später. Wie immer wohnen wir in der wunderhübschen Villa beim Örtchen La Napoule, wo es eine kleine Burg und einen Yachthafen gibt. Ich habe mich schon beim ersten Aufenthalt vor fünf Jahren in dieses Haus verliebt, es ist eine Oase der Ruhe und des Friedens. Es hat eine herrliche Aussicht auf das Meer und das Esterelgebirge. Die Jungen sind hier sehr glücklich, sie spielen am Strand, wir machen Bootsfahrten und angeln an der Kaimauer. Hansel hat gestern einen schönen Fisch gefangen, und Lexel hat geweint, weil er leer ausging. Mein kleines Mimöschen! Er tut sich manchmal schwer damit, dass sein Bruder alles so viel besser kann, aber schließlich ist Hansel ja auch fünf Jahre älter!

In den letzten beiden Wochen haben wir schon viele Freunde besucht, allen voran die Vanderbilts, die mit ihrer Yacht in Cannes liegen. Sie sind ja etwas sehr direkt, Amerikaner eben, aber mit ihnen ist es immer lustig. Nächste Woche beziehen der Großfürst und Sophie Torby wieder für längere Zeit die Villa Kasbek. Das werden schöne Abende, auf die ich mich sehr freue.

Hans hat seine Familie wiederentdeckt, er unternimmt sogar manchmal etwas mit Hansel und Lexel. Mir gegenüber benimmt er sich freundlich – für seine Verhältnisse; wir haben sozusagen einen Burgfrieden. Nun, ich bin dankbar für jeden Tag ohne Auseinandersetzungen und Verletzungen. Hans wirkt etwas geknickt und noch stiller als sonst. Vielleicht macht ihm die Trennung von dieser Wienerin zu schaffen. Ich weiß auch nicht, was ihn dazu bewogen hat, und es ist besser, den Mantel des Schweigens über die ganze Sache zu breiten.

Wir bleiben noch vier Wochen, dann fährt Hans zurück nach Fürstenstein, und ich mache einen Umweg über Paris. Athanasius ist für ein Rennen in Longchamps gemeldet. Danach treffen wir uns in Berlin. Du weißt ja, Onkel Bertie kommt auf Staatsbesuch!

Ich schicke Dir tausend Grüße und Küsse,
Deine große Schwester Daisy

P. S. Stell Dir vor, Biddy, gerade kommt Hans zu mir herein, sprühend vor guter Laune. Er war in Cannes und hat die Villa für mich gekauft! Für mich! Ich glaube, das ist seine Art, mir zu zeigen, dass es ihm leidtut. Es ist eine herrliche Vorstellung, in Zukunft jederzeit hierherkommen zu können und nicht mehr mieten zu müssen. Andererseits – Du weißt ja, wie viel Geld Hans in den nächsten Jahren in den Umbau von Fürstenstein stecken will. Und jetzt auch noch diese große Ausgabe, wo er doch andererseits wegen der Kosten unseren Englandaufenthalt gestrichen hat! Ich verstehe ihn nicht, und eigentlich habe ich ein schlechtes Gewissen. Aber ich will mich jetzt einfach freuen darüber, dass all meine Befürchtungen nicht wahr geworden sind. Meine Familie ist nicht auseinandergebrochen, und jetzt haben wir so ein schönes kleines Sommerheim für uns alle. Du musst uns unbedingt bald hier besuchen!

DRITTES BUCH

Daisy erzählt

Der gesamte Staatsbesuch König Edwards in Deutschland stand unter einem unguten Stern. Das fing schon damit an, dass Onkel Bertie seine Frau Alexandra praktisch gegen ihren Willen nach Berlin hatte schleppen müssen, sie hatte sich bis zuletzt dagegen gesträubt wie eine Katze, die gebadet werden soll. Sie hat den Preußen nie den Überfall auf ihr Heimatland Dänemark im Jahr 1864 verziehen.

Es ging schon schlecht los. Beim Einzug des Königspaars versagten die Pferde. Der Wagen, in dem Doda und Alexandra saßen, kam so schlecht vorwärts, dass stellenweise Schutzleute und Publikum schoben, dann wieder bäumten sich die Pferde auf und zogen wild an. Die Kaiserin und die Königin wurden ängstlich und stiegen schließlich in einen Galawagen um, der leer hinterdrein fuhr.

Trotzdem, die Linden, der Lustgarten und die Umgebung des Schlosses erstrahlten im Schmuck von Fahnen und Girlanden. Am ersten Abend fand eine Galaaufführung in der Königlichen Oper statt, bei der Onkel Bertie, der für Opern rein gar nichts übrig hat, prompt einschlief.

Die nächsten Tage brachten Empfänge und Diners, und ich war bei Onkel Bertie und Königin Alexandra privat zum Tee – zum Glück ohne Hans, der sich bemühte, bei irgendwelchen politischen Gesprächen dabeizusein, obwohl ihn weder Bülow noch Zedlitz-Trütschler noch Metternich dabei haben wollten.

Onkel Bertie machte mir Sorgen, er rauchte wie ein Schlot, trank kolossal und wurde immer dicker und kurzatmiger. Seine Ärzte nannten das Bronchialkatarrh. Wir wussten alle, dass er mit dem Herzen vorsichtig sein musste, aber er war ja so stur und hielt keine Diät ein. Dick wie ein Walross war er in den letzten Jahren geworden. Alexandra kümmerte sich rührend um ihn; sie liebte ihn, obwohl er sie notorisch betrog. Damals war Alice Keppel schon seit Jahren seine Favoritin, müssen Sie wissen. Meine Mutter sagte einmal über sie: »Sie hat so viel Moral wie eine streunende Katze«, aber ich selber mochte Alice, sie war einer der geistreichsten, witzigsten und schlagfertigsten Menschen, die ich je kennengelernt hatte.

Churchill, inzwischen zum Handelsminister aufgestiegen, war auch da. Er war mit uns verwandt – mein kleiner Bruder Georgie war ja sein Stiefvater. Ich kann nicht sagen, dass ich mir jemals viel aus Winston gemacht hätte, aber er ist ein Mann von starker Individualität, hat einen guten Kopf und einen feinen Instinkt für persönliche Erfolgsmöglichkeiten. Wie ein Rennpferd will er immer gleich loseilen. Er war ständig so voller Ungeduld, dass er die Ruhe aus jedem Raum trug, den er betrat. Aber durch sein unglaubliches Charisma macht er seine schlechten Seiten wieder wett. Eines Tages wird er wohl Premierminister werden.

Ich unterhielt mich eine Zeitlang mit Winston, er fragte mich über den Kaiser aus. Ob er wirklich unter diesen maßlosen Wutausbrüchen litte. Böse Zungen behaupteten ja immer, Wilhelm trüge den »Makel Georgs III.«, seines Ururgroßvaters, in sich – Porphyrie. Eine Stuart-Krankheit. Ich sagte ihm wahrheitsgemäß, das wisse ich nicht. Der Kaiser sei eben ein temperamentvoller Mensch.

»Wie kommt denn Hans mit dem Kaiser aus?«, wollte Churchill dann wissen. Natürlich suchte er nach einem Vertrauten Wilhelms, den er beeinflussen konnte.

»Oh, ganz gut«, antwortete ich. »Sie lieben beide die Jagd, und die Hirsch- und Wisentjagden in Pless sind schließlich Legende.«

Hans ließ jährlich fünfzig Hirsche kaufen, einer kostete sechs- bis achttausend Mark, und die Wisente aus dem Kaukasus waren noch teurer. Ich fand immer, zwanzig Hirsche seien genug, aber das kam für Hans nicht in Frage. Er glaubte immer, er hätte mit dem Kaiser eine echte Freundschaft, aber Wilhelm sah in ihm nur den Jagdgenossen. Ich bat ihn im Lauf der Jahre mehrmals, Hans doch eine Aufgabe zu geben, im diplomatischen Dienst oder in der Politik. Ihn zu fördern. Hans litt darunter, dass er nichts vorzuweisen hatte. Er war seit unserer Heirat aus der Diplomatie ausgeschieden und hatte nichts zu tun, außer zu jagen, zu reisen und Feste zu feiern, das nagte an ihm. Kein öffentliches Amt innezuhaben, das war gleichbedeutend mit Mangel an Anerkennung. Aber Wilhelm verlieh ihm niemals den Titel Herzog von Schlesien, den sein Vater innegehabt hatte und den Hans sich so sehr wünschte. Er machte ihn auch nicht zum Nachfolger des Fürsten Hatzfeld, als dieser zurücktrat. Stattdessen wurde Graf Zedlitz-Trütschler Oberpräsident von Schlesien. Das wäre eine Aufgabe gewesen! Aber Hans wurde einfach von niemandem geschätzt. Einmal bat ich den Fürsten von Lichnowsky, einen der wichtigen Berater des Kaisers, sich doch für ihn zu verwenden. Er schrieb mir zurück: »Es tut mir leid, dass der arme Hans nicht so vorwärtskommt. Als Ihr wahrer Freund muss ich Ihnen aber ganz offen sagen, dass Sie sich nicht weiter um die Karriere Ihres Gatten bemühen sollten. Bülow meinte neulich, er sei ein in Äußerlichkeiten aufgehender, unbedeutender Mensch. Sobald man ihn mit einer Schwierigkeit konfrontiert, verschreckt man ihn hoffnungslos, dann steht er da wie ein begossener Pudel und weiß nicht vorwärts oder rückwärts. Und manchmal kann er ganz unsympathisch sein, so kann man ihn mit keiner diplomatischen Sache betrauen.« Nun ja, so blieb Hans nichts weiter als sein dummer Berliner Herrenclub, der »Weiße Hirsch«.

Nun, das alles erzählte ich Winston natürlich nicht. Ich plauderte eine Weile mit ihm und floh dann vor den stinkenden Schwaden seiner Zigarre.

Draußen lehnte ich mich erst einmal an die Wand und atmete durch. Ich hatte Winston nichts Schlechtes über den Kaiser erzählen wollen, denn mir war die Bedeutung dieses Staatsbesuchs völlig klar. Seit meiner Heirat beobachtete ich das langsame Auseinanderdriften meiner beiden Heimatländer. Das deutsch-britische Verhältnis wurde immer schlechter, und ich fühlte mich wie in einer Falle, irgendwo dazwischen. Seit dem Burenkrieg hatten sich immer mehr bedrohliche Reibungspunkte zwischen Deutschland und England ergeben. In der Marokkokrise hatte Wilhelms Politik zur Bildung einer geschlossenen Front aus Frankreich, Russland und England geführt. Er war unbelehrbar. Und seine fixe Idee, ja geradezu Manie, die Deutsche Flotte größer und schlagkräftiger als die englische zu machen, konnte in England nur als Affront aufgefasst werden. Meine englische Heimat definierte ihre Identität seit jeher über die Flotte – wer dieser Flotte zu nahe kam, würde unweigerlich zum Feind werden.

Wie ernst die Lage war, wurde mir nochmals bei einem Gespräch mit meiner alten Freundin klar, der Großherzogin von Mecklenburg-Strelitz. Wir waren zum Mittagsempfang im Kaiserpalast geladen, und vor dem Essen saß ich mit ihr im blauen Salon zusammen.

»Wilhelm hat Deutschland in den letzten Jahren in die Isolation getrieben«, klagte Großherzogin Augusta. »Wissen Sie, was er gestern zu meinem Enkel gesagt hat? ›Weltpolitik als

Aufgabe, Weltmacht als Ziel, Flotte als Instrument – das ist meine Devise!‹ Freddie konnte ihn nicht mit den schönsten Worten von diesem Kollisionskurs gegen England abbringen.«

»Das kann keiner, fürchte ich. Er spricht ja auch ganz offen vom ›Wettlauf um die Aufteilung der Welt‹, und davon, dass Deutschland auch einen ›Platz an der Sonne‹ haben will!«

»Das geht gegen Englands Kolonialpolitik, Englands Stellung in der Welt«, seufzte Augusta. »Ich verstehe nicht, warum er es so weit treibt. Das ist doch riskant für alle.«

»Er hat blindes Vertrauen in die deutsche militärische Überlegenheit. Und er steht unter dem unseligen Drang, immer der Stärkste und Beste sein zu wollen.« Die Lage war wirklich deprimierend. »Ach, wenn man nur etwas tun könnte. Hans erzählt, dass die politischen Gespräche ganz miserabel laufen. Man redet aneinander vorbei, ergeht sich in Floskeln. Keiner will auf den anderen zugehen.«

»Wilhelm und Edward können sich nicht leiden«, stellte die Großherzogin fest. »Das spielt auch eine Rolle dabei. Ich habe schon daran gedacht, einmal mit der Kaiserin zu reden ...«

»Doda?« Ich lachte auf. »Die begreift doch gar nicht, worum es überhaupt geht. Auf den Empfängen lächelt sie freundlich vorwärts und rückwärts wie eine Gummipuppe. Und spricht mit Alexandra über Stickvorlagen.«

Die Großherzogin seufzte. »Sie haben ja recht. Oh, da ist ja Freddie!«

Ein junger Mann trat in den Salon und kam auf uns zu.

»Sie kennen meinen Enkel noch nicht«, stellte die Großherzogin vor. »Adolf Friedrich Georg Ernst Albert Eduard, Erbgroßherzog von Mecklenburg.«

»Freddie«, lächelte der junge Mann. Er mochte vielleicht Mitte zwanzig sein, war groß und schlank und trug die Uniform des kaiserlichen Garde-Ulanen-Regiments. Sein dunkles Haar war streng nach hinten gekämmt, aber diese Strenge wurde gemildert von einem milde blickenden blauen Augenpaar und einem weichen Zug um die Lippen.

»Ich freue mich, Sie endlich einmal kennenzulernen«, sagte ich. »Ihre Großmutter hat schon so viel von Ihnen erzählt.«

»Und ich zähle zu Ihren größten Bewunderern, Mylady«, antwortete der Erbgroßherzog und küsste mir die Hand. »Ich hatte schon die Ehre, Sie bei den Feierlichkeiten zur Thronbesteigung König Edwards wenigstens von Ferne zu sehen.«

»Ah, Sie waren dort?«

»Natürlich. England ist meine zweite Heimat.«

»Wenn nicht die erste«, warf die Großherzogin ein. »Mein Enkel liebt die Insel wie niemand sonst, nicht wahr, Freddie?«

Der Erbgroßherzog strahlte wie ein kleiner Junge. »Ich fühle mich nirgendwo auf der Welt wohler.« Sein Englisch war makellos, und mir ging das Herz auf.

»Dann ist es schade, dass wir uns nicht schon früher getroffen haben«, lächelte ich.

Der Gong schlug zum Abenddiner.

Ich saß, wie so oft, neben dem Kaiser; auf der anderen Seite hatte man Königin Alexandra platziert, der man ansah, wie unwohl sie sich neben Wilhelm fühlte. Auch Wilhelm selber sah ziemlich sauertöpfisch drein. Er stocherte mit seinem Gabel-Messer-Instrument in der Vorspeise, mäkelte an der Bouillon herum und fand das Filet zu hart. Auch zu mir war er, anders als sonst, recht uncharmant.

»Euer Majestät scheinen heute Abend schlechter Laune zu sein«, bemerkte ich schließlich verdrossen.

Er blickte mich finster an. »Ihr Land ist in einem schönen Zustand«, sagte er, auf Deutsch, damit Alexandra es nicht verstehen konnte. »Was ist denn dort bloß los?«

»Sie missverstehen das«, versuchte ich zu beschwichtigen. »Ganz im Gegenteil, England bewundert Deutschland und versucht, in vielen Dingen dem deutschen Vorbild zu folgen. Denken Sie nur an die Sozialgesetzgebung, die Altersfürsorge, ja die Organisation der Armee und der Marine. Sehen Sie, es ist für England, das bis jetzt in allem der Welt voraus war, schwer zu akzeptieren, dass ein anderes Land auf einmal alles besser macht.«

Der Kaiser schnaubte durch die Nase. »England hat die Weltherrschaft nicht gepachtet. Es muss seine Hegemoniebestrebungen endlich aufgeben.«

Ich suchte nach den richtigen Worten. »Englands heißester Wunsch gilt dem Frieden und dem Wohlstand beider Länder, das hat der König mir gesagt. Und dasselbe gilt doch auch für Sie, Majestät. Vielleicht wäre ein Freundschaftsvertrag zwischen England und Deutschland ein schönes Ergebnis dieses Staatsbesuchs …«

»Dafür müsste England erst einmal akzeptieren, dass die deutsche Flotte gleichwertig aufgerüstet wird. Und es muss einsehen, dass Deutschland Kolonien braucht.«

»Majestät verlangen viel.«

»Ich verlange das Natürliche. Ich verlange Einsicht in die Realitäten. England ist nicht mehr alleinige Weltmacht. Deutschland ist an seine Seite getreten. Ihr in England müsst endlich dazu gebracht werden, zu verstehen, dass Deutschland der einzige Gebieter über Frieden oder Krieg auf dem Kontinent ist. Wir werden uns nicht mehr kleinhalten lassen, sagen Sie das Ihrem König Edward.« Die Ader auf seiner Stirn schwoll schon wieder an. »Es wird keinen Flottenvertrag geben ohne englische Zugeständnisse!«

Er ist nicht ›mein König Edward‹, wollte ich schon entgegnen, aber dann verkniff ich mir die Bemerkung. »Irgendwie müssen wir doch den Frieden bewahren«, sagte ich stattdessen lahm.

Der Kaiser warf seine Serviette hin und stand auf. »Dann

soll England die deutschen Forderungen akzeptieren«, knurrte er. »Ich werde keinesfalls kleinbeigeben. Und wenn sich mein sturer Onkel Edward weiterhin so dumm anstellt, dann gibt es eben …« Er drehte sich von mir weg und ging.

Ich hatte sein letztes Wort nicht mehr verstehen können. Hatte er »Krieg« gesagt?

Der Abend verlief in bemühter Freundlichkeit von beiden Seiten. Das Wort »Krieg« spukte unaufhörlich in meinem Kopf herum. Ich sah hinter den Kulissen, versteckt hinter Säulen, auf den Gängen, zwischen hohen Topfpalmen, Vertreter der deutschen und englischen Diplomatie heftig diskutieren. Churchill räucherte Eulenburg, einen der wichtigsten Vertrauten des Kaisers, mit seiner Zigarre ein, Bülow sprach mit Frederick Ponsonby, dem Privatsekretär des Königs, Graf Metternich hatte sich mit Kriegsminister Haldane und Außenminister Grey hinter einem Paravent verschanzt.

Ich hatte ein schreckliches Gefühl.

Und das Schlimmste sollte noch kommen. Am letzten Tag der Staatsvisite hatte die britische Botschaft zu einem Frühstücksempfang geladen. Onkel Bertie wirkte erschöpft; er hatte vorher vom Balkon des Berliner Rathauses aus vor einer großen Menschenmenge eine kurze Rede in deutscher Sprache gehalten. Unter begeistertem Beifall und Hochrufen war er dann mit der Kutsche in die Botschaft gefahren.

Dort unterhielt er sich lange mit Bülow, der mir hinterher zuraunte, er habe den Eindruck gehabt, einem todkranken Mann zugehört zu haben. Mir schnürte es den Hals zu. Ja, der König war grau im Gesicht, und zwischen allen Sätzen rang er mühsam nach Luft. »Er ist nur müde«, sagte ich. »Es war eine anstrengende Woche.«

Nach dem Frühstück bat der König diskret darum, man möge ihn in einem Nebenzimmer kurz alleine lassen, nur mich und Alexandra ließ er mitkommen. Er wollte der anstrengenden Konversation mit den Gästen entgehen. Wir saßen auf einem ziemlich niedrigen Sofa im Salon des Botschafters, und Onkel Bertie hörte nicht auf zu rauchen, obwohl er die ganze Zeit fürchterlich husten musste. Auf einmal ergriff ihn ein besonders heftiger Hustenanfall, er fiel gegen die Rückenlehne des Sofas, und die Zigarre glitt aus seiner Hand. Seine Augen blickten starr und glasig, er wurde sterbensbleich und schnappte nach Luft. Mich packte die Panik. Mein Gott, dachte ich, er stirbt! Oh, warum nicht wenigstens in seinem eigenen Land?

Während die Königin schreckensstarr dasaß, versuchte ich verzweifelt, den viel zu engen Kragen seiner Uniform zu lösen. Alexandra rief um Hilfe. Der junge Erbgroßherzog von Mecklenburg-Strelitz hatte es gehört und stürzte von draußen herein. Wir legten Onkel Bertie hin und hoben seine Beine auf das Sofa.

»Ein Arzt«, schrie die Königin panisch.

Gemeinsam gelang es dem Erbgroßherzog und mir, den Uniformkragen aufzureißen. Onkel Bertie röchelte, zuckte, kämpfte um Luft.

Der königliche Leibarzt Sir James Reid eilte im Laufschritt herein, gefolgt von Ponsonby. Er öffnete seine Tasche und holte irgendetwas heraus. »Lassen Sie uns bitte allein«, sagte er und beugte sich über den Patienten. Wir gehorchten und gingen hinaus.

Vor der Tür stand ich mit dem Erbgroßherzog zusammen, dem genauso wie mir der Schreck in alle Glieder gefahren war. Wir sahen uns nur stumm an. Was ging dort drinnen vor? »Sie zittern ja«, sagte er.

Dann, nach einer Viertelstunde, kam Ponsonby heraus und wischte sich den Schweiß von der Stirn. »Es geht ihm besser.«

Mir stiegen die Tränen in die Augen. »Dem Himmel sei Dank«, flüsterte ich und erwiderte erleichtert den Händedruck des Erbgroßherzogs. Aber im tiefsten Inneren meines Herzens wusste ich: Was ich dort drin im Salon gesehen hatte, war der Vorbote des Todes.

....

Berlin, Pless'sche Villa in der Wilhelmstraße,
nach dem Staatsbesuch von 1909

»Meinetwegen hätte er auch krepieren können.« Hans warf seine Handschuhe auf das Wandbord. »Herrgott, wo sind denn schon wieder die Dienstboten?«

Daisy folgte ihm ins Vestibül. »Das ist gotteslästerlich, was du da sagst!«

»Mein Gott ist der Kaiser, und das Himmelreich ist Deutschland!«

Joseph und Missy erschienen und halfen dem Fürstenpaar beim Ablegen. Es war schon später Abend. Hans schubste Joseph grob weg, weil der müde Diener ihm die Stiefel nicht schnell genug vom Fuß zog.

»Kannst du denn nicht auch einmal mit dem Kaiser reden?«, fragte Daisy, als sie beide nach oben gingen. »Es muss doch möglich sein, wieder zu Freundschaft und Gemeinsamkeit zurückzufinden.«

»Ich werde ganz bestimmt nicht den Postillon d'amour zwischen Wilhelm und deinem Onkel Bertie spielen«, sagte Hans. »Du musst dich endlich entscheiden, wo du stehst, Daisy. Als meine Frau bist du schließlich deutsche Staatsbürgerin. Im Krieg kann man nicht auf beiden Seiten kämpfen!«

Sie zuckte zusammen. »Jetzt redest du auch schon von Krieg!

Ist es das, was ihr alle wollt? Ihr mit eurem Stammtischstolz, eurer Kriegsvereinsmeierei, euren Sonntagsaufmärschen! Euren Bierzeltreden und Sedanfeiern! Wie ich das alles verabscheue!«

Hans machte eine wegwerfende Handbewegung. »Du bist einfach nicht in der Lage, irgendetwas zu begreifen, Daisy.«

»Doch, Hans. Ich begreife sehr gut. Ich begreife zum Beispiel, dass meine Söhne eines Tages eine deutsche Uniform tragen werden. Und dass der Kaiser drauf und dran ist, einen Krieg zu provozieren! Er legt es ja mit jedem Wort darauf an!«

»Raus!« Hans scheuchte Missy und Joseph aus dem Zimmer, die ihnen gefolgt waren, um sie weiter auszukleiden. »Bist du wahnsinnig, solche Dinge vor den Dienstboten zu sagen?«, zischte er.

»Aber ich habe doch recht, oder?« Daisy zog sich selber die Haarnadeln aus der Steckfrisur und schüttelte ihre Locken aus.

Hans schnallte den Zierdegen ab und zog die Uniformjacke aus. »Ihr Engländer habt einen sehr weisen Spruch: ›There can only be one top dog in a kennel‹.« In jedem Zwinger kann es nur einen Leithund geben.«

Das ist es, dachte Daisy. Ganz oben stehen, den anderen unter sich sehen. »Wilhelm will gar nicht wirklich verhandeln, Hans, habe ich recht? Er will Britannien unterwerfen!«

»Und dabei werde ich an seiner Seite stehen, jawohl! Und wenn meine Söhne dabei ihr Leben auf dem Schlachtfeld für Deutschland opfern, werde ich stolz auf sie sein!«

Hansel und Lexel! Der eigene Vater nahm den Tod seiner Söhne in Kauf! Daisy spürte unbändigen, rotglühenden Zorn in sich aufsteigen. In ihr war nur noch der Drang, Hans zu verletzen. »An der Seite des Kaisers willst du stehen? Du bist doch der Letzte, den der Kaiser braucht. Wenn er etwas von dir halten würde, hätte er dir längst einen Titel und ein Amt gegeben. Aber das wird er niemals tun, Bülow hat es mir schon vor Jahren geschrieben. Dich nimmt doch in Berlin keiner ernst.

Das Einzige, wofür du in den Augen des Kaisers gut bist, sind deine protzigen Hirschjagden und deine schmutzigen Witze im Herrenclub!«

Im selben Augenblick spürte sie den Schmerz. Sie griff an ihren Mundwinkel und sah ungläubig auf das Blut an ihren Fingerspitzen. Er hatte sie geschlagen, zum ersten Mal. Und irgendwie fühlte es sich richtig an. Es war die Konsequenz aus all den Jahren vergeblicher Bemühungen, all den Jahren unterdrückter Wut, all den Jahren mühsam bewahrter Beherrschung. »Ja, schlag mich nur!«, sagte sie mit bebender Stimme. »Das ist das Einzige, was du kannst. Schwächere zu treten und vor Stärkeren zu kuschen. Du bist so armselig, Hans! Ich verachte dich!«

Sie drehte sich auf dem Absatz um und ging in ihr Schlafzimmer. In ihren Augen brannten Tränen des Schmerzes und der Wut. Hans folgte ihr.

»Geh raus«, sagte sie. »Lass mich in Ruhe!«

Er packte sie am Arm. »Du wirst mich nicht aus deinem Schlafzimmer weisen, Daisy! Ich bin dein Mann!« Er spie die letzten Worte förmlich aus, kleine Tröpfchen seines Speichels netzten ihr Gesicht.

»Du bist widerlich«, sagte sie. »Lass mich los!«

»Widerlich, ja?« Er packte sie noch fester. »Das war ich ja schon immer für dich. Deshalb machst du allen anderen Männern schöne Augen! Glaubst du, ich weiß nicht, das du eine Affäre mit Hohenlohe hattest?«

»Das stimmt nicht!«, schrie sie zurück. »Aber ich wollte, er wäre der Vater meiner Söhne und nicht du!«

Hans' Wutschrei klang ihr in den Ohren. Sie wand sich unter seinem Griff, versuchte, sich loszumachen. Die Naht ihres Ärmels riss, und vom Schwung ihrer Bewegung taumelte sie zurück. Er kam nach, warf sie aufs Bett, zerrte an ihren Röcken.

Ekel stieg in ihr auf. »Hör auf«, keuchte sie. Sie wollte sich unter ihm wegdrehen, aber er lag schwer auf ihr. Mit einer Hand packte er ihre Handgelenke über ihrem Kopf, mit der anderen Hand wühlte er ihre Röcke nach oben. Sie konnte sich nicht wehren. »Hör auf, Hans!«, flehte sie, »Bitte. Du tust mir weh!«

Er machte einfach weiter. Sie kam nicht gegen seine Kraft an, es war sinnlos. Die Erkenntnis ihrer Ohnmacht ließ sie aufschluchzen. Und dann gab sie nach. Hörte auf, sich zu wehren, öffnete die Schenkel.

Schließ die Augen und denk an England.

Am nächsten Morgen ging Daisy zum Juwelier Friedlaender und verkaufte ihm vier Pless-Perlen. Dann fuhr sie mit kleiner Entourage, nur einem Hausdiener und drei Zofen, nach La Napoule. Sie konnte es keinen Tag länger in dem düsteren Haus in der Wilhelmstraße aushalten.

Drei Wochen später kam Hans nach. Er war völlig zerknirscht, schwor ihr, dass er sich nie wieder so vergessen würde. Er schenkte ihr einen Diamantring. Er bat hundertmal um Verzeihung. »Komm mit nach Hause«, sagte er. »Deine Söhne vermissen dich.«

Da fuhr Daisy mit zurück nach Fürstenstein.

....

Brief Daisys an ihre Mutter

Pless, 2. März 1910

Liebste Patsy,
ich habe herrliche neue Nachrichten für Euch alle: Ich bin wieder schwanger! Kannst Du Dich an meinen letzten Brief erinnern, den

ich kurz nach Onkel Berties Staatsbesuch aus La Napoule geschrieben habe? Ja, das Zerwürfnis mit Hans war schlimm, aber nun kommt wenigstens etwas Schönes, Gutes dabei heraus. Das ist doch tröstlich, oder nicht? Es wird mein letztes Kind sein, denn ich habe Hans gesagt, wenn er noch einmal zu mir ins Bett kommt, bringe ich mich um. Ein Blick in meine Augen hat ihm genügt, um zu begreifen, wie ernst es mir damit ist. »Wenn du mir nur einen dritten Sohn schenkst, dann tue ich alles, was du willst«, hat er geantwortet. Ach, eigentlich wünsche ich mir diesmal ein Mädchen. Ich würde sie, wie meine liebe Kleine im Himmel, wieder Olivia nennen. Aber ganz egal, Hauptsache das Baby ist gesund! Natürlich schone ich mich wieder und esse wieder meine geliebte rohe Leber! Die Ärzte sagen, alles sei in Ordnung. Trotzdem beschleicht mich in diesen Tagen oft ein düsteres Gefühl, ich weiß nicht warum. Ich gebe mir Mühe, an schöne Dinge zu denken, aber manchmal schaffe ich es einfach nicht.

Patsy, ich muss Dir noch sagen, dass ich zur Niederkunft diesmal nicht nach Hause kommen werde. Hans möchte nicht, dass sein dritter Sohn – er ist völlig davon überzeugt, dass es wieder ein Junge wird – in England geboren wird. Er zahlt die Arztrechnungen, also bestimmt er. Ich füge mich, alles Reden hat ja doch keinen Sinn. Ich bin froh, dass wieder Waffenstillstand herrscht zwischen uns. Eigentlich mehr noch, Hans reißt sich wirklich zusammen und behandelt mich zuvorkommend und fürsorglich. Er hat immer noch ein schlechtes Gewissen. Deshalb hat er mir auch erlaubt, im Schwarzengraben ein kleines Gartenhäuschen für mich und die Jungen bauen zu lassen. Ich möchte einen Ort haben, an dem ich ungestört bin, der nur mir gehört. Einen Ort, an den ich mich flüchten kann, wenn ich es im Schloss – oder mit Hans – nicht mehr aushalte. Kennst Du einen Architekten, der mir eine winzigkleine Villa im englischen Stil entwerfen könnte?

Wie geht es Onkel Bertie? Hast Du ihn wieder besucht? Ich höre, er will zur Kur nach Biarritz? Und stimmt es, dass Winston Innenminister werden soll? In Berlin pfeifen es die Spatzen von den Dächern! Eine beachtliche Karriere für ein Kind, das in einer Besenkammer in Blenheim Palace geboren wurde … oh, ich weiß, ich bin garstig. Aber ich mag ihn einfach immer noch nicht. Er ist so schrecklich ehrgeizig, und er will immer mit dem Kopf durch die Wand. Das sagen alle.

Morgen reise ich mit Hansel und Lexel aus Pless ab, ich kann diese Unmengen an Hirschgeweihen an den Wänden nicht mehr sehen – hässliche Teile von toten Tieren! Ich mache einen kurzen Aufenthalt in Fürstenstein, wo die Jungen mit ihren Hauslehrern bleiben, und dann fahre ich zu meiner guten Freundin Augusta von Mecklenburg-Strelitz. Sie war an einer schweren Grippe erkrankt und wird sich sicher über einen Genesungsbesuch freuen. Hans nennt sie eine alte Scharteke. Er kann niemanden leiden, den ich gern habe. Natürlich würde ihm auch Augustas Enkel Freddie nicht gefallen, den ich in Berlin kennengelernt habe, ein liebenswerter, großer Junge, dessen Herz für England schlägt. Seit wir gemeinsam dem kranken Onkel Bertie den Kragen geöffnet und ihm wohl damit das Leben gerettet haben, besteht eine Verbindung zwischen uns, als seien wir zwei Verschwörer. Viele von seiner Art gibt es inzwischen in Deutschland nicht mehr …

Nun lass Dich umarmen, Patsy, und gib dem guten alten Poppets einen Kuss von mir. Mit der gleichen Post geht ein Brief an Shelagh und Georgie. Ich liebe Euch alle.

Deine Tochter Daisy

P. S. Bitte schick mir doch eine große Dose von Harrow's Teegebäck, das ich so mag. Ich habe gerade eine unstillbare, große Lust auf Sü-

ßes! Dafür bekommst Du mit gleicher Post eine Schachtel mit Brosig's Deutschen Mundpillen, Du wirst sehen, die erfrischen den Atem wirksamer als Deine süßen Veilchenpastillen.

....

Daisy erzählt

Obwohl es mir diesmal am Anfang der Schwangerschaft recht gutging, hatte ich die ganze Zeit über düstere Gedanken. Als hätte ich Onkel Berties Tod am 6. Mai geahnt. Als die Nachricht kam, saß ich an meinem Fenster in Fürstenstein, ich weiß es noch genau, und schaute traurig auf die erfrorenen Blüten der Bäume und Blumen auf den Terrassen. Ein später Frost hatte alles zerstört. Mir liefen die Tränen herunter. Onkel Bertie war der gütigste und treueste Freund gewesen, den ich je gehabt hatte. Königin Alexandra hatte noch erlaubt, dass Alice Keppel an sein Sterbebett durfte. Gott möge sie dafür segnen. Ich fragte mich, was jetzt werden würde, wenn Kronprinz George den Thron bestieg. Ich wusste, dass er seinen Vetter Wilhelm genauso wenig mochte wie der ihn. Er nannte ihn nur »the hun« – den Hunnen. Es würde sich wohl nichts verbessern. Nur, dass jetzt drei Vettern die Kronen Englands, Deutschlands und Russlands trugen.

Hans bestand darauf, dass ich mich während der Schwangerschaft schonte; und damit meine Armen und Kranken in Waldenburg nicht vernachlässigt würden, stellte ich eine weitere Sekretärin ein. Athanasius gewann in diesen Monaten drei größere Rennen, wurde einmal Zweiter und zweimal Dritter. Das Geld reichte, um alle Hilfseinrichtungen weiter zu finanzieren, vom Krüppelheim bis zum Bergarbeiterhospital. Eigentlich hätte ich ruhig in die Niederkunft gehen können, es war für alles gesorgt. Wir hatten eine Villa in Groß-Lichterfelde angemietet, die mit allen Einrichtungen eines Krankenhauses ausgestattet wurde, und in der ich schon die letzten Wochen vor der Geburt verbringen wollte. Aber als ich Anfang September dorthin fuhr, fühlte ich mich beklommen und ängstlich. Natürlich war Hans nicht mitgekommen; er musste den Bau auf Fürstenstein beaufsichtigen. Er platzte außerdem vor Stolz, dass man ihn gerade eben zum Präsidenten des Union-Clubs ernannt hatte, des großen neuen Renn-Clubs in Berlin, den der Kaiser ebenso bedeutend machen will wie Ascot. Da war die Niederkunft seiner Frau wieder Nebensache.

Die Geburt am 23. September 1910 war die leichteste von allen. Ich war unendlich froh, dass alles gutgegangen war. Sie zeigten mir danach mein schönes, liebes Baby – es war, wie Hans es herbeigewünscht hatte, wieder ein Junge! Ich hielt das kleine blonde Wunder im Arm und hätte doch glücklich sein sollen. Doch ich konnte nicht. Ich musste andauernd weinen. Und plötzlich schien mir das Gurren der Tauben draußen auf dem Fensterbrett wie der Schrei eines Kindes, und es traf mich wie ein Schlag, denn ich hörte darin das Stimmchen meines lieben kleinen Mädchens, das sich in Krämpfen wand und zu Tode schrie …

Am übernächsten Tag kam Hans mit den Jungen. Er sagte, er sei stolz auf mich, und beschloss, sein dritter Sohn solle Bolko heißen, nach einem bedeutenden Vorfahren. Meine Meinung dazu interessierte ihn nicht, und ich hatte nicht die Kraft, mit ihm zu streiten. Wenigstens heiterte mich Lexel auf, der in allen Ecken des Hauses nach dem Storch suchte! Und ich freute mich aufrichtig über den Besuch des Kaisers. Er kam mit einem großen Strauß dunkelroter Rosen und blieb anderthalb Stunden.

»Sie sehen so frisch aus wie die bunten Weihnachtsbeilagen in den englischen Zeitschriften«, sagte er. »Ei, Majestät – Sie finden also doch nicht alles schlecht an England«, entgegnete ich. »Natürlich nicht«, lächelte er und zwinkerte mir zu.

Hans richtete es so ein, dass Bolkos Taufe gleich nach einer Woche stattfand – er wollte die Steeplechase in Pardubitz nicht verpassen, die war für ihn schon seit jeher das Wichtigste auf der Welt. Ich konnte kaum bei den Vorbereitungen mithelfen, denn ich fühlte mich schwach. Ich saß eingemummelt in Pelze und Decken auf einer Liege im Garten, um frische Luft zu bekommen, aber meine Beine fühlten sich an wie Blei, und ich hustete viel. Der Arzt riet mir davon ab, auf die Taufe zu gehen, aber das ließ ich mir nicht nehmen. Auch Hans meinte, ich solle mich einfach zusammenreißen. Mit Mühe brachte ich alles hinter mich, grüßte und lächelte nach allen Seiten und sah zu, wie Kronprinz Wilhelm als Pate Bolko übers Taufbecken hielt. Hans war zufrieden und reiste sofort nach dem Gottesdienst ab. Wir anderen scharten uns in Lichterfelde im kleinen Kreis um den Täufling und tranken Champagner. Bolko war der Rummel wohl zu viel, so dachte ich, denn er fing an zu schreien. Ich trug ihn herum, aber er brüllte weiter, sein Gesichtchen lief rot an. Die Großherzogin Augusta beugte sich über ihn und wollte ihn ablenken – und dann sagte sie: »Meine Liebe, er hat ja ganz blaue Lippen!«

Ich sah genauer hin. Sie hatte recht. Bolkos Lippen hatten plötzlich eine unnatürliche Farbe angenommen.

»Es kann nichts Schlimmes sein«, meinte die Amme. »Er trinkt gut und ist ein munterer kleiner Kerl.« Ottilie, die Kinderschwester sagte dasselbe.

Ich ließ mich zunächst beruhigen. Schließlich hatten die Ärzte Bolko nach der Geburt für kerngesund erklärt. Aber in dieser Nacht konnte ich nicht schlafen, und am Morgen veranlasste ich, dass Doktor von Stein aus der Universitätskinderklinik geholt wurde. Er untersuchte mein Bübchen, kitzelte es, hörte Herz und Lunge ab, zwickte es, damit es schrie – und wieder wurden die Lippen blau. »Ich würde den Kleinen gerne in die Charité mitnehmen«, sagte er schließlich. Mir schnürte sich der Hals zusammen. »Was hat er denn, Doktor?«, fragte ich beklommen.

»Das kann ich noch nicht sagen«, erwiderte er vorsichtig. »Machen Sie sich keine Sorgen, ich will nur zur Sicherheit in der Klinik ein paar Untersuchungen machen.«

»Warten Sie, ich komme mit.«

»Hoheit, ich sehe, Sie sind selber noch angegriffen«, meinte der Arzt. »Bleiben Sie zu Hause, und seien Sie versichert, dass Schwester Ottilie sich um den Kleinen kümmern wird wie um ihr eigenes Kind. Heute Abend halten Sie ihn schon wieder in den Armen.«

Ich fügte mich.

Wir wollten eben mit dem Abendessen beginnen – nur etwas Leichtes, Brühe, gekochtes Hühnchen und Gemüse, denn die Ärzte hatten geraten, meinen Magen zu schonen. Da brachten sie mir Bolko zurück. Er schlief selig, und ich war so froh, ihn wiederzuhaben. Glücklich hielt ich ihn im Arm. »Wie geht es ihm?«, fragte ich den Arzt. »Haben Sie etwas gefunden?«

Er nahm die Brille ab und massierte sich mit Daumen und Zeigefinger die Nasenwurzel. Dann sah er mich mit seinen kurzsichtigen Augen an.

Ich wusste sofort, es war etwas Schlimmes. Mir wurden die Knie schwach, und ich musste mich auf den Diwan setzen. Er nahm in einiger Distanz zu mir ebenfalls Platz. »Wir haben verschiedene Untersuchungen angestellt«, erklärte er und lächelte bemüht. »Die Reflexe und Reaktionen sind hervorragend, und, äh …«

Ich unterbrach ihn. »Herr Doktor, bitte sagen Sie mir ehrlich, was mein Kind hat!«

Er holte Luft. »Hoheit«, sagte er, »Wir haben einen Herzfehler gefunden.«

Mir wurde schlecht. Ich umklammerte mein kleines Bündel Kind. »Wie schlimm ist es?«, flüsterte ich.

»Nun, in vielen Fällen verwächst sich ein kleines Loch in der Herzwand wieder …«

»Und wenn nicht?«

Er wiegte den Kopf hin und her. »Es gibt kaum etwas, was wir Ärzte in so einem Fall tun können.« Er sah mich an, »Darf ich offen sprechen? Ihr kleiner Bolko ist sehr krank. Er wird immer unter strenger Aufsicht stehen müssen. Kinder mit einem Loch im Herzen dürfen sich keinesfalls überanstrengen. Keine wilden Spiele, kein Sport. Sobald Sie merken, dass er Atemprobleme hat oder blaue Lippen bekommt, ist absolute Schonung geboten. Wir raten auch zu Kräftigungskuren. Viel frische Luft, nicht zu schweres, aber nahrhaftes Essen …«

»Aber Sie sagten doch, das Herz heile sich beim Wachsen selbst«, sagte ich verzweifelt.

»Darauf müssen wir hoffen.«

»Und wenn nicht?«

Er gab mir eine ehrliche Antwort. »Viele Kinder mit einem Herzfehler werden erwachsen. Nicht alle.«

Ich nahm all meine Kraft zusammen. »Ich danke Ihnen für Ihre Offenheit, Doktor. Sie hören von mir.«

Nachdem er gegangen war, saß ich einfach nur da. Ich war wie gelähmt. Mit tränenblinden Augen sah ich auf mein Baby herunter. Es war so winzig. Seine Lippen machten im Schlaf kleine, schmatzende Saugbewegungen, und die Fingerchen bewegten sich. Ein Schwall von Liebe überflutete mich.

Und dann bekam ich plötzlich keine Luft mehr. Ich keuchte und hustete, mir brach der Schweiß aus, und mein Herz raste.

Todesangst befiel mich. Missy, die gleich hinter der Tür gestanden hatte, eilte herbei und nahm mir Bolko ab. Irgendjemand öffnete mein Mieder, man legte mich ins Bett. Doktor von Stein wurde zurückgerufen – er saß schon in der Droschke – und untersuchte mich, konnte aber keine Ursache für meinen Zustand finden. Er gab mir ein Beruhigungsmittel, das mich in tiefen Schlaf versinken ließ.

Am nächsten Tag hatte ich Fieber und dazu starke Schmerzen in den Beinen. Es ging mir so schlecht wie noch nie in meinem Leben. Jeden Tag holte man einen anderen Arzt, die einen sagten, es sei eine Gemütsstörung wegen des Schocks, die anderen meinten, es handele sich um einen Bronchialkatarrh, weil ich andauernd hustete. Aber wieso schwollen dann meine Beine an und taten so weh? Ich hatte Schüttelfrost, und das Fieber stieg höher. Jetzt hieß es: Blutvergiftung. Weißgekleidete Menschen waren ständig um mich, ich bekam Medikamente, Einreibungen, Spritzen, Elektrobehandlungen. Ich war nicht wirklich bei Bewusstsein, nahm alles nur wie im Nebel wahr. War es Wirklichkeit oder nur eine Fieberphantasie, dass ich ein Gespräch zweier Krankenschwestern hörte? »Es besteht Lebensgefahr«, sagte die eine, die andere meinte: »Hoffentlich stirbt sie uns nicht!« In meiner Angst und Verzweiflung verlangte ich nach meiner Mutter. Missy schickte ein Eiltelegramm, und Patsy kam sofort, zusammen mit einem englischen Experten, Dr. Grayson aus London. Er glaubte an eine Infektion und stritt mit den deutschen Ärzten, die inzwischen eine Phlebitis vermuteten. Patsy wich nicht von meiner Seite. Es ging mir so elend, dass ich mich beinah danach sehnte, zu sterben. Ich war so müde, konnte nicht mehr denken. Einmal kam Hans, ich erinnere mich nur verschwommen an seinen Besuch. Die Kinder durften nicht zu mir, da er fürchtete, sie könnten sich anstecken. Ich hatte überhaupt keine Hoffnung mehr und auch keinen Willen zum Überleben. »Das kommt öfter vor«, redete Patsy auf mich ein. »Das sind die Heultage, und jetzt, wo du krank bist, ist alles noch viel schlimmer. Aber du darfst dich nicht aufgeben, Liebes. Du musst zum Leben zurückfinden.« – »Ich kann nicht«, flüsterte ich, »es ist so schwer, und es tut so weh!« – »Du musst«, beschwor sie mich. »Denk an deine Söhne!« – »Mich rufen Stimmen«, flüsterte ich. Die Stimmen riefen aus einer anderen Welt. Ich lag schiffbrüchig auf der elendsten Klippe des Lebens.

Dann schickte meine Freundin, Großfürstin Augusta, Professor Bensdorff zu mir, einen Prager Spezialisten für innere Krankheiten. Ich weiß nicht, ob er mir am Ende das Leben gerettet hat oder ob es einfach nur in Gottes Hand lag. Aber nach Wochen zwischen Leben und Tod ging es mir im November besser.

....

Auszüge aus dem abschließenden Bericht von
Prof. Otto Bensdorff an den Fürsten Hans Heinrich von Pless,
9. Januar 1911

Ich wurde sechs Wochen nach der Entbindung an einem Sonntagabend um 10 Uhr telephonisch zur Fürstin nach Groß-Lichterfelde gerufen worden, die ich schwer krank vorfand. Eine Phlebitis, wie sie der Kollege aus London vermutet hatte, war auszuschließen. Die irrtümlich als »Bronchialkatarrh« angesehenen unbehandelten Lungenerscheinungen erwiesen sich bei genauerem Zusehen als Lungenembolien. Die Krankheit … war die Folge einer wohl schon früher bestandenen Venenerweiterung, die im Verein mit der Verlangsamung des Blutstromes im Wochenbett zur Blutgerinnung disponierte … Durch sofort eingeleitete geeignete Maßnahmen und Mittel wurde in dieser Nacht und am folgenden Tag das Auftreten weiterer das Leben bedrohender Embolien verhindert … Danach setzte eine langsame Besserung ein … Ich erlaube mir, Eurer fürstlichen Hoheit meine Honorarrechnung beizufügen.

Hochachtungsvoll
Prof. Dr. Otto Bensdorff

………… …………

Fürstenstein und Neustrelitz, Frühling 1911

Daisy fuhr nach Bansin zur Kur. Noch im Februar war sie zu schwach zum Laufen gewesen, aber nach vier Wochen auf Usedom besserte sich ihr Zustand beträchtlich. Dem kleinen Bolko tat die Seeluft genauso gut wie ihr, unter den Augen einer eigens eingestellten Kinderkrankenschwester gedieh er prächtig, und niemand hätte ihm einen Herzfehler angemerkt. Daisy ließ ihn keine Sekunde aus den Augen, und nachdem Hans nicht da war, schlief Bolko in einer kleinen Wiege neben ihrem Bett. Hans selber war Ende November auf zwei Tage nach Berlin gekommen, nachdem sie ihn schriftlich über Bolkos Diagnose informiert hatte. Er hatte mit Doktor von Stein und einem weiteren Spezialisten gesprochen, und dann hatten sie gemeinsam am Bettchen des Kleinen geweint. Am Ende war Daisy es gewesen, die gesagt hatte: »Hans, wir müssen einfach fest daran glauben, dass unser Kind wieder gesund wird. Der liebe Gott wird auf ihn aufpassen.« Hans hatte nur genickt. Daisy wusste: Er war nicht nur traurig und voll Sorge, mehr noch war es für ihn ein Grund zur Scham, dass einer seiner männlichen Nachkommen einen Makel aufwies. »Wir haben einen schwachen Spross hervorgebracht«, sagte er denn auch. »Das ist bitter.« Und nach einer Weile fügte er leise hinzu: »Vielleicht hätte ich dich damals in dieser Nacht nicht bedrängen sollen …«

Konnte das der Grund sein? Kam bei einem erzwungenen ehelichen Verkehr ein krankes Kind heraus? Sie hatte sich das auch schon gefragt. Aber sie glaubte nicht daran. Solche Dinge waren nicht erklärbar. Es lag an der Natur und am göttlichen Willen. »Ich gebe dir nicht die Schuld«, sagte sie.

»Zumindest haben wir zwei gesunde Söhne«, meinte er.

»Ja«, sagte Daisy und deutete auf das schlafende Baby. »Aber dieser hier braucht uns am meisten.«

In Bansin hatte sich Daisy vom ersten Tag an verliebt. Es war eines der »Dreikaiserbäder« auf der Insel, eine Mischung aus gemütlichen, alten Fischerhäusern und schicker, neuer Architektur. Die Villa, die Hans für sie gemietet hatte, lag gleich in der Nähe der mondänen Promenade, und sie konnte von der Terrasse aus das Meer sehen. Die Luft prickelte vor Salz und Sauerstoff, es wehte ständig eine frische Brise, und mindestens einmal am Tag regnete es. Daisy fühlte sich an England erinnert, und das tat ihrer Seele gut.

Im März kamen Lexel und Hansel auf zwei Wochen. Hans ließ sich entschuldigen. Er sei auf dem Bau in Fürstenstein unabkömmlich, schrieb er. Und dass das kleine Häuschen im Schwarzengraben, für das sie den englischen Architekten hatte kommen lassen, inzwischen fertig auf sie warte.

Anstelle von Hans kam seine Mutter Mathilde auf drei Tage. »Aber man merkt ihm ja gar nichts an«, sagte sie ein ums andere Mal, als sie den kleinen Bolko herumtrug. »Ich glaube, er hat gar nichts. Diese Ärzte heutzutage wissen auch nicht alles!« Daisy war erleichtert, als sie wieder abfuhr.

Sie freute sich dafür umso mehr, als sich ihre mütterliche Freundin, die Großherzogin Augusta von Mecklenburg-Strelitz, bei ihr für die Ostertage ankündigte. Doch damit, dass dann am Ostersonntag statt seiner Großmutter der junge Erbgroßherzog mit einem riesigen Strauß wunderschöner gelber Rosen vor der Gartentür stand, hatte sie nicht gerechnet.

»Granny konnte nicht kommen, sie hatte gestern einen Gichtanfall«, sagte er. »Aber sie wollte Sie nicht enttäuschen. Deshalb hat sie mich geschickt!« Er streckte ihr die Blumen hin. »Ich hoffe, Sie sind nicht allzu enttäuscht.«

Sie lachte. »Das ist eine gelungene Überraschung, mein lieber Freddie! Kommen Sie, wir trinken eine schöne Tasse Tee im Wintergarten.«

Als sie über die Wiese gingen, tobten Hansel und Lexel gerade mit einem Ball herum, und Lexel rannte geradewegs in Freddie hinein. »Darf ich mitspielen?«, fragte der junge Erbgroßherzog, und schon hatte er die Jacke abgelegt. Die Buben nahmen ihn in ihre Mitte und warfen den Ball hoch über ihm hin und her, während er versuchte, ihn zu fangen. So tollten sie eine Weile durch den Garten, bis Freddie schließlich lachend seine Jacke aufhob und mit Daisy hineinging.

»Wie geht es Ihrem Kleinsten?«, fragte er, als sie beim Tee saßen. »Großmutter macht sich Sorgen seit Ihrem letzten Brief.«

»Er schläft gerade.« Daisy senkte den Kopf. »Die Ärzte können noch keine Besserung feststellen. Ich bete jeden Tag zu Gott, aber …« Ihre Stimme versagte.

»Sie dürfen die Hoffnung nicht aufgeben.« Er legte ganz kurz seine Hand auf ihre, sie fühlte sich warm und tröstlich an. »Und die Medizin macht jeden Tag Fortschritte.«

Später erzählte er, dass er immer noch seinen Dienst als Offizier bei den Garde-Ulanen in Potsdam ausübte. Sie sprachen über gemeinsame Bekannte, über England, wo er jedes Jahr mehrere Wochen, ja, manchmal Monate verbrachte, und über den Tod von König Edward, dessen schweren Anfall sie ja gemeinsam erlebt hatten. »Er war ein bemerkenswerter Monarch und kluger Politiker«, sagte Freddie. »Wollen wir hoffen, dass sein Sohn ebenso weise und auf Frieden bedacht regiert. Anders als ...« Er biss sich auf die Unterlippe.

»Anders als der Kaiser? Sie denken also auch, dass Wilhelm den Krieg will?«

»Mein Vater war kürzlich in Berlin. Er hat den Kaiser sagen hören, die Engländer bräuchten eine gute Tracht Prügel, und die könnten sie gerne haben. Wilhelm treibt das Flottenbauprogramm voran, als hinge sein Leben davon ab. Darf ich ehrlich sein? Ich bin in höchster Sorge!«

»Aber der neue Kanzler, Bethmann Hollweg, ist doch ein Mann des Ausgleichs!«

»Er versucht, zu vermitteln und einen mäßigenden Einfluss auszuüben, das stimmt. Aber auf der anderen Seite stehen Militärs wie Moltke. Und man weiß ja, dass alles Militärische dem Kaiser heilig ist. Vielleicht sogar der Krieg.«

Er sprach mit ihr, als sei sie ein Mann, ein ernstzunehmender Gesprächspartner. Es machte sie stolz. »Metternich«, sagte sie, »hat angesichts der letzten Budgeterhöhung für die Flotte alle Hände voll zu tun, König George bei guter Laune zu halten. Er hat mir geschrieben, dass er als Botschafter in London einen schweren Stand hat.«

Freddie verzog das Gesicht. »Der gute alte Met. Er redet mit Engelszungen auf die englische Regierung ein, aber die Minister lassen sich nicht überzeugen. Sie sehen ja täglich, welche Politik der Kaiser betreibt. Und Wilhelms forsche Sprüche verprellen die Engländer jeden Tag mehr. Sie sind Engländerin, Daisy. Für Sie muss die Situation unerträglich sein, noch mehr als für mich.«

Sie seufzte. »Mein lieber Freddie, ich würde alles tun, um diesen Konflikt zu entschärfen. Aber niemand hört auf eine Frau.«

Er trank seinen Tee aus. »Vielleicht sollten Sie trotzdem versuchen, beim Kaiser Ihren Einfluss geltend zu machen. Und bei

König George. Sie kennen beide gut. Und es ist ja allgemein bekannt, wie sehr Wilhelm Sie schätzt. Wer weiß, am Ende hört er auf Sie.«

»Meinen Sie, ich könnte das wagen?«

»Es lohnt sich immer, für den Frieden zu kämpfen«, sagte er.

»Dann werde ich dem Kaiser einen Brief schreiben.«

Er stand auf, die obligatorische Stunde für einen Höflichkeitsbesuch war vorüber. »Darf ich Sie noch einmal aufsuchen, meine Liebe? Ich werde noch ein paar Tage in unserer Villa in Heringsdorf sein. Das tut meinem vermaledeiten Heuschnupfen gut.«

»Sie müssen kommen«, lächelte Daisy. »Dann zeige ich Ihnen den kleinen Bolko, wenn er nicht wieder schläft.«

Am übernächsten Tag kam der Erbgroßherzog wieder, und auch diesmal brachte er einen großen Strauß Rosen mit. »Befehl meiner Großmutter«, lachte er, als Daisy ihn deswegen tadelte. Sie führte ihn ins Babyzimmer, wo der Kleine auf dem Arm seiner Kinderfrau mit einer Rassel spielte. »Danke, Fräulein Frenzl«, sagte Daisy, und die Nurse legte Bolko in die Wiege und verließ das Zimmer. Freddie ging hin, nahm Bolko hoch, machte für ihn komische Geräusche und kitzelte sein Bäuchlein, bis der Kleine vor Lachen einen Schluckauf bekam. Daisy schaute zu, und ihr wurde ganz wehmütig ums Herz. Hans hätte so etwas nie getan. Körperlicher Kontakt zu den eigenen Kindern war, wie so vieles, unfürstlich. Als Freddie sah, dass sie Tränen in den Augen hatte, reichte er ihr sein Taschentuch. »Sind das Tränen des Glücks«, fragte er, »oder des Kummers?«

»Ich dachte nur gerade daran, dass Bolko einen liebevollen Vater bräuchte.«

»… den er nicht hat?« Der Erbgroßherzog strich über Bolkos blondes Köpfchen. »Entschuldigen Sie meine Direktheit. Aber man kennt ja Ihren Gatten …«

»Er wüsste nicht einmal, wie man ein Baby hochnimmt.«

Freddie lachte. »Das hätte mein Vater auch nicht gewusst. Er ist von der gleichen Sorte. Ich habe ihn meine ganze Kindheit hindurch immer nur sonntags gesehen. Da wurde ich in eine enge blaue Uniform gezwängt und zur Teestunde gebracht, zum Besichtigen und Examinieren. Er fragte mich dann aus über alles, was mein Hauslehrer mir die Woche über beigebracht hatte. Es war stets eine Tortur, und ich war jedes Mal froh, wenn es vorüber war.«

»Und woher können Sie dann so gut mit Kindern umgehen?«

»Ich hatte einen sechs Jahre jüngeren Bruder.« Sein Lächeln verrutschte. »Er starb vor zwei Jahren bei einem Unfall, den ich hätte verhindern müssen.«

»Man darf sich nicht die Schuld geben«, sagte sie.

Die Tür ging auf, und die beiden großen Jungen stürmten herein, gefolgt von Smith, ihrer Kinderfrau, und Nixe, dem Dackelmädchen. »Wir wollen Eis essen auf der Promenade!«, rief Lexel.

Gemeinsam verließen sie das Haus und spazierten bis zum Café Windjammer. Während die Jungen mit dem Dackel Möwen jagten, saßen sie beisammen und unterhielten sich wie alte Freunde, als kennten sie sich schon ewig.

»Ihr Gatte ist ein Narr«, sagte Freddie zum Abschied. »Er weiß nicht, welch großen Schatz er in Händen hält. Hätte mich der liebe Gott mit einer so wunderbaren Frau und drei Söhnen gesegnet …«

....

Brief der Fürstin Daisy von Pless an Kaiser Wilhelm II.

Fürstenstein, 22. April 1911

Geliebte, hochverehrte Majestät,
bitte verzeihen Sie mir, dass ich diesen Brief schreibe. Doch der Geist aufrichtiger Freundschaft, in dem wir uns in all den vergangenen Jahren begegnet sind, und meine tiefe Sorge um den Frieden verleihen mir den Mut, zur Feder zu greifen. Die ganze Welt ist innerlich und äußerlich in einem Wirbel, nichts scheint mehr sicher, alles denkbar.

Sire! Ich habe diese ganzen Jahre in Deutschland gelebt und bin in England geboren. Ich sehe die Fehler auf beiden Seiten und höre weit mehr als viele Leute, selbst die Diplomaten. In Deutschland sprechen die Leute offen vor mir, weil sie wissen, dass ich das Land liebe, dass meine Kinder Deutsche sind und in Eurer Majestät Armee dienen werden. Sie betrachten mich als eine Deutsche. Und in England sprechen sie so zu mir, wie sie nicht vor dem Grafen Metternich oder irgendeinem Deutschen sprechen würden, denn sie halten mich für eine Engländerin. Wie kann ein Land wirklich wissen, was ein anderes Land denkt und glaubt? Wie können Kaiser und Könige die Wahrheit hören? Sie hören sie fast nie. Ihre Umgebung hat die Devise: Lasst uns dem Kaiser nichts erzählen. Sie selbst, Majestät, haben einmal zu mir gesagt: »Ach ich werde immer missverstanden, und keine Menschenseele sagt mir die Wahrheit.« Ich habe keine Angst, Ihnen die Wahrheit zu sagen. Ich bitte Eure Majestät, seien Sie nicht zu stolz, zur rechten Zeit noch meinem Land die Hand zu reichen. König George trägt Eure Majestät im Herzen, ich weiß es bestimmt. Dasselbe königliche Blut fließt in beiden Ländern, es kann und darf sich nicht feindlich gegen sich selbst erheben.

Sire, ich hatte so viele Ahnungen, als ich nach der Geburt meines kleinen Lieblings kranklag – E. M. werden lachen –, aber manche Menschen fühlen Dinge voraus. Es gibt Sterne am Himmel, die nur wenigen sichtbar sind. Vertrauen Sie mir. Könnten Sie nicht die Erhöhung des Marinebudgets rückgängig machen? England ist bereit, den Schiffsbau zu stoppen, aber es muss weiterbauen, solange Deutschland baut, und es hat das nötige Geld. 80 Millionen Pfund könnten aufgebracht werden, das sagte mir Winston Churchill. Er ist eine der wichtigsten Personen, auf die man Einfluss nehmen muss. Er glaubt fest daran, dass Deutschland zur See England bedrohen will.

Sire, England und Deutschland müssen Freunde sein. Vertrauen Sie nicht auf Russland. Die Russen müssen immer irgendwelche neuen Heiligen in die Zimmerecken hängen, heute diesen, morgen jenen. Und sie haben ihre ganz eigenen Interessen auf dem Balkan. England steht immer zu seinem Wort.

Soeben halte ich die Einladung zu den Krönungsfeierlichkeiten Ihres Cousins George in Händen. Darf ich, mit Ihrer Erlaubnis, mich dort mit allen meinen Verbindungen persönlich für eine europäische Friedenskonferenz einsetzen? Die Großen der Welt müssen sich regelmäßig treffen. Daran sollten alle ein Interesse haben. England muss die Idee des Two-Power-Standards in der Weltmarine aufgeben. Frankreich muss einsehen, dass es bei einem Krieg zwischen England und Deutschland wohl selbst am meisten leiden würde, denn dieser Krieg würde wegen der Triple Entente auf seinen Feldern, in seinen Städten und sonst nirgends stattfinden. Ich habe in meinen Träumen blutgetränkte Kornfelder gesehen, bedeckt mit Gefallenen. Sire, es darf nicht zum Krieg kommen! Deutschland würde durch einen Krieg verarmen und seinen Handel auf lange Zeit zerstören. Das habe ich auch schon Baron Stumm vom Auswärtigen Amt gesagt, und er hat mir beigepflichtet.

Ich bitte Sie, Sire, verdenken Sie mir nicht diese Zeilen, die aus dem Herzen einer Frau kommen, die zerrissen ist zwischen zwei gro-

ßen Lieben: zu Deutschland und zu England. Einer Frau, die weiß, dass auch Sie in Ihrem geheimsten Herzen den Frieden wünschen, Ihrer getreuen Freundin
Daisy von Pless

....

Daisy erzählt

Nach dem Aufenthalt in Usedom kehrte ich im Mai 1911 nach Fürstenstein zurück. Ich war wieder gesund und voller Zuversicht, was meinen kleinen Bolko betraf. Er entwickelte sich genauso wie seine Brüder, konnte mit sechs Monaten sitzen, wog so viel wie andere Babys seines Alters und war ein ruhiges, liebes Kind. Manchmal, wenn er brüllte, weil er Bauchweh hatte oder unruhig war, bekam er bläuliche Lippen, aber das gab sich immer schnell wieder. Meine Ängste wurden weniger – oder gewöhnt man sich einfach an sie und lernt, besser mit ihnen umzugehen? Jedenfalls glaubte ich fest daran, dass mein Kleinster mir auf Erden erhalten bleiben würde. Was mir weh tat, war, dass Hans sich noch weniger für Bolko interessierte als für seine anderen Söhne, als sie in seinem Alter waren. Bolko war für ihn ein Makel in der Blutlinie, an den man nicht zu viel Beachtung verschwenden sollte. Die wenige Aufmerksamkeit, zu der Hans fähig war, ließ er Hansel zukommen, der schon elf und ein großer, kräftiger Junge war. Neue Hauslehrer wurden engagiert, und Hansel bekam eine kleine militärische Vorausbildung im Reiten und Fechten und Schießen. Trotzdem wollte er immer noch genauso mit zum Picknick auf die Maiglöckchenwiese und auf der Kinderterrasse Spiele machen. Und immer noch nannte er mich liebevoll »Mummilie«.

In Fürstenstein ging es drunter und drüber, der Westflügel war eine einzige große Baustelle. Ich fuhr mit dem Ponywagen und den Kindern zu meinem »englischen Häuschen« im Schwarzengraben und fand es wunderhübsch. Ein richtiges kleines Cottage mit Reetdach und Fachwerk! Es hatte nur eine Küche und ein Zimmer, mehr brauchte ich nicht. Ich würde es innen gemütlich einrichten, ohne Pomp und Firlefanz, und dann wäre es allein mein Reich. Ein Ort, der nur mir gehörte und wo ich meinen Gedanken und Träumen nachhängen konnte. Und weil wir Engländer es lieben, auch noch dem kleinsten Häuschen einen Namen zu geben, nannte ich es »Ma Fantaisie«. Hans sah ich nur noch beim Frühstück oder Abendessen, und dann erzählte er von nichts anderem als vom Verlauf der Arbeiten, immer neuen Ideen, noch mehr Ankäufen. Die Millionen für das Hotel in Salzbrunn waren längst ausgegeben, das Hotel fertig gebaut. Wenn er so weitermachte, dachte ich bang, würden wir irgendwann bankrottgehen. Ich war froh, ihm auf zwei Wochen entfliehen zu können, als ich nach England zur Krönung von Prinz George reiste. Der Kaiser hatte mir keine Antwort auf meinen Brief geschrieben. Aber Unterstaatssekretär Wilhelm von Stumm vom Auswärtigen Amt hatte mir schriftlich versichert, dass Deutschland keine feindlichen Absichten gegen England hegen würde. »In England könnten Sie von größtem Nutzen sein«, schrieb er vor meiner Abreise nach London, »wenn Sie auf diesem Punkt bestehen. Sie können Gutes erreichen, wenn Sie die Persönlichkeiten in England wissen lassen, dass Sie selbst aus eigener Erfahrung positiv sagen könnten, dass wir nur zu froh wären, zu einem Übereinkommen in Kolonialangelegenheiten zu kommen.« Damit meinte er die Marokkokrise. Er wollte mich als Kurier benutzen – vielleicht, so hoffte ich, mit Einverständnis des Kaisers. Die Maus kann dem Löwen helfen, dachte ich mir, und so tat ich alles, was in meiner Macht stand, um bei den Feierlichkeiten in London diese Botschaft weiterzutragen. Jeden Tag fuhr ich die Rotten Row entlang, um auf der Londoner Flaniermeile »zufällig« die richtigen Leute zu treffen. Ich spielte Basset und Bezique mit einflussreichen Vertretern des Adels. Ich sprach mit allen, die ich kannte und die Rang und Namen hatten. Ich redete stundenlang mit Winston, der griesgrämig wirkte wie immer, aber aufmerksam zuhörte. Ich spannte die Damenwelt ein – der Einfluss mancher Ehefrau auf ihren Mann ist nicht zu unterschätzen! Außerdem waren viele von ihnen klüger als ihre Gatten. Wie die Suffragetten wehre ich mich gegen das Dogma, dass die Männer von Natur aus klüger und besser als die Frauen sein sollen. Man sieht ja, wo die Herrschaft der Männer hinführt!

Neben meinen diplomatischen Aktivitäten genoss ich natürlich auch die Feierlichkeiten. Beim Krönungsgottesdienst saß ich im Privatchor der königlichen Familie – welch hohe Wertschätzung! Und ich freute mich, meine Familie wiederzusehen, vor allem Shelagh. Den kleinen Bolko hatte ich nicht mitgenommen; ich wagte nicht, ihn der Strapaze der langen Reise auszusetzen. Aber Hansel und Lexel waren dabei. Als wir wieder heimfuhren, musste ich eine ganze Ladung Babyspielzeug, ein Schaukelpferd und eine Wippe für Lexel und eine Uniform der Coldstream Guards für Hansel mitnehmen. Und drei Flakons »Violette de Parme« von Harrod's, die es aus irgendwelchen Gründen zur Zeit in Berlin nicht gab.

Zurück in Fürstenstein konnte ich mich endlich wieder meinen Wohltätigkeitsprojekten widmen. Ich fuhr mit Hansel und Lexel ins Hospital nach Kunzendorf und ließ die Jungen dort Schokolade und kleine Geschenke an die Kranken überreichen; anschließend besuchten wir eine der Milchstationen für stillende Mütter in Altwasser. Ich fand, meine Söhne sollten ruhig sehen, wie es den Menschen ging und dass die Armen Hilfe brauchten. Hans war natürlich der gegenteiligen Meinung, und wir stritten wieder einmal. Ich erschrak immer noch jedes Mal über seine Kälte und Gleichgültigkeit. Zumindest hatte er nichts dagegen, dass ich ein Konzert für die Krüppelhilfe im neuen Grand Hotel Schlesischer Hof in Salzbrunn organisierte, bei dem ich auch selber sang – dann geben die Leute mehr Spenden, und es kommen auch weniger Réfus, weil ja alles andere eine Beleidigung für mich wäre. Das hochelegante Hotel mit zweihundert Betten war erst vor kurzem fertig geworden, und ich fühlte mich hinterher so hilflos und wütend, als ich vom Direktor erfuhr, dass der Bau nicht vier Millionen, sondern fast zehn gekostet hatte. Hans hatte mir das wohlweislich verschwiegen. Was hätte ich alles mit dem Geld für meine Armen und Kranken tun können! Aber es war ja alles sein Geld, und ich konnte über nichts davon verfügen.

Oft stand ich bei Sonnenaufgang auf und ging zum neuen Gestüt – die Stallungen bildeten ein riesiges Karree aus schmucken, einstöckigen Fachwerkhäusern um einen schönen Reitplatz herum. Da stand in der Boxengasse für die Rennpferde – neben der unvermeidlichen Ziege – mein braver Athanasius, der so viel Geld einbrachte, dass meine Perlen kaum weniger wurden. Inzwischen hatte ich noch das Hofjuwelierhaus Wilm, das mir manchmal eine abnahm. Es war klüger, die Perlen an mehrere Juweliere zu geben, denn dann konnte niemand nachvollziehen, wie viele ich insgesamt verkauft hatte.

Athanasius beim Morgentraining zuzuschauen, wenn der Nebel noch auf den Wiesen stand und die ersten Sonnenstrahlen das Land in warmes Licht tauchten – das war eine große Freude. Und dabei zu sehen, wie geschickt Joschi mit dem schwierigen Hengst umging und ihn zu Hochleistungen anspornte. Joschi hatte ich in meinen Krankenmonaten in Berlin vermisst, aber er musste ja bei den Herbst- und Frühjahrsrennen dabeisein. Ich wollte ihm einen Anteil an allen Gewinnen geben, aber er weigerte sich, mehr als seinen Lohn anzunehmen. »Was soll ich mit Geld?«, sagte er und schüttelte den Kopf. »Geben Sie das auch den Armen, die haben's nötiger.« Ich glaube, es gibt keinen anständigeren Menschen auf der Welt als diesen bescheidenen Mann, dem seine Pferde wichtiger sind als alles andere und der für sich nichts will und braucht.

Und es gab noch jemanden, der mir fehlte, obwohl ich ihn doch kaum kannte: Freddie von Mecklenburg-Strelitz. Ich schrieb ihm einen Brief, in dem ich ihm für seine Besuche in Bansin dankte und ihn und seine liebe Großmutter nach Fürstenstein einlud.

....

Joschis Geschichte

»Schau, Otto, das hier ist mein feinstes Pferd im Stall!« Joschi öffnete die Box, in der Athanasius gerade gierig seinen Apfelvorrat mampfte, und gab ihm einen Klaps auf die Hinterbacke. »Der gewinnt Rennen, so wie du das Einmaleins aufsagst.«

»Ich sage nicht das Einmaleins auf.« Otto schüttelte unwillig den Kopf; sein linkes Augenlid zuckte. »Ich mache chemische Versuche mit Sauerstoff und anderen Gasen.«

»Oh, Verzeihung der Herr!« Joschi hob grinsend beide Hände. »So weit kann mein armes Spatzenhirn nicht denken.« Er zog Otto am Ärmel in die Box. »Jetzt komm doch mal her und sag Guten Morgen zu Athanasius.«

Otto ließ es zu, dass Joschi seine Hand auf die Nüstern des Hengstes legte.

»Merkst du, wie weich das ist? Es gibt nichts auf der Welt, was sich schöner anfasst als eine Pferdenase!«

Otto zog seine Hand zurück, und Joschi seufzte. Sein seltsamer, übergescheiter kleiner Bruder fand einfach nicht hin zu anderen Lebewesen. Nicht zu Mensch und nicht zu Tier.

»Erzähl mal von der Universität«, sagte er schließlich. »Gefällt's dir da?«

»Ja.«

»Und das neue Zimmer, wo du wohnst?«

»Schön. Frau Müller kocht schlesisches Himmelreich für mich.«

Das war auch Joschis Leibspeise. Blut- und Leberwürste mit Sauerkraut war ein Festessen, das es in ihrer Kindheit höchstens an Weihnachten gegeben hatte. Er und seine Geschwister hatten sich immer wochenlang darauf gefreut.

»Und hast du unter den anderen Studenten Freunde?«

Otto zuckte mit den Schultern, und Joschi biss sich auf die Lippen. Natürlich nicht. Dafür war Otto viel zu verschlossen. Es war ja schon gut, dass er mit den wichtigsten Menschen redete, die ihn umgaben: Doktor Vogt und seine Frau, die Zimmerwirtin, der Professor, der ihn angenommen hatte, obwohl er eigentlich noch zu jung für das Studium war. Aber mit seinem unglaublichen mathematischen Gehirn hatte Otto ein ganzes Gremium von Professoren bei der Aufnahmeprüfung überzeugt, und jetzt studierte er am Lehrstuhl für physikalische und Elektrochemie an der Technischen Hochschule Berlin.

»Was machst du so, wenn du nicht an der Universität bist?«

»Ich lerne. Und ich höre Musik. Doktor Vogt hat mir ein Grammophon geschenkt.«

»Und das gefällt dir, ja?«

»Hm.«

Joschi gab Athanasius einen letzten Klaps, dann verließen sie den Stall. »Was meinst du, Otto, sollen wir morgen, bevor du nach Berlin zurückfährst, Lissa besuchen?«

»Die hab ich schon lang nicht mehr gesehen.«

Ich auch nicht, dachte Joschi. Seine Schwester lebte schon seit Jahren als Spitzennäherin in Hirschberg. Joschi besuchte sie immer an Weihnachten, aber in diesem Jahr hatte er keine Zeit gehabt, ins Riesengebirge hinüberzufahren. Und Otto hatte Lissa nicht mehr gesehen, seit er vor sechs Jahren nach Berlin gegangen war.

Vielleicht holte ihn ein Treffen mit seiner großen Schwester ein wenig aus seinem Schneckenhaus heraus.

Tags darauf zockelten sie also von Waldenburg aus mit der Eisenbahn nach Hirschberg hinauf. Aus den Dörfern klangen von fern die Kirchenglocken herüber, bald war Erntedank. Ein paar Bauern waren in ihrer Sonntagstracht unterwegs und winkten, als die Bahn an ihnen vorbeifuhr. Joschi winkte zurück, Otto las in einem Lehrbuch. Die Welt draußen ging ihn nichts an.

Als sie in Hirschberg ankamen, war es Mittag. Der Marktplatz lag verlassen, aus den geöffneten Fenstern der Häuser wehte Essensduft. »Lissa wohnt in der kleinsten Gasse der ganzen Stadt«, erklärte Joschi, »gleich hinter der Kirche. Du wirst staunen, was sie für schöne Sachen macht. Du weißt doch, sie hat ja in einer von den Hirschberger Spitzenschulen gelernt.«

Sie bogen in das winkelige Gässchen ein, und Joschi klopfte an die Tür eines schäbigen, zweistöckigen Häuschens. Jemand blickte durch einen Spalt heraus. »Was wollen Sie?«, brummte eine weibliche Stimme. »Heut ist Sonntag.«

»Wir möchten unsere Schwester besuchen, Lissa Siebenbürger.«

Schließlich öffnete eine griesgrämige alte Frau die Tür. »Droben«, sagte sie kurzangebunden. »Unterm Dach.«

Lissa stieß einen kleinen Schrei aus und fiel Joschi um den Hals. Otto wehrte ihre Umarmung ab, so gut er konnte und machte sich ganz steif.

»Ich hätt dich fast nicht mehr erkannt, Ottchen«, sagte Lissa und strahlte übers ganze Gesicht. »Rosi, Ilse, schaut mal, das sind meine Brüder!«

Zwei ganz junge Mädchen sahen von ihrer Arbeit auf und grüßten freundlich.

»Arbeitet ihr am Sonntag?«, fragte Joschi.

»Wir müssen«, sagte Lissa. »Wir werden nach Stückzahl bezahlt, und sonst schaffen wir es nicht.«

Otto trat an Lissas Platz unter einem der Dachfenster und betrachtete die angefangene Spitzenarbeit. Es war ein Taufkissen, und Lissa hatte schon das »JHS« eingearbeitet. »Schau, Ottchen: Erst zeichne ich auf schwarzen Karton das Muster. Dann spanne ich die Trassierfäden darauf, das ist das Grundgitter. Zwischen den Trassierfäden zieh ich dann die Verbindungsfäden. Und dann kommt das eigentliche Ziermuster. Jesus, Heiland, Seligmacher.«

»Da ist ein Fehler!« Otto deutete auf eine bestimmte Stelle.

»Ach, Ottchen!« Lissa musste lachen. »Das war schon immer so mir dir! Das Schöne siehst du nicht, immer nur das Schlechte!«

Joschi blickte sich in der Dachstube um. Außer den Arbeitsplätzen der Mädchen gab es nur drei einfache Betten, einen Tisch und drei wacklige Stühle. Alles war sauber und ordentlich, aber man sah die Armut in allen Ecken hocken. »Wie kommst du zurecht?«, fragte er.

Lissa seufzte. »Weißt du noch? Als ich damals die Lehre angefangen habe, da haben wir alle gedacht, das wär ein gutes Auskommen. Ich hab geglaubt, ich hätt das große Los gezogen. Aber das stimmt nicht. Wir sind ja nirgends angestellt, wir kriegen keinen festen Lohn. Die Agenten aus Berlin und Breslau bedrücken uns schrecklich. Jedes Mal zahlen sie weniger. Für eine Spitzentischdecke, an der ich zehn Tage sitze, bekomme ich kaum mehr als ein paar Groschen. Wie sollen wir da leben? Wir arbeiten ja schon sonntags, und nachts sowieso. Da machen wir uns bei Kerzenlicht die Augen kaputt. Aber gegen die Agenten ist kein Ankommen, die sind ja unsere einzigen Abnehmer und nutzen uns aus, wie sie können. Wir müssen nehmen, was sie uns bieten. Auch wenn's zum Sterben zu viel und zum Leben zu wenig ist.«

»Brauchst du Geld?«, fragte Joschi.

Trotzig schüttelte sie den Kopf. »Ich will auf eigenen Füßen stehen. Und wenn's manchmal nur Wasser und Brot gibt.«

Er sah Lissa an. Dünn war sie und blass; ein Windstoß konnte sie umwerfen. Die anderen Mädchen genauso. Unter ihren Augen lagen tiefe Schatten. Sie tat ihm unendlich leid. Da hatte sie den großen Traum gehabt, aus Hunger und Armut herauszukommen, und nun? »Komm«, sagte er schließlich, »lass die Sachen da liegen, wir gehen jetzt ins nächste Wirtshaus. Du brauchst mal was Ordentliches hinter die Kiemen.«

Sie aßen zu Mittag im nächsten Gasthaus, redeten, lachten, sprachen von alten und neuen Zeiten. Dann musste Otto zum Zug nach Berlin.

»Noch vor ein paar Jahren hätten wir nie gedacht, dass unser Ottchen einmal alleine zurechtkommt«, sagte Lissa nachdenklich, als Joschi sie zurück in ihre Dachstube begleitete. »Und jetzt lebt er in der großen Stadt, studiert und wird bestimmt einmal Professor.«

Joschi nickte. »Das verdanken wir alles der Fürstin Daisy«, sagte er. »Dass er einen Platz im Leben hat und du deinen Beruf – schau, in Waldenburg hättest du nur schmutzige und noch schlechter bezahlte Arbeit gefunden, so wie Mutter. Hier hast du's wenigstens ein bisschen besser.«

Sie nickte traurig. Dann öffnete sie die Schublade ihres wackligen Nachtkästchens und zog ein Stück weiße Spitze heraus. »Das ist für die Fürstin Daisy«, sagte sie und drückte es ihrem Bruder in die Hand. »Vielleicht hat sie schon viele davon, aber ich möchte mich gern bedanken für alles, was sie für uns getan hat.«

»Ich geb's ihr.« Die Geschwister umarmten sich zum Abschied.

»Das ist wunderschön!« Die Fürstin betrachtete das Spitzentaschentuch, das Joschi ihr bei einem gemeinsamen Ausritt in den Rehgraben überreichte. Die nur mit Nadel und Faden hingezauberten feinen Ornamente gehörten zum Filigransten, was sie je an Spitze gesehen hatte! »Deine Schwester ist ja eine Künstlerin! So ein Stück würde in Berlin viel Geld kosten! Die Damen der Gesellschaft würden sich darum reißen! In welcher Manufaktur arbeitet sie denn?«

»In gar keiner«, sagte Joschi. »Die meisten Spitzenarbeiterinnen machen das in Heimarbeit. Was würde denn so ein Taschentuch im Laden kosten?«

Daisy überlegte. »Nun, vielleicht zwei bis drei Mark. Spitze ist teuer.«

Joschi schüttelte den Kopf. »Dann ist es eine Gemeinheit, was die mit den Arbeiterinnen anstellen. Meine Schwester kriegt für so was höchstens ein paar Pfennige. Das ganze Geld verdienen die Agenten! Die springen mit den Mädchen um wie Sklaventreiber, sagt Lissa!«

Daisys Augen wurden schmal. Sie war seit einigen Jahren Schirmherrin der »Schulen für künstlerische Nadelspitzen«. Aber dass diejenigen, die die wunderschönen Spitzen fertigten, mit Pfennigen abgespeist wurden, hatte ihr niemand erzählt. Es machte sie wütend. »Joschi«, sagte sie entschlossen. »Wir fahren nach Hirschberg.«

....

Brief Daisys an den Erbgroßherzog Adolf Friedrich von Mecklenburg-Strelitz

18. Dezember 1911

Lieber Freddie,
für Ihren lieben Brief, den ich letzte Woche hier in Pless erhalten habe, danke ich Ihnen von ganzem Herzen. Es freut mich, zu hören, dass Sie zum Rittmeister befördert und à la suite gestellt wurden. Was werden Sie jetzt tun? Sicherlich werden Sie nach dem Militärdienst erst einmal nach Hause fahren und mit Ihrer Familie das Weihnachtsfest verbringen wollen.

Auch ich bin mitten in den Vorbereitungen. Wir werden heuer in Pless feiern, weil Fürstenstein eine Baustelle ist und sich dort kein rechtes Weihnachtsgefühl einstellen will. Vorige Woche habe ich dort noch für die ganze Dienerschaft Geschenke gekauft und alles so geordnet, dass sie im Haus eine schöne Feier erleben können. Auch in Waldenburg habe ich in meiner Krüppelschule, dem Hospital, den Alters- und Kinderheimen für Weihnachten vorgesorgt, damit auch alle eine Freude haben.

An das deutsche Weihnachtsfest habe ich mich immer noch nicht so recht gewöhnt. Was ich liebe, sind die schönen, feierlichen Lieder, aber es gibt hier kein Feuerwerk, keine Mince-Pies und Plumpuddings. Jetzt verrate ich Ihnen ein Geheimnis: Ich lasse jedes Jahr all diese Sachen aus England kommen und mache für mich allein, Missy, die englische Nanny Copeland und die Jungen eine eigene kleine Bescherung. Niemand weiß etwas davon – wenn ich das öffentlich tun würde, würde Hans denken, ich wolle ernstlich die Konstitution des preußischen Königreichs zerstören!

Ich selber wünsche mir für mich gar nichts – ich habe ja so viel! Wenn ich zu meinen Armen und Alten gehe, dann packt mich jedes Mal das schlechte Gewissen! Ob es wohl in einer anderen Welt eine

Entschädigung für die Leiden gibt, die die Armen erdulden? Ach Freddie, ich habe gestern in Pless einige kranke alte Frauen besucht, sie beten alle um den Tod. Gerade die Frauen haben das schwerste Los, sie haben nichts, keine Rechte, keine anständigen Löhne. Eine Geburt nach der anderen, Schläge von ihren betrunkenen Männern, zusehen müssen, wie die eigenen Kinder an der Schwindsucht sterben. Wie kann man das ertragen? Und wie kann man das ändern? In gewissen Dingen, fürchte ich, bin ich tatsächlich Sozialistin! Lachen Sie nicht, lieber Freddie. Warum kann all der Reichtum auf der Welt nicht gerechter verteilt sein? Warum müssen die armen Frauen in Waldenburg unter schlimmsten Bedingungen leben und arbeiten, während jemand wie ich, geboren mit dem silbernen Löffel im Mund – so sagt man doch? – so viel Überfluss um sich hat? Ich würde gerne so viel verändern! Hans begreift das nicht und wird es nie begreifen. Er verharrt in der Vergangenheit wie so viele in diesem Land.

Ach Freddie, ich möchte etwas haben, wofür ich leben könnte, etwas leisten und erhoffen, ein Werk, das den Menschen dient! Können Sie das verstehen?

Neulich war ich im Städtchen Hirschberg, nicht weit von Fürstenstein. Hier leben viele Frauen von der Spitzenherstellung. Ich musste dort erfahren, dass diese armen, fleißigen Arbeiterinnen von den Zwischenhändlern regelrecht betrogen werden. Man bietet ihnen lächerliche Beträge für die Spitze und verkauft diese dann teuer an die Ladengeschäfte in den großen Städten. Das hat mich so zornig gemacht! Jeder muss gerecht sein Teil bekommen, das ist doch ein Gebot der Fairness gegenüber allen! Nun habe ich folgende Idee, und Sie, Freddie, müssen mir versprechen, dass Sie mir ehrlich sagen, was Sie davon halten: Ich möchte ein eigenes, kleines Unternehmen gründen, die »Spitzenschulen der Fürstin von Pless«. Dort produzieren wir dann Spitze nach ganz eigenen Mustern, nicht mehr nur Imitate der Brüsseler Spitzen. Es würde eine Art Kooperative sein, nach dem Muster, wie es die Sozialisten vorschlagen. Es sollen nur Frauen dort beschäftigt sein, in der Fabrikation, als Musterzeichnerinnen, im Büro und im Verkauf. Jede Arbeiterin wird am Gewinn beteiligt. Und der Verkauf muss direkt mit den Ladengeschäften abgewickelt werden, ohne Agenten. Mein Name allein, so hoffe ich, wird schon dafür sorgen, dass die Waren von den reichen Damen gekauft werden – er bürgt für guten Geschmack und Qualität. Was sagen Sie? Glauben Sie, ich kann das wagen?

Bitte schreiben Sie mir bald! Sie wissen ja, wie froh mich unsere Korrespondenz macht und welch guter, guter Freund Sie mir in den letzten Monaten geworden sind.

Es schickt Ihnen die liebevollsten und besten Grüße
Ihre Daisy von Pless

P. S. Ich habe meinen Mann gefragt – die Pferdehandlung G. Woltmann & Co in der Alexanderstraße in Berlin ist sehr vertrauenswürdig, und 6600 Mark für ein ordentliches Militärpferd sind nicht zu teuer.

....

Brief des Erbgroßherzogs Adolf Friedrich von Mecklenburg-Strelitz an die Fürstin Daisy von Pless

Potsdam, 3. Januar 1912

Liebe, verehrte, beste Freundin,
gerade habe ich ein Foto von der Berliner Illustrationsgesellschaft in der Hand, auf dem Sie zu sehen sind. Sie sind wunderschön darauf, und meine Sehnsucht, Sie wieder zu treffen, ist nur noch größer geworden. Das Weihnachtsfest in Neustrelitz und mein Silvester in Berlin waren unvollkommen ohne Sie. Wie geht es nur, dass einem ein Mensch so sehr fehlen kann?

Sie fragen mich, ob Sie es wagen können, diese Spitzenschulen zu gründen. Ich bitte Sie, tun Sie es! Sie sind so mutig und stark und haben solch ein großes Herz, dafür muss jeder Mensch Sie bewundern. Ich würde Ihnen so gern eine finanzielle Sicherheit für Ihr Vorhaben anbieten, aber noch habe ich keine Verfügungsgewalt über das Familienvermögen. Aber vielleicht kann ich Ihnen wenigstens mit einigen Gedanken helfen: Wenden Sie sich an adelige Damen aus Ihrem Freundeskreis um Unterstützung, zuallererst an meine liebe Großmutter. Wie ich sie kenne, wird sie ab sofort nur noch Pless'sche Spitzen kaufen und dies auch öffentlich kundtun. Dann würde ich eigene Ladengeschäfte eröffnen, angefangen mit Berlin. So ist von der Herstellung bis zum Verkauf alles in einer Hand. Und natürlich müssen Sie selber in Zukunft bei jedem öffentlichen Auftritt diese Spitzen tragen, zuallererst bei Hof. Ich wette, dass sämtliche Damen der Gesellschaft schnell Ihrem Beispiel folgen werden. Liebste Daisy, ich brenne darauf, Sie bald einmal in solch feinste Spitze gehüllt sehen zu dürfen.

In tiefster Verehrung und Zuneigung Ihr ergebener
Freddie

....

Daisy erzählt

Ich verkaufte für die Gründung der Spitzenschulen zwölf Perlen, immer in der Hoffnung, dass Hans sich niemals Gedanken machen würde, woher das Geld für all meine Unternehmungen kam. Wenn er je ernsthaft nachrechnen würde, wäre ich verloren. Athanasius brachte in seinen Rennen, und in letzter Zeit auch durch Deckgebühren, gutes Geld ein, aber so viele Siege konnte selbst er nicht erlaufen, dass es für alles gereicht hätte.

Zum Glück dachte Hans nicht mehr viel über mich nach. Wir lebten nebeneinander her wie Fremde. Nach außen wurde die Fassade aufrechterhalten, doch innen verband uns nichts mehr außer unseren Söhnen. Weil Hans seit einiger Zeit häufiger als sonst nach Berlin fuhr, vermutete ich, dass er wieder eine Geliebte hatte. Eine Geliebte, die er so gerne besuchte, dass plötzlich keine Rede mehr von der dringenden Beaufsichtigung der Bauarbeiten war. Ich sprach ihn eines Abends, als wir allein waren, darauf an.

»Unsinn«, sagte er. »Der Kaiser braucht mich. Schließlich bin ich sein Oberst-Jägermeister.«

Darauf berief er sich natürlich, aber ich wusste genauso gut wie jeder andere in Berlin, dass es sich dabei um ein reines Ehrenamt handelte, ohne jede politische oder militärische Verantwortung. »Ach Hans«, sagte ich, »belüg mich doch nicht. Ich verlange nichts mehr von dir außer Ehrlichkeit.«

Er überlegte. »Du willst also wirklich, dass wir keine weiteren Kinder haben sollten?«

»Ich habe meine Meinung nach unserem letzten ›Zusammensein‹ nicht geändert, Hans.«

»Tatsächlich.« Er legte den Kopf schief. »Ich hatte das nicht so ernst genommen. Nun ja.« Er schenkte sich einen Cognac ein. »Eine Mariage blanc also?«, fragte er.

Ich nahm mir ein Gläschen Port. Eine Mariage blanc – eine eheliche Verbindung ohne das Körperliche – war nicht ungewöhnlich im Adel. Oft verabredete man das schon vor der Hochzeit, wenn diese nur einem politischen oder gesellschaftlichen Zweck dienen sollte. Ich kannte etliche solcher Ehen. Aber dazu mussten beide einverstanden sein. Ich nippte an meinem Port. Vielleicht war das eine Lösung, nach all den Jahren.

»Warum nicht?«, sagte ich schließlich. »Es käme uns beiden entgegen, nicht wahr?«

Wir schwiegen eine Weile, saßen uns einfach nur gegenüber,

ein niedriger Tisch mit Rauchutensilien zwischen uns. Aber uns trennte viel mehr als dieser Tisch.

»Ich hätte gern dein Ehrenwort«, sagte ich schließlich in die Stille hinein. »Dass ich als Mutter deiner Söhne immer deine Ehefrau bleiben werde. Dass du mich niemals von den Kindern trennen wirst. Dass du in Zukunft auf den Vollzug der ehelichen Pflicht verzichtest. Dann kannst du in Berlin oder irgendwo tun und lassen, was du willst.«

»Ich tue sowieso, was ich will«, brummte er.

»Ich möchte einfach nur Frieden, Hans. Keinen Streit mehr, keine Lügen. Schon wegen der Kinder.«

Er nickte, und ich konnte die Zufriedenheit in seinen Augen sehen. »Dann ist das also abgemacht. Du hast mein Ehrenwort.«

So viel war ihm also diese Frau in Berlin wert! Es gab mir einen Stich, trotz allem. Aber ich hatte jetzt Hans' Wort. Und ich wusste, er würde dieses Wort halten. Es war das einfachste für ihn, und es kostete ihn nichts. Ich konnte ohnehin nicht verhindern, dass er mich betrog, aber nun musste ich wenigstens keine Angst mehr haben, dass er sich irgendwann wegen einer seiner Mätressen von mir scheiden ließ. Ich würde meine Söhne nicht verlieren. Und er würde mich in Ruhe lassen.

Dennoch. Nach über zwanzig Jahren war meine Ehe damit am Ende. Hans würde nie mehr in mein Schlafzimmer kommen. Mich wunderte, dass ich nicht weinen musste. Dass es eher eine Erleichterung war. Ich stand auf, ging zum Kamin und schaute lange ins erlöschende Feuer. Mit wie wenig man doch zufrieden sein kann, dachte ich. In der wabernden Glut sah ich Bilder aus der Vergangenheit.

Als ich mich umdrehte, war Hans fort.

Anfang März reiste ich mit den Kindern in die Berge. Bolko hatte eine leichte Erkältung und hustete, und die Ärzte rieten zu einer Luftveränderung. Er dürfe um keinen Preis schwer krank werden, sagten sie, das wäre eine Gefahr für sein kleines Herz. Also mietete ich die Villa Gibson in Partenkirchen, und wir zogen für vier Wochen dort ein: Hansel, Lexel, Bolko, die Hauslehrer, die Gouvernanten, die Krankenschwester, Missy, Nixe, zwei Lakaien und ich.

Der Winter in Fürstenstein ist oft beschwerlich, mit viel Schnee und oft eisiger Kälte. Im Schloss friert man, wo man geht und steht, denn weder die Kamine noch die Hunderten von Schaffellen auf den Fußböden reichen aus, um es auch nur ein wenig angenehm zu haben. In der kleinen Villa Gibson dagegen war es gemütlich, es gab zwei Kachelöfen und einen offenen Kamin, und sogar die Schlafzimmer waren mollig warm. Partenkirchen selber mit seinen bemalten alpenländischen Häusern und den geschnitzten Balkonen war ein hübscher Ort, in den auch im Winter viele Adelige und Künstler zur Erholung fuhren.

Nach einer Woche, in der sich Bolkos Husten zu meiner großen Erleichterung stark gebessert hatte, läutete ein Bote an der Tür. Missy ging öffnen, kam dann zurück und überreichte mir ein Billett. Darauf stand in schwungvoll gedruckter Kursivschrift nur ein Name: »Wilhelm Graf Wenden«.

»Der Herr lässt fragen, wann ein Besuch genehm sei«, sagte sie. »Der Bote wartet.«

Ich kannte keinen Graf von Wenden und fand das Ganze merkwürdig. Aber ich ließ ausrichten, dass ich am nächsten Tag nach dem Mittagessen empfinge.

Und wer stand dann vor mir, wieder mit dem unvermeidlichen Strauß Rosen? Freddie von Mecklenburg-Strelitz! Er musste inkognito kommen, da er sich noch nicht offiziell am bayerischen Königshof vorgestellt hatte.

»Verzeihen Sie meine Dreistigkeit«, sagte er und sah mich

mit treuherzigem Hundeblick an, »aber als ich erfuhr, dass Sie hier sind, musste ich einfach kommen!«

»Es ist mir eine Freude«, sagte ich und wäre ihm beinahe um den Hals gefallen.

Wir verbrachten wunderschöne, besinnliche Wintertage. Freddie spielte mit Bolko unermüdlich Bauklötze, er nahm die großen Jungen mit zum Schlittenfahren und Eislaufen. Sie bauten einen dicken Schneemann im Garten, mit einer Mohrrübe als Nase, und setzten ihm einen Eimer als Hut auf. Bald hingen Hansel und Lexel an Freddie wie die Kletten, nannten ihn erst »Onkel Strelitz«, dann »Onkel Freddie« und ließen ihm kaum Ruhe.

Und ich? Dass zwei Menschen eine solche Harmonie miteinander empfinden konnten, hatte ich vorher nicht gewusst. Wir machten bayerische Jause mit Speck und Almkäse im Haus zum Husaren, wo er abgestiegen war. Wir unternahmen stundenlange Spaziergänge durch die verzauberte Winterwelt im Werdenfelser Land, redeten über Gott und die Welt. Ich genoss jeden kleinsten Augenblick, es war, als hätten wir uns schon ewig gekannt. Ich fand ihn jung und ungestüm, aber oft auch melancholisch und nachdenklich über seine Jahre hinaus. Einmal warfen wir Schneebälle, ich versteckte mich hinter einem Baum, zupfte an einem Zweig, dass die ganze weiße Pracht auf ihn herunterrieselte. Er ließ sich lachend und prustend in den Schnee fallen, gab sich geschlagen. Er war wie ein Welpe im ersten Schnee, brachte mich ständig zum Lachen mit seinen komischen Hüpfern. Einmal versank er bis zu den Hüften in einem Schneeloch und musste sich mühsam herauswühlen. Wir stapften über verschneite Wiesen, und er brachte mir deutsche Winterlieder bei. Wir machten nachts eine Pferdeschlittenfahrt durch die Dörfer, in Decken und Pelze gehüllt, horchten auf das lustige Bimmeln der Glöckchen, schauten staunend in den klaren Sternenhimmel über uns. Unser Atem bildete weiße

Wölkchen, aber wir spürten keine Kälte. Fürsorglich zupfte er meinen Pelzkragen zurecht und steckte sanft meine Hände in den Muff.

Über allem lag ein Zauber.

Mit Freddie erlebte ich in diesen Tagen eine Nähe, die mit Hans in fünfzehn Jahren kein einziges Mal möglich gewesen war. Es war die Verbundenheit zweier Menschen, die sich ähnlich waren und die auf Anhieb zu einer tiefen Vertrautheit gelangt waren. Unverhofft fand ich mit Freddie wieder zurück zu einer Unbeschwertheit, einer Lebensfreude, die ich lang schon vergessen hatte. Seine aufrichtige Bewunderung, seine echte Herzlichkeit, seine Zuwendung gaben mir das Selbstvertrauen zurück, das Hans mir genommen hatte. Ich lernte mit ihm wieder lachen. Sogar über mich selber und meine verpfuschte Ehe. Eines Nachmittags fuhren wir mit der Kutsche durch Partenkirchen und sahen dort am hellichten Tag eine Ratte um die Ecke huschen. Ich sagte zu Freddie: »Manchmal sieht mich mein Mann so verächtlich an, dass ich mich fühle, als sei ich genau so ein schmutziges, ekelhaftes Tier.« Ab da nannte Freddie mich Rattie, und dieser Scherz nahm aller Verbitterung den Stachel.

Am letzten Abend saßen wir mit allen drei Jungen vor dem Kamin auf Wolfsfellen und sangen fröhlich »Schneeflöckchen, Weißröckchen«. Hansel und Lexel hielten an langen Stecken kleine Würstchen ins Feuer, und wir »Großen« tranken heißen Gewürzwein. »Warum musst du schon abreisen, Onkel Strelitz?«, fragte Lexel.

Freddie und ich sahen uns an. Wir wussten beide, warum.

Am nächsten Tag war er fort.

………… …………

Aus Daisys Tagebuch

Ich denke Dinge, die ich nicht denken darf.

Er ist neun Jahre jünger als ich. Er wird einmal Großherzog sein und als einziger männlicher Nachkomme mit einer standesgemäßen Frau Söhne zeugen müssen.

Es ist unmöglich.

Was ist nur mit mir passiert? Ich bin so durcheinander. Mit bald vierzig Jahren muss man doch endlich einmal erwachsen sein! Vernünftig handeln. Fest im Leben stehen. Aber ich bin immer noch – oder wieder? – wie damals in England, ein Wildfang, ein halbes Kind. Ich fühle mich um keine Stunde älter und weiser. Und es ist wunderbar! Wo war diese alte Daisy all die Jahre? Unsichtbar, verborgen hinter all der sinnlosen Etikette und den »das ist unfürstlich«-Zwängen? Niedergedrückt, nicht mehr sichtbar vor lauter Repräsentation, Formalien und Pflichtaufgaben? Ich habe das Gefühl, eine große Meereswelle reißt mich mit. Oder ein Sturm hebt mich einfach hoch und trägt mich weg … Ich bin ganz leicht …

……………………

Brief des Erbgroßherzogs Adolf Friedrich von Mecklenburg-Strelitz an die Fürstin Daisy von Pless

Neustrelitz, 11. April 1912

Liebste, verehrteste, teuerste Rattie!
Sie sahen so strahlend aus in Partenkirchen, dass ich unaufhörlich an Sie denken muss. Alle Blumen in dem kleinen Laden in der Ludwigstraße, wo ich jeden Tag die Rosen für Sie gekauft habe, verblassten neben Ihnen. Diese Tage in den Bergen waren die schönsten,

unvergesslichsten meines Lebens. Bitte, liebste Daisy, ich muss Sie bald wiedersehen! So gern hätte ich Sie beim Abschied noch einmal berührt, meine Hand an Ihre Wange gelegt … Sie haben mich verzaubert wie weiland Circe den Odysseus …

Gibt es keinen Weg für Sie, nach Berlin zu kommen? Ich bin in den nächsten Wochen in Potsdam, und es wäre für mich eine unendliche Freude … Ach bitte, sagen Sie ja … In ungeduldiger Erwartung Ihrer Antwort und Ihrer aus tiefstem Herzen ersehnten Gegenwart sende ich Ihnen meine Grüße in größter Verehrung und tiefster Zuneigung,
Ihr Freddie, der ohne Sie nicht mehr sein kann

....

Brief Daisys an den Erbgroßherzog Adolf Friedrich von Mecklenburg-Strelitz

Fürstenstein, 24. April 1912

Mein lieber, lieber Freddie!
Wie schön wäre es gewesen, Ihre Hand zum Abschied an meiner Wange zu spüren … Nun bin ich wieder in meinem guten, alten Fürstenstein, und nichts hat sich verändert. Hans kümmert sich weder um mich noch um die Jungen, und es ist einsam ohne Sie, mein Seelenfreund. Es gibt noch so viel, was ich Ihnen sagen möchte … Wenn ich abends vor dem Feuer sitze, bilde ich mir ein, ich sei noch in der kleinen Villa in Partenkirchen, und gleich kämen Sie mit einem Rosenstrauß herein. Dann werde ich ganz traurig, weil das nur ein schöner Traum ist … Nach Berlin wage ich nicht zu kommen, Hans ist dauernd dort und würde es erfahren … allerdings zum Kleinen Hofball auf der Wilhelmshöhe bin ich eingeladen. Sind Sie auch dort? Ich hoffe es so sehr! Dann könnten wir uns vielleicht

dort sehen, auch wenn es nur offiziell ist. Natürlich ist Hans dabei, aber er sitzt ohnehin nur mit seinen Herren vom »Weißen Hirsch« im Rauchsalon, so wie immer … Ich habe Sehnsucht nach Ihnen, genauso wie die Jungen. Sie fragen oft nach Ihnen und verehren Sie so!

Liebster Freddie, ich reiche Ihnen beide Hände und vermisse Sie schrecklich. Bis wir uns wiedersehen werde ich ganz einsam sein.
Ihre Rattie

……………………

Brief des Erbgroßherzogs Adolf Friedrich von Mecklenburg-Strelitz an die Fürstin Daisy von Pless

Neustrelitz, 16. Mai 1912

Wunderbare Rattie!
Es war ganz unerträglich für mich, Sie beim Hofball so nahe bei mir zu haben und doch wieder nicht. Ich wäre so gern alleine mit Ihnen gewesen, aber es war unmöglich, Sie waren ja immer umlagert von Menschen. Nur Blicke – und dieser eine, kurze, heimliche Händedruck – ach, und ich hatte mir so viel erhofft … Bitte, sagen Sie, dass auch Sie gelitten haben … die Sehnsucht zerreißt mir das Herz … Gestern habe ich von Ihnen geträumt. Sie kamen auf mich zu, lächelnd, herrlich wie eine Königin. Ich nahm Ihre Hand … Mehr wage ich nicht zu schreiben. Sie ahnen nicht, wie es in mir aussieht … Teuerste Rattie, wann werden wir uns wiedersehen?
Immer der Ihre,
Freddie

………… …………

Brief Daisys an den Erbgroßherzog Adolf Friedrich von Mecklenburg-Strelitz

Fürstenstein, 3. Juni 1912

Liebster, getreuester Freddie,
ich hatte so gehofft, auf der Wilhelmshöhe mit Ihnen allein sein zu können! Kein liebes Wort mit Ihnen wechseln zu können, die Fremde spielen zu müssen, das war kaum zu ertragen. Sie fehlen mir so sehr, mein Rosenkavalier! Sie selber kann ich schicklicherweise nicht einladen, aber wenn ich Ihrer Großmutter eine Einladung für die Fürstenberger Herbstsoiree ausspreche, würde es dann die Etikette erlauben, dass Sie sie begleiten? Aber, ach, es wäre ja erst im September … Ich denke so viel an Sie … Es gibt so viele Dinge, die ich Ihnen sagen will …
Ich umarme Sie voll Sehnsucht, mein lieber Freund
Ihre Rattie

………………………

Brief des Erbgroßherzogs Adolf Friedrich von Mecklenburg-Strelitz an die Fürstin Daisy von Pless

Neustrelitz, 13. Juni 1912

Einzige, wunderbare Rattie,
Ihr Brief war mir eine größere Freude, als ich sagen kann. Dass auch Sie beim Hofball so gefühlt haben, macht mich glücklich. Ich denke jeden Tag und jede Nacht an Sie … Lese ich richtig zwischen den Zeilen, die Sie mir schreiben? Ach, könnte ich Ihnen mein Innerstes offenbaren! Ich möchte Ihnen nah sein, liebste Rattie …

Im Juli habe ich etliche Verpflichtungen in England, denen ich nachkommen muss. Darf ich es wagen, Sie zu fragen, ob Sie ebenfalls nach London kommen könnten? Ihre teure Gegenwart, wir beide in dem Land, das wir gemeinsam so lieben – allein der Gedanke lässt mein Herz klopfen. Und in diesem Herzen, teuerste Rattie, da wohnt eine verborgene Glut, die Sie erschrecken würde.

Ich verzehre mich nach Ihnen, Sie sind mein Engel, mein Schatz, meine Seele! Nur Sie vermögen dieses Feuer zu löschen, Sie allein! Lassen Sie mich nicht verbrennen, kommen Sie zu mir nach England! Wie glücklich könnten wir dort sein!

In hoffnungsvoller Erwartung und steter Anbetung Ihr

Freddie

....

London, August 1912

»Stimmt es, dass der Kaiser und die Kaiserin jede Nacht gemeinsam in einem Schlafzimmer verbringen?«

Daisy saß mit Patsy, ihrer Schwester Shelagh und etlichen Damen von Adel beim Empfang in Crewes House und trank Ananasbowle. »Nun, ich war noch nie dabei«, sagte sie verschmitzt, »aber ja, man sagt so.«

»Wie ungewöhnlich«, meinte Patsy. »Ich weiß nicht, ob mir das recht wäre.«

»Jede Nacht?«, sagte Lady Crewes und verzog das Gesicht.

»Ich glaube nicht, dass mir das gefallen würde«, meinte die Herzogin von Edinburgh.

»Aber vielleicht ist es ja der Ehe zuträglich«, erwiderte Shelagh. »Wenn man am Tag streitet, muss man sich unbedingt abends wieder versöhnen, sonst wäre es ja ganz und gar unmöglich, die ganze Nacht im selben Bett zu verbringen.«

»Oh, ich möchte glauben, man kann auch im Bett weiterstreiten«, warf Jenny Churchill ein. »Oder nicht?«

»Was denken Sie, meine Liebe?« Patsys Frage richtete sich an die betagte Emmeline Fitzroy, die von allen die meiste Lebenserfahrung hatte. Die Lady hob die Augenbrauen. »Dazu kann ich nun wirklich nichts sagen«, meinte sie trocken. »Ich war über vierzig Jahre mit meinem seligen Gatten verheiratet, und er kam bis zu seinem Tode jeden Samstag pünktlich um zehn Uhr für genau eine Stunde in mein Schlafzimmer. Ich wüsste nicht, was andere Regelungen für Vorteile hätten.«

Daisy dachte an die Handvoll Nächte, in denen Hans bis zum Morgen bei ihr geschlafen hatte. Sie nahm das dicke, geschliffene Kristallglas und nippte.

Da sah sie ihn. Über den Rand des Glases hinweg trafen sich ihre Blicke. Er stand am anderen Ende des Salons, eine Zigarette in der Hand.

»Entschuldigen Sie mich«, murmelte Daisy und stand auf. Sie zwang sich, langsam zu gehen, durchs Vestibül auf die Terrasse, die Treppe hinunter und über den Kiesweg zum Irrgarten. Hinter der ersten Buchsbaumhecke wartete sie mit geschlossenen Augen. Ihr Herz klopfte wie verrückt. Und dann war er auch schon bei ihr. »Rattie«, sagte er. »Du.«

»Freddie«, wollte sie flüstern, doch da waren seine Lippen schon auf ihrem Mund, gierig und ungestüm, und sie schlang die Arme um seinen Hals und küsste ihn wieder, presste sich an ihn, schmeckte ihn, roch seinen Duft nach Seife und Tabak, verlor sich in diesem Kuss und wollte sich niemals wiederfinden.

»Ich bin verrückt nach dir«, keuchte er und drückte sie so fest an sich, dass sich die Fischbeinstäbe ihres Mieders in ihr Fleisch bohrten. Aber um nichts auf der Welt hätte sie gewollt, dass er sie jetzt losließ.

Doch Schritte näherten sich, Gelächter ertönte. Sie traten auseinander, richteten hastig ihre Kleider. Er nahm galant ihren

Arm, und sie spazierten aus dem Labyrinth, taten so, als ob sie sich angeregt unterhielten. Zwei junge Damen kamen ihnen entgegen, die Sonnenschirme aufgespannt. Man grüßte sich und ging weiter.

»Wo wohnst du?«, fragte er.

»Bei meiner Schwester in der Villa der Westminsters«, sagte sie. »Ich könnte dich bei der Soirée nächste Woche offiziell als Vertreter der Familie Mecklenburg-Strelitz vorstellen.«

»Das halte ich nicht aus«, stöhnte er.

»Du musst. Dann können wir uns bei öffentlichen Anlässen unterhalten, ohne dass man misstrauisch wird.«

Ein älteres Paar spazierte vorbei, und sie nickten den beiden lächelnd zu. »Ich will mit dir allein sein«, raunte er, ohne die Lippen zu bewegen. »Wann und wo sehen wir uns wieder?«

Dann waren sie plötzlich umringt von Gästen, die zum Crocketplatz wollten. »Ah, Daisy, da sind Sie ja!« Jenny Churchill kam auf sie zu und runzelte kurz die Stirn, als sie Freddie sah. »Kommen Sie doch mit, wir spielen eine Partie!«

»Kennen Sie schon den Erbgroßherzog von Mecklenburg-Strelitz?«, fragte Daisy zurück und bemühte sich, natürlich zu klingen. »Ein Freund der Pless-Familie. Freddie – das ist meine Schwägerin Jenny, die Frau meines Bruders und Mutter von Winston Churchill, den Sie ja in Berlin kennengelernt haben.«

Freddie machte einen zackigen Diener und hauchte einen angedeuteten Kuss auf Jennies behandschuhte Hand.

»Spielen Sie auch Crocket?«, fragte Jenny.

»Bedaure, nein.«

»Dann muss ich Ihnen Daisy entführen.« Sie legte den Arm um Daisys Schulter. »Sie erlauben doch?«

In den nächsten Tagen trafen sie sich nicht, weder in der Oper noch bei der großen Shakespeare-Ausstellung noch beim Pferderennen in Newmarket. Beim Diner in der Deutschen Botschaft saß Daisy den ganzen Abend neben Metternich, der ganz verliebt in sie war und sie keinen Augenblick von seiner Seite ließ. Freddie war weit weg platziert und machte Konversation mit Marineminister Churchill und Premierminister Asquith. Es ergab sich keine auch noch so kleine Gelegenheit, um ein paar Worte zu wechseln. Nur beim Gehen war Freddie plötzlich hinter ihr, aber da hielt auch schon ihre Kutsche, und sie musste einsteigen.

Abends, als Missy ihr beim Ausziehen half, fiel aus der kleinen Tasche ihres Umhangs ein Kärtchen. Auf der Vorderseite stand sein Name, auf der Rückseite hingekritzelt: »Maskenball nächsten Freitag in Belgravia?«

Der Ball des Großfürsten Michael in Earl's Court würde ein Jahrhundertereignis sein, so hieß es schon Tage vorher in der Presse. Bedingung war, dass die achthundert geladenen Gäste in historischen Gewändern erscheinen sollten. Daisy kam als Königin von Saba, begleitet von Shelagh als ihre Sklavin und ihrem Bruder George als Mohr. Ihr Kostüm, für das sie eine Woche lang sechs Schneider beschäftigt hatte, war atemberaubend: Sie trug ein über und über mit Goldpailletten besticktes rotes Seidenkleid, das ein gewagtes Dekolleté offenbarte und die Arme völlig nackt ließ, dazu einen assyrischen Kopfschmuck mit Türkisen, Smaragden, Perlen und Pfauenfedern und riesige Ohrgehänge. Aufsehenerregend war die lange Schleppe – Daisy hatte dazu den kostbaren goldschillernden Sari umarbeiten lassen, den Nripendra ihr geschenkt hatte. Und, wie zum Trotz, um dem Schicksal die Stirn zu bieten, hatte sie die Pless'schen Perlen angelegt. Schon als sie der Kutsche entstieg, brandete Applaus auf, und ab da blieb sie der glänzende Mittelpunkt des Abends. Sie konnte sich nicht retten vor Tänzern, vor Galanen, die ihr zu trinken bringen wollten oder Luft zufächeln, vor Charmeuren, die sie mit Komplimenten überhäuften. Die Männer lagen ihr zu Füßen. Nur einer fehlte: Freddie. Immer wieder sah sich Daisy um, glaubte, ihn erst als Ivanhoe, dann als Ludwig XIV., dann als Casanova erkannt zu haben. Er ist nicht gekommen, dachte sie. Später am Abend ging sie im Haus herum, immer noch auf der Suche. Sie entdeckte das Musikzimmer im zweiten Stock, setzte sich an den Flügel und spielte »A young man once loved a maiden« und »I had a flower«. Als sie danach aufstand und die Klappe schloss, spürte sie zwei Arme, die sie von hinten umfingen, und einen Kuss in ihrer Halsbeuge. »Du siehst aus wie eine Göttin«, flüsterte Freddie ihr ins Ohr. Sie drehte sich um. »Robin Hood«, seufzte sie, bevor er ihr mit einem leidenschaftlichen Kuss die Lippen verschloss. Sie erwiderte den Kuss hungrig und ungestüm. »Ich hatte Angst, du kommst nicht mehr«, sagte sie atemlos. Er lächelte. »Ich habe dich beobachtet. Den ganzen Abend. Ich wollte deinen Anblick genießen. Aber jetzt …« Er bedeckte ihr Gesicht mit Küssen. »O Gott, Rattie, ich will dich so …« Seine Hände wanderten ihren Rücken hinunter, er packte sie fest, und als er sie dicht an sich zog, spürte sie die harte Stelle zwischen seinen Beinen. Sie wagte es, griff hin. Er sog die Luft ein. Dann löste er sich von ihr, ging zur Tür und drehte den Schlüssel um. Er hob Daisy hoch und setzte sie auf den Flügel. Seine Hände suchten einen Weg durch die Stoffe ihres Kleids, sie öffnete ihre Schenkel. Und dann spürte sie … was tat er da? Himmel, das waren seine Lippen, seine Zunge … es war … Sie krallte die Finger in sein Haar, keuchte, bäumte sich auf. So konnte es sein! So … unglaublich! So … überwältigend! So … Sie wünschte sich, er würde nie wieder aufhören, da kam er wieder unter ihren Röcken hervor. Lachte sie an. Trug sie zu dem Diwan in der Mitte des Raumes. Und dann schenkte Robin Hood der Königin von Saba den ersten herrlichen, unbeschreiblichen Höhepunkt ihres Lebens.

………… …………

Brief der Fürstin Daisy von Pless an Seine Majestät, Kaiser Wilhelm II.

London, 3. September 1912

Eure Majestät!
Ganz England ist derzeit von Spannung und Sorge erfüllt, und Frankreich, wie ich von Lord Grey höre, auch. König George erklärte mir letzte Woche, dass Sie, Majestät, ihm das Versprechen gegeben hätten, eine europäische Konferenz einzuberufen, damit sich nicht noch einmal solche Schwierigkeiten ergeben wie damals beim Panthersprung in Marokko. Bitte glauben Sie einer Frau, Majestät, die oft den richtigen Instinkt hat, es darf nicht zum Krieg kommen! Wenn Sie jetzt diese Konferenz einberufen, wird Ihnen ganz Europa einstimmig Lob zollen und zugeben, dass es der Kaiser war, der den Frieden gerettet hat; ein Krieg, Eure Majestät, würde ganz Europa verwüsten, und nach einem verlorenen Krieg wird es der Kaiser sein, dem jeder alle Schuld dafür zuschiebt, die deutsche Mittelklasse, die Presse, die Kaufleute, die Handwerker und die Sozialisten!

Ich weiß, dass Euer Majestät denken, Frauen gehörten in die Küche und in die Kirche und zu ihren Kindern, aber wir Frauen haben auch viel Gutes in der Welt vollbracht. Ich habe bestimmt keinen Geltungsdrang, aber ich werde mich immer für die Gerechtigkeit in der Welt einsetzen.

Das tue ich hier täglich an der Londoner Botschaft. Metternich, der gute alte taube Bursche, hat mich als first Lady der Botschaft engagiert, ich richte ihm alle Empfänge und sonstigen Ereignisse aus und rede unentwegt mit allen maßgeblichen Persönlichkeiten. Ich könnte Signale Eurer Majestät, die offiziellen Kanäle vermeidend, weitergeben, könnte vermitteln, könnte viel Gutes bewirken. Wenn Majestät mir nur Vertrauen erweisen würden …

....

Brief Wilhelms II. an Fürstin Daisy von Pless, Wilhelmshöhe

14. September 1912

… Ich habe Ihren Brief erhalten und wie hoch ich Sie schätze, können Sie daraus ersehen, dass ich ihn an das Auswärtige Amt weitergeleitet habe. Auch habe ich Metternich ermächtigt, Ihnen weiterhin die Funktion einer Gastgeberin an seiner Seite zu gestatten – er ist ja Junggeselle und braucht eine weibliche Begleitung bei offiziellen Anlässen. Der Gedanke, dass alle meinen könnten, ich trüge Schuld an einem Krieg, ist aberwitzig. Niemand will den Frieden mehr als ich. England ist es, das sich jeder Einigung verweigert. Ich habe im Juli Sir Edward Grey zu einem persönlichen Treffen auf Schloss Kronberg eingeladen, jedoch nie eine Antwort erhalten. Da sehen Sie, was Ihre Engländer von meinen guten Absichten halten! Wenn ich nun in meinen Ansichten und Vorhaben hart bleibe, so haben sie das selber zu verantworten …

....

Brief der Fürstin von Pless an Außenminister Edward Grey

London, 19. September 1912

… Seit über einem Jahr habe ich den Kaiser ermutigt, sich mit Ihnen zu treffen und von Mann zu Mann miteinander zu reden, nicht unter den Augen der Höflinge, sondern an einem privaten Ort wie meinem Haus oder Kronberg … Nun hat er eine solche Einladung

Ihnen wirklich zukommen lassen ... Dinge wie eine unerwiderte Einladung regen ihn fürchterlich auf – auch wenn mir das keiner glauben will, nichts ist ihm wichtiger, als von England geachtet und ernstgenommen zu werden. Für eine Persönlichkeit in einer so machtvollen Position ist er ungewöhnlich ichbezogen und überaus schnell beleidigt ... Bitte behandeln Sie dies alles als streng vertraulich. Aber ich glaube, es ist jetzt Ihre Pflicht, den Frieden wiederherzustellen ...

....

Brief des Außenministers Edward Grey, London,
an Fürstin Daisy von Pless

13. September 1912

Verehrte Fürstin!
Selbstverständlich habe ich niemals irgendeinen Brief vom deutschen Kaiser erhalten; in einem solchen Fall wäre ich natürlich nicht so unhöflich gewesen, diesen unbeantwortet zu lassen ... Ich mache mir wirklich Sorgen um unsere augenblickliche Lage, denn auf dem Kontinent scheinen wir von unsichtbaren, überwältigenden Kräften gefesselt zu sein. Aber da dies die beschlossene Politik des Kaisers ist, ist es nicht leicht, vielleicht nicht einmal möglich, alles ins richtige Gleis zu leiten.
Ihr ergebener E. Grey

....

Brief der Fürstin von Pless an Winston Churchill,
Erster Lord der Admiralität

London 16. September 1912

Mein lieber Winston!
Gerade erfahre ich von einem offenbar missglückten Versuch des Kaisers, sich mit Sir Edward Grey inoffiziell zu treffen. Es ist eine Tragik! Die ganze Welt scheint aufgewühlt, und während wir tanzen, singen und spielen und uns den Zerstreuungen des täglichen Lebens hingeben, sammeln sich die dunklen Kräfte immer enger um uns, die bald mit ihrem Ausbruch das arme, dumme, hilflose Europa in einer einzigen Katastrophe überfluten werden … Es ist unabdingbar, dass jemand wie Sir Edward, Lord Haldane oder Sie selber dem Kaiser die englische Position klar vor Augen führen, denn in meiner Erfahrung trägt Ungewissheit mehr als anderes zu Schwierigkeiten und Gefahren bei …

Ich werde demnächst den Kaiser in Breslau treffen, wo er mir den Roten-Adler-Orden Erster Klasse verleihen will. Darf ich, lieber Winston, ihm dort eine positive Nachricht von Ihnen übermitteln? …

………. ……….

Brief Daisys an Freddie

Fürstenstein, 25. September 1912

Mein Welpe, mein süßester, hübschester, wildester, leidenschaftlichster Freddie!

Ich vermisse Dich mehr, als ich sagen kann. Seit wir voneinander getrennt sind, ist mir, als fehle ein Teil meines Körpers und ein Stück meiner Seele. Viel zu wenig haben wir uns sagen können, viel zu wenig uns in den Armen halten. Die Sehnsucht zerreißt mir das Herz, und doch bin ich unsagbar glücklich, diese Sehnsucht zu spüren. Weil ich weiß: Da ist endlich, endlich jemand, den ich liebe und der mich wiederliebt …

Hier in Fürstenstein geht alles wie immer drunter und drüber. Sie verlegen gerade die Küche in den 5. Stock, weil inzwischen die Aufzüge fertig sind. Hans ist unerträglich. Er hat offenbar aus irgendeinem Grund geglaubt, der Kaiser würde ihm ein Amt im Außenministerium verleihen und ist wütend, dass nichts dabei herausgekommen ist. Ich bin froh darüber. Es ist schlimm, aber mein Gatte gehört zu denjenigen, die, wie er sagt »England eine Lektion erteilen« wollen. Ihn auf einen diplomatischen Posten zu setzen hieße, dem Krieg wieder einen Schritt näher zu sein …

Freddie, Du mein Einziger, wann sehen wir uns wieder? Nächste Woche fährt Hans zur Kur nach Vernet-Les-Bains, er hat Magenbeschwerden. Könntest Du nicht inkognito kommen? Wenigstens auf ein paar Tage! Nimm Dir ein Zimmer im Grand Hotel in Salzbrunn, das ist völlig unauffällig, wenn Du als Graf Wenden auftrittst. Ach, Liebster, wie kann es sein, dass ich ein ganzes Leben ohne Dich zurechtgekommen bin, und jetzt fühle ich mich nicht ganz, wenn Du nicht da bist! Schreib mir gleich, mein kleiner Welpe! Es sehnt sich nach Dir und umarmt Dich
Deine einsame Rattie

P. S. Schick Deine Briefe vorsichtshalber nicht mehr an mich, sondern an meine Sekretärin Elisabeth Sutton, Schloss Fürstenstein. Sie wird alles an mich weiterleiten.

………… …………

Fürstenstein, Oktober 1912

»Schau, ist es nicht schön?« Daisy wies mit einer weit ausholenden Bewegung auf Ma Fantaisie.

»Du bist schön!« Freddie knabberte an ihrem Ohrläppchen. Er war von Salzbrunn aus zu Pferd gekommen, und sie hatten sich im schwarzen Graben getroffen. Ma Fantaisie war der einzige Ort, an dem sie sich gefahrlos sehen konnten. Das kleine Häuschen am aufgestauten Bach war das hübscheste Liebesnest, das man sich vorstellen konnte. Jetzt, im goldenen Herbst, war es umgeben von blühenden Astern und Bäumen, deren Blätter in allen Farben des Feuers leuchteten. Die letzten warmen Sonnenstrahlen ließen das Wasser glitzern, und der sanfte Wind schaukelte das kleine Boot, das am Steg vor Anker lag.

»Das ist mein Zuhause«, sagte Daisy. »Ein winziges Stück England. Sogar den Garten habe ich nach englischem Vorbild anlegen lassen. Hierher kommen nur ich und die Kinder.« Sie schmiegte sich an ihn. »Und du.«

Drinnen zeigte sie ihm die winzige Küche und das liebevoll eingerichtete Wohnzimmer mit all den kleinen Erinnerungen und Andenken an England und ihre Kindheit. Die eine Seite des Wohnraums nahm ein großes Lager mit Kissen und Decken ein. »Da mache ich mit Bolko oft Mittagsschlaf, und ich spiele mit ihm, wenn es draußen regnet«, erklärte Daisy.

»Wie praktisch«, grinste Freddie, packte sie um die Taille und ließ sich rücklings mit ihr in die Kissen fallen.

Später lagen sie engumschlungen da und bauten Luftschlösser.

»Ich errichte uns ein Haus, Rattie«, sagte er. »In Neustrelitz. Da könnten wir leben, nur du und ich und die nötigste Dienerschaft. Ohne viel Etikette, weißt du, so wie in England auf dem Land. Das wird wunderschön.«

Sie räkelte sich. »Da bleiben wir dann gemütlich unter uns«, sinnierte sie. »Keine pompösen Einladungen mehr, nur noch Besuch von Freunden. Wir würden ein paar Mal im Jahr nach England reisen, zur Regatta nach Cowes, nach Ascot, auf die Londoner Season. Und sonst nirgendwohin.«

»Wir werden nur ein Schlafzimmer haben«, überlegte er. »Sonst müsste ich dich ja über Nacht alleine lassen.« Er fuhr mit dem Finger die Konturen ihrer Lippen entlang. »Und ich will dich nie mehr alleine lassen, Rattie.«

Ihr Lächeln verging. »Ach, Freddie.«

»Die Jungen bringst du mit. Natürlich! Sie bekommen ein Stockwerk für sich. Hansel bringe ich das Autofahren bei, und Lexel wird meine Doggen lieben und die Kahnfahrten auf dem Kanal! Und für Bolko …«

»Schscht.« Sie legte ihm den Finger auf den Mund. »Lass mir Zeit, Liebster. Es ist noch zu früh, um Entscheidungen zu treffen. Da sind die Jungen, da ist Hans, da ist deine Familie …«

»Ich könnte die Jungen adoptieren!«

»Das würde Hans niemals dulden.« Sie setzte sich auf. »Und du weißt, dass man von dir einen leiblichen Erben erwartet.« Ihre Stimme wurde ganz leise. »Ach, Freddie, ich bin doch zu alt für dich.«

»Du bist zeitlos«, flüsterte er und küsste die Innenfläche ihrer Hand.

Sie fuhr ihm durchs Haar. »Lass uns einfach noch eine Weile weiterträumen, Freddie.«

Es war ein verrücktes, heimliches Spiel, das sie trieben. Ein prickelndes Abenteuer. Sie ließen sich von Missy einfache Kleider besorgen und von Joschi nach Breslau fahren, spazierten über den Marktplatz, aßen in kleinen Restaurants. Ein kleiner dunkler Hut mit halblangem Schleier verbarg Daisys Gesicht. Sie gingen nachts engumschlungen durch die Gassen, küssten sich unter Gaslaternen und übernachteten in einem billigen Hotel, wo niemand sie erkennen konnte. In Fürstenstein zeigte sie ihm zu Pferd das Riesengrab und den See und die Alte Burg. Sie zogen durch die Wälder und sammelten Kastanien, aus denen sie in Ma Fantaisie mit Streichhölzern kleine Tiere für die Jungen bauten. Sie nahm ihn mit nach Hirschberg, wo er einfach in den Laden der »Spitzenschulen der Fürstin von Pless« marschierte und ihr ein Paar Handschuhe kaufte. »Wir haben schon Läden in Berlin, München, Wiesbaden, Hannover, Hamburg und Königsberg, und es werden immer noch mehr!«, zählte sie auf. »Den Arbeiterinnen geht es viel besser, sie bekommen jetzt einen gerechten Lohn. Ich lasse sie auf jedes Stück ein Fürstenkrönchen einarbeiten, das nennt man Markenzeichen. So kann jeder erkennen, dass die Spitze etwas Besonderes ist. Und seit ein paar Wochen ist ein Spitzenmacher aus Italien da, der neue Muster lehrt. Und«, sagte sie triumphierend, »wir haben einen Pensionsfonds eingerichtet, damit die Frauen im Alter besser leben können.«

»Und das alles in so kurzer Zeit«, sagte Freddie. »Ich bin so stolz auf dich!«

Nach Waldenburg wagten sie sich nicht, aber Daisy fuhr mit Freddie ins neue Palmenhaus in Liebichau, und sie stiegen hoch bis unters Dach. Von dort aus zeigte sie ihm die Butterberge, den Ochsenkopf, den Schwarzen Berg. »Dort drüben links, der Kirchturm, der gehört zur Schutzengelkirche«, erklärte sie. »Da weiter rechts steht die evangelische Kirche. Und ganz rechts, das ist das Türmchen vom Rathaus. Da hinten, das ist das Gaswerk, dort die Stickstofffabrik. Die vielen hohen Schlote, die du überall siehst, die gehören zu den Steinkohlebergwerken. Grube neben Grube, Schacht an Schacht. Wenn wir nachts hier wären, könnten wir in und um die ganze Stadt das rote Glühen von den Kokereien sehen.«

»Dieses Waldenburg ist größer, als ich dachte.« Freddie ließ seinen Blick über die Stadt schweifen.

»O ja«, lächelte Daisy, »in Waldenburg leben über sechzigtausend Menschen. Die meisten arbeiten im Kohlebergbau und in den Fabriken. Wir sind eines der wichtigsten und reichsten Industriegebiete Deutschlands, das sagt Hans. Aber die Sozialisten – zumindest diejenigen, die sich trauen, sagen, dass wir auch die schlechtesten Lebensbedingungen im Reich haben, den meisten Dreck und die höchste Kindersterblichkeit. Immer noch. Ich versuche seit so vielen Jahren, daran etwas zu ändern, aber es ist nur ein Tropfen auf den heißen Stein.«

»Wie viele von den Kohlebergwerken gehören deinem Mann?«

»Ich weiß es nicht genau. Jedenfalls hat er Tausende von Grubenarbeitern. Tausende, die ein Recht auf ein besseres Leben hätten.«

Freddie schüttelte lächelnd den Kopf. »Du redest wie eine Sozialistin!«

»Freddie, ich bin anders als die meisten Frauen meines Standes. Wenn ich Elend sehe, erkenne ich die Notwendigkeit, zu kämpfen. Man muss doch die Lage des Volkes verbessern! Ich versuche nur, das zu tun, was vernünftig und gerecht ist.« Sie redete sich in Schwung. »Weißt du, ein Land kann doch nicht existieren ohne die Masse, die es trägt! Das kann doch nicht gutgehen. Man darf die Sozialisten nicht bekämpfen, sondern man muss ihnen zuhören. Viele ihrer Forderungen sind richtig. Warum denn sollte das Proletariat überhaupt irgendwelche Sympathie und Loyalität der Krone und der Obrigkeit gegenüber entwickeln, wo es täglich den Beweis vor Augen hat, dass sich unter deren Banner nackter Egoismus und Besitzsucht breitmachen?«

Freddie blies die Backen auf. »Lass das bloß nicht unsere Standesgenossen hören, Rattie! Das klingt ja wie eine Kriegserklärung!«

Sie straffte den Rücken. »Findest du, ich habe Unrecht?«

Er nahm ihre Hände. »O nein. Ganz im Gegenteil. Ich bewundere dich für deinen Mut und deinen Einsatz. Aber sei vorsichtig. Ich habe vor einiger Zeit einen Brief des Kaisers an den Kanzler gelesen, den mein Vater in Abschrift bekommen hat. Weißt du, was Wilhelm über die Sozialisten gesagt hat? ›Erst abschießen, köpfen und unschädlich machen – wenn nötig per Blutbad – und dann Krieg nach außen.‹«

Sie schloss die Augen. »Das kann ich nicht glauben.«

»Ich weiß, dass du immer noch eine gute Meinung vom Kaiser hast«, sagte er ernst. »Aber trau ihm nicht. Er ist unberechenbar. Willst du noch einen Spruch von ihm hören? ›Gegen Demokraten helfen nur Soldaten.‹ Bitte, Rattie, pass auf, dass du nicht bei ihm in Ungnade fällst.«

Sie nickte. »Du hast recht. Aber mein Vorteil ist, dass ich eine Frau bin, und Frauen nimmt er nicht ernst. Ich kann ihm nicht gefährlich werden, und deshalb hört er sich von mir Dinge an, die ihm ein Mann nie sagen könnte.«

Er küsste sie auf die Stirn. »Manchmal hab ich Angst um dich, Rattie.«

....

Eintrag in Daisys Tagebuch

Freddie ist wieder fort. Der Abschied hat so weh getan. O Himmel, ich muss Tag und Nacht an ihn denken. Er hat ein Hemd in Ma Fantaisie vergessen, ich habe es gefunden, als er schon abgereist war. Nachts liege ich im Bett und drücke das Stück Stoff an mich. Es riecht nach ihm … und während ich mich selbst berühre, stelle ich mir vor, meine Hand wäre die seine …

Ich träume von einem Leben mit ihm. Vielleicht, wenn Hansel einmal aus dem Haus ist und Lexel schon größer, dass er mich nicht mehr braucht. Hans würde mich wohl Bolko mitnehmen lassen; er ist ohnehin für ihn nichts als ein Schatten auf der Blutlinie der Pless … o Gott, was denke ich … Daisy, sei vernünftig! Fall nicht auf deine Träume herein. Glaub nicht den Gedichten und Romanen. Sonst wartet nur eine Enttäuschung, die du nicht wirst aushalten können …

....

Daisy erzählt

Nach Freddies Abreise Ende Oktober versuchte ich, mich mit Arbeit abzulenken. Ich eröffnete ein weiteres Spitzengeschäft in München, und ich fuhr zu zwei Rennen von Athanasius mit, von denen er eines gewann und beim anderen wegen eines Taktikfehlers von Mack Vorletzter wurde. Zusammen mit Joschi besuchte ich Otto, seinen Bruder, an der Berliner Universität. Er ist immer noch ein so merkwürdiger Mensch, aber auf seine Weise scheint er glücklich zu sein. Demnächst wird er seinen Abschluss machen, und es scheint abgemacht, dass er danach zur Promotion ans Kaiser-Wilhelm-Institut für Physikalische Chemie und Elektrochemie geht, das im letzten Jahr in Berlin gegründet wurde. Dann werde ich nicht mehr für ihn sorgen müssen, denn als Mitarbeiter eines Lehrstuhls verdient er sein eigenes Geld.

Weihnachten und den Jahreswechsel wollten wir eigentlich wieder auf Schloss Pless verbringen, und Hans war auch schon vorgefahren. Dann telegraphierte er, wir sollten in Fürstenstein bleiben; er selber käme auch zurück, weil in Pless unter der Dienerschaft die Masern ausgebrochen waren.

Ich feierte mit dem Personal eine wunderbare Leuteweihnacht. Diesmal hatte die gute Emma mich bei den Vorbereitungen unterstützt, so konnte ich bei der Verteilung der Geschenke die Leute beim Namen nennen, und einige Geschenke waren ganz persönlich gehalten, weil Emma wusste, was den Beschenkten Freude machen würde. Wir sangen »Stille Nacht« unter dem riesigen Weihnachtsbaum in der großen Halle, und sogar der ungeliebte Majordomus sang andächtig aus voller Brust mit.

Auch unser privates Fest war besinnlich und ohne große Missklänge. Hans hatte Großmutter Mathilde aus Pless mitgebracht, die eine Unmenge an Geschenken für die Buben dabeihatte und von morgens bis abends ohne Unterlass plapperte. Ich schenkte Hans ein paar goldene Manschettenknöpfe und er mir eine Zobelstola. Und am ersten Weihnachtstag kam eine Abordnung der fürstlichen Jäger und Forstleute, die mir feierlich ein weißes Knäuel übergab – es war ein schneeweißes Wolfsjunges! Auf Hansels Vorschlag hin, der gerade mit seinem Hauslehrer ein wenig Spanisch lernte, nannten wir das Wolfsmädchen scherzhaft Negrita, und natürlich war die Kleine die Sensation des Festes. Innerhalb einer Woche hatte sie drei Paar Knabenhausschuhe, ein Sofakissen und einen Lederhandschuh zernagt sowie eine alte chinesische Vase auf dem Gewissen.

Nach Silvester fuhren Hans und Mathilde mit dem Automobil nach Berlin. Und dann begann es, zu schneien. Es schneite und schneite und wollte gar nicht mehr aufhören, tagelang, nächtelang. Sogar die alte Emma konnte sich nicht erinnern, dass es jemals im Winter so viel Schnee gegeben hatte. Anfangs war ich noch mit den Jungen in den Schlossgraben zum Schlittenfahren gegangen, und die Großen hatten Schneeballschlachten veranstaltet, aber dann war auch das nicht mehr möglich. Es war einfach zu viel von der weißen Pracht da. Schließlich konnten die Gärtner und die Forstleute weder den Weg nach Waldenburg noch die Straße nach Freiberg freihalten. Das Schloss war von der Außenwelt abgeschnitten. Genau zu diesem Zeitpunkt begann Bolko zu husten.

Wie jedes Mal machte ich mir große Sorgen. Bolko war jetzt zwei Jahre alt, und bis auf Kleinigkeiten immer recht gesund gewesen. Ich hatte auf Rat der Ärzte strikte Anweisung gegeben, dass er keinesfalls bei wilden Spielen seiner Brüder mitmachen durfte und jede Anstrengung zu vermeiden hatte. Daran hielten sich alle, und so hatte Bolko seine Kleinkinderzeit ohne größere Gefahren überstanden. Auch wenn seine Lippen bei Anstrengung immer noch blau wurden – ein Zeichen dafür, dass sein Herz dann nicht genug Blut pumpen konnte –, ging es ihm nach außen hin gut.

Wie immer, wenn er krank wurde, richteten wir dem Kleinen ein Einzelzimmer ein, in dem auch für mich ein Bett stand. Das Ganze sah nach einer einfachen Erkältung aus, aber ich war trotzdem unruhig. Die Krankenschwester versorgte ihn gut, aber ich wollte zur Sicherheit einen der Waldenburger Ärzte hinzuziehen. Doch der Versuch, einen Boten in die Stadt zu schicken, scheiterte am hohen Schnee – es gab kein Durchkommen.

Nach einem Tag und einer Nacht mit leichtem Fieber ging es Bolko wieder besser, und ich atmete auf. Er aß mit Appetit eine Suppe und ein paar von seinen geliebten Ingwerkeksen, und wir ließen auf sein Bitten Negrita zu ihm.

Dann, am übernächsten Morgen, kam der Rückfall. Das Fieber stieg wieder. Bolko bekam im Gesicht und am ganzen

Körper einen roten, nesselartigen Ausschlag, den ich sofort erkannte, weil Hansel und Lexel das Gleiche vor Jahren auch schon durchgemacht hatten: Es waren die Masern. Hans und Mathilde mussten den Krankheitskeim von Pless mitgebracht haben.

Ich saß an Bolkos Bettchen, sang mit ihm all die Kinderlieder, die er immer so gerne mitpiepste, las ihm Geschichten vor. Die Schwester machte Wadenwickel und puderte die juckenden Bläschen mit Talkum, etwas anderes hatten wir nicht. Ich wusste, dass bei Masern nicht viel zu machen war, außer für Bettruhe zu sorgen und den Raum abzudunkeln. Die älteren Jungen hatten die Krankheit auch schnell überstanden, aber bei Bolko war der Verlauf viel schlimmer. Er weinte jämmerlich, war verschwollen und verrotzt, wollte sich unaufhörlich überall kratzen. Ich trug ihn stundenlang herum, um ihn zu beruhigen, aber er schrie immer nur. Ängstlich beobachtete ich seine Lippen, schickte noch einmal einen Boten los, der erschöpft und unverrichteter Dinge zurückkehrte. Wir machten abwechselnd Wadenwickel, um das Fieber zu senken, es fiel und stieg, fiel und stieg. Wir zogen Bolko Fäustlinge an, damit er sich nicht blutig kratzte. Er protestierte, weinte und schrie, die halbe Nacht durch, dicke Tränen rollten aus seinen entzündeten Augen. Er tat mir so unendlich leid. Ich saß bis zum Morgen an seinem Bettchen, streichelte ihn und versuchte, ihn zu beruhigen. Irgendwann schlief er ein.

Der nächste Tag verging, und das Fieber blieb hoch. Ab Mittag wurden Bolkos Lippen blau. Er weinte und wimmerte »Mamamamamama« ohne Unterlass. Ich musste seine Händchen festhalten, denn er rieb sich trotz der Fäustlinge die Haut überall wund. Die Miene der Krankenschwester wurde immer besorgter, und ich schloss daraus, dass sie genauso viel Angst hatte wie ich. Abends wechselten wir uns wieder mit Wadenwickeln ab. Bolkos Lippen wurden dunkler; er fiel in einen fiebrigen Schlaf, in dem er phantasierte. Ich fühlte die Panik in mir aufsteigen. »Lassen Sie uns beten, Durchlaucht«, sagte die Schwester. Mir liefen die Tränen übers Gesicht, und ich betete stumm: Lieber Gott, nimm mich und nicht mein kleines Baby …

Unerträglich langsam tickte die Uhr die Sekunden. Um Mitternacht schickte ich das Kindermädchen zu Bett. Wir wollten uns alle zwei Stunden am Krankenbett abwechseln. Ich war todmüde und legte mich einfach zu Bolko. Ich hörte seinen flachen Atem, legte meine Hand auf seine heiße Brust, die sich hob und senkte. Das Herz schlug schnell und unregelmäßig. Er murmelte im Schlaf, schreckte immer wieder hoch, warf sich unruhig hin und her. Und dann wachte er auf und begann wieder so jämmerlich zu weinen, dass es mir ins Herz schnitt. Ich nahm ihn hoch und ging mit ihm umher, aber er schrie immer mehr, der kleine Körper wand und verkrampfte sich. Es war schrecklich. Ich wusste nicht mehr, was ich tun sollte. Die Angst um mein Kind schnürte mir die Kehle zu. Wie mondsüchtig fand ich den Weg nach unten in die Küche, mein verzweifelt schreiendes und sich windendes Söhnchen auf dem Arm, dessen Lippen jetzt von dunklem, fast violettem Blau waren.

Emma stand schon in der Küche, als habe sie mit meinem Besuch gerechnet. »Er stirbt mir«, schluchzte ich. Ich wankte zum Tisch und ließ mich auf einen Hocker sinken. Ich konnte einfach nicht mehr. Emma stellte die Petroleumlampe auf den Tisch und nahm mir Bolko ab. »No, no, du armes Wichtelchen«, singsangte sie, »bist du so krank? Jaja, Büble, jaja, ist ja alles gut. Musst nicht schreien, das hilft ja auch nicht. Wird schon wieder besser, du. Eia, eia, bist doch so müde …« Sie wiegte den Kleinen, ging mit ihm auf und ab, strich ihm übers Köpfchen. Und dann gelang ihr, was weder die Nurse noch ich zustandegebracht hatten: Ich sah, wie Bolko in ihren Armen ruhiger wurde, sein kleiner Körper sich entspannte und allmählich aufhörte, zu kämpfen und sich zu krümmen. Ein paar Minuten später war er eingeschlafen. Emma gab ihn mir zurück. Immer noch waren seine Lippen dunkelblau, aber wenn er schlief, strengte sich das Herzchen weniger an. Das war meine Hoffnung. Ich wiegte ihn weiter, während Emma irgendwelche Sachen aus den Vorratsräumen holte. Sie riss mehrere beige-blaue Papiertütchen auf und schüttete daraus ein weißes Pulver in eine Schüssel, goss Wasser dazu und rührte alles zu einem Brei. Dann nahm sie Bolko, der nicht aus seinem erschöpften Schlaf erwachte, legte ihn auf den Küchentisch, zog ihm sein Nachthemdchen aus und strich die Paste auf den roten Ausschlag.

»Was ist das?«, fragte ich sie.

Sie schob mir eines der Tütchen hin, darauf stand »Dr. Oetker's Backin«.

Ich hatte so etwas noch nie gesehen. »Was ist das?«, fragte ich noch einmal.

»Backpulver«, erklärte sie. »Das nimmt man zum Kuchenbacken, damit der Teig schön aufgeht. Aber es hilft auch gegen das Jucken. Dann beruhigt sich der Bub auch wieder.«

»Aber das Fieber?«

»Gleich«, sagte Emma. Sie öffnete eines der Fenster, die knapp über dem Bodenniveau lagen, nahm eine Kehrichtschaufel und räumte damit Schnee herein. Dann nahm sie zwei dicke Küchentücher, faltete sie zusammen und legte sie über den nackten, weißbestrichenen Körper von Bolko. Auf die Tücher häufte sie den Schnee. Ich beobachtete sie mit wachsendem Staunen. Sie bewegte sich sicher und ruhig, als hätte sie so etwas schon hundert Mal gemacht. Jetzt setzte sie ein Töpfchen mit Wasser auf, in das sie gerebelte, trockene Blätter schüttete. »Boretsch«, sagte sie, und fügte gleich hinzu: »Ein haariges Kraut, das in eingelegte Gurken kommt. Und es hilft bei Masern.«

Sie hätte auch »Strychnin« sagen können – in diesem Augenblick vertraute ich ihr blind. Sie hatte auf wundersame Weise nicht nur Bolko beruhigt, sondern auch mich.

Nach einer Viertelstunde nahm sie die Schneepackung von Bolko. Ich fühlte seine Stirn, sie war schon nicht mehr so heiß. Er öffnete die Augen, blinzelte. Aber er schrie nicht mehr. Emma nahm ihn hoch und verabreichte ihm löffelweise den Boretschabsud. Er schluckte lieb und brav und schlief nach einer halben Tasse ein. Waren seine Lippen schon nicht mehr so blau? Ich war mir nicht sicher.

»Jetzt gehen Sie mit ihm ins Bett, Kindchen«, sagte Emma und legte mir beruhigend die Hand auf die Schulter. »Sie sind ja ganz am Ende Ihrer Kraft. Morgen früh lass ich Ihnen Backpulveraufstrich und Boretschtee nach oben bringen.«

Ich wollte am liebsten weinen. »Ach bitte, Emma, lassen Sie mich nicht allein.«

Sie seufzte leise, dann ging sie mit. Ich brachte Bolko ins Bett und anschließend Emma mich. Ich ließ es geschehen wie ein kleines Kind.

Am Morgen war das Fieber stark gesunken, und Bolkos Lippen waren nur noch leicht blau. Er war erschöpft und schwach, aber er weinte nicht mehr. Stattdessen schlief er sofort wieder ein, nachdem wir seine Haut wieder mit der Paste bestrichen und ihm frischen Boretschaufguss eingeflößt hatten.

Später saßen wir bei einer Tasse Tee im Vorzimmer zusammen. »Wie kommt es, dass Sie Bolko so gut beruhigen konnten?«, wollte ich wissen. »Und woher wissen Sie, wie man Masern behandelt?«

Emma lächelte. »Sie haben mich nie gefragt, ob ich auch Kinder habe.«

»Und, haben Sie?«

»Vier. Aber eigentlich hab ich viel mehr großgezogen.«

Ich sah sie fragend an.

»No ja«, erklärte sie, »es gab doch immer Kinderchen im Schloss. Unterm Personal ist doch geheiratet worden, oder einer der Dienstboten hat seine Frau hergeholt. Da waren immer Familien mit Kindern. Manchmal zwanzig, dreißig. Wir Mütter haben uns tageweise abgewechselt. Das ist heut noch so. Im vierten Stock ist die große Kinderstube, da werden alle Kinder hingebracht, sobald sie abgestillt sind. Und ein paar Mütter passen dann auf. Ich hab immer die Donnerstage gehabt, jahrelang. Eine ganze Kompanie Kinder hab ich gehütet, zusammen mit meinen eigenen, und liebe Güte, eins von denen war immer krank. Mindestens. Ich weiß gar nicht mehr, wie oft die Masern da waren, oder die Windpocken. Scharlach, Ziegenpeter, ansteckender Durchfall ... Wir hätten uns doch keinen Doktor leisten können. Aber von uns wussten immer welche ein Hausmittel.«

»Und Ihre eigenen Kinder?«

»Drei Jungen und ein Mädchen. Mein Ältester, der Erich, arbeitet in der fürstlichen Gärtnerei. Alfred, der Mittlere, als Hausmeister in einer Fabrik in Waldenburg. Der Jüngste, Oskar, ist zur Eisenbahn nach Freiberg gekommen, und die Frieda hat einen braven Bauern aus Polsnitz geheiratet. Ich hab sieben Enkel, aber die seh ich höchstens ein paar Mal im Jahr.«

»Was ist mit Ihrem Mann?«, wollte ich wissen.

»Der Hermann, ach Gott, das war ein Guter. Hausdiener war er, ha, es hat nichts gegeben, was mein Männe nicht hat reparieren können. Die Türen und Fenster hier«, sie deutete auf die weißlackierte Flügeltür, »die sind noch von ihm abgeschmirgelt und gestrichen. Droben im vierten Stock haben wir gewohnt, bis er gestorben ist, an Pfingsten 1900, am Blutsturz. Da bin ich dann nach drunten gezogen, neben die Küche.«

Wir hörten Bolko drüben, er war aufgewacht. Schnell gingen wir hinüber in sein Zimmer, wo die Krankenschwester mir lächelnd zunickte. »Das Fieber ist fast weg«, sagte sie. »Er sagt, er hat Hunger und will seine Negrita.«

Mit Tränen der Erleichterung in den Augen nahm ich Emmas Hand. »Sie haben meinem Bolko das Leben gerettet, wie kann ich Ihnen jemals dafür danken? Ich stehe tief in Ihrer Schuld.«

....

Brief Daisys an Freddie

Fürstenstein, 10. Januar 1913

Mein liebster Welpe!
Du fehlst mir so sehr! Über Weihnachten habe ich unaufhörlich an Dich gedacht und mir vorgestellt, wie es wäre, gemeinsam mit Dir unterm Tannenbaum zu sitzen. Silvester war einsam ohne Dich; ich stand am Fenster, schaute in die Nacht hinaus und habe Dir im Stillen zugeprostet. Wie wird unser 1913 werden?, dachte ich und musste beinahe weinen. Und dann kam alles noch schlimmer. Mein Liebster, Bolko war so furchtbar krank, ich glaubte schon, er stirbt. Die Masern allein können schon eine schwere Krankheit sein, aber zusammen mit Bolkos Herzfehler … Ich hatte solche Angst, meinen Kleinsten zu verlieren … Aber der liebe Gott hat ihn mir noch nicht nehmen wollen, und jetzt ist er auf dem Weg der Besserung.

In all meinen Weihnachtsbriefen und Karten habe ich den Menschen überall Frieden gewünscht. Lasst uns hoffen, das das kommende Jahr Segen für alle bringen wird, habe ich geschrieben. Ach, Freddie, so lange versuche ich nun schon, alles zu tun, was in meiner Macht steht, um England und Deutschland wieder aneinander anzunähern, aber ich laufe mit dem Kopf gegen Wände. Es scheint, keiner will mehr des anderen Freund sein. Ich weiß ja, auch Du und Deine liebe Großmutter, ihr nutzt all Eure Verbindungen, aber wenn ich die Zeitungen lese, verliere ich immer mehr Hoffnung …

Ich denke jeden Tag, jede Stunde an Dich, mein Seelenfreund, und wenn ich träume, spüre ich Deine Hände auf meiner Haut … Liebster, schreib mir bald, ich sterbe vor Sehnsucht.
Deine Rattie

……… ………

Brief Freddies an Daisy

Neustrelitz, 18. Januar 1913

Meine einzige, geliebte Rattie!
Ich küsse dich tausendmal! Ohne Dich bin ich der einsamste Mensch auf der ganzen Welt. An Weihnachten habe ich meiner Großmutter unter dem Siegel der strengsten Verschwiegenheit von uns erzählt. Sie war erst erschrocken, aber dann umarmte sie mich und sagte: »Die Liebe ist ein merkwürdiges Ding. Da, wo sie hin soll, will sie nicht sein, und da, wo sie sein will, bringt sie oft Kummer und Schmerz.« Gute Granny, sie verurteilt uns nicht. Ich soll Dich von ihr grüßen.

Auch ich habe in meinen Weihnachtsbriefen für eine Beilegung des Konflikts mit England geworben, aber nicht viel Zustimmung erhalten. Ganz ehrlich schrieb mir Graf Hatzfeld zurück, den wir ja beide als friedliebenden Menschen kennen. Er beendete seinen Brief mit dem Satz: »Um den Krieg kommen wir nicht herum. Ich habe das Gefühl, wir kämpfen gegen Windmühlen.«

Meine Berliner Freunde vom Militär schrieben mir, dass in der Hauptstadt über Weihnachten so viel gefeiert wurde wie nie. Oper, Theater, Diners, Bälle, Feuerwerk. Ist es die Ahnung der schleichen-

den Gefahr, die alle nur um so begieriger macht, jedes Vergnügen zu erhaschen in dieser schicksalhaften Zeit?

Im Übrigen habe ich den Kaiser an Neujahr in Berlin getroffen. Er reichte mir seine kolossale rechte Hand zum Schütteln, was sich immer so anfühlt, als ob man sich in die Klauen eines Bären gibt. Ich glaube, große Gebiete in Wilhelms Geist sind so wie sein defekter Arm, sie sind nicht erwachsen. Man möchte doch meinen, ein Herrscher, der stark genug war, einen Bismarck zu entlassen, müsste auch stark genug sein, sich mit fähigen Ratgebern zu umgeben. Aber er duldet niemanden um sich, der ihn nicht mit kritikloser Schmeichelei bedient.

Liebste, willst Du nicht, sobald der kleine Bolko wieder ganz gesund ist, auf ein paar Tage nach Strelitz kommen? Offiziell geht es nicht, aber Du könntest inkognito im Hotel Seestern in Mirow wohnen, das ist nicht weit, und wir könnten uns täglich sehen. Ich bin ganz verrückt danach, Dich zu sehen, und ich will Dir so viel sagen, was ich nicht schreiben kann … Bitte, sag ja! Jeder Tag ohne Dich ist ein verlorener für mich.

Ich umarme Dich, Du Schönste und Beste, und warte ungeduldig auf Deine Antwort,
Dein sehnsuchtskranker Freddie

....

Brief Daisys an Freddie

London, 11. März 1913

Süßester, liebster, treuester Freddie!
Die Tage bei Dir in Strelitz werden mir immer unvergesslich bleiben. Auch wenn ich ständig Angst um mein Inkognito hatte, so bereue ich keine Sekunde, die ich mit Dir verbracht habe. Unsere Spaziergänge

um den See, die Kaminabende, die tiefen Gespräche, die Pläne für Dein – und vielleicht einmal unser – Parkhaus, wie nah kann man einander nur sein, wenn Herzen im selben Takt schlagen!

Jetzt bin ich mit Bolko seit einer Woche in London, Hansel und Lexel wollten so gerne mitkommen, aber Hans hat es nicht erlaubt, und sie mussten zu ihm nach Pless, wo sie Schulunterricht haben.

Beim Dinner in Crewes House habe ich das Königspaar getroffen; die »Vanity Fair« hat darüber berichtet und uns gemeinsam fotografiert (ich lege die Seite mit dem Artikel diesem Brief bei). Wir haben Möglichkeiten zur Vermeidung eines Krieges diskutiert. Ob man zum Beispiel den Kaiser dazu bringen könnte, Elsass-Lothringen an Frankreich zurückzugeben, um dafür im Gegenzug französische Kolonien zu erhalten. Unter welchen Bedingungen ein Bündnis zwischen England, Frankreich und Deutschland möglich wäre. Wie am besten wieder Ruhe auf dem Balkan zu schaffen wäre. Ich habe mich so sehr bemüht, bei König George Sympathien für Wilhelm zu wecken, aber er ist höchst reserviert gegenüber allen Vorschlägen, die aus Berlin kommen, und sagt, er traut dem Kaiser nicht über den Weg.

Ich habe auch mit dem Fürsten Lichnowsky gesprochen, der, wie Du weißt, ein alter Freund ist. Ich bin froh, dass er nach dem Rücktritt von Metternich den Botschafterposten in London übernommen hat, denn ich kenne ihn als Mann der Aussöhnung und des Friedens. Er hat unter vier Augen zu mir gesagt: »Das verblödete Europa segelt in die Vernichtung.« Warum, lieber Gott, können die Menschen, wenn sie doch wissen, dass der Zug auf den Abgrund zufährt, die Maschine nicht anhalten? Stattdessen kippt jeder abwechselnd eine Schaufel hinzu, um die Lokomotive zu befeuern! Ich verstehe es einfach nicht. Was kann eine schwache englische Frau wie ich, seit Jahren den Krieg ahnend, tun, um gegen die anstürmende Flut unseliger Ereignisse anzukämpfen?

Liebster, ich werde am 25. April in Berlin eintreffen und einige Zeit bleiben. Hansel soll dort aufs Internat kommen, und ich möchte

in der ersten Zeit in seiner Nähe sein. Kannst Du es so einrichten, dass wir uns dort treffen? Ich brauche Dich so sehr!
Tausend Küsse und noch mehr innigste Umarmungen,
Deine Rattie

....

Usedom, Juli 1913

»Es muss herrlich sein, im Meer zu schwimmen«, sagte sie sehnsüchtig und deutete auf zwei jungen Herren, die weiter draußen ihre Bahnen zogen. Das Meer war ganz ruhig und glasklar, und man konnte bis zum Grund sehen. »Soll ich's dir beibringen?«, fragte Freddie. Mit seinem athletischen Körperbau sah er in seinem schwarzgrau geringelten Schwimmanzug beinahe aus wie ein Zirkusakrobat.

»Kannst du denn schwimmen?«, fragte Daisy zurück.

»Natürlich«, grinste Freddie. »Wie ein Fisch. Hab ich im heimatlichen Ententeich gelernt. Warte, ich bin gleich wieder da!«

Er lief zu den Badehäuschen und kam mit einem aufgerollten Seil zurück, das er Daisy um die Taille knotete. Gemeinsam wateten sie ein Stück ins Meer hinaus. »Und jetzt übst du die Armbewegungen«, rief Freddie und machte es vor. Sie legte die Hände vor der Brust aneinander, führte sie nach vorne und bewegte die Arme dann seitlich nach hinten. »Und mit den Beinen machst du's wie ein Frosch.« Sie lachte, ging dann gehorsam in die Knie, ruderte heftig mit den Armen im Wasser. »Jetzt flachlegen, Froschbewegung nicht vergessen.« Sie versuchte es und sank dabei immer tiefer. Sie dachte an die kleinen eingenähten Gewichte in ihrem Badekleid, die verhindern sollten, dass es sich »unanständig« hob.

»Hab dich, keine Angst«, beruhigte er sie. »Du kannst ja

noch stehen. Jetzt versuch mal beide Bewegungen gleichzeitig, eins, zwei, eins, zwei!«

Vor lauter Angst, unterzugehen, ruderte Daisy viel zu hastig. Sie schluckte Wasser, prustete, kam wieder auf die Beine, schüttelte sich, versuchte es erneut.

»Ruhiger«, sagte Freddie, »langsamer. Ja, genau so!«

Und plötzlich fühlte Daisy, wie das Meer sie trug! Sie schwebte! Ihr Körper trieb schwerelos auf dem Wasser, nur noch gehalten von der Leine um ihre Taille. Es war eine Art von Freiheit, die sie noch nie erlebt hatte! Sie schrie auf vor Freude. Dann schwamm sie ein Stück vorwärts, und Freddie lief neben ihr her. Nach einer Weile fanden ihre Füße wieder Grund, und sie stand. »Jetzt muss ich nicht mehr sterben, wenn mein Boot auf dem Daisy-See kentert«, lachte sie.

»Du sollst überhaupt nicht sterben«, sagte Freddie. Und dann zog er sie an sich, nass wie sie beide waren, und küsste sie auf den Mund.

Später gingen sie zurück zur Villa »Haus auf dem Hügel« in Heringsdorf, die Freddie wieder als Graf Wenden gemietet hatte. Sie hörten Schellackplatten auf dem Grammophon und tranken Zitronenlimonade. Die Nannys machten derweil mit den drei Buben ein Picknick am Strand von Bansin. Daisy wollte nicht riskieren, dass sie Freddie sahen, deshalb traf sie sich mit ihm alleine. Womöglich würden sie sonst ihrem Vater von ihm erzählen. Er wusste zwar, dass Freddie sie in Partenkirchen besucht hatte, aber er dachte sich offenbar nichts dabei. Hans kannte Freddie von Berlin, er galt als Freund der Familie, und so sollte es auch bleiben.

»Was würde Hans tun, wenn er von uns wüsste?«, fragte Freddie irgendwann, als sie engumschlungen in seinem Bett lagen.

Daisy schloss die Augen. »Ich weiß es nicht. Eigentlich bin

ich ihm egal, aber ich glaube nicht, dass er zusehen würde, wenn ich ihn betrüge.«

»Er hat dich doch oft genug betrogen«, warf Freddie ein.

»Ja, bei Männern sieht man über solche Dinge hinweg. Aber wenn eine Frau dasselbe tut? Dann ist sie eine Hure. Die Gesellschaft misst mit zweierlei Maß, das macht mich wütend.« Daisy setzte sich auf. »Und am meisten ärgert mich, dass ich selber mich dem unterwerfe.«

Freddie fuhr mit dem Zeigefinger die Linie ihres Rückgrats entlang. »Du unterwirfst dich? Das sieht dir gar nicht ähnlich!«

»Doch. Ich habe ein schlechtes Gewissen. Ich kann es nicht ändern. Manchmal fühle ich mich furchtbar, und dann habe ich schwarze Gedanken. Ja, Hans hat mich oft genug betrogen, aber ich bin immer noch mit ihm verheiratet. Und er ist der Vater meiner Kinder. Ach, Freddie, ich liebe dich so sehr. Und doch fühle ich mich schuldig. Wir brechen alle Regeln.« Sie legte ihren Kopf in seinen Schoß. »Hast du denn gar kein schlechtes Gewissen?«

Er spielte mit ihren Locken. »Doch. Natürlich. Glaubst du, ich mache es mir so einfach? Ich stehle einem anderen die Frau. Dein Mann hätte allen Grund, mich …« Er stockte und schloss die Augen.

Sie hob den Kopf »Was hast du?«

Er zögerte, dann sagte er: »Mein kleiner Bruder …«

»Der tödlich verunglückt ist?«

»Das habe ich dir erzählt, damals, als wir uns kennenlernten.« Freddie nahm einen tiefen Atemzug, bevor er weitersprach. »Aber Karl-Borwin hatte keinen Unfall. Er starb bei einem Duell. Es ging um eine Frau. Der Rest bleibt gleich: Ich hätte es verhindern müssen.«

Sie sah ihn ernst an. »Und du glaubst, Hans hätte jetzt allen Grund, dich bei einem Duell zu erschießen?«

»Hat er das nicht?«

Sie setzte sich erneut auf. »Duelle sind doch inzwischen allgemein verpönt, Freddie. Zu Recht. Wir sind doch nicht mehr im finsteren Mittelalter.«

»Aber es gibt sie immer noch. Es ist eine Sache der Ehre!«

»Ihr Männer immer mit eurer Ehre! Und was ist mit meiner Ehre? Die ist Hans ganz egal, wenn er mit seinen Flittchen im Bett liegt! Nein, er hat kein Recht, uns etwas anzutun. Dir nicht und mir nicht!«

Eine Weile blieben sie stumm. Dann sagte Daisy: »Hast du Angst?«

Freddie lächelte und schüttelte den Kopf. »Du?«

»Nicht um mich«, sagte sie und strich ihm über die Wange. »Aber jetzt hab ich Angst um dich.«

Er küsste sie auf die nackte Schulter. »Es wird alles gut, Rattie, das verspreche ich dir. Komm einfach zu mir. Verlass ihn. Er wird mir nichts tun, glaub mir. Du sagst doch selber, er ist ein schwacher Charakter.« Er schlang seine Arme um Daisy, zog sie zu sich herunter und küsste sie leidenschaftlich. »Komm doch gleich zu mir, Rattie!« Seine Lippen wanderten zu ihren Brüsten. »Ich halte es nicht mehr aus ohne dich. Wir haben schon viel zu viel Zeit verschwendet.«

Sie schüttelte den Kopf. »Wir haben es doch besprochen, Liebster. Ein Jahr noch. Dann wird Lexel vierzehn und geht auch aufs Internat. Und dann komme ich zu dir, mit Bolko. Warte nur, du! Dann hast du mich ein ganzes Leben lang!«

Er seufzte. »Wenn ich nicht vorher vor Sehnsucht sterbe.«

»Wehe!« Sie drohte ihm mit dem Finger. Dann zog sie ihn auf sich, und alle Grenzen und Hindernisse zählten nicht mehr.

……….. ………..

Die zweite Jahreshälfte 1913 brachte eine Reise nach Frankreich. Ich fuhr mit Hans und den Kindern erst nach Monte Carlo und dann weiter nach La Napoule, wo Hansel und Lexel den Keuchhusten bekamen – mitten im Sommer. Wir mieteten für sie eine kleine Villa in der Nachbarschaft, denn Bolko – und seinetwegen auch wir anderen – musste jede Ansteckung vermeiden. Ach Gott, immer noch sagen die Ärzte, er wird nicht alt werden, aber ich wehre mich dagegen, dieses Urteil anzunehmen. Wie könnte ich damit leben? Nein, mein Kleiner wird groß werden, daran glaube ich ganz fest. Als er im letzten Winter so krank war, habe ich die alte Emma oft zu ihm gelassen. Niemand kann ihn besser beruhigen als sie, und er hat sofort Liebe und Zutrauen zu ihr gefasst. Jedes Mal, wenn sie ging, schlang er seine kleinen Ärmchen um sie und fragte, wann sie wiederkäme. Ich habe ihr vorgeschlagen, sie von der Küchenwache zu befreien und ganz ins Kinderzimmer zu holen, immer wenn wir in Fürstenstein sind, und sie hat sich gefreut und angenommen. Aber natürlich kann sie nicht mehr überall hin mit auf Reisen gehen.

Nachdem die Jungen wieder gesund waren, fuhr ich mit ihnen für eine Woche nach Paris, wo ich mich mit meinem Bruder Georgie und seiner Familie traf. Churchill war auch da. Er glaubt fest daran, dass Deutschland England zur See bedrohen will und hat die Absicht, zu kämpfen. »Ich bin überzeugt, dass es im nächsten Jahr Krieg geben wird«, sagte er bei einem Abendessen im »Ritz«. Ich versuchte, ruhig zu bleiben und zu lächeln, aber ich hätte ein Messer nach ihm werfen können. Georgie trank an diesem Abend zu viel und stritt sich wegen der Politik mit mir. Am nächsten Tag kam er reumütig zu mir ins Hotel und schenkte mir als Entschuldigung einen Hut des bekannten Couturiers Verrot – ein schreckliches Ungetüm, das ich bestimmt nie tragen werde. Ich werde ihn bei der nächsten Wohltätigkeitsgala zugunsten der Bergwerk-Hospitals versteigern lassen …

Im Herbst kam der Kaiser wie immer zur Hirschjagd nach Pless. Er und Hans hatten nur zwei Gesprächsthemen: Hirsche und Krieg. Ich versuchte, ausgleichend auf Wilhelm einzuwirken, aber er ist wahnsinnig mit seiner Marine. Großadmiral Tirpitz ist sein böser Geist. Ich hatte eigens meinen Freund Lichnowsy mit zur Jagd eingeladen, der direkt aus der Londoner Botschaft anreiste, um Wilhelm von seinen Kriegsplänen abzubringen. Umsonst. Ich hörte, wie der Kaiser zu ihm sagte: »Ihr Diplomaten habt die Hosen voll, die ganze Wilhelmstraße stinkt nach …« Er fabulierte von der deutschen Weltherrschaft und der Gründung der »Vereinigten Staaten von Europa« nach einem Krieg, natürlich unter seiner Führung. Ich sagte zu ihm: »Sire, ein Krieg würde alle Länder auf Jahre hinaus ins Unglück stürzen, und das in dem Augenblick, da Deutschlands Handel im Begriff steht, die erste Stelle in der Welt zu erobern.« Es war ihm egal. Ich sagte: »Wenn Sie Englands Stellung als Seemacht angreifen, muss es kämpfen. Ohne eine Marine oder mit einer besiegten Marine würde England aufhören zu existieren, während Deutschland ohne Marine immer noch Deutschland bliebe.« Er hörte mir gar nicht zu. Es war schrecklich. Die Musik spielte, die Frauen waren mit Diamanten geschmückt, der Champagner floss in Strömen, und Hans sagte zu mir: »Ja, ich glaube, es muss und wird zum Krieg kommen.«

Nach der Herbstjagd fuhr Hans nach Berlin, und ich mit Bolko und Negrita nach Partenkirchen. Mein Kleiner sollte wieder frische Gebirgsluft atmen. Er liebte den Garten der Villa Gibson, wo man sich so herrlich in den Büschen verstecken konnte. Freddie kam auch, und wir verbrachten zwei innige Wochen. Er ist inzwischen ein Teil meines Lebens geworden, und ich kann mir nicht mehr vorstellen, ohne ihn zu sein. Wir treffen uns, wann immer wir es einrichten können, natürlich mit der gegebenen Vorsicht. Es ist schon merkwürdig, wie selbstverständlich mir das inzwischen scheint. Das schlechte Gewissen, das mich am Anfang noch plagte, ist völlig verschwunden. Ich grüble auch nicht mehr. Es fühlt sich so richtig an. Ich versuche, einfach nur an Freddies Seite glücklich zu sein. Man will immer alles haben, nicht wahr? Ich will meine Söhne, ein Leben als anerkanntes Mitglied der Gesellschaft, und ich will Freddie. Was davon wird bleiben, wenn ich im nächsten Jahr, wenn Lexel aufs Internat kommt, meinen Mann verlassen und nach Strelitz gehen werde? Wie werden meine älteren Söhne das aufnehmen? Werden sie mich hassen? Aber sie haben Freddie sehr gern, das wird alles leichter machen. Wie wird Hans reagieren? Vielleicht ist er froh? Aber nein, kein Mann steht gern vor aller Welt als betrogener Ehemann da! Und trotzdem – vielleicht möchte er noch einmal heiraten? Leiden wird er jedenfalls nicht, er hat mich ja nie geliebt. Er wird natürlich die Zahlungen an meine Eltern einstellen, aber Freddie hat schon versichert, in die Bresche zu springen, und Shelagh hat ja als Herzogin von Westminster so viel Geld, dass sie Patsy und Poppets auch unterstützen könnte, wenn nötig. Um meine Eltern muss ich mir also keine Sorgen machen.

Was ich dagegen fürchte, ist der Skandal! Wer wird Freddie und mich noch einladen? Wer wird uns im neuen »Parkhaus« noch besuchen kommen? Wird der Kaiser mich vom Hof verbannen? Doch das alles bin ich bereit, in Kauf zu nehmen. Ich bin jetzt eine Frau von vierzig Jahren. Zweiundzwanzig davon habe ich in einer lieblosen, kalten Ehe gelebt. Mehr als die Hälfte meines Lebens ist vorüber. Ich glaube, ich habe ein Recht auf ein bisschen Glück.

……….. ………..

Brief Daisys an ihre Schwester Shelagh

Fürstenstein, 8. Januar 1914

Meine liebe Shelaghschwester!
Ich hoffe, meine Weihnachtskarten haben Euch alle erreicht, ich konnte sie erst im letzten Augenblick in die Post geben, weil im Schloss so viel Durcheinander war. Oh, wie satt ich es habe, mitten auf einer Baustelle zu leben! Seit Jahren geht das nun so! In den Tagen vor dem Fest ist endlich die Küche nach oben in den fünften Stock gezogen. Du solltest sie sehen, hochmodern, geräumig, mit den neuesten technischen Errungenschaften. Unser Chefkoch Hardouin ist restlos begeistert und hat uns ein Festtagsmenü gezaubert, das eines Kaisers würdig gewesen wäre.

Mit Hans war es über die Feiertage kaum auszuhalten. Er sagt Sätze wie: »Nichts wird dem Furor teutonicus widerstehen können, wenn er einmal entfesselt ist.« Das Schlimme ist, dass Hansel mit seinen vierzehn Jahren sich von diesen martialischen Parolen anstecken lässt. Er hat gefragt, wann ein Junge frühestens zum Militär darf. O Gott, Biddy, mir wird ganz schlecht, wenn ich nur daran denke, das mein Großer zur Armee geht! Aber Hans setzt ihm ständig diese Flausen in den Kopf, redet von Tapferkeit, Kampf, Tod und Ehre! Er macht mir den Jungen ganz verrückt! Überhaupt hat sich Hansel in den letzten beiden Jahren sehr an Hans angenähert, und ich muss sagen, er wird ihm immer ähnlicher. Es tut mir weh, dabei zuzusehen, aber es ist wohl nicht zu ändern. Söhne nehmen sich nun einmal ihre Väter zum Vorbild, oder nicht? Neulich hat einer der Privatlehrer, Herr von Selle, Lexel sehr gescholten. Da habe ich Hansel zu Lexel sagen hören: »Mach dir nichts draus, was Selle oder die anderen sagen. Im Grunde sind sie doch alle nur Domestiken!« Dieser Satz hätte genauso von meinem Gatten stammen können, das ist die typische Pless'sche Arroganz.

Den Jahreswechsel haben wir in Berlin verbracht, weil Hans meinte, es sei seine Pflicht, beim Kaiser zu sein. Als das Feuerwerk in den Winterhimmel stieg, habe ich alle guten Geister gebeten, um mich zu sein, mir zu helfen und mich zu beschützen bei dem, was ich im kommenden Jahr vorhabe. Biddy, Du bist die Erste, der ich es sage, und Du musst mir versprechen, niemandem, keiner Menschenseele, etwas zu verraten. Aber ich brauche einfach eine Vertraute. Ich werde Hans im nächsten Herbst verlassen. Ja, Du liest richtig. Sobald Lexel in Berlin im Internat ist, werde ich meinem Herzen folgen und zu dem Mann gehen, den ich über alles liebe. Du hast ihn in London kennengelernt: Es ist Freddie von Mecklenburg-Strelitz. Er hat für uns schon eine große Villa im Neustrelitzer Schlosspark gebaut, und wir werden, so Gott will, dort zusammen leben. Ganz egal, ob uns die gute Gesellschaft dann ächtet – es ist mein fester Entschluss, und ich kann es kaum erwarten. Biddy, mit diesem wunderbaren Mann bin ich zum ersten Mal in meinem Leben glücklich, die glücklichste Frau der Welt! Er wird Bolko der liebevollste Vater sein, und auch Lexel und Hansel haben ihn sehr gern. Manchmal wage ich gar nicht, mir auszumalen, wie ein Leben mit ihm sein wird, aus Angst, die Götter könnten mich beneiden.

Aber bis dahin muss ich mein Leben so geordnet haben, dass ein Weggang aus Fürstenstein ohne größere Schwierigkeiten möglich ist. Ich habe schon drei zusätzliche Sekretärinnen eingestellt, die sich um alle meine Wohltätigkeitsprojekte kümmern, falls Hans mich persönlich aus seinem Territorium verbannen sollte. Die Gelder will ich demnächst in einer Stiftung unterbringen, auf die nur ich und einige Vertraute Zugriff haben. Mein Herz hängt so sehr an alldem, dass ich es unbedingt absichern muss. Ich kann doch meine Schützlinge nicht im Stich lassen!

Wie stehen die Dinge in England? Hier hat sich nichts verändert. In Berlin hieß es, Tirpitz habe seinen engsten Mitarbeitern kundgetan, dass er all seinen Einfluss für die Herbeiführung eines baldigen Krieges einsetzen werde. Er ist ein schrecklicher Mensch, und er hat großen Einfluss auf den Kaiser. Ein hoher Diplomat, dessen Namen ich nicht nennen kann, hat mir unter dem Siegel der Verschwiegenheit folgende Rechnung aufgemacht: Englands gesamte Armee ist gerade einmal 250 000 Mann stark, und die meisten Soldaten sind in Übersee stationiert. Dazu kommt noch das vor ein paar Jahren gegründete Reservistenkorps der Territorial Army mit 250 000 Freiwilligen mit kurzer militärischer Ausbildung. Die deutsche Wehrmacht dagegen hält 700 000 Soldaten unter Waffen und kann in kürzester Zeit weitere drei Millionen Männer einberufen. Himmel, Biddy, wenn das stimmt! Bitte gib diese Zahlen an Winston weiter oder gleich an Kriegsminister Asquith.

Liebste Biddy, gib Patsy und Poppets einen Kuss von mir. Ich weiß nicht, wann ich wieder zu Euch kommen kann. Ich muss hier und in Berlin noch vieles regeln. Nach Ostern werde ich wohl mit den Jungen auf ein paar Wochen nach La Napoule fahren. Bolko tut die Seeluft gut. Vielleicht kannst Du es einrichten, mich dort zu besuchen – ich denke nicht, dass Hans mitkommt. Letzte Woche hatten wir wieder einen schlimmen Streit. Wir standen mit Hansel auf dem Reitplatz, und er schwadronierte wieder einmal vom Krieg. Da deutete ich auf sein heißgeliebtes neues Gestüt und sagte: »Dann wird hieraus bald ein Lazarett werden, und statt deiner Rennpferde werden hier Verwundete und Sterbende liegen.« Hansel riss entsetzt die Augen auf, und Hans hätte mich am liebsten mit Blicken erdolcht.

Nun leb wohl, Schwesterchen, und schreibe bald an Deine
Dich liebende Daisy

....

London, 29. Juni 1914

Daisy saß auf dem Pouff vor dem großen Spiegel und hielt ihre Haare hoch, damit Missy die Häkchen an ihrem Halsausschnitt schließen konnte. Sie waren erst gestern in ihrem gemieteten Haus in der Savile Row angekommen, ohne die Jungen – Hansel war auf dem Internat, Lexel wurde in Fürstenstein von seinen Hauslehrern auf den Schuleintritt vorbereitet, und Bolko hatte sich am Tag vor der Abreise beim Spielen den Fuß verrenkt und sollte in einer Woche nachkommen. Hans hatte in einem Anfall von guter Laune sogar wieder die Reisekosten übernommen und ihr sogar den neuen Chauffeur Schulze samt Automobil mitgegeben.

»Achtung!« Missy legte Daisy den Frisierumhang um und prüfte mit dem angeleckten Zeigefinger die Temperatur des Lockenstabs. Dann sprühte sie mit dem Zerstäuber Zuckerwasser auf Daisys lange blonde Haare und wickelte die erste Strähne auf. Es zischte und rauchte, und es roch ein wenig angesengt, aber das war nicht zu vermeiden. Eine Locke nach der anderen wurde so gedreht, während Daisy mit geradem Rücken dasaß und traurig darüber nachdachte, dass Freddie entgegen ihren Plänen nicht nach London hatte mitkommen können. Sein Vater war vor zwei Wochen nach langer Krankheit gestorben, und Freddie musste jetzt als Familienoberhaupt alle Geschäfte übernehmen und das Erbe regeln. Sein Vater war ein Tyrann gewesen, beide hatten sich eher gehasst als geliebt, dennoch trauerte Freddie um den Verlust und musste auch seine gemütskranke Mutter trösten. Das verstand Daisy gut, aber natürlich war sie enttäuscht, ihn nicht sehen zu können.

Jetzt schrak sie aus ihren Gedanken. Drunten von der Straße kamen Rufe, und sie verdrehte den Kopf, um zum Fenster hinunterzuschielen.

»Stillhalten, Mylady, sonst gibt's Brandblasen auf der Stirn«, lachte Missy.

»Was ist denn da drunten los?«, fragte Daisy.

Missy blies den Spiritusbrenner aus und sah aus dem Fenster. »Oh, es gibt Zeitungen.« Mit geübten Griffen steckte sie Daisys Locken hoch und rieb ein wenig Duftpomade ins Haar. »So, fertig. Das kleine Diadem?«

Daisy nickte und ließ sich das Schmuckstück aus hellblauen Saphiren in die Lockenpracht klemmen. Dann stand sie auf und öffnete das Fenster. Auf der Straße waren Leute zusammengelaufen und drängten sich um einen Jungen, der bedruckte Seiten aus einem Bauchladen verteilte. »Das sind ja gar keine Zeitungen«, rief Daisy, »das sind Flugblätter! Missy, sei so lieb und hol eines! Irgendetwas Wichtiges muss passiert sein.«

Nach einigen Minuten kehrte die Zofe zurück und hielt Daisy ein Blatt hin, das noch nach frischer Druckerschwärze roch. Daisy las und wurde kreidebleich. Da stand als Überschrift:

SARAJEVO:
HEIR TO AUSTRIAS THRONE IS SLAIN
WITH HIS WIFE BY A BOSNIAN YOUTH
TO AVENGE SEIZURE OF HIS COUNTRY

»Um Gottes Willen, Missy!« Daisy sank auf das kleine gelbe Chaiselongue.

Die Zofe zupfte an Daisys Stirnlocken herum. »Was bedeutet das?«, fragte sie.

»Der österreichische Kronprinz Franz Ferdinand ist ermordet worden. Das kann furchtbare Konsequenzen für uns alle haben.«

Missy, die sich nie für Politik interessiert hatte, machte ein ratloses Gesicht. »Und wieso?«

»Es hat schon zwei Balkankriege gegeben, Missy, im letzten

und vorletzten Jahr«, erklärte Daisy. »Es ist ziemlich kompliziert, aber so weit ich das alles verstehe, ging es dabei darum, Österreich die Vorherrschaft auf dem Balkan zu verschaffen und Russland daraus zurückzudrängen. In der letzten Zeit war Ruhe eingekehrt, aber ich fürchte, mit diesem Attentat bricht der Konflikt wieder aus.«

»Na, dann sollen die sich doch da drunten auf dem Balkan die Köpfe einschlagen …« Missy tupfte ein bisschen Puder auf Daisys Nase.

»So einfach ist das nicht, Missy. Österreich ist mit Deutschland verbündet, und Serbien mit Russland. Das Ganze kann sehr schnell zu einem europäischen Krieg werden.« Auf den der Kaiser ja nur wartet, dachte sie den Satz zu Ende. Ihr wurde kalt. Das war der Augenblick, den sie gefürchtet hatte, der tödliche Augenblick, in dem – wenn niemand das Steuer herumriss – Diplomatie, Vernunft und gesunder Menschenverstand von der Bühne treten würden. Was würde jetzt werden? Wie würde der alte Kaiser von Österreich reagieren, wie der Zar? Wie Frankreich und Deutschland? Und England? Ihr war, als könne sie schon das Grollen eines Erdbebens hören, das Europa in Schutt und Asche legen konnte.

Eine halbe Stunde später saß Daisy mit ihren Eltern, Shelagh, George und etlichen Gästen beim Gabelfrühstück im Wintergarten des Hauses am Eaton Place. Sie stocherte in ihren Nierchen herum und brachte doch keinen Bissen hinunter. Man sprach über nichts anderes als den Mord in Sarajevo und einen möglichen Krieg zwischen Österreich und Serbien, der dann den Bündnisfall für die anderen europäischen Mächte nach sich ziehen konnte. Gott sei Dank ist Hansel erst vierzehn, dachte sie. Erst in zwei Jahren würde er frühestens zum Militär gehen können. Aber Freddie …

Am Nachmittag kam ein Telegramm von ihm: »Situation

kritisch. Habe Befehl, nach Berlin zu kommen. W will von England bedingungslose Neutralität in möglichem Kontinentalkrieg. Schlimmstes kann noch verhindert werden. F.«

Am frühen Abend ließ sie sich mit dem Automobil zur deutschen Botschaft fahren. Dort musste sie fast eine Stunde warten, weil Botschafter Lichnowsky eine Besprechung mit englischen Diplomaten hatte. Niedergeschlagen empfing er sie schließlich in seinem Büro, in dem noch Schwaden von Zigarrenrauch hingen. »Österreich will Serbien ein Ultimatum stellen«, sagte er ohne Begrüßung. Er sah müde aus; auf seiner Stirn war eine tiefe Falte eingegraben. »Der Kaiser unterstützt dieses Vorhaben. Aber setzen Sie sich doch, meine Liebe. Möchten Sie Tee?«

Daisy lehnte ab. »Hat man den Attentäter schon verhaftet?«

»Ja, aber er war nicht alleine. Es war eine serbisch-nationalistische Verschwörung, und Österreich will auf der Verhaftung aller Hintermänner bestehen – und einer gerichtlichen Untersuchung unter Beteiligung der k. u. k. Justiz.«

Daisy schüttelte den Kopf. »Das wird Serbien nicht akzeptieren«, erwiderte sie.

»Das sehe ich auch so. Es wäre eine Beeinträchtigung seiner Souveränität.«

»Was sagt der Kaiser?«

Lichnowsky atmete tief ein und aus. »Ich tausche seit heute morgen um fünf Uhr mit der Wilhelmstraße ein Telegramm nach dem anderen aus. Wilhelm sieht das Attentat auf seinen Freund ›Franzi‹ anscheinend als eine Art Blankoscheck für den Krieg. Und er hat recht. Das ist der Funke, an dem sich alles entzünden kann.«

»Was kann ich tun?«

»Haben Sie engere Kontakte zu Außenminister Grey?«

»Wohl nicht enger als Sie. Aber ich weiß, dass er auf Churchill hört.«

»Dann versuchen Sie ihr Glück bei Churchill. Wichtig ist, jetzt Ruhe zu bewahren. Der englische Botschafter sollte in Wien auf Zeit arbeiten, seine Vermittlung anbieten. Dieses Ultimatum darf nicht kommen. Dann lässt sich vielleicht ein Ausweg finden. Was hören Sie übrigens von Ihrem Mann?«

Daisy seufzte. »Nichts. Sie wissen doch …«

»Versuchen Sie, Informationen von ihm zu bekommen. Er bewegt sich im engsten Kreis um den Kaiser. Jede Kleinigkeit, die wir schneller wissen, hilft uns.«

»Ich tue mein Bestes, Karl.«

……….. ………..

Artikel aus der Wiener Reichspost, 29. Juni 1914

DIE ERMORDUNG DES THRONFOLGERS UND SEINER GEMAHLIN

Man kann das Ungeheuerliche gar nicht fassen. Unser Erzherzog-Thronfolger, an den die Völker des Habsburgerreiches all ihre Hoffnungen, ihre ganze Zukunft gehängt haben, er ist nicht mehr. Einem politischen Meuchelmorde ist Erzherzog Franz Ferdinand mit seiner Gemahlin zum Opfer gefallen. Ein ruchloser Mordanschlag wurde begangen an dem Erben des Thrones in dem Augenblick, als er nach der Huldigung der Hauptstadt Bosniens zum Feldlager zurückkehrte. Durch zwei Schüsse aus einem Browningrevolver in der Hand eines großserbischen Exaltados fielen heute Vormittag der Thronfolger und seine Gemahlin. Eine Verschwörung hat den Erzherzog auf die Bahre gestreckt, eine sorgfältig angelegte Verschwörung, die auf die Abtrennung südslawischer Gebiete des Reiches abzielt.

Kurz vor 11 Uhr des gestrigen Tages hauchte Erzherzog Franz Ferdinand seine letzten Worte.

Die Schüsse von Sarajevo werden in den Herzen ihr Echo finden.

....

Daisy erzählt

In den nächsten drei Wochen sprach ich mit jedem, den ich aus Adel und Diplomatie kannte. Ich wusste, dass ich für manche inzwischen ein rotes Tuch war, aber ich konnte doch nicht dasitzen und nichts tun, während meine beiden Heimatländer in einen Krieg schlitterten! Allgemein war die Stimmung zurückhaltend. Man wartete auf Österreichs Reaktion. Aus Hans war, wie erwartet, auch durch mehrere Telegramme nichts herauszubekommen. Er antwortete entweder gar nicht oder mit belanglosen Nichtigkeiten. »Unter gegebenen Umständen Bolkos Reise nach England nicht ratsam«, telegraphierte er. Ich hatte mich so auf meinen Kleinsten gefreut, aber es war wirklich das Vernünftigste, ihn in Fürstenstein zu lassen.

Freddie schickte jeden zweiten Tag ein Telegramm. Er hatte keinen Zugang zum Kaiser und wusste nicht viel. »Schreib um Gottes Willen nicht an W.«, warnte er, »Könnte dir bei derzeitiger Stimmung als Parteinahme für England ausgelegt werden.«

Ich hoffte und bangte. Dann gab Lichnowsky zwei intern geäußerte Sätze des Kaisers an mich weiter. Der erste lautete: »Es kommt bald das dritte Kapitel des Balkankrieges, an dem wir alle beteiligt sein werden.« Der zweite: »Jetzt oder nie muss mit den Serben aufgeräumt werden. Und zwar bald.«

Am 23. Juli 1914 setzte Österreich Serbien ein auf achtundvierzig Stunden befristetes Ultimatum.

....

Telegramm Freddies an Daisy, 24. Juli 1914

Russischer Außenminister hat mit möglichem Kriegseintritt an Seite Serbiens gedroht. Angebliche Antwort W's: "Na denn zu!" W überzeugt von Englands Nichteingreifen. Ist das zutreffend? Wird die britische Regierung stillhalten?

....

Telegramm Daisys an Freddie, 25. Juli 1914

England sieht moralische Mitverantwortung Deutschlands an Ultimatum. Anti-deutsche Stimmung in London vernichtend. Falls Russland - und dazu Frankreich als Entente-Bündnispartner - in einen Krieg eintritt, muss England als französische Garantiemacht ebenfalls mobil machen. Außenminister Grey schlägt gemeinsame Vermittlungsaktion Englands, Deutschlands, Frankreichs und Italiens zwischen Österreich und Russland vor. Ist einzige Möglichkeit, Kontinentalkrieg zu vermeiden.

....

Telegramm Daisys an Hans, 25. Juli 1914

Habe Großfürst Michael gesprochen. Russland wird - wenn nicht sofort etwas getan wird - morgen offizielle Schutzgarantie für Serbien abgeben. Betreten serbischen Bodens durch österreichische Truppen ist damit Kriegsfall. Bitte, sag das dringend dem Kaiser!

....

Telegramm Lichnowskys an das Auswärtige Amt, 25. Juli 1914

Grey rechnet darauf, dass der österreichischen Mobilisierung die russische folgen wird. Sollte die Absicht Österreichs sein, Serbien niederzuwerfen, so wird England, dessen bin ich gewiss, sich unbedingt an die Seite Russlands und Frankreichs stellen. Kommt es unter diesen Umständen zum Krieg, so werden wir England gegen uns haben. Die Welt ist davon überzeugt, dass der Schlüssel der Lage in Berlin liegt.

....

Telegramm Lichnowskys an das Auswärtige Amt, 26. Juli 1914

Nach der russischen Schutzgarantie und der erfolgten Teilmobilmachung Österreichs ist die Lage hier feindselig. Ich möchte dringend davor warnen, an die Möglichkeit der Lokalisierung des Konflikts auch fernerhin zu glauben, und die gehorsamste Bitte aussprechen, unsere Haltung einzig und allein von der Notwendigkeit leiten zu lassen, dem deutschen Volk einen Kampf zu ersparen, bei dem es nichts zu gewinnen und alles zu verlieren hat.

....

Telegramm Daisys an Freddie, 27. Juli 1914

```
Dem Himmel sei Dank! Britisches Parlament lehnt soeben eine Intervention im Kriegsfall ab. Ich liebe dich.
```

....

Telegramm Freddies an Daisy, 28. Juli 1914

```
Kriegserklärung Österreichs an Serbien! Russland bestätigt Eintritt des Bündnisfalls! Gott steh uns bei!
```

....

Daisy erzählt

Ende Juli 1914 hielt die Welt den Atem an. Nachdem Österreich trotz aller verzweifelten Vermittlungsversuche und der ausgestreckten Hand Englands den Krieg am 29. Juli mit einem Angriff auf Belgrad begonnen hatte, revidierte das britische Parlament noch am selben Tag seinen Stillhaltebeschluss und ordnete die vorbeugende Mobilisierung der Flotte an. Wir lebten nur noch von Extrablatt zu Extrablatt. Ich hielt es zu Hause nicht mehr aus, ging auf die Straße. Neue Extrablätter. Wenn einer eines ergatterte, lasen zehn Mann über seine Schulter mit. Ich schickte ein Telegramm nach dem anderen an Hans. Sollte ich eine Passage nach Deutschland buchen? Konnte, ja, durfte ich noch in London bleiben? Im Kriegsfall würde man mich womöglich nicht mehr ausreisen lassen. Wenn das Allerschlimmste einträte, wollte ich bei meinen Söhnen sein. Und in der Nähe von Freddie.

Am nächsten Tag besuchte ich noch einmal meine Eltern in Newlands. Patsy machte einen gefassten Eindruck. Im Augenblick des Abschieds meinte sie bitter: »Ich werde mir nie verzeihen, dass ich dich in diese Ehe mit einem Deutschen getrieben habe.« Und Poppets, mit seinen zweiundachtzig Jahren altersgebeugt und schwach, nahm meine Hand und sagte zu mir: »Mein kleines Hühnchen, sei tapfer und vergiss nie, woher du kommst. Gräm dich nicht, wenn wir uns nicht mehr wiedersehen. Gott schütze dich.« Ich umarmte ihn unter Tränen. »Wir sehen uns wieder, ganz bestimmt!«, log ich. Auf der Rückfahrt nach London konnte ich nicht aufhören zu weinen.

Als ich abends in der Savile Row ankam, wurden Extrablätter verteilt, und ich kaufte eines. Wieder war ein Schritt näher an den Abgrund getan: Russland hatte die Generalmobilmachung angeordnet.

Tags darauf versuchte ich, obwohl ich immer noch nichts von Hans gehört hatte, eine Passage auf der »Imperator« zu buchen. Doch im Reisebüro eröffnete man mir aufgeregt, der Dampfer sei bereits auf Anordnung aus Berlin von Southampton nach Bremen zurückgekehrt. Unverrichteter Dinge fuhr ich wieder nach Hause. Die Stimmung in der Stadt war seltsam und bedrückend. Wie immer waren viele Menschen auf den Straßen, aber die drohende Gefahr lastete wie ein Alb auf allen. Niemand lachte, niemand war fröhlich. Die Rotten Row war trist und leer.

Abends immer noch keine Nachricht von Hans. Ich ließ Missy vorsorglich packen.

Am Morgen des 31. Juli fuhr ich zur deutschen Botschaft. Vor dem Gelände standen zahllose Automobile und Kutschen, und im Gebäude wimmelte es vor Diplomaten. Lichnowsky kam mir blass und verstört mit ausgestreckten Händen entgegen und rief: »Schauen Sie sich die Lage an! Wie ist das möglich, nach allem, was ich hier versucht und getan habe!« Ich erbat von ihm einen Passierschein, den er mir sofort ausstellen ließ. Dann fuhr ich zu Shelagh, die einen Diener zum Bahnhof schickte, um sich nach Zügen nach Dover zu erkundigen. Ich selber schickte gegen Freddies Ratschlag ein Telegramm an den Kaiser: »Belgrad ist gefallen, Serbien bestraft. Sire, gebieten Sie Österreich Einhalt, damit Europa Frieden hat. Ich habe Angst um Deutschland. Gott sei mit Ihnen jetzt und immerdar. Daisy.«

Aber es war schon zu spät. Kaum hatte der Bote das Haus verlassen, erreichte uns die Nachricht, Deutschland habe ein Ultimatum an Russland gestellt, seine Mobilmachung abzubrechen. Kurz darauf wurde ein Flugblatt hereingereicht, auf dem stand, Berlin habe ein weiteres Ultimatum an Frankreich gerichtet, sich unverzüglich neutral zu erklären. Dann kam atemlos mein Bruder Georgie mit der Kutsche. »Die Börse wurde gerade zwangsgeschlossen. In der Stadt ist eine Panik ausgebrochen«, rief er uns schon von der Treppe aus zu. Ich wankte. Shelagh nahm mich wortlos in den Arm. Der Krieg war jetzt nur noch einen Wimpernschlag entfernt.

Am Abend um halb neun Uhr kam endlich ein Telegramm von Hans. Es enthielt die Aufforderung, Schulze mit dem Automobil sofort nach Deutschland zu schicken. Kein Wort über mich! Fassungslos stand ich im Foyer, das Telegramm in der zitternden Hand. Die Wanduhr tickte die Sekunden weg.

Irgendwann erwachte ich aus meiner Starre. Und dann wusste ich, dass ich nicht länger zögern durfte. Ganz egal, was Hans wollte – ich musste nach Hause, zu meinen Söhnen. Und zu Freddie. Ich rief nach Missy.

Am nächsten Morgen, dem ersten August, verließ ich mit Missy und meinem zweiten Leibjäger Seidel London. Wir nahmen nur das Nötigste mit. Es war nicht mehr möglich gewesen, ein eigenes Abteil zu buchen, und so reisten wir in einem mit niedergeschlagenen Rückkehrern überfüllten Zug nach Dover. Mit viel Glück erreichten wir gerade noch die Fähre nach Seebrügge, wo wir am späten Nachmittag ankamen. Die Menschen stürmten die Ticketschalter; während wir auf einer Bank im Hafengelände warteten, ergatterte Seidel drei Schlafwagenbilletts für uns. Um halb sieben Uhr abends drängten wir uns kurz vor dem Einstieg auf dem Bahnsteig. Plötzlich ging ein Raunen durch die Menge, wir konnten nicht erkennen, warum. Ich wandte mich auf Deutsch an einen dicken, schwitzenden Mann hinter mir, der mich mit zusammengekniffenen Augen musterte und dann mit französischem Akzent fragte: »Sind Sie Deutsche?« Ich bejahte. Da legte er die Hand zum militärischen Gruß an seinen Hut, schlug die Hacken zusammen und meinte sarkastisch: »Herzlichen Glückwunsch, Madame! Ihr Kaiser hat gerade Russland den Krieg erklärt!«

Am Boden zerstört und trotzdem hellwach, lag ich in dieser Nacht in meinem Bett im Schlafwagen. Wir rollten auf die deutsche Grenze zu.

Am Bahnhof in Berlin wartete niemand auf uns, obwohl ich Hans von Seebrügge aus telegraphiert hatte, dass wir unterwegs waren. Die ganze Stadt war in Aufruhr. Sämtliche Droschken waren von russischen Familien besetzt, die in der letzten Minute ihr Heimatland zu erreichen versuchten. Ich ließ Missy und Seidel mit dem Gepäck am Bahnhof zurück, drückte einem Kutscher zwei Mark in die Hand und ließ mich zum Hotel Bristol fahren, wo Hans wohnte. Dort sagte man mir, er sei in der Potsdamer Regimentskaserne.

Obwohl ich todmüde und völlig erschöpft war, orderte ich einen Wagen, der mich nach Potsdam fahren sollte.

....

Mobilmachungsbefehl vom 1. August 1914

Ich bestimme hiermit: das deutsche Heer und die Kaiserliche Marine sind nach Maßgabe des Mobilmachungsplans für das deutsche Heer und die Kaiserliche Marine kriegsbereit aufzustellen. Der 2. August 1914 wird als erster Mobilmachungstag festgesetzt.

Berlin, den 1. August 1914
Gez. Wilhelm I. R.
Bethmann Hollweg

An den Reichskanzler (Reichs. Marineamt)
und den Kriegsminister.

....

Aus der Rede des Kaisers vom Fenster des Berliner Schlosses aus an die dort versammelte Menschenmenge, 1. August 1914, 18.30 Uhr

»… In dem jetzt bevorstehenden Kampfe kenne Ich in Meinem Volke keine Parteien mehr. Es gibt unter uns nur noch Deutsche! … «

....

Sonderausgabe des Deutschen Reichsanzeigers vom 6. August 1914: Aufruf Kaiser Wilhelms an das deutsche Volk

An das deutsche Volk!
Seit der Reichsgründung ist es durch 43 Jahre Mein und Meiner Vorfahren heißes Bemühen gewesen, der Welt den Frieden zu erhalten … Aber die Gegner neiden uns den Erfolg unserer Arbeit. Eine offenkundige und heimliche Feindschaft von Ost und West, von jenseits der See haben wir ertragen im Bewusstsein unserer Verantwortung und Kraft. Nun aber will man uns demütigen. Man verlangt, dass wir mit verschränkten Armen zusehen, wie unsere Feinde sich zu tückischem Überfall rüsten. Man will nicht dulden, dass wir in entschlossener Treue zu unserem Bundesgenossen stehen, der um sein Ansehen als Großmacht kämpft und mit dessen Erniedrigung auch unsere Macht und Ehre verloren ist. So muss denn das Schwert entscheiden. Mitten im Frieden überfällt uns der Feind. Darum auf zu den Waffen! Jedes Schwanken, jedes Zögern wäre Verrat am Vaterlande. Um Sein oder Nichtsein unseres Reiches handelt es sich … Um Sein oder Nichtsein deutscher Macht und deutschen Wesens. Wir werden uns wehren bis zum letzten Hauch von Mann und Ross, und wir werden diesen Kampf bestehen auch gegen eine Welt von Feinden. Noch nie ward Deutschland überwunden, wenn es einig war. Vorwärts mit Gott, der mit uns sein wird, wie er mit den Vätern war.

………… …………

Berlin, Anfang August 1914

Kurz nach ein Uhr mittags betrat Daisy die Offiziersmesse der Potsdamer Regimentskantine. An weißgedeckten Tischen saßen uniformierte Männer, es roch nach Braten und Gemüse. Daisys Magen begann zu knurren, sie hatte seit dem Vorabend nichts mehr gegessen. Sie reckte den Kopf und ließ den Blick über den ganzen Raum schweifen. Da! Ganz hinten, an einem der Fenster, entdeckte sie Hans. Und, Himmel, ihm gegenüber saß Hansel. Vor lauter Erleichterung entfuhr Daisy ein kleiner Schrei, und sie lief mit ausgestreckten Armen zu den beiden hin.

Hans starrte sie ungläubig an und ließ den Löffel in seine Suppe sinken. »Du?«

Sie blieb stehen. Da war keine Freude in seinem Gesicht. Nur Überraschung und – Ablehnung.

Auch Hansel hatte seinen Löffel hingelegt und betupfte sich den Mund mit der Stoffserviette. Daisy beugte sich zu ihm hinunter und umarmte ihn stürmisch. Er machte sich ganz steif. »Ach, Hansel, ich bin so froh, dich zu sehen«, sagte sie. Ihr Ausbruch war ihm sichtlich peinlich.

»Äh, willst du dich nicht setzen?«, fragte Hans, schnippte dem Ober und orderte ein weiteres Gedeck.

»Ach Gott, ich bin so froh, euch gefunden zu haben«, seufzte Daisy. »Habt ihr mein Telegramm nicht bekommen?«

Hans gab keine Antwort. Der Ober brachte eine Tasse mit Suppe und ein drittes Glas für den Wein.

Daisy sah von einem zum anderen. »Was ist los? Freut ihr euch gar nicht, dass ich da bin?«

»Doch, natürlich«, sagte Hansel lahm.

»Wir glaubten, du seist noch in London«, ergänzte Hans.

Daisy spürte den Impuls, aufzustehen und wieder zu gehen. Hier war sie offensichtlich nicht willkommen.

»Was macht ihr beide überhaupt hier?«, fragte sie.

Hansel sah ihr nicht in die Augen. »Ich wollte vorzeitig ins Regiment eintreten, Mutter.«

»Du bist vierzehn!«

»Ich habe ihn hierher zur Gesundheitsuntersuchung gebracht«, erklärte Hans. »Sie lehnen allerdings ab, ihn jetzt schon zu nehmen. Aber er kann einen vorbereitenden Kurs für die Offiziersschule machen.«

»Was?« Daisy schrie es fast. Die Köpfe im Kasino fuhren herum.

»Sei doch leise, Daisy«, sagte Hans indigniert.

»Das erlaube ich nicht«, sagte Daisy. »Ihr hättet mich fragen müssen!«

»Davon verstehst du nichts«, knurrte Hans. »Krieg ist Männersache.«

»Er ist noch ein Kind! Und ich bin seine Mutter!«

Wieder drehten sich die Köpfe.

»Mach jetzt bloß keine Szene«, zischte Hans.

»Ich will aber zum Militär!«, sagte Hansel. »Und ich bin kein Kind mehr!«

Daisy schob die Suppentasse von sich weg, die Brühe schwappte auf den Unterteller. »Es ist Krieg, Hansel. Da sterben Menschen. Ich verbiete …«

Hans zerrte die Serviette aus seinem Kragen und warf sie auf den Tisch. »Kommt«, sagte er und stand auf. »Wir gehen.«

Er nahm Daisy bei der Hand und zog sie zur Tür. Hansel folgte ihnen mit hochrotem Kopf. »Ich wünschte, du wärst nicht hergekommen«, stieß er draußen hervor.

Wortlos fuhren sie zu dritt nach Berlin zurück. Die ganze Fahrt über saß Daisy wie versteinert auf dem Rücksitz. Erst als sie im Hotel Bristol allein auf ihrem Zimmer war, ließ sie ihren Tränen freien Lauf.

Einen Tag später rückten deutsche Truppen in Belgien ein,

gleichzeitig erfolgte die Kriegserklärung Deutschlands an Frankreich.

»Majestät, soeben hier angekommen. Deutschland fragt, was England als Garantiemacht nach dem Einmarsch in Belgien tun wird. Ich flehe Sie an, erfüllen Sie die Rolle als der Herrscher eines großen Imperiums. Strecken Sie Deutschland die Hand entgegen. Lassen Sie die Freundschaft mit Russland fallen. Nehmen Sie Abstand von der Verteidigung Belgiens. Hören Sie nicht auf den Rat des Parlaments, handeln Sie! Ich flehe Sie an, nehmen Sie auf Ihre Position als konstitutioneller Monarch keine Rücksicht und wenden Sie sich direkt an Ihr Volk.«

Daisy überflog noch einmal die Zeilen, die sie als Telegramm in den Buckingham Palace geschrieben hatte. Ihr war klar, was sie da vom britischen König forderte. Es war nichts weniger als das Überschreiten der verfassungsmäßigen Schranken der konstitutionellen Monarchie! Ein Staatsstreich, wenn man so wollte. Aber was war das gegen ein Europa, das in Schutt und Asche liegen würde? Gegen Millionen von Toten auf blutigen Schlachtfeldern? Sollte sie das Telegramm abschicken? Ja, dachte sie, vielleicht ist dies nur der Gefühlsausbruch einer verzweifelten Frau. Und einer unglücklichen Mutter, die ihre Söhne schützen will. Aber es ist mir egal. *»Majestät«*, fügte sie noch hinzu, *»Wenden Sie sich von einem Bündnis ab, das nur Blut und Zerstörung aller Nationen bringen kann. Ganz gleich, was zwischen Deutschland und England, dem Kaiser und Ihnen war – jetzt darf man in dieser ernsten Zeit an diese Sachen nicht zurückdenken. Ganz Europa wird Ihnen danken, wenn der Frieden erhalten bleibt. Gott schütze Sie. In Gehorsam Daisy Pless.«*

Sie steckte das Blatt in einen Umschlag, verschloss ihn und klingelte nach einem Boten.

Am nächsten Morgen klopfte es laut und drängend an die Tür zu Daisys Suite.

»Wenn es Hans ist, lass ihn nicht herein, Missy. Ich will ihn nicht sehen.«

Daisy war noch im Nachthemd und ungekämmt. Sie griff nach dem seidenen Morgenmantel und wollte ihn gerade überstreifen, als auch schon die Tür aufging. »Missy, ich sagte doch …«

Da war Freddie schon bei ihr und hielt sie in seinen Armen. »Gott sei Dank, dass du da bist«, keuchte er zwischen lauter wilden kleinen Küssen, mit denen er ihr Gesicht und ihren Hals bedeckte. »Ich hatte schon Angst, sie würden dich nicht mehr aus England herauslassen.«

»O Gott, Freddie, was wird nur werden?«, fragte sie.

Er fasste sie an den Händen und zog sie auf das kleine Sofa. »Ich weiß es nicht, Rattie. In einer Stunde muss ich bei meinem Regiment in Potsdam sein. Auch wenn dein Mann nebenan ist – ich musste einfach kommen, um dir Adieu zu sagen.«

Sie schloss die Augen. »So schnell musst du schon fort?«

Er vergrub den Kopf in ihrer Halsbeuge. »Ich lasse dich so schnell wie möglich wissen, wo ich stationiert bin.«

Sie schluchzte auf. »Ich hab solche Angst, Freddie. Ich würde es nicht ertragen, dich zu verlieren.«

Er hob ihr Kinn leicht mit dem Zeigefinger an und sah ihr fest in die Augen. »Ich pass schon auf mich auf, Kleines. Unkraut verdirbt nicht.«

»Versprich mir, dass du wiederkommst.«

»Großes Soldatenehrenwort.« Er legte die Hand aufs Herz. Dann stand er auf. »Gib mir ein Lächeln mit«, sagte er.

Dann war er fort.

....

Drei offene Militär-Automobile fuhren mit großer Geschwindigkeit in den Hof des Gestüts ein und bremsten mit quietschenden Reifen. Uniformierte Männer entstiegen den Autos, Rufe waren zu hören, einer der Fahrer hupte. Joschi, der gerade eine junge Schimmelstute longierte, übergab das Tier einem Stallburschen und ging auf die Besucher zu. Gleichzeitig kam Wawczynek aus dem Büro. »Meine Herren?«, fragte er.

Einer der Männer, offenbar der Ranghöchste, grüßte knapp und stellte sich vor. »Oberstleutnant Wendt, Remonte-Inspektion, Abteilung Breslau.«

»Wawczynek, Stallmeister. Sie wünschen?«

Der Oberstleutnant überreichte zackig ein Schriftstück mit dem Briefkopf des Kriegsministeriums. »Wir sind ermächtigt, Ihre Pferde auf Tauglichkeit für den Kriegseinsatz zu untersuchen und die Requirierung aller gesunden Tiere durchzuführen.«

Wawczyneks Stimme war das Entsetzen anzumerken. »Herr Oberstleutnant, das muss ein Missverständnis sein. Hier im Gestüt stehen ausschließlich hochwertige Rassetiere, Jagdpferde, Rennpferde, Zuchthengste und -stuten. Diese Pferde sind viel zu kostbar für das Militär!«

»Machen Sie sich nicht lächerlich, Mann. Ist Ihnen eigentlich klar, dass sich unser Land im Krieg befindet?«

»Ja, natürlich, aber … ist denn der Fürst informiert?«

Der Oberstleutnant trat dicht vor Wawczynek hin und tippte mit dem Finger auf das Schreiben des Kriegsministeriums. »Jetzt hören Sie mir mal zu, Mann. Dies hier ist ein Befehl des obersten Militärkommandos im Namen des Kaisers. Wie kostbar Ihre Pferde sind, ist mir ganz gleich, solange sie vier Beine haben und damit laufen können. Jetzt machen Sie hier kein

Theater, sondern zeigen mir Ihren kompletten Bestand. Wenn ich bitten darf?« Er wies mit der Hand zum Stalleingang des Hauptgebäudes.

»Wie Sie wünschen.« Wawczynek ging widerstrebend voraus in den Stall, nicht ohne Joschi vorher einen bedeutsamen Blick zuzuwerfen. Etliche Soldaten postierten sich derweil um die Stallungen herum, die Chauffeure stiegen aus und rauchten.

Drinnen ging die Remonte-Kommission von Box zu Box. Der Veterinär untersuchte jedes einzelne Tier. Ein Schreiber trug Name, Alter und Gesundheitszustand in eine Liste ein. Wawczynek sah aus, als würde er dem Oberstleutnant jeden Moment an die Gurgel gehen. Aber das hätte ja auch nichts genützt.

Joschi war derweil unauffällig zum Nebenflügel geschlendert. Athanasius' Box war die letzte auf der linken Seite der Stallgasse, neben ihm wohnte immer noch seine beste Freundin, die Ziege. Der Hengst schnaubte, als Joschi die Box betrat. Aus seinem Maul hing ein langer Strohhalm.

»Ruhig, Alter«, sagte Joschi leise und legte Athanasius mit geübten Bewegungen das Stallhalfter um. »Wir schleichen uns jetzt hier raus.« Er öffnete die Boxentür – da spürte er eine Hand auf seiner Schulter und fuhr herum.

Es war Mack, der Jockey. Joschi stieß hörbar die Luft aus.

»Da hatten wir wohl die gleiche Idee«, grinste Mack.

»Ich bring ihn in die alte Schäferei«, sagte Joschi. »Schau nach, ob die Luft rein ist.«

Der Jockey ging erst zum vorderen Tor und dann zur Hintertür, dann kam er zurück. »Keine Chance. Da sind jetzt überall Soldaten.«

»Verdammt.«

»Was machen wir jetzt?«

Sie überlegten fieberhaft. »Wir spritzen ihn nass, legen eine Decke drüber und sagen, er sei krank«, schlug Mack vor.

Joschi schüttelte den Kopf. »Die haben einen Tierarzt dabei. Das merkt der doch sofort.« Er ließ Athanasius los und rannte zur Futterkammer, sah hinein.

»Wir stellen ihn in die Futterkammer«, sagte er. »Los, schnell.«

»Da sehen sie ihn doch.«

Aber Joschi hatte den Hengst schon hingeführt.

In dem langgezogenen Raum lagerten Säcke mit Getreide, Heu, Stroh, mittendrin standen Kisten mit Karotten und Äpfeln. »Das wird doch nichts«, sagte Mack. »Lass gut sein.«

»Denen überlass ich Athanasius nicht«, fauchte Joschi. »Nur über meine Leiche. Los, pack an.«

Er begann, die Strohballen, die sich an der Stirnwand fast bis zur Decke stapelten, herumzuwuchten. Mack fragte nicht lang, sondern half mit. Dann dirigierte Joschi den Hengst an die Wand, und sie stapelten gemeinsam die Ballen vor ihm wieder auf. Ballen für Ballen türmte sich übereinander. Athanasius scharrte nervös mit dem Vorderhuf, legte die Ohren an und stampfte unruhig. »Brav, mein Großer«, versuchte Joschi, ihn zu beruhigen. Athanasius kickte mit dem Hinterhuf gegen die Wand. Mack schüttelte den Kopf. »Das hat keinen Zweck, Joschi. Die hören ihn doch.«

Joschi gab keine Antwort. Er rannte davon und kam mit der protestierenden Ziege zurück. Er schob sie durch die letzte Öffnung zwischen den Strohballen, warf noch ein paar Äpfel hinterher, und dann verschlossen sie den Zwischenraum. Alles sah wieder aus wie vorher, nur dass die Sattelkammer zwei Meter kürzer war. Joschi und Mack stellten noch ein paar Säcke vor die Strohwand und lehnten eine Heugabel und eine Schubkarre dagegen.

Keine Minute zur früh verließen sie die Futterkammer. Die Remontekommission betrat den Stall durch das Haupttor. Wawczyneks Kopf war hochrot; mit geballten Fäusten sah er zu, wie der Veterinär seine Arbeit tat und der Schreiber am Ende die Stellplätze mit einem weißen Kreidekreuz markierte.

»Was ist mit den beiden Boxen?«, fragte der Oberstleutnant, als sie zum Ende der Stallgasse kamen.

Joschi trat vor und sagte: »Flaneur und Belial. Trakehner. Sind gestern auf Befehl des Fürsten nach Berlin beordert worden. Als Reitpferde für sich und den jungen Fürsten.«

»Und wer sind Sie?«

Joschi schlug die Hacken zusammen und straffte den Rücken. »Siebenbürger, Josef, fürstlicher Leibjäger. Zu Diensten!«

»Hm. Na gut.« Der Oberstleutnant kratzte sich am Kinn. »Notieren Sie das, Kreiselmeyer«, blaffte er den Protokollanten an und wandte sich zum Gehen.

In diesem Augenblick hörte man aus der Futterkammer ein Geräusch. Joschi und Mack wurden blass. Der Oberstleutnant drehte sich um. »Was ist da drin?«

»Das ist die Futterkammer«, sagte Wawczynek.

Der Oberstleutnant ging hin, öffnete die Tür und lugte hinein. Im selben Moment schoss eine der Stallkatzen laut miauend durch seine Füße und brachte ihn beinahe zum Stolpern.

»Blödes Vieh. Lässt sich dauernd einsperren«, kommentierte Mack schulterzuckend.

Der Oberstleutnant schnaubte durch die Nase. Dann stapfte er aus dem Stall, gefolgt von seinen Begleitern.

Joschi atmete langsam aus und wischte sich den Schweiß von der Stirn.

Zwei Tage später kamen der Fürst und die Fürstin aus Berlin – gerade noch rechtzeitig, um zuzusehen, wie die letzten Pferde zum Verladen auf den Freiberger Bahnhof gebracht wurden.

»Und Athanasius?«, fragte Daisy niedergeschlagen, als der Fürst mit Wawczynek ins Büro gegangen war.

Joschi grinste über beide Backen. »Steht in der alten Schäferei. Nicht registriert.«

»Gott sei Dank!« Daisy war erleichtert. Sie hatte dem Hengst so viel zu verdanken. Mit seinen Siegen und über die Wetteinnahmen hatte er dafür gesorgt, dass sie das Hospital und das Krüppelheim erhalten und die Spitzenschulen hatte eröffnen können. Inzwischen gewann er kaum noch, seine besten Jahre lagen hinter ihm. Aber als Deckhengst brachte er immer noch gutes Geld ein und tat das Seinige dazu, dass Daisy möglichst wenig von ihren Perlen opfern musste. Er hatte sich ein gutes Leben und ein späteres Gnadenbrot mehr als verdient.

Nun, die Zeit der Pferderennen war wohl ohnehin vorbei. Daisy blickte auf das verwaiste Gestüt. Nur ein paar alte Gäule waren zurückgeblieben. Auch die meisten Pfleger und Stallburschen waren fort, zum Militär eingezogen wie ihre Tiere. Es war ein trauriger Anblick.

»Ob wir wohl ein paar von unseren Pferden wiedersehen?«, fragte Joschi. »Was meinen Sie, wie lange der Krieg dauern wird?«

»Wenn ich meinem Mann und dem Beraterstab des Kaisers Glauben schenke, höchstens ein paar Wochen oder Monate. Joschi, du glaubst gar nicht, welche Euphorie in Berlin herrscht. Die Leute hängen Reichsfahnen aus den Fenstern, in den Gaststätten gibt es ›Hackbraten französisch‹ oder ›Pariser Geschnetzeltes‹. Auf den Straßen singen sie die ›Wacht am Rhein‹. Junge Soldaten marschieren zu den Zügen, um sich an die Front transportierten zu lassen, umjubelt von Menschenmengen und Mädchen, die ihnen Blumensträuße in die Hand drücken. Es ist fast wie ein großes Volksfest – niemand scheint daran zu denken, dass im Krieg gestorben wird.«

Joschi nickte. »Werden Sie hier in Fürstenstein bleiben?«

»Ja. Ich will entweder hier im Marstall oder im Hotel in Salzbrunn ein Lazarett einrichten, dazu noch ein Erholungsheim für Verwundete. Es soll …«

»Das kannst du dir sparen, meine Liebe.« Hans war gerade

wieder aus dem Büro getreten und hatte ihre letzten Worte gehört. »Erstens ist das eine Sache der preußischen Behörden und des Kriegsministeriums, und zweitens wird dieser Krieg bald vorbei sein. Es lohnt sich gar nicht.«

»Hans, ich glaube nicht, dass es so schnell zu Ende ist. Es stehen so viele gegen Deutschland. Allein das britische Weltreich hat 440 Millionen Untertanen. Und Russland ist riesig. Meinst du, diese Mächte werden sich so leicht geschlagen geben?«

»Ich muss mir von dir keine defätistischen Äußerungen anhören, Daisy.«

»Aber lass mich doch wenigstens für die Verwundeten ...«

»Du wirst auf meinem Besitz kein Lazarett oder Ähnliches eröffnen. Das gestatte ich nicht, hörst du?«

»Aber ich will doch etwas tun. Ich kann doch nicht einfach herumsitzen und warten, während du im kaiserlichen Hauptquartier bist!«

»Doch, das kannst du. Du bleibst in Fürstenstein. Kümmere dich um den Garten oder stricke meinetwegen Soldatenstrümpfe, aber tu um Himmels Willen nichts Dummes, ja? Dir ist doch klar, dass du als gebürtige Engländerin jetzt unter besonderer Beobachtung stehst. Man wird sehr genau registrieren, was du unternimmst.«

»Herrgott, Hans, ich habe mit meiner Heirat die englische Staatsbürgerschaft abgeben müssen. Ich bin Deutsche und Mutter deutscher Söhne. Und ich werde in dieser schlimmen Zeit nicht untätig sein.«

»Du wirst jedenfalls kein Lazarett eröffnen, Daisy. Ich habe der Finanzverwaltung bereits Anweisung gegeben, dass du während meiner Abwesenheit keine größeren Geldsummen erhalten darfst.«

Die Fürstin schob energisch das Kinn nach vorn. »Dann, Hans, gehe ich mit dem Roten Kreuz an die Front! Das kannst du mir nicht verbieten!«

Damit wandte sie sich um und stürmte wütend davon.

Joschi stand da und sah ihr nach. Stolz war er auf seine Fürstin, wie sie ihrem Mann mutig die Stirn bot. Er kannte keine Frau, die ihr auch nur ähnlich war. Als er sah, dass der Fürst nicht nachkam, lief er hinter ihr her.

»Wenn Sie an die Front gehen, Mylady, dann komme ich mit.«

Sie sah ihn lange an. Dann reichte sie ihm die Hand. »Abgemacht, Joschi.«

Einer muss ja schließlich auf dich aufpassen, dachte Joschi, während er langsam zum Gestüt zurückging.

....

Graffiti auf den Transportwaggons für Soldaten an die französische Front

»Wenn die Blätter fallen,
sind wir wieder zurück!«

»Ausflug nach Paris«

»Auf in den Kampf, mir juckt die Säbelspitze!«

»Auf Wiedersehen auf dem Boulevard«

"Lieb Vaterland magst ruhig sein, wir hauen alles kurz und klein"

»Deutsche Grenzpfahl = Versetzungsgesellschaft«

"Kloppe, Keile, Wichse"

»Unser Blut gehört dem Kaiser!«

»Zum Frühstück nach Paris«

»Jeder Schuss ein Russ', jeder Stoß ein Franzos'«

VIERTES BUCH

Daisy erzählt

Ich fuhr nicht sofort nach Berlin zurück, weil ich erst noch Zeit mit meinen Jungen verbringen wollte. Lexel bereitete sich schon auf die Aufnahmeprüfung fürs Internat vor, er lernte viel, und in seiner Freizeit spielte er mit Maurice und Louis, den Söhnen unseres Kochs Hardouin, Krieg. »Können wir jetzt nie mehr zu Granny nach England fahren?«, fragte er, und ich wusste nicht, was ich ihm antworten sollte. Lexel war der anglophilste unter meinen Söhnen, er sprach genauso gut Englisch wie Deutsch und war außer mir der Einzige in der Familie, der Nierchen und Kippers zum Frühstück mochte. »England und Deutschland können bestimmt wieder Freunde werden«, sagte ich zu Lexel. »Aber wann?«, wollte er wissen. Ich sagte: »Nächstes Jahr«, und glaubte nicht daran.

Bolko war glücklich, dass ich wieder da war. Sein Knöchel war wieder ganz geheilt, und auch sonst ging es ihm gut. Die alte Emma war stets an seiner Seite. Nach seiner Krankheit im vorletzten Winter hatte Bolko hartnäckig immer wieder nach »Oma Kollischan« verlangt, und ich hatte sie mit Freuden in den Kreis der fürstlichen Kindermädchen aufgenommen. Bolko hing sehr an ihr, was die beiden Nannys anfangs recht eifersüchtig machte. Stundenlang saßen er und Emma auf dem Sofa im Kinderzimmer, wo sie ihm ihre alten schlesischen Volkslieder vorsang und Geschichten vom Rübezahl erzählte. Sie malte und bastelte mit ihm, ging mit ihm in den Wald Beeren und Pilze suchen. Manchmal nahm sie ihn mit in die Küche, und dann kochten sie Pudding oder Grießbrei. Er war oft ein trauriger kleiner Junge. Immer hieß es, du darfst nicht mit den anderen Ballspielen, du darfst nicht so schnell rennen wie sie, du darfst hier nicht mitmachen und musst dort zuschauen und dich ausruhen! Emma lenkte ihn davon ab, dass er nicht toben konnte, sie fand immer eine schöne Beschäftigung für ihn, und das machte ihn ruhiger und zufriedener. Als ich Bolko denn auch fragte, ob er auf ein paar Wochen mit mir nach Berlin kommen wollte, wollte er als Erstes wissen: »Mummilie, fährt die Oma Kollischan auch mit?«

»Natürlich«, sagte ich.

»Und Negrita?«

»Warum nicht?«

»Dann will ich auch nach Berlin.«

So kamen wir Mitte August in die Hauptstadt. Ich meldete mich sofort zu einem Kurs in Erster Hilfe im Reservelazarett II in Tempelhof an. Denn um als Schwester in der freiwilligen Krankenpflege in den Kriegslazaretten arbeiten zu dürfen, musste man eine Ausbildung machen und Teil einer der zugelassen Organisationen sein, dem Roten Kreuz, den Samaritervereinen oder den Ritterorden.

Im Hotel Bristol wartete schon ein Telegramm auf mich: »Bin z. Zt. Offizier bei der Kavalleriestabswache im ksl. Hauptquartier in K. Sehe tgl. Hans. Offensive rollt, dt. Armee überlegen, Lüttich kurz vor Fall. Hier alles ruhig, sei unbesorgt. 1000 Küsse, F.« Die Gerüchte besagten, dass das Hauptquartier derzeit in Koblenz war – Freddie hatte das natürlich wegen der Zensur nicht schreiben können. Ach, die Sehnsucht nach ihm schnürte mir das Herz ab, aber ich war auch froh, dass er beim Kaiser in Sicherheit war.

Ich fühlte mich in Berlin unsäglich einsam. Und damit meine ich nicht das Alleinsein oder Freddies Abwesenheit. Bolko war ja bei mir, Missy und Emma, Joschi, der Chauffeur und etliche andere. Und Hansel, der mir übelnahm, dass ich mit seinem Militärkursus nicht einverstanden war. Aber ich lebte dort inmitten einer Masse von Menschen, deren Ansichten und Sympathien in so schmerzhaftem Gegensatz zu den meinigen standen. Ich fühlte mich wie in Stücke gerissen, wie zweigeteilt zwischen der Liebe für meine englische Heimat und der Treue zu meiner deutschen Familie, den Freunden und ihrem Heimatland. Und man ließ mich meine Herkunft deutlich spüren. Manchmal betrat ich einen Raum, und das Gespräch stockte. Damen tuschelten, wenn ich an ihnen vorbeiging. Es gab Leute, die einen Bogen um mich machten. Für sie war ich die Engländerin, und man misstraute mir.

Schlimm war auch, dass ich keine Kontakte mehr nach England haben durfte. Jedwede Korrespondenz mit der Insel war verboten. In der Not wandte ich mich an meine Freundin, die schwedische Kronprinzessin Margareta, geb. Margaret von Connaught. Sie erklärte sich sofort bereit, als Zwischenstation zu fungieren. So erreichte mich noch im August eine erste Nachricht von meiner Mutter: »Wir sind hier alle gesund … Shelagh hat in Le Toquet in Frankreich ein Rot-Kreuz-Hospital für verwundete Offiziere eingerichtet … dein Bruder Georgie und dein Schwager Bendor sind nun Soldaten … hier im stillen kleinen Ruthin spürt man nichts von dem großen Geschehen … Wir denken alle sehr an dich … Alle beten jeden Abend für die Toten, die Verwundeten, und für dich und die drei Jungen … Gott schütze dich und deine Lieben.« Ich schrieb zurück, und meine Tränen tropften dabei auf das Briefpapier.

Ich war froh, dass das passive Abwarten der Dinge ein Ende hatte, als endlich der Rot-Kreuz-Kurs begann. Wir waren eine

Zehnergruppe Frauen aus dem Adel, die meisten von uns ganz jung, darunter zu meiner Freude die liebenswerte Fürstin Evelyn Blücher, die auch als Engländerin nach Deutschland geheiratet hatte und genauso fühlte wie ich. Wir machten Verbandsübungen, lernten, wie man Kopf-, Arm- und Beinverbände anlegte, Kompressionsverbände zum Blutstillen, lockere Verbände bei Brandwunden. Wir lernten, Knochen zu schienen, Wunden zu säubern, Aderpressen anzulegen, alles zuerst an Puppen. Anhand eines echten Skeletts namens Fritz erfuhren wir alles über Knochen und Muskeln und Adern. Wo genau das Herz liegt und die inneren Organe. Wie man Spritzen setzt und Blut abnimmt. Der Chefarzt, Professor Kuester, war ein gütiger, menschlicher und tüchtiger Mann, und ein geduldiger Lehrer. »Schon der letzte Krieg hat gezeigt, dass man gut ausgebildete Krankenschwestern und Helferinnen an der Front und in der Etappe braucht. Und besonders Frauen der gebildeten Kreise haben sich als durchaus fähig erwiesen, diese Aufgaben zu übernehmen. Überhaupt sind ja generell Frauen für das Werk der Barmherzigkeit eher geeignet als Männer.« So hatte er uns am ersten Tag begrüßt.

Warum gibt es dann nicht mehr weibliche Ärzte, hätte ich fragen wollen. Aber hier war kein Platz für solche Diskussionen. Ich schwieg also lieber und passte auf. In meiner freien Zeit las und lernte ich. Wir hatten zwei Lehrbücher: das »Unterrichtsbuch für das weibliche Pflegepersonal in der Kriegskrankenpflege« von Körting, das erst im letzten Jahr erschienen war, und das schon etwas ältere Standardwerk »Das rothe Kreuz in Deutschland. Handbuch der freiwilligen Krankenpflege für die Kriegs- und vorbereitende Friedensthätigkeit«.

Das alles war für mich neu und nicht einfach. Das Lernen war ich nicht gewohnt, es fiel mir schwer. Noch ungewohnter war es für mich, Befehle und Anordnungen entgegenzunehmen. Sonst war doch immer ich es gewesen, die die Befehle gab. Aber hier im Lazarett richtete sich niemand nach mir. Ich hatte mich einfach unterzuordnen und mitzumachen. Oft biss ich mir dabei auf die Lippen und sagte nichts. Dann dachte ich mir, so geht es wohl oft all denen, die von mir Anweisungen bekommen. Sie dürfen auch nichts dagegen einwenden. Also ordnete ich mich unter.

Auch manche Handgriffe fielen mir schwer. Ich gebe es nicht gern zu, aber am Anfang hatte ich Mühe, hinter dem Rücken die Schleife meiner Schwesternschürze zu binden und mein Haar selber wieder unter das Häubchen aufzustecken, wenn es sich gelöst hatte. Ich hasste es und schämte mich dafür, mich mit Dingen herumzuplagen, die für andere selbstverständlich waren. Ich fürchtete, alle hielten mich für unfähig. Vor allem, als wir nach den ersten drei Wochen in den Lazarettbetrieb zum Weiterlernen am Menschen eintraten. Hier arbeiteten Frauen »aus dem Volk«, patent und tüchtig. Die sahen, wo angepackt werden musste und wo Not am Mann war. »Bestimmt halten Sie mich für ein verwöhntes Ding, das sich nur eine Art Spaß aus Ihrem Beruf macht«, sagte ich einmal zu Schwester Martha, der ich zugeteilt war. »Dann überzeugen Sie mich vom Gegenteil«, tönte es zurück.

Und ich tat mein Bestes. Ich leerte Bettpfannen, wickelte Leinenbahnen, wechselte schmutzige Bettwäsche. Ich versuchte, den Ekel zu unterdrücken, wenn ich eitrige Wunden wusch. Ich fütterte und stützte, pflasterte und schiente. Abends, wenn ich nach acht Stunden Arbeit nach Hause kam, fühlte ich mich zerschlagen und müde. Ich hatte ja nicht geahnt, wie es war, wenn man keine Pause machen konnte, sich nach einem anderen Plan richten musste als nach den eigenen Bedürfnissen. Aber ich fühlte mich großartig dabei. Ich schaffte das! Als mich der erste Patient mit »Schwester Daisy« ansprach, war ich glücklich.

Und schließlich bestand ich nach sechs Wochen die Prüfung. Ich war ausgebildete Hilfsschwester!

Es fiel auch in diese Zeit, dass ich an einem Sonntag zusammen mit Joschi dessen Bruder besuchte. Joschi machte sich große Sorgen, denn er hatte Otto mehrfach telegraphiert und keine Antwort erhalten.

»Ich kann mir nicht vorstellen, dass man ihn eingezogen hat«, versuchte ich, ihn zu beruhigen. »Er ist doch so anders und kann nicht eng mit anderen Menschen zusammensein. Das hätten sie spätestens bei der Musterung gemerkt.« Wir ließen uns von Waton im Automobil zu seiner Wohnung fahren. »Der Otto Siebenbürger wohnt nicht mehr hier«, klärte uns die Wirtin auf. »Ist vor zwei Wochen nach Dahlem umgezogen, in ein Zimmer beim Kaiser-Wilhelm-Institut. Da hab ich die Adresse.«

Als sie ankamen, saß Otto mit einem Buch und Schreibzeug im Gartenhäuschen einer kleinen gelben Villa, völlig in seine Arbeit versunken. Als Joschi zu ihm trat, war seine Reaktion wie immer seltsam gleichgültig und unbewegt. Er stand auf und schüttelte die Hand seines Bruders, es waren mechanische Bewegungen, wie die einer Aufziehpuppe. Auch mich begrüßte er so, und es war nicht klar zu deuten, ob er mich wiedererkannte.

»Gott, bin ich froh, dich zu sehen«, sagte Joschi. »Ich dachte schon, die hätten dich eingezogen und du wärst jetzt irgendwo an der Front.«

»Bin am Institut«, entgegnete Otto knapp. »Kriegswichtige Forschung.«

»Warum hast du denn auf meine Telegramme nicht geantwortet, Mensch? Ich hab mir Sorgen gemacht.«

»Keine Zeit.« Ottos blaue Augen blickten unschuldig wie die eines Kindes. Er wusste nicht, wie das war, sich Sorgen machen.

»Was machst du denn jetzt?«, fragte ich und ließ mich auf einem der Gartenstühle nieder.

Er strich mit der Hand sein dünnes blondes Haar nach hinten. »Ich habe meine Doktorarbeit geschrieben.«

»Das ist ja großartig«, sagte ich.

»Oho! Muss ich dich jetzt mit ›Herr Doktor‹ anreden?«, frotzelte Joschi.

»Kannst weiter Otto zu mir sagen«, entgegnete Otto schulterzuckend. »Das hat ja nichts damit zu tun, dass wir Brüder sind.«

Joschi schüttelte den Kopf. »Du liebe Güte! Mein kleiner Bruder ist Doktor, kaum dass er mal einundzwanzig ist! Das muss ich Lissa erzählen!«

»Jetzt, wo du fertig studiert hast – hast du denn dann auch schon eine Anstellung?«, wollte ich wissen.

»Ja«, nickte er. »Ich bin in der Forschungsabteilung von Professor Haber.«

»Und worüber forscht ihr?«

Er setzte seine runde Brille auf und wies auf etliche eng bekritzelte Seiten mit chemischen Gleichungen und Reaktionen, die vor ihm auf dem Tisch lagen. »Gase. Vor allem Chlor.«

»Aha.«

Mit einem Mal begann Otto zu reden wie ein Buch. »Chlor ist ein chemisches Element mit dem Symbol Cl und der Ordnungszahl 17. Im Periodensystem steht es in der 7. Hauptgruppe und gehört damit zusammen mit Fluor, Brom, Jod, Astat und Tennes zu den Halogenen. Es liegt gasförmig vor als zweiatomiges Molekül, die Farbe ist gelblich-grün. Es weist eine höhere Dichte …«

»Und was macht man mit Chlor?«, unterbrach Joschi, der genauso wenig verstand wie ich.

Otto runzelte die Stirn. »Nun, Chlor reagiert mit sehr vielen anderen Stoffen, beispielsweise mit …«

»Ja, aber was macht man damit?«

»Ich glaube, man kann damit Wäsche bleichen«, sagte ich.

Otto sah mich merkwürdig an. »Es ist giftig«, sagte er.

Als wir wieder ins Hotel zurückfuhren, wirkte Joschi bedrückt.

»Was ist los?«, fragte ich ihn. »Du bist so still.«

Er fuhr sich mit der Hand über die Augen. »Ich weiß nicht. Ich habe immer gedacht, es wird einmal besser mit ihm. Aber er ist immer noch verschlossen wie eine Muschel. Vielleicht habe ich zu viel erwartet.«

»Ich fürchte, das hast du«, erwiderte ich. »Du weißt doch, was Doktor Vogt zum Abschied gesagt hat. Er wird nie lernen, was Gefühle sind. Aber schau, Joschi, er meistert sein Leben. Und er hat Erfolg. Doktor, stell dir vor! Er verdient Geld, er arbeitet mit einem berühmten Professor zusammen. Das ist so viel mehr, als wir anfangs für ihn erhofft haben.«

Er atmete durch und lächelte. »Stimmt schon, Mylady. Und er ist nicht beim Militär. Das ist das Wichtigste.«

Ich lächelte und legte meine Hand kurz auf seine. »Es ist schon seltsam«, sagte er da. »Wie man einen Menschen doch lieben kann, den man nicht versteht und der so ganz anders ist als alle anderen.«

»Liebe lässt sich nicht erklären«, sagte ich und dachte an Freddie.

....

Brief Shelaghs an Daisy

London 17. September 1914

Liebste Daisy,
ich hoffe, dies hier erreicht Dich irgendwie. Gerade bin ich aus meinem Lazarett in Frankreich wieder in London eingetroffen, und erfahre als Erstes, dass Percy Wyndham gefallen ist. Du erinnerst Dich doch an den lieben jungen Kerl, der immer gekichert hat. Gott

sei seiner armen Seele gnädig. Ich bin ganz verrückt vor Sorge um meinen Bendor – die letzte Nachricht von ihm kam aus Belgien. Von Georgie weiß ich gar nichts, auch nichts von den anderen Verwandten und Freunden. Es ist ein schreckliches Gefühl, daran zu denken, sie lägen irgendwo sterbend oder verwundet oder sind in Gefangenschaft. Patsy sagt mir, dass unser lieber Ivan Hay von den V. Königlichen Irischen Ulanen gefangen wurde, und zwar in der Schlacht bei Le Cateau, am 26. August. Kannst Du nicht vielleicht über Hans herausfinden, wo er ist? Seine alte Mutter stirbt fast vor Kummer. Von Francis Grenfell heißt es, er sei schwer verwundet und läge in einem deutschen Lazarett, aber niemand weiß, wo. Kannst Du dich dafür einsetzen, dass wir wenigstens Nachricht bekommen? Und vielleicht erfahren, wie man unsere Soldaten behandelt? Ob sie genug zu essen bekommen und gute Pflege? Wir wissen gar nichts, und das ist kaum auszuhalten …

Dir und den Deinen geht es hoffentlich gut – um Hans braucht man sich ja keine Sorgen zu machen, als Ordonnanzoffizier des Kaisers wird er sicher an keinem Gefecht teilnehmen, anders als die vielen hunderttausend, die im Feld ihr Leben aufs Spiel setzen müssen. Bitte gib uns bald Nachricht – Du kannst mir auch über die Amerikanische Botschaft in Berlin schreiben, das ist ein sicherer Weg, den auch andere von Deutschland nach England nutzen.

Ich umarme Dich in dieser schrecklichen Zeit,
Deine Biddy

………… …………

Brief von Hans an Daisy

Großes Hauptquartier, 28. September 1914

Liebe Daisy!
Bin sehr beschäftigt, so dass mir wenig Zeit zum Schreiben bleibt. Hier also mit einiger Verspätung die Antwort auf Deine Nachfrage wegen der Kriegsgefangenen: Die englische Armee ist dreimal geschlagen worden, einmal in Maubeuge und zweimal bei St. Quentin nahe von Paris. Es sind massenhaft Gefangene gemacht worden, aber sie werden gleich nach Deutschland gesandt, und die Namen werden nicht aufgeschrieben; es ist ganz unmöglich herauszufinden, wo sie sind! Die Kampflinie ist ja auch weit von uns entfernt. Es ist auch unmöglich, festzustellen, wer tot, verwundet oder gefangen ist. Wir bekommen hier manchmal englische Zeitungen. Es ist unglaublich, was für Lügen sie verbreiten. Sie preisen die belgischen Frauen für ihren Heldenmut, dass sie kochendes Wasser auf die deutschen Truppen gießen, wenn sie in die Städte einziehen. Ich kann nicht verstehen, warum Du schreibst, dass einige Engländer nach England mit abgeschnittenen Händen gekommen seien. Das sind alles Lügen! So etwas tut die deutsche Armee nicht!

In etwa vierzehn Tagen werden Listen zwischen allen Regierungen über alle Gefangenen ausgetauscht werden. Dann wird man alle finden können. Kein Zweifel, dass der Krieg zwischen England und Deutschland bis zum bitteren Ende geführt wird, und selbst Du kannst nur hoffen, dass die Engländer bald entscheidend besiegt werden, damit es früher vorbei ist. Sie können nicht siegen – außerdem haben sie niemals selber gekämpft, außer gegen Neger und Buren. Und wir werden mit England auch keinen billigen Frieden schließen, von dem es sich wieder erholen kann. Das würde nur neue Kriege zur Folge haben. Nach diesem Krieg, dem größten, der seit Erschaffung der Welt ausgefochten wurde, brauchen wir einen dauerhaften Frieden ohne »Gleichgewicht der Mächte«, in dem England sein Weltreich verloren hat. Gib Deiner Verwandtschaft also keine falsche Hoffnung.

Grüß Hansel, Lexel und Bolko von mir – ich habe seinen Geburtstag vergessen, aber er ist ja ohnehin noch zu klein, um das zu merken.

Herzlichst Dein Hans

P. S. Wir sind hier im neuen Hauptquartier sehr komfortabel eingerichtet. Ich habe eine reizende kleine Villa zusammen mit dem Prinzen Ysenburg; wenig Möbel, nette Räume, gutes Badezimmer. Ich habe ein hiesiges Stubenmädchen genommen, (ihre Mutter wäscht für mich), die jeden Morgen kommt und aufräumt. Die restliche Bevölkerung ist geflohen. Es ist so am besten, denn wenn sie nicht schon fortgewesen wären, so hätten wir sie hinauswerfen müssen – wir können die Häuser doch nicht mit ihnen teilen! Ich hoffe für unsere Bequemlichkeit, dass wir eine Weile hierbleiben.

....

Berlin, Oktober 1914

»Daisy! Fürstin Daisy von Pless!«

Die Fürstin drehte sich um. Auf dem Kiesweg kam ihr Augusta von Mecklenburg-Strelitz, Freddies Großmutter, mit ihrem Gehstock entgegen. Offenbar hatte auch sie den Gedanken gehabt, im herbstlichen Park bei Sonnenschein ein bisschen spazierenzugehen. Daisy hatte die alte Dame lange nicht mehr gesehen. Sie war unsicher, wie sie mit ihr umgehen sollte, jetzt wo diese von ihrem Verhältnis mit Freddie wusste. Aber die Großherzogin drückte ihrer Gesellschafterin ihren diamantbesetzten

Stock in die Hand und umarmte Daisy herzlich. »Wissen Sie Neues von Freddie?«, fragte sie als Erstes.

»Er ist immer noch im Großen Hauptquartier, man sagt, es sei derzeit in Charleville-Mézières. Hans schreibt, das läge weit von der Front.«

»Dem Himmel sei Dank! Lassen Sie uns ein Stück zusammen gehen, meine Liebe.«

Missy, Emma und Bolko blieben mit der Gesellschafterin zurück, und sie schlugen einen ruhigen Nebenweg ein. Die Sonne brach sich ihre Bahn durch buntes Herbstlaub, ein Eichhörnchen vergrub auf der Wiese eine Nuss, der Wind wirbelte Blätter auf, und beim Brunnen zwitscherte eine ganze Meute Spatzen. Alles wirkte friedlich wie immer, und doch war die Welt im Umsturz. Nach einer Weile setzten sich die beiden Frauen auf eine schmiedeeiserne Bank.

»Ich will nicht verhehlen, dass ich meinem Enkel eine andere Frau gewünscht habe«, begann die Großherzogin. »Aber man kann die Dinge nicht ändern, und die Männer schon gar nicht.« Sie lachte trocken auf. »Mein Sohn war zeitlebens ein Tyrann, und er hat allem nachgejagt, was einen Rock trug. Seine Frau hat das nicht ausgehalten – sie ist gemütskrank geworden, die Ärmste. Nun, Freddie ist zum Glück ganz anders als sein Vater. Er ist ein sensibler Junge, liebenswert und gutherzig. Er ist alles, was ich habe.« Sie sah Daisy mit ihren milchig-hellgrauen Augen an, in denen schon der Star saß. »Tun Sie ihm nicht weh, Daisy.«

»Ich liebe ihn«, sagte Daisy einfach. »Ich habe das nicht gewollt und nicht geplant, keiner von uns beiden hat das. Aber manchmal schlägt das Leben einfach Haken. Ich werde meinen Mann verlassen, Augusta. Es sollte jetzt im Herbst sein, aber der Ausbruch des Krieges hat unsere Pläne durchkreuzt. Freddie ist im Feld, und Hans auch. Wir müssen warten, bis das alles vorbei ist, bald, so Gott will. Dann wollen wir versuchen, miteinander glücklich zu sein.«

»Sie werden wohl keine Kinder mehr miteinander haben …«

»… und das Herzogtum braucht einen Erben. Ich weiß. Ich wollte, ich könnte das ändern.«

Die Großherzogin seufzte. »Was bedeutet eine Herrschaft, ein Territorium? Angesichts dieses Krieges verändert sich alles, nicht wahr? Dinge, die vorher wichtig waren, werden ganz klein, und man ist letztlich zurückgeworfen auf das, was wirklich zählt.«

Daisy hob eine Kastanie auf, die vor ihr im Kies lag, und drehte das glänzende braune Ding nachdenklich in ihrer Hand. »Ich habe Angst«, sagte sie leise. »Um Freddie, um meine Söhne. Um alles, was wir bisher kannten und was unser Leben ausgemacht hat. Augusta, ehe dieser Krieg zu Ende geht, wird er die meisten Herrscher Europas von ihrem Thron gefegt haben!«

Augusta blinzelte in die Sonne. »Ich bin eine alte Frau. Ich werde das wohl nicht mehr erleben. Und wir Frauen können am Krieg sowieso nichts ändern. Das war schon immer so …« Sie seufzte.

»Doch«, entgegnete Daisy heftig. »Wir können tun, was in unserer Macht steht. Auch wenn es nicht viel ist. Verwundete pflegen. Kriegsgefangene betreuen … ich bekomme fast täglich Briefe aus England, in denen Freunde oder Verwandte von mir um Nachricht über ihre Liebsten bitten.«

»Oh, das geht mir genauso. Erst heute erhielt ich über die amerikanische Botschaft die flehentliche Bitte, mich um den Verbleib von Robin Grey zu erkundigen. Sie kennen ihn doch? Er soll angeblich im Kriegsgefangenenlager Döberitz sein. Seine Frau ist schwanger und stirbt vor Sorge.«

Daisy kannte Robin Grey, er war ein Jugendfreund ihres Bruders und häufiger Gast in Ruthin und Newlands gewesen. Sie hatten damals oft zusammen Klavier gespielt und gesungen. »Der arme Robin. In Döberitz? Ich wusste nicht, dass es dort ein Lager gibt! Das ist doch bei Potsdam, gar nicht weit!«

»Meinen Sie man könnte dem dortigen Kommandanten schreiben?«, überlegte die Großherzogin.

»Schreiben?« Daisy stand auf. »Wir fahren hin! Gleich morgen. Ich habe den Wagen und meinen Chauffeur dabei. Dann können wir auch mit eigenen Augen sehen, wie man die englischen Kriegsgefangenen unterbringt und wie sie behandelt werden. Augusta, das ist zumindest etwas, was wir tun können!«

»Sie werden euch nicht hineinlassen!« Hansel schüttelte heftig den Kopf, als Daisy ihm am Abend ihre Pläne mitteilte. »Besuche dort sind verboten.«

»Aber warum denn? Wir tun doch nichts Böses! Zwei Frauen, die Kriegsgefangene besuchen …« Daisy wollte nicht kleinbeigeben.

»Das könnte Ihnen schlecht ausgelegt werden, Mylady.« Auch Joschi war skeptisch. »Sie haben ja selber erzählt, dass man Sie überall mit Misstrauen beäugt.«

»Wer soll schon davon erfahren? Und wenn man uns nicht hineinlässt, kehren wir eben um.«

»Vater wird das nicht gefallen«, meinte Hansel missmutig.

»Wenn dein Vater in Gefangenschaft geriete, würdest du auch wissen wollen, ob es ihm gutgeht, oder?«

Hansel legte den Kopf schief. »Ja, schon, aber …«

»Na, also!«

»Ich komme mit«, sagte Joschi. Es war schließlich seine Aufgabe als Leibjäger, die Fürstin zu beschützen.

Daisy wehrte ab. »Das wird nicht nötig sein. Nur wir zwei Frauen, das genügt.« Sie zwinkerte Joschi zu. »Schließlich fahren wir ja nicht an die Front.«

Am nächsten Tag bestellte Daisy ihren Fahrer gleich nach Dienstende um halb fünf Uhr ans Lazarett. Vorher hatte Waton die Großherzogin vom Hotel Adlon abgeholt; sie saß schon im

Fond, angetan mit einer dicken Autobrille und einem Hut, der mittels eines Schleiertuchs festgebunden war. Neben sich auf dem Sitz hatte sie ein großes Paket.

Döberitz lag acht Meilen westlich von Berlin, und die Fahrt dauerte nicht lange. Als sie das stacheldrahtumzäunte Lager erreichten, wurden sie vom Wachposten angehalten. Der Soldat salutierte. »Haben die Damen eine Besuchsgenehmigung?

Die Großherzogin richtete sich gebieterisch auf, sah den schlaksigen Wachhabenden mit zusammengekniffenen Augen an und sagte barsch: »Junger Mann, lassen Sie uns durch!«

»Großherzogin Augusta von Mecklenburg-Strelitz und Fürstin Daisy von Pless«, ergänzte Daisy.

Der Soldat schien zwar beeindruckt von den hochherrschaftlichen Namen, aber er hatte seine Anweisungen. »Ich brauche ein Dokument, sonst kann ich Sie nicht durchlassen. Hier ist der Zutritt strengstens verboten.« Die beiden Frauen sahen sich an. Sollte der Ausflug schon zu Ende sein? So kurz vor dem Ziel? Daisy versuchte es noch einmal. »Wir haben mündliche Erlaubnis vom Kriegsministerium.«

»Das kann ich leider nicht akzeptieren.«

Sie setzte alles auf eine Karte. »Wie heißen Sie, Soldat?«, fragte sie mit überheblicher Miene.

»Gefreiter Pretzke, Waldemar!« Der junge Mann stand stramm.

»Hören Sie, junger Mann. Mein Gatte ist Flügeladjutant des Kaisers im Großen Hauptquartier. Er erwartet von mir einen Bericht über die Unterbringung der englischen Kriegsgefangenen in diesem Lager. Wenn er erfährt, dass Sie mich am Zutritt gehindert haben, wird er nicht erfreut sein. Im Übrigen müssten Sie doch wissen, dass ich als Rot-Kreuz-Schwester ohnehin zugangsberechtigt bin. Das Rote Kreuz hat schließlich Zutritt zu allen Gefangenenlagern.« Ob das so war, wusste sie nicht, aber sie pokerte einfach.

Der junge Soldat sah die Fürstenkrone am Automobil und die Schwesterntracht, die Daisy immer noch trug. Er kratzte sich am Kinn. »Ich weiß nicht …«

»Fahren Sie zu, Waton«, sagte Daisy.

Und Waton fuhr.

Das Lager war nichts als ein großes Feld, auf dem einige langgezogene Baracken standen. Überall sahen sie englische Soldaten in schäbigen Uniformen, von denen die Rangabzeichen entfernt worden waren. Viele trugen Verbände oder gingen am Stock, manche waren augenscheinlich unverletzt. Zu Daisys Erleichterung sahen sie nicht verwahrlost aus und wirkten auch nicht unterernährt. Nichts wies auf eine schlechte Behandlung hin. Zwischen den Soldaten patrouillierten Wachleute mit geschulterten Bajonetten; einer führte einen großen Wolfshund.

Sie hielten auf einem offenen Platz zwischen den Baracken an und stiegen aus. Die ersten Gefangenen wagten sich zögernd heran. Als Daisy und Augusta sie auf Englisch ansprachen, begannen die Männer zu strahlen. Im Nu war der Wagen von einer aufgeregten Menge umringt. Alles drängte sich um die beiden Besucherinnen, die nun aus dem von der Großherzogin mitgebrachten Karton Zigaretten und Schokolade verteilten.

»Wie behandelt man Sie?«, fragte die Großherzogin.

»Ordentlich«, antwortete ein Mann, der sich als Leutnant Whittier vorstellte. »Wir bekommen anständig zu essen, die Verwundeten werden versorgt.»

»Aber wir dürfen nicht schreiben«, rief ein rothaariger junger Kerl mit Kopfverband.

Die anderen pflichteten ihm bei.

»Ladys«, sagte ein älterer Soldat, dessen linkes Auge unter einer schwarzen Klappe verborgen war, »unsere Familien wissen nicht, wo wir sind und ob wir noch leben. Wäre es möglich, dass

Sie ihnen Nachricht zukommen lassen? Wir alle wären Ihnen sehr verbunden.«

»Das ist doch verboten«, warnte ein junger Mann mit dem Arm in der Schlinge. »Das kannst du von den Damen nicht verlangen!«

»Bitte«, rief einer, »meine alten Eltern sorgen sich zu Tode!«

»Ja, meine Frau auch!«

»Meine Mutter lebt in Stoke-on-Trent, Grocery Lane 8!«

»Angela Biddings, Southampton, Haymarket 12!«

»Familie Tanner, Birmingham, Lime Street 35!«

»Die Richardsons, St. Mary Meadows!«

Alles redete durcheinander. Daisy sah die hoffnungsvollen Gesichter, die leuchtenden Augen. Sie blickte sich um. Der Pulk von Gefangenen, der sie umgab, ließ nicht zu, dass die deutschen Wachsoldaten etwas mitbekamen. »Schnell«, sagte sie und gab den Männern Zettel und Bleistift. »Schreiben Sie Ihre Namen und die Anschriften Ihrer Familien in England auf«, sagte sie. »Wir werden Ihre Lieben benachrichtigen.«

»Was ist hier los?« Ein deutscher Offizier drängte sich durch die Menge, gefolgt von vier bewaffneten Wachen. »Haben Sie eine Genehmigung?«

»Nein, Herr Oberst«, sagte Daisy. »Aber …«

»Weisen Sie sich aus!«

Daisy, die Großherzogin und Chauffeur Waton zeigten ihre vorsorglich mitgebrachten Papiere. Der Oberst runzelte die Stirn, als er sah, welch prominenten Besuch er da hatte. Das würde Ärger geben. »Was Sie hier tun, ist nicht gestattet, meine Damen«, schnappte er. »Verlassen Sie sofort das Gelände.«

»Wir haben nichts Unrechtes getan«, erwiderte Daisy wütend. »Oder haben Sie hier etwas zu verheimlichen?«

Der Oberst lief rot an. »Ich werde hierüber Meldung erstatten, Fürstin. Steigen Sie jetzt sofort ein, oder wollen Sie, dass ich Sie verhaften lasse?«

»Das wird nicht nötig sein«, sagte die Großherzogin.

Sie stiegen in den Wagen, Waton ließ den Motor an, und sie fuhren durch das Tor nach draußen.

Augusta war aufgebracht. »Da wird man behandelt wie ein Verbrecher, nur weil man sich um Kriegsgefangene kümmert. Empörend ist das!«

»Ich verstehe nicht, was sie verbergen wollen«, meinte Daisy niedergeschlagen. »Man würde doch wollen, dass mit deutschen Kriegsgefangenen auch anständig verfahren wird.« Sie nahm ihr Schwesternhäubchen ab, das im Eifer des Gefechts verrutscht war. »Ich hätte den armen Kerlen so gerne geholfen«, seufzte sie.

Da drehte Waton sich um und hielt ihr grinsend ein zerknülltes Stück Papier hin. Sie nahm es und glättete es auf ihrem Schoß – da standen, hastig hingekritzelt, fast dreißig Namen und Adressen. Einer der letzten war Robin Grey.

»Gott segne Sie, Waton«, lächelte sie. »Und jetzt schnell nach Hause. Wir haben zu tun.«

....

Berliner Neueste Nachrichten, 9. Oktober 1914

ENGLISCHE FÜRSTIN EINE SPIONIN?

Am gestrigen Tage um 17½ Uhr fuhr die aus England gebürtige Fürstin Daisy von Pless zum Kriegsgefangenenlager Döberitz. Unter Vorspiegelung falscher Tatsachen drang sie in das Lager ein und verteilte dort Geschenke an die Gefangenen. Es gelang ihr, ohne Bewachung mit den Inhaftierten wichtige Nachrichten auszutauschen. Es liegt nahe, die Fürstin der Spionage für ihr Heimatland zu verdächtigen. Eine Untersuchung der unverfrorenen Aktion ist bereits angeordnet …

....

Vossische Zeitung, 10. Oktober 1914

SCHWERREICHE FÜRSTIN VON PLESS IM VERDACHT DES LANDESVERRATS

Wie unser Blatt soeben erfahren hat, ist die schlesische Fürstin Daisy von Pless, eine gebürtige Engländerin, verbotenerweise in ein deutsches Kriegsgefangenenlager bei Berlin eingedrungen. Aus einem mitgeführten, vollbeladenen Lastwagen verteilte sie Rebhühner, Zigaretten und Schokolade an die englischen Gefangenen. Mindestens eine halbe Stunde lang konnte sie mit den Engländern unbeaufsichtigt Informationen austauschen. Nach dieser dreisten Spionage-Aktion fuhr die Fürstin unbehelligt nach Berlin zurück. Polizeiliche Maßnahmen stehen noch aus …

....

Breslauer Nachrichten, 11. Oktober 1914

SKANDAL: FÜRSTIN VON PLESS ALS SPIONIN ENTTARNT!

Ungeheuerliche Neuigkeiten treffen aus Berlin ein: Am 8. Oktober verschaffte sich die Fürstin Daisy von Pless unter Vorspiegelung falscher Tatsachen als »Vorsteherin des Roten Kreuzes« Zugang zum Gefangenenlager Döberitz bei Berlin. Hier verteilte sie aus einem mitgeführten Lastkraftwagen gebratene Wachteln und Rebhühner sowie Pralinés und Zigaretten an die englischen Kriegsgefangenen. Ungestört konnte sie dabei kriegswichtige Informationen sammeln, die sie nach ihrer Rückkehr an die Geheimdienste ihres Heimatlands England weitergab. Die Verhaftung der Fürstin steht unmittelbar bevor …

....

Daisy erzählt

Von Döberitz aus ließ ich mich geradewegs ins Hotel fahren, beschwingt und glücklich über unseren Erfolg. Zusammen mit Missy machte ich mich noch am selben Abend an die Arbeit. Wir schrieben mit Feuereifer, jede englische Familie bekam einen kurzen Brief, in dem sie darüber informiert wurde, dass ihr Angehöriger am Leben war und sich in Döberitz befand. Am nächsten Morgen brachte Waton die Briefe zur amerikanischen Botschaft. Ich war stolz auf mich. In diesem unseligen Krieg hatte ich etwas Sinnvolles, etwas Gutes bewirkt.

Zwei Tage später ging ich wie immer zum Frühstücken in den Speisesaal. Kaum hatte ich Platz genommen, sah mich der ältere Herr am nächsten Tisch mit Abscheu im Blick an, warf seine Serviette hin, stand auf und ging. Das Paar neben ihm steckte die Köpfe zusammen und tuschelte, dann erhoben auch sie sich. Die Dame sagte etwas, wovon ich nur »unerhört!« verstand, und eilte zur Tür, ihr dicker Gatte stapfte wie eine Dampfwalze an meinem Tisch vorbei und warf beinahe mein Teekännchen um. Ich konnte mir keinen Reim auf das Ganze machen, und so frühstückte ich einfach zu Ende und ging dann wieder hinauf in meine Etage. Dort empfing mich ganz aufgeregt Emma Kollischan. »Du liebe Güte«, rief sie händeringend. »Kindchen, was haben Sie da bloß angestellt?«

Noch bevor ich fragen konnte, was los war, hielt mir Joschi wortlos die Zeitung hin. Ich las die Schlagzeile und erschrak zu Tode. »Spionage«, stand da. »Fürstin von Pless begeht Landesverrat«. Ich musste mich setzen.

Bolko krabbelte auf meinen Schoß. »Mummilie, bist du krank?«, fragte er, als er sah, wie blass ich war.

»Nein, nein, Babylie«, sagte ich. »Ich bin nur ein bisschen müde. Am besten, du gehst mit Oma Kollischan alleine in den Park, und ich lege mich ein Stündchen hin.«

Emma verstand sofort und nahm mir Bolko ab. »Komm, Büble, wir gehen zu den Eichkätzchen.«

»Ich hab dir gesagt, dass du nicht nach Döberitz fahren sollst!« Hansel trat aus seinem Zimmer, seine Augen blitzten zornig. »Aber du musst ja immer deinen Kopf durchsetzen, Mutter! Es ist dir ganz egal, wie ich vor meinen Kameraden dastehe! Was soll ich denen nur sagen?«

Daisy war, als höre sie Hans reden. »Sag, dass ich Gefangene besucht habe, weiter nichts, und dass alles andere Lüge ist.«

Hansel schnaubte, dann knöpfte er seine Uniform zu und ging zur Tür, wo der Chauffeur ihn schon erwartete. »Das wird Vater verdammt wütend machen«, sagte er beim Hinausgehen.

O Gott, dachte ich. Wütend? Er wird toben!

Ich schickte Joschi zum Bahnhof mit dem Auftrag, alle Zeitungen zu kaufen, die es dort gab. Nach einer Stunde war er zurück und legte mir den ganzen Stapel auf den Schreibtisch.

Es war noch schlimmer, als ich befürchtet hatte. Mein Besuch in Döberitz stand in allen Blättern, mit den schlimmsten Übertreibungen. Der Kommandant des Lagers hatte offenbar einen Bericht über die Angelegenheit verfasst, der voller Unwahrheiten war – er konnte ja schlecht zugeben, dass ich ohne große Umstände ins Lager gelangt und für kurze Zeit alleine mit den Gefangenen war. Dieser Bericht kursierte seit gestern in ganz Berlin. Warum dies alles nur mir angelastet wurde und die Großherzogin mit keinem Wort erwähnt wurde, weiß ich nicht. Vielleicht war es ihrem hohen Alter geschuldet. Jedenfalls betraf der Riesenskandal, den die Presse veranstaltete, nur mich allein, und ich war für Augusta froh. Ich rief sie über das Hoteltelefon an und riet ihr, Berlin am besten sofort zu verlassen und nach

Hause zu fahren. In Neustrelitz war sie besser aufgehoben, falls noch herauskommen sollte, dass sie in Döberitz dabei war.

Dann schrieb ich Briefe, Nachrichten und Telegramme. Ich beschwerte mich bei den Zeitungen. Ich schrieb an Hans und erzählte ihm alles, genau so, wie es sich abgespielt hatte. »Es ist ungeheuerlich, dass man mir Spionage vorwirft«, schrieb ich. »Ich schwöre Dir, ich habe nichts Unrechtes getan.« Ich schrieb an General von Kessel und beschwerte mich über den Lagerkommandanten und seinen Rapport. »Dass eine Nichtigkeit auf diese Weise zur Staatsaffäre wird, ist unsäglich«, so formulierte ich. »Ich werde mich beim Kaiser höchstpersönlich beschweren.«

Am nächsten Morgen verließ ich wie immer um halb sieben das Bristol, um mich von Waton zur Arbeit im Lazarett fahren zu lassen. Ich trug meine Schwesterntracht unter dem Mantel und hatte schon das Häubchen auf. Kaum war ich durch die Tür getreten, wurde ich durch Blitze geblendet, Männer drängten auf mich zu, riefen: »Hallo, sehen Sie hierher, Fürstin!« oder »Was sagen Sie zu den Vorwürfen?« oder »Sind Sie eine Spionin, Madame?« Ich prallte zurück, hob die Hände vor mein Gesicht. »Lassen Sie mich«, rief ich, »ich sage gar nichts!« Die Männer versperrten mir den Weg zum Automobil, wurden immer zudringlicher. Ich wusste nicht mehr, was ich tun sollte. Zurück ins Hotel? Da waren auch schon Leute. Dann war Gott sei Dank Joschi da. Er legte den Arm um mich, bahnte mir den Weg zum Wagen und schirmte mich beim Einsteigen ab. »Schnell, fahren Sie los!«, rief ich Waton zu. Mit quietschenden Reifen rasten wir davon.

Als ich das Lazarett betrat, eilte mir schon Professor Küster entgegen. »Fürstin«, sagte er, »ich bedaure das zutiefst, aber ich denke, es ist besser, wenn Sie für eine Weile Urlaub nehmen.«

Ich konnte nicht mehr auf die Straße gehen. In Berlin begann eine richtiggehende Spionagehysterie, die sich in Windeseile ausbreitete. In Breslau, so erfuhr ich, gab es Demonstrationen auf dem Ring, in Frankfurt hatte man einen englischen Börsenmakler auf offener Straße verprügelt. Ich hatte Angst um Bolko und ließ ihn nicht mehr in den Park. Und ich hatte Angst vor Hans' Antwort auf meinen Brief.

Sie kam prompt, in Form eines Telegramms. »BIST DU WAHNSINNIG?«, hieß es da. »Hast Du vergessen, dass wir uns im Krieg mit England befinden? Du verlässt ab sofort dein Hotel nicht mehr und sprichst mit niemandem, bis ich es Dir erlaube!«

Tags darauf kam ein Brief, schon gemäßigter im Tonfall. »Dein Verhalten kann ich nicht billigen, Daisy, es war eine riesengroße Dummheit. Und diese Dummheit fällt auf mich und die ganze Familie zurück, was mich sehr wütend macht. Aber Dir Spionage zu unterstellen, das geht nun wirklich zu weit. Du wirst nichts selber unternehmen, bevor diese Geschichte aus der Welt geschafft ist. Du wirst auf keinen Fall mit der Presse sprechen und Dich unauffällig und ruhig verhalten. Du wirst unter keinen Umständen Dich persönlich an den Kaiser wenden! Er ist schrecklich nervös, und es wird immer schlimmer, je länger der Krieg dauert. Ich kümmere mich um alles.«

Ich war erleichtert. Hans war wütend, aber er hielt zu mir. Zwei Tage später telegraphierte er, dass er den Rapport des Lagerkommandanten inzwischen in Kopie erhalten hatte und bei guter Gelegenheit mit dem Kaiser reden wolle. Ich solle derweil an Generaloberst von Plessen schreiben und eine offizielle Untersuchung fordern. Was ich auch tat.

Die Antwort erhielt ich postwendend: »Ich habe die Ehre, ganz ergebenst mitzuteilen, dass ich nicht in der Lage bin, eine offizielle Untersuchung anzuordnen, wie Euer Durchlaucht wünschen. Ich stelle ergebenst anheim, die Richtigstellung dieser Sache Seiner Durchlaucht, dem Fürsten, Ihrem edlen Gatten, zu überlassen.« Ich kochte. Musste ich mir das bieten lassen von einem alten, rückständigen, frauenverachtenden Pickelhaubenpopanz, den man vor dem Krieg nur empfing, weil man musste? Ich wandte mich an Prinz Eitel Friedrich, den zweiten Sohn des Kaisers, der mich immer verehrt hatte. Er riet mir, eine Stellungnahme zu verfassen und an Plessen zu schicken, was ich denn auch tat. Schließlich forderte Hans an meiner statt eine offizielle Untersuchung, diesmal mit Erfolg. Er sagte, er habe mit dem Kaiser gesprochen. Wilhelm habe die Sache bedauert und sich zuversichtlich geäußert, dass meine Ehre wieder hergestellt werden würde. Ich atmete auf. Der Kaiser war mein Freund. Und alles würde sich klären.

Inzwischen wurde ich bewacht – Joschi hatte entdeckt, dass unten im Foyer zwei Herren vom Geheimdienst Posten bezogen hatten –, und meine Korrespondenz wurde geöffnet. Briefe kamen aufgeschlitzt an, viele wurden ganz offensichtlich zurückgehalten oder gar vernichtet. Dann erhielt ich ein Entlassungsschreiben des Tempelhofer Lazaretts. Ich war am Boden zerstört. In den Zeitungen standen die unerhörtesten Dinge. Ich habe mit dem dänischen Gesandten Graf Moltke diniert, der einmal im französischen Heer gedient hatte, und ihm Angriffspläne für die Westfront verraten. Das mit dem Diner stimmte sogar, Moltke war ein alter Freund. Aber wir hatten lediglich über gemeinsame Bekannte und Moltkes letzte Reise nach Ägypten geplaudert. Dann hieß es, in den Jahren vor dem Krieg sei ich immerfort zwischen England und Deutschland hin- und hergereist. Natürlich! Genauso wie viele andere Adelige, die Freunde und Verwandte auf der Insel hatten. Und das Absurdeste: Ich habe, nachdem mein englischer Obergärtner Todd in Fürstenstein verstorben sei, in seinem Sarg geheime militärische Dokumente schmuggeln lassen, als dieser in seine Heimat überführt wurde. Ich telegraphierte sofort nach Fürstenstein – natürlich erfreute sich der brave Mr. Todd bester Gesundheit und kümmerte sich wie immer mit Hingabe um meine geliebten Rhododendronplantagen! Was jeder unschwer hätte herausfinden können. In manchen Blättern hieß es sogar, ich sei verhaftet worden, andere behaupteten ganz im Ernst, mein eigener Mann habe mich als Spionin erschossen und sich danach selbst gerichtet. Es wurde immer unglaublicher. Den Verleumdungen waren keine Grenzen gesetzt.

Gegen Ende des Monats Oktober besuchte mich schließlich der alte General von Boehm. Er setzte sich auf ein Fauteuil, wischte mit dem Taschentuch über seine Glatze und meinte: »Was ich Ihnen zu sagen habe, Fürstin, ist nicht angenehm.«

»Bitte, Herr General, das macht nichts. Ich habe mich in letzter Zeit an Unannehmlichkeiten gewöhnt.«

»Ich habe Ihnen auszurichten, dass Sie Berlin sofort verlassen müssen.«

Ich schnappte nach Luft. »Aus welchem Grund?«, fragte ich.

»Ich kann Ihnen nichts Näheres sagen«, entgegnete er und sah mich mit bedauerndem Schulterzucken an. »Und ich versichere Ihnen, dass mir das alles äußerst unangenehm ist.«

»Ich verlange eine schriftliche Anordnung«, sagte ich mit eisiger Stimme.

Er zog ein Dokument aus der Innentasche seiner Uniformjacke und legte es vor mir auf den Tisch. Dann verabschiedete er sich unter vielen Förmlichkeiten.

Ich fühlte mich, als sei ich in einen Mahlstrom geraten, der mich immer weiter nach unten zog. An Freddie wagte ich nicht zu schreiben, solange meine Post zensiert wurde; es war zu gefährlich. Ich war ganz allein. Und Hans hatte mir bisher nicht wirklich helfen können. Was konnte ich nur tun? Aufgewühlt und verzweifelt, wie ich war, beschloss ich, mich trotz Hans' Verbot an den Kaiser zu wenden. Er konnte doch nicht zulassen, dass man mich wie eine Verbrecherin in die Verbannung schickte! Ich setzte mich hin und schrieb:

»Euer Majestät, Sire! Soeben war General von Boehm bei mir und erklärte, ich habe auf höheren Befehl hin Berlin innerhalb von drei Tagen zu verlassen und mich bis zum Ende des Krieges in Fürstenstein aufzuhalten. Ich werde aber in Berlin bleiben, bis ich einen Befehl von Eurer Majestät selber erhalte. In all den Jahren bin ich Eurer Majestät treue Untertanin gewesen, nicht nur durch meine Heirat, sondern auch mit dem Herzen und mit jedem Wort, das ich jemals vor oder während dieses Krieges gesagt oder geschrieben habe, und Sie wissen das, Sire. Euer Majestät können mit mir machen, was Eure Majestät wünschen, aber nichts wird mich dazu bringen, Berlin zu verlassen, wo meine Kinder sind, bis der Ausweisungsbefehl von Eurer Majestät bestätigt wird. So ehrenhaft, wie ich mich immer verhalten habe, lasse ich mich nicht wie eine Spionin behandeln! Ich erwarte die Befehle Eurer Majestät. Ihre treue, ergebene Untertanin Daisy von Pless.«

Es kam keine Antwort. Mich packte die Angst. Ließ Wilhelm mich fallen? Wilhelm, der mir so viel von sich anvertraut hatte, der immer mein Freund gewesen war? Ich fühlte mich hilflos und verloren. Wo gehörte ich denn noch hin? Nach England konnte ich nicht, solange der Krieg dauerte, und in Deutschland galt ich als Verräterin!

Dann stand der Hoteldirektor vor meiner Tür und legte mir unter vielen Katzbuckeleien und Ausflüchten nahe, das Haus zu verlassen, da immer mehr seiner Gäste sich daran störten, mit mir unter einem Dach zu wohnen. »Ich bedaure unendlich«, flötete er, »aber ich hoffe auf Euer Durchlaucht gütigstes Verständnis.«

Ich war verzweifelt, aber in mir war auch der alte Trotz wiedererwacht. Ich wollte um nichts in der Welt aus Berlin fort. Es wäre mir wie ein Schuldeingeständnis vorgekommen. Joschi mietete unter seinem eigenen Namen in der Nähe des Kurfürstendamms eine möblierte Wohnung, wo ich mit Bolko und allen anderen einzog. Hansel nahm auf eigenen Wunsch hin Unterkunft in der Kaserne. Er war immer noch wütend auf mich. Ich konnte ihn einfach nicht erreichen, ihm nicht nahekommen. Es war eine der traurigsten Erfahrungen für mich in dieser schwierigen Zeit, dass mein eigener Sohn mich ablehnte.

Es wurde November, und Berlin schien mir grauer als jemals zuvor. Wir hatten jeden Tag Nieselregen, es war kalt, und ich fühlte mich einsam. Ich wagte mich nicht aus der Wohnung, Ich schrieb auch an niemanden mehr außer an Hans, um meine Freunde nicht zu kompromittieren. Meine einzige Verbindung zum Leben da draußen waren die Zeitungen, die mir Joschi jeden Tag brachte. Der Krieg dauerte an. Die Euphorie, die in den strahlenden Augusttagen die ins Feld ziehenden Soldaten begleitet hatte, die Hoffnung, dass »wir alle zu Weihnachten wieder zu Hause sind«, war einer nachdenklichen Stimmung gewichen. Den rasch aufeinanderfolgenden, mit großer Begeisterung aufgenommenen Siegesmeldungen von der Westfront folgte nach der verheerenden Marneschlacht, die Paris entsetzt hatte, die Ernüchterung. Die deutsche Armee kam keinen Schritt mehr vorwärts. Die gesamte Westfront erstarrte im Stellungskrieg. Zur gleichen Zeit setzte sich an der Ostfront die »russische Dampfwalze« in Bewegung. Ein Großangriff auf Posen und Schlesien konnte aber durch die Schlachten bei Lodz und Lowicz aufgehalten werden. Im Dezember schienen auch die Fronten im Osten erstarrt.

Hans telegraphierte, er sei im Hauptquartier unabkömmlich und käme nicht zum Weihnachtsfest nach Hause. Vom Fortgang meiner Untersuchung wusste er nichts, seine Anfragen waren unbeantwortet geblieben. Mir blieb nichts, als Warten, Warten, Warten. Es war zum Verrücktwerden. Und dann, eines Vormittags, als Bolko mit seiner Nanny und Emma Negrita ausführte und Joschi seinen Bruder besuchte, hielt es mich nicht länger drinnen.

Ich zog meinen einfachsten Mantel an und drapierte noch ein Tuch um meine Pelzmütze, um mein Gesicht möglichst zu verbergen. Inzwischen waren die Meldungen über mich in den Zeitungen weniger geworden, und ich glaubte auch nicht, dass mich jemand in dieser Gegend der Stadt erkennen würde. Mein Plan war, im Kaufhaus des Westens Weihnachtsgeschenke zu kaufen. Bolko freute sich so sehr auf das Christkind und wünschte sich ein neues Schaukelpferd – das alte, das schon seine Brüder benutzt hatten, war im Sommer zu Bruch gegangen. Waton hatte seinen freien Tag, und das war mir ganz recht, denn ich brauchte ein paar Schritte Bewegung nach der ewigen Herumsitzerei.

Draußen schneite es leicht, winzige Flocken wirbelten schwerelos durch die Luft. Ein Automobil fuhr vorbei und überholte hupend einen geschlossenen Landauer. Die Straßen glänzten nass, und auf dem Trottoir bildeten sich erste Pfützen. Ich trat ins Freie und atmete die frische, kalte Luft in meine Lungen. Überall waren Menschen unterwegs, eingemummelt in Schals und Mäntel kamen sie mir entgegen, gingen achtlos an mir vorbei. Kaum jemand sah auf, niemand kümmerte sich um mich. Es war merkwürdig, so ganz allein durch die Stadt zu gehen. Sonst war ich niemals alleine. Ich spürte die Beschwingtheit einer ganz neuen Freiheit, aber gleichzeitig die Unsicherheit einer ganz neuen Erfahrung. So erreichte ich nach einer Viertelstunde das KaDeWe in der Tauentzienstraße. Ich wollte absichtlich nicht in eines der vornehmen Spielwarengeschäfte, die ich sonst frequentierte. Das Kaufhaus war sicherer.

Im zweiten Stock suchte ich ein rotes Holzpferdchen mit einem Schweif aus echtem Rosshaar aus, dazu eine wunderhübsche Blechlokomotive mit zwei Waggons auf einem runden

Schienenkurs für Lexel. Für Hansel, der natürlich längst zu groß für Spielsachen war, kaufte ich in der Herrenabteilung einen Kamelhaarmantel und dazu die passenden Lederhandschuhe. Alles sollte in die Wohnung geliefert werden. Man behandelte mich beim Kauf nicht ganz so zuvorkommend, wie ich es gewohnt war, aber doch sehr freundlich und höflich.

Zufrieden nahm ich den Aufzug hinunter ins Erdgeschoss. Zwei Damen fuhren mit mir; eine davon musterte mich aufmerksam. Ich zog den Schleier tiefer, und als der Boy die Aufzugtür öffnete, trat ich schnell hinaus. Aber da hörte ich hinter mir schon sagen: »Das ist doch ... die kenne ich doch, das ist ...«

Ich ging nach links und verbarg mich hinter einem Stand für Damenstrümpfe. Doch die Frauen waren mir gefolgt, und eine rief jetzt laut. »Die Fürstin von Pless! Das ist doch die Fürstin von Pless! Die Spionin!«

Menschen hoben die Köpfe, ein Raunen ging durch die Menge, die sich um die Verkaufsinseln scharte.

»Da!«, schrie jemand, »da ist sie!«

Ich begann zu laufen, durch das Eingangsportal, dann nach links auf den Bürgersteig. Hinter mir kamen Leute nach. Ein Tumult entstand. Ich hörte Wortfetzen: »«Daisy von Pless!« – »Die Engländerin!« – »Spionage!« – »Wo ist sie?« – »Da!« – »Da läuft sie!« – »Los, hinterher!«

Ich sah aus dem Augenwinkel, dass fremde Menschen auf mich zuliefen, Männer, Frauen, sogar Kinder. Alle hatten einen bösen Gesichtsausdruck. »Verräterin!«, keifte eine Frauenstimme. »Packt sie!« Panik erfasste mich, ich begann zu schwitzen. Was wollten diese Leute von mir? Ich floh auf die andere Straßenseite, aber sie verfolgten mich immer noch. Ein Blick nach rückwärts – ich sah einen ganzen Pulk von Verfolgern. Dann flog etwas an meinem Kopf vorbei, ein Stein? O Gott! Ich war ganz allein. Ich rannte, so schnell ich mit meinen hohen Absätzen konnte. Ich floh um die nächste Ecke, wusste schon gar nicht mehr, wo ich war. Ich wollte nur weg von dieser Meute, die mich hetzte. Aber die Schritte und die Rufe folgten mir. Um die nächste Ecke, einfach weiter, egal wohin. Nur fort, fort. Ich keuchte, bekam keine Luft mehr. Die eiserne Hand der Angst presste mir Herz und Lunge zusammen. Ich stolperte, fiel hin. Jemand zerrte an meinem Schleier. Hände streckten sich nach mir aus, packten die Enden meines Schals, zogen ihn mir vom Hals. Knüffe und Schläge trafen auf meine Schultern und Arme. Mit einem lauten Schrei taumelte ich wieder hoch, rannte panisch weiter. Ich verlor Schal und Pelzmütze, mein aufgelöstes Haar fiel mir über die Augen, ich sah nichts mehr. In meiner Lunge brannte es wie Feuer. Da packte mich jemand am Arm, riss mich zur Seite, ich schrie auf, fiel, landete unsanft … ja, wo?

Eine Tür schlug zu, plötzlich waren die Schreie des Mobs nur noch gedämpft zu hören. Etwas knatterte, ich wurde von Vibrationen durchgeschüttelt.

Jetzt erst wurde mir klar: Ich war in einem Auto. Ich sah mich um. Vor mir saß ein Mann mit Taximütze. Jetzt drehte er sich zu mir nach hinten und grinste mich unter seiner blauen Kappe verschmitzt an. »Die wärnwa los, wa?«

Ich brachte immer noch keinen Ton heraus, rang nach Luft. Mein Herz raste. »Na, beruhjiense sich erstma«, sagte der Fahrer. Und dann, nach einer Weile: »Wo soll's denn hinjehn, die Dame?«

Ich nannte die Adresse. Zitternd saß ich im Fond, die Hände vors Gesicht geschlagen. So viel Hass! Ich konnte es nicht verstehen. Was hatte ich diesen Leuten getan? Himmel, was hätten sie mit mir gemacht? Ich fühlte mich so elend wie nie zuvor in meinem Leben.

Als wir angekommen waren, drückte ich dem Taxifahrer alles Bargeld in die Hand, das ich noch hatte. »Sie hat der Himmel geschickt«, sagte ich. »Tausend Dank, dass Sie mir geholfen haben.«

»Keene Ursache«, grinste er. »Und jetzt vaschwindense ma flott im Haus, sonst muss ick Ihnen nochma retten.«

Noch am selben Abend verließen wir Berlin. Es war wie eine Flucht. Aber ich hatte einfach keine Kraft mehr. Ich wollte nur noch weg, weg aus diesem Hexenkessel, weg von allem, was mich quälte und verfolgte.

....

Aus dem Untersuchungsbericht zum Besuch der Fürstin Daisy von Pless im Gefangenenlager Döberitz vom 20. Dezember 1914

Durch einen Brief des Oberkommandos vom 10. Oktober 1914 und durch Zeitungsnotizen und Privatbriefe an den Kommandeur wurde bekannt, dass die Fürstin von Pless am Vortag das Lager Döberitz besucht hatte … Die durch das militärische Oberkommando angeordnete Untersuchung konstatierte Folgendes: Eine elegante Dame in Pflegerinnentracht mit den weißen Armbinden des Roten Kreuzes wurde von der Wache ins Lagerinnere durchgelassen … Der Besuch war offenbar nur kurz, sie kann nur eine kleine Menge Geschenke verteilt haben … Die Untersuchung durch Befragen der Gefangenen, ob die Fürstin lange mit ihnen gesprochen und Geschenke verteilt habe oder nicht, hatte ein negatives Ergebnis. Die englischen Gefangenen sind sehr verschlossen und geben keinerlei Auskunft über irgendetwas, das ihrem Lande oder ihren Landsleuten schaden könnte … Abschließend muss vom Vorwurf der Spionage oder gar des Landesverrats Abstand genommen werden.
Gez. General von Löbell

....

Brief Daisys an Freddie

30. Januar 1915

Mein Liebster, mein Welpe, mein Alles!
Heute erst wage ich, Dir zu schreiben, nachdem der große Skandal abgeklungen ist. Ich hoffe, dieser Brief erreicht Dich schnell, denn ich sterbe, wenn ich nicht bald Nachricht von Dir bekomme! So viele Wochen ohne liebe Zeilen von Dir! Wenigstens konnte Dir Deine Großmutter alles über die letzten beiden Monate schreiben, so weißt Du jetzt auch, dass mein Ruf offiziell wiederhergestellt ist. Dennoch stehe ich nach wie vor unter Beobachtung. Ich darf meinen Aufenthaltsort nicht wechseln ohne Genehmigung der Militärbehörden, und immer noch erhalte ich kaum Post oder wenn, dann geöffnet. Freddie, diese Rehabilitation ist nichts wert! Es ist alles eine solche Ungerechtigkeit!

Die Wochen vor Weihnachten waren ein einziger Alptraum. Ich konnte diese verdammte Stadt keine Sekunde länger ertragen, und so habe ich noch vor meiner offiziellen Entlastung Berlin den Rücken gekehrt. Wie eine Verbrecherin bin ich bei Nacht und Nebel aus der Hauptstadt geflohen.

In Fürstenstein konnte ich endlich meinen Lexel wieder in die Arme schließen. Er hat seine Aufnahmeprüfung ins Internat glänzend bestanden, denk dir! – aber sein Vater hat zwischenzeitlich verfügt, dass er nicht mehr dorthin darf, weil die Schule als anglophil bekannt ist. Lexel war furchtbar enttäuscht, ich habe ihn getröstet, so gut es ging. Alle waren wir bedrückt und niedergeschlagen, nicht einmal die Nachricht über meine offizielle Rehabilitierung konnte daran viel ändern. Wir haben ein stilles, Weihnachten ohne Glanz und Prachtentfaltung gefeiert, nur ich und die Kinder und die engste Dienerschaft. Wir standen vor dem kleinen Weihnachtsbaum, san-

gen die alten Lieder und wünschten, dass der Krieg aufhören möge. Ich musste dauernd an die Soldaten an der Front denken, die fern der Heimat ein trauriges Fest hatten. Vor allem an einen habe ich ohne Unterlass gedacht: Dich! O mein Liebster, jeden Tag bete ich, dass es Dir gutgeht und dass Gott Dich beschützen möge auf all Deinen Wegen. Wann sehen wir uns nur wieder? Ich weiß von Deiner Großmutter, dass Du zu Weihnachten keinen Urlaub bekommen hast, aber dass Du wenigstens immer noch im Großen Hauptquartier bist und nicht im Kampfgebiet.

In den letzten Wochen habe ich viel nachgedacht. Ich habe in Berlin so viel Hass, Verdacht und Bösartigkeit ertragen müssen, von Wildfremden, aber auch von Leuten, die ich für Freunde gehalten habe. Nie hätte ich geglaubt, dass es so weit kommen könnte. Dass ich nach all den Jahren als Fremde, als Feindin behandelt würde! Dass man an meiner Loyalität zweifeln würde! Gott, wie naiv bin ich gewesen! Ich habe mir ernsthaft überlegt, ob es nicht das Beste sei, mich in einen kleinen, obskuren Ort zurückzuziehen, so wie Partenkirchen hier, und einfach gar nichts mehr zu tun. Aber dann ist mein alter Trotz erwacht. Nein. Ich werde in diesem Krieg nicht untätig bleiben! Ich werde alles tun für die Soldaten beider Seiten, für die Kriegsgefangenen beider Seiten, niemand soll mich davon abhalten. Wenn die Männer kämpfen, müssen die Frauen das Ihrige tun und das Leid aller lindern. Ich weiß, mein Herz, dass Du genauso denkst!

Also habe ich mich von weiteren sieben meiner Perlen getrennt, um den Umbau des Hotels in Salzbrunn zum Lazarett zu bezahlen. Anschließend habe ich mit Mizzi und Viktor Ratibor vom Roten Kreuz Verbindung aufgenommen und die Zusage erhalten, dass man dort die Betriebskosten übernehmen würde. So kann Hans nun nichts mehr dagegen haben; mit dem Herzog von Ratibor wird er sich nicht anlegen. Ich habe schon die Schlüssel an die örtlichen Vertreter der

Organisation übergeben und dem Hoteldirektor befohlen, in zwei Wochen zu schließen. Auch für Kunzendorf habe ich ähnliche Pläne, doch das wird noch dauern.

Jetzt sind wir alle gemütlich in der Villa Gibson, und ich schöpfe wieder Kraft nach der schrecklichen Zeit in Berlin. Es ist gut, wieder zur Ruhe zu kommen. Auch Bolko geht es hier sichtlich besser, er hatte in den letzten Wochen wieder ein paar Mal blaue Lippen, da tut die Bergluft gut. Und dann, gestern, erhielt ich ein Schreiben von General von Löwenstein aus Berlin, das mir lapidar erklärte, ich habe gegen die Auflagen verstoßen – ich hatte nicht einmal gewusst, dass es welche gab. Es stellte sich heraus, dass ich mich innerhalb Deutschlands zukünftig nur noch mit Genehmigung bewegen darf. Man sähe zwar über meine eigenmächtige Reise nach Partenkirchen noch einmal gnädig hinweg, so Löwenstein, ich müsse aber in Zukunft jeden Umzug vorher beantragen. Und auch sonst hat sich an meiner Situation nicht viel geändert: Meine Post wird immer noch überwacht; ich bekomme kaum Briefe, und wenn, dann sind sie geöffnet. Du kannst mir aber postlagernd nach München schreiben. Der gute Joschi holt die Briefe dann dort ab.

Morgen fährt Hansel wieder in seine Kadettenschule nach Berlin, und Lexel nimmt im Waldenburger Gymnasium den Unterricht auf. Ich bleibe mit Bolko noch ein bisschen; eigentlich zieht mich nichts nach Fürstenstein, und ich weiß ohnehin nicht, ob ich die Genehmigung bekäme. Dies hier ist meine kleine Zuflucht, in der ich mich noch am wohlsten fühle. Weißt Du noch, als wir damals unsere Spaziergänge machten? Das muss in einer anderen Welt gewesen sein …

Liebster Welpe, ich vermisse Dich mehr, als ich sagen kann. Ich sehne den Tag herbei, an dem wir uns wiedersehen, an dem ich Dich wieder sehen, küssen, spüren kann. Wenn dieser Krieg vorüber ist, will ich keine Stunde mehr ohne Dich sein, mein Einziger.

Es küsst Dich tausend Mal
Deine sehnsuchtsvolle, traurige Rattie

P. S. Ich schicke Dir diesen Brief wieder über Deine Großmutter. Sie hat mir geschrieben, sie hätte jetzt einen Weg gefunden, dass Du ihn unzensiert bekommst.

....

Partenkirchen, Februar 1915

Es war Aschermittwoch Abend, Bolko war gerade eingeschlafen, als jemand drunten an die Tür klopfte. Gleich darauf hörte Daisy Missy erschrocken »O my goodness!« rufen. Schwere Schritte stürmten die Treppe hoch. Jetzt holen sie mich, war ihr erster Gedanke. Haltung! Sie straffte den Rücken, glättete mit zitternden Fingern ihren Rock, strich sich die Haare aus der Stirn. Dann wurde die Tür aufgerissen und herein kam – Freddie!

»Ich kann nur diese eine Nacht bleiben«, sagte er atemlos. »Dann muss ich wieder zurück.«

Mit einem Schrei stürzte sie sich in seine Arme.

Später lagen sie eng aneinandergeschmiegt auf den zerwühlten Laken. »Musst du wirklich morgen früh schon wieder fort?«, fragte sie.

Er nickte. »Ich habe nur vier Tage Urlaub, und ich musste mich zwangsläufig in Strelitz sehen lassen.«

Sie versuchte ein Lächeln. »Dann dürfen wir heute Nacht nicht schlafen. Ich will jede Sekunde mit dir auskosten.« Sie zog die Decke über Freddies nackte Brust, damit er nicht fror. »Seid ihr immer noch in Charleville? Und glaubst du, dass es noch lange dauert?«

»Ja, und ja.« Er schloss die Augen. »Und wenn es endet, Rattie, dann nicht so, wie wir uns das vorgestellt haben. Weißt du, was Moltke nach der verlorenen Marneschlacht zum Kaiser gesagt hat? ›Majestät, wir haben den Krieg verloren!‹ Dann hatte er einen Nervenzusammenbruch.«

»O Gott.«

»Daraufhin hat Wilhelm Moltke entlassen und Falkenhayn zum Generalstabschef ernannt. Rattie, er wird immer verrückter. Seine Stimmungen wechseln stündlich, man weiß nie, ob er nach einer Meldung einen Tobsuchtsanfall oder einen Weinkrampf bekommt. Er ist oft außer sich, dann brüllt er Dinge wie: ›Tötet so viele von den Schweinen, wie ihr könnt!‹ Er glaubt an einen Talisman, ein Hufeisen, das er gefunden hat und ständig mit sich herumträgt. Nachts macht er mit den Generälen Turnübungen! Sämtliche alten Exzellenzen und Würdenträger lässt er Kniebeugen machen, und wenn sie mit verzerrten Gesichtern sich plagen, hilft er mit Rippenstößen nach. Letzte Woche hat er einem von ihnen mit dem Taschenmesser dabei die Hosenträger durchgeschnitten. Keiner hatte den Mut, nicht zu lachen! Graf Görtz musste sich vor ihm wie ein Derwisch drehen und dabei Tierstimmen nachahmen. Damals in Donaueschingen, als Generalstabschef Hülsen am Herzschlag starb, während er vor dem Kaiser im Tütü Ballett tanzte, da habe ich noch geglaubt, das sei eine einmalige Entgleisung gewesen, eine Feier mit zu viel Schnaps, aber es geht immer öfter so zu! Auf der anderen Seite macht Wilhelm dann wieder sklavisch alles, was ihm seine Generäle einflüstern. Wie soll so ein Krieg gewonnen werden?«

»Was sagen denn die anderen im Hauptquartier?«

Er schüttelte den Kopf. »Ich weiß es nicht. Ich kann mit niemandem reden. Jeder misstraut jedem.«

»Und Hans?«

»Hält sich aus allem raus.«

»Und wie ist die militärische Lage?«

»Meiner Meinung nach verheerend. Nach der Niederlage bei Ypern zieht sich die Front über siebenhundert Kilometer von der Nordsee bis zur Schweizer Grenze. Unsere Soldaten haben sich eingegraben. An manchen Abschnitten liegen die Gräben kaum fünfzig Meter von denen des Feindes entfernt. Ich weiß, dass inzwischen selbst Falkenhayn den Krieg für verloren hält und tatsächlich schon eine Kapitulation vorgeschlagen hat. Natürlich vergeblich. Im Osten haben wir Belgrad wieder verloren, auch da geht nichts vorwärts, derzeit kommen die k.u.k. Verbände gegen die Russen in den Karpaten nicht an.«

»Aber hier hört man nur Siegesmeldungen!«

»Was sonst? Das Volk darf seinen Durchhaltewillen nicht verlieren.«

»Den hat es, weiß Gott.« Daisy fuhr sich müde über die Augen. »Man hört jetzt überall dieses neue Gedicht, kennst du das? ›O Deutschland, jetzt hasse / Geharnischt in Erz / Jedem Feind einen Bajonettstoß ins Herz! / Nimm keinen gefangen! Mach jeden gleich stumm / Schaff zur Wüste den Gürtel der Länder ringsum!‹ Ist das nicht furchtbar?«

Er schlang die Arme um sie und vergrub sein Gesicht in ihrer Halsbeuge. »Ich halte das nicht mehr aus, Rattie. Ich muss weg von Charleville, weg von diesem Irrenhaus.«

»Nein«, sagte sie, »nein. Bleib.« Da bist du sicher, dachte sie. Ich will dich nicht verlieren.

Er hob den Kopf. »Ich habe um meine Versetzung gebeten. Deshalb habe ich den Urlaub bekommen. Übermorgen melde ich mich beim Stab der 17. Division in Noyon an der Front.«

Sie schlug die Hände vors Gesicht. Er nahm sie und zog sie sanft nach unten, sah ihr in die Augen. »Ich weiß, dass du mich verstehst.«

Daisy schloss die Augen und nickte stumm.

Am anderen Morgen bei Sonnenaufgang stand Freddie leise auf und zog Stiefel und Uniform an. Als Daisy erwachte, war er schon fort. Auf seinem Kopfkissen lag ein Zettel. Darauf stand in Freddies klarer, schnörkelloser Schrift: »Gott schütze Dich!«

....

Aus Daisys Tagebuch

Mir scheint, als hätte ich alles nur geträumt. War Freddie wirklich hier und dann gleich wieder fort? Aber dann weiß ich doch, dass es Wirklichkeit war. Ich sehe aus dem Fenster auf die schneebedeckten Gipfel, sehe, wie die Wolken über den tiefblauen Himmel ziehen. Im Garten bauen Joschi und Bolko einen Schneemann, Negrita springt übermütig im tiefen Schnee herum. Es ist ein so friedliches Bild, dass es schmerzt. Auf den kahlen Ästen der Buche unten am Weg sitzt ein ganzer Schwarm Dompfaffen, ihre Bäuche leuchten blutig rot. So rot wie das Blut, das seit einem halben Jahr im Kampf um Vaterländer vergossen wird.

O lieber Gott, ich habe solche Angst! Schütz mir meinen Freddie, schick ihm einen Schutzengel, der ihn mir erhält. Gestern ertappte ich mich bei dem Wunsch, eine Kugel möge ihn treffen, am Arm oder am Bein. So, dass er nicht mehr kämpfen kann. Dass er nach Hause kommen muss. Ich bin ja verrückt …

Heute morgen kam ein lieber Brief von Lexel. Er schreibt, er vermisst seine Mummilie. Und dass es mit seinen Schreibfehlern immer noch nicht besser geworden ist; die Lehrer sagen, das wird sich wohl nie ganz verlieren. Wie unwichtig das ist, vor dem Hintergrund der Katastrophe, die sich in Europa abspielt. Ich bin so froh, dass Lexel erst zehn ist. Er wird in diesem Krieg nicht mehr kämpfen. Und ich bete jeden Tag, das dies auch für Hansel gilt. Er ist mein größter

Kummer. Seit er auf der Kadettenschule ist, finde ich keinen Zugang mehr zu ihm. Er weiß natürlich, wie ich zu diesem Krieg stehe, der doch für ihn nichts als ein großes Abenteuer ist, an dem er so gerne teilhaben würde. Kinder! Sie glauben, im Krieg sterben immer nur die anderen! Manchmal, in Berlin, habe ich seine Ablehnung fast körperlich gespürt. Du bist ja doch nur eine Engländerin, hat er mich einmal angefaucht. Ich bin Engländerin und Deutsche, habe ich geantwortet, und du bist von jedem die Hälfte. Da ist er aus dem Zimmer gestürmt. Ach, mein Hansel. Ich liebe dich doch, du bist doch mein lieber, lieber Sohn. Bald ist deine Konfirmation, und ich weiß noch nicht einmal, ob ich eine Reisegenehmigung für Berlin bekomme, um dabei zu sein. Ich hoffe nur, wir können wieder zusammenfinden, wenn dieser Krieg vorüber ist. Und ich hoffe, dass dein Patriotismus nicht im Kampf auf die Probe gestellt werden wird …

Hans schreibt aus dem Hauptquartier in jedem einzelnen Brief, dass es nun nicht mehr lange dauern wird. Er vermeldet einen Sieg nach dem anderen. Aber ich glaube ihm nicht. Lügt er mich vielleicht absichtlich an? Manchmal glaube ich es fast. Er ahnt natürlich, dass ich mit meiner Familie in England Kontakt halte. Will er über mich Botschaften deutscher Siegesgewissheit senden? Ich traue es ihm zu. Wenn das alles vorüber ist, wird auch unsere Ehe vorbei sein.

Oh, Freddie, mein Welpe, mein Alles! Wie soll ich es aushalten, jeden Tag, dich in dieser Gefahr zu wissen? Ich komme jetzt schon um vor Sorge. Hier zu sitzen und warten zu müssen, das ist die Hölle. Bolko hat auch schon nach Onkel Strelitz gefragt, er möchte so gern mit ihm Schlitten fahren wie im letzten Winter. Ach, jetzt muss ich wieder weinen …

………. ……….

Bei Ypern, April 1915

»Willkommen bei der vierten Armee, Herr Oberst.« Der junge Leutnant salutierte und schlug dabei so zackig die Hacken zusammen, dass der Matsch aufspritzte. »General von Rathen und Generalmajor Ilse erwarten Sie.«

Freddie stieg aus dem grauen Militärwagen, grüßte knapp zurück und folgte dem Leutnant über einen schlammbedeckten Hof zum Haupthaus eines ansehnlichen Gehöfts, das offenbar als Offiziersquartier diente. Der junge Soldat führte ihn durch einen breiten Flur und dann nach links in eine niedrige Stube, die wohl einmal das Wohnzimmer der Bauernfamilie gewesen war. Die Wände waren in hellblauer Farbe gestrichen, an den Fenstern hingen geblümte Vorhänge, ein Kohleofen in der Ecke sorgte für angenehme Wärme. Tabakdunst hing schwer in der Luft. In der Mitte des Raumes stand ein riesiger Tisch, auf dem eine Landkarte ausgebreitet war, darüber gebeugt zwei Männer, von denen sich der eine jetzt aufrichtete und Freddie entgegenkam.

»Ah, Strelitz!«, rief er. »So sieht man sich wieder!«

Von Rathen schüttelte Freddie die Hand. »Generalmajor Ilse kennen Sie ja auch schon von Charleville.«

»Sie sind also der Beobachter, den General Falkenhayn zu uns geschickt hat.« Ilse, ein hochgewachsener Mittdreißiger mit dünnem Zwirbelbart und vorstehendem Adamsapfel, begrüßte Freddie ebenfalls. »Sie kommen grade rechtzeitig. Die Flaschen sind bereits eingegraben.«

»Flaschen?«

»Na, sagen Sie bloß, der alte Falkenhayn hat Sie noch nicht aufgeklärt?« Von Rathen setzte ein Haifischgrinsen auf.

Freddie schüttelte den Kopf. »Es hieß ›höchste Geheimhaltungsstufe‹. Ich weiß nur, dass es um das erste Experiment zur

Anwendung einer neuen Waffe geht, über das ich in Noyon berichten soll.«

»Wohl wahr.« Ilse nickte und hielt Freddie ein Glas Cognac hin. »Wir hoffen, dass wir sie in den nächsten Tagen einsetzen können. Sobald der Wind günstig steht.«

»Um welche Art von Waffe handelt es sich?« Freddie nippte an seinem Cognac und sah die beiden Offiziere erwartungsvoll an.

»Gas«, sagte von Rathen.

Freddies Kehle wurde plötzlich eng. In seinem Kopf überschlugen sich die Gedanken. »Sie meinen – giftiges Gas? Als Kampfmittel?«

»Chlorgas, um genau zu sein. Praliné?« Ilse hielt Freddie lächelnd eine Schachtel Weinbrandbohnen hin.

Um Gottes Willen! Freddie versuchte, sich sein Entsetzen nicht anmerken zu lassen. Da hatte er an einen neuen Granatwerfer oder ein präziser feuerndes Gewehr gedacht – und jetzt das! Mit einem Wink lehnte er das Praliné ab und ergriff stattdessen das Glas Cognac, das von Rathen ihm eingeschenkt hatte. Er trank es auf einmal aus und spürte das vertraute Brennen in der Kehle. Dann sagte er mit belegter Stimme: »Meine Herren, erklären Sie mir das Ganze.«

»Das übernehme ich.« Ein schmächtiger Mann in Zivil war soeben aus dem Nebenzimmer gekommen. Er war fast kahl, trug einen Kneifer und einen sauber gestrählten hellen Schnurrbart.

»Natürlich.« Von Rathen räusperte sich. »Darf ich vorstellen: Professor Haber aus Berlin. Leiter des Kaiser-Wilhelm-Instituts für Chemie. Unser Genie.«

»Na, na, keine Übertreibungen, wenn ich bitten darf«, nuschelte der Professor und reichte Freddie eine weiche, schlaffe Hand. »Am besten, Sie kommen mit nach draußen, Herr Oberst. Ich zeige Ihnen alles.«

Unter einer tiefhängenden Wolkendecke stapften die beiden Männer durch zähen Morast. Vorbei an Unterkünften und Munitionslagern, an Geschützen, Pferdewagen, Rollen von Stacheldraht und verkohlten Resten von Schuppen und Scheunen. Ein Trupp Soldaten in schmutzigen Uniformen kam ihnen entgegen und salutierte beim Anblick von Freddies Rangabzeichen ohne rechte Begeisterung.

»Dort vorn sind schon die Stellungen«, erklärte Haber. »Laufgräben, Palisaden, Unterstände. Sie kennen das.«

Freddie nickte. »Wo liegt der Feind?«

»Ungefähr hundert Meter weiter.«

»Engländer oder Franzosen?«

»Franzosen, soweit ich weiß. Spielt ohnehin keine Rolle. Das Gas wirkt bei allen Menschen gleich.« Der Professor zuckte mit den Schultern.

Sie passierten ein großes Zelt, in dem es aus einer Gulaschkanone dampfte und nach undefinierbarem Essen roch, etliche Soldaten standen davor in einer Reihe, die Essgeschirre in der Hand. Die Männer sahen erschöpft aus. Ein rotgesichtiger Koch schwang die Schöpfkelle und schrie: »Heut gibt's Graupeneintopf, ihr Sauhunde! Und wehe, es beschwert sich einer!«

Sie gingen weiter. »Warum hören wir keinen Gefechtslärm?«, fragte Freddie.

»Stillstand auf beiden Seiten«, antwortete Haber. »Die schießen höchstens ein, zwei Mal am Tag hin und her.« Irgendwann, direkt hinter der vordersten Linie, blieb der Professor stehen und deutete zu Boden. »Hier sehen Sie die erste Flasche, Herr Oberst.«

Aus der aufgegrabenen Erde ragte der obere Teil eines Stahlbehälters; Öffnung und Hahn wiesen in Richtung Niemandsland zwischen den Fronten. In einem Meter Entfernung steckte die nächste Flasche.

»Wie viele insgesamt?«, fragte Freddie.

»Sechstausend, alle fein ordentlich eingegraben. Hundertachtzig Tonnen flüssiges Chlor.«

Freddie schloss kurz die Augen, während Haber weiterdozierte. »Die Substanz Chlor ist ein hochtoxisches Gift, müssen Sie wissen. Aufgrund seiner hohen Dichte ist Chlorgas schwerer als Luft und konzentriert sich deshalb in Bodennähe. Es fällt quasi in die Gräben und Stellungen. Der Soldat kann nicht entkommen. Außerdem, und das fügt sich wunderbar, ist Chlor billig – es fällt als Abfallprodukt der chemischen Industrie an. Die BASF, Hoechst und die anderen sind quasi froh, dass sie es sinnvoll loswerden können.«

Freddie besah sich die Flasche genauer. Oben vorne hatte sie ein Ventil, aus dem das Chlor ausströmen konnte. Und sie war mit einem Kreuz markiert. »Wie wirkt das Gift auf den Menschen?«

»Es reizt die Schleimhäute, führt zu Atemnot, Husten, starker Schleim- und Wasserabsonderung.«

»Es zerstört also die Lunge?«

»Einfach gesagt, ja.«

Freddie atmete einmal tief durch. Die Luft war frisch und kühl und feucht und schmeckte leicht nach Metall, Rauch und aufgebrochener Erde. Wie überall an der Front. Wie würde es sein, wenn man dieses Gas einatmete? »Gibt es keine Art hippokratischen Eid für Chemiker, Herr Professor?«, fragte er.

Haber sah ihn mit gerunzelter Stirn an. »Mein Motto ist: Im Frieden für die Menschheit, im Krieg für das Vaterland«, sagte er mit beleidigter Miene. »Diese neue Waffe wird den Krieg früher beenden.« Es begann zu nieseln; Haber fröstelte und klappte den Kragen seines Mantels hoch. »Lassen Sie uns zurückgehen, Herr Oberst, ich denke, Sie haben gesehen, was Sie sehen sollten.«

Stumm ging Freddie neben dem Chemiker her. »Wie kommt das Gas zum Feind hinüber?«, wollte er schließlich wissen.

»Ganz mühelos: Mit dem Wind. Wenn er richtig steht und stark genug weht. Darauf warten wir seit einer Woche. Dann können wir den Versuchslauf starten.«

»Und wenn der Wind dreht?

»Tja, dann …«

»… erwischt es unsere eigenen Leute?«

Haber zog pikiert die Augenbrauen hoch. »Nichts im Leben ist ohne Risiko, Herr Oberst.«

Zurück im Offiziersquartier verabschiedete sich der Professor, und Freddie gesellte sich wieder zu den anderen.

»Na, Strelitz, was sagen Sie?« Von Rathen schlug ihm gut gelaunt auf die Schulter.

»Ich weiß nicht recht«, sagte Freddie. »Das könnte unsere eigenen Truppen gefährden.«

»Papperlapapp. Das könnte den Krieg an der Westfront innerhalb kürzester Zeit beenden! Stellen Sie sich vor: Erst das Gas, das treibt den Gegner aus der Deckung, führt zu Konfusion und Panik. Dann stoßen wir nach. In Zukunft wird es keine erstarrten Fronten mehr geben. Sehen Sie!«

Er fasste Freddie am Arm, führte ihn zum Kartentisch und tippte mit dem Zeigestab auf einen roten Punkt. »Hier liegt Ypern. Schon lange umkämpft, strategisch wichtig. Seit fünf Monaten stecken wir fest im Stellungskrieg, es geht nicht mehr vorwärts und nicht rückwärts.«

Generalmajor Ilse kam dazu und zeichnete mit der Spitze seiner kalten Pfeife den bogenförmigen Frontverlauf nach. »Wir stehen im Halbkreis, so. Da oben im Norden liegt Steenstrate, hier weiter unten Poelkapelle. Zwischen diesen Dörfern sind auf einer geraden Linie die Gasflaschen eingegraben, auf einer Länge von sechs Kilometern. Wir warten nur noch auf einen steifen Nordost.« Er lachte. »Stellen Sie sich bloß die dummen Gesichter der Franzmänner vor!«

Freddie lachte nicht mit. »Und die Haager Konvention?«

Von Rathen blies die Backen auf. »Ich bitte Sie, Strelitz! Die Haager Konvention von 1907 bezieht sich auf giftige Pfeile oder das mutwillige Verseuchen von Trinkwasser. Das hier ist etwas ganz anderes.«

»Und von allerhöchster Ebene genehmigt und angeordnet«, ergänzte Ilse.

Freddie nickte. »Wenn das so ist.« Er schlug die Hacken zusammen. »Wenn Sie mich bitte jetzt entschuldigen. Mein Bursche wartet, um mir das Quartier zu zeigen.«

»Wir sehen uns später in der Offiziersmesse«, sagte von Rathen leutselig. »Es gibt Kalbsbraten, dazu ausgezeichneten Bordeaux aus Plünderungsbeständen.«

In dieser Nacht schlief Freddie schlecht. Wie er es auch drehte und wendete, der Einsatz von Giftgas war ein Kriegsverbrechen. Jetzt verstand er auch, warum Falkenhayn der »neuen Waffe«, wie er es genannt hatte, so skeptisch gegenübergestanden hatte. »Ich kann nicht einschätzen, ob die Sache funktioniert«, hatte er gesagt und dabei die Stirn in Falten gelegt wie ein Dackel. »Aber einen Versuch ist es wert. Ich erwarte Ihren Bericht, Strelitz, und Ihre ehrliche Einschätzung.«

Drei Tage lang schlug Freddie in dem belgischen Bauernhaus die Zeit tot. Er schrieb Briefe an Daisy, seine Familie, ein paar Freunde, dazwischen ging er im Lager spazieren oder spielte Karten mit den anderen Offizieren. Es gab ein paar kleinere Scharmützel, nichts von Bedeutung. Keine Toten, keine Verletzten. Man wollte nur den anderen nicht vergessen lassen, dass man da war. Dann, am 22. April, frischte der Wind auf. Und er blies aus Nordosten.

Unruhe kam auf. Das Pionierregiment 35 wurde in Alarmbereitschaft versetzt. Offiziere bellten Befehle, Soldaten rannten.

Haber ließ hinter den Chlorflaschen Soldaten postieren, so, wie sie es im Vorfeld mehrfach geübt hatten. Alles starrte gebannt auf die Reichsflagge, die hoch über dem Bauernhaus wehte und hin und wieder schlaff wurde oder ganz herunterhing. Warten.

Am Nachmittag verstärkte sich der Nordost. Haber rauchte aufgeregt eine Zigarette nach der anderen, und Freddie tat es ihm gleich. Die Anspannung war mit Händen zu greifen. »Wann ist es so weit?«, fragte Ilse den Professor.

»Bald.« Habers Stimme zitterte leicht. »Noch ein wenig mehr Wind.«

Gegen sechzehn Uhr tranken die Herren Kaffee. Freddie hatte es schon vorher nicht mehr in Gesellschaft der anderen ausgehalten und war auf sein Zimmer im ersten Stock gegangen. Dort lag er angezogen auf dem Bett, die Beine übergeschlagen, und starrte gegen die Decke.

Irgendwann musste er eingenickt sein, denn ein lautes Klopfen an seiner Tür ließ ihn hochfahren.

»Herr Oberst, schnell!«, hörte er die Stimme seines Burschen. »Es geht los!«

Mit einem Sprung war er auf den Beinen, fuhr in die Stiefel, schnappte sich seinen Mantel und rannte die Stiege hinunter.

»Wo bleiben Sie denn, Mann?« Von Rathen winkte ihn zu sich. »Kommen Sie schon!«

Sie liefen nach draußen. Der Wind zerrte mit kalten Fingern an Freddies Mantel. Ja, dachte er, das muss es jetzt sein!

Er folgte von Rathen zu einem hölzernen Wachturm, kletterte hinter ihm die Leiter hoch. Droben im Ausguck standen schon Ilse und Haber. Der Professor hatte eine aufgeklappte Taschenuhr in der Hand. »Da sind Sie ja endlich«, nuschelte er. »Noch genau eine Minute.«

Dann, Schlag achtzehn Uhr, trat er ans Geländer und zog mit schnellen Bewegungen eine rote Fahne auf.

Der kleine Gefreite an der ersten Gasflasche bemerkte die Flagge. Er trat von hinten an den Behälter heran. Sein Gesicht war von einer Art behelfsmäßiger Maske bedeckt, die verhindern sollte, dass er versehentlich Chlor einatmete. Vorsichtig kniete sich der Mann hinter die Flasche, versicherte sich noch einmal, dass das Ventil auch wirklich zum Feind hin zeigte. Dann drehte er den Hahn auf und sprang hastig zurück. Zischend begann eine gelblichweiße Wolke der Flasche zu entweichen, ein böses Miasma, ein giftiger Nebel, den der Wind schnell Richtung Südwesten blies. Gleichzeitig wurden in dieser Minute sechstausend Gashähne geöffnet. Eine tödliche, sechs Kilometer breite Wand aus Chlorgas trieb lautlos auf die französischen Stellungen zu.

Haber und von Rathen hoben gleichzeitig ihre Feldstecher. »Man sieht nichts«, stellte der Professor fest.

»Aber man hört was«, sagte Ilse. »Hören Sie das?«

Es waren Schreie. Panische Schreie, die zum Turm herüberdrangen. Sie gingen Freddie durch Mark und Bein.

»Versuchen Sie's mal«, nuschelte Haber und reichte ihm das Fernglas. »Ich habe zu schlechte Augen.«

Freddie versuchte, das Glas auszurichten, drehte am Mittelrädchen. Zwecklos. »Die Gaswolke ist zu dicht«, sagte er.

»Wir müssen einfach warten, bis der Nebel sich lichtet.« Von Rathen zündete sich eine Zigarette an. »Auch eine?«

Freddie schüttelte den Kopf. Er starrte wie gebannt in die gelbliche Wolke, die Hände ums Geländer gekrampft.

»Da!«, schrie Ilse mit dem Feldstecher vor Augen und hob den freien Arm. Von Rathen schmiss seine zweite Zigarette weg und riss das Fernglas hoch. »Ich sehe was!«, rief er. »Undeutlich, aber … da sind Gestalten … viele … noch mehr … Potzblitz, Professor, es funktioniert!«

»Geben Sie her!« Haber hielt das Glas mit zitternden Händen; jetzt sah auch er etwas. »Jaaaa«, murmelte er, »jaaaa! Genau wie berechnet.« Jetzt lichtete sich die Gaswolke immer mehr, zog nach Westen weiter, löste sich langsam auf. Auch Freddie konnte nun schon mit bloßem Auge etwas erkennen, erst schemenhaft, dann immer klarer. Es waren französische Soldaten, taumelnd, stürzend, flüchtend, auf der Erde kriechend. Jemand von den anderen hielt ihm sein Fernglas hin, und er sah hindurch. Grauen packte ihn. Es blickte in zum Schrei geöffnete Münder, dunkelrot angelaufene Gesichter, blinde Augen. Die Franzosen krochen aus ihren Unterständen und Gräben, stolperten orientierungslos durch die Gasschwaden, fielen hin, krümmten sich, rangen verzweifelt nach Luft. Sterbende krallten die Hände in den Boden, Tote lagen seltsam verdreht im Schlamm. Niemand konnte dem tödlichen Chlor entkommen. Freddie glaubte, ein Röcheln und Gurgeln zu hören, aber das konnte über die Entfernung nicht sein. Nur Schreie drangen immer noch herüber, Kreischen, Heulen, Brüllen. Er ließ das Glas sinken. Als Offizier hatte er gelernt, dass ein Kampf fair zu sein hatte. Dann war er anständig und ehrenhaft. Selbst im Krieg gab es Regeln, einen Kodex. Doch das, was er gerade gesehen hatte, war nichts anderes als Massenmord. Entsetzliches, grausames, gewissenloses Töten aus sicherer Entfernung. Es widerte ihn an.

Ilse holte einen Flachmann aus der Innentasche seines Mantels, stellte vier blecherne Schnapsbecher auf den Handlauf des Geländers und schenkte ein. Mit triumphierenden Mienen stießen er und von Rathen mit Fritz Haber an, der unter seinem Schnurrbart ein Siegesgrinsen aufgesetzt hatte. Von Rathen nahm den vierten Becher, drehte sich zu Freddie um und hielt ihm den Schnaps hin. »Auf den Erfolg!«, sagte er feierlich.

Freddie nahm den Becher und sah dem General in die Augen. »Auf die Ehre des deutschen Offiziers, die wir gerade begraben haben«, sagte er und kippte den Schnaps.

Von Rathen schüttelte nachsichtig den Kopf. »Mein lieber Strelitz, nur keine falschen Empfindlichkeiten«, entgegnete er.

»Sie haben gerade die durchschlagendste Waffe der Zukunft gesehen, und manchmal heiligt der Zweck eben die Mittel.« Er lächelte und prostete Freddie zu. »Oder wollen Sie den Krieg etwa nicht gewinnen?«

....

Joschis Geschichte

Am letzten Wochenende im April schien die Sonne über Berlin und ließ die allerersten Blättchen der Alleebäume hellgrün leuchten. Joschi freute sich an der milden Luft und knöpfte im Gehen seinen dicken Wollmantel auf. In Partenkirchen war noch rechter Winter gewesen, vor drei Tagen hatte es sogar noch einmal geschneit.

Während Joschi gemächlich durch den Frühling schlenderte, hing er seinen Gedanken nach. Die Fürstin hatte zu ihrer großen Freude in letzter Minute noch die Erlaubnis erhalten, zur Konfirmation ihres Ältesten nach Berlin zu reisen, und so waren sie vor zwei Tagen hier angekommen. Bolko, Oma Kolischan und die Nanny hatten sie in Bayern zurückgelassen; der Kleine hustete, und man wollte mit einer anstrengenden Reise nichts riskieren. So hatten nur die Fürstin, ihre Zofe und Joschi als ihr Leibjäger den Zug nach Norden genommen. Daisy war so voller Vorfreude gewesen, dass sie mit ihrer guten Laune alle angesteckt hatte. Als sie in die Droschke zur Kirche gestiegen war, hatte sie Joschi sogar umarmt. »Ach Joschi«, hatte sie gesagt, »jetzt kann ich mich wieder mit meinem Hansel versöhnen. Ich bin so froh!«

Joschi war skeptisch gewesen. Er kannte den jungen Fürsten zu gut. Hansel war immer ein verwöhntes Kind gewesen, und nun war er zu einem überheblichen, kaltschnäuzigen jungen

Mann herangewachsen, der sich seiner gesellschaftlichen Stellung und seiner zukünftigen Macht nur allzu bewusst war. Von Daisy hatte er im Gegensatz zu seinem Bruder Lexel nicht viel geerbt, er war mit der Zeit immer mehr zu einer jüngeren Ausgabe seines Vaters geworden. Nein, dachte Joschi, ich mag ihn einfach nicht. Er erinnerte sich an eine Szene in Fürstenstein, bei der Hansel sich den Anweisungen seiner Hauslehrer widersetzt und Oberhand behalten hatte. Danach hatte er sich triumphierend an Lexel gewandt: »Wir müssen ihnen nicht gehorchen, weißt du! Im Grunde sind es ja doch nur Domestiken.« Und Hansel war nicht nur hochnäsig gegenüber den Dienstboten, sondern auch herzlos, was seinen jüngsten Bruder betraf. Letzten Sommer hatte er schulterzuckend zum kleinen Bolko gesagt: »Alle sagen, dass du bestimmt bald sterben wirst; also, wenn ich du wäre, dann würde ich herumrennen und spielen und toben und mir so viel Spaß machen, wie ich könnte, bevor das passiert. Ist doch dann sowieso egal.« Joschi, einziger Zeuge dieser Situation, hatte Hansel dafür getadelt. »Schäm dich«, hatte er gemeint, »Was würde deine Mutter dazu sagen?« Seitdem beruhte die Abneigung der beiden auf Gegenseitigkeit.

Die Konfirmation war aus Kriegsgründen in einem Nebenraum des Adlon nur im kleinen Kreis und ohne großes Brimborium gefeiert worden, und als die Fürstin ins Hotel zurückkehrte, hatte sie Tränen in den Augen gehabt. Sie hatte Joschi leidgetan. Offenbar hatte die große Versöhnung doch nicht stattgefunden. Und der Junge war anscheinend immer noch wild entschlossen, sich frühestmöglich an die Front zu melden. Der kleine Idiot! Er, Joschi, war gottfroh darüber, noch keinen Befehl zum Einrücken erhalten zu haben. Die nahmen wohl lieber erst die Jüngeren.

Jetzt bog Joschi in die Straße ein, wo sein Bruder Otto wohnte. Da war auch schon die kleine gelbe Villa mit dem hübschen

Pavillon. Im Garten blühten gelb die Forsythien, und unter den Büschen leuchteten Wolken von kleinen blauen Traubenhyazinthen.

Auf Joschis Klingeln öffnete Ottos Wirtin. »Haaach! Det isja ne dolle Überraschung! Der Herr Siebenbürjer! Jehnse nur jleich nach oben, wa! Ihr kleener Bruder is daheem! Herr Otttooooo! Denkense ma, wer da is'!«

Joschi wäre schon überglücklich gewesen, hätte sein Bruder auch nur einen Bruchteil der Begeisterung gezeigt, die die Wirtin an den Tag gelegt hatte. Aber wie immer stand Otto grade mal vom Schreibtisch auf und schüttelte ihm förmlich die Hand. »Ich dachte, du bist in den Alpen«, sagte er. »Das hast du jedenfalls an Weihnachten geschrieben.«

»War ich auch, Brüderchen. Bin nur kurz auf ein paar Tage in Berlin, und da wollte ich bei dir vorbeischauen. Hast du mein Päckchen bekommen?«

Otto nickte. »Ja, danke, schöne Schallplatte. Ich höre gern Märsche.«

»Das freut mich.« Joschi ließ sich auf der kleinen gestreiften Chaiselongue nieder und klopfte auf den freien Platz neben sich. »Erzähl mal. Wie war Weihnachten und Silvester?«

»Wir haben gearbeitet. Im Institut war viel los. Frau Rappke hat Gänsebraten gekocht, und Silvester musste ich Sekt trinken. Dabei mag ich keinen Alkohol.«

»Na, das hältst du schon aus, mal ein Schlückchen.« Joschi grinste. »Schadet doch nichts, wenn man ein bisschen lustig wird!«

»Hm.« Otto sah seinen Bruder mit gerunzelter Stirn an. »Na ja.«

»Und sonst? Was hast du sonst noch gemacht in letzter Zeit?«

Otto dachte nach. »Ich war im Passage-Panoptikum Unter den Linden, Ecke Friedrichstraße. In der Kolonial-Ausstellung. Da gab's ein echtes afrikanisches Dorf, mit Kongoweibern,

-männern und -kindern drin. Alle rabenschwarz. Sehr interessant. Aber da liefen hunderte Menschen herum, das war mir zu eng, und ich bin bald wieder gegangen.«

Sie sprachen eine Weile über Afrika, dann über alte Zeiten in Waldenburg, ihre Schwester Lissa, die immer noch in den »Spitzenschulen der Fürstin von Pless« ein gutes Auskommen hatte, und über Joschis Leben als Leibjäger. Es war immer ein wenig mühsam, sich mit Otto zu unterhalten. Er redete meist nur, wenn er direkt gefragt wurde, und dann gab er knapp und präzise Antwort. Danach schwieg er wieder. Aber Joschi kannte das ja, und er wusste, dass solch ein Gespräch auch für Otto anstrengend war. Also übernahm er den größten Teil der Konversation.

Irgendwann klopfte es. Die Wirtin fragte an, ob sie für zwei Personen Abendessen richten sollte.

»Das ist nicht nötig, Frau Rappke. Ich bin später noch eingeladen«, lehnte Otto ab.

»Oh, schade. Ich dachte, wir würden heute Abend gemeinsam was unternehmen«, meinte Joschi enttäuscht.

Otto überlegte. »Ich könnte dich mitnehmen. Tja. Aber so kannst du nicht gehen.«

Joschi blickte an sich herab. Wie meistens trug er seine blaue Leibjägerlivree mit den Silberknöpfen.

»Det kriejenwa schon«, rief die Wirtin. »Kommense ma mit!«

Kurz darauf stand Joschi in Frau Rappkes Wohnung in einem etwas altmodisch geschnittenen dunklen Anzug vor dem Spiegel und knotete ungeschickt eine schmale Krawatte.

»Ha'ck doch jleich jewusst, dat der Anzuch von meinem selijen Ejon passt!«, kommentierte die Wirtin zufrieden.

»Hm. Die Beine sind zu kurz«, meinte Otto. »Aber es geht schon.«

»Meinst du wirklich, du kannst mich einfach so mitbringen?«, fragte Joschi. »Was ist das überhaupt für eine Einladung?«

»Bei meinem Chef zu Hause. Wir feiern den erfolgreichen Abschluss unseres Forschungsprojekts.«

»Ah. Und da störe ich nicht?«

Otto schüttelte den Kopf. »Einen Bruder kann man immer überallhin mitnehmen.«

Joschi ließ sich schließlich überreden. Am nächsten Tag war die Rückreise nach Partenkirchen geplant, und wer konnte schon sagen, wann er das nächste Mal wieder nach Berlin kommen würde.

Gegen halb sieben standen die Brüder auf dem Kiesweg eines gepflegten Parks vor einer schicken weißen Dahlemer Villa mit schwarzglänzendem Mansarddach. Alle Fenster waren hell erleuchtet, und auf beiden Seiten des Eingangsportals wachte ein riesiger steinerner Löwe. »Nicht schlecht«, staunte Joschi. »So würd ich auch gern mal wohnen!«

»Ist innen auch schön vornehm«, sagte Otto. »Ich bin sonntags oft zum Kaffee eingeladen.«

Auf sein Läuten öffnete ein Diener die Tür, nahm ihnen die Mäntel ab und führte sie in den Salon. Ein hübsches, rotwangiges Mädchen in weißer Schürze und Spitzenhäubchen bot ihnen auf einem Tablett Champagner an.

»Och, schon wieder Sekt«, meinte Otto, bediente sich aber trotzdem.

Drinnen in dem großen, ovalen Raum standen ungefähr vierzig Herren in Grüppchen herum, plauderten und rauchten Zigarren. Die Brüder gesellten sich dazu. »Kennst du die alle?«, fragte Joschi.

Otto ließ einen kurzen Blick über die Gäste schweifen. »Die meisten. Das da drüben sind Professoren vom Kaiser-Wilhelm-Institut, Kollegen meines Chefs. Die beiden am Fenster sind

Walter Nernst und Otto Hahn, Mitarbeiter in unserem Projekt. Dort im hellen Anzug, das ist Gustav Ludwig Hertz. Physiker. Ach ja, und hinter ihm, der Dicke mit dem Cognacglas in der Hand, das ist James Franck, auch Physiker. Die jungen Leute am Büfett sind Studenten und Mitarbeiter am Institut, die zwei rechts sind die beiden Willis: Willi Lommel und Willi Steinkopf. Und da in der Ecke, das sind irgendwelche Leute von der BASF, derjenige der mit ihnen redet, ist der Vorstandsvorsitzende der Chemiefirma Hoechst. Ach ja, und der andere neben ihm ist Carl Duisberg, Generaldirektor der Bayer AG …«

Joschi fühlte sich sofort fehl am Platz. Das waren ja alles hochkarätige Leute! Zu allem Überfluss hatte er auch noch in einem Grüppchen Uniformierter Erich von Falckenhayn erkannt, den Generalstabschef des deutschen Militärs. Der war in den letzten Jahren mehrmals in Fürstenstein gewesen. Du liebe Güte! »Sag mal, was ist das für ein Forschungsprojekt, das ihr da abgeschlossen habt?«

»Hab ich doch schon mal erzählt. Chlorgas. Die toxische Wirkung von Chlorgas und anderen Gasen auf den Menschen.«

Einer der Männer, ein dürrer, kahlköpfiger Mittfünfziger, löste sich aus seinem Gespräch und kam auf Joschi und Otto zu. »Schön, dass Sie gekommen sind, Otto«, sagte er liebenswürdig. »Und wen haben Sie uns da mitgebracht?«

»Meinen älteren Bruder Joschi«, sagte Otto. »Joschi, das ist Professor Haber.«

Joschi nahm die dargebotene Hand des Gastgebers. »Josef Siebenbürger. Ich hoffe, es ist nicht unangebracht …«

»Einen Bruder kann man überallhin mitbringen«, sagte Otto mit Nachdruck.

Haber runzelte kurz die Stirn, dann lächelte er. »Aber natürlich, Otto. Ihr Bruder ist uns immer willkommen. Lieber Herr Siebenbürger, ich muss Ihnen sagen, dass unser Otto hier der talentierteste, exzellenteste, um nicht zu sagen außergewöhnlichste Assistent ist, den ich jemals hatte. Sie können sehr stolz auf ihn sein.«

»Das freut mich zu hören«, antwortete Joschi und lächelte Otto an. Sie gingen zum Büfett hinüber, einer exquisiten Auswahl an Häppchen mit Lachs, Kaviar, Roastbeef in Aspik und Entenbrust. Joschi entschied sich eben für Lachs, als jemand vernehmbar mit dem Messerrücken an ein Glas schlug.

»Meine Herren! Meine Herren!« Es war Fritz Haber, der vorne vor dem Kamin stand und mit erhobenen Händen um Ruhe bat. »Es ist mir eine große Ehre und ein nicht minder großes Vergnügen, Sie alle in meinem bescheidenen Heim willkommen zu heißen. Wir sind heute zusammengekommen, um einen Sieg, ja, einen Triumph zu feiern. Den Lohn für harte wissenschaftliche Arbeit, akribische Forschung, revolutionäre Ideen und gewagte Experimente …«

Joschi biss in sein Lachsschnittchen und begann sich bereits zu langweilen. Er sah sich ein monumentales Ölbild an der Wand an, das eine Herde galoppierender Pferde zeigte. Wehende Mähnen, rollende Augen, fliegende Hufe. Sehnsucht stieg in ihm hoch. Wie lang war es her, dass er bei seinen Lieblingen in Fürstenstein gewesen war? Mit Athanasius im Hippodrom trainiert hatte? Fast konnte er die würzige Stallluft riechen. Wenn dieser Krieg nur endlich vorbei wäre …

»… an der Westfront zum Einsatz. Heute nun kann ich Ihnen die Ergebnisse dieses ersten experimentellen Einsatzes kurz vorstellen.« Haber sprach weiter, und Joschi hörte wieder zu. »Am 22. April um exakt 18 Uhr wurden auf einer Länge von sechs Kilometern innerhalb von fünf Minuten 150 Tonnen Chlor aus sechstausend Stahlflaschen abgeblasen. Es entstand eine 600 bis 900 Meter tiefe Gaswolke, die durch den nordöstlichen Wind auf die feindlichen Stellungen getrieben wurde. Das Chlorgas sank in die französischen Schützengräben, wo die ungeschützten Soldaten völlig überrascht wurden. Es brach Panik aus, die Soldaten versuchten zu fliehen, wurden aber durch das Gas selbst wie auch den gelblichen Nebel, der alle Sicht nahm, daran gehindert. Innerhalb kürzester Zeit, meine Herren, starben in diesem ersten Gasangriff ohne einen einzigen Schuss 1500 Soldaten, und es gab tausende Verletzte.«

Applaus ertönte. Joschi hatte aufgehört zu kauen. Gas? Er kannte Leuchtgas für die Gasbeleuchtung. Das Berliner Gaswerk mit seinen riesigen runden Gasometern, die als Speicher dienten. Und die neue Küche in Fürstenstein war auf Wunsch von Maitre Hardouin vor einigen Jahren mit modernen Gasherden ausgerüstet worden – eine Revolution in der Küchentechnik, wie der kleine französische Chefkoch verkündet hatte! Aber Gas als tödliche Waffe? Du lieber Gott. War das das »Projekt« gewesen, an dem Otto die ganze Zeit mitgearbeitet hatte? Gas zu erfinden, mit dem man töten konnte? Er sah seinen Bruder an. Er, der sonst nie lächelte, stand mit stolzem Lächeln da, das Glas erhoben. Auch die anderen Herren machten zufriedene Mienen, nickten hie und da und lauschten gebannt.

»… haben wir eine Waffe gesehen, die diesen Krieg entscheiden wird. Es wird in Zukunft keinen langen Stellungskrieg mehr geben – das hat die Oberste Heeresleitung mir schriftlich bestätigt. Und bedenken Sie dabei: Unsere Gaskampfwaffe ist ganz und gar nicht grausamer als die bisher eingesetzten Waffen, letztlich fliegende Eisenteile. Im Gegenteil: Der Bruchteil der tödlichen Gaserkrankungen ist vergleichsweise kleiner, Verstümmelungen fehlen. Diese Waffe ist, da werden Sie mir alle zustimmen, meine Herren, eine humane Waffe. Denn sie ist ein den Krieg abkürzendes Kampfmittel, das dafür sorgt, dass Menschenleben gespart werden. Ich empfehle, dass von diesem neuen Kampfmittel, das Erfindungsgeist, Chemie und Industrie dem deutschen Volk zur Verfügung stellen, schonungslos und nicht beengt durch falsche Humanität gegen unsere Feinde energischer Gebrauch gemacht wird. Damit kommen wir dem Sieg und dem Frieden näher.«

Applaus brandete auf, und Joschi fühlte sich bemüßigt mitzuklatschen. Vielleicht ist das ja wirklich eine gute Sache, dachte er. Wenn so der Krieg schneller zu Ende ging, gut so. Und wer konnte schon sagen, wie es sich besser starb: Ersticken oder ein Bauchschuss, ein Granatsplitter im Kopf oder Fieber und Wundbrand? Wenn es denn überhaupt einen angenehmen Tod gab. Nun ja, er, Joschi, war froh, dass ihm da eine Entscheidung erspart blieb. Er griff sich das nächste Glas Sekt und ging ein wenig herum. Bei dem Grüppchen Uniformierter blieb er stehen, holte seine »Ägyptischen« heraus und ließ sich von einem Diener Feuer geben. Einer der Offiziere redete wie ein Buch, und auch noch so laut, dass Joschi mithören konnte. »Ich selbst«, rief er gestikulierend, »habe das Experiment von einem sicheren Standort aus überwacht, meine Herren. Nach kurzer Zeit, sobald die Gaswolke sich zu verflüchtigen begann, bin ich mit einigen Begleitern zum Ort des Geschehens hinüber.«

Die Militärs hoben anerkennend die Augenbrauen. »Mutig, mutig«, murmelte einer, während der Redner fortfuhr. »Man konnte am Ufer des Kanals noch gelbliche Rauchschwaden erkennen. Als wir uns Boesinghe auf drei- oder vierhundert Meter genähert hatten, fühlten wir heftiges Prickeln in der Nase und Kehle. In unseren Ohren sauste es. Das Atmen fiel uns schwer, ein unerträglicher Chlorgeruch umgab uns. In der Nähe des Dorfes war dann das Bild, das sich uns bot, mehr als überzeugend. Überall Flüchtende: Landswehrleute, Afrikaner, Schützen, Zuaven, Artilleristen ohne Waffe, verstört, mit ausgezogenen oder weit geöffneten Röcken, abgenommener Halsbinde. Alle liefen wie Wahnsinnige ins Ungewisse, schrieen nach Wasser, spuckten Blut, einige wälzten sich am Boden und versuchten vergeblich, Luft zu schöpfen. Wir selber kehrten nach kurzer Zeit um; man muss es ja nicht übertreiben. Jedenfalls, meine Herren, alles in allem: Ein voller Erfolg!«

Die Offiziere hoben ihre Gläser und machten anerkennende Bemerkungen. Joschi hustete. Es stieß ihn ab, wie die hohen Herren sich ganz offensichtlich an dieser Schilderung ergötzten. Er wandte sich ab und ging Otto suchen.

Schließlich fand er ihn allein neben einer großen Zimmerlinde. »Sag mal, was genau hast du zu diesem Projekt beigetragen?«, wollte Joschi wissen.

»Bestimmung der optimalen chemischen Zusammensetzung des Gases, Erforschung der toxischen Wirkung, Entwicklung des Blasverfahrens ... Ich war bei allem dabei, als persönlicher Assistent des Professors.«

»Und, bist du stolz?«

»Na ja.« Otto überlegte. »Es war meine Aufgabe.«

»Ah, Siebenbürger, hier sind sie!« Ein jovialer älterer Herr mit Kneifer und weißem Knebelbart trat zu den Brüdern. »Was ich Sie noch fragen wollte: Die letzte Formel, die sie uns nach Leverkusen geschickt haben, hat bei der Versuchsanordnung im Labor ...«

Joschi ließ die beiden alleine. Er würde bei ihrer Fachsimpelei nur stören. Überhaupt fühlte er sich hier völlig fehl am Platz. Er wusste ja nicht einmal, was er von dieser ganzen Sache mit dem Gas zu halten hatte. Unschlüssig, was er mit sich anfangen sollte, steuerte er noch einmal das inzwischen ziemlich leergeräumte Büfett an. Das Dienstmädchen stellte Platten zusammen, schlichtete Häppchen um und trug Reste hinaus. Joschi langte nach einem Kanapee mit Schinken in Aspik, als ihn eine weibliche Stimme ansprach. »Na, noch ein Schnittchen auf den Sieg?«

Er drehte sich um. Neben ihm stand eine schlanke Frau im hellblauen Reformkleid mit hochgeschlossenem Kragen und

Puffärmeln. Das blonde Haar hatte sie in der Mitte gescheitelt und hochgesteckt, und in der Hand hielt sie einen Cognacschwenker. Ihre braunen Augen blitzten ihn provokant, ja fast feindselig an.

»Ich wusste gar nicht, dass auch Damen anwesend sind«, erwiderte Joschi lahm.

»Wie Sie sehen. Und, welche wichtige Funktion haben Sie in der ›Gastruppe‹?« Die Blonde schwankte leicht. Ganz offenbar tat ihr der Cognac nicht gut.

»Äh, ich begleite nur meinen Bruder Otto. Eigentlich bin ich gar nicht eingeladen …«

»Otto Siebenbürger? Das seltsame Genie? Ha!« Sie hob ihr Glas; ein wenig honigfarbene Flüssigkeit schwappte heraus. »Wohlsein! Auf die ganze verdammte Mörderriege!«

Joschi blickte sich um. Gott sei Dank stand gerade niemand in der Nähe. »Aber diese neue Waffe scheint doch ein voller Erfolg zu sein«, wandte er ein.

Sie lachte laut auf. »Sie haben ja so recht!«, sagte sie verächtlich. »Tausende Tote und Verletzte! Welch ein Triumph.« Sie wandte sich um. »Ich bin stolz auf Sie, meine Herren!«, rief sie in den Raum hinein und riss dabei einen Arm hoch. »Auf die Perversion der Wissenschaft!« Köpfe drehten sich.

Professor Haber kam mit erschrockener Miene herangeeilt. »Clara!«, zischte er. »Ich bitte dich!«

»Ach! Es gibt noch Dinge, die meinem Herrn Gemahl peinlich sind?« Habers Frau stolperte leicht gegen Joschi, der sie stützte. »Mein Gatte hat nämlich alle sonstigen Schamgrenzen über den Haufen geworfen, müssen Sie wissen.« Sie blies die Backen auf. »Was kümmern uns Ideale und Fragen der Menschlichkeit.« Mit einem Ruck kippte sie ihren Cognac und stellte dann ihr Glas knapp neben den Tisch; es fiel zu Boden und zerbrach. »Verzeihung«, kicherte Clara und hängte sich an Joschis Arm.

»Clara!«, zischte Haber noch einmal. »Du gehst jetzt sofort zu Bett!«

»Gleich, Liebling!« Sie riss sich wieder von Joschi los und breitete die Arme aus. »Es ist doch so schön hier heute Abend! Lauter Menschen mit edler Gesinnung! Des Kaisers ganzer Stolz! Glückwunsch, meine Herren, Sie helfen mit, die Welt zu retten! Wen scheren schon ein paar tausend Tote mit verbrannten Lungen?«

Haber packte seine Frau und versuchte, sie aus dem Raum zu zerren. Sie wehrte sich. Lachte hysterisch. »Champagner!«, rief sie mit schwerem Zungenschlag. »Champagner für die Sieger! Und für meinen Gatten, den großartigen Erfinder des Gaskrieges!«

Joschi half Haber, die betrunkene Clara hinauszubringen. »Um Himmels Willen, Siebenbürger«, flüsterte der Professor, »halten Sie meine Frau draußen. Das Mädchen kommt gleich.«

Er selber ging wieder hinein zu seinen Gästen. »Es ist nichts, meine Herren«, erklärte er entschuldigend. »Meine Gattin fühlt sich nur ein wenig unwohl.«

Die Männer machten immer noch betretene Mienen. »Als Frau hängt Ihre Gattin in nur allzu verständlicher Weise sehr stark am Moralischen«, meinte Carl Duisberg, der Chemiegigant, und schlug Haber auf die Schulter. »Das müssen Sie ihr nachsehen.«

Haber nickte. »Wir Männer können uns keine Gefühlsduseleien leisten«, meinte er und zuckte die Schultern. »Im Frieden für die Menschheit, im Krieg fürs Vaterland.«

Jemand klatschte Beifall.

Joschi war erleichtert, als das Hausmädchen kam und die inzwischen auf einer Treppenstufe zusammengesunkene Clara Haber übernahm. Arme Frau, dachte er. Dann suchte er Otto, der von dem Eklat gar nichts begriffen hatte. »Komm, wir gehen«, sagte er. »Mir gefällt's hier nicht mehr.«

Am nächsten Abend fuhren sie mit der Droschke zum Bahnhof. Der Schlafwagenzug nach München, der planmäßig eigentlich um 18 Uhr abfahren sollte, hatte zwei Stunden Verspätung, aus Kriegsgründen, wie es hieß. Sie verbrachten die Zeit im Warteraum für hochgestellte Persönlichkeiten; man versorgte sie sogar mit Tee und Butterstullen. Irgendwann kam ein Zeitungsjunge und bot das Abendblatt an; Joschi kaufte ein Exemplar, setzte sich wieder auf die gepolsterte Bank und schlug es auf. Er las die Schlagzeile, und sein Magen krampfte sich zusammen.

SELBSTMORD IN DAHLEM!

Dr. Clara Immerwahr, Chemikerin und Ehefrau des Direktors des Kaiser-Wilhelm-Instituts, Professor Fritz Haber, hat heute am frühen Morgen ihrem Leben ein Ende gesetzt. Sie erschoss sich im Garten der Haber'schen Villa mit der Dienstpistole ihres Gatten.

....

Brief Freddies an Daisy

2. Juni 1915

Liebste Rattie,
ich schreibe Dir in Eile, mein Herz, denn ich muss gleich neue Ausrüstung an meine Männer ausgeben: Gerade sind die angekündigten neuen Helme eingetroffen, die in unserem Frontabschnitt erstmals ihre Tauglichkeit unter Beweis stellen sollen. Im Gegensatz zu den herkömmlichen Pickelhauben aus Leder mit der metallenen Spitze

– Du kennst ja unsere alten »Blitzableiter« – sind die neuen Kopfbedeckungen aus gehärtetem Stahl. Das gibt den Soldaten viel mehr Sicherheit und Selbstvertrauen. Ich habe meinen Helm schon aufprobiert; er ist nicht so bequem, aber schützt zuverlässig vor Kugel und Schrapnell. Hübsch sehe ich damit nicht aus, aber Du musst Dir in Zukunft weniger Sorgen um mich machen.

Zum Untergang der Lusitania habe ich auch nicht viel mehr gehört als Du. In der Generalität ging jedenfalls sofort das Gerücht um, dass die Admiralität (damit gemeint v. a. Winston Churchill) das Schiff wohl ins offene Messer habe laufen lassen. Warum sonst, so heißt es, hätten die Engländer den Geleitschutz abgezogen? Wenn sie allerdings auf einen sofortigen Kriegseintritt der USA gehofft haben, so war dieses Opfer umsonst – aus dem ksl. Hauptquartier höre ich, es seien lediglich ein paar schärfere diplomatische Noten gekommen. Dein alter Bekannter Vanderbilt soll ja sogar vor seinem Ertrinken noch etlichen Menschen das Leben gerettet haben. Du hast recht daran getan, über die amerikanische Botschaft einen Kondolenzbrief zu schicken.

Die Liste mit den Namen der englischen Kriegsgefangenen, die Du mir geschickt hast, ist angekommen. Ich werde versuchen, die Männer in den verschiedenen Lagern ausfindig zu machen und mich um sie kümmern. Großmutter packt schon Päckchen mit Zigaretten und Schokolade.

Mein Liebstes, Du fehlst mir unendlich. Schreib mir bitte alles, was Du tust, wie Du Deine Tage verbringst. Ich will jede Kleinigkeit wissen. So kann ich wenigstens von der Ferne aus an Deinem Leben teilhaben. Dass Deine Begegnung mit Hansel in Berlin Deine Hoffnungen nicht erfüllt hat, tut mir in der Seele weh. Der Junge ist eben in einem schwierigen Alter. Glaub mir, das verwächst sich noch, und er wird erkennen, welchen Schatz er an seiner Mutter hat. Und dass Du bei der Konfirmation auch noch mit deinem Mann wegen Deiner baldigen Rückkehr nach Fürstenstein gestritten hast, tut mir ebenfalls leid. Sei nicht traurig. Du kennst ihn doch. Es ist besser, Du tust, was er will, und bleibst weg, zumindest bis der Krieg vorüber ist. Partenkirchen ist doch ein herrliches Plätzchen. Ich sehe Dich gerade vor mir, wie Du im Garten in der Frühlingssonne sitzt, Du weißt schon, auf der kleinen Bank vor der Hauswand. Du bist fest eingemummelt in eine Decke, denn die Sonne hat noch nicht so viel Kraft. Bolko spielt mit Negrita, und die kleine Ziege, die immer aus dem Nachbarstall ausbüxt, frisst die ersten Blättchen vom Fliederbusch. Wenn nur schon Frieden wäre!

Ich küsse und umarme Dich tausend Mal, meine Rattie. Hab keine Angst um mich. Unkraut vergeht nicht, und meine Liebe zu Dir hält mich am Leben.
Dein Freddie

P. S. Vielleicht ist das Ende dieses Krieges schon näher, als wir denken, mein Liebstes! Ich habe vor einigen Wochen den Einsatz einer neuen Kriegswaffe beobachten dürfen, die schrecklich ist und meinen Grundsätzen als Mensch und als Soldat völlig widerspricht. Doch diese neue Waffe bedeutet vielleicht den Durchbruch an der Westfront.

………… …………

Brief Daisys an Freddie

9. Februar 1916

Mein geliebter Soldat,
heute ist es genau ein Jahr her, dass Du Dich aus meinem Zimmer gestohlen hast, um in diesen verfluchten Krieg zu ziehen, der einfach nicht zu Ende gehen will. Ich sitze hier an meinem Fenster, sehe auf das kleine, verschneite Partenkirchen und denke daran, dass in diesem Jahr nichts geschehen ist, was uns einem Frieden näher

bringt. Jeden Tag, jede Stunde, jede Minute sterben Männer an der Front, wofür? Hans schickt mir regelmäßig Nachrichten über glorreiche Siege. Ich glaube ihm kein Wort mehr. Manchmal träume ich schlecht. Dann sehe ich Felder, auf denen rotes Menschenblut unaufhörlich in die Erde sickert. Französisches, deutsches, englisches, russisches, rumänisches, italienisches, österreichisches Blut. Ich falle auf die Knie, fasse hinein in die warme, blutige Erde, und plötzlich erkenne ich, dass es Dein Blut ist an meinen Händen. Ich schreie, und dann wache ich auf.

Ach mein Welpe, es ist so schwer, ohne Dich zu sein. Ohne Dein Lächeln, Deine Nähe, Deine lieben Berührungen. Jedes Mal, wenn ein Brief von Dir ankommt – Gott segne Deine Großmutter, unsere gute Postillonette d'Amour –, muss ich vor Erleichterung weinen. Denn dann weiß ich, Du bist noch am Leben. Warst es zumindest an dem Tag, als Du schriebst.

Hier in Partenkirchen haben uns die Schrecken des Krieges längst erreicht. Immer mehr Todesnachrichten kommen von der Front. Es gibt Gottesdienste für die Angehörigen. Die Liste der Gefallenen hängt vor dem Rathaus; davor stehen jeden Tag Trauben von Menschen, voller Angst, den Namen ihres Liebsten darauf zu entdecken. Ach, und überall, in jeder Stadt, in jedem Dorf ist es das Gleiche.

Du bist also immer noch in Noyon? Das bedeutet, die Front bewegt sich nicht. Kann dann nicht irgendwann die Vernunft siegen, und die Kriegsparteien einigen sich auf ein Patt? Begreifen, dass sie wieder zu Verhandlungen zurückkehren müssen? Oh, Freddie, ich hasse alle Generäle dieser Welt!

Liebster, stell Dir vor, Hans hat für mich eine Reisegenehmigung für Usedom erwirkt. Bolko wächst ja so schnell, das strengt sein armes kleines Herzchen an. Die Ärzte sagen, Seeluft wäre gut für ihn; er bräuchte mindestens einmal im Jahr einen sechswöchigen Aufenthalt am Meer. Also fahren wir im Mai alle zusammen nach Usedom. Wir werden wieder unser altes Quartier in Bansin haben. Und das Schönste: Lexel wird auch dazustoßen! Ich freue mich schon jetzt wie verrückt, ihn endlich wiederzusehen. Das letzte Mal habe ich ihn bei Hansels Konfirmation in die Arme schließen können.

O Gott, Freddie, weißt Du noch, Usedom vor drei Jahren? Wie glücklich wir da auf der Insel waren, Du und ich. Wie wir in unserem Versteck in den Dünen Zukunftspläne schmiedeten. Und jetzt bleibt nur dieses endlose Warten darauf, dass dieser Krieg aufhört …

Mein Welpe, ich muss jetzt schließen, damit Joschi diesen Brief noch rechtzeitig zur Post bringen kann. Sie wird nur noch zweimal die Woche abgeholt, die Postler, wie man sie hier nennt, sind alle an der Front. Ich lege ein gepresstes Maiglöckchen bei. Ich habe es vorher geküsst und an mein Herz gedrückt, es trägt all meine Liebe und Sehnsucht zu Dir.
Ewig Deine Rattie

………… …………

Irgendwo in der Nähe von Verdun, Ende Mai 1916

Sie waren in Richtung Douaumont abmarschiert, die letzte Strecke unter prasselndem Sperrfeuer. Die Aktion gelang nur, weil es so viele Granatlöcher auf dem Weg gab, die sie als Deckung ausnutzen konnten. Die letzten sechshundert Meter fielen sie von einem Loch ins nächste. Im Unterstand stellte Freddie fest, das von siebzehn Mann sechs fehlten. Drei waren tot, drei lagen noch irgendwo da draußen. Keine Chance, sie hereinzuholen.

Der Unterstand war eine alte, schon halb zusammengeschossene französische Kasematte, einhundertfünfzig Meter vom Panzerwerk Thiaumont entfernt. Von außen gesehen, war es nur ein Erdhaufen, mit einer Art Fuchsloch als Eingang. Dahinter führte eine ganz verschüttete Stiege in den stockfinsteren Raum, in dem Freddie und seine Soldaten tagelang hausten. Tote lagen unter dem Schutt, an manchen Stellen sah man ein

Bein oder einen Arm. Es roch entsetzlich nach Aas, so schlimm, dass Freddie die ganze Zeit kaum etwas von seinem Proviant essen konnte. Aber sie konnten nichts tun, als auf Entsatz zu warten und derweil bei Kerzenlicht zu versuchen, einen Ausgang weiter hinten, den sie entdeckt hatten, freizulegen. Während sie arbeiteten, schoss die französische Artillerie ohne Unterlass; Freddies jüngster Mann, ein achtzehnjähriger Gefreiter aus Ingolstadt, wurde fast verrückt vor Angst, und sie mussten ihn zurückhalten, damit er nicht im Wahn aus dem Unterstand rannte. Freddie konnte kaum noch die Disziplin aufrechterhalten. Um selber ruhig zu bleiben, rezitierte er im Kopf Gedichte. Dann wieder schrieb er Briefe an Daisy, Briefe, die – anders als die, die er am Ende abschickte – die Wahrheit enthielten. »… *seit drei Tagen im Unterstand, das Wasser steht knöchelhoch, alles starrt vor Lehm und Dreck. Wir versuchen, uns freizugraben und dann nachts an einer Stelle wieder aufzutauchen, mit der die Franzosen nicht rechnen. Kleine Menschenarbeit gegen gewaltige Kräfte. Noch lebe ich, unverwundet, Tornister und Kleider von Kugeln zerfetzt. Draußen rasendes Granatfeuer. Heute morgen fragte mich einer der Männer: ›Was haben wir eigentlich alle verbrochen, dass wir hier schlimmer als Tiere vegetieren, frieren, verlausen und zum Schluss umgebracht werden wie Ungeziefer?‹* « Freddie verbrannte die beschriebenen Seiten mit der Flamme seines Zigarettenanzünders. Am dritten Tag erkundete er die Gänge unter ihnen und entdeckte darin einen Raum voll französischer Sprengstoffgranaten. Er sagte den anderen nichts. Jetzt hatte er nicht nur den Tod durchs Lebendigbegrabenwerden vor Augen, sondern den, in die Luft zu fliegen, falls eine Granate im Unterstand einschlug. Die Luft wurde immer schlechter, das Atmen schwerer, der Beschuss schlimmer.

Irgendwann sprang der Feldwebel auf und keuchte: »Mir wird schlecht!« Einer der Männer rief: »Gas!« Freddie zog zwei seiner Leute hoch. »Hinaus«, rief er. »Alle raus!« Beim Aufstehen fielen die Männer durcheinander, stolperten über ihre Gewehre. Jeder drängte zum Ausgangsloch. Einer fiel, dann stockte wieder alles. Der kleine Gefreite aus Ingolstadt hatte nicht mehr die Kraft, sich zum Loch hinaufzuschwingen, sie mussten ihn zurücklassen. Draußen rannte jeder zum nächsten Granatloch, sie pressten sich in Schlamm und Wasser, die sich darin gesammelt hatten. Freddie spähte vorsichtig über den Rand. Da war kein gelber Nebel, kein Gas. Es war alles nur Einbildung des Feldwebels gewesen. Und er war darauf hereingefallen. Eine unverzeihliche Fehlentscheidung. Himmel, dachte er, ich bin schuld, wenn wir jetzt alle krepieren. Sie lagen jetzt auf freiem Feld unter den Augen der Franzosen. Das nächste Geschoss pfiff über ihre Köpfe hinweg und schlug genau beim Fuchsloch ein, wo gerade noch der Kopf des Ingolstädter Jungen gewesen war. Einer der Männer seufzte laut auf. Freddie schloss die Augen und überlegte fieberhaft. Jetzt konnten sie nicht mehr zurück. Liegenbleiben, bis irgendwann die Granate kam, die sie alle tötete oder verstümmelte? Nein. Alles, nur das nicht. Freddie hob den Arm. »Von Loch zu Loch«, sagte er mit zusammengebissenen Zähnen. »Jeder für sich.« Es war die einzige Chance, die ihnen noch blieb. Auf sein Zeichen stürmten sie los, im Zickzack durch die Aufschläge. Im nächsten Loch waren noch sechs von ihnen bei Freddie. Im zweiten Loch noch fünf. Auf dem Weg zum dritten Loch schlug eine Granate neben ihnen ein, er hörte Schreie, rannte weiter, blind, bis er ins nächste Loch fiel. Nur einer seiner Männer, ein Religionslehrer aus Leipzig, war noch bei ihm. Erst als Freddie ihn stöhnen hörte, sah er, dass der Mann keine Beine mehr hatte. Freddie kroch zu ihm, versuchte, die Stümpfe abzubinden. Doch der Mann schüttelte mühsam den Kopf, und Freddie verstand. Er lagerte den Verletzten so, dass er seine Hand halten konnte. Eine Stunde lang hörte er den Sterbenden stöhnen, dann war plötzlich alles still. Freddie machte über dem toten Rumpf das Kreuzzeichen. Er war völlig erschöpft, körperlich und seelisch. Schlafen, dachte er, einfach nur einschlafen können. Sich wegträumen, egal wohin. Als er schon am Hinüberdämmern war, fiel ihm plötzlich auf, dass es immer noch still war. Auch draußen. Vielleicht waren die Franzosen der Überzeugung, alle seien tot. Vielleicht hatten sie den Beschuss abgebrochen …

Freddie sprang mit letzter Kraft aus dem Granatloch, rannte und rannte, immer Richtung Osten – dann hörte er einen ohrenbetäubenden Knall, spürte einen Schlag gegen die Schulter. Er lief noch ein paar Schritte, bis er stolperte und fiel. Um ihn herum wurde es dunkel.

Als er erwachte, fühlte sich sein Kopf an wie eine Glocke, gegen die ein Riesenschlegel donnerte, und die Schulter war ein einziger großer Schmerz. Er griff sich an die Stirn und ertastete einen Verband, genauso an der linken Schulter. Er blinzelte und öffnete die Augen, alles schien gleißend hell. Eine weiße Gestalt beugte sich über ihn und sagte etwas, was er nicht verstand. Er versank wieder in bleierne Ohnmacht.

Beim zweiten Erwachen kam eine Rotkreuzschwester zu ihm, gab ihm Tee zu trinken und fütterte ihn mit Haferschleim. Er schlief weiter.

Beim dritten Erwachen saß ein Mann in englischer Uniform mit übergeschlagenen Beinen neben seinem Bett und rauchte eine Zigarette. »Sie haben verdammtes Glück gehabt«, sagte er auf Englisch. »Zehn Zoll weiter, und das Ding hätte Ihnen den Kopf weggeblasen.«

Freddie versuchte, klar zu denken. Sein Kopf schmerzte nicht mehr so stark, die Gedanken wurden klarer. Jedenfalls begriff er, dass er noch am Leben war. Nur dieser Mann … »Wer sind Sie, und wo bin ich?«, brachte er heiser auf Englisch hervor.

»Major James Llewellyn von den Welsh Brigades, und Sie liegen seit vier Tagen in einem französischen Lazarett nahe Verdun. Granatsplitter in der Schulter und Streifschuss am Kopf. Zigarette?«

Freddie richtete sich mühsam ein wenig auf und ließ sich einen brennenden Glimmstengel zwischen die Lippen stecken. Derweil fuhr der Engländer ungerührt fort. »Sie sind Großherzog Adolf Friedrich von Mecklenburg-Strelitz?«

Freddie sog gierig den Rauch ein, hustete. »Woher …?«

»Oh, Sie trugen einen Brief Ihrer Großmutter in der Innentasche ihrer Jacke, Herr Oberst, als die Franzosen Sie fanden.«

»Meine Männer?«

»Soweit ich weiß, hat außer Ihnen keiner mehr gelebt.«

Freddie schloss die Augen und versuchte, das wiederkehrende Dröhnen in seinem Kopf zu ignorieren. Ich sollte mit da draußen liegen, dachte er. Warum sie und nicht ich? Eine ganze Weile lag er da, bis ihm der Engländer die glimmende Zigarette aus dem Mund nahm und ausdrückte. »Und was wollen Sie nun von mir, Major?«, fragte er müde.

»Herr Oberst, wir wissen, dass Sie stets ein großer Freund Englands waren. Sie haben Familie auf der Insel und viele Freunde, nicht zuletzt im Königshaus. Und wir wissen außerdem, dass Sie sich seit Beginn des Krieges um das Wohl englischer Kriegsgefangener bemühen, zusammen mit ihrer englischen Großmutter.«

»Das ist meine Pflicht als Christenmensch.«

»Viele Ihrer Landsleute würden das nicht so sehen.«

Freddie hustete wieder, und der Major reichte ihm ein halbvolles Wasserglas. »Ganz offen gesprochen, Herr Oberst: Ich kann Ihnen einen fairen Handel anbieten. Einen, der Ihnen und uns nützt und vielleicht der ganzen Welt.«

Freddie hob beim Trinken die Augenbrauen, bis sie an seinen Kopfverband stießen. »Ist es das, was ich denke?«

Llewellyn schlug gelassen das andere Bein über. »Nun, ich weiß nicht, woran Sie denken. Der englische Geheimdienst jedenfalls denkt an Informationen. Darüber, was an Ihrem Frontabschnitt geschieht, wann eine Offensive bevorsteht, wie die Versorgungslage ist. Alles, was hilfreich sein könnte, um diesen Krieg schneller zu beenden.«

Freddie setzte das Glas ab und verzog vor Schmerz das Gesicht. »Sie verlangen nicht mehr und nicht weniger von mir, als mein Vaterland zu verraten.«

»Sie meinen den Kaiser«, erwiderte der Major schulterzuckend. »Nach allem, was man von Wilhelm hört, ist es fraglich, ob er Ihre Loyalität noch verdient.«

Freddie schwieg, und der Major erhob sich. »Schlafen Sie drüber, Herr Oberst. Denken Sie nach. Sie wissen, dass der Krieg durch die Mittelmächte nicht mehr zu gewinnen ist. Ihr Beitrag würde das ganze Elend abkürzen helfen.«

Am nächsten Morgen konnte Freddie schon aufstehen und im Refektorium – das Lazarett war ein ehemaliges Kloster – ein Mittagessen aus dünnem Haferbrei zu sich nehmen. Als er wieder zu seinem Bett zurückkam, saß der Major schon da.

»Ich hatte schon gehofft, Sie nie mehr wiederzusehen«, sagte Freddie.

»Hoffnung bringt uns nicht weiter, Herr Oberst. Nur das, was wir tun und wofür wir uns entscheiden.«

Freddie legte sich mit einem kleinen Stöhnen hin. »Was, wenn ich Ihr ›Angebot‹ ablehne?«

Der Engländer lächelte dünn. »Oh, Sie kämen in eines unserer Gefangenenlager. Vielleicht. Womöglich schicken wir Sie aber auch einfach zu Ihren Leuten zurück und informieren gelegentlich den deutschen Geheimdienst über Ihre Bemühungen um das Wohl englischer Kriegsgefangener. Und die ihrer Großmutter.«

Freddie biss sich auf die Lippen. Schon als Kind wäre er für seine Granny durch jedes Feuer gegangen. Undenkbar, sie in ihrem hohen Alter einer Anklage wegen Begünstigung des Feindes auszusetzen. Das würde sie umbringen. Aber es war nicht nur das. Freddie wusste, dass der Major recht hatte. Er kannte den Kaiser gut genug, seine irrationalen Wutausbrüche, seine infantilen Wirrköpfigkeiten, seinen maßlos übersteigerten Narzissmus. Wie sollte es eine gute Zukunft unter seiner Regierung geben? Freddie konnte es sich beim besten Willen nicht vorstellen. Er wies mit dem Kinn zum Fenster hinaus Richtung Osten. »Wie soll ich meinen Leuten da drüben erklären, dass ich plötzlich wieder da bin?«

Llewellyn setzte sich auf und stützte die Ellbogen auf die Knie. »Das wird ganz leicht sein. Überlassen Sie einfach alles uns.«

»Und wie gebe ich die Informationen weiter?«

»In der Etappe. Kennen Sie das Offiziersbordell in Valon-sur-Charesne? Ja? Da gehen Sie hin. Jemand von der französischen Resistance wird sie ansprechen.«

Freddie atmete tief ein und aus, dann nickte er. »Ich bin einverstanden.«

»Das freut mich außerordentlich, Herr Oberst.« Der Major stand auf. »Wir lassen Ihnen noch zwei Tage zur Erholung, dann schicken wir Sie wieder nach Hause.« Er wandte sich zum Gehen.

»Warten Sie!« Freddie setzte sich auf. »Woher wollen Sie wissen, dass ich mich an unsere Abmachung halte, wenn ich wieder auf deutscher Seite bin?«

Llewellyn sah ihn ernst an. »Weil Sie ein Ehrenmann sind, Sir. Ich verlasse mich auf Ihr Wort.«

Zwei Tage später bestieg Freddie zusammen mit anderen verletzten Soldaten einen Krankentransport ins nächste Gefangenenlager. Der Laster, in dem sie fuhren, hatte unterwegs eine Reifenpanne. Man hielt an, um das Ersatzrad zu montieren. In dem allgemeinen Durcheinander, das entstand, weil man das Rad nicht gleich fand, ergriff Freddie die Gelegenheit. Er sprang von der Ladefläche und rannte auf das nahegelegene Wäldchen zu, dicht gefolgt von einem humpelnden Kameraden, der die Gelegenheit ebenfalls ergriff. Hinter ihnen ertönten Schreie, Schüsse knallten, trafen jedoch nicht. Nach einer Weile fuhr der Transport weiter.

Freddie schlug seinem Gefährten auf die Schulter. Er war froh, dass der andere mitgekommen war; so hatte er einen glaubwürdigen Zeugen für seine Flucht.

Sie blieben noch bis zum Einbruch der Nacht in dem kleinen Wäldchen. Dann machten sie sich im Schutz der Dunkelheit auf in Richtung Front. Die Franzosen würden sie durchlassen.

Freddie fühlte sich wie ein Verbrecher. Verrat, das war das Schlimmste. Lieber Gott, betete er, als er auf der deutschen Seite unter Jubelrufen über die Palisaden und in den sicheren Graben sprang. Gib, dass ich das Richtige tue.

....

Bansin, Ende Juni 1916

»Onkel Freddie, Onkel Freddie!« Bolko riss sich von Oma Kolischans Hand los und schoss wie der Blitz über die Promenade.

Daisy setzte klirrend ihre Teetasse ab und sprang auf. Das konnte doch nicht sein! Erst vor drei Wochen hatte sie Freddies letzten Brief bekommen, aus der Nähe einer Festung namens Verdun, wo die 5. Armee inzwischen lag. Und doch – da vorne, zwischen den Spaziergängern, schmiegte sich Bolko gerade selig an die Brust des Mannes, den sie liebte! Daisy schrie auf vor Glück und Überraschung, und gleichzeitig schlug sie vor Schreck beide Hände vor den Mund: Freddie trug den linken Arm in einer Schlinge und hatte einen Kopfverband. Mit wehenden Röcken lief sie zu ihm, wollte sich in seine Arme werfen, ihn festhalten, küssen, streicheln. Aber Himmel, das ging ja nicht, unter all den Menschen auf der Promenade! So blieb sie nur atemlos vor ihm stehen und hielt ihm ihre zitternde Hand hin. Er ergriff sie, deutete mit einer kleinen Verbeugung einen formvollendeten Handkuss an. »Meine liebe Daisy, welch wunderbarer Zufall«, lächelte er, und ihre Blicke versanken ineinander. So standen sie da, eine unendlich lange Sekunde sahen sie sich nur an.

»Onkel Freddie, bist du verwundet?«, krähte Bolko. »Hat dich ein böser Franzose mit seinem Schießgewehr erwischt? Peng! Peng!« Der Kleine spreizte Daumen und Zeigefinger ab und zielte damit auf Freddies Brust.

»Na ja, so ungefähr.« Freddie grinste schief. »Aber du solltest erst mal den Franzosen sehen!«

Daisy sah sich hilfesuchend nach Emma Kollischan um, die sofort begriff. »Komm, mein Bübchen, du musst dein Eis aufessen, bevor es schmilzt«, sagte sie und zog Bolko in Richtung Café.

»O Gott«, flüsterte Daisy. »Dass du da bist! Aber du bist verletzt! Ist es schlimm?«

Er schüttelte den Kopf. »Schrapnell. Gar nicht schlimm, heilt schon wieder. Außerdem wäre ich sonst nicht hier. Genesungsurlaub, zwei Wochen! Himmel, Daisy, wir haben zwei ganze Wochen!«

Sie hätte jauchzen mögen. »Wieder im Haus auf dem Hügel? Als Graf Wenden?«

Er nickte. »Heute Abend?«

»Sobald ich weg kann.«

»Ach, Rattie …« Sein Gesicht wurde ganz weich.

Widerwillig rissen sie sich voneinander los. »Adieu und gute Genesung«, sagte Daisy laut und ging zu den anderen zurück.

»Freddie«, sagte Daisy an diesem ersten Abend, als es auf Mitternacht zuging und sie sich sattgeliebt hatten. »Erzähl mir von der Front. Du schreibst nie etwas darüber. Wie es ist, zu kämpfen. Ob es einen Angriff gab. Ob einer von deinen Soldaten gefallen ist. Ob du Angst hast vor …« Das Wort Tod wollte nicht über ihre Lippen. Sie legte den Kopf auf seine Brust, ganz vorsichtig, um seine Wunde an der Schulter nicht zu berühren. Sein Herz schlug beruhigend stark und regelmäßig.

Freddie schloss die Augen. »Ach Rattie, ich will in meinen Briefen einfach nicht diesen täglichen Irrsinn wiederholen. Da sind jeden Tag Kämpfe, immer gleich. Wir gewinnen hundert Meter, wir verlieren hundert Meter. Auf beiden Seiten sterben Soldaten, Männer werden getroffen, verletzt, ins Lazarett gebracht. Schüsse fallen, Granaten explodieren. Soll ich davon jedes Mal schreiben?«

»Du sollst mich nicht schonen, Freddie. Ich will die Wahrheit wissen. Ja, manches lese ich zwischen den Zeilen. Dass du manchmal erschöpft bist und verzweifelt, das kann ich spüren. Genauso, wie ich spüre, dass du mir die schlimmen Dinge verschweigst. Aber ich will doch bei dir sein, ganz nah. Ich will alles mit dir teilen, das Schöne und das Schreckliche. Glaubst du denn, ich sei dafür nicht stark genug?«

Seine Finger spielten immer noch mit ihrem Haar, aber sein ganzer Körper hatte sich verkrampft. »Bitte, Rattie«, sagte er, »zwing mich nicht, über das zu reden, was ich am liebsten vergessen würde. Ja, da ist so viel Schreckliches, Herrgott, all dieses sinnlose Sterben … Die Stunden, in denen ich hilflos neben einem toten Kameraden im Schlamm lag … Das Lazarett in …« Er brach ab, schüttelte in plötzlicher Entschlossenheit den Kopf. »Nein. Mehr kann ich dir nicht erzählen. Irgendwann einmal, aber jetzt nicht. Jetzt bin ich hier, bei dir. Ich bin noch am Leben. Ich will nicht an die Front denken. Ich will diese zwei Wochen mit dir genießen, in jeder Sekunde. Bitte lass mir dieses Stückchen Frieden hier mit dir. Frag einfach nicht mehr.«

Warum nur hatte sie das Gefühl, dass da noch mehr war? Irgendetwas verschwieg er ihr, etwas, das über das Sterben und das Grauen hinausging. Sie biss sich auf die Lippen, aber sie fragte nicht weiter.

In den nächsten beiden Wochen versuchten sie, alles nachzuholen, was sie in einem Jahr der Trennung versäumt hatten. Sie liebten sich bis zur Erschöpfung, redeten Nächte durch, hielten sich aneinander fest, kosteten jede Sekunde aus bis zur Neige. Manchmal taten sie so, als sei Frieden, spielten ein glückliches Ehepaar, das unbeschwert im Haus auf dem Hügel lebte. Und hinter allem spürte Daisy Freddies Seelenqual. Sie fragte sich immer wieder, wie er das alles aushielt, das Sterben und das Kämpfen. Nachts wälzte er sich unruhig im Schlaf, hatte Albträume, aus denen er schreiend und schweißgebadet hochschrak. Und dennoch weigerte er sich beharrlich, darüber zu sprechen, verschwieg ihr das, was doch so wichtig war. Manchmal, wenn er sich unbeobachtet fühlte, sah sie seine Fassade bröckeln, als ob plötzlich etwas in ihm zersprang. Dann nahm sein Gesicht von einer Sekunde auf die andere einen seltsamen Ausdruck irgendwo zwischen Schmerz, Angst und Grauen an. Er hielt inne bei dem, was er gerade tat, sein Blick schweifte irgendwohin, wohin sie ihm nicht folgen konnte. Aber er hatte sich jedes Mal schnell wieder im Griff. Du spielst mir etwas vor, dachte sie dann traurig. Es geht dir schlecht, du leidest. Aber sie hatte ihm versprochen, diese gemeinsame Zeit nicht zu trüben, und an dieses Versprechen hielt sie sich. Wenn sie bei ihm einen Anflug von Panik oder Trauer erkannte, sagte sie leichthin: »Schau, Liebster, wie hübsch die bunten Strandkörbe aussehen.« Oder: »Lass uns davon reden, was wir tun, sobald wieder Frieden ist.« Dann schwelgten sie in ihren Träumen, schufen sich ihr eigenes kleines Paradies, malten sich ein Leben aus, so glücklich und voller Zauber wie im Märchen. Und Freddie war beinahe wieder wie früher.

An ihrem letzten Abend holte Freddie Daisy mit dem Automobil in Bansin ab. Hupend fuhr er vor der Villa vor; sie öffnete das Fenster und rief hinunter: »Ich muss mich nur noch umziehen, warte im Frühstückszimmer.« Missy half ihr bei den Knöpfen und steckte dann ihr Haar zu einem lockeren Knoten hoch. Ein Hauch Puder, das Kopftuch gegen den Fahrtwind, dann eilte Daisy nach unten.

Die Tür zum Wintergarten stand halb offen, und sie wollte schon durchgehen, aber dann hielt sie inne. Drinnen hörte sie Freddies Stimme, sie klang so anders. Dann erwiderte jemand etwas, es war Joschi. Sie wusste, dass die beiden sich mochten und dass ihr Geheimnis bei Joschi so sicher war wie in Abrahams Schoß. Jetzt sagte er gerade: »Wie man hört, hat die englische Flotte der deutschen nichts mehr entgegenzusetzen. Unser Sieg in der Skagerrak-Schlacht …«

»… hat die Engländer nicht dazu gezwungen, ihre Seeblockade abzubrechen«, ergänzte Freddie. »Abgesehen davon, dass auch sie den Sieg für sich reklamieren. Im Augenblick haben wir nur eine Art Patt. England leckt sich die Wunden, und wir auch.«

Daisy sah die beiden Männer im Spiegel, sah Freddie mit den Schultern zucken. »Eines ist jetzt zumindest klar: Das Lieblingsspielzeug des Kaisers, die Flotte, wird nicht kriegsentscheidend sein.«

»Und was dann?«

Freddie lachte trocken auf. »Ich weiß es nicht. Die Wirtschaft? Was kostet so ein Krieg? Wie lange können die Mittelmächte das durchhalten? Das Heer? Wer hat mehr Soldaten, die für ihr Land krepieren? Die Militärtechnik? Wer hat die besseren Waffen, die besseren Mordmethoden?«

»Das Gas …« Joschi dachte an seinen Bruder, der in Berlin immer noch in Habers »Gastruppe«, wie man sie jetzt nannte, arbeitete.

»Die anderen setzen inzwischen genauso Giftgas ein wie wir«, erwiderte Freddie. »Weißt du, welche Tiere gerade an der Front am begehrtesten sind?«

»Pferde?« Was sonst, dachte Joschi.

Freddie schüttelte den Kopf. »Vögel. Genauer: Kanarienvögel. Sie reagieren viel früher auf Gas als der Mensch. Zwitschern wie verrückt, noch bevor die Soldaten etwas merken. Das rettet manches Leben.«

»Aber diese Gasmasken, die es inzwischen gibt?«

»Die helfen nicht immer. Es gibt neue Gifte, die durch die Maske gehen und Brechreiz auslösen. Dann reißen sich die Soldaten den Schutz vom Gesicht.« Freddie strich sich fahrig über die Augen. »Es ist furchtbar. Grausam. Die Männer flüchten in Panik aus den Schützengräben, taumeln umher, rot angelaufen, blind, sie husten und röcheln. Viele werden dann von Gewehrfeuer oder Granaten zerfetzt. Die, die übrigbleiben … sie ringen verzweifelt um Atem, aber kein Arzt kann ihnen mehr helfen. Ihre Lungen sind weg. Buchstäblich ausgebrannt. Bei manchen sind die Augen und Gesichter vollständig vom Gas weggefressen, und ihre Körper haben Verbrennungen dritten Grades. Bei jeder Berührung brüllen sie vor Schmerz. Das ist unmenschlich, Joschi. Das kann keiner aushalten.« Freddies Stimme zitterte. Seine Fäuste waren so fest geballt, dass die Knöchel weiß hervortraten.

Otto, dachte Joschi. O Gott im Himmel.

Daisy stand immer noch hinter der Tür. Mit geschlossenen Augen hatte sie am Ende zugehört. Das also hatte er ihr nicht erzählen wollen. Und er sprach immer noch weiter. Von jungen Männern mit Bauchschuss, die sterbend nach ihren Müttern schrieen, von Soldaten, die auf ihren blutigen Beinstümpfen weiterrannten, die verletzt im Schlamm erstickten, die halb verrückt wurden und einfach aus der Deckung in den Kugelhagel stürmten. Vom tagelangen Liegen in Granatlöchern; die eine Granate begrub die Toten, die andere riss sie wieder heraus. Vom stundenlangen Sperrfeuer. Vom Heulen der Granaten, die wie Regen fielen. Dem entsetzlichen Leichengestank. Den Toten, die nicht begraben werden konnten, sich zu Bergen türmten. Jetzt, vor Joschi, brach er aus Freddie heraus, all der Schrecken, all das Unfassbare, Unerträgliche. Joschi erwiderte nichts mehr, blieb einfach stumm, ließ Freddie reden, bis er ins Stocken geriet und endlich in ein hartes, trockenes Schluchzen ausbrach. Ein Schluchzen, das Daisy tief ins Herz schnitt. Sie lehnte sich gegen den Türstock, Tränen liefen über ihre Wangen. Alles drängte sie dazu, hineinzugehen, Freddie in die Arme zu nehmen, ihn zu wiegen und zu trösten wie ein Kind. Aber dann kam von drinnen ein Räuspern, und sie hörte Freddie sagen: »Joschi, kein Wort zu ihr. Schwören Sie mir das. Sie würde nur leiden.«

»Selbstverständlich«, sagte Joschi.

Freddie atmete hörbar durch. »Wenn ich nicht zurückkomme – werden Sie auf sie aufpassen?«, fragte er.

Daisy wartete Joschis Antwort nicht ab. Sie lief wieder nach oben. Setzte sich zitternd auf ihr Bett, verbarg das Gesicht in den Händen. Sie wollte weinen, aber es ging nicht, ihr Hals war wie zugeschnürt. Wie sollte sie Freddie jetzt gleich ins Gesicht sehen, was zu ihm sagen? Wie sollte sie es schaffen, dabei nicht zusammenzubrechen, wo sie jetzt aus seinem eigenen Mund gehört hatte, in welche Hölle sie ihn zurückschickten? Sie schlotterte am ganzen Körper. »Missy«, flüsterte sie mit bebender Stimme, »hilf mir!«

»Sie sind ja leichenblass, Mylady!« Missy brachte das Fläschchen mit Pfefferminzöl und tupfte es auf Daisys Schläfen. Dann verschwand sie und kam kurz darauf mit einem Glas Genever zurück. »Hier. Das hilft.« Daisy trank, verschluckte sich, hustete. »Noch eins«, verlangte sie und hielt Missy das leere Glas hin. Sie begann, gleichmäßig und tief durchzuatmen. Ein, aus, ein, aus. Stark sein, dachte sie, du musst jetzt stark sein. Der Schnaps brannte in ihrer Kehle. Nein, sie würde Freddies letzten Tag nicht verderben. Sie würde jetzt hinuntergehen und ihm diesen letzten Tag auf Usedom unvergesslich machen. So unvergesslich, dass ihn die Erinnerung durch all die Schrecken dieses Krieges tragen würde …

In dieser letzten Nacht gab sie ihm ein heiliges Versprechen. Sie würde Hans sofort bei Kriegsende verlassen. »Am Tag, an dem du nach Hause kommst«, sagte sie, »werde ich im Parkhaus auf dich warten.«

....

Brief Freddies an Daisy

Zwischen den Jahren 1916 und 1917

Mein Liebstes!
Ich hoffe sehr, mein letzter Brief hat Dich erreicht. Wir sind verlegt worden in die Nähe von Lille, beim Dorf Fromelles, das ist dreißig Kilometer südlich von Ypern. Ich weiß nicht, ob in dem ganzen Durcheinander die Post noch funktioniert hat. Alles musste sehr schnell gehen, offenbar drohte ein Fronteinbruch. Zuallererst: Mir geht es gut. Ich habe mich von der Grippe, die viele von uns in den letzten Wochen erwischt hat, leidlich erholt, der Husten ist so gut wie weg. Ich kann sogar schon wieder rauchen! Die Verpflegung ist

hier besser als bei Verdun; es gibt richtigen Bohnenkaffee mit Zucker, echte Butter und frische Eier. Dann kam zu all dem Überfluss auch noch eine Ladung Dresdner Stollen für uns Offiziere an; ich habe meinen Anteil an meine tapferen Männer weitergegeben.

Und jetzt muss ich Dir schildern, liebste, einzigste Rattie, was ich an Wunderbarem, ja Unglaublichem erlebt habe an diesem Weihnachten 1916:

Am Heiligen Abend sahen wir plötzlich Seltsames: Überall Lichter beim Feind! Kerzenlichter! Denk Dir, sie hatten lauter Miniatur-Tannenbäume – woher diese auch kommen mochten – auf die Brustwehren gestellt. Es war ein unwirklicher, anrührender Anblick, ein Stückchen Frieden in einer Welt voller Tod. In dieser Nacht breitete sich eine ganz wunderbare Stimmung bei uns allen aus. Kaum einer schlief.

Gegen zehn Uhr morgens kam plötzlich Unruhe im Graben auf. Jemand hatte eine weiße Fahne auf sein Bajonett gepflanzt und winkte damit zu den Engländern hinüber. Dann sah ich von meinem Unterstand aus einen mit den Armen wedelnden Engländer sowie zwei weitere, die aus ihren Schützengräben kletterten und auf uns zukamen. »Kameraden! Kameraden! Nicht schießen!«, rief einer von ihnen. Ich sprang auf und gab laut Befehl, nichts zu unternehmen. Als ich sicher war, dass die Männer unbewaffnet waren, gab ich Leutnant Hesse mein Gewehr und ging hin. Es war ein merkwürdiges Gefühl, mitten durchs Niemandsland zu stapfen, vorbei an den Barrikaden, über Granatlöcher, durch Pfützen. Als ob die Zeit stillstünde. Ein Engländer, Hauptmann der Gordon Highlanders, kam mir entgegen und bot mir eine Zigarette an, ich nahm sie und gab uns beiden Feuer. Und Du wirst es nicht glauben. Als alle das sahen, wuselten binnen zwei Minuten zwischen den Gräben Soldaten und Offiziere beider Seiten, schüttelten sich die Hände und wünschten sich frohe Weihnachten. Wir tauschten Tabak und Schokolade und Namen aus. »We not shoot, you not shoot«, riefen meine Soldaten den Engländern immer wieder zu. Plötzlich tauchte unser Koch mit einem Fässchen Bier auf, das zwei Männer mitten durchs Niemandsland zu den Briten hinüber rollten. Die wiederum bedankten sich mit Christmas Puddings. Ich unterhielt mich mit Hauptmann Ellwood, denn so hieß er, und er war aus Glasgow, als seien wir mitten im Frieden. Wir sprachen über die Moorhuhnjagd und unsere Familien, er zeigte mir die Fotografien seiner Kinder. Derweil baute ein englischer Friseur einen Stuhl mitten zwischen den Gräben auf, und Engländer wie Deutsche stellten sich zum Rasieren und Haareschneiden an. Etliche Engländer machten Fotos. Es wurde Fußball gespielt, mit einer Konservendose. Als es Abend wurde, stimmten meine Männer »Stille Nacht« an, und die Briten antworteten mit »Holy Night«. Es durchzitterte alle Herzen ein sonderbares, in Worten gar nicht wiederzugebendes Gefühl. Wir waren glücklich wie die Kinder. Während der Kaiser, wie man sich erzählt, im belgischen Spa mit tausend Gästen bei Wein, Sekt und Gänsen Weihnachten feierte, erlebten wir hier zwischen den Schützengräben das, was Weihnachten wirklich ausmacht: eine alles überwältigende Sehnsucht nach Menschlichkeit, einen unwiderstehlichen Drang zum Frieden, geboren aus Hoffnung und Furcht und Liebe. »My friend«, sagte der schottische Hauptmann zum Abschied zu mir, »why can't we simply make peace and go home?«

Das ist es, was wir alle am Ende dieses Tages empfanden. Und ich will Dir, mein Herz, mit diesem Brief ein Stückchen dieses Weihnachtsfriedens mitschicken und Dir Zuversicht und Vertrauen geben darauf, dass der Mensch noch nicht ganz verloren ist in dieser bleiernen Zeit …

Auf immer Dein Freddie

....

Anfang 1917 hielt ich es kaum mehr aus. Sitzen, bangen, warten, nichts änderte sich. Wie lange sollten wir alle noch leiden? Ich konnte nicht mehr schlafen. Hansel war inzwischen im Feld, mit kaum siebzehn Jahren, damit er sich sein Eisernes Kreuz verdiente, was Hans unbedingt erhoffte. Ich betete jeden Tag zu Gott, dass dieses Kreuz nicht eines Tages auf seinem Sarg liegen würde. Freddie schrieb unverändert nichts, was mich erschrecken oder in Sorge bringen könnte. Dabei wusste ich doch, was an der Front geschah. Es kamen doch immer mehr Verwundete heim, die lagen im Lazarett zu Partenkirchen, die erzählten das Schreckliche. Dann dachte ich an Hansel und Freddie und hatte das Gefühl, verrückt zu werden.

Ich half im Lazarett, wo ich konnte, ich strickte gemeinsam mit den Frauen vom Roten Kreuz Socken, wickelte Bandagen, schnürte Päckchen. Und dennoch war das Warten unerträglich, die Arbeit konnte mich nicht wirklich ablenken. Hans hatte an Pfingsten nach Partenkirchen kommen wollen, hatte aber seine Pläne geändert … offensichtlich musste er mit dem Kaiser nach Potsdam gehen. Seit Krieg ist, weiß ich nie, was er vorhat. Erst erlaubte er Lexel, auf ein paar Wochen nach Partenkirchen zu kommen, dann zog er die Erlaubnis wieder zurück. Aber trotz aller Enttäuschung, meinen Zweitgeborenen nicht zu sehen – wenigstens musste ich mir um Lexel keine Sorgen machen. Er war glücklich in Fürstenstein, das konnte man aus seinen Briefen lesen. Bei den Hardouins mit ihren beiden Söhnen hatte er eine gute Heimat gefunden, Eugénie Hardouin war ihm wie eine Mutter, und Louis junior sein bester Freund. Wenigstens Lexel war also gut aufgehoben. Auch Bolko machte mir zu dieser Zeit weniger Sorgen, seine Gesundheit hatte sich gebessert, die Ärzte waren zufrieden.

Das alles sagte ich mir immer wieder. Ich führte Selbstgespräche: »Du musst dich zusammenreißen, dummes Ding! Noch ist niemand gefallen, der dir nahesteht.« Aber da war immer diese furchtbare Angst. Und das Bedürfnis, mehr zu tun, als nur im Lazarett Verbände zu wechseln. Die Männer waren an der Front – und wir Frauen zum Zuschauen verurteilt. Das war nicht recht. Ich wollte so gern etwas bewirken, meinen Teil beitragen. Gott, an wen hatte ich alles Briefe geschickt! Sogar an Doda, die nie meine Freundin gewesen war. Ich hatte sie angefleht, sich für mich einzusetzen. Ich brauchte die Reisegenehmigung für einen Lazarettzug. Dafür hatte ich doch die Ausbildung gemacht, damals in Berlin. Diese Insel des Friedens hier, Partenkirchen, ist mir zum Gefängnis geworden, habe ich der Kaiserin geschrieben. Ich will, ja ich muss etwas tun! Doda hatte mir zurückgeschrieben, sie würde sich gerne für mich einsetzen, aber selbst wenn – es gäbe gar nicht genug Lazarettzüge, die die Verwundeten von der Front zurückholen konnten. Sie seien teuer, niemand könne das mehr finanzieren, auch Hilfsorganisationen wie das Rote Kreuz oder die christlichen Orden seien längst an ihre Grenzen gekommen. Zuerst war ich darüber niedergeschlagen, aber dann fiel es mir endlich wie Schuppen von den Augen. Ich dachte: Aber ich kann doch einen solchen Zug bezahlen! Es sind noch so viele von diesen verfluchten Perlen übrig, die nur Unglück gebracht haben! Wie könnte ich sie besser verwenden?

Also wandte ich mich an Herrn von Friedländer-Fuld, einen steinreichen Juden und Begründer der schlesischen Koksindustrie. Ich wusste, dass er im letzten Jahr einen Zug gestiftet und unterhalten hatte. Und tatsächlich, er half mir bei der Organisation. Innerhalb von acht Wochen stand ein Zug in Berlin reisebereit. Ich konnte meinen Lehrer an der Universität, Professor Küster, als leitenden Arzt gewinnen, dazu Dr. Lemke aus Dresden, den ich von früher her kannte. Die Kaiserin hatte inzwischen eine Reisegenehmigung für mich erwirkt, das werde ich ihr nie vergessen. Wie ich später erfuhr, hatte sogar Hans im großen Hauptquartier für mich gesprochen. Ich hätte gern gesehen, wie der alte General von Perthen zähneknirschend einen Pass für mich ausstellte, ha, welch ein Triumph! Ich regelte alles für Partenkirchen und Bolko, dann packte ich das Nötigste und fuhr nach Berlin.

....

Militärlazarettzug D-3, Juni 1917 bis Februar 1918

Der Militärlazarettzug D-3 war mehr als fünfhundert Meter lang und konnte zweihundertsechzig Verwundete aufnehmen. Er hatte zwölf Wagen für die Patienten, dazu einen Operationswagen, einen Schwesternwagen, einen Kantinenwagen und einen Wagen für die militärische Eskorte.

»Hier sollen wir wohnen?«, fragte Missy und stellte schnaufend ihren Koffer im Gang des Schwesternwagens ab.

Daisy sah sich um. Es war ein alter Drittklassewaggon mit drei Abteilen, aus denen man die Holzbänke entfernt hatte. In einem Abteil schliefen die vier Berliner Krankenschwestern, das zweite Abteil war als Aufenthalts- und Ruheraum gedacht und mit Tisch und Stühlen ausgestattet, im dritten Abteil standen zwei Betten für sie und Missy; außerdem noch ein Schrank für alle möglichen medizinischen Utensilien und ein Schreibtisch. Außerdem gab es im Wagen noch ein Badezimmer mit WC und einer Sitzwanne aus Zink für die Frauen. »Es ist doch gar nicht schlecht, Missy«, sagte die Fürstin. »Sieh nur, alles hell und sauber, und wir können an den Fenstern ein paar Vorhänge aus dem geblümten Cretonnestoff aufhängen, den du eingepackt hast.«

Missy seufzte. Sie war böse mit Daisy, die sie in dieses Abenteuer gezwungen hatte. »Du musst nicht mitkommen«, hatte diese zwar gesagt, »ich kann im Lazarettzug für mich selber sorgen.« Daraufhin war sie beleidigt gewesen. Noch nie hatte sie ihre Herrin alleine gelassen, keinen einzigen Tag! Dass Daisy überhaupt auf den Gedanken kommen konnte, ohne Zofe zu sein! »Papperlapapp, das kommt überhaupt nicht in Frage«, hatte Missy gesagt. »Wer soll denn Ihr Haar frisieren, Mylady? Und wer Ihnen beim Anziehen zur Hand gehen?« Aber nun, beim Anblick des Abteils, das für die nächste Zeit ihr Zuhause sein sollte, sank Missy der Mut. Ihre Herrin dagegen schien voller Kraft und Energie zu stecken; gerade krempelte sie die Ärmel ihres einfachen grauen Kleids hoch, wuchtete den großen Koffer auf eines der Betten und begann auszupacken. »Steh nicht da und blase Trübsal, Missy«, lachte sie. »Pack mit aus. In einer Stunde geht es los.«

Missy seufzte. Aber dann fing auch sie an, sich in ihrem neuen Domizil einzurichten.

Am nächsten Tag passierten sie die Grenze zu Frankreich und fuhren bis St. Avold, wo sie auf konkrete Einsatzbefehle warteten. Die nächsten Stationen waren Gravelotte und St. Privat. Die Stimmung unter der Zugbesatzung wurde immer gedrückter. Die Felder und die ganze Gegend waren wie eine einzige braungraue Wüste, die Bäume hatte man alle niedergehauen, um bessere Sicht zu schaffen und das Holz für Schützengräben zu verwenden. Wo einst Ortschaften gestanden hatten, waren jetzt große, alte, kahle Schlachtfelder mit unzähligen kleinen Kreuzen. Hin und wieder ein einzelner Baum, man sah kein Tier, keine Menschen. Alles war wie tot.

Weiter ging es, immer näher an die Front. Bei einem Halt irgendwo im Nirgendwo stiegen Daisy und eine der Schwestern aus und vertraten sich die Beine. Im dämmrigen Sonnenaufgang gingen sie ein paar Schritte über die Wiese neben den Gleisen. Der Boden war weich, als ob man auf Schwamm träte. Schwester Edith, die schon das siebte Mal auf einem Lazarettzug mitfuhr, meinte: »Gestocktes Blut.« Daisy schauderte. Weiter vorne sah sie einen hölzernen Heiland, der seine Arme weit in die Luft streckte, das Kreuz hinter ihm war weggeschossen. Dann hörte sie von fernher ein langgezogenes, dumpfes Rollen und wusste, die Kanonen hatten ihre Arbeit begonnen.

Die beiden Frauen gingen wieder hinüber zum Kantinenwagen. Joschi, der auf Hans' ausdrücklichen Befehl zu Daisys Schutz mitreiste und mit im Soldatenwagen untergebracht war, hielt Daisy ein Stück Brot mit Sardellenpaste hin, aber sie brachte kaum etwas davon hinunter. Dafür trank sie zum ersten Mal in ihrem Leben Malzkaffee. Der Geschmack war merkwürdig und erinnerte nicht wirklich an echten Kaffee. Wenigstens war er heiß. Gedankenverloren wärmte Daisy ihre Hände an der Blechtasse und dachte an Freddie und Hansel, die irgendwo da draußen waren, weiter im Westen.

Irgendwann hielten sie an einem kleinen Bahnhof in einem unbekannten Ort. Wagen warteten hier, große Militärlaster, die nur eine Fracht transportierten: Verwundete und Schwerverletzte. Soldaten, die zur Genesung in die Heimat fuhren, Amputierte, Kopfverletzte, Männer mit Schuss- und Stichwunden. Sie lagen oder saßen auf den Ladeflächen der Laster, einige konnten selber gehen, die anderen wurden auf Bahren in die Waggons getragen. Ihre Verbände waren schmutzig, durchgeblutet und verklebt, ihre Uniformen löchrig und zerschlissen. Daisy sah in leere Augen und hoffnungslose Gesichter, hörte das Stöhnen und Seufzen. »Schwester, Wasser!« Sie lief nach der Wasserkanne, während die Verwundeten einer nach dem anderen den Zug bestiegen oder von den Helfern hineingetragen wurden. Sie hakte einen Mann mit Augenbinde unter und führte ihn.

Sie stützte einen jungen Offizier, der vor Schwäche kaum gehen konnte. Sie verteilte Decken und Kissen. Sie tröstete und streichelte Hände, und zum ersten Mal in ihrem Leben fühlte sie sich zu etwas Nutze. »Joschi«, sagte sie am Abend todmüde, als alle Verletzten untergebracht waren, »heute habe ich gearbeitet! Ein richtiges Tagwerk vollbracht.«

Joschi hob die Augenbrauen. »Das ist etwas, was die meisten Menschen tun, Mylady!«

Sie stopfte achtlos ihre langen Haarsträhnen, die sich gelöst hatten, unter die Schwesternhaube zurück. »Ich weiß. Alle, nur ich nicht. Ich war immer nur unnützes Beiwerk für irgendetwas und irgendwen. Ich wurde nie zu etwas gebraucht. Und jetzt habe ich zum ersten Mal das Gefühl, dass ich etwas wert bin. Kannst du das verstehen?«

Joschi lächelte und nickte. Dann half er ihr, die Tür zu ihrem Abteil zu öffnen, die klemmte, und ging danach selber in den Soldatenwaggon schlafen.

Die zweite Fahrt führte nach Litauen, in einen Ort namens Uzjany in der Nähe von Wilna. »Keine Seele weiß, wo dieses Nest liegt«, knurrte der Lokführer, aber er brachte den Zug sicher dorthin. Als sie ankamen, erwies sich das Lazarett als Typhushöhle, sogar Ärzte und Schwestern hatten sich angesteckt. In einem solchen Fall hatten sie Anweisung, weiterzufahren; Seuchenkranke durften nicht in die Heimat transportiert werden. Bestialischer Gestank hing über dem Lazarett, in verdreckten Betten lagen Männer im Fieber und Delirium, zu essen gab es nur Schleimbrei und Wasser. »Wir können hier nicht helfen«, sagte Professor Küster zu Daisy, nachdem er mit dem Lazarettleiter gesprochen hatte. »Gegen Typhus gibt es keine Medikamente mehr. Wir müssen sehen, dass wir wegkommen, ohne uns anzustecken.«

Also gab Daisy schweren Herzens Anweisung, weiterzufahren. Sie hatte die Kranken gesehen, die Rufe gehört: »Nehmt uns mit«, die Hände abgewehrt, die sich ihr entgegengestreckt hatten. Es war gegen jede Vernunft gewesen, überhaupt in den Krankensaal hineinzugehen. Und es war kaum zu ertragen, die Elenden einfach zurückzulassen.

An diesem Abend saß Daisy auf ihrem Bett, zum Umkippen müde und verzweifelt. Sie hatte in den Augen der Männer den Tod gesehen. Alle würden sie sterben, entweder an der Seuche oder an ihren Verletzungen, einfach gottsjämmerlich und von allen verlassen. Daisy ließ es geschehen, dass ihr Missy die Schuhe auszog und die Füße massierte. Mechanisch nahm sie ihre Haube ab, das Haar fiel ihr über den Rücken. Überall auf ihrem Kopf juckte es. »Bring mir einen Spiegel und die Schere, Missy«, sagte sie. »Und dann geh, das Abendessen wartet. Ich komme nach.«

Als die Zofe weg war, saß sie noch eine Weile stumm und müde da. Eine Welle des Ekels rollte über sie hinweg, sie schnappte nach Luft, bis es vorüber war. Dann griff sie zur Schere und schnitt mit entschlossenen Bewegungen ihr langes, blondes Haar ab, auf das sie immer so stolz gewesen war. Früher, in einem anderen Leben.

Zu Hause in Deutschland blieben jedes Mal kurze Erholungspausen, in denen Daisy entweder in Berlin blieb und Bolko holen ließ oder nach Partenkirchen fuhr. Wenn es Hans erlaubte, kam Lexel dazu, und Mutter und Söhne verbrachten kostbare Zeit miteinander. Dann wieder gab es Lazarettfahrten, nach Rumänien, noch einmal nach Litauen, schließlich drei nacheinander an die Westfront. Auf diesen Fahrten schien Daisy ihr altes Leben in Luxus und Pracht weltenweit weg. Der Zug, das war jetzt ihr Leben und ihre Aufgabe. Längst hatte sie sich an den Geruch des Kreosols gewöhnt, mit dem man die Leichen desinfizierte, an das ständige Rattern der Räder. Inzwischen schaffte sie blind die Übergänge zwischen den einzelnen Wagen, hielt sich dabei mit sicherem Griff an den Spannseilen fest, während unter ihr Schotter und Erde vorbeirasten. Sie hatte sich daran gewöhnt, Brei und Schrotbrot, undefinierbare Konserven und Speisefettersatz zu essen. Sie dachte nicht mehr an Äußerlichkeiten, weiße Kragen und Häubchen trug sie seit Monaten nicht mehr; woher sollte man unterwegs Zeit zum Waschen und Bügeln nehmen, wenn schon der Schlaf auf das menschenmögliche Minimum beschränkt war? Dass es möglich sein konnte, tagelang keine Wäsche zu wechseln, war ihr früher undenkbar erschienen; jetzt war sie schon froh, läusefrei zu sein.

Die Menschen im Zug wuchsen auf jeder Fahrt zu einem verschworenen Haufen zusammen. Sie arbeiteten verbissen, kämpften um jedes Leben, kümmerten sich mit Hingabe um jeden einzelnen Verletzten. Oft machte sich dabei eine Art Galgenhumor breit, der das Elend aushalten half. Da wurde ein Waggon, in dem fast nur junge Soldaten unter achtzehn Jahren lagen, zur »Säuglingsstation«. Da lachte ein ganzes Abteil jeden Tag Tränen über einen dicken schwäbischen Leutnant, der einen Querschläger durch das ganze, üppig geratene Hinterteil abbekommen hatte und beim Tamponieren jaulte wie ein junger Hund. Da gab es den lungenkranken Spaßvogel aus Sachsen, der bei jedem Abendessen – es gab nie etwas anderes als Brotschnitten mit Aufstrich – den Feldstecher hervorholte, um den Belag zu suchen. Das waren die Momente, in denen auch Daisy ihre Anspannung vergessen und herzlich mitlachen konnte. Irgendwann hatte sie bei einem kurzen Aufenthalt in Berlin ein Grammophon und sieben Schellackplatten mit italienischen Opernarien aufgetrieben, die ab da während der Fahrt stundenweise von einem Waggon zum anderen wanderten. Ein ehemaliger Lehrer aus Bingen am Rhein übersetzte einmal für den ganzen Zug die Texte, und alle hielten sich die Bäuche vor Lachen über die darin befindlichen Anzüglichkeiten – bis sich herausstellte, dass der Mann gar kein Italienisch konnte und sich alles nur ausgedacht hatte.

Einmal wurden sie nachts angegriffen; der Kessel des Heizwagens wurde zerschossen, Dampf zischte durch die Löcher. Jeschke, der Heizer, lag am Boden; die Wucht der Explosion hatte seinen linken Arm vom Körper gerissen, die Hand umklammerte weiter die Kohleschaufel. Sie versorgten ihn, so gut es ging. Er lebte noch eine Stunde. Danach wurden alle Fenster des Zugs mit dunkelblauer Farbe gestrichen, damit kein Lichtschein mehr nach draußen drang.

Bei jedem Aufenthalt in Berlin, ihrer Basisstation, schickte Daisy Joschi als Erstes zum Postamt, um alle postlagernden Briefe abzuholen. Klopfenden Herzens nahm sie die Packen in Empfang, immer in der Angst, dass eine schlechte Nachricht darunter sein konnte. Mit zitternden Fingern öffnete sie dann Freddies und Hansels Briefe, um jedes Mal aufzuatmen, wenn beide wohlauf waren. Freddie war immer noch in der Nähe von Lille stationiert, und Hansel an der Somme. Sogar er, der voller Ideale in den Kampf gezogen war, schrieb inzwischen voller Resignation, dass dieser Krieg blanker Wahnsinn und nicht mehr zu gewinnen sei. Hans dagegen vermeldete stolz, dass der Kaiser inzwischen Pless zum Hauptquartier im Osten erwählt hatte. Und dann, gerade als der Lazarettzug Ende Februar 1918 erneut abfahren sollte, kam ein Telegramm von Hans, das Daisy unverzüglich nach Schlesien rief.

»Kompletter Stab wechselt von Pless nach Fürstenstein. Besuch der Kaiserin geplant. Deine Anwesenheit als Gastgeberin erwünscht. Auf bald, Hans«

....

Fürstenstein, 9. März 1918

Daisy ging durch die vertrauten Räume. Es war kühl im Schloss, denn über den Winter war außer ein paar wenigen Bediensteten niemand hier gewesen, und die dicken Wände strahlten immer noch Kälte ab. Seit Lexel ins Haus der Hardouins gleich neben dem Schloss umgezogen war, standen die herrschaftlichen Zimmer leer. An der Baustelle wurde seit einem halben Jahr nicht mehr gearbeitet.

Daisy hatte gleich nach ihrer Ankunft veranlasst, dass alle Decken und Laken von den Möbeln entfernt wurden. Sie ließ sämtliche Teppiche klopfen, auch die hundertneunundzwanzig Fußwärmer-Schaffelle – sie hatte sie einmal in einer einsamen Zeit gezählt, nur um an etwas anderes zu denken. Das war Jahre her, und jetzt fiel es ihr wieder ein. Damals hatte sie noch gehofft, hier glücklich werden zu können. Jetzt ruhten ihre Hoffnungen woanders.

Überall waren Dienstmädchen beschäftigt, Staub zu wischen, Fenster zu putzen Möbel zu polieren. Stubenheizer schürten die Kamine, damit der fürstliche Wohnbereich bis zur Ankunft der hohen Gäste auf angenehme Temperatur kam. Im Hof standen Wägen und Pferdekarren, es wurden alle nötigen Vorräte in die Küche geliefert; das Küchenpersonal schleppte Kisten mit Wein, Körbe mit Gemüse, Kannen mit Milch und Kartoffelsäcke in die Lagerräume. Einer der Jägerknechte trug ein Wildschwein über den Hof, hinter ihm liefen zwei Jungen mit kopfüber gebündelten Hühnern und Fasanen. Daisy trat vom Fenster zurück.

»Fürstliche Hoheit«, sagte die Hausdame und knickste, »die Kronleuchter sind allesamt geputzt, aber ich habe gerade feststellen müssen, dass die Kerzen nicht reichen. Unser Lieferant in Waldenburg ist vor zwei Monaten einberufen worden, das Geschäft hat geschlossen …«

»Telegraphieren Sie nach Pless, Ernestine, sie sollen welche schicken. Und sorgen Sie dafür, dass die Kaiserin für ihr Schlafzimmer Bienenwachskerzen bekommt, die mag sie besonders gern.« Petroleum für die Lampen gab es schon lange keines mehr.

»Sehr wohl.«

Daisy betrat das Zimmer von Hans, um zu kontrollieren, ob alles am Platz war. Der Raum war im Gegensatz zu allen anderen auf Fürstenstein völlig nüchtern und schmucklos. Ein langer, weißgestrichener Schrank zog sich eine ganze Wand entlang. In der Ecke vor einem der beiden Fenster stand hinter einem roten Paravent ein einfaches schmales Bett aus dunklem Eichenholz, darüber ein Stich mit der Abbildung eines Jagdhundes. Daneben ein Nachtkästchen. Ein hoher Sekretär aus Kirschholz, eine Waschkommode mit Spiegel, ein rundes Tischchen mit zwei Stühlen. Das war Hans' Reich. Das Zimmer eines deutschen Offiziers, ohne Bequemlichkeit und unnötigen Schnickschnack. Kalt und ungemütlich. So wie er, dachte Daisy. Sie glättete mit der Hand die Bettdecke, zupfte den braunen Vorhang zurecht. Dann ging sie auf dem weichen roten Teppich den Flur entlang, vorbei an dem ausgestopften Wisent und den zahllosen Hirschgeweihen an den Wänden. Hier mussten noch Grünpflanzen aus dem Palmenhaus und die rotgepolsterten Stühle hin. Sie warf einen Blick in den Saal. Der Parkettboden war ordentlich gewienert, die riesigen Spiegel glänzten. Ihr Blick fiel auf den pummeligen Mohrenknaben, der umgeben von goldenen Ranken hoch über der Tür thronte. Der musste unbedingt noch abgestaubt werden. Im Vestibül wurden gerade die großen chinesischen Vasen aufgestellt; Daisy lächelte und nickte den Kammerknechten zu, die zu zweit die riesigen Porzellangefäße zurechtrückten. Auf der Paradetreppe war nichts zu beanstanden, der Teppich lag sauber und ohne Falten.

Daisy erreichte die Bibliothek, die auf Hans' Anordnung

zum Besprechungszimmer umfunktioniert worden war. Die bunten Sofas waren weg, an ihrer Stelle standen auf dem blauen Teppich ein riesiger Tisch für die Landkarten und eine Menge an hell gepolsterten Stühlen. Ein Rauchtisch und mehrere Schreibtische komplettierten die Einrichtung. Daisy fuhr mit dem Finger über den marmornen Kaminsims. Kein Staub. Es roch frisch, man hatte ordentlich gelüftet.

Schließlich betrat sie ihre eigenen Räume. Als sie als junge Braut nach Fürstenstein gekommen war, hatte Hans ihr erlaubt, alles nach ihren Wünschen umzugestalten. Und das hatte sie getan. Sie hatte die schweren dunklen Holztäfelungen entfernen und stattdessen weiße mit goldenen Ranken anbringen lassen. Sie hatte die alten braunen Sessel und die Recamiere hellgelb polstern und die Sofas mit rosa Blumenmuster beziehen lassen. Alle alten Möbel hatte sie hinausgeworfen und lieber filigrane Tischchen, Glasvitrinen und Kommoden gewählt, dazu Paravents und Stühle im Kolonialstil, leicht und hell. Das Schlafzimmer mit dem romantischen breiten Bett, das in einer Nische unter einem weißgoldenen Portal stand, war hell und gemütlich, daneben hatte Daisy einen runden Ankleideraum mit zwei Toilettentischen und Einbauschränken einrichten lassen. Und als dann noch anstatt der braunen Samtvorhänge überall weiße Voiles vor den raumhohen Fenstern schwebten, hatte sie eine Umgebung geschaffen, in der sie sich wohlfühlen konnte. Die Krönung des Ganzen war das im Jahr 1911 renovierte Badezimmer mit dem in den Boden eingelassenen Badebecken, in das eine Treppe hinabführte. Sie selber hatte diese »Wanne« für protzig gehalten, aber Hans hatte darauf bestanden. »Wie einst Königin Kleopatra soll die Fürstin von Pless ins heiße Bad steigen«, hatte er gesagt, und sie hatte schließlich nachgegeben.

Sie ließ sich auf das Sofa am Fenster fallen und nahm eines der Bilder in die Hand, die auf dem kleinen Tischchen daneben standen. Es war eine Fotografie ihrer Schwester. Mit großen dunklen Augen unter dem hochgesteckten üppigen Haar sah Shelagh sie ernst an. Ach Biddy, dachte Daisy, ach Biddy. Wenn Frieden ist, musst du mich wieder besuchen. Oder ich komme zu dir nach England. Bald. Hoffentlich bald.

Sie strich mit dem Finger über das Glas und stellte das Bild wieder hin. In ein paar Stunden würden die Gäste da sein, sie hatte noch viel zu tun. Mit einem Seufzer stand sie wieder auf. Die Besprechung mit der Köchin begann gleich. Die Ärmste war untröstlich. Seit Jahren war wegen des Kriegs so vieles nicht mehr zu bekommen: keine französischen Bressehühner, kein Kaviar und auch nicht die englische Orangenmarmelade aus London, die Daisy immer so gern zum Frühstück aß. Tropische Früchte aus den Kolonien – der Kaiser liebte Ananas – gab es auch keine. Gut so, dachte Daisy. Soll er darauf verzichten. Es ist schließlich sein Krieg.

Es klopfte, und Joschi stand vor der Tür. Daisy bat ihn herein. Seit längerem schon machte sie sich Sorgen um ihren Leibjäger und Vertrauten. Er war schweigsam geworden, düster und in sich gekehrt. Seine Enttäuschung war groß gewesen, als er hatte feststellen müssen, dass man Athanasius und die anderen verbliebenen Pferde nach Pless gebracht hatte, weil die Ställe inzwischen vom Salzbrunner Lazarett als Außenstelle genutzt wurden. Die Pferde fehlen ihm einfach, dachte sie. Dafür ist er geschaffen, nicht für den Dienst in einem Hilfszug.

»Mylady«, sagte er jetzt, »jetzt, wo wir hier in Fürstenstein sind – dürfte ich um ein paar Tage Urlaub bitten?«

Sie sah ihn erstaunt an. So viel Urlaub hatte er noch nie gewollt. »Aber gern«, lächelte sie. »Jederzeit. Was willst du denn anfangen in deiner freien Zeit?«

Er sah verlegen zu Boden. »Mein Bruder … er lebt jetzt in Reichenstein. Das ist ja nicht so weit von hier. Ich möchte auf ein paar Tage zu ihm fahren.«

»Ah, deshalb hast du ihn letztes Mal in Berlin nicht besucht. Was macht Otto denn in Reichenstein?«

»Er ist versetzt worden. Hat dort ein eigenes Labor. Mehr weiß ich auch nicht.«

»Grüß ihn von mir.« Daisy lächelte. »Und nimm dir so viel Zeit, wie du brauchst.«

Als Joschi fort war, runzelte sie nachdenklich die Stirn. Joschi hatte nicht den Eindruck gemacht, als ob er sich auf das Treffen mit Otto freute.

Zwei Tage später trafen die ersten Gäste ein. Hindenburg und Ludendorff teilten sich mit weiteren Offizieren vom Generalstab ein Automobil, mit den nächsten Wägen kamen Admiral von Müller, der Chef des Marinekabinetts, die Mitglieder des Militärkabinetts, General von Plessen, Admiral Tirpitz und Friedrich Wilhelm von Berg, der Chef des Zivilkabinetts. Dazu deren Ordonnanzen und Mitarbeiter. Endlich fuhren Hans und der Kaiser in den Hof ein, im Fond Prinz Eitel Friedrich. Ihnen folgte der Wagen von Doda und ihren Damen, die mit dem Zug aus Berlin gekommen waren. Daisy stand unter den Arkaden des Schlosses und begrüßte alle Ankommenden nacheinander mit alter Herzlichkeit – als ob sich in den letzten Jahren nichts verändert hätte. Nach dem obligatorischen Hofknicks nahm sie Doda, die ihr zur Reisegenehmigung verholfen hatte, bei den Händen und küsste sie auf beide Wangen. »Ich bin stolz und glücklich, Eure Majestät in Fürstenstein begrüßen zu dürfen. Und ich will Ihnen gleich zu Anfang noch einmal aufrichtigst danken für die Hilfe, die Sie mir zu geben bereit waren.«

»Aber liebste Freundin, das war doch selbstverständlich«, erwiderte die Kaiserin. »Im Krieg müssen wir alle zusammenhalten, nicht wahr?«

Und Wilhelm, der danebenstand, meinte: »Kaiser und Reich

danken es Ihnen, liebe Daisy, dass Sie sich mit so viel Herzblut für die Verwundeten einsetzen.«

Das hätte ich schon viel früher tun können, wenn Ihre sture Militärregierung es mir erlaubt hätte, dachte Daisy, aber sie sagte nur: »Es freut mich, wenn Eure Majestäten meine Arbeit schätzen.«

Hans hauchte einen Kuss auf ihre Wange und nahm galant ihren Arm, als sie nach drinnen gingen. »Du siehst blass aus«, sagte er leise, »und dünn.«

»Meine Arbeit im Zug ist anstrengend«, gab Daisy zurück. »Und du? Mir scheint, du wirkst auch ein wenig müde?«

Sein Gesicht verschloss sich. »Das muss von der langen Fahrt kommen«, wehrte er ab. »Mir geht es gut.«

Wie immer, dachte Daisy. Nur keine Schwäche eingestehen.

Nachdem alle Gäste ihre Räume bezogen hatten, gab es ein Damendinner im kleinen Salon; die Herren speisten für sich im Krummen Saal. Und genau so ging es in den nächsten Tagen weiter. Daisy kümmerte sich um die Kaiserin, ging mit ihr spazieren, besuchte die Lazarette in Kunzendorf und Salzbrunn und nahm an einem Gottesdienst in der Schweidnitzer Friedenskirche teil, während die Männer in der Bibliothek bis in die Nacht hinein über riesigen Landkarten brüteten und Schlachtpläne entwarfen. Offenbar, so viel drang zumindest nach außen durch, hatte Ludendorff einen Vorschlag für eine entscheidende große Offensive im Westen gemacht, die nun heftig diskutiert wurde. Daisy hatte kaum Gelegenheit, alleine mit Hans zu reden.

Stattdessen traf sie den Kaiser eines Nachmittags auf der Kastanienterrasse. Es war der erste milde Frühlingstag des Jahres, und sie hatte nach den Rosenbeeten gesehen. Als sie die Treppe hochkam, stand er mit seiner unvermeidlichen Zigarre an der Balustrade und sah ins Tal, das noch nicht grünte.

»So nachdenklich, Sire?« Sie trat näher.

»Wollte grade ein wenig Luft schnappen«, erwiderte Wilhelm und paffte an seinem Stumpen. »Drinnen reden sie alle durcheinander. Das kann ich nicht leiden.«

»Ich höre, es geht um eine neue Offensive?«

»Äh, ja, nun …« Wilhelm nahm die Zigarre aus dem Mund und runzelte die Stirn. »Das wollen Sie gar nicht wissen, meine Liebe. So etwas ist nichts für schwache Damen.«

»Im Krieg gibt es keine Damen mehr, Sire.«

Er hob die Augenbrauen. »Ja, der Krieg fordert von uns allen das Menschenmögliche.«

»Und er fordert von so vielen das Leben …«

»Dulce et decorum est, per patriam mori.« Wilhelm nickte ernst. »Ein Sieg ist viele Tode wert.«

»Werden wir denn siegen?«

Der Kaiser machte eine große Geste mit dem rechten Arm. »Aber natürlich. Wer wollte daran zweifeln? Gott ist mit uns! Die großen und herrlichen Erfolge, die wir errungen haben, die vielen glänzenden Siege, die heldenhafte Tapferkeit unserer Soldaten, die mit Begeisterung ins Feld ziehen …«

»… und als Gebrochene wieder heimkommen. Wenn sie überhaupt heimkommen.« Daisy konnte sich nicht mehr beherrschen. Da stand der Kaiser, der seine Tage im Hauptquartier weit hinter der Front in Sicherheit verbrachte, die menschgewordene Siegesgewissheit, und sprach davon, dass andere den süßen Tod fürs Vaterland starben. Vielleicht Hansel. Vielleicht Freddie. Wut und Verzweiflung stiegen in ihr auf. Ihre Stimme zitterte, als sie sprach: »Sire, ich habe sie gesehen, die Krüppel, die Blinden, die Korbmenschen, ja, so nennt man sie, weil sie keine Gliedmaßen mehr haben und in Körben getragen werden müssen. Ich habe sie gesehen, die Verrücktgewordenen, die Verwundeten und Versehrten! Die Männer ohne Unterkiefer, das halbe Gesicht weggeschossen. Die Gasopfer, deren Lungen und Haut buchstäblich weggebrannt sind und denen wir mit Ölgüssen kaum die Schmerzen lindern können. Ob Sieg oder Niederlage – welch ein Leben werden sie danach führen?«

Wilhelm lief rot an. »Das fragen Sie mich? Ich bin doch selber ein Versehrter!« Er boxte zornig mit der Faust gegen seinen verkrüppelten Arm.

»Aber das ist doch nicht dasselbe!«

»Ach nein? Oh, ich weiß schon, was Sie sagen wollen, Daisy! Diese Männer haben ihre Verwundungen im Kampf erhalten. Ich dagegen habe nie gekämpft. Ich kann nicht kämpfen. Ich bin nur ein Krüppel zweiter Klasse, einer von Geburt an.«

»Das habe ich nicht gemeint, Majestät. Ich wollte nur ...«

»Schweigen Sie!« Noch nie hatte Wilhelm sie so angesehen, mit wildem Blick. »Sie können sich nicht vorstellen, wie ich darunter leide, nicht in vorderster Linie stehen zu können. Und dennoch muss ich ein Reich führen! Muss aller Welt beweisen, dass Deutschland ganz vorne steht! Muss streiten und siegen für mich und mein Volk! Ohne Unterlass, jeden Tag! Sie wissen ja nicht, wie das ist!« Seine Zigarre war ausgegangen; er warf sie in hohem Bogen über die Balustrade. »Diese Verantwortung! Diese Bürde!«

»Es ist bewundernswert, wie Sie diese Last tragen, Sire.« Sie hatte Angst vor ihm bekommen, musste ihn irgendwie beruhigen. »Wir alle sind uns dessen bewusst, und Ihr Volk verehrt Sie dafür.«

Er sog Luft durch die Nasenlöcher ein. »Ja, das weiß ich«, sagte er schließlich schon ruhiger. »Das weiß ich. Mein Volk liebt mich. Es glaubt an mich. Und ich werde es nicht enttäuschen.« Er wandte sich ab und sah wieder ins Tal hinunter.

»Sie sind ein guter und tapferer Kaiser, Sire«, sagte Daisy. Und dann wagte sie es: »Aber dazu gehört auch, zum richtigen Zeitpunkt Frieden zu machen.«

Er fuhr herum. Seine Augen waren zu Schlitzen verengt. Er öffnete den Mund, gleich würde er sie wieder anbrüllen. Aber dann winkte er nur kopfschüttelnd ab. »Weiber«, brummte er und kicherte dann leise. »Immer wollen sie den Frieden. Das liegt an ihrer schwachen Natur. Die gute Doda sagt auch manchmal solche Dinge. Na, na, Daisy, sehen Sie mich nicht so an. Ich bin Ihnen nicht böse. Machen Sie sich einfach keine Gedanken mehr über Sachen, die Sie nicht verstehen. Vielleicht sollten Sie nicht mehr mit diesen Zügen fahren. Das tut Ihnen nicht gut. Und jetzt lassen Sie uns wieder hineingehen. Die Arbeit wartet.«

Daisy atmete einmal tief durch. Dann folgte sie dem Kaiser ins Schloss.

....

Daisy erzählt

Joschi war schon nach drei Tagen zurück. Er wirkte finster wie die Nacht, und er sprach kein Wort. Ich machte mir langsam Sorgen um ihn. Und dann traf ich ihn, zufällig, als ich mit Lexel und den Hardouin-Brüdern einen Spaziergang im Wald machte. Er hockte auf einem Hochsitz, ich bemerkte ihn erst, als ich zufällig den Blick hob, weil ein Vogel aufflog.

»Joschi«, rief ich hinauf.

Er reagierte nicht. Ja, zum Donnerwetter! Ich stemmte die Hände in die Hüften. »Joschi, du kommst jetzt sofort herunter.«

Während er herunterkletterte, scheuchte ich die drei Jungen zum Spielen in den Wald, wohin sie sofort mit Indianergeheul verschwanden.

»Joschi«, sagte ich, »was ist los mit dir? Du bist ganz verändert, du sprichst nicht, du machst ein Gesicht wie sieben Tage Regenwetter. Dich bedrückt doch irgendetwas. Hat es mit Otto zu tun?«

Er stand da, mit hängenden Schultern. »Mein Bruder ist der Teufel!«, stieß er schließlich hervor, die Fäuste geballt. »Und wir sind schuld!«

Ich war völlig verblüfft. »Wie kommst du darauf?«, wollte ich wissen. »Und warum sind wir schuld?«

»Weil wir ihn zur Schule gehen und studieren haben lassen.« Er wirkte verzweifelt. »Darum.«

Ich zog ihn zu einem dicken Baumstamm, der am Wegrand lag, drückte ihn mit sanfter Gewalt darauf nieder und setzte mich neben ihn. »So. Und jetzt sei so gut und erklär mir alles.«

Verlegen rieb er sich das Kinn. »Ich hab's nie erzählt, Mylady, weil ich mich geschämt hab für meinen Bruder und was er jetzt macht. Ich hab gedacht, der Krieg ist bald vorbei, und ich wollte auch einfach nicht mehr dran denken. Aber jetzt ist alles noch schlimmer geworden. Der Krieg ist nicht vorbei, und ich hab gesehen, was Otto mit seiner Arbeit angerichtet hat, und jetzt macht er noch schlimmere Sachen …«

Daisy legte die Hand auf Joschis Arm. »Jetzt fang einfach ganz von vorne an, Joschi. Sonst versteh ich ja gar nichts.«

Er seufzte. »Otto ist seit Jahren Mitglied in Professor Habers ›Gastruppe‹. So heißen die Leute, die an der Herstellung von Giftgas arbeiten. Erinnern Sie sich? Otto hat einmal erzählt, er forscht über Chlor.«

»Ich erinnere mich. Otto war damals ganz begeistert.«

»Aber Chlor ist so eine Art Giftgas, verstehen Sie? Das erste Giftgas, das die Deutschen eingesetzt haben, noch ziemlich zu Anfang des Krieges. Inzwischen werden noch mehr giftige Stoffe verwendet. Ich hab mir die chemischen Fachbegriffe nicht merken können, aber so, wie es mir Otto erzählt hat, greifen diese Stoffe den menschlichen Körper an unterschiedlichen Stellen an. Chlor zum Beispiel verätzt die Haut und die Schleimhäute von Nase, Rachen und Lunge. Andere Gifte greifen zum Beispiel die Augen an. Diese Gifte werden alle in Stahlbehältern an die Front transportiert. Je nachdem, welches Gift darin ist, werden diese Behälter mit Kreuzen markiert. Chlorgas ist Gelb, andere sind Weiß, Blau, Grün, Rot. Die Gifte werden dann in verschieden Kombinationen miteinander oder nacheinander verschossen. Das nennt man ›Buntschießen‹. Zum Beispiel verschießt man gleichzeitig mit dem Lungengift Phosgen, das ein grünes Kreuz hat, ein anderes Gift, den Namen hab ich mir nicht gemerkt. Sie nennen es jedenfalls Blaukreuz, den Maskenbrecher. Blaukreuz dringt durch die Gasmasken und verursacht Brechreiz. Die Soldaten reißen sich, weil sie kotzen müssen, die Gasmasken vom Gesicht. Dann atmen sie erst das tödliche Gift ein.«

»Schrecklich.« Mit lief es kalt den Rücken herunter. Ich musste an die armen Soldaten denken, denen das Gas die Lungen zerstört hatte, die blind waren, die am ganzen Körper verbrannt waren. »Der Mensch ist sich selber der furchtbarste Feind.«

»Und mein Bruder ist der Schlimmste von allen.« Joschi barg das Gesicht in den Händen. »Stellen Sie sich vor, er ist auch noch stolz auf seine Leistung! Dabei kennt er doch sonst keine Gefühle! Aber sie bringen ihm das bei, stolz zu sein! Er hat zum Beispiel ganz alleine herausgefunden, dass irgendein Öl, das man bei der Arsenherstellung gewinnt, den Gefrierpunkt von Gelbkreuz herabsetzt. Vorher hat man das Zeug nur im Sommer verschießen können, seit letztem Jahr, dank Otto geht das jetzt auch im Winter. Er hat in Experimenten herausgefunden, wie man die zwei chemischen Stoffe miteinander mischen kann. Er hat mir erzählt, dass sie die Gifte, die sie erfinden, nach sich selber benennen! Lommel und Steinkopf – die beiden hab ich sogar einmal in Berlin kennengelernt –, das ergibt ›Lost‹. Senfgas. Herrgott, und jetzt sterben da draußen womöglich bald Männer an einem neuen Gift, das nach meinem Bruder heißt.«

»Er will ein neues Gift herstellen?«

Joschi nickte. »Deshalb haben sie ihn nach Reichenstein versetzt. Da wurde in früheren Zeiten Gold abgebaut, aber es gibt dort offenbar auch Erze, die Arsen enthalten. Sie wissen schon, das Mordgift aus den Romanen. Otto hat dort ein niegelnagelneues Labor bekommen, in dem er gleich an Ort und Stelle aus Arsen Arsinöl herstellen kann, und daraus will er dann ein Giftgas machen, das noch viel tödlicher ist als alle anderen. Kein anderer aus der Gastruppe kann das, nur er, weil er der Beste ist. Damit wird er in die Geschichte eingehen, sagt er.«

»O Gott.« Mein Magen krampfte sich zusammen.

»Sehen Sie? Und deshalb sind wir auch mit schuld. Ich, weil ich Sie dazu gebracht habe, ihm zu helfen, und Sie, weil Otto ohne Sie nie dahin gekommen wäre, wo er jetzt ist.«

Jetzt schlug auch ich die Hände vors Gesicht. Wir hatten es so gut gemeint. Und dann kam der Tod heraus. »Kann man nicht mit Otto reden?«

»Glauben Sie, das hätte ich nicht versucht?«

Eine Weile saßen wir schweigend nebeneinander. Wir hörten die Rufe und das Lachen der drei Jungen, es klang wie Hohn. Joschi griff sich einen Stock, der am Boden lag, zog sein Messer aus der Tasche und schnitzte wütend daran herum. Ich hing meinen Gedanken nach. Reichenstein. Die Alte Hütte ... Ich erinnerte mich. Die Bergwerke und die dortigen Fabriken gehörten Hans. Er hatte mir alles gezeigt, als ich nach der Hochzeit zum ersten Mal in Schlesien war. Damals hatte mich das Ganze überhaupt nicht interessiert ... und jetzt? Ob Hans wusste, was da vorging?

»Ich muss unbedingt mit Hans reden«, sagte ich und stand auf.

....

Fürstenstein, Palmenhaus, 15. März 1918

Im Palmenhaus hatte sich alles verändert. Wo vorher seltene Pflanzenarten aus aller Welt eine Heimstatt gefunden hatten, Palmen, Orchideen, Kakteen, fleischfressende Pflanzen und Dschungelranken, wuchsen jetzt Zwiebeln, Möhren und Kohl. Schon seit dem zweiten Kriegsjahr konnte das riesige Gebäude aus Metall und Glas nicht mehr beheizt werden, und ohnehin war seit den Hungerjahren 1916 und 17 Gemüse lebensnotwendiger als exotisches Grünzeug. Daisy ging den Kiesweg entlang, vorbei an Bänken, kleinen Bachläufen und romantischen Grotten aus Tuffstein, den Hans eigens vom Ätna hatte brechen lassen. In der Orangerie standen noch ein paar einsame Kübel mit jämmerlich dürren Zitronenbäumchen und vertrockneten Oleandern.

Daisy stieg nach oben zur Aussichtsgalerie unter dem gewölbten Glasdach. Hier hatte sie früher bei schönem Wetter gern gesessen, in einem der gemütlichen Sessel aus geflochtenem Rattan, und hatte übers Land geschaut. Heute prasselte unaufhörlich der Regen aufs Dach, das Wasser floss in immer neuen Wellenformationen die Glasflächen hinunter, alles war grau.

Hans stand auf der Westseite, die Hände auf dem Rücken verschränkt, und sah zum Schloss hinüber.

»Hier treffe ich dich!«

Er drehte sich um. »Guter Ort zum Nachdenken«, sagte er. Seit Krieg war, trug er das graue Haar noch kürzer als sonst und den markanten Schnurrbart noch akkurater gestutzt. »Was machst du denn hier?«, fragte er. »Hier gibt's nichts mehr zu sehen.«

»Ich habe dich gesucht.« Daisy trat mit ein paar schnellen Schritten näher zu ihm hin. Sie war immer noch aufgewühlt von ihrem Gespräch mit Joschi, und sie konnte sich einfach nicht bremsen. »Hans«, sagte sie, »was geht in Reichenstein vor sich?«

Er hob erstaunt die Brauen. »Reichenstein?«

Sie sah sofort, dass er es wusste. »Sag mir die Wahrheit, Hans.«

Er drehte die Augen zum Himmel. »Daisy, was soll das? Das Ganze ist nun wirklich nicht dein Problem.«

»Ich will es wissen!«

Er räusperte sich. »Arsenvorkommen«, sagte er militärisch knapp. »Abbau in fast allen Hütten. Die Arsenfabriken sind schon seit dem Ende des Goldabbaus dort sehr lukrativ.«

Sie sah ihn mit festem Blick an.

»Na gut«, seufzte er. »Ich vermute, du willst darauf hinaus, dass dort Arsinöl für Gaskampfstoffe hergestellt wird. Wir liefern es an die Chemieindustrie: Bayer, Hoechst, die BASF. Na und?«

»Dieses Gas ist eine furchtbare Waffe, Hans. Unmenschlich. Entsetzlich. Ich habe die Opfer gesehen.«

Er bekam wieder diesen zynischen Blick, den sie so gut kannte. »Vielleicht hast du es schon bemerkt, Daisy: Wir haben Krieg. Den müssen wir gewinnen. Und mit der neuen Kampfgasvariante werden wir ihn auch gewinnen.«

»Du weißt es also«, sagte sie.

»Was?«

»Dass in einer deiner Fabriken an einem neuen Giftgas gearbeitet wird.«

»Natürlich weiß ich das. Ich habe Direktor Merzbacher von der Sprengstofffabrik – nein, nicht was du schon wieder denkst, es ist nur Sprengstoff für die Gruben – eigens angewiesen, dafür ein Labor mit modernster Ausstattung einzurichten. Schließlich hat Haber seinen besten Mann von Berlin nach Reichenstein abgestellt. Muss ein komischer Kauz sein, aber genial. Es kann nicht mehr lang dauern; er hat bis spätestens Juni Ergebnisse versprochen.«

»Und wie sollen die aussehen?«

Hans zuckte mit den Schultern. »Eine neue Zusammensetzung von Gasen, soweit ich das verstehe. Der Mann in Reichenstein experimentiert offenbar mit einer Verbindung aus Arsinöl und Rizin, einem tödlichen Pflanzengift. Wenn es ihm gelingt, das Ganze in Gasform zu bringen …«, Hans schnaufte einmal tief durch, »… dann haben wir gesiegt. Verstehst du, Daisy? Gesiegt!«

»So willst du siegen, Hans?« Sie schüttelte den Kopf. »Du, ein Offizier von altem Geblüt? Wo bleibt deine Ehre? Wo bleibt dein Stolz? Für so etwas gibst du dich her? Mein Gott, ich schäme mich für dich! Und für die da drüben!« Sie wies in Richtung des Schlosses. »Wer so etwas tut, Hans, der ist doch kein Christenmensch mehr, der …«

Sie konnte nicht mehr weiterreden; er hatte sie an den Schultern gepackt und schüttelte sie. »Du!«, schrie er, plötzlich völlig außer sich, ja verzweifelt. »Du schämst dich für mich? Du hast doch keine Ahnung! Willst du wirklich die Wahrheit hören, ja? Der Krieg ist schon seit zwei Jahren so gut wie verloren. Nur an der gottverdammten Sturheit der Generäle liegt es, dass wir immer noch kämpfen. Und an Wilhelms wahnwitziger Verblendung.«

»Aber jetzt, wo Russland nach der Oktoberrevolution aus dem Krieg ausgeschieden ist …«, hielt sie zaghaft dagegen.

Er schnaubte und ließ sie los. »Die Amerikaner sind ein viel stärkerer Gegner, und die sind seit dem letzten Jahr mit dabei. Der Stellungskrieg im Westen hat uns zermürbt, und zusammen mit den Amerikanern werden die Franzosen und Engländer uns bald den Rest geben. Unser Nachschub funktioniert nicht mehr. Die englische Seeblockade trifft uns ins Mark. Dazu kommt noch, dass wir noch nicht identifizierte Verräter in den eigenen Reihen haben, Spione, die Angriffspläne an den Feind weitergeben. Es gibt Frontabschnitte, da weiß der Feind schon vor uns, was wir planen. Wir können das nicht mehr lange durchhalten. Wir pfeifen aus dem letzten Loch, Daisy, und das ist die reine Wahrheit!«

Er ließ sich erschöpft auf einen der mit weißen Laken bedeckten Rattanstühle sinken und fuhr sich durchs Haar.«

»Aber deine Briefe … und du hast doch immer gesagt …«

»Ich habe immer gelogen, Daisy. Ein Offizier muss doch bis zum letzten Atemzug an der Seite des Kaisers stehen.«

»Muss er dass? Müsst ihr alle dem Kaiser und seinen Generälen wider besseres Wissen wie die Lemminge in den Abgrund folgen?«

Er sah zu ihr hoch. »Dieses neue Giftgas wird unsere letzte Chance sein. Das – und nicht die ach so großartige Offensive, die Ludendorff an der Westfront plant. Die wird genauso scheitern wie alle anderen. Außer, wir können dabei eine Waffe einsetzen, die alles schlägt.« Er ballte die Fäuste. »Deshalb habe ich meine Fabrik in Reichenstein zur Verfügung gestellt, damit diese Experimente möglichst schnell und gut durchgeführt werden können. Nicht, weil ich Vergnügen an einer Waffe habe, die, wie du ganz richtig bemerkt hast, eines deutschen Soldaten unwürdig ist. Ja, Daisy, ich habe noch meine Ehre. Und ich habe meinen Stolz. Aber das zählt nicht. Ich hatte die Hoffnung auf einen Sieg schon aufgegeben. Aber jetzt … Wenn die Forschungen in Reichenstein erfolgreich sind, können wir den Krieg doch noch gewinnen. Dann würde es schnell gehen. »

Müde ließ sie sich ihm gegenüber auf den zweiten Sessel sinken. »Ach Hans«, sagte sie. »Was ist nur aus uns geworden? Aus Deutschland? Aus England? Egal, wer siegt, unsere Welt wird in Trümmern liegen. War es das wert?«

»Wir hatten keine Wahl.«

Sie schüttelte den Kopf. »Es gibt immer eine Wahl.«

Dann stand sie auf und ging.

An diesem Abend, als alle schon schliefen, wanderte Daisy alleine durch die unzähligen Zimmer von Fürstenstein. All das hier, dachte sie, wie habe ich es verabscheut! Wie widerwillig habe ich hier gelebt, wie unglücklich war ich in diesen protzigen Sälen und überladenen Räumen! Wie ein Geist lief sie durch die Gänge, einen mehrarmigen Leuchter in der Hand, der rötlich wabernde Schatten an die Wände warf. Und dann, als sie in der Ahnengalerie vor den Bildern der fürstlichen Vorfahren stand, traf sie die Erkenntnis wie ein Schlag: Wenn Deutschland den Krieg verlor, dann würde Schlesien womöglich an Polen fallen. Dann wäre Fürstenstein verloren. Sie schwankte, hielt sich am Sockel einer Dianafigur fest. Die ganzen Jahre über hatte sie niemals daran gedacht, dass dies alles am Ende nur ein Besitz auf Zeit war. Ja, vielleicht hätte sie selber Pless und Fürstenstein nach einer Trennung von Hans nie mehr sehen dürfen, das wusste sie – aber dass alles einfach weg sein könnte, dass ihre Söhne ihr Heim und ihr Land verlieren könnten, das war einfach unvorstellbar. Sie hatte diesen Krieg gehasst und sich verzweifelt gewünscht, dass er endlich zu Ende sei. Ganz egal, wie. Und nun? Sollte sie sich jetzt den Sieg um jeden Preis wünschen? Für Fürstenstein? Für ihre Söhne? Sie wusste nicht mehr, was sie denken sollte. Sie ließ den Sockel los, ging vorbei an den alten Portraits der Fürstenfamilie, Gesichtern im flackernden Feuerschein, deren dunkle Augen sie zu verfolgen schienen. Immer schneller ging sie, treppauf, treppab, drehte sich um sich selbst, lief vorbei an Türen und Fenstern, Hunderten Geweihen, ausgestopften Bären und Bildern und Spiegeln und Statuen und Nischen. Sie merkte gar nicht, dass ihre Wangen nass von Tränen waren.

....

Telegramm des Kaisers an Daisy

Berlin, 22. März 1918
Vor der Weiterreise ins Hauptquartier im Westen möchte ich Ihnen sagen, wie gut wir in Fürstenstein untergebracht waren. Sie sollen wissen, wie dankbar ich dafür bin, dass durch die gute Betreuung mein sorgenerfülltes Leben so angenehm wie nur möglich gemacht worden ist. Mit besten Grüßen
Wilhelm I. R.

....

Brief Daisys an Freddie

28. März 1918

Mein Alles,
ich bin wieder zurück in Partenkirchen, nachdem ich in Fürstenstein Kaiserpaar und Generäle empfangen habe. Es war eine traurige Pflicht, der ich da nachkommen musste, und ich konnte Dir von dort nicht einmal schreiben, das habe ich nicht gewagt. O Freddie, die letzten zwei Wochen haben mir so viele Ängste beschert, dass ich nachts noch schlechter schlafen kann als sonst. Ich habe mit dem Kaiser gesprochen; sein ganzes Denken dreht sich nur noch um sich selbst. Er glaubt immer noch unerschütterlich an den Sieg – dabei erzählt mir Hans, dass das Gegenteil bevorsteht. Wenn, ja wenn nicht ein Wunder geschieht. Und der Urheber dieses Wunders soll niemand anders sein als Joschis Bruder. Ich habe Dir öfters von ihm erzählt, weißt Du noch? Denk Dir, er arbeitet jetzt in einer von Hans' Fabriken in Schlesien an einer Waffe, die alle für kriegsent-

scheidend halten! Es ist ein Giftgas, auf dem die letzten Hoffnungen der Generäle ruhen. Hans meint, es würde schnell zum Sieg führen. Mein Liebster, ich weiß nicht mehr, was ich denken soll. Einerseits wünsche ich mir so sehr ein Ende dieses Schreckens. Es muss doch einmal vorbei sein! Und dann wieder sehe ich die Qualen der Soldaten, die an diesem Gift sterben werden. Es ist kaum zu ertragen. All dieses Leid. Ich stelle mir Joschis Bruder vor, der alleine in seinem Labor sitzt und mit seinen Experimenten Gott spielt. Er kann wohl nichts dafür, er ist ja geistig nicht normal. Aber ich gebe mir die Schuld, weil ich seine Ausbildung bezahlt habe. Ich wollte verhindern, dass der arme Junge im Irrenhaus landet – und habe einen Mörder aus ihm gemacht. Ich mache mir solche Vorwürfe, Freddie.

Jetzt warte ich darauf, dass ich die Genehmigung für den nächsten Lazarettzug bekomme, wohin weiß ich noch nicht. Fürst Hatzfeldt hat versprochen, sich für mich einzusetzen. Ich würde so gerne nach Westen fahren, dann habe ich das Gefühl, wenigstens in Deiner Nähe zu sein. Aber Hauptsache, es geht wieder los. Ich brauche etwas zu tun, sonst werde ich verrückt …

………… …………

Partenkirchen, Anfang Mai 1918

Sie saßen bei Kerzenlicht um den großen Küchentisch, wie es ihnen in der Villa Gibson an den Abenden schon lang zur Gewohnheit geworden war: Daisy, Joschi, Missy und Emma Kollischan. Bolko und die Nanny schliefen, und Negrita hatte sich auf dem Flickenteppich vor dem Kachelofen zusammengerollt. Die einheimische Köchin hatte irgendwo ein Fläschchen Likör für die Damen aufgetrieben, und für Joschi gab es Dünnbier von der hiesigen Brauerei.

Daisy holte ein Stück Papier aus ihrer Rocktasche und faltete es auf. »Das hat der Briefträger heute gebracht«, sagte sie. »Ich muss es euch vorlesen. Es ist von Freddie.« Sie zog die Kerze näher und suchte die richtige Stelle im Text, indem sie die Zeilen mit dem Finger abfuhr. »… Du schreibst von einer neuen Gaswaffe, die Joschis Bruder entwickelt und die man für kriegsentscheidend hält. Daisy, das ist eine schlimme Nachricht. Und sie ist umso furchtbarer, weil es sinnlos so viele Leben mehr kosten wird. Der Krieg ist verloren, die Ludendorff-Offensive gescheitert. Keine noch so tödliche Giftwaffe der Welt wird uns noch den ersehnten ›Siegfrieden‹ bringen. Sie wird die Kämpfe nur um weitere Monate verlängern und vielen Tausenden einen schrecklichen Tod bringen. So, wie die Lage jetzt ist, rechne ich mit einer baldigen Kapitulation. Unsere Soldaten sind unterernährt, körperlich und geistig am Ende. Die deutsche Armee ist höchstens noch zur Defensive fähig. Selbst wenn ein neues Giftgas vorübergehend Erfolge bringen würde – Daisy, ich sehe täglich die Verfassung meiner Soldaten. Diese Männer sind nicht mehr in der Lage, zu kämpfen. Wir werden nie nach Paris marschieren, niemals. Und das, obwohl die Amerikaner noch gar nicht voll in den Krieg eingegriffen haben. Wir alle haben nur noch eine Hoffnung: Dass es bald vorüber ist. Das Schlimmste wäre jetzt, wenn eine neue Waffe unser aller Leid verlängern würde. Kannst Du nicht zusammen mit Joschi irgendetwas tun, um das zu verhindern? Seinen Bruder zur Vernunft bringen? Ihn davon abhalten, diesen Krieg noch zu verlängern? Vielleicht könnt ihr mit ihm reden – wenn er so klug ist, wie Du schreibst, dann folgt er vielleicht logischen Argumenten …«

Daisy sah auf. Emma Kollischan saß mit gefalteten Händen da, die Augen halb geschlossen. Missy hatte ihr Häkelzeug sinken lassen. Joschi fixierte einen Punkt irgendwo an der Wand und hielt sich an seinem tönernen Bierkrug fest. Die Uhr über dem Küchentisch tickte die Sekunden weg. Was konnten sie tun? Joschi nahm einen tiefen Schluck und wischte sich den Schaum aus dem Bart. »Ich fahr noch einmal nach Reichenstein.«

Daisy nickte. »Ich komme mit.«

»Wir haben keine Reisegenehmigung, außer für den nächsten Lazarettzug …«, wandte Missy ein.

»Wer soll das schon merken, wenn wir ein paar Tage weg sind?«

»Und wie wollen Sie nach Reichenstein kommen, Mylady? Wir haben kein Automobil mehr, und der Zugverkehr ist seit letzter Woche zusammengebrochen. Man schafft es nicht einmal von hier bis nach München, und dort soll am Bahnhof nur noch Chaos herrschen. Das hat die Bürgermeisterin gestern beim Bindenaufwickeln im Lazarett erzählt.«

Eine Weile saßen sie stumm da. Der Wind schlug rhythmisch einen Zweig gegen das Fenster. Dann plötzlich sagte die alte Emma Kollischan: »Ich weiß was.«

»Was hast du vor?«, fragte Joschi.

Emma stand entschlossen auf und nahm ihr Schultertuch vom Haken. »Ich geh zum Pfarrer.«

»Jetzt? Es ist schon dunkel draußen!« Daisy schüttelte den Kopf.

»Umso besser. Dann sieht mich keiner.«

»Und wenn uns der Pfarrer verrät?«, wandte Missy argwöhnisch ein.

»Habt ihr eine bessere Idee?«

Niemand sagte etwas. Emma schlüpfte in ihren wollenen Mantel und verließ das Haus.

Am nächsten Morgen kurz vor Sonnenaufgang folgten Joschi und Daisy Emma ins Dorf. Es war frühlingshaft lau und windig, über den Bergen im Osten färbte sich der Himmel rosa. Emma klopfte an die Seitentür der Kirche, und der Pfarrer kam heraus. »Gelobt sei Jesus Christus«, sagte er leise. Emma stieß Joschi in die Seite. »In Ewigkeit amen«, antworteten sie.

»Kommt mit.« Der Pfarrer, dick und behäbig, stapfte schnaufend voraus, führte sie auf Nebenwegen durchs Dorf bis zu einem großen Hof am Ortsrand. »Der Mosandl Xaver ist Viehhändler«, erklärte er unterwegs. »Er hat vor dem Krieg einen Lkw gekauft, damit er seinen Zuchtbullen zum Besamen herumfahren kann. Als damals die Automobilkommission zum Konfiszieren in Partenkirchen war, hat er den Wagen versteckt.«

Der Pfarrer klopfte an die Tür. Drinnen rumpelte es, und dann ging die Tür auf. Der Mosandl stand in Socken im Flur und glotzte die unangemeldeten Besucher überrascht an.

»Xaver«, sagte der Pfarrer, »Wir brauchen deinen Laster.«

»Mei, Hochwürden!« Der Mosandl riss empört die Augen auf. »Ich hab doch gar keinen La…«

Der Pfarrer drohte dem Viehhändler mit dem Zeigfinger. »Du sollst nicht lügen, spricht der Herr.«

»Aber den geb ich net her«, sagte der Mosandl bockig.

»Du bekommst ihn ja zurück.«

»Garantiern Sie mir des, Hochwürden?«

»In Gottes Namen, ja«, seufzte der Pfarrer. »Und jetzt beeil dich!«

Der Mosandl zog seine Stiefel und den Janker an und packte seinen Schlüsselbund. Dann führte er sie zu einem schäbigen alten Holzgebäude hinter der großen Scheune. Mit grimmiger Miene öffnete er das Vorhängeschloss und schlug die beiden Torflügel auf. Drinnen war ein einziges Durcheinander, Kisten und Bretter, dahinter irgendetwas Großes, von Planen bedeckt. Mosandl räumte mit Joschis Hilfe alles Gerümpel weg und zog dann mit Grabesmiene die Planen herunter. Zum Vorschein kam ein grauer Benz-Lkw. Der Viehhändler stieg ein und startete den Antrieb. Ein wimmerndes Geräusch kam aus dem

Motor, dann war wieder Stille. Daisy biss sich auf die Lippen. Es musste einfach klappen!

Der Mosandl versuchte es noch einmal. Diesmal kam ein Stottern und Glucksen. Und endlich, beim dritten Mal, sprang der Wagen knatternd und spuckend an.

»Was ist mit Benzin?«, fragte Joschi.

Der Mosandl schielte zum Pfarrer hinüber, der ihm mit einem strengen Blick antwortete. Seufzend schlurfte der Viehhändler nach hinten und kam mit zwei Kanistern zurück. »Da sind no mehr«, knurrte er, und Joschi half ihm, alle Kanister auf die Ladefläche zu hieven. Am Ende stellte er noch Daisys Koffer dazu. »Passt mir bloß auf den Wagen auf«, brummte er.

Dann stiegen sie ein. Daisy, die ein einfaches Kleid von Missy und einen festen Winterumhang trug, band einen dicken Schal um Hut und Kinn und zog ihre festen Lederhandschuhe an. Joschi gab vorsichtig Gas, und sie fuhren aus dem Hof.

»Seit wann kannst du eigentlich fahren?«, fragte Daisy.

Joschi grinste. »Das hat mir Waton in Berlin beigebracht. Als Sie die Ausbildung zur Lazarettschwester gemacht haben. Wir hatten ja den ganzen Tag nichts zu tun.«

»Gottseidank«, lächelte Daisy. »Dann bring uns nach Reichenstein, Joschi!«

Zwei Tage später, es war am frühen Abend, fuhren sie durch das schmucke schlesische Bergwerksstädtchen mit seinen Hüttenwerken und Fabriken. Am Marktplatz hielten sie vor dem »Kaiserhof«, einem herrschaftlichen Haus mit geschmücktem Giebel. Hier, im besten Gasthaus der Stadt, hatte man für Otto Quartier besorgt; es sollte ihm an nichts fehlen.

....

Otto freute sich, uns zu sehen – soweit man sein Verhalten als Freude deuten konnte. »Ihr habt Glück«, sagte er. »Zwei Tage später, und ich wäre schon wieder in Berlin gewesen. Ich bin mit meiner Arbeit hier fertig.«

Wir sahen uns an, Joschi und ich.

»Du kannst also jetzt dieses … Gas … herstellen?«, fragte Joschi.

Otto nickte. »Ja. Gestern waren Professor Haber und zwei seiner Assistenten hier. Wir haben gemeinsam die Formel noch einmal getestet. Es hat einwandfrei funktioniert.«

Wir wollten nicht gleich mit der Tür ins Haus fallen, also gingen wir erst gemeinsam in die Gaststube und aßen zu Abend. Während wir unseren fleischlosen Rübeneintopf löffelten – die Versorgungslage war inzwischen erbärmlich –, redeten wir über alles Mögliche. Joschi erzählte, dass Lissa vor vier Wochen geheiratet hatte, einen älteren Witwer aus Breslau, der bei der Eisenbahn arbeitete. Ich sprach über Fürstenstein und Waldenburg. Wie immer blieb Otto einsilbig, hörte aber interessiert zu. Als Joschi ein paar Geschichten aus seiner Kindheit erzählte, lächelte er sogar. Auf seine Art und Weise war er an diesem Abend glücklich.

Dann lenkten wir das Gespräch vorsichtig auf Ottos Arbeit. »Es war am Ende ganz einfach«, meinte Otto. »Ich hab mich geärgert, dass ich nicht früher drauf gekommen bin. Es lag am Katalysator. Professor Haber sagt, er sei stolz auf mich. Auf so eine Idee hätte nur ich kommen können.«

Mir sank das Herz. Da hatten wir gehofft, Otto dazu zu bringen, seine Experimente hinauszuzögern, bis der Krieg vorbei war. Aber nun war schon alles fertig. Wie sollten wir nun noch etwas ausrichten? Es war zu spät. Wir konnten den Gang der

Dinge nicht mehr aufhalten. Ich dachte an Freddie und schluckte den Kloß in meinem Hals hinunter. Weiterreden, dachte ich, einfach weiterreden. Vielleicht findet sich doch noch eine Möglichkeit …

»Das ist sehr schön, Otto«, sagte ich mit belegter Stimme und lächelte ihn an, obwohl mir gar nicht nach Lächeln zumute war. »Und was ist das nun für ein Gift?«

»Na ja, die Grundlage ist Arseniköl. Zählt zu den Blaukreuz-Kampfstoffen. In Verbindung mit Rizin ist es absolut tödlich.« Otto kratzte seinen Teller mit dem Löffel aus. »Kann mit Granaten verschossen werden und wirkt sehr schnell und zuverlässig.«

»Macht es dir gar nichts aus, dass damit Menschen getötet werden?«, fragte ich.

Er hob erstaunt die Augenbrauen. »Aber es sind doch Feinde.«

»Feinde sind auch Menschen. Sie leiden wie du und ich.«

»Das müssen sie; wir wollen den Krieg ja gewinnen. Anders geht es nicht.« Otto nickte heftig.

»Aber wenn dieses neue Gas das Leiden nur verlängert und wir den Krieg doch nicht gewinnen?«

»Professor Haber sagt, dass wir mit dem neuen Gas siegen werden. Er erlaubt mir sogar, dem Gas meinen Namen zu geben. Dann gehe ich in die Geschichte ein, sagt er.«

»Aber du tötest tausende Soldaten«, warf Joschi ein. »Das ist nicht richtig.«

»Du redest komische Sachen, Joschi.« Otto schüttelte den Kopf. »Ich stelle doch nur die Formel auf. Und alle sind froh, dass ich das geschafft habe.«

Wir versuchten es noch eine Weile weiter, aber Otto verstand einfach nicht. Er war so stolz auf seine Leistung und konnte nicht begreifen, warum wir seine Arbeit schlechtmachten. Nach einer Stunde war mir klar, dass wir ihn nicht überzeugen würden. Wie hatten wir nur glauben können, er würde sein Werk absichtlich verzögern oder gar vernichten? Wir waren umsonst gekommen. Aber ich wollte diese tödliche Formel wenigstens sehen. »Wie schreibt man eigentlich so ein Experiment auf, Otto? Ist das wie eine Zahlenrechnung mit Erklärungen?«

Otto lächelte. »Soll ich Ihnen die Formel zeigen, Lady Daisy? Ich hab sie oben!«

»Ja, sehr gern.«

Wir gingen hinauf in sein Zimmer. Er hatte sich einen Schreibtisch hineinstellen lassen, um auch abends noch arbeiten zu können. Auf diesem Schreibtisch lag ein großer brauner Umschlag, aus dem Otto drei beschriebene Blätter herausnahm. Er hielt sie mir hin.

Noch nie hatte ich eine chemische Formel gesehen. Auf mich wirkte das alles nur wie konfuses Gekritzel. Buchstaben und Zahlen tanzten in wirrem Durcheinander mit Pfeilen, Klammern und seltsamen Zeichen. Joschi hatte alles mit seiner akuraten Schrift in sauberen Zeilen untereinander geschrieben. Da standen Dinge wie

$$2\,FeAsS + SO_2 \rightarrow Fe_2O_3 + 2\,SO_2 + As_2O_3$$

oder

$$2\,AsCl_3 + 3\,H_2O \rightarrow As_2O_3 \rightarrow As_2O_3 + 6\,H_2Cl_3$$

oder

$$(X_m = -2{,}3 \times 10^{-8})$$

»Da muss man ja wirklich ein Genie sein, um das zu begreifen«, sagte ich mit ehrlicher Bewunderung. »Sieh dir das an, Joschi!«

Joschi war genauso beeindruckt. »Das sieht aus wie eine Geheimschrift!«

»Oder wie eine Art Hieroglyphen«, meinte ich.

Otto nickte. »Man muss Chemiker sein, um das zu verstehen. Alles muss ganz genau und mit deutlicher Schrift aufgezeichnet sein. Jede einzelne Kleinigkeit ist wichtig. Wenn man nur eine Zahl falsch schreibt oder aus einem Plus ein Minus wird, dann funktioniert das Ganze nicht mehr.« Er steckte die drei Blätter wieder zurück in den Umschlag. »Morgen kommt ein Militärkurier und bringt alles zur Firma Bayer nach Leverkusen. Dort warten sie schon. Es ist alles für die Produktion vorbereitet, sie brauchen nur noch die Formel.«

»Und du bist in Leverkusen dann nicht mehr dabei?«

»Die können das aufgrund der Formel ohne mich. Professor Haber braucht mich wieder in Berlin.«

Joschi sah mich an und ich ihn. In meinem Kopf formte sich eine vage Idee. Wenn ich nun … ja, wenn ich allein im Zimmer wäre, konnte ich den Umschlag vielleicht vernichten. Aber nein, das ging nicht – Otto hatte vorhin beim Essen erzählt, dass das Original im Safe des Labors lag. Er würde es einfach noch einmal abschreiben. Und dann wusste ich, was ich tun konnte. Drüben auf dem Schreibtisch stand noch das Tintenfass mit Füllfederhalter. Otto hatte den Umschlag nicht verschlossen. Ich gab Joschi ein Zeichen mit der Hand.

»Jetzt ist mir erst klar, was das für eine Leistung ist, Otto!« Joschi schlug seinem Bruder auf die Schulter, zwinkerte mir dabei zu und wies mit dem Kinn Richtung Tür. »Weißt du was? Das muss doch eigentlich gefeiert werden! Komm, wir gehen noch mal runter und trinken auf deinen Erfolg! Die Wirtin hat bestimmt noch irgendwo einen Schnaps gehortet.«

Otto wirkte ganz und gar nicht glücklich, aber Joschi gab keine Ruhe. Er zog seinen Bruder mit sanfter Gewalt zur Tür hinaus. Ich ging mit. »Feiert ihr nur schön alleine«, sagte ich und gähnte ganz unfürstlich laut hinter vorgehaltener Hand. »Ich geh zu Bett.«

Kaum waren die beiden unten in der Gaststube verschwunden, machte ich auf dem Absatz kehrt. Mit Herzklopfen schlich zurück in Ottos Zimmer, drehte das Licht wieder an und setzte mich an den Schreibtisch. Ich zog vorsichtig die drei Blätter mit der Formel aus dem Umschlag und legte das mittlere vor mich. Wie hatte Joschi gesagt? Wenn man nur eine Zahl falsch schreibt oder aus einem Plus ein Minus wird …

Hastig schraubte ich den Füllfederhalter auf und begann. Es durfte nicht zu viel sein, sonst würde es bestimmt auffallen. So änderte ich nur an drei Stellen etwas, machte aus einem Minus ein Plus, aus einer Eins eine Vier, aus einer Drei eine Acht. Mehr wagte ich nicht. In Gottes Namen würde das dazu führen, dass das Experiment in Leverkusen nicht gelang.

Ich steckte die Blätter wieder in den Umschlag zurück, löschte das Licht und ging in mein Zimmer.

Nach einer Stunde kamen die Brüder wieder die Treppe hoch und ich hörte, wie Ottos Zimmertür zuschlug. Dann klopfte es ganz leise. Ich legte mein Schultertuch um und öffnete.

»Und?«, fragte Joschi.

»Ich hab's getan«, wisperte ich.

»Wenn das klappt, dann war's die einfachste Lösung«, flüsterte er.

»Und Otto?«

»Er hat mir drunten grad noch mal erzählt, dass er gestern mit Haber das Experiment genau nach Formel durchgeführt hat. Mit Erfolg. Wenn sie das in Leverkusen nicht hinbekommen, wird man nicht ihm die Schuld geben, sondern denen.«

»Und wenn sie ihn dorthin holen?«

»Dann merkt er es natürlich. Aber bis dahin können Wochen vergehen. Die werden nicht gleich am ersten Tag um Hilfe rufen, sondern es immer wieder probieren, bis sie nicht mehr weiterwissen. Dann haben wir zumindest Zeit gewonnen. Besser als nichts, oder?«

In dieser Nacht konnte ich lange nicht einschlafen. Was, wenn Otto dafür bestraft würde? Wenn er die Fälschung entdecken und mich und Joschi beschuldigen würde? Wir riskierten alle drei unser Leben. Mich packte schlagartig die Angst. Ich lag in meinem Bett und schlotterte. Dann sah ich Freddie vor mir, wie er sagte: »Du hast das Richtige getan, Rattie.« Und ich sah die Gasopfer mit ihren verätzten Gesichtern, den blinden Augen, den verbrannten Lungen. Wie sie röchelten um ein letztes bisschen Atem. Ja, ich hatte das Richtige getan. Ich zog die Bettdecke fest um mich. Und ich unternahm nichts, um den Lauf der Dinge aufzuhalten.

Am nächsten Morgen hielt ein ganz in dunkles Leder gekleideter, schlammbespritzter Motorradfahrer auf einem NSU-Heeresmodell vor dem Kaiserhof. Otto klebte den Umschlag zu und übergab ihn dem Kurier. Joschi und ich sahen von der Gaststube aus durchs Fenster zu, wie das Motorrad sich mit lautem Knattern entfernte.

Gewonnene Zeit …

……….. ………..

Vossische Zeitung, 16. Juni 1918

UNGLÜCK IN LEVERKUSENER FARBENFABRIK

Am gestrigen Tag kam es auf dem Firmengelände der Firma Bayer zu einer Explosion, die acht Todesopfer forderte. Das Gebäude, in dem sich die chemischen Labore befanden, brannte völlig aus. Elf Verletzte wurden geborgen, die anderen Arbeiter und Angestellten konnten sich retten. Einer der Überlebenden berichtete, man habe mit giftigen Stoffen für die Kriegsführung experimentiert. Die Firmenleitung bestritt dies. Es habe sich um eine ganz normale Verpuffung bei der Farbenproduktion gehandelt.

....

Neustrelitz, 23. September 1918

Freddie saß alleine im Parkhaus, legte Patiencen und langweilte sich. Die alte Dänische Dogge Caruso lag zu seinen Füßen und fiepte im Schlaf, glücklich, ihren Herrn wieder einmal bei sich zu haben. An der Front hatte sich Freddie eine schwere Rippenfellentzündung eingefangen und war nach drei Wochen im Lazarett auf Heimaturlaub geschickt worden, um sich ganz zu erholen. Noch immer war dieser Krieg nicht vorüber; alles, was er getan hatte, hatte nicht zu einem schnelleren Ende geführt. Wenigstens hatten Daisy und Joschi das Schlimmste verhindern können; bisher hatte man noch nichts vom Einsatz einer neuen Gaswaffe gehört. Aber immer noch, obwohl im August die Alliierten den Durchbruch an der Westfront geschafft hatten, wollten die Generäle und der Kaiser nicht wahrhaben, dass ein Sieg nicht mehr im Bereich des Möglichen lag. Immer, wenn man an der Front glaubte, die Lage könne nicht noch hoffnungsloser werden, wurde es noch ein bisschen schlechter. Die Soldaten hungerten, es kam weder genügend Nachschub an Verpflegung noch an Ausrüstung und Munition. Es war schlicht kein Benzin mehr für Lastwagen da, und auch keine Kohle für die Eisenbahnzüge. Der Zusammenbruch der Wirtschaft war nur noch eine Frage der Zeit.

»Worüber denkst du nach?« Die alte Großherzogin war lautlos hereingekommen und hinter Freddies Sessel getreten; jetzt nahm sie einen Kreuzbuben und legte ihn um. »Ts, ts«, machte sie, »du bist unkonzentriert.«

Freddie sah lächelnd zu seiner Großmutter hoch. »Auch einen Sherry?«

»Wäre mir neu, dass Sherry bei Rippenfellentzündung hilft«, brummte die alte Dame mit vorwurfsvollem Blick auf die halbleere Karaffe. »Du solltest lieber Tee trinken.«

»Schmeckt nicht.« Freddie schenkte ein. »Außerdem macht Sherry Appetit, und ich soll doch wieder zu Kräften kommen.« Die Dogge hob den Kopf und wuffte wie zur Bestätigung.

»Ich päpple dich schon auf, keine Angst, mein Lieber.«

Die Großherzogin setzte sich. »Du bist jetzt schon eine ganze Woche hier, Darling. Wann fährst du nach Partenkirchen?«

Freddie seufzte. »Gar nicht. Daisy hat die Genehmigung für einen neuen Lazarettzug bekommen. Sie ist irgendwo in der Nähe von Belgrad unterwegs. Zu allem Überfluss kann ich ihr dorthin nicht schreiben, es gibt im Osten keine funktionierende Post mehr.«

»Zwischen euch hat sich nichts verändert in diesen Kriegsjahren.« Es war mehr eine Feststellung als eine Frage.

»Wenn man den richtigen Menschen gefunden hat, hält man auch eine lange Trennung aus. Wir haben gelernt, zu warten.«

»Weiß sie inzwischen, was du tust?«

»Ich habe ihr immer noch nichts erzählt. Es ist besser so. Ich will sie da nicht hineinziehen. Sie steht seit dieser Geschichte mit dem Gefangenenlager in Berlin unter Beobachtung. Sollte man sie je befragen, dann kann sie ehrlich antworten.«

Die alte Fürstin trank ihr Gläschen aus und stand auf. »Recht so, Junge. Man muss an der richtigen Stelle schweigen können. Das hat dein Großvater immer gesagt.« Sie tätschelte den Kopf des Riesenhundes und ging dann, auf ihren silbernen Stock gestützt, zur Tür. »Kommst du zum Dinner ins Schloss hinüber?«

Freddie schüttelte den Kopf. »Ich esse hier im Parkhaus, Granny. Die Köchin hat einen Fasan im Topf.«

Nachdem die Großherzogin gegangen war, setzte Freddie sich in seinem Arbeitszimmer an den Schreibtisch und erledigte seine Korrespondenz. Dann klopfte es, und einer der Lakaien trat ein. »Ein Bote mit einer kaiserlichen Depesche wartet unten im Foyer«, meldete er.

Freddie runzelte die Stirn. Ein Schreiben des Kaisers? Das war außergewöhnlich. »Bitten Sie den Boten herauf, Anton.« Er schraubte seinen Federhalter zu und überlegte, was das wohl zu bedeuten hatte.

Ein Mann in seinem Alter trat ein, dunkelhaarig und glattrasiert, in Zivil, aber mit ganz militärischer Attitüde. Er salutierte vor Freddies Rangabzeichen. »Herr Oberst, ich komme vom kaiserlichen Hauptquartier in Spa und bringe Nachricht vom Kaiser persönlich.« Er streckte Freddie einen versiegelten Umschlag hin.

Freddie erbrach das Siegel, las und wurde kreidebleich. Es war nur ein kurzer, handschriftlicher Text. Und er endete mit dem Satz: »Mit Rücksicht auf Moral und Disziplin der Truppe und den Ruf aller deutschen Offiziere und zum Dank für die lebenslangen, unverbrüchlich treuen Dienste Ihres Herrn Vaters gebe ich Ihnen die Möglichkeit, einen ehrenhaften Ausweg zu wählen. W. I. R.«

Freddie war, als habe ihn ein Schlag in die Magengrube getroffen. Im wurde übel. Seine Knie waren so weich, dass er sich setzen musste. Er schloss die Augen und vergrub das Gesicht in den Händen. So endete es also. Aufgeflogen. Wie hatte er nur glauben können, dass man ihm nicht auf die Schliche kam? Er hatte lange genug viel zu viel riskiert. Und nun war das Schlimmste eingetreten. Sein Mund war trocken, als er den Boten fragte: »Kennen Sie den Inhalt dieses Schreibens?«

Der Mann nickte. »Ich habe Auftrag, Ihnen behilflich zu sein, im Falle, dass …«

»Das wird nicht nötig sein.« Freddie atmete tief durch, um die Übelkeit zu bekämpfen. »Geben Sie mir nur ein wenig Zeit.«

»Ich werde draußen warten.«

Geschlagene zehn Minuten saß Freddie nur da und starrte auf seine Hände. Erstaunt stellte er fest, dass sie nicht zitterten. In seinem Kopf war eine merkwürdige Leere. Es gab keinen Ausweg, nichts mehr zu entscheiden. Das Angebot des Kaisers war gnädig; so würde jeder Makel von der großherzoglichen Familie ferngehalten. Freddie griff sich ein Blatt Papier und den Füllfederhalter, dann schrieb er eine kurze Abschiedsnachricht an seine Großmutter. An Daisy konnte er nicht schreiben, das hätte ihre heimliche Liebe öffentlich gemacht. Es tat so weh, ohne Abschied gehen zu müssen.

Er nahm das kurze Schreiben des Kaisers und hielt es über die Flamme seines Feuerzeugs. Als es fast verbrannt war, ließ er den verkohlten Rest in den großen Kristallaschenbecher fallen. Dann öffnete er die mittlere Schublade seines Schreibtischs. Da lag seine Dienstpistole, schwarzglänzend und geladen. Langsam legte er sie vor sich auf die lederne Schreibunterlage. Er platzierte seine Hände links und rechts von der Waffe. Sie zitterten immer noch nicht. Tausendmal hatte er an der Front dem Tod ins Auge gesehen – warum fiel ihm dies hier nun so schwer? Warum diese Angst, die ihre Finger in sein Fleisch krallte? Er nahm die Pistole, wog sie in der Hand, führte sie an seine rechte Schläfe. Sein Finger berührte leicht den Abzug.

Es ging nicht.

Er konnte es nicht.

Er legte die Waffe zurück auf die Tischplatte.

Irgendwann ging die Tür auf, und der Bote kam wieder herein. Er warf einen verächtlichen Blick auf den Großherzog und die Pistole.

»Ich …« Freddie schüttelte den Kopf. »Nicht hier.«

»Wo dann?«

Freddie schluckte. »Im Park. Ich möchte gern einen letzten Spaziergang machen.«

Der Bote nickte. »Wie Sie wünschen.«

Freddie steckte die Pistole ein. Der Hund, der die ganze Zeit vor dem Kamin gedöst hatte, hob den Kopf. Freddie schnippte mit den Fingern; es erschien ihm tröstlich, die Dogge als Begleiter auf seinem letzten Gang zu haben. Er hatte Caruso selber mit der Flasche aufgezogen, und der Hund hing mit abgöttischer Liebe an ihm. Freddie dachte daran, wie er dem Welpen zusammen mit Daisy seinen Namen gegeben hatte, weil der kleine Kerl in allen Tonarten heulte und jaulte, wenn man ihn auch nur eine Minute alleine ließ. Daisy. Liebe süße Daisy.

Der Bote räusperte sich. »Wollen wir?«

Draußen war es warm. Der Hund lief in die gewohnte Richtung, und Freddie folgte ihm einfach. Der Weg war frisch gekehrt; an einer alten Pfütze stritt sich ein Häuflein Spatzen und flog auf, als Caruso auf sie zutrabte. Irgendwo hämmerte ein Specht, im Gebüsch raschelte ein Tier. Am Himmel zogen ein paar Federwölkchen. Es schien Freddie merkwürdig – alles war wie immer. Nichts würde sich verändern, nur weil er sterben würde. Die Welt würde einfach weiterbestehen ohne ihn. Er war nicht wichtig. Es war auch nicht wichtig, wo es geschehen würde. Er ging einfach dem Hund nach. Einmal drehte er sich um und sah in einiger Entfernung den Boten, der ihm wie ein Schatten folgte, aber nicht näher kam. Geduld, dachte er, du bekommst schon noch, was du willst.

Nach einer ganzen Weile erreichten sie den Kammerkanal. Als Kind hatte Freddie an dieser Stelle oft geangelt; hier stand eine alte Trauerweide, unter deren Blätterwald man gemütlich sitzen und warten konnte, bis etwas anbiss. Ja, dies war ein guter Ort. Der richtige Ort.

Freddie stellte sich ans Ufer und zog die Pistole. Mit hängenden Armen stand er da, dann hob er die Waffe an den Kopf. Neben ihm saß blinzelnd der Hund und sah aufmerksam zu.

Der Bote stand zehn Meter hinter ihm. Mit lauerndem Blick verfolgte er jede Bewegung des Großherzogs. Er wartete auf den Schuss. Doch er kam nicht. Der Großherzog verharrte minutenlang mit dem Finger am Abzug, stand da, wie zur Salzsäule erstarrt. Mit einem langgezogenen Seufzer legte sich die Dogge hin. Jetzt war es mit der Geduld des Boten zu Ende. Er machte ein paar schnelle Schritte auf Freddie zu, packte ihn von hinten am Oberkörper und griff gleichzeitig mit der rechten Hand nach der Waffe.

Der Schuss peitschte.

Die Enten auf dem Kanal flatterten auf.

Caruso begann zu heulen.

....

Brief der Großherzogin Augusta Caroline von Mecklenburg-Strelitz an Daisy

25. September 1918

Liebste Freundin!
Dies ist mein schwerster Brief; ich schicke ihn nach Partenkirchen, weil ich nicht weiß, wie und wo ich Sie sonst erreichen kann. Die Feder sträubt sich, aber es muss geschrieben sein: Mein geliebter Enkel Freddie ist nicht mehr. Er hat selbst Hand an sich gelegt, möge Gott ihm verzeihen. Ich sah ihn noch kurz vor seinem Tod im Parkhaus,

er wirkte heiter und gelassen. Nichts wies auf das Schreckliche, das Undenkbare hin. Wir wissen nur das Folgende:

Am späten Nachmittag des 23. September ging Freddie mit dem Hund in den Park wie jeden Tag. Zur Dinnerzeit war er nicht zurück; das Personal nahm an, er habe sich dazu entschieden, im Schloss zu speisen. Als er am nächsten Morgen immer noch nicht zurück und sein Bett unberührt war, kam Hofmarschall Yorry zu mir und bat um Instruktionen. Ach, Daisy, ich wusste sofort, dass etwas Schlimmes geschehen sein musste. Ich ließ zwei Suchtrupps aus Männern vom Personal zusammenstellen, die ab Mittag zusammen mit der Gendarmerie den Park durchkämmten. Um 15½ Uhr schließlich entdeckte Freddies Leibjäger Friedrich Nonnen – Sie kennen ihn, er war auch sein Bursche und Meldefahrer – die alte Dogge am Ufer des Kammerkanals. Caruso saß still da und bewachte Freddies Offiziersmütze, die im Gras lag. Nonnen rief die anderen herbei; gemeinsam suchten sie das Ufer ab, bis sie Freddies Körper im Wasser fanden, er hatte sich an dem kleinen Steg bei der Trauerweide verfangen. Sie zogen ihn sofort heraus, konnten aber nichts mehr tun, als seinen Tod feststellen. Liebes Kind, Freddie hat sich erschossen. Der herbeigerufene Arzt sagt, er muss sofort tot gewesen sein.

Liebes, es ist mir wenigstens ein kleiner Trost, dass mein geliebter Freddie nicht leiden musste. In einer kurzen Abschiedsnachricht an mich, die wir auf seinem Schreibtisch fanden, bat er darum, nicht in der Fürstengruft in der Johanniterkirche zu Mirow bestattet zu werden, wo all seine Vorfahren liegen. Stattdessen möchte er, dass wir seine sterblichen Überreste auf der kleinen Insel im See neben dem Schloss begraben, die seit jeher unter dem Namen »Liebesinsel« bekannt ist. Ich weiß, dass Freddie dort gern mit Ihnen war, wenn Sie bei uns auf Besuch weilten.

Ich habe ein großes Leichenbegängnis angeordnet, auch wenn darob manche Leute Unverständnis geäußert haben und meinen, ein Freitod rechtfertige keine prächtige Zeremonie. Mir aber scheint es weniger wichtig, wie jemand gestorben ist; vielmehr zählt doch, was er für ein Mensch war. Freddie war das Beste und Wertvollste, was ich hatte, und er verdient einen schönen Abschied. Ich hoffe, liebes Kind, dass auch Sie derselben Meinung sind und mich nicht für diese Entscheidung tadeln.

Der Trauerzug wird morgen stattfinden.

Liebste Daisy, fragen Sie nicht nach dem Warum. Das weiß nur Gott allein. Leben Sie in dem Bewusstsein, dass Freddie in Ihnen stets seine große Liebe gesehen hat. Sie haben ihn sehr glücklich gemacht, und dafür danke ich Ihnen.

Ich wünsche Ihnen alles Glück der Welt und verbleibe auf stets und immer Ihre liebe, gramgebeugte Freundin
Auguste Caroline

....

Daisy erinnert sich

Ganz Belgrad war voll von österreichischen Soldaten, als unser Lazarettzug Anfang September in der serbischen Hauptstadt ankam. Wir schafften es gerade noch bis einen Kilometer vor dem Bahnhof, dann blieb die Lok mit Maschinenschaden liegen. Wir meldeten uns bei der österreichischen Militärverwaltung und erhielten Anweisung, uns bis zur baldigen Reparatur ins »Kaiserlich-königliche Reserve Spital Brcko« zu begeben, das in der Vorstadt lag. Also packten wir alles, was wir brauchten, und ließen uns mit einer Kutsche dorthin fahren.

Die Bedingungen in Brcko waren schrecklich. Es gab dort so gut wie keine Medikamente mehr, nicht einmal Putzmittel wie Essig oder Seifenflocken. Keine einzige Hygienevorschrift konnte mehr eingehalten werden. Wir wurden des Ungeziefers nicht Herr, jeder Tag war ein endloser Kampf gegen die Läuse.

Es waren nur zwei Ärzte da und viel zu wenig Schwestern und Hilfskräfte. Die Verpflegung bestand aus Kriegsbrot mit Sardellenersatzpaste, Zwiebeln und Knoblauch. Mein Leben lang werde ich diesen Geruch nach Fisch und Fäule in der Nase haben. Wir hatten immer Hunger, und wir arbeiteten Tag und Nacht. Ich half bei Operationen, nähte Wunden und schloss die Augen der Toten. Einmal hielt bei einer Amputation die Gefäßklemme nicht, helles Blut spritzte über mich, Hände, Gesicht und Haar. Ich bekam es sogar in den Mund; ich schluckte, und mir wurde schlecht. Ich rannte panisch nach draußen, beugte mich aus dem Fenster und erbrach mich. Als ich mich umdrehte, stand Missy mit einem Rollwagen voll schmutziger Bettwäsche vor mir. Sie erschrak zu Tode, als sie mich sah, kreidebleich und blutüberströmt. »Nichts. Es ist nichts«, beruhigte ich sie. Sie nickte. Und dann liefen ihr plötzlich die Tränen über die Wangen. »Sehen Sie uns nur an, Mylady! Was ist bloß mit uns geschehen? Damals, da haben wir gemeinsam London verlassen und uns auf die Zukunft gefreut …«

»Ja«, sagte ich und nahm ihre Hände in meine blutigen Finger, »und heute ist der Mädchentraum ausgeträumt, und wir sind im Leben angekommen.«

Sie nickte schluchzend. »Aber wir haben gelernt, zu kämpfen, Mylady, oder?«

Ja. Das hatten wir. Und darauf war ich stolz.

Die versprochene Reparatur der Lok fand nie statt, dafür erhielt ich das Angebot, das Amt der Direktorin eines Pflegeheims für österreichische und ungarische Soldaten im rumänischen Seebad Costanza am Schwarzen Meer zu übernehmen. Was sollte ich schon tun? Ich nahm kurzentschlossen an. Nachrichten von der Front gab es zu diesem Zeitpunkt fast keine mehr; stattdessen kamen Anfang Oktober – das war zwei Wochen nach der Kapitulation Bulgariens, das an der Seite der Mittelmächte gekämpft hatte – kurz nacheinander drei geradezu euphorische Briefe von Hans. Im ersten berichtete er, die sieben amerikanischen Divisionen an der Westfront seien »fast ausgelöscht«, im zweiten schrieb er von der bevorstehenden Einnahme von Paris – »wir werden die Stadt dem Erdboden gleichmachen« –, im dritten berichtete er von der ausgezeichneten Lage der deutschen Armee. »Die ständigen Gegenangriffe unserer Feinde«, schrieb er, »sind nur ein Beweis, dass sie den Krieg nicht über den Winter durchhalten können.« Stammten diese Zeilen von demselben Menschen, mit dem ich noch vor ein paar Wochen im Parkhaus gesprochen hatte? Himmel, ich begriff Hans nicht mehr. Log er nur mir oder auch sich selbst etwas vor? Dann, Mitte Oktober, kam ein Brief in völlig anderem Tonfall: »Wir scheinen uns schnell dem Frieden zu nähern. Aber weiß Gott, was das für ein Frieden sein wird. In welch einem Chaos wird unsere Welt versinken …«

Ich war verwirrt. Hieß das, dass die Kapitulation bevorstand? Was konnte ich Hans noch glauben? Gleichzeitig wurden die Gerüchte, die man sich in Belgrad von der Balkanfront erzählte, immer beunruhigender. Man hörte von Desertionen ganzer Truppenteile. In der Stadt brodelte es. Die Ordnung konnte nicht mehr aufrechterhalten werden, es gab Übergriffe, Hungerdiebstähle, Protestmärsche, die in Gewalt endeten. In dem ganzen Durcheinander bestieg ich schließlich mit Missy und Joschi am 15. Oktober den Zug nach Costanza, um den neuen Posten anzutreten. Wir waren froh, aus Belgrad heraus zu sein – doch unsere Reise dauerte nicht lang: Im südungarischen Herkulesbad konnte der Zug nicht mehr weiterfahren. Die Balkanfront war offenbar zusammengebrochen. Überall waren zerlumpte, erschöpfte Soldaten, fahnenflüchtig, im Rückzug, niemand wusste es. Unzählige Menschen bevölkerten die Straßen auf ihrem Weg nach Norden, wo sie sich Sicherheit erhofften. Der Bahnhof von Herkulesbad war voller Leute, aber auf den Schienen herrschte Stillstand. Am Ende konfiszierte ein ungarischer Offizier unseren ganzen Zug, und Missy, Joschi und ich mussten Hals über Kopf aussteigen.

Wir schliefen frierend und hungrig in einer Ecke des Bahnhofs, zusammen mit Hunderten Flüchtlingen, die auf eine Weiterfahrt hofften. Einen ganzen Tag warteten wir, dann beschlossen wir, das meiste Gepäck zurückzulassen und es per Schiff auf der Donau zu versuchen. Ich schenkte einem Bauern meine Taschenuhr; dafür nahm er uns auf seinem Pferdefuhrwerk mit bis zur Ortschaft Orsova. Tatsächlich hatten wir am dortigen Flusshafen Glück: Joschi ergatterte drei Billetts, und wir bestiegen einen kleinen, schmutzigen, zum Brechen überfüllten Dampfer, wo wir zusammengepfercht mit Flüchtlingen aus aller Herren Länder unter Deck verbrachten. An Schlaf war nicht zu denken; Kinder schrieen, Frauen weinten, jeder verrichtete seine Notdurft in irgendeiner Ecke.

Nach sechzehn Stunden legten wir um drei Uhr morgens wieder in Belgrad an, erschöpft, müde und ratlos. Ich dachte schon lange nicht mehr über Sieg oder Niederlage nach – es war offensichtlich, dass alles verloren und die Lage außer Kontrolle war. Ich wollte nur noch nach Hause.

Doch nach Hause – wo war das? Deutschland? England? Fürstenstein, Pless, Ruthin? Berlin, London, La Napoule? Partenkirchen? Wo gehörte ich eigentlich hin?

Ich war durcheinander, verzweifelt, aufgewühlt. Es war Joschi, der schließlich sagte: »Wir schlagen uns nach Partenkirchen durch.«

Gemeinsam hasteten wir durch dunkle Gassen; wir hatten das Gerücht gehört, dass am Bahnhof noch Züge fuhren. Die Stadt wimmelte vor Soldaten, überall campierten Grüppchen von Uniformierten, lagerten um Feuer, hielten rauchend bei Straßensperren Wache. Ein Hauptmann aus Linz nahm uns in aller Herrgottsfrühe in seinem Automobil mit zum Bahnhof. »Kaiser Franz hat auf Ungarn verzichtet«, berichtete er fassungslos. »Die österreichische Monarchie bricht zusammen. Wenn's so weitergeht, kriegen wir gar noch eine Revolution! Wahnsinn! Der blanke Wahnsinn ist das alles!« Ich war so müde, dass mir alles gleichgültig schien. Am Bahnhof legten wir uns einfach irgendwo auf den kalten Boden und schliefen.

Dank der Rotkreuzuniformen, die Missy und ich immer noch trugen, erhielten wir zwei Tage später Passierscheine für den Zug nach Budapest. Mit unserem letzten Bargeld lösten wir die Tickets und entkamen aus der serbischen Hauptstadt. Wir hatten nichts mehr außer dem nackten Leben und drei Perlen, die Missy als letzte Notreserve zu Beginn der Reise in meinen Unterrock eingenäht hatte.

In Budapest fanden wir uns inmitten der Auflösung des Habsburgerreichs, aber in der Stadt war es wenigstens friedlich. In riesigen Schlagzeilen meldeten die Zeitungen, dass die Alliierten die Abdankung des deutschen Kaisers als Vorbedingung für einen Waffenstillstand forderten. Dass es in Berlin riesige Friedensdemonstrationen gab. Dass überall Streiks ausgerufen wurden. Und dass ganz Österreich nunmehr in einzelne kleine Teile zersplittert war, von denen jeder für sich die Unabhängigkeit forderte. Alles war im Umbruch. Die alte Welt ging unter.

Wir fanden Quartier im Hotel Ritz, wo man uns für eine der kostbaren Perlen – ich trennte sie auf einer stinkenden Bahnhofstoilette aus dem Stoff – einen winzigen Raum überließ. Wir warteten auf die Möglichkeit, nach Österreich weiterzukommen. Auf der anderen Donauseite wurde immer wieder schwer geschossen, und wir hatten Angst vor dem Ausbruch einer Revolution, der in allen Zeitungen prophezeit wurde. Endlich, nach einer Woche, schafften wir es in einen völlig überfüllten Zug, der über Wien nach München fahren sollte.

Als wir die Grenze zu Bayern passierten, fielen wir uns in die Arme, und bei der Einfahrt in den Münchner Hauptbahnhof ging ein großes Aufatmen durch den ganzen Zug.

Doch unsere Erleichterung hielt nicht lange an. Hier war nichts mehr wie früher. In der Stadt brodelte es. Auf dem Bahnhofsplatz prügelten sich Männer um das einzige Taxi, das noch da stand. Menschentrauben hatten sich um Zeitungsständer gebildet. Ein umgeworfenes Fuhrwerk lag mitten im Weg, Bewaffnete lehnten daran, aufgepflanzte Bajonette auf ihren Gewehren. Soldaten patrouillierten. Ein zerlumpter Junge kam um die Ecke gerannt und rempelte Missy an. Joschi schnappte ihn am Kragen und fragte: »Was ist denn los?«

»Der König ist weg!«, schrie uns der Junge aufgeregt an, und hielt uns ein Flugblatt vor die Nase. »Wir haben Revolution! Jetzt regiert das Volk!«

Wir hielten den Atem an, während wir zu dritt gleichzeitig das Flugblatt lasen. Einen Tag vor unserer Ankunft, am 7. November, war tatsächlich die Revolution ausgebrochen. Der König hatte sich nach Salzburg geflüchtet. Bayern war zum Freistaat erklärt, regiert von einem Arbeiter- und Soldatenrat.

»Was jetzt?«, fragte Joschi.

Mein Plan war gewesen, vom Bahnhof aus ein Taxi zu meiner Freundin, Prinzessin Maria von Bayern, zu nehmen und sie zu bitten, uns in ihrem Automobil nach Partenkirchen fahren zu lassen. Aber war sie überhaupt noch in der Stadt? Egal, wir mussten es versuchen. Die Trambahnen fuhren nicht, also griffen wir unsere Bündel und gingen den weiten Weg nach Nymphenburg zu Fuß. Während wir durch die Stadt liefen, hörten wir plötzlich Flieger am Himmel; Joschi brüllte: »Deckung!« Wir rannten zum nächsten Hauseingang und drückten uns dort keuchend an die Mauer, im festen Glauben, unser letztes Stündlein habe geschlagen. Aber die Flugzeuge warfen nur Propagandablätter ab. Wir hasteten weiter und fanden endlich die kleine Villa der Prinzessin Maria, die völlig verängstigt in einer Ecke ihres Salons saß und auf den Weltuntergang wartete. Ihre Tochter Pilar war auch da; sie bewies erstaunlichen Gleichmut. »Sind wir jetzt halt alle Brüder«, sagte sie schulterzuckend. Die beiden nahmen uns in alter Herzlichkeit auf, obwohl sie selber kaum mehr Vorräte hatten und ihre Dienerschaft sich aus Angst vor Übergriffen nicht auf die Straße wagte. Wir schliefen zum ersten Mal seit Wochen wieder in einem richtigen Bett.

Am nächsten Tag, den 9. November, lasen wir voller Entsetzen in der Zeitung, dass man in Berlin die Republik ausgerufen hatte. Kaiser Wilhelm hatte abgedankt und war ins niederländische Spa ins Exil geflohen. Mein Gott. Ich konnte mir ein Deutschland ohne den Kaiser einfach nicht vorstellen. Und jetzt? Was jetzt, wo der Krieg verloren war und alles im Untergang begriffen? Wo war Hans? Wo waren Hansel und Lexel? Ging es ihnen gut, lebten sie noch? Und Freddie, mein Freddie! War er in Sicherheit? Ich musste so schnell wie möglich nach Partenkirchen. Wenigstens meinen Bolko wollte ich in die Arme schließen.

....

Partenkirchen, 11. November 1918

»Dem Himmel sei Dank!« Daisy stieg aus dem Wagen mit dem zur Sicherheit schwarz übermalten Wappen der Wittelsbacher, der sie, Missy und Joschi nach Partenkirchen gebracht hatte. Es war der Tag des Waffenstillstands von Compiegne, und alles war ruhig und friedlich. Aus dem Schornstein der Villa rauchte es, im kahlen Geäst des Apfelbaums zwitscherten die Spatzen. Daisy ging den Weg zur Haustür hoch, der Kies knirschte unter ihren Sohlen. Auf der Wiese lag das Steckenpferd, das sie Bolko zum siebten Geburtstag geschenkt hatte.

»Mummilie!« Bolko riss die Tür auf und rannte auf Daisy zu, gefolgt von Emma Kollischan. Daisy fiel auf die Knie, fing ihren Kleinsten auf und drückte ihn fest an sich. Dann stand sie auf und umarmte ganz unfürstlich die alte Emma. »Gott, sind wir froh, Sie wieder hier zu haben«, sagte sie und tupfte sich mit ihrer Schürzenecke die Augen. Dann stemmte sie die Fäuste in die Hüften und befahl: »Bolko, sofort hinein! Sonst wirst du nur wieder krank bei der Kälte!« Zu Daisy gewandt, raunte sie mit Grabesstimme: »Wundern Sie sich nicht, Kindchen, aber wir haben die Kommunisten im Haus.«

»Ja, bei uns wohnen jetzt Männer!«, sagte Bolko ernst. »Sie sagen, alles gehört jetzt ihnen.«

»Du lieber Gott!«, rief Missy.

Daisy schloss kurz die Augen. Sie war so froh gewesen, heimzukommen, aber jetzt sank ihr Herz.

Die alte Emma nickte. »Die neuen Herren von Partenkirchen haben unser Haus konfisziert. Fünf Mannsbilder! Sind einfach so mir nichts, dir nichts hereinmarschiert! Nicht einmal Ihr Schlafzimmer hab ich verteidigen können!«

Daisy schob trotzig das Kinn vor. »Das werden wir ja sehen«, sagte sie, straffte den Rücken und betrat entschlossen das Haus.

Tatsächlich saßen fünf Männer mittleren Alters um den Tisch vor dem Kachelofen, zwei davon mit riesigen Schnurrbärten, einer mit Nickelbrille und Pfeife und einer mit Augenklappe. Sie trugen eine abenteuerliche Mischung aus Uniformteilen und Alltagszeug und waren mit Kartenspielen beschäftigt.

»Guten Tag, meine Herren!« Daisy legte Umhang und Handschuhe ab, die sie von Prinzessin Maria geliehen hatte. »Darf ich mich vorstellen? Daisy von Pless. Ich hoffe, Sie finden hier alles zu Ihrer Zufriedenheit?«

Die Männer legten ihre Karten hin und starrten sie an.

»Und mit wem habe ich meinerseits das Vergnügen?«

Der Mann mit der Nickelbrille stand ungelenk auf und machte tatsächlich Anstalten, strammzustehen. Sein Nachbar zog ihn am Ärmel und verhinderte damit gerade noch, dass er salutierte. »Weinzierl, Hubert, Arbeiter. Nierlinger, Karl, Sozialdemokrat. Riepel, Willi, Fuhrknecht. Zwanziger, Christian, Gefreiter. Und Resch, Hans, Lehrer. Das wär ich.«

»Wir haben die Macht in Partenkirchen übernommen«, ergänzte der Mann mit der Augenklappe. »Hier regiert jetzt der Arbeiter-, Soldaten- und Bauernrat.«

Daisy reichte jedem höflich die Hand. Dann setzte sie sich auf den letzten freien Stuhl. »Und was wollen Sie nun hier bei mir?«

Die Männer rutschten verlegen auf ihren Stühlen hin und her. »Wir haben eine Unterkunft gebraucht, gnä' Frau. Zum Schlafen und Essen. Wir sind nämlich von München.«

»Das ist jetzt nicht mehr das Haus von Hochwohlgebornen«, warf der Sozialdemokrat trotzig ein. »Alles gehört jetzt allen. Dafür haben wir gekämpft, und drum sind wir da.«

Daisy nickte. »Wenn das so ist – fühlen Sie sich wie zu Hause, meine Herren.«

Die Männer sahen sich verblüfft an. »Dann, ja ... Das ist sehr freundlich von Ihnen«, sagte der Lehrer mit der Brille. »Wir danken auch recht schön.«

»Aber ich darf doch sicherlich mein Schlafzimmer zu meiner Verfügung haben?«

»Ja freilich, gnä' Frau.« Der Fuhrknecht nickte beflissen. »Ich und der Hubert, wir finden schon einen andern Schlafplatz, oder nicht, Hubert?« Er stieß den anderen in die Seite.

Hubert beeilte sich zuzustimmen. »Sie brauchen keine Angst nicht vor uns haben«, sagte er. »Wir wollen nix wie bloß ein besseres Leben und keine Unterdrückung mehr.«

»Genau. Wir fordern das unveräußerliche Recht, das Gott uns Menschen gegeben hat, dass die Armen nicht hungern und darben müssen, und dass das Leben frei sein muss für jedermann.« Das war wieder der Lehrer. »Dafür haben wir unser Leben an der Front riskiert, vier Jahre lang.«

»Jawoll.« Der Arbeiter schob Daisy ein Glas hin und schenkte allen am Tisch Schnaps ein. »Auf eine neue Ordnung!«

»Auf ein besseres Leben!«, sagte der Kommunist.

»Auf den Frieden!«, sagte Daisy.

»Weißt du etwas von Hans und Hansel?«, fragte Daisy ungeduldig, als die fünf Hausbesetzer nach weiteren Schnäpsen endlich zur allabendlichen Versammlung ins Hotel Schönblick gegangen waren. »Und von Freddie?«

Emma Kollischan schüttelte den Kopf. »Ich hab die Post nicht angerührt. Aber ich hab alles gesammelt und aufgehoben, nach Datum sortiert, oben ist das Neueste.«

Sie drückte Daisy einen Packen Briefe in die Hand. »Ist bestimmt alles gut, Kindchen«, sagte sie beruhigend.

Noch im Stehen riss Daisy den ersten Umschlag auf. Es war ein kurzer Brief von Hans, datiert auf den 2. November. *»Ich schreibe Dir vorsichtshalber nach Partenkirchen, weil ich annehme, dass Du längst auf dem Heimweg von Costanza bist«*, schrieb er. *»Dieser Krieg ist vorbei. Und das, obwohl das Heer im Felde unbesiegt ist! Die Heimat ist uns in den Rücken gefallen mit dieser schändlichen Revolution. Hansel und ich sind schon in Berlin; Lexel ist ebenfalls hier. In Fürstenstein ist es derzeit nicht sicher – die Straßen von Waldenburg sind voller demonstrierender Arbeiter. In Pless ist die polnische Bevölkerung im Aufruhr. Also bleib in Partenkirchen, bis Du Weiteres von mir hörst. Im Übrigen hat Dein Sohn für besondere Tapferkeit als Meldereiter das Eiserne Kreuz 1. Klasse verliehen bekommen. Du kannst stolz auf ihn sein …«*

Sie legte den Brief weg. »Gott sei Dank« sagte sie über die

Schulter zu Emma. »Alle gesund.« Dann blätterte sie in fliegender Hast und mit angehaltenem Atem den ganzen Poststapel durch, bis sie auf die vertraute Schrift der Großherzogin Augusta stieß. Nachricht von Freddie! Daisy stieß einen kleinen Freudenschrei aus, erbrach voll ungeduldiger Erwartung das Siegel und begann zu lesen: *»Liebste Freundin! Dies ist mein schwerster Brief …«*

Die Buchstaben verschwammen ihr vor den Augen. Sie schwankte, das Blatt fiel aus ihrer Hand. Ihr ganzer Körper fing an zu zittern, sie keuchte, rang nach Atem. Und dann entlud sich ihre Verzweiflung in einem quälend langen Stöhnen, das in lautes, trockenes Schluchzen überging. Emma war sofort da, stützte und hielt sie. Gemeinsam sanken sie auf die Ofenbank; Emma hob den Brief auf und las. »Ach Gott«, flüsterte sie. »Ach Gott.«

Irgendwann ging Daisys Weinen in leises, klagendes Wimmern und schließlich in eine stumme Erschöpfung über. Ihre Kraft war zu Ende.

Da spürte sie eine kleine Hand in ihrer. Bolko fragte: »Mummilie, warum weinst du?«

»Onkel Freddie ist gestorben«, sagte Daisy mit gebrochener Stimme. Warum hat er das getan?, dachte sie. Warum?

Bolko streichelte eine Weile ihre Finger, dann kletterte er auf ihren Schoß und legte seine Arme um sie. »Aber du hast doch noch mich!«, sagte er im Brustton der Überzeugung.

»Und mich«, sagte die alte Emma.

»Und mich«, sagte Missy.

»Und mich«, sagte Joschi.

Daisy lächelte unter Tränen.

EPILOG

Joschi, 1920

»Ja, das gibt's doch gar nicht! Der Herr Joschi! Du liebe Güte, wie lang ist das her?«

Das Gesicht des alten Pferdepflegers legte sich in wettergegerbte Falten; er strahlte seinen früheren Stallmeister an wie ein Marienwunder.

»Ja, Max, dass du noch da bist!« Joschi schüttelte dem sehnigen Alten die Hand. »Pferdemist konserviert«, lachte der. »Schauen Sie sich nur um, Herr Joschi. Alles zu Ihrer Zufriedenheit. Wie früher. Bloß die Tiere und die Menschen sind weniger geworden. »He, kommt alle her!«, schrie Max. »Der Herr Joschi ist wieder da!«

Ein paar Männer kamen gelaufen, Joschi schüttelte Hände, musste Fragen beantworten, erzählte von den letzten Jahren. »Wo ist denn Mack?«, wollte er wissen.

»Zurück in Schottland«, erklärte einer der Stallknechte. »Gab ja für ihn nichts mehr zu tun.«

Joschi ließ seinen Blick über die neuerbauten fürstlichen Stallungen mit ihrem schmucken Fachwerk und den grün gestrichenen Toren und Fenstern schweifen. Alles war sauber gefegt. Das Gras im Hof war frisch gemäht, es roch nach Heu und Äpfeln, vermischt mit Pferdedung. Der schönste Geruch der Welt. Wiehern und Schnauben erklang aus den Boxen im Innern der langgezogenen Stallgebäude.

»Wie viele Pferde sind denn noch da?«, fragte er.

»Noja, man hat uns ja fast alle weggenommen, aber wenigstens haben wir inzwischen diejenigen wieder zurück, die den Krieg über in Pless waren.« Der alte Max kratzte sich im Genick. »Mal überlegen: neun Jagdpferde, drei Zuchtstuten vom Feinsten, zwei Stut- und ein Hengstfohlen, vier Einjährige. Dann der neue Hannoveranerwallach vom Fürsten, vier Kutschpferde, ein Esel für den Gärtnerkarren. Und natürlich ...«

»Athanasius?« Joschi hatte gar nicht darauf zu hoffen gewagt.

»Hat jetzt siebzehn Jahre auf dem Buckel.« Der Pferdepfleger grinste. »Nicht totzukriegen, der Kerl. Genau wie ich. Zäh wie Rindsleder. Mit dem kannst du noch eine Zucht aufmachen, wenn du willst.«

Joschi machte zwei Schritte auf den Eingang zur Boxengasse zu. »Halt«, rief der alte Max, »da ist er nicht. Er steht droben alleine auf der Koppel. Kann seinesgleichen immer noch nicht leiden ...«

Schon war Joschi auf dem Weg zur alten Koppel, die ein Stück entfernt auf einem flachen Hügel lag. Es war später September, die ersten Blätter an den Bäumen färbten sich schon bunt. Der Herbstwind blies Joschi frisch ins Gesicht, während er den Hügel hinaufstieg. Das Schloss kam in Sicht, und er blieb stehen. Es standen immer noch Gerüste auf der Südseite; aber in den neu eingesetzten Fenstern des Ostflügels spiegelte sich die Sonne. Immer noch sah das Schloss majestätisch aus; auch wenn es nur noch von vergangener Pracht und Herrlichkeit zeugte. Der Fürst hielt sich zwar seit dem Kriegsende noch oft hier auf, aber es gab keine großen Gesellschaften oder Jagdpartien mehr, keinen Pomp und keine Glorie. Die alte Zeit war untergegangen, unwiederbringlich vorbei. Das hatte auch der Fürst gesagt, als Joschi ihn in Berlin getroffen und um Wiedereinstellung als Stallmeister gebeten hatte. Aber dann hatte er ihn doch wieder aufgenommen. »Viel ist nicht vom alten Gestüt übriggeblieben«, hatte er gesagt. »Machen Sie was draus.«

Und jetzt war Joschi wieder in Fürstenstein. Er näherte sich der Koppel, und das Erste, was er sah, war eine junge braunweißgefleckte Ziege, die mittendrin angepflockt war. Athanasius hatte seine Vorlieben nicht geändert. Joschi grinste. Und dann entdeckte er den fahlbraunen Hengst, friedlich grasend am hinteren Ende der Weide. Er stellte einen Fuß auf den unteren Holm des Gatters und verschränkte die Arme auf dem Geländer. Dann pfiff er einmal lang durch die Zähne, das alte Signal.

Athanasius hielt inne und hob den Kopf. Er spähte und witterte mit geblähten Nüstern. Zögernd machte er sich auf den Weg. Erst setzte er gemächlich Schritt für Schritt, wie es sich für einen alten Herrn gehörte. Dann fing er an, zu traben, vorbei an der Ziege, genau auf Joschi zu. Der war inzwischen übers Gatter geklettert und wartete. Der Hengst trabte bis auf einen Meter vor ihn hin, dann blieb er stehen und schüttelte die Mähne. »Ja, ja, ich weiß schon«, sagte Joschi. »Du bist mir bös, weil ich so lange weg war.

Athanasius schnaubte und scharrte mit dem rechten Huf.

»Und dünn bist du auch geworden, alter Freund. Geben sie dir nicht genug Äpfel, hm?« Joschi streckte die Hand aus.

Athanasius kam einen Schritt näher, und Joschi legte die Hand auf seine Wange. Und dann stupste der alte Hengst sein weiches Maul in Joschis Halskuhle und blies warme Atemluft aus seinen Nüstern. So, wie er es früher immer getan hatte. Joschi blinzelte. Verdammter Wind, der seine Augen so tränen ließ! Athanasius begann, mit sanften Lippen an seinem Ohr zu spielen.

»Jetzt übertreib's mal nicht«, sagte Joschi und räusperte sich. »Bin doch keine Ziege!«

Er gab dem alten Renner einen Klaps auf den Hals. Dann drehte er sich um und schloss das Gatter hinter sich. Mit beschwingten Schritten und leise vor sich hin pfeifend ging er wieder hinunter zu den Stallungen.

Er war zu Hause.

....

Daisy, 1922

Im Winter hatten die Zikaden noch geschwiegen. Regensatte Stürme waren über die Küste gezogen, hatten an den fedrigen Blättern der Palmen und den Zipfelmützen der Zypressen gerupft, Strand und Meer zerwühlt. Doch jetzt war der Frühling mit Macht gekommen. Überall blühten die Mimosen, Millionen winziger gelber Sonnen, flauschig wie Küken. Über ihnen ein Himmel so blau wie Vergissmeinnicht, auf dem weiße Wölkchen tanzten. Und ein paar Meter weiter das Meer, Schaumkrönchen auf den indigofarbenen Wellen.

Auch La Napoule war aus dem Winterschlaf erwacht und bereitete sich auf das alljährliche Blumenfest vor. Im Garten der Villa Les Marguerites war gerade der Frühjahrsputz beendet, der Rasen frisch gemäht, die steinernen Bänke vom Moos befreit, die Buchsbaumhecke gestutzt. Vom Schloss her näherte sich eine Gestalt auf einem Fahrrad, es war der Briefträger. Jetzt klingelte er am schmiedeeisernen Tor.

Daisy, die gerade Blütenzweige von den Zitronenbäumchen für die Vase geschnitten hatte, ging zum Tor. »Bonjour, Lady Daisy, ça va bien?«, rief der junge Mann fröhlich und überreichte einen Packen Briefe.

»Merci, Jeannot«, lächelte Daisy, »e bonne journée!«

Sie ging auf die hellgelb gestrichene Villa im klassizistischen Stil zu, in einer Hand die Zweige, in der anderen die Post.

Drinnen legte sie alles auf die Anrichte im Vestibül und rief nach Missy. »Sei so lieb und hol mir eine Vase. Sieh nur, wie schön die Blüten sind.«

»Mais oui, Madame.« Seit sie in Frankreich lebten, fand Missy es schick, französisch zu reden – umso mehr, als sie sich – »herrje, in meinem Alter!« – Hals über Kopf in den stattlichen französischen Gärtner verliebt hatte, mit dem sie seit vier Monaten verheiratet war.

Daisy erkannte auf dem obersten Umschlag Joschis Schrift mit den sorgfältig gemalten und doch krakeligen Buchstaben, die davon zeugten, dass Schreiben nicht eben zu seinen Hauptbeschäftigungen zählte. Der Brief war an Bolko adressiert; Joschi hatte den Jungen immer geliebt, und Bolko hing an ihm wie an einem großen Bruder.

Gerade war Unterrichtszeit; Bolko saß mit seinem englischen Privatlehrer im Studierzimmer und deklamierte mit tragikkomisch verklärter Miene Wordsworth: »I wandered lonely as a cloud / that floats on high o'er vales and hills …«

»… when all at once I saw a crowd, a host, of golden daffodils.« Daisy trat fröhlich näher. »Mein Lieblingsgedicht, wie schön!«

Bolko sprang auf, und sie gab ihm ein Küsschen auf die Wange. Er war zu einem aufgeweckten zwölfjährigen Bengel herangewachsen, eher schlank und zart, aber dafür ständig mit verrückten Ideen im Kopf. Man musste immer noch auf ihn aufpassen, damit er sich körperlich nicht überforderte; erst neulich waren seine Lippen beim Ausreiten wieder blau geworden. Trotzdem war er ein glückliches Kind, von allen in der Villa umhegt und behütet. Im letzten Jahr hatte er seine geliebte Oma Kollischan verloren; die alte Emma war in einer stillen Sommernacht sanft eingeschlafen, und sie hatten um sie getrauert wie um ein Familienmitglied. Regelmäßig besuchten sie das schattige Grab unter den Pinien auf dem Friedhof von La Napoule.

»Du hast Post von Joschi«, lächelte Daisy und gab ihm den Brief. Er riss ihn sofort auf. Drinnen waren etliche Schwarzweißfotografien von den Fürstensteiner Pferden, darunter einem hübschen, staksigen Fohlen mit langgezogener Blesse. *»Das ist Ajax, ein Sohn von Athanasius«*, hatte Joschi geschrieben. *»Dein Vater will ihn dir schenken. Sobald er kräftig genug ist, schickt er ihn zu Dir.«*

Bolko stieß ein lautes Indianergeheul aus, und Daisy seufzte in sich hinein. Hans war einfach unverbesserlich in seiner Negierung von Bolkos Herzfehler. Das Toben mit einem jungen Pferd war einfach nicht gesund für den Jungen. Andererseits konnte man ihn ja nicht immer in Watte packen. »Du musst deinem Vater wieder einmal schreiben«, meinte sie. »Vielleicht kannst du ihn im Sommer ja in Fürstenstein oder Pless besuchen.«

Auf dem Weg in ihr winziges Schreibzimmer auf der Ostseite der Villa blätterte Daisy die Post weiter durch. Nach etlichen Rechnungen kam ein dicker Brief von ihrer Schwester Shelagh aus London, den sie später genüsslich beim Tee lesen wollte. Sie setzte sich an den Schreibtisch und sortierte die Rechnungen und Geschäftsbriefe auf die linke Seite. Ihr Blick fiel dabei auf eine der gerahmten Fotografien an der Wand. Ach, Joschi! Sie vermisste ihn sehr, aber sie hatte seine Entscheidung, nicht mit nach Frankreich zu ziehen, sondern nach Fürstenstein zurückzukehren, akzeptiert. Die Zeit der Leibjäger und Lakaien war vorbei. Sie brauchte keinen Beschützer mehr, seit sie nicht mehr im Glanz der alten Zeit lebte. Und Joschis Leben waren nun einmal seine geliebten Pferde. Daisy nahm ihr Taschentuch und wischte einen winzigen dunklen Fleck vom Bild. Es zeigte Joschi mit seinem Bruder Otto vor einem geschmückten Weihnachtsbaum. Wie immer sah Otto ernst und abweisend drein, obwohl er ein großes, mit einer roten Schleife verpacktes Geschenk in der Hand hielt. *»Weihnachten '20 in Berlin«* hatte Joschi auf die

Rückseite geschrieben. Er war genau wie sie glücklich darüber gewesen, dass Otto nach der Explosion in Leverkusen nichts geschehen war. Er hatte zusammen mit den Chemikern der Firma Bayer bis zum Kriegsende gerätselt, wo der Fehler gelegen haben könnte. Jetzt lebte Otto wieder in Berlin und arbeitete immer noch mit Fritz Haber zusammen, allerdings nicht mehr an Giftgas sondern an der Produktion von Kunstdünger. Joschi besuchte ihn, so oft er Zeit hatte, genau wie seine Schwester Lissa, die mit ihrem Ehemann nach wie vor in Breslau lebte.

Der letzte Umschlag, den Daisy noch in der Hand hielt, war groß und braun. Sie drehte ihn um, sah den Absender und stockte in ihrer Bewegung. Justizräte Maximilian Hagg und Albert Pinner, Berlin, Taubenstraße 46 – das waren ihre Anwälte. O Gott, dachte Daisy, hoffentlich sind es gute Nachrichten! Ungeduldig schlitzte sie mit dem Fingernagel den Umschlag auf und überflog hastig den Text:

»Sehr verehrte Mandantin! Wir beehren uns, Ihnen mitzuteilen, dass die Entscheidung der 15. Zivilkammer des Landgerichts I in Berlin in der Verhandlung vom 26. Januar dieses Jahres gefallen ist. Die Ehescheidung ist somit rechtskräftig.«

Daisy ließ das Blatt Papier sinken und tat einen tiefen Atemzug. Es war vorbei! Nach über zwei Jahren des Verhandelns, des Streits und der Kompromisse, endlich. Sie las weiter. *»Die gegnerische Partei erkennt an, Ihnen für Ihre Lebenszeit als standesgemäßen Unterhalt folgende Leistungen zu gewähren: a) die den Selmayr'schen Erben in München gehörige Villa in der Ismaninger Straße als Mietwohnung. b) als Gefährt ein Auto, sowie die Gehälter des Dienstpersonals, jedoch an Unterhaltungs und Betriebskosten für das Auto und an den Gehältern höchsten den Betrag von monatlich 2000,– Mark. c) eine Geldrente von monatlich 5000,– Reichsmark rückwirkend vom 1. Juni 1921 ab. d) Es wird anerkannt, dass die Villa Les Marguerites in La Napoule, Frankreich, als Schenkung im*

Besitz der Klägerin verbleibt. Ebenso sämtliche auf der folgenden Seite aufgelistete Schmuckstücke ...«

Wie lange hatte sie gewartet, bis nun endlich Gewissheit da war! Hans und sie hatten sich einen erbitterten Kampf um die Scheidung geliefert, und er hatte letztlich nur nachgegeben, weil er sich vor einigen Monaten in eine junge spanische Adelige mit dem klingenden Namen Clotilda de Silva y Gonzales de Candamo verliebt hatte, eine Person von zweifelhaftem Ruf, die er unbedingt heiraten wollte. Die junge Frau hätte beinah seine Enkeltochter sein können! In den höheren Kreisen zerrissen sich alle das Maul über ihn und nannten ihn einen alten, liebeskranken Narren. Armer Hans, dachte Daisy, sie lachen über dich. Und dann auch noch das: In wenigen Monaten, am 12. Juli 1922, würde Oberschlesien – und damit Pless mit allen zugehörigen Besitzungen – offiziell von Polen übernommen. Hans hatte lange versucht, den dortigen Gesamtbesitz zu verkaufen, aber vergeblich. Nun musste er, um eine Enteignung zu verhindern, polnischer Staatsbürger werden und horrende Steuern zahlen. Es war eine Frage der Zeit, wann er sein oberschlesisches Erbe verlieren würde. Nachdenklich ging Daisy wieder nach unten. Ihre Sorge galt ihren beiden älteren Söhnen. Hansel erhielt in Pless von den Direktoren seines Vaters eine Ausbildung im Verwaltungswesen; Lexel würde demnächst die Schule beenden. Er hatte sie in allen Ferien besucht, während Hansel weiter die Distanz wahrte, die im Krieg zwischen ihnen entstanden war. Ja, er war nun einmal die jüngere Ausgabe seines Vaters; Daisy hatte gelernt, das zu akzeptieren, aber es tat trotzdem weh.

Sie trat durch die Glastür auf die Terrasse hinaus. Und sah ihn sofort. Dort zwischen den Lorbeersträuchern, da hatte er gestanden, im Sommer vor zwei Jahren. Und da stand er auch jetzt, nur dass er heute aufs Meer hinausblickte und nicht zum Haus hinüberspähte.

Freddie.

Wie jedes Mal, wenn sie ihn dort sah, spürte Daisy das gleiche ungläubige Glücksgefühl in sich aufsteigen wie damals. Es war so unfassbar gewesen, so unwirklich. Wie sie ins Freie getreten war, am Morgen dieses Augustsonntags, noch im Hausmantel, das Haar nur locker mit einem Band zurückgehalten, eine Tasse Tee in der Hand. Wie sie eine Bewegung im Augenwinkel bemerkt hatte, die Gestalt eines Mannes entdeckte, der sich hinter den schimmernden Blättern des Lorbeers versteckte.

»Qui est là?«, hatte sie gerufen.

Da hatte er sich aufgerichtet, langsam, unsicher, ohne ein Wort.

Die Teetasse zerschellte auf den Steinfliesen, heißer Darjeeling benetzte Daisys nackte Füße. Es war, als habe sie der Blitz getroffen. Das konnte doch nicht sein, es war unmöglich! Sie öffnete den Mund zum Schrei, aber kein Laut kam aus ihrer Kehle. Dann rannte sie, lief über den taunassen Rasen auf ihn zu. Er kam ihr entgegen, zögernd, beinahe ängstlich. Und dann hielten sie sich, küssten sich, sanken in ihrer Umarmung auf die Knie.

Irgendwann lösten sie sich voneinander, sahen einander an, forschten in den Gesichtern nach Altem und Neuem, Bekanntem und Unbekanntem. »Du«, sagte sie. »Erzähl!«

Er schloss die Augen. »Ich hab es dir verschwiegen, Rattie, weil ich dich schützen wollte. Weißt du noch, damals auf Usedom? Als ich verwundet heimkam? Es war alles Lüge. Ich war in einem französischen Lazarett als Kriegsgefangener. Die Engländer haben mich angeworben. O Gott, sieh mich nicht so an! Ich habe Informationen weitergegeben, über Truppenbewegungen, Angriffspläne, alles, was ich in Erfahrung bringen konnte.« Er hielt inne. »Verachtest du mich jetzt?«

Sie schüttelte heftig den Kopf. »Ich wollte diesen Krieg beenden helfen«, sagte er. »Und ich war der festen Überzeugung, das

Richtige zu tun. Wir konnten nicht mehr gewinnen, spätestens 1916 war mir das klar. Es ging nur noch darum, Menschenleben zu retten.«

»Und dann?«

»Ich bin aufgeflogen. Als ich im Sommer '18 in Strelitz war, brachte mir ein Offizier ein Schreiben des Kaisers. Er bot mir den ehrenhaften Ausweg. Ich war entschlossen dazu. Mein Leben war verwirkt; die Alternative wäre ein Todesurteil gewesen und Schande für die ganze Familie. Ich ging also mit meiner Pistole in den Park. Gerade als ich abdrücken wollte, packte mich der Offizier von hinten, es ging ihm wohl zu langsam. Ich schwankte, der andere griff nach der Waffe, es kam zu einem Gerangel. Dann löste sich ein Schuss. Gott, ich weiß nicht, wie lang es gedauert hat, bis ich begriffen habe, dass der andere da lag und nicht ich. Ich lebte! Ihn hatte die Kugel mitten in die Stirn getroffen. Und dann, dann kam mir ein verrückter Gedanke. Der Tote war fast so groß wie ich und hatte wie ich dunkelblondes Haar. Ich zog ihn aus und schlüpfte in seine Kleider. Meine Uniform passte ihm, die Stiefel, alles. Das Problem war nur sein Gesicht. Mir fiel dann ein, dass unter dem kleinen Steg im Kammerkanal schon immer ein Nest Wasserratten war. Als Kinder haben mein Bruder und ich manchmal tote Hasen ins Wasser geworfen und zugesehen, wie sie gefressen wurden. Als Erstes gingen die Ratten immer auf die Augen. Also hoffte ich ...«, er atmete tief durch. »Ich habe die Leiche beim Nest ins Wasser geworfen und gehofft, dass die Ratten als Erstes an die Augen und das Gesicht gehen. Ich hab meine Offiziersmütze am Ufer liegen lassen und Caruso – du weißt ja, dass er jedem Kommando unbedingt gehorcht – befohlen, die Mütze zu bewachen. Sonst wäre er mitgegangen. Dann hab ich mich auf den Weg gemacht. Ich hatte nichts mehr zu verlieren, also hab ich mich nach Mirow durchgeschlagen und bin auf den nächsten Güterzug aufgesprungen. Dann nach Berlin, von Berlin aus mit einem gestohlenen Fahrrad weiter. Es hat Wochen gedauert, aber ich hab es schließlich in die Schweiz geschafft. Ab da haben mir der englische und französische Geheimdienst weitergeholfen. Ich bin letztlich in Paris gelandet. Ein neuer Pass, ein neuer Name. Rattie, ich war am Leben, aber todunglücklich. Jeden Tag hab ich mich gefragt, ob es das wert war. Ich wusste, ich würde mein Leben lang nicht mehr nach Deutschland zurück können. Ich hatte alles verloren, dich, meine Familie und Freunde, all meinen Besitz.«

Daisy streichelte sein Haar. »Warum hast du nicht wenigstens geschrieben? Mich in dem Glauben gelassen, du seist tot? Du kannst dir nicht vorstellen, wie schlimm das für mich war …«

»Wie hätte ich denn schreiben sollen? Ich wusste doch, dass deine Post immer überwacht wurde. Mit einem Brief hätte ich dich gefährdet. Und meine Großmutter ist ja drei Wochen nach meinem vermeintlichen Tod gestorben. Es stand in den Zeitungen, dass sie die Leiche vom Kammerkanal identifiziert hat. Ob sie erkannt hat, dass ich es nicht bin und zu meinem Schutz geschwiegen hat, werde ich wohl nie erfahren. Ich hoffe es. Jedenfalls konnte ich dich auch über sie nicht mehr erreichen. Und dann …« Er nahm Daisys Hände in seine. »Rattie, ich war arm wie eine Kirchenmaus. Ich schlug mich als Kellner in Bistros durch, als Nachtwächter, als Hilfsarbeiter. Ich lebte in einer Dachkammer in einem schmutzigen Viertel von Paris, alles, was ich besaß, waren zwei Hemden zum Wechseln und ein paar Francs, die für Essen und Miete draufgingen. Himmel, wie hätte ich mich so bei dir melden können? Mir war klar, dass ich dir nichts bieten kann. Ich war niemand mehr. Und du? Du warst immer noch die Frau eines reichen Fürsten. Wie hätte ich von dir verlangen können, mit mir zu leben? Und selbst wenn – wie lange hätte unsere Liebe gehalten? Wie lange hättest du noch Achtung vor mir gehabt?« Freddie sah Daisy bittend an. »Kannst du das nicht verstehen? Weiß Gott, ich hatte solche

Sehnsucht nach dir. Aber mit jedem Tag, den ich zögerte, mich bei dir zu melden, wurde es noch schwerer. Und dann beschloss ich, es sei das Beste, die Dinge einfach so zu lassen, wie sie waren. Du könntest mit Hans verheiratet bleiben und ein gutes Leben führen. Du würdest mich mit der Zeit vergessen. Und ich würde schon zurechtkommen, irgendwie.«

»Und warum bist du dann hier?«

Er schüttelte den Kopf. »Ich hab's nicht ausgehalten. Seit letztem Jahr lebe ich in Nizza und arbeite in einem kleinen Hotel als Portier. Und du hattest mir ja oft von Les Marguerites erzählt. Also bin ich immer wieder hierher gefahren, wollte wissen, ob du da bist. Nur einen kleinen Blick wollte ich erhaschen, dich einmal, nur einmal sehen. Dann würde ich wieder gehen, sagte ich mir. Und dann hast du mich entdeckt dort drüben.« Er wies auf die Lorbeerbüsche, deren Blätter sich leicht im Wind bewegten. O Gott, Rattie, ich hätte nicht … ich bin ein Narr … jetzt ist es genau so gekommen, wie ich es nie wollte.« Er senkte den Blick. »Wie soll das jetzt weitergehen?«

Sie nickte. »Du bist ein Narr, Adolph Friedrich von Mecklenburg-Strelitz oder Pierre Dupin oder wie immer du jetzt heißt! Hast du wirklich geglaubt, ich würde dein Geld lieben, dein Schloss und deine Stellung? Hast du gedacht, ich könnte nur mit dir glücklich werden, wenn du mich wieder in einen goldenen Käfig steckst? Das hatte ich alles mit Hans – und hat es mich glücklich gemacht?«

Er schüttelte den Kopf. »Nein, aber … wenn du … und ich …«

Sie ließ ihn nicht ausreden. »Ich weiß schon, was du sagen willst. Du würdest nicht von meinem Geld leben wollen, nicht wahr?«

Er senkte den Kopf. »Stell dir vor, du lässt dich jetzt meinetwegen scheiden – für einen Hungerleider, der dir nichts bieten kann … Ich würde mich so schuldig fühlen …«

Sie nahm sein Gesicht in beide Hände und zwang ihn, sie anzusehen. »O du dummer, dummer Freddie! Ich habe vor einem halben Jahr die Scheidung beantragt. Im vermeintlichen Wissen, dass du tot bist. Siehst du? Auch ohne dich wollte ich nicht mehr mit Hans leben.«

Er sah sie ungläubig an.

»Es kommt jetzt nur auf dich an. Wenn die Scheidung rechtskräftig ist und ich die Apanage erhalte, die mir zusteht, wäre ich zwar nicht mehr reich, aber immer noch wohlhabend. Ich hätte genug für uns beide.«

»Aber ich schäme mich so, Rattie. Von deinem Geld zu leben? Ich weiß nicht, ob ich das kann.«

Sie küsste ihn. »Millionen Frauen tun genau das und schämen sich nicht. Ist dir dein verdammter Männerstolz so wichtig? Wichtiger als ich?«

Er schwieg eine Weile. Eine Hummel brummte an seiner Hand vorbei und setzte sich auf ein Gänseblümchen im Gras. Schließlich hob er den Kopf und grinste, so wie früher, als sie in noch Welpe genannt hatte. »Ich kann's ja mal versuchen«, sagte er.

Freddie drehte sich um und winkte ihr zu, und Daisy erwachte aus ihrer Tagträumerei. »Ich habe Post von meinen Anwälten«, rief sie.

Er kam auf sie zu und küsste sie auf die Wange. »Und? Spann mich nicht auf die Folter, du Grausame!«

Sie schlang die Arme um seinen Hals. »Ich bin jetzt eine geschiedene Frau, Monsieur!«

Er zog sie an sich und küsste ihre Nasenspitze. »Und sind Madame jetzt glücklich?«

»Pah, glücklich?«, sagte sie. »Natürlich nicht. Ich suche mir jetzt einen furchtbar reichen Mann, der mich wieder mit Luxus überschüttet.«

»Aha. Einen, der dir wieder eine sieben Meter lange Perlenkette schenkt?«

Sie griff an die schmale goldene Halskette, die sie immer trug, tastete sich hinunter bis zu der großen, schimmernden Perle, die daran hing. Es war die letzte der siebenhundert Perlen vom Nil. Nein, dachte sie. Die Perlen hatten gar kein Unglück gebracht. Sie waren Helfer in der Not gewesen. Und Begleiter auf ihrem Weg aus dem alten Leben in ein neues.

»Ich brauche keine Perlen mehr«, sagte sie und legte den Kopf an Freddies Schulter.

NACHWORT

Als ich vor drei Jahren eine Wochenendfahrt nach Breslau plante, ahnte ich noch nicht, dass daraus mehr werden könnte als nur ein Kurzurlaub. Denn auf der Fahrt durch Niederschlesien entdeckte ich durch Zufall Schauplatz und Hauptfigur des vorliegenden Romans: das Schloss Fürstenstein/Książ und die Fürstin Daisy von Pless. Siebzig Kilometer südlich von Breslau liegt das gewaltige Bauwerk am Rande der Stadt Wałbrzych/Waldenburg, ein Palast von gigantischen Ausmaßen, umgeben von einer weitläufigen Parklandschaft. Ich machte dort Station und buchte eine Führung durch das Schloss, das in Teilen bis ins Mittelalter zurückreicht. Die Führerin erzählte von seiner wechselhaften Geschichte und der seiner Besitzer, der Fürsten von Pless. An den Wänden im Treppenhaus hingen Bilder einer wunderschönen jungen Frau: Mary Theresa Olivia Cornwallis-West, genannt Daisy, verheiratet mit dem steinreichen Fürsten Hans Heinrich XV. von Pless. Wir ließen uns ihr Schicksal erzählen, und die Geschichte hat mich sofort gepackt: Ein blutjunges, naives, hochromantisches Mädchen aus verarmtem englischen Hochadel wird gegen ihren Willen mit einem deutschen Kohlebaron verheiratet, der zwölf Jahre älter ist als sie und sie nur wegen ihres Stammbaums nimmt (die Frau, die er eigentlich liebt, gilt als nicht standesgemäß). Die Ehe wird ein Desaster, das erste Kind stirbt, später kommen noch drei Söhne zur Welt, von denen der jüngste, Bolko, einen schweren Herzfehler hat. Daisy fühlt sich von den rigiden fürstlichen Konventionen und Ritualen eingeengt, findet den Pomp, die strenge Etikette und die plumpe Zurschaustellung von Stand und Reichtum unerträglich. Schmerzlich vermisst sie ihr freies Leben in England. Dazu kommt, dass Hans keinerlei Verständnis für seine junge Frau aufbringen kann. Da kann es sie auch nicht trösten, dass sie als schönste Frau ihrer Zeit bewundert wird – Sie, liebe Leserinnen und Leser, können das sicherlich anhand des Originalfotos auf dem Buchcover nachvollziehen – und dass sie die deutschen und englischen Klatschkolumnen regiert. Hier wird sie als leichtlebig, frivol und vergnügungssüchtig dargestellt – ein Bild, das sie nur nach außen hin abgibt. Sie spielt ihre Rolle gut, aber hinter der schillernden Fassade ist sie todtraurig und einsam, und sie fühlt sich ungeliebt.

Irgendwann zwischen Hirschjagden mit dem Kaiser und Regatten auf der Yacht der englischen Königsfamilie entdeckt sie schließlich einen Weg. Ihren Weg. Sie flüchtet aus ihrer unglücklichen Ehe und den seichten Vergnügungen in die Charity. Sie gründet Krüppelheime für Kinder, bekämpft die entsetzlichen hygienischen Verhältnisse in Waldenburg, das als elendste Stadt im Reich gilt. Die Todesraten sind hier signifikant höher als anderswo, die Menschen sterben an Ruhr und Tuberkulose, die Kinder sind unterernährt, rachitisch und skrofulös. Hier, in der Linderung des Elends der schlesischen Bergarbeiter, findet Daisy ihre Berufung. Sie wird zum »Engel von Waldenburg«, noch heute verehrt und geliebt. Diesen Weg vom unbedarften jungen Mädchen hin zu einer reifen Frau, die weiß, was sie will und das auch durchsetzt, habe ich verfolgt und dabei Hochachtung vor der Persönlichkeit Daisy von Pless gewonnen.

Den heraufziehenden Krieg kann sie nicht verhindern, obwohl sie alles in ihrer Macht Stehende versucht. Klarsichtig erkennt sie, dass eine Auseinandersetzung zwischen ihren beiden Heimatländern in einen Konflikt führen muss, der den gesamten Kontinent in Brand setzen und die alten Machtsysteme vernichten wird. Doch sie kann Kaiser Wilhelm II., der sie bewundert und ein Freund der Familie ist, nicht überzeugen, genauso wenig wie den englischen König oder Winston Churchill, ihren Stiefneffen. Man nimmt sie nicht ernst. Eine Frau will Politik machen? Lächerlich! Enttäuscht und zerrissen zwischen ihrer Liebe zu England und der zu Deutschland bleibt ihr nichts anderes, als zuzusehen, wie alles auf die Katastrophe zusteuert.

Ein unbedachter Erkundungsbesuch in einem Kriegsgefangenenlager bei Berlin führt dazu, dass sie der Spionage beschuldigt wird. Aus der glamourösen Königin der Klatschpresse wird eine Gejagte. Sie flüchtet aus der Hauptstadt nach Partenkirchen und findet schließlich eine neue Aufgabe: Als Kriegskrankenschwester arbeitet sie in Lazarettzügen, die Verwundete von der Front nach Hause transportieren. Als sie schließlich bei Kriegsende nach Deutschland zurückkehrt, findet sie sich in den Wirren der Räterepublik wieder und muss sich mit den Arbeiter- und Soldatenräten arrangieren, die zwischenzeitlich ihr Haus in Partenkirchen besetzt haben – die dementsprechende Szene gegen Ende des Romans ist authentisch.

Nach dem Krieg kommt es auch endlich zur Scheidung der völlig zerrütteten Ehe; nicht ohne zähe und langwierige Verhandlungen, die Daisy einen einigermaßen standesgemäßen Unterhalt sichern (in Form einer jährlichen Apanage, der Stellung von Dienstboten samt eines Automobils mit Fahrer, der Villa in La Napoule und einer gemieteten Villa in München). So beginnt sie ein neues Leben in einer neuen Welt, in der die alte Ordnung nicht mehr gilt und die alten Eliten nicht mehr existieren.

....

Als ich nach dem polnischen Wochenende nach Hause kam, habe ich sofort angefangen zu recherchieren. Es existiert zu Daisy von Pless nur eine einzige Biographie mit dem Titel »Daisy von Pless. Fürstliche Rebellin« (Ullstein 1990). Sie stammt von W. John Koch, einem gebürtigen Waldenburger, der mit Billigung der Nachkommen ihre Lebensgeschichte beschrieb. Die Biographie ist umfassend und detailliert; allerdings verschweigt Koch wohl aus Rücksicht auf die Familie vieles – so schreibt er u. a. kein Wort über die wiederholten Affären des Fürsten, die Homosexualität des Sohnes Lexel oder aber den späteren Skandal um Bolko und seine zweite Frau. Vieles, das Koch wegließ, konnte ich zum Glück in den Archiven recherchieren oder in einer weiteren, erst kürzlich erschienenen Doppelbiographie nachlesen: »Siostry. Daisy von Pless i Shelagh Westminster« (Wałbrzych 2017) von Barbara Bolkowy, einer polnischen Historikerin. O nein – nicht dass Sie jetzt glauben, ich sei des Polnischen mächtig. Die Autorin, die in London lebt, hat gerade eine englische Übersetzung ihres Textes beendet und mir spontan das englische Manuskript überlassen. Liebe Barbara, das ist nicht selbstverständlich, und ich danke dir ganz herzlich für deine Großzügigkeit – dzękuję! »Sisters« ist eine akribische, ungeheuer detailreiche Arbeit über Daisy und ihre jüngere Schwester Shelagh, die spätere Herzogin von Westminster. Die Autorin hält sich äußerst penibel an die Tatsachen und hat darüber hinaus die zeitgenössische englische, polnische und deutsche Presse und Literatur zu den beiden Schwestern genauestens ausgewertet. Eine wahrheitsgetreuere Biographie kann man nicht schreiben. Ich hoffe, die englische Übersetzung wird bald veröffentlicht.

Was mich gleich zu Anfang meiner Recherche faszinierte, war noch eine andere Entdeckung: Daisy von Pless selbst hat eine Autobiographie geschrieben, die im Jahr 1930 in deutscher Übersetzung veröffentlicht wurde: »Tanz auf dem Vulkan.

Erinnerungen an Deutschlands und Englands Schicksalswende«, Bde. 1 und 2 (Dresden 1930). Und nicht nur das. Die Fürstin hat auch noch Teile ihrer Tagebücher veröffentlicht, unter dem geheimnisvollen Titel »Was ich lieber verschwiegen hätte …« – *Better left unsaid* …, Bde. 1 und 2 (Dresden 1931). Aber Achtung. Hier ist ein klassischer Fall für Quellenkritik. Was man in Daisys Erinnerungen findet, ist ausschließlich ihre persönliche Sichtweise. Und natürlich erwähnt sie nur das, wovon sie auch möchte, dass es die Öffentlichkeit erfährt. Vieles wird verschwiegen, manches nur am Rande erwähnt. Das muss man wissen und dementsprechend einordnen können. Dennoch bieten die Autobiographie und die Tagebücher einen unglaublichen Fundus an Informationen über Daisy von Pless, die ihrer vielschichtigen Persönlichkeit große Tiefe verleihen. Aus ihnen ist deutlich zu spüren, wie sich ein junges, naives Ding, behütet, fast ohne Bildung (außer ein wenig Tanz, Musik und Französisch), aber mit vielen Träumen und Hoffnungen, mit den Jahren zu einer selbstbewussten Frau wandelt, die ihre Berufung als Wohltäterin und Fürsprecherin der Armen findet, die dann mit erstaunlicher Klarsicht den Krieg verhindern will und sich schließlich als zupackende Krankenschwester engagiert. Das ist ein erstaunlicher Weg – fort vom mondänen Jet-Set-Leben der Kaiserzeit, den Großwildjagden in Indien, den Luxusurlauben in Ägypten, den Hochseeyachten und Regatten, Pferderennen und Hirschjagden, Galaabenden, Kaiserempfängen und High Teas hin zur aktiven Bekämpfung der bitteren Armut der Waldenburger Bergarbeiter, hin zum Engagement für englische Kriegsgefangene, das sie in den Augen ihrer deutschen Adelsfreunde zur »Nestbeschmutzerin« werden lässt. Und hin zu einer stolzen Frau, die sich nicht nur gegen die sinnlose wilhelminische Etikette auflehnt, sondern auch aufsteht gegen einen lieblosen Ehemann und sich letztlich aus einer Ehe befreit, die ihr von Anfang an eine Qual war.

Aber ich wäre ja keine Historikerin, wenn mir edierte Biographien und Tagebücher genügen würden. Natürlich musste ich auch in die Archive. Immer wieder bin ich während der Recherchephase nach Polen gefahren. Zuerst nochmals nach Wałbrzych, wo mich Magdalena Woch vom Museum Schloss Książ unter ihre Fittiche genommen, durch nicht öffentliche Schlossbereiche geführt und wunderbar betreut hat. Sogar die beim Umbau ab 1908 neu gebaute Küche des französischen Küchenchefs Hardouin im fünften Stock des Hauptbaus durfte ich besichtigen. Danke, Magdalena! Und noch ein Dank schließt sich hier an: Liebe Natalia Błażejewska, ohne dich hätte ich meine erste Reise nach Polen nur schwer geschafft. Du hast mir, die ich nur ein paar Brocken Polnisch beherrsche, viele Türen geöffnet, Zeitzeugengespräche (u. a. mit Dorota Stempowska, die Daisy noch persönlich gekannt hat und heute in deren Räumen im Kavaliershaus lebt) ermöglicht und mich nicht zuletzt in die deftigen Geheimnisse der polnischen Küche eingeführt. Ohne deine Hilfe wäre ich nicht weit gekommen.

Neben dem Schloss Fürstenstein/Książ, das so mächtig auf seinem Felsen ruht, kommt einem das Schloss Pless im oberschlesischen Pszczyna fast wie ein barockes Spielzeug vor. Dabei ist es gar nicht so klein. Es liegt mitten in der Stadt, vom Ring aus – wo heute eine lebensgroße Statue Daisys steht – durch ein Tor zugänglich. Tatsächlich war das Schloss im Ersten Weltkrieg Hauptquartier des Kaisers und seines Militärstabs; der Fürst selber hatte die Funktion des kaiserlichen Flügeladjutanten. 1922 wurde Pless samt allen Ländereien ein Teil des wiedergeborenen polnischen Staates, das Schloss selbst aber blieb bis 1944 in den Händen der fürstlichen Familie. Und das Unglaublichste: Während der Kriegshandlungen erlitt das Bauwerk keinerlei Schäden, es wurde von der Roten Armee weder zerstört noch ausgeraubt. Das bedeutet, dass die Originaleinrichtung aus der Jahrhundertwende fast komplett erhalten geblieben ist – von den Möbeln und Teppichen über Geschirr, Gläser und Kronleuchter bis hin zu den Fotografien, die damals auf Daisys Nachttisch standen und heute noch stehen. Das Innere des Schlosses ist tatsächlich so authentisch, dass man meinen möchte, jeden Augenblick käme Daisy selbst um die Ecke.

In einem Nebengebäude des Schlosses findet sich heute noch das Pless'sche Familienarchiv. Auch hier habe ich an den Quellen gearbeitet – vielen Dank, Małgorzata Wójcic für die freundliche Betreuung und dafür, dass Sie mir den gesperrten Privatbereich der Fürstin im Schloss geöffnet haben. Leider waren mir nicht mehr alle Unterlagen zugänglich, die noch kurz zuvor Barbara Bolkowy zur Verfügung gestanden hatten – die Familie hatte in der Zwischenzeit einen Teil der Archivalien sperren lassen. Dennoch konnte ich mir ein umfangreiches Bild machen. Ich durfte Originalbriefe lesen, die Daisy und Hans geschrieben hatten, Vermögensaufstellungen und Scheidungsunterlagen einsehen bis hin zu Listen über Daisys Schmuck, ihre Möbel und Kleider. Die Quellenlage war also generell sehr gut.

....

Sie, liebe Leserinnen und Leser, werden sich wie immer fragen: Was ist an der Geschichte dieses Romans wahr, und was ist Fiktion? Viele der geschilderten gesellschaftlichen Ereignisse haben wirklich stattgefunden, und die Beteiligten – vom englischen und deutschen Hochadel bis hin zum russischen Großfürsten Michail, sind historisch. Das können Sie auch im Personenverzeichnis nachlesen. So viele Szenen im Buch sind den Beschreibungen der Fürstin selber entnommen, dass ich sie gar nicht alle aufzählen kann. Das geht vom peinlichen Sturz der Debütantin Daisy vor Queen Victoria über die Rollschuhszene mit dem indischen Maharadja und dessen Geschenk der fünf weißen Araberstuten bis hin zu Daisys erster Hilfe beim Herzanfall des englischen Königs und zum Zusammentreffen Daisys mit den Partenkirchener Arbeiter- und Soldatenräten. Ich habe immer wieder Originalpassagen aus Daisys Tagebüchern in den Text eingearbeitet – auf diese Weise kann sie zu Ihnen, liebe Leserinnen und Leser, selber sprechen. Original sind auch Daisys Briefe, auch die des Kaisers an sie – tatsächlich hatte Wilhelm II. Daisy gern; ihre fröhliche Ungezwungenheit zog ihn offensichtlich an. Die Freundschaft ging so weit, dass er sie sogar in der Spionageaffäre geschützt hat. Ob seine psychische Verfassung nun auf Porphyrismus hindeutete oder nur seiner schrecklichen Kindheit und der Behinderung geschuldet waren, wird wohl immer ungeklärt bleiben. Das soll allerdings seine Verantwortung für den Ausbruch des Ersten Weltkriegs nicht herunterspielen. Wer mehr wissen will, dem sei die Monographie von John C. G. Röhl: Wilhelm II. (C. H. Beck 2013) empfohlen.

Sprechen wir jetzt über die Männer in Daisys Leben. Hans war meiner Einschätzung nach kein böser Mensch, aber ihm fehlte jegliche Empathie für seine junge Frau. Die Szene, in der er Daisy in Paris in ein zweifelhaftes Etablissement schleppt und damit völlig schockiert, ist original, ebenso die Diskussionen des Paars über Daisys vertraulichen und lockeren Umgang mit dem Personal. Der Fürst hatte auch während der Ehe zahlreiche Affären. Das war im damaligen Adel beinahe schon der Normalfall – zumindest für die Männer. Die Frauen ignorierten ihre Nebenbuhlerinnen meist mit Würde. Nicht so Daisy, die Romantikerin, die jedes Mal litt. Am schlimmsten in den ersten Jahren ihrer Ehe, als die eigene Schwester Ziel von Hans' Nachstellungen war. Die Szene, in der Hans Shelagh unter den Rock greift, ist authentisch, sie stammt aus Daisys Tagebüchern. Dass Hans unter den politischen Köpfen in Berlin und im Umfeld des Kaisers wenig Ansehen genoss, stimmt ebenfalls. Man hielt ihn nicht für belastbar und wenig intelligent, weshalb er auch nie ein offizielles Amt bekleidete.

Was war nun aber mit dem Prinzen Gottfried Maximilian von Hohenlohe? Ein fescher Kerl mit österreichischem Charme, die Zeitgenossen schätzten ihn als blendenden Unterhalter und geistreichen Redner. Aus Daisys Tagebucheinträgen geht hervor, dass zwischen den beiden zumindest eine tiefe Zuneigung bestanden haben muss. Er hat sie auch regelmäßig in Fürstenstein besucht. Wie weit das Ganze ging, ist nicht wirklich klar. Die Briefe des Prinzen an Daisy sind jedenfalls eindeutig die eines sehr verliebten Mannes. Daisy selbst bleibt in ihren Lebenserinnerungen vage, doch wie schon erwähnt: Achtung, Quellenkritik! Hohenlohe hat später geheiratet, und sie wollte ihn vermutlich nicht in Schwierigkeiten bringen, weder bei seiner Frau noch in der Öffentlichkeit. Jedenfalls ist er der einzige Mann, den sie in ihrer Veröffentlichung durch Anonymisierung schützt. Honi soit qui mal y pense …

Der Mann, mit dem ich Daisy ihr Lebensglück finden lasse, muss hier ebenfalls erwähnt werden. Großherzog Adolph Friedrich von Mecklenburg-Strelitz, etliche Jahre jünger als Daisy, zu einem Viertel Engländer, sensibel und gutaussehend und so reich, dass man ihn in Berlin »Goldfritzchen« nannte. Nie wurde eine Affäre öffentlich, aber was soll man denken, wenn Freddie Daisy in Partenkirchen heimlich und inkognito besucht, wenn er auf Usedom unter dem Namen »Graf Wenden« ein Haus mietet, genau zu der Zeit, in der sie auch dort ist? Wenn Daisy wiederholt inkognito in Neustrelitz auftaucht? Ihre Söhne ihn Onkel nennen? Wenn man weiß, dass Daisy ihm sein neuerbautes Parkhaus einrichtet? Wenn man Briefe liest, in denen er Daisy anfleht, zu ihm zu kommen? In denen er von Liebe und Sehnsucht schreibt? Ja, ganz offenbar hat Daisy später auch geholfen, eine Frau für ihn zu suchen, aber war das vielleicht nur ein Ablenkungsmanöver? Wir wissen es nicht, aber meine Interpretation ist klar. Allerdings muss ich eines richtigstellen: Es stimmt nicht, dass der Großherzog im Krieg zum Landesverräter wird. Aber als ich während der Recherche auf das furchtbare Thema Giftgas im Ersten Weltkrieg stieß, war mir klar, dass ich diesen Aspekt in die Handlung einbringen wollte. Deshalb auch die Einführung von Joschis Bruder Otto als fiktive Figur – der Junge im autistischen Spektrum, der dann in der Gastruppe von Fritz Haber einer der führenden Köpfe sein wird. Haber, der »Vater des Gaskriegs«, bekam im Übrigen später den Nobelpreis. Seine Frau Clara Immerwahr hat das nicht mehr erlebt; sie erschoss sich tatsächlich damals im Garten ihrer Berliner Villa.

Zurück zu Freddie. Tatsächlich wurde seine Leiche 1918 im Neustrelitzer Kammerkanal gefunden, und wirklich saß sein Hund neben der Mütze am Ufer. Man ging von Selbstmord aus, die Aussagen dazu sind widersprüchlich. Ein Schuss in die Brust oder in den Kopf, das war nicht mehr zu klären, die Waffe wurde nie gefunden. Es gab Stimmen, die den Großherzog als depressiv schilderten, aber auch welche, die ihn als lebensfreudig beschrieben. In der Presse wurde damals spekuliert, er hätte sich Daisys wegen erschossen. Sie, die um diese Zeit als Spionin verschrieen war, habe ihn dazu verleitet, militärische Geheimnisse seines Frontabschnitts an den Feind durchzustechen, und er habe am Ende aus Scham nicht mehr weiterleben wollen. Merkwürdig ist überdies, dass am Abend vor Freddies Tod seine Cousine Maria Auguste, die gleichzeitig die Schwiegertochter des Kaisers war, mit einem versiegelten Schreiben Wilhelms II. bei ihm auf Schloss Strelitz auftauchte. Bei sich hatte sie einen Rittmeister der Garde, der sich im Hotel »Mecklenburger Hof« einmietete. Nach Übergabe des Briefes, die mehrere Zeitzeugen bestätigten, verschwand Maria Auguste sofort wieder. Der Rittmeister hingegen zahlte erst, nachdem man Freddies Leiche gefunden hatte, seine Rechnung und fuhr mit der Bahn nach Berlin zurück. Der Brief wurde nie gefunden.

Freddie wurde nicht in der Familiengrablege bestattet, sondern seine in Berlin einbalsamierte Leiche wurde auf eigenen Wunsch auf der sogenannten »Liebesinsel« beim Schloss beigesetzt. Daisy verliert über seinen Tod in ihren Veröffentlichungen nur wenige Worte, alles klingt seltsam unbeteiligt, knapp und kurz. Schreibt man so über den Tod des engsten Freundes? Will sie seinen Ruf durch betonte Gleichgültigkeit retten? Oder ist sie emotional so angegriffen, dass sie sich kaum äußern kann? Kurz und gut – ich habe den beiden eine Liebesgeschichte gegönnt, und ein Happy End. Nicht zuletzt auf dringenden Wunsch meiner guten Freundin Angela, die mich bei jedem neuen Roman anfleht, ihn doch bloß gut ausgehen zu lassen. Und Daisy hat doch ein bisschen Liebe und Glück verdient … zumindest im Roman.

Wie sieht die Wirklichkeit ihres weiteren Lebens aus? Nach der Scheidung ließ sich Daisy zunächst in La Napoule nieder, wo die um Monte Carlo herum lebende britische Kolonie sie mit offenen Armen aufnahm. Doch mit der Inflation ab 1923 kamen die Geldsorgen. Der Geldbetrag, den Hans ihr ab da immer unregelmäßiger und mit Verzögerungen anweisen ließ, war schon Tage später nichts mehr wert. Um ihren Lebensstil beibehalten zu können, begann sie, Wertsachen zu versetzen, Schmuck, Pelze, Möbel. In ihrer Not machte die Fürstin sogar Werbung für Gesichtskosmetik. Gleichzeitig begann der Kampf gegen eine grausame, damals noch nicht zu diagnostizierende Krankheit – vermutlich Multiple Sklerose. Schon früher hatten sich erste Anzeichen gezeigt, merkwürdige Lähmungserscheinungen und Schmerzen in den Beinen. Jetzt kamen stärkere Schübe und schlimmere Beeinträchtigungen; sie benutzte zum Gehen einen Stock, anfangs noch in juwelenbesetztem Silber.

Schließlich zog die Fürstin in eine Villa in München, umsorgt von ihrer Cousine Ena Fitzpatrick und nur noch wenigen Dienstboten. La Napoule besuchte sie zwischendurch regelmäßig. Auch wenn die Inflation inzwischen überwunden war –

Hans' Apanage floss nur noch spärlich. Er hatte in Verkennung seiner finanziellen Möglichkeiten nicht nur blind den millionenteuren Um- und Ausbau von Fürstenstein weitergetrieben, sondern auch noch Kredite aufgenommen, um damit riesige Investitionen zu tätigen. Seinen opulenten Lebensstil mit hunderten Dienern schränkte er ebenfalls nicht ein – er lebte so verschwenderisch wie vor dem Krieg. Mitte der zwanziger Jahre stand Hans vor dem Ruin und mit ihm Daisy. Sie verkaufte oder verpfändete mit der Zeit buchstäblich alles, was sie hatte.

Zu allem Überfluss betrieb Hans nun die Annullierung ihrer Ehe mit dem interessanten Argument, er sei damals zur Hochzeit »gezwungen« worden – er plante eine neue Heirat mit einer 21-jährigen österreichischen Gräfin, die jedoch nicht zustande kam. Stattdessen heiratete er 1925 die 26-jährige, bildschöne und bettelarme spanische Gräfin Clotilde de Silva y Gonzalez de Candamo. Daisy musste derweil vor Gericht um ihre Apanage kämpfen, um ihre Ärzte und Sanatoriumsaufenthalte bezahlen zu können. Die Veröffentlichung ihrer Autobiographie und der Lebenserinnerungen (zunächst in England und Amerika) war ein weiteres Mittel, um Geld zu verdienen. Lexel unterstützte seine Mutter, wo er konnte, Hansel dagegen war in Geldnöten und zog nach England, um bei der Barclay's Bank zu arbeiten.

Ende der zwanziger Jahre war Daisys Krankheit weit fortgeschritten. Das lässt sich deutlich an ihrer Handschrift festmachen. Hatte sie in früheren Jahren noch flüssig und rund geschrieben, so degeneriert ihre Schrift jetzt immer mehr. Es war traurig, diese Entwicklung in ihren Briefen im Pless'schen Archiv nachzuverfolgen. Am Ende lässt Daisy ihre Betreuerin Dolly Crowther Briefe an ihre Söhne schreiben und krakelt nur noch mühsam ihre Unterschrift darunter: »Mummilie«. Sie braucht nun einen Rollstuhl, und sie hat Probleme mit der Sprache. Am leichtesten fällt ihr das Französische, auf das sie jetzt immer öfter zurückgreift.

Dazu kamen noch ganz andere Sorgen. Im Jahr 1930 verlobte sich Lexel, der immer Daisys Liebling gewesen war, mit der rumänischen Kronprinzessin Ileana, Tochter von Daisys guter Freundin, der Königin Maria von Rumänien. Eine großartige Aussicht auf die rumänische Krone tat sich auf. Doch dann enthüllte die Presse einen Skandal, den die Fürstenfamilie sorgsam unter den Teppich gekehrt hatte: Lexel war etliche Jahre zuvor in eine homosexuelle Dreier-Affäre mit dem jungen Grafen Werner von Schulenburg und einem Metzgerlehrling verwickelt gewesen und deshalb sogar für kurze Zeit in Haft genommen worden. Die Hochzeit platzte mit großem Getöse. Den Rest seines Lebens war Lexel überzeugt, dass sein Bruder Hansel die Sache aus Neid und Missgunst an die Öffentlichkeit gebracht hatte, obwohl das Leck wohl eher in der deutschen Botschaft in Bukarest zu vermuten ist. Lexel zog schließlich zu Daisy nach München, wo er sich um seine Mutter kümmerte und im Winter mit ihr Schlittenfahren ging – er hatte für sie einen bequemen Lehnstuhl auf Kufen montieren lassen. Gleichzeitig entschloss Daisy sich schweren Herzens, La Napoule zu verkaufen. Die Villa existiert dort heute noch.

Zur selben Zeit wurde Fürstenstein zum Schauplatz eines höchst merkwürdigen Dreierverhältnisses. Hier lebten Hans, seine neue junge Frau und sein jüngster Sohn Bolko gemeinsam unter einem Dach. Im Jahr 1929 hatte Clotilde ein Mädchen zur Welt gebracht, ein Jahr später einen Jungen. Aber war Hans wirklich der Vater? Gerüchte besagten, dass die Spanierin längst ein intimes Verhältnis mit ihrem 22-jährigen Stiefsohn eingegangen sei.

Gleichzeitig kam es nach der jahrelangen Misswirtschaft des Fürsten und durch die Teilung Oberschlesiens (deretwegen Hans beim Staat Polen Steuerschulden in Millionenhöhe auflaufen ließ) zum wirtschaftlichen Zusammenbruch. Hans musste das Schloss schließen und zog mit seiner Familie in ein

Nebengebäude um. Der gesamte Besitz des einst so märchenhaft reichen Fürsten wurde unter staatliche Finanzaufsicht gestellt, Hans war nicht mehr Herr seines Lebens. Das sogenannte »Pless-Gremium« entschied über jede noch so kleine Ausgabe, die der Fürst oder auch Daisy tätigten. Und damit nicht genug – 1932 schenkte Hansel seinem Vater reinen Wein ein über das, was sich vor seinen Augen abspielte: die Affäre zwischen Clotilde und Bolko. Hans reichte die Scheidung ein, die 1934 inkrafttrat – die beiden jungen Leute heirateten bald darauf und zogen nach München.

Ein Jahr später bezog Daisy zwei Zimmer mit Küche im Südflügel der »Baracke«, einem Seitenflügel des Torhauses von Fürstenstein. Hansel hatte sie dazu überredet; die Villa in München kostete zu viel Geld. Es kam sogar zu einer Versöhnung mit Hans, der zum gebrochenen Greis geworden war. Der alte Fürst zog im Jahr 1936 nach Pless, gefolgt von Hansel und Lexel. Dort führte man den juristischen Streit mit Polen um die polnischen Besitzungen weiter, deren Behauptung wohl als einzige finanzielle Rettung der Familie unabdingbar war. Bolko, der zu einem Gespräch nach Pless kommen wollte, wurde jedoch auf dem Gleiwitzer Flugplatz von der Gestapo verhaftet. Im Gefängnis verschlechterte sich sein Gesundheitszustand – womöglich weil er seine Herzmedikamente nicht mehr bekam –, und man brachte ihn in ein Berliner Hospital. Von dort wurde er schwerkrank entlassen. Am 22. Juni 1936 starb er 26-jährig im Schloss Pless; auf seinem Totenschein im Familienarchiv steht als Todesursache Streptokokkenvergiftung. Die Presse beschuldigte Hansel, seinen jüngsten Bruder bei der Gestapo angeschwärzt zu haben, angeblich hatte Bolko sich im schwelenden Finanzstreit auf die Seite des polnischen Staates geschlagen und sollte der Familie nicht in den Rücken fallen.

Für Daisy und Hans war das ein furchtbarer Schlag. Hans' Gesundheit verschlechterte sich rapide: Am 31. Januar 1938 starb er mit 77 Jahren an einem Herzanfall. Er wurde neben Bolko im Schlosspark von Pless begraben. Daisy konnte nicht dabei sein. Auch ihre Krankheit war ins letzte Stadium gekommen. Sie lebte inzwischen mit ihrer liebevollen Pflegerin Dolly Crowther im Kavaliershaus, aus ihren Briefen spricht eine heitere Gelassenheit. Sie besucht mehrfach das Konzentrationslager Großrosen in der Nähe von Fürstenstein und bringt den Häftlingen Essen. Als ihr das verboten wird, schickt sie immer noch Pakete.

Im Jahr 1939 beschlagnahmten die Nationalsozialisten den kompletten Pless'schen Besitz in Deutschland. Als bald darauf die Gestapo in Fürstenstein Einzug hält, erinnert sich ein Zeitzeuge: »Das Gesicht der Fürstin strahlte eine solch majestätische Würde aus, dass die sonst so barschen und aggressiven Gestapo-Offiziere höflich und gefügig wurden und ihr Bestes taten, sie zufriedenzustellen …« Die Präsenz der Gestapo war der Tatsache geschuldet, dass Hitler inzwischen das bombastische Schloss als sein neues Hauptquartier im Osten erkoren hatte und dort bereits private Wohnräume einbauen ließ. Und nicht nur das: Im Untergrund arbeiteten die Häftlinge von Großrosen an einem riesigen neuen Tunnelsystem, dessen Zweck bis heute nicht klar ist. Das sogenannte »Projekt Riese« gehört zu den niemals gelüfteten Geheimnissen des Dritten Reichs.

Ob Daisy davon wusste, ist nicht bekannt. Sie musste am 1. November 1940 in eine Villa der Waldenburger Bergwerksgesellschaft in der Waldenburger Friedlandstraße umziehen. Dorota Stempowska war als fünfjähriges Mädchen dabei, als die Fürstin auf einer Trage in einen Wagen geschoben wurde; Kinder übergaben ihr noch einen Strauß Calendula. Sie dankte auf Deutsch, mit Tränen in den Augen.

Vorübergehend besserte sich Daisys Gesundheitszustand; sie lebte gern in der kleinen Villa mit Park. Am 28. Juni 1943 feierte sie dort ihren 70. Geburtstag. Sie empfing Besucher, trank ein paar Schluck Champagner und hörte zu, wie ein Quartett der Waldenburger Bergmannskapelle unter ihrem Fenster ihre Lieblingslieder spielte. Dolly Crowther schreibt darüber an Hansel: »… wie schwer fällt es mir, Ihnen mitzuteilen, dass Ihre geliebte Mummie einen Tag, nachdem sie noch ihren 70. Geburtstag gefeiert hatte, unsere traurige Welt für eine bessere verlassen hat. Es ging ihr so gut an ihrem Geburtstag, und alles hat sie so erfreut. Die Direktoren und die Sekretäre und alle die einfachen Leute, die sie so geliebt hat, waren da … Am 29. war Mummie ein wenig müde und am Abend legte sie ihren Kopf an meine Schulter und schlief sanft ein …«

Daisy von Pless wurde in der Familiengruft im Park von Fürstenstein beigesetzt. Laut eines Inventars vom 21. Juli 1943 waren dies ihre letzten Besitztümer: fünf Broschen, davon nur zwei von einigem Wert, eine kurze Perlenkette, drei weitere Ketten, zwei goldene Armbänder, ein Paar Perlenohrringe, eine goldene Uhr mit Saphiren und Perlen, ein Brillantring und eine Hutnadel mit zwei Perlen. Dazu drei Garnituren Bettbezüge und zwei Tagesdecken. Ein hellblauer Pullover, fünf Morgenjäckchen, ein Morgenrock, ein blauer Wollbademantel, ein lachsfarbener Bademantel, zwei einfache selbstgeschneiderte Kleider, ein fadenscheiniger weißer Fuchskragen und ein alter Gartenhut. Außerdem drei hellblaue Nachthemden, ein blaubeiger Pyjama und drei Seidentaschentücher. Zwei Koffer voller Familienfotos und englischer Bücher. Zwei alte Sonnenschirme. Ein Tischtuch mit zwölf passenden Servietten.

So viel war ihr von ihrem legendären Reichtum geblieben.

Ach ja, die »Perlen von Pless«! Sie tauchten nie wieder auf. Ein persönlicher Sekretär Hansels behauptete später in einem Brief, er habe die sieben Meter lange Kette noch im Januar 1946 in einem Safe des fürstlichen Bergbaudirektoriums in Waldenburg gesehen; damals sei sie von den polnischen Behörden beschlagnahmt worden. Vielleicht stimmt das; aber Beweise dafür gibt es nicht. Im Roman habe ich mir jedenfalls eine sinnvolle Verwendung für die kostbaren Perlen ausgedacht: Ich lasse Daisy – die nachweislich Teile ihres Schmucks für ihre Fahrten auf den Lazarettzügen ausgegeben hat – mit dem stückweisen Verkauf der Perlen ihre Charity-Engagements finanzieren.

Hansel lebte nach dem Krieg in England und starb 1984 in London. Er sah seinen Besitz in Fürstenstein und Pless, der nach dem Krieg Teil des polnischen Staates wurde, nie wieder. Lexel ließ sich auf Mallorca nieder, wo er sich einen malerischen Besitz schuf. Er starb einen Monat nach seinem älteren Bruder.

Daisys sterbliche Überreste liegen heute nicht mehr im Fürstensteiner Mausoleum. Die Grabstätte wurde Presseberichten zufolge von Soldaten der Roten Armee geplündert. Vorher wurde der Leichnam der Fürstin von ehemaligen Fürstensteiner Angestellten heimlich außerhalb der Gruft beerdigt; der frühere Kastellan berichtet jedoch, ihr Grab sei dennoch auf der Suche nach Wertsachen geschändet worden. Danach wurde ihr Leichnam im Grab eines früheren Gärtners auf dem Friedhof in Niedersalzbrunn beigesetzt. Der Friedhof wurde in den 1970er Jahren aufgelassen und zerstört, als man dort eine Straße und Wohnhäuser baute.

Sollten Sie, liebe Leserinnen und Leser, einmal nach Polen reisen, dann besuchen Sie doch Fürstenstein oder Pless. Es lohnt sich unbedingt.

Zum Schluss noch ein Dank – der besten Lektorin von allen: Dr. Cordelia Borchardt. Liebe Cordelia, es war wie immer eine große Freude, mit dir zusammenzuarbeiten.

PERSONENVERZEICHNIS

Mary Theresa Olivia Cornwallis-West, Fürstin von Pless, genannt Daisy*

Hans Heinrich XV. Graf von Hochberg Fürst von Pless*, ihr Mann

Hans Heinrich (Hansel)*, Alexander (Lexel)* und Bolko*, ihre Söhne

Prinz Gottfried Maximilian von Hohenlohe-Schillingsfürst*

Großherzog Adolph Friedrich von Mecklenburg-Strelitz*

Großherzogin Augusta von Mecklenburg-Strelitz*, seine Großmutter

Kaiser Wilhelm II.*

Kaiserin Auguste, genannt Doda*

Shelagh Cornwallis-West*, Daisys Schwester

Mathilde Gräfin von Hochberg, Fürstin von Pless, Daisys Schwiegermutter*

Nripendra Narayan, Maharadja von Cooch Behar*

Suniti Devi*, seine Frau

Queen Victoria von England*
König Edward von England*, »Onkel Bertie«

Patsy Cornwallis-West*, Daisys Mutter

Gordon Wood*, Daisys Jugendliebe
Missy*, Daisys Zofe
Josef Siebenbürger, genannt Joschi, Stallmeister und Daisys Leibjäger
Otto Siebenbürger, Joschis Bruder
Lissa Siebenbürger, ihre Schwester

Professor Fritz Haber*, Chemiker
Dr. Clara Immerwahr*, Chemikerin, Habers Ehefrau

Emma Kollischan, Dienerin

Die mit * gekennzeichneten Personen sind historisch, ebenso alle weiteren namentlich genannten Mitglieder des europäischen Hochadels, Militärs sowie Mitarbeiter von Fritz Haber.

ABBILDUNGSVERZEICHNIS

Sabine Weigand
Die Markgräfin
Band 15935

Mit zehn ist sie verheiratet. Mit zwölf Witwe. Mit fünfzehn heiratet sie den König von Böhmen. So steht es in den Chroniken. Als sie endlich ihr eigenes Leben führen will, sperren ihre Brüder sie auf der Plassenburg in Franken ein. Ihre Spur verliert sich 1542. Bis in unseren Tagen ein geheimnisvoller Fund das Schicksal der Markgräfin Barbara von Ansbach enthüllt. Die Markgräfin hat es wirklich gegeben. Dies ist ihre Geschichte. Ein mitreißendes Historienepos aus Deutschland im Umbruch vom Mittelalter zur Neuzeit.

»Ungemein spannend.«
3sat

»Eine Geschichte von Machtgier, Intrigen,
Liebe und Verrat – die Geschichte einer Frau,
die tatsächlich gelebt hat:
fesselnd bis zur letzten Seite.«
Gong

Sabine Weigand

Die Seelen im Feuer

Historischer Roman

Band 17164

Bamberg, 1626: Die junge Apothekerstochter Johanna ist beunruhigt: Hexen sollen in der Stadt ihr Unwesen treiben. Aber woran soll sie erkennen, wer mit dem Teufel im Bunde steht? Es ist ein Ringen um Gut und Böse, aber auch ein Kampf um die Macht. Der intrigante Fürstbischof von Bamberg will die freien Bürger der Stadt in ihre Schranken weisen. Neben den einfachen Leuten hat er es deshalb besonders auf die Stadträte abgesehen. Sie werden verhört und verurteilt. Sie werden verbrannt.

Plötzlich wird auch Johanna angeklagt und muss einen Hexenprozess fürchten. Gelingt ihr die Flucht ins weltoffene Amsterdam? Bekommen die Bürger von Bamberg endlich Hilfe bei Kaiser und Papst, um die Beschuldigten zu retten?

»Weigand macht die Schrecken der Hexenjagd erlebbar. Besonders beeindruckt, dass die Autorin mit Originalzitaten arbeitet.«
Münchner Merkur

»Sabine Weigands Roman hat es in sich. Beängstigend und begeisternd!«
Fränkische Nachrichten

Fischer Taschenbuch Verlag

fi 17164 / 1